HEYNE

W0465870

MELISSA K. ROEHRICH

LADY OF SHADOWS

Liebe und Dunkelheit

ZWEITER ROMAN

Aus dem Amerikanischen von
Antonia Zauner

WILHELM HEYNE VERLAG
MÜNCHEN

Titel der Originalausgabe:
LADY OF SHADOWS

FSC www.fsc.org
MIX
Papier | Fördert gute Waldnutzung
FSC® C083411

Penguin Random House Verlagsgruppe FSC® N001967

Deutsche Erstausgabe 03/2025
Redaktion: Sabine Kranzow

Neumarkter Straße 28, 81673 München
produktsicherheit@penguinrandomhouse.de
(Vorstehende Angaben sind zugleich
Pflichtinformationen nach GPSR)
Umschlaggestaltung: DAS ILLUSTRAT, München, unter Verwendung
von Motiven von Shutterstock.com (diez artwork, mamita (2x),
Malinovskaya Yulia, boykung, ARO999, letovsegda)
Karte © by Markus Weber, Guter Punkt
Satz: Uhl + Massopust, Aalen
Druck und Bindung: CPI books GmbH, Leck
Printed in the EU
ISBN 978-3-453-32342-1

www.heyne.de

BEVOR DU DICH IN SCARLETTS WELT BEGIBST

TRIGGER-WARNUNGEN:
Deine psychische Gesundheit ist wichtig. Dieses Buch enthält Beschreibungen und Andeutungen von sexueller Gewalt und daraus resultierenden Traumata. Eine ausführliche Liste möglicher Trigger findest du auf der Webseite melissakroehrich.com unter *Book Extras*.

Für Lindsey Leigh, Megan Bollman und Chelsay Tysver
Danke, dass ihr mir geholfen habt,
meine Schatten zu bekämpfen und Schönheit darin zu finden,
selbst als keine Sterne mehr am Himmel waren.

CHATEAU
SOLEMBRA
THRELAR
FIERA-GEBIRGE
HOF DES FEUERS
RYD
TANA
XYLON-WALD
NACH AVONLEYA
WINDONELLE
BAYLORIN
HOF DES WASSERS
DIE SCHWAR HALLE
GES
SIOF

E WEISSEN
HALLEN
HOF
DES
WINDES
SHIRA-
KLIPPEN
DRESDEN-
WALD
TOREALL
KÖNIGREICHE
DER HEXEN
HOF DER ERDE
NACHTKINDER
WANDLER

DIE DUNKELHEIT

Scarlett konnte nicht unterscheiden, was Traum und was Realität war. Sie erinnerte sich an den halsbrecherischen Ritt zur Grenze mit Sorin. Sie erinnerte sich an blutige Kämpfe mit den Nachtkindern. An Callan und Finn und Sloan und Eliza. Und den brennenden Schmerz an ihrer Seite.

Sie erinnerte sich, wie sie sich wieder und wieder übergeben musste. Sie erinnerte sich an Feuer und Wasser und Eis und Asche. An Schmerzen. So viele Schmerzen. Ihr ganzer Körper tat weh. Ihre Rippen pochten heftig, wo sie einmal gebrochen gewesen waren. Vielleicht waren sie wieder gebrochen. Sie wusste es nicht.

Manchmal hätte sie schwören können, dass ein schwarzer Panther am Fuß ihres Bettes lag. Manchmal schien weißes Licht sie einzuhüllen. Manchmal war der schöne Mann da und beobachtete sie. Manchmal focht sie einen Übungskampf mit Nuri aus. Manchmal saß sie auf einem Bett und unterhielt sich mit Juliette. Manchmal ging sie mit Cassius einen Strand entlang. Manchmal küsste Mikale sie, und manchmal waren es Callans Lippen auf ihren. Manchmal lag sie mit dem Kopf in Sorins Schoß, während sie beide ein Buch lasen und einfach nur zufrieden mit sich und der Welt waren.

Sorin.

Sorin, der während des Ritts den Arm um sie gelegt hatte. Sorin, der sie an einem Fluss küsste. Sorin, der ihr erzählte, dass sie die Tochter einer Fae-Königin war, eine Fae-Prinzessin. Sorin, der

Prinz des Feuers. Sorin, der sie Liebes nannte. Sorin, der sie rettete, nur um sie zu brechen.

War irgendetwas davon Wirklichkeit?

Sie wusste es nicht. Und sie wusste auch nicht so recht, ob es sie noch kümmerte.

Die einzige Konstante waren die Schatten. Schatten, die ihr Gesellschaft leisteten. Schatten, die um sie herumwirbelten und andere fernhielten. Die erdrückende Dunkelheit fernhielten. Seltsam, dachte sie, dass Schatten, die eigentlich Kreaturen der Dunkelheit waren, sie davor bewahrten, vollkommen von der Dunkelheit verschlungen zu werden. Hin und wieder versuchte ein Licht, seinen Weg zu ihr zu finden, doch die Schatten waren undurchdringlich. Schatten, die sie schützten. Schatten, die für sie sangen. Schatten, die sie beruhigten.

Jetzt fand sie sich in einem dichten Wald wieder, und der schöne Mann war dort. Er lief neben ihr her, und sein Haar war so silbern wie ihres. Kein Blatt regte sich in den Bäumen auf der Lichtung.

»Schließ die Augen, Lady der Dunkelheit.« Die Stimme des Mannes war kühl und geschmeidig. Ein Schauder lief ihr Rückgrat hinunter. Als sie diese Stimme das letzte Mal gehört hatte, war sie Mikales Gefangene gewesen, und sie hatte sie angewiesen zu erwachen.

Realität? Traum? Spielte es eine Rolle?

Scarlett schloss die Augen, und Bilder blitzten in ihrem Kopf auf.

Veda, die eine Klinge in Cassius' Bein trieb. Nuri, die verblutete. Mikale, der sie in einem alten Büro nahm. Ein Prinz, der vor einem Feuer schlief. Sie, wie sie Juliette einen Dolch ins Herz stieß. Ein Freund, der ihr über das Haar strich, damit sie schlafen konnte. Ein dunkler Schatten, der mit ihr über die Dächer der Häuser sprang. Goldene Augen, die in ihre starrten. Ein Stern, der verlosch. Ein Prinz des Feuers.

Sie keuchte, ihre Lider flogen auf, und sie riss die Hände an die Brust.

»Schh«, murmelte der Mann, und zum ersten Mal überhaupt entdeckte Scarlett so etwas wie Traurigkeit in seinem Blick. »Noch nicht, Lady. Schließ die Augen.«

Scarlett schüttelte den Kopf. Wenn sie jetzt die Augen schloss, dann würden diese Bilder, die sie verfolgten und sie in die Tiefen ihrer Dunkelheit hinabzerrten, sie wieder einholen.

»Tu es«, flüsterte er und beugte sich dicht an ihr Ohr. »Finde heraus, wer deinem Ruf antwortet.«

Traum. Dies war ein Traum. Es war zu bizarr, um keiner zu sein.

Vielleicht war das alles nur ein Traum. Vielleicht würde sie auf dem Steinboden in Lairwood Manor aufwachen. Vielleicht befand sie sich immer noch in Mikales Gewalt …

Sie seufzte und schloss die Augen. Sie wusste nicht genau, wie lange sie dort stand, bis sie den Wind durch ihr offenes Haar streichen fühlte. Ihr Umhang blähte sich in der Brise, und sie spürte, wie die Schatten förmlich vor Aufregung vibrierten.

Sie kommt, sie kommt, sie kommt, flüsterten sie ihrer Seele zu.

Scarlett spürte, wie der Mann neben ihr sich regte. Er stand jetzt hinter ihr und ließ die Hände auf ihren Schultern ruhen. Er drückte sie sanft, zärtlich: »Öffne die Augen, Lady der Dunkelheit. Finde heraus, wer dir antwortet.«

Scarlett öffnete langsam die Augen, und vor ihr stand ein Panther. Die Raubkatze war elegant und wunderschön, Muskeln arbeiteten unter ihrem schimmernden Fell aus Schatten, Dunkelheit und Nacht.

»Shirina«, flüsterte der Mann ehrfürchtig in ihr Ohr. »Lady Saylahs Dienerin.«

Saylah. Die Göttin der Schatten und der Nacht. Die Göttin, deren Namen man oft in Verbindung mit ihrem Bruder, Temural, dem Gott der Wildnis und des ungezähmten Abenteuers, und ihren Eltern, Arius, dem Gott des Todes und der Dunkelheit, und Serafina, der Göttin der Träume und Sterne, raunte.

Der Panther knurrte laut, und seine silbernen Augen schienen ein Spiegelbild von Scarletts eigenen zu sein. Scarlett wich erschrocken zurück, doch der schöne Mann gab ihr Halt. »Hab keine Angst vor ihr, Lady der Dunkelheit. Sie wird dich leiten. Sie wird dich beschützen. Eine Kreatur aus ungezähmten Schatten.«

Der Panther kam auf leisen Sohlen zu ihr getrabt und strich ihre Seite entlang. Vorsichtig streckte Scarlett eine Hand aus und streichelte damit über seinen Rücken, spürte die kräftigen Muskeln unter ihren Fingern.

»Bald ist es Zeit, zu erwachen«, sagte der Mann leise. »Bald ist es Zeit, sich den Schatten zu stellen.«

»Ich bin noch nicht bereit«, flüsterte Scarlett.

»Das ist man nie.« Seine kühle, leise Stimme sandte Schauer über ihren Rücken, wann immer er sprach.

»Wer seid Ihr?«, flüsterte Scarlett, während sie auf die Knie sank. Shirina ließ sich neben ihr nieder und bettete den Kopf in ihren Schoß.

Der Mann setzte sich neben sie und stützte einen Arm auf sein angewinkeltes Knie. Ein riesiger Adler stieß aus den Bäumen herab und ließ sich auf seinem Arm nieder. Sanft streichelte der Mann den Kopf des Vogels.

»Geh und stell dich deinen Schatten. Danach ist es Zeit, dass wir uns begegnen«, sagte er mit unglaublich sanfter Stimme.

»Ich will nicht zurück.« Sie grub die Finger in das seidige Fell des Panthers, während Tränen über ihre Wangen strömten. »Es tut weh. Es ist … Ich bin nicht stark genug.«

Der schöne Mann neben ihr schwieg so lange, dass sie schon dachte, er sei wieder zu einem stummen Begleiter geworden, doch dann begann er zu sprechen. »Wahre Stärke, Lady der Dunkelheit, ist, schweren Zeiten mit Mut zu begegnen. Wahre Stärke ist, wieder und wieder aufzustehen. Zu glauben, dass man für eine Zeit wie diese geschaffen wurde und sich allen Widrigkeiten stellen kann. Wahre Stärke bedeutet, Hoffnung zu haben, selbst wenn die Sterne verlöschen.«

Der Panther hatte sich auf die Seite gerollt und lag jetzt praktisch quer über ihrem Schoß, während er tief schnurrte. Der Adler auf der Schulter des Mannes plusterte sich leicht auf.

»Seid Ihr echt?«, fragte Scarlett nach einigen weiteren Minuten Stille. »Oder seid Ihr nur ein Traum?«

»Schließen Träume und Realität sich gegenseitig aus?«

Scarlett drehte sich um und sah den schönen Mann an, und ein schwaches, kühles Lächeln spielte auf seinen Lippen. Mit einem Mal stieß der Adler ein Kreischen aus und erhob sich in die Lüfte. Der Mann kam auf die Beine und bot Scarlett seine Hand an.

»Steh auf, Lady der Dunkelheit. Hoffnung gehört denen, die träumen.«

Ein letztes Mal streichelte Scarlett das glatte Fell des Panthers, dann legte sie ihre Hand in die des Mannes und stand auf, um sich den Schatten zu stellen.

TEIL EINS
DIE SCHATTEN

1

SORIN

Die ersten zwölf Stunden zurück in seiner Heimat verließ der Prinz des Feuerhofs sein privates Schlafzimmer nicht. Beatrix musste weitere Heiler rufen, um zu garantieren, dass Scarlett so wenig wie möglich litt und nicht aufwachte. Sie musste sich häufig übergeben, während ihr Körper den Prozess der Entgiftung und des Entzugs des Tonikums durchmachte. Sorin und Briar waren erschöpft, so oft hatten sie Scarletts Magie kontern müssen, die wieder und wieder an die Oberfläche drängte. Endlich hörte sie auf, sich zu übergeben, und etwas Farbe kehrte zurück in ihre Wangen. Endlich endete der ewige Ansturm von Eis und Feuer. Endlich schlief sie.

Schatten wirbelten um sie herum, doch sie schienen nachgelassen zu haben. Aber vielleicht hoffte er das auch nur. Sie ließen nicht zu, dass irgendjemand sie berührte. Jeder, der es versuchte, zog sich dabei Verbrennungen zu. Die Heiler mussten erfindungsreich sein und griffen auf alte Zauber zurück, um ihren Schlaf zu verlängern, statt allein auf ihre Heilmagie zu vertrauen. Er drängte sich einige Male an ihnen vorbei, um ihr irgendwie beizustehen, doch ihre Dunkelheit erlaubte es ihm immer nur für wenige Minuten, ehe er wieder hinausgezwungen wurde.

Als Scarlett eine volle Stunde geschlafen hatte, ohne auch nur einen Seufzer von sich zu geben, schlüpfte er aus dem Raum und fand Prinz Briar Drayce mit geschlossenen Augen auf seiner

Wohnzimmercouch vor. Als er Sorin kommen hörte, öffnet er ein Auge. Sorin ließ sich in einen der Sessel fallen und stöhnte.

»Nun, war das nicht ganz wunderbar?«, kommentierte Briar sarkastisch.

Sorin gab nur einen dumpfen Laut von sich und schloss ebenfalls die Augen. So erschöpft hatte er sich schon seit der Zeit, bevor er in die Königreiche der Menschen aufgebrochen war, nicht mehr gefühlt. Im Moment war er sich nicht einmal sicher, ob er genügend Feuer aufbringen könnte, um eine Kerze anzuzünden. Er war schon bei ihrer Ankunft ausgelaugt gewesen, und jedes Mal, wenn er seine Magiereserven wieder ein klein wenig aufgeladen hatte, erschöpfte er sie sofort wieder.

»Du bist also zurück«, sagte Briar nach mehreren Minuten Stille.

Sorin gab erneut einen dumpfen Laut von sich.

»Hast du in den Ländern der Sterblichen das Sprechen verlernt?«

Sorin zeigte ihm eine vulgäre Geste und hörte ihn lachen.

Nach einigen weiteren Minuten Stille versuchte Briar es noch einmal. »Bleibst du auch hier?«

»Ich bleibe«, antwortete Sorin und öffnete die Augen. Briar lag immer noch auf der Couch, und Eis knisterte an seinen Fingerspitzen. »Wie kommt es, dass du noch Magie übrig hast?«

»Ich habe nicht die letzten drei Jahre in Königreichen verbracht, die jegliche Magie unterdrücken?«, schlug Briar vor.

»Guter Punkt.«

»Und sie?«

»Sie?«

»Sie ist stark.«

»Das ist sie.«

»Sie ist eine Fae.«

»Das ist sie.«

»Ich brauche mehr Informationen, Sorin«, sagte Briar, der

zunehmend verärgert klang. »Wenn du eine Macht wie diese in unsere Höfe bringst, schuldest du mir eine Erklärung, wer sie ist.«

»Sie ist meine Zwillingsflamme.«

»Du machst Witze.« Briar setzte sich auf, und das knisternde Eis verschwand.

»Nein.«

»Sicher?«

Sorin hob die linke Hand und zeigte ihm die Tätowierung dort, ehe er erneut die Augen schloss. Briar fluchte leise. »Aber sie hat keine.«

»Nein, das hat sie nicht.«

»Normalerweise entscheiden sich beide Parteien dafür«, fuhr Briar vorsichtig fort.

»Sie ist nicht normal«, antwortete Sorin schlicht.

»Eindeutig nicht.« Als erneut Stille einkehrte, sagte Briar: »Sorin, wer ist sie?«

Sorin öffnete die Augen und sah, dass sein Freund ihn aufmerksam beobachtete. Er errichtete einen Schild um seine Wohnräume. Als Briar das spürte, nahm er eine aufrechte Position ein, und Sorin fühlte, wie sich ein zweiter, eisiger Schild materialisierte. Nach einer weiteren Minute atmete er tief durch, ehe er sagte: »Sie ist Elinés Tochter.«

»Du machst Witze«, reagierte Briar aufgebracht. »Wie kann das sein?«

»Ich habe keine Ahnung.«

»Wie kannst du dir da sicher sein?«

»Ich kann es nicht, aber sie hatte das hier.« Er hob die Hand, an der noch immer der Semiria-Ring steckte. Erneut hörte er Briar fluchen. »Außerdem verfügt sie eindeutig sowohl über Feuer- als auch über Wassermagie. Etwas, das nur Eliné hatte.«

»Wer ist ihr Vater?«

»Ich habe keine Ahnung«, antwortete Sorin. »Und sie auch

nicht. Scarlett wusste nicht einmal, dass sie eine Fae ist, und schon gar nicht, dass ihre Mutter eine Königin war.«

»Wer?«

»Scarlett«, antwortete Sorin. Als Briar ihn weiterhin verwirrt ansah, fügte er hinzu: »Die Fae in meinem Bett.«

»Ah«, machte Briar verstehend. »Also … hast du sie hierhergebracht?«

»Wo hätte ich sie sonst hinbringen sollen? Hier gehört sie hin. Hier ist ihre Heimat.«

»Talwyn wird fuchsteufelswild sein«, warnte Briar ihn, und erneut formte sich Eis an seinen Fingerspitzen.

»Deshalb die Schilde«, murmelte Sorin.

»Schatten tanzen um sie herum«, merkte Briar wie beiläufig an.

»Das tun sie.«

»Wer sind die anderen? Die von Cyrus und Rayner in den Gästeflügel gebracht wurden?«

»Ein sterblicher Prinz, der die Fae in meinem Bett liebt, und seine Leibwachen«, antwortete Sorin und ließ den Kopf in seine Hände fallen.

»Weil wir noch nicht genug Drama mit Talwyn und Azrael haben, hast du mal eben beschlossen, uns noch mehr ins Haus zu bringen?«, fragte Briar.

Sorin hob den Kopf und stellte fest, dass Briar grinste.

»Ich bin froh, dass du dich amüsierst«, presste er hervor.

»Gibt es noch etwas, das ich wissen sollte?«, fragte Briar.

»Ja, aber das kann bis morgen warten. Dann erzähle ich dir alles. Ich brauche Schlaf. Ich habe seit drei Jahren nicht mehr ordentlich geschlafen«, antwortete Sorin und wischte sich übers Gesicht.

»Das sieht man«, scherzte Briar.

Sorin starrte seinen Freund finster an und zeigte ihm eine weitere vulgäre Geste.

»Lass mir eine Nachricht zukommen, solltest du mich brauchen«, sagte Briar, erhob sich von der Couch und streckte die Arme über den Kopf. »Aber benutz vielleicht besser eine Feuernachricht und nicht diesen verdammten Vogel.«

Sorin lachte leise und richtete sich dann auf. »Danke.«

Briar legte die Hand auf seine Schulter. »Willkommen zu Hause, Aditya. Es tut gut, dich wieder hier zu haben.«

»Es tut gut, wieder hier zu sein«, gestand Sorin. Dann fügte er hinzu: »Ich sperre sie aus, bis sie aufwacht. Sie werden nicht begeistert sein.«

»Ich kümmere mich darum«, sagte Briar, und im nächsten Moment erschien ein Wasserportal.

»Und pass auf, dass sie die Sterblichen nicht zu sehr piesacken«, warnte Sorin und verzog das Gesicht. Cyrus würde außer sich sein, sobald er herausfand, dass er auf Menschen aufpassen sollte.

»Mache ich«, sagte Briar. Er trat durch das Wasserportal, und es schloss sich hinter ihm.

Sorin nahm einen tiefen Atemzug und sah sich um. Er war endlich zu Hause. Seine Magie, so ausgezehrt sie auch gerade war, simmerte in seinen Adern. Er ging in sein Schlafzimmer, stellte fest, dass Scarlett sich nicht vom Fleck bewegt hatte, und setzte seinen Weg ins Badezimmer fort. Seine Wanne war mehr ein Schwimmbecken, drei Meter lang und einen Meter tief. Sie war bereits gefüllt, und er hatte gerade noch genug Magie, um das Wasser zu wärmen. Als er mit der Hand über der Oberfläche entlangstrich, begann Dampf aufzusteigen. Er trug immer noch seine Lederrüstung von dem zweitägigen Ritt zur Grenze. Es kam ihm vor, als wäre das bereits Wochen her. Er schälte sich aus den verschwitzten Kleidern, stieg in das Becken und ließ sich auf eine der Bänke fallen, die die Ränder der Wanne säumten.

Eine halbe Stunde später war er so entspannt, dass er kaum die Augen offen halten konnte. Er schlüpfte in weite Hosen und kehrte in sein Zimmer zurück.

Und erstarrte.

Am Fuß des Bettes lag ein Panther, der so schwarz war wie die Schatten, die um Scarlett herumwirbelten. Die Raubkatze hob den Kopf, als Sorin den Raum betrat, und knurrte aus tiefer Kehle.

»Shirina«, hauchte er und verbeugte sich tief. Sorin versuchte vergeblich, sich zu erinnern, wann das Seelentier der Göttin Saylah das letzte Mal gesichtet worden war.

Die Raubkatze legte den Kopf schräg, und ihre silbernen Augen leuchteten, während sie ihn musterte. Und dann, mit einem sachten Nicken, ließ sie sich wieder sinken und schloss die Augen. Sorin ging langsam auf Scarlett zu und hielt dabei Abstand zu dem Panther. Sie hatte sich im Schlaf bewegt, und die Farbe war wieder aus ihren Wangen gewichen. Er verzog das Gesicht, als er sich durch die beißenden Schatten kämpfte, ihre Stirn fühlte und sie eiskalt vorfand.

»Verdammt«, wisperte er.

Wie zur Antwort klopfte es leise an der Schlafzimmertür. Er drehte sich um und entdeckte Beatrix in der Tür. Sie war nicht mehr jung, ihr Haar überwiegend ergraut, aber als Unsterbliche sah man ihr ihr wahres Alter nicht an. Sie blickte an ihm vorbei zu Scarlett und runzelte die Stirn.

»Du musst erschöpft sein«, sagte Sorin leise.

»Wie Ihr auch, Prinz«, antwortete sie und neigte kurz den Kopf.

Beatrix kam an Sorins Seite, ohne sich um den Panther am Fuß des Bettes zu kümmern, und streckte die Hände über Scarlett aus. Weißes Licht strömte aus ihnen hervor, als sie damit durch die Luft über Scarletts Körper strich. Das Licht drang durch die Schatten, und er konnte sehen, wie viel Kraft das Beatrix kostete. Sie hielt kurz inne und griff nach einer Schale auf dem Nachttisch – gerade rechtzeitig, denn Scarlett schoss hoch und übergab sich erneut. Es tat ihm in der Seele weh, sie so zu sehen. Seine Zwillingsflamme.

Sorin griff einmal mehr in die Schatten und hielt ihr das Haar aus dem Gesicht. Als sie fertig war, sank sie zurück in die Kissen.

Ihre Augen waren nur halb offen, aber sie richteten sich auf Sorin. Sie musterte ihn, schien seinen Blick zu suchen. Beatrix murmelte leise einen Zauber, und einmal mehr fielen ihre Lider flatternd zu.

»Sie sollte ein paar weitere Stunden schlafen«, sagte Beatrix und riss Sorin aus seinen Gedanken.

»Gut«, brachte Sorin heraus, ohne Scarlett aus den Augen zu lassen, und ihm kam eine Idee.

»Ruft mich, wenn Ihr mich braucht. Lasst nicht zu, dass sie aufsteht, wenn sie aufwacht«, warnte Beatrix.

»Wenn sie aufwacht?«, wiederholte Sorin überrascht. »Ich dachte, du hältst sie in einem Schlaf, bis der Entzug vorbei ist?«

»Ich versuche es, Prinz«, antwortete Beatrix. »Sie ist stark. Ich kann nicht sagen, wie lange ich sie in diesem Zustand halten kann.«

Sorin nickte verstehend und richtete den Blick wieder auf Scarlett. Wenn er über die Zwillingsflammen-Verbindung mit ihr Kontakt aufnehmen könnte …

Er spürte eine sachte Berührung am Arm, und als er sich umdrehte, musterten ihn violette Augen mit zärtlichem Verstehen.

»Dringt jetzt nicht in ihren Geist ein«, sagte Beatrix leise. »In ihrem Geist, ihrem Körper und ihrer Seele herrscht gerade Aufruhr. Tragt nicht noch dazu bei.«

»Aber ich könnte ihr helfen, es durchzustehen«, widersprach Sorin, dessen Blick sich wieder auf die Fae in seinem Bett richtete.

»Nein«, antwortete Beatrix und schüttelte den Kopf. »Ihr wisst nicht, was Euch dort erwartet. Es wäre ein riesiger Vertrauensbruch. Sie hat den Bund noch nicht akzeptiert. Und mit ihrer Magie? Ich weiß nicht, ob Ihr es zurückschaffen würdet. Sie könnte Euch unwissentlich dort einschließen.«

Sorin antwortete nicht. Die Zwillingsflammen-Verbindung gab ihm Zugriff auf alles, was sie gerade fühlte und erlebte. Wenn er nur für einen Moment hineinkönnte, um zu sehen, wo genau sie litt, dann könnte er ihr vielleicht etwas von ihrer Last abnehmen.

»Sorin Aditya«, sagte Beatrix, in deren Stimme jetzt mehr Autorität schwang als gerade eben noch. Er drehte sich zu ihr um und las ernsthafte Missbilligung in ihrem Blick. »Ich mag vor allem eine Heilerin sein, aber ich beherrsche noch immer die Kunst meiner Schwestern. Sie wird den Lauf der Geschichte verändern.«

»Nein«, unterbrach Sorin sie. »Ich weiß, dass Talwyn sie benutzen will. Sie kann sie nicht haben.«

»Sie wird sie brauchen, Prinz. *Und Euch*«, fuhr die Heilerin fort. »Wir werden brauchen, was ihr beide zusammen sein werdet und was sie für sich allein sein wird. Bis sie ihre Magie kontrollieren kann und wir das Ausmaß ihrer Macht kennen, müsst Ihr vorsichtig sein.«

»Ich verstehe, Beatrix«, lenkte Sorin ein. »Danke. Für alles.«

Beatrix neigte leicht den Kopf, ehe sie sich auf den Weg zur Tür machte. »Ruft mich sofort, wenn sie aufwacht oder etwas nicht stimmt.«

»Das werde ich.«

Als Beatrix weg war, holte Sorin sich eine Decke von der Chaiselongue neben der Balkontür und ließ sich in einen der gepolsterten Sessel sinken. Der Panther schien zu akzeptieren, dass jetzt jemand anderes hier war, um über Scarlett zu wachen. Er sprang auf den Boden, streckte sich mit einem riesigen Gähnen und verschwand mit einem Aufblitzen silbernen Lichts. Sorin war innerhalb weniger Minuten eingeschlafen.

2

CALLAN

Kronprinz Callan lief in dem geräumigen Gästequartier auf und ab. Seine Leibwachen und Freunde Finn und Sloan teilten sich die Räumlichkeiten mit ihm. Es gab ein Wohnzimmer, ein Spielzimmer und drei Schlafgemächer, die jeweils über ein eigenes Bade- und Ankleidezimmer verfügten.

»Du verhältst dich wie eine eingesperrte Bergkatze«, murmelte Finn, der sich mit einem Buch auf dem Sofa ausgestreckt hatte. Sloan saß am Esstisch und beendete gerade sein Frühstück.

»Wir sind seit fünf Tagen hier, und niemand hat mich informiert, wie es ihr geht«, knurrte Callan. Das letzte Mal, als Callan Scarlett gesehen hatte, lag sie mit einer Stichwunde in der Seite auf einer Couch und war am Verbluten.

Bis ihre Schatten explodierten und sie alle gegen Tische und Wände schleuderten. Danach wurden sie von den beiden anderen, die kaum ein Wort mit ihnen sprachen, aus dem Raum gedrängt, hierher verfrachtet und seither praktisch ignoriert.

»Ich denke nicht, dass du noch der Mann an ihrer Seite bist«, antwortete Sloan schroff.

»Du konntest sie doch ohnehin nie leiden«, fuhr Callan ihn an.

»Das stimmt. Ich konnte die Meuchelmörderin, die uns ständig durch die Lappen gegangen ist und es geschafft hat, sich in dein Schlafzimmer und dein Bett zu schleichen, noch nie leiden«, stimmte Sloan zu und biss von seinem Marmeladentoast ab.

»Wenn du einmal versucht hättest, mit ihr zu reden, statt sie ständig anzufahren, würdest du sie vielleicht mögen«, antwortete Callan. »Sie und Finn verstehen sich prächtig.«

»Zieht mich da nicht mit rein«, meldete sich Finn von der Couch und blätterte um.

Callan begann wieder, auf und ab zu laufen. Das hier war lächerlich. Man hatte ihnen natürlich erlaubt, ihr Quartier zu verlassen. Sie waren keine Gefangenen, aber sie konnten auch nicht hingehen, wo immer es ihnen beliebte. Tatsächlich durften sie den westlichen Teil des Palasts überhaupt nicht betreten.

Man hatte ihnen nur sehr wenig vom Palast des Feuerprinzen gezeigt. Sie hatten einen Speisesaal, die östlichen Gärten und die große Halle gesehen. Die Grundausstattung jedes Palasts. Er hatte gedacht, sein eigenes Schloss wäre riesig, doch das hier übertraf es um Längen. Durch die Mitte des Gebäudes floss ein Fluss. Ein götterverdammter Fluss.

Die Gästequartiere befanden sich östlich des Flusses. Sie hatten die Brücken gesehen, die hinüber in den westlichen Teil führten, doch wann immer sie versuchten, sie zu überqueren, hatte man sie gestoppt. Wie es schien, lag der Privatflügel des Palasts auf jener Seite, und er konnte nur raten, dass Sorin Scarlett dort untergebracht hatte.

Das war absurd. Er war ein Kronprinz. Er würde nicht akzeptieren, dass man ihm Informationen vorenthielt.

Er strebte auf die Tür zu, und augenblicklich sprangen Finn und Sloan hinter ihm auf.

»Wo willst du hin?«, seufzte Finn und schlüpfte in seine Stiefel.

»Mir Informationen beschaffen«, antwortete Callan und riss die Tür auf. Er hörte Finn und Sloan hinter sich fluchen. Er wartete gar nicht erst auf sie, ehe er den Flur hinunterstrebte. Er kannte den Weg zur Haupthalle mittlerweile gut genug. Er bog um eine Ecke und hörte eine knappe, kultivierte weibliche Stimme hinter ihnen.

»Aber, aber. Warum haben unsere Gäste denn eine solche Eile?«

Callan drehte sich um und sah eine Frau – nein Fae – auf ihn zukommen. Eliza. Die Fae, die mit ihnen von Baylorin hierhergereist war, alles unter einer falschen Identität, genau wie der Feuerprinz.

Elizas Haar wies eine leuchtende rotgoldene Färbung auf und fiel ihr in großen Locken über den Rücken. Tätowierungen, die zuvor nicht da gewesen waren, wanden sich jetzt über ihre Brust und die nackten Arme hinunter. Anscheinend waren sie Teil des Illusionszaubers, mit dem sie ihr Aussehen im Reich der Sterblichen verändert hatte. Callan konnte das alles nicht recht begreifen. Waffen zierten sie, wo immer man auch hinblickte. Ihre grauen Augen musterten ihn, während sie sich ihm näherte. Sie war schön, ja, aber auch furchterregend. Seit ihrer Ankunft hatte er sie kaum zu Gesicht bekommen, und wenn, dann tauschten sie nur ein paar knappe Worte im Vorbeigehen.

Callan richtete sich auf, als sie vor ihm stehen blieb. »Ich werde nach Scarlett sehen.«

»Du kannst es definitiv *versuchen*«, sagte sie grinsend. Ihre Augen blitzten herausfordernd, und er sah, wie Finn und Sloan unauffällig die Hand auf ihre Waffe legten.

»Würdest du mich daran hindern?«

»Das würde ich niemals wagen. Bitte«, sagte sie und winkte ihn vorbei, »lass dich nicht aufhalten.«

»Gut«, erwiderte Callan unsicher und tauschte einen Blick mit Finn und Sloan. »Danke.« Er setzte sich in Bewegung, und die Fae gesellte sich zu ihm. Sie schwieg, während sie gemeinsam gingen. In angespannter Stille. »Also bist du Generalin hier? Das ist kein ausgedachter Titel wie *seiner* es war?«

»Das bin ich«, antwortete sie. Knapp. Direkt.

»Ich werde das Gefühl nicht los, dass du mich in eine Falle führst«, sagte Callan wachsam, während sie eine Treppe hinunterstiegen.

»Ich führe dich nirgendwohin«, entgegnete sie. »Ich folge dir.«

Sie befanden sich jetzt im Erdgeschoss des Palasts, und vor ihnen erstreckte sich eine Brücke. Es gab eine davon in jedem Stockwerk. Soviel er erkennen konnte, bestanden die Brücken aus einer Art Glas, aber er hatte sie nie näher in Augenschein nehmen können, weil es ihm, seit man ihn am ersten Tag in sein Quartier geleitet hatte, nicht mehr erlaubt gewesen war, eine zu betreten.

Die Wache auf der Brücke nahm Haltung an und salutierte, doch Eliza ging einfach an ihr vorbei. Callan zögerte.

»Du weißt, dass das eine Falle ist, ja?«, sagte Sloan leise hinter ihm.

»Nicht, wenn sie uns über die verdammte Brücke lässt«, gab Callan zurück.

Sie war auf halbem Weg über die Brücke stehen geblieben und sah sich jetzt über ihre Schulter nach ihnen um. »Er hat definitiv nicht die Informationen, nach denen du suchst«, sagte Eliza und nickte in Richtung der Wache, vor der Callan noch immer verharrte.

Also wagte Callan einen ersten Schritt. Sie überquerten die Brücke ohne Zwischenfälle, und er unterdrückte ein erleichtertes Seufzen. Aber jetzt, da sie auf der anderen Seite waren, blieb er stehen, weil er nicht wusste, wo er hinsollte.

»Geh vor«, sagte sie, erneut begleitet von einer einladenden Geste.

»Ich … Das war von Anfang an ein Trick«, empörte sich Callan und starrte sie finster an.

»Ich habe dich nie getäuscht«, antwortete sie und verschränkte die Arme. »Habe ich nicht gesagt, dass du es versuchen kannst? Entscheide dich für eine Richtung.«

»Also gut«, presste er durch zusammengebissene Zähne hervor und setzte sich in Bewegung. Wieder holte sie ihn ein und ging an seiner Seite. Sie waren gerade eine Treppe hinaufgestiegen und in einen Flur eingebogen, als sich vor ihnen ein Fae aus Rauch und Asche materialisierte. Rayner. Das war Rayner. Er würde den furchterregenden Krieger, in dessen Augen Rauch zu wirbeln schien, nie vergessen.

»Wie kommt ihr hierher?«, fragte er mit seiner gefährlich leisen Stimme.

»Sie haben die Brücke überquert.« Eliza grinste.

»Das sehe ich«, antwortete er und richtete seine wirbelnden Augen auf sie. »Warum hat man sie nicht aufgehalten?«

»Ich schätze, weil ich bei ihnen war«, erwiderte sie achselzuckend.

»Sieh mal, ich will mich nur nach Scarlett erkundigen«, sagte Callan, der versuchte, höflich zu bleiben und sich seine Verärgerung nicht anmerken zu lassen.

»Wer?«, meldete sich eine männliche Stimme hinter ihm.

»Scheiße«, murmelte Sloan. »Wo kommen die nur immer her?«

Der andere Fae, der sie an jenem Tag aus den Räumen eskortiert hatte, die er für Sorins Privatgemächer hielt, stand jetzt oben an der Treppe, die sie gerade erklommen hatten. Er hatte goldene Augen, die Sorins glichen.

»Scarlett Monrhoe«, seufzte Callan. Als der Fae ihn mit dem gleichen fragenden Ausdruck ansah, fügte er hinzu: »Die Frau, die mit Sorin gekommen ist.«

»Was machen sie hier, Eliza?«, fragte der Fae, der ihn jetzt ignorierte und die Kriegerin ansah.

»Sie haben die Brücke überquert«, sagte sie erneut.

»Dann sollten sie auf demselben Weg zurück auf die andere Seite«, antwortete er spitz.

»Nein«, presste Callan hervor. »Nicht bevor man mir sagt, wie es ihr geht.«

Die drei Fae tauschten Blicke.

»Ich denke nicht, dass euch das etwas angeht«, sagte der Fae. Wie war noch mal sein Name?

»Es geht mich definitiv etwas an. Sie ist meine …« Er sprach nicht weiter. Was war sie eigentlich?

Ein Prinz hat ihr Herz. Nuris Worte an jenem Tag in der Taverne dröhnten in seinem Kopf. Ganz arrogant hatte er angenommen, sie meinte ihn, aber dann musste er herausfinden, dass auch Sorin ein Prinz war. *Der* Feuerprinz.

Aber sie hatte einmal ihm gehört, oder? Sein Nachtschatten. Folgten ihr immer noch Schatten, wo immer sie auch hinging? Umschwärmten sie sie immer noch?

»Sie ist was, Prinzlein?«, spottete Eliza.

»Sie ist eine Freundin, die mir das Leben gerettet hat, und ich möchte wissen, wie es ihr geht. Ich möchte sie sehen«, antwortete Callan schließlich und versuchte zu klingen wie der Prinz, der er war.

Die Fae tauschten erneut Blicke.

»Ich habe ihm gesagt, dass er es versuchen kann«, meinte Eliza achselzuckend.

»Scheiße noch mal«, sagte einer der männlichen Fae und fuhr sich mit der Hand über das Gesicht. »Du bist wie eine verdammte Katze, die mit ihrem Essen spielt.«

»Cyrus«, schalt Rayner ihn leise, »wir haben Gäste hier.«

Cyrus winkte ab. »Wenn seine Hoheit noch nie Schimpfwörter gehört hat, dann ist er behüteter aufgewachsen, als ich ursprünglich dachte.« Cyrus rieb sich mit Daumen und Zeigefinger die Brauen, als hätte er Kopfschmerzen. Er drehte sich wieder zu ihnen um.

»Ihr werdet es nicht bis zu ihr schaffen. Selbst wenn ihr die Tür zu den Gemächern des Prinzen findet, würdet ihr euch ihr nicht nähern können. Schutzzauber hindern jeden am Betreten. Und nicht nur das, es gibt noch weitere Schilde, die verhindern, dass ihr überhaupt in den Flur gelangt.«

»Aber …«

»Und«, unterbrach Cyrus ihn, »darüber hinaus gibt es Zauber, die euch auf die falsche Fährte führen sollen. Ihr würdet schon die Tür niemals ohne direkte Eskorte finden.«

Callan starrte ihn ungläubig an. Diese Art Sicherheitssystem war … unglaublich. Sorin musste sein Leben im Reich der Sterblichen gehasst haben.

»Siehst du, Prinzlein«, sagte Eliza zu ihm, und ihre Stimme wurde kalt. Verschwunden war ihr gelangweilter Tonfall. Nein, vor ihm stand eine Generalin, die Armeen anführte und einen ganzen Hof beschützte. »Niemand kommt dem Prinzen nahe, ohne dass wir es wissen. Wer durch seine Tür will, muss erst an einem von uns vorbei. Und wenn du es an einem vorbeigeschafft hast, sind da noch zwei weitere.« Flammen tanzten in ihren Augen, und Feuer loderte an Cyrus' Fingerspitzen auf.

»Könntet ihr es dann für mich herausfinden?«, fragte Callan und drängte die Furcht zurück, die ihm die Knie weich werden ließ.

»Nein«, antwortete Cyrus. »Das können wir nicht.«

»Warum nicht?«, fragte Finn hinter Callan und kam an seine Seite.

Wieder tauschten die Fae Blicke.

»Wir wissen nicht, ob es uns gestattet ist, derartige Informationen weiterzugeben«, sagte Rayner mit seiner leisen, ernsten Stimme.

»Könnt ihr ihn nicht fragen?«, wollte Finn wissen.

»Hast du nicht zugehört?«, fauchte Cyrus. »Die Schutzschilde hindern jeden daran, einzutreten.«

»Selbst … euch?«, fragte Callan erstaunt.

»Ja«, presste Cyrus heraus. Sein Tonfall sagte alles. Er war nicht glücklich darüber, von seinem Prinzen getrennt zu sein. Finn und Sloan machten oft einen Aufstand, wenn er verlangte, allein gelassen zu werden. Und jetzt war hier dieser gestandene Fae, der mit Feuer um sich werfen konnte, und war wütend, weil man ihn nicht zu seinem Prinzen ließ.

»Niemand kann rein? Was ist, wenn etwas passiert?«, rief Callan.

Sie hörten das Rauschen von Wasser, und ein weiterer Fae trat aus einem wirbelnden Strudel.

»Ich wüsste sofort, wenn etwas passiert«, sagte er. Callan hatte ihn kurz schon einmal gesehen. Er war gekommen, bevor Scarlett die Kontrolle verloren hatte. Er spürte, wie Finn und Sloan sich hinter ihm anspannten. Wenigstens standen die drei Fae, die er bereits kannte, zwischen ihm und dem Neuankömmling. Das Gesicht des Mannes war hart, aber seine eisblauen Augen funkelten. Seine Statur ähnelte der Sorins, und er trug eine Tunika, die so türkisblau wie das Meer war, und Hosen in einem hellen Grau.

»Aber er sagte, dass niemand hineindarf«, widersprach Callan.

»Er meint, dass sie im Moment nicht hineindürfen, und das passt ihm nicht.« Der Fae sah Cyrus dabei an.

»Er hat uns noch nie ausgesperrt, Drayce«, sagte Cyrus scharf. »Nicht, bis er mit *ihr* zurückgekommen ist.« Der Neuankömmling blinzelte einfach nur.

»Diese Sache sollte nicht so schwierig sein«, knurrte Sloan hinter Callan. Callan drehte sich überrascht zu ihm um, und die anderen Fae im Flur taten es ihm gleich. »Mein Prinz möchte lediglich wissen, ob es der Frau gut geht.«

»Sie schläft, Prinz Callan«, sagte der Fae. »Mehr kann ich nicht sagen.«

»Schläft sie schon, seit wir hier angekommen sind? Hatte sie ihr Tonikum? Ist sie gar nicht aufgewacht? Was ist mit ihrer Wunde?« Er fiel beinahe vor Erleichterung auf die Knie, weil ihm endlich jemand etwas gesagt hatte.

»Unsere beste Heilerin kümmert sich um sie, und Sorin hat

seine Gemächer kein einziges Mal verlassen. Sie steht die ganze Zeit unter Beobachtung«, antwortete er. »Und jetzt wäre es besser, Ihr würdet zurück in den östlichen Teil des Palasts zurückkehren. Ich werde Euch persönlich begleiten.«

Rayner verschwand in einer Wolke aus Rauch und Asche, und Cyrus stampfte fluchend davon. Eliza schloss sich ihnen einmal mehr an.

»Folgen die Schatten ihr immer noch?«, fragte Callan, als sie die Treppe hinunterstiegen.

Der Mann biss die Zähne zusammen. »Ja. Daran arbeiten wir.«

»Wer seid Ihr? Ich dachte, Cyrus wäre der Stellvertreter.«

»Das ist er.«

»Und Rayner ist wiederum dessen Stellvertreter.«

»Ja.«

Sie waren jetzt bei der Brücke angelangt. »Wer seid Ihr dann, dass Ihr eintreten dürft, sie aber nicht.«

Ein Lächeln zupfte an den Mundwinkeln des Fae, und Callan hatte das unbestimmte Gefühl, dass er Spaß an Schabernack und Gaunerei fand. Eliza war bereits auf der Brücke. »Ich bin Briar Drayce«, sagte er und wies ihnen, die Brücke zu überqueren. »Prinz des Wasserhofs, und ich werde Euch nur ein einziges Mal warnen, sterblicher Prinz: Solltet Ihr diese Brücke noch einmal ohne Erlaubnis überqueren, dann werden Sorins Vertraute nicht annähernd so freundlich darauf reagieren.«

»Sie waren heute auch nicht gerade freundlich«, antwortete Callan und betrat die Brücke.

»In der Tat« war alles, was Briar sagte, ehe er sich umdrehte und in einem unteren Flur verschwand.

Als sie auf der anderen Seite der Brücke ankamen, wartete Eliza bereits auf sie. »Kommt« war alles, was sie sagte, ehe sie auf eine Treppe zuhielt. Callan sah Finn und Sloan an, die lediglich die Schultern zuckten, also folgten sie ihr.

Sie führte sie in ein Untergeschoss des Palasts und dann durch diverse Flure, bis sie irgendwo im hinteren Teil des Gebäudes sein mussten. Als sie in einen weiteren Gang einbogen, hörten sie das zunehmend lauter werdende Aufeinanderprallen von Waffen und angestrengtes Stöhnen, bis sie schließlich vor einem großen Raum zum Halten kamen.

Es war eine Übungshalle. Es gab diverse Ringe mit männlichen und weiblichen Fae, die mit allen möglichen Waffen trainierten.

»Was tun wir hier?«, fragte Callan.

»Deine beiden Leibwachen sehen aus, als wollten sie jemanden umbringen«, sagte Eliza mit wissendem Blick. »Ihr alle müsst ein paar Aggressionen loswerden.« Sie gab zwei Fae ein Zeichen, zu ihr zu kommen. »Geht und übt«, sagte sie mit einer knappen Bewegung ihres Kinns zu Finn und Sloan. Sie wirkten tatsächlich erleichtert, dass sie etwas zu tun hatten. »Bringt ihnen ein paar Sachen bei«, sagte sie zu den Soldaten, »aber tötet sie nicht. Es sind Sterbliche.«

»Sehr wohl, General«, sagte der Soldat und gab ihnen ein Zeichen, ihm zu folgen.

»Und du trainierst nicht?«, fragte Callan Eliza, als sie sich zum Gehen wandte.

»Möchtest du etwa mit mir in den Ring steigen?«, fragte sie und hob die Augenbraue.

»Nein«, reagierte er schnell.

»Kluge Antwort« war alles, was sie erwiderte, ehe sie sich abwandte und den Weg zurückging, den sie gekommen waren.

Callan sah ihr noch eine Weile hinterher, dann betrat er den Übungsraum. Jemand drückte ihm ein Schwert in die Hand, und dann stieg er mit Finn in den Ring.

3
SCARLETT

Scarlett erwachte in einem riesigen Schlafzimmer. Sie war schon einmal hier gewesen, doch sie wusste nicht, ob im Traum oder in der Realität. Als sie zum Fuß des Bettes blickte, erwartete sie halb, einen Panther dort vorzufinden. Sie hatte nichts an, und die Laken schmiegten sich weich und luxuriös an ihre nackte Haut. Langsam sah sie sich um. Es war warm. Ein Feuer knisterte in einem Kamin, der von zwei gepolsterten Sesseln flankiert wurde. Zu beiden Seiten des Kamins ragte jeweils ein mit Büchern vollgestopftes Regal bis zur Decke auf. Rechts von dem riesigen Bett entdeckte sie einen aufgeräumten Schreibtisch. Eine Chaiselongue stand unter einer Reihe von Fenstern rechts vom Kamin. Links davon führte eine Doppeltür hinaus auf den Balkon.

Scarlett stieg aus dem Bett und nahm sich eine Decke von einem der gepolsterten Sessel. Der Geruch nach Zedern und Asche hüllte sie ein, und die Schatten schwärmten um ihre Arme. Sie schlang die Decke um ihren nackten Körper und ging zu den Türen. Es war nur ein Stoß nötig, um sie zu öffnen, und sie trat hinaus. Der Ausblick war atemberaubend. Sie befanden sich hoch oben in den Bergen. Schneebedeckte Gipfel erstreckten sich meilenweit. Bäume wuchsen an den Flanken der Berge, und obwohl es draußen kalt hätte sein müssen, war es auf dem Balkon nicht weniger warm als im Schlafzimmer.

Scarlett trat an das Geländer und sah hinunter. Sie befand sich in einer Art Schloss oder Palast oder Turm, hoch über der Erde. Ihr stockte der Atem, als sie sich an einen anderen Raum hoch über der Erde erinnerte, wo man sie eingesperrt hatte. Die Schatten strichen tröstend über ihre Arme. Sie zwang sich, ein- und auszuatmen. Ein und aus. Das war Vergangenheit. Es war wirklich passiert, oder? Sorin hatte sie dort rausgeholt.

Oder war das der Traum?

Scarlett drehte sich um, ging wieder hinein und schloss die Türen hinter sich. Sie kam an einem Raum vorbei, bei dem es sich eindeutig um eine Art Badezimmer handelte. Daneben befand sich ein weiterer Durchgang, der in einen begehbaren Kleiderschrank führte, der mit ihrem eigenen in Tyndell Manor mithalten konnte. Tatsächlich war er sogar größer, aber nur zur Hälfte gefüllt. Sie ließ die Hand über die verschiedenen Hemden und Tuniken gleiten, an denen ein vertrauter Geruch hing. Eine riesige Eichenkommode stand an der gegenüberliegenden Wand. Eine Auswahl von Dolchen lag darauf verstreut, und Schwerter waren achtlos auf den Boden geworfen worden. Alle hatten die gleichen schwarzen Klingen wie Sorins Waffen.

Scarlett wandte sich wieder der Kleidung zu und nahm sich ein rotes Hemd von einem Bügel. Es war riesig und reichte ihr beinahe bis zu den Knien. Sie schloss alle Knöpfe bis auf den obersten und ließ die Decke zu Boden fallen. Zwischen den Dolchen fand sie einen Gürtel und schnallte ihn um ihre Taille, ehe sie ihn um einen der Dolche ergänzte. Als sie den Schrank wieder verlassen wollte, entdeckte sie den mannshohen Spiegel in der Ecke und erstarrte.

Sie sah aus wie immer und doch anders. Da waren die Schatten, aber da war noch mehr. Sie kam mit dem Gesicht dicht an den Spiegel und betrachtete sich. Ihr silbernes Haar wirkte … seidiger und schimmerte wie Sternenlicht. Vielleicht war das hier doch ein Traum. Ihre Ohren waren etwas länger und liefen spitz zu. Sie hätte schwören können, dass sie insgesamt ein paar Zentimeter größer geworden war. Alles an ihr wirkte länger, eleganter.

Scarlett verließ den Schrank, wobei ihre Schritte auf dem marmornen Fußboden keinen Laut verursachten. Die Tür zum Schlafzimmer war halb offen, und sie schlüpfte hinaus und fand sich in einem Wohnbereich wieder. Ein großes ziegelrotes Sofa bildete ein U vor dem Kamin in der gegenüberliegenden Wand. Ganz rechts entdeckte sie ein Klavier, poliert und glänzend. Es gab drei Türen, die irgendwo hinführten. Aber gleich zu ihrer Rechten stand ein langer Esstisch mit Tellern voller Frühstück.

Scarletts Magen knurrte, und sie wagte ein paar langsame Schritte in Richtung des Essens. Realität oder Traum? Sie war sich immer noch nicht sicher. Vorsichtig nahm sie sich ein Stück Melone. Der Saft explodierte förmlich in ihrem Mund. Sie musste am Verhungern sein, denn das schmeckte besser als jede Melone, die sie je zuvor probiert hatte. Sie nahm sich noch einen Kirschplunder. Sie hatte ihn halb aufgegessen, als sich die Tür öffnete.

»Sorin, dein Innerer Hof ist eine Bande von weinerlichen …«, begann ein Mann, doch er verstummte, als er Scarlett entdeckte.

Scarlett wandte sich ihm zu, um ihn zu mustern. Nach dem ersten Bissen von dem Gebäckstück hatte sie beschlossen, dass das hier ein Traum sein musste. Statt also nach ihrem Dolch zu greifen, nahm sie einen weiteren Bissen und wartete ab, wie die Situation sich entwickeln würde. Würde sie sich hinterher überhaupt daran erinnern? Bislang war dieser Traum recht langweilig.

Der Mann hatte schulterlanges Haar, das so blond war, dass es beinahe weiß erschien, als würde er jeden Tag in der Sonne verbringen. Seine Augen waren die blauesten, die sie je gesehen hatte, und erinnerten sie an ihre eigenen. Er war ähnlich muskulös und gut gebaut wie Sorin. Er trug Hosen, die genau die richtigen Stellen betonten, und eine weite Tunika, unter der man trotzdem noch seine definierte Brust erkennen konnte.

»Scarlett«, sagte er vorsichtig, »du bist wach.«

Scarlett legte den Kopf schräg. Er kannte sie? Sie steckte sich den Rest des Gebäckstücks in den Mund und beobachtete ihn.

»Weiß Sorin, dass du wach bist?«, fragte der Mann und machte einen vorsichtigen Schritt in den Raum hinein.

Scarlett wich etwas zurück, und in diesem Moment schloss sich ein Ring aus Feuer um den Mann. Ihre Schatten schwollen an, reckten dunkle Tentakel nach ihm.

Er fluchte, und ein dünner Wasserschild erschien zwischen ihm und dem Feuer. Scarlett hob lediglich die Augenbrauen. Wasser. Nicht Feuer?

»Scarlett, bitte«, sagte der Mann. »Ich bin ein Freund. Ich schwöre.«

Scarlett starrte ihn lediglich an. Sie nahm sich eine Birne und biss hinein, während sie sich an den Tisch lehnte, um ihn weiter zu beobachten.

»Sorin!«, rief der Mann.

Scarlett hörte eine dumpfe Stimme hinter einer der Türen an der gegenüberliegenden Wand etwas rufen, was sich nach »Gleich da« anhörte.

»Aditya, sofort!«, rief der Mann noch einmal. Scarlett wandte sich wieder ihm zu. Schweiß sammelte sich auf seiner Stirn.

»Ich komme schon«, schnaubte jemand entnervt, und dann: »Heilige Hölle.«

Sorin tauchte in einer der Türen auf. Er hatte ein offenes Buch in der Hand, das er prompt zuklappte und auf einen niedrigen Tisch neben sich legte. Er trug weite Freizeithosen und ein Hemd, das offen stand. Wie ihre hatten auch seine Züge sich verändert, und da waren Tätowierungen, die zuvor nicht da gewesen waren.

Scarlett nahm einfach einen weiteren Bissen von ihrer Birne. Vielleicht war es doch kein Traum? Sie konnte es nicht sagen.

»Scarlett«, begann Sorin langsam.

Wieder erwiderte sie nichts. Sie sah ihn einfach nur an, als wäre er Teil eines Theaterstücks.

»Sorin«, hörte sie die Stimme des Mannes. »Könntest du mir bitte helfen?«

Sorins Blick blieb auf Scarlett geheftet. Er ballte die Faust, und der Flammenring flackerte und erstarb. Der Wasserschild verschwand augenblicklich, und er wirkte etwas außer Atem, als hätte er sich gerade überanstrengt.

Sorin kam einen Schritt auf Scarlett zu, und ein dünner Flammenschild bildete sich um sie, während ihre Schatten sich für einen Angriff bereit machten. Sorins Mund zuckte zu einem leichten Lächeln.

»Sorin, sie hat tagelang geschlafen. Ihre Magie ist voll aufgeladen. Verärgere sie nicht.«

»Das ist mir bewusst, Briar«, antwortete Sorin und näherte sich Scarlett weiter, ohne dass das Lächeln von seinen Lippen verschwand.

Eine Flamme sprang aus Scarletts Schild und schoss direkt auf Sorin zu, doch er fing sie einfach in der Hand auf, warf sie ein paarmal hin und her und schloss dann die Faust, um sie zu ersticken. Sie richtete sich auf und wandte den Blick wieder dem anderen Mann zu, aber Sorin befahl leise: »Hier, Scarlett. Schau mich an.«

Ihr Blick richtete sich wieder auf ihn, und ihre Birne fiel zu Boden. Sorin. Er war echt. Er war hier mit ihr. Er hatte sie befreit. Sie Mikale entrissen. Er hatte sie nicht allein gelassen.

Er war der verdammte Prinz des Feuers. Er hatte ihre Mutter gekannt. Er war verantwortlich für den Tod ihrer Mutter. Er hatte Geheimnisse vor ihr. So viele Geheimnisse.

Sorin stand jetzt direkt vor ihrem Schild. Er legte eine Hand darauf, als wäre es ein Fenster. »Hallo, Liebes.«

Scarlett kniff die Augen zusammen. »Hallo, *Prinz.*« Hass und Gift troffen von diesem einen Titel. Sie starrten sich einen langen Moment an, dann sagte sie: »Ist das hier Realität oder Traum?«

Sorins Lächeln verblasste, und er wirkte mit einem Mal besorgt. »Es ist die Realität, Scarlett.«

»Du bist gekommen, um mich zu holen?«

»Ich werde immer kommen.«

Er erstarrte, als ihre Schatten sich nach ihm reckten, um seine Beine, seine Arme, seinen Torso wirbelten, ihn abtasteten. Sie konnte ihn unter ihren Händen spüren, als wären die Schatten eine Erweiterung ihrer selbst.

Langsam legte Scarlett die Hand gegen seine an dem Schild um sie. Die Flammen flackerten einige Male, ehe sie gänzlich verloschen. Sie standen da, Handfläche an Handfläche, die Augen aufeinander gerichtet. Er *fühlte* sich in jedem Fall echt an, aber vieles in ihren Träumen hatte das auch getan.

Als Sorin eine Hand an ihre Wange hob, wich sie zurück aus seiner Reichweite. »Ist das echt?«

»Es ist echt, Scarlett. Es ist kein Traum«, antwortete Sorin behutsam.

»Callan, Finn und Sloan? Sie sind hier. War das echt?«

Sorins Kiefer verhärtete sich. »Ja, sie sind hier.«

»Eliza. Ist sie echt, oder war sie ein Traum?«

»Eliza ist echt.«

»Cassius? Ist Cassius hier? Ich will ihn sehen.«

»Nein, Scarlett«, sagte er sanft und schüttelte den Kopf. »Cassius und Nuri sind in Baylorin und passen auf die Kinder auf.«

Scarlett verfiel in Schweigen, und Ranken ihrer Schatten reckten sich einmal mehr nach dem Prinzen. Sorin bewegte sich nicht, als sie über seine Brust wirbelten, seine Wange entlangstrichen, sich um seinen Hals schlossen.

»Willst du, dass ich Beatrix rufe?«, fragte der Fremde leise.

Schatten stürzten sich auf den Mann, und er zuckte zusammen, als sie sich um seine Handgelenke legten.

»Hier, Liebes«, flüsterte Sorin. »Bleib bei mir.«

»Sorin.« Die Stimme des Mannes klang eindringlich. »Sie kann sie nicht kontrollieren.«

»Sie wird es nicht lernen, wenn sie die ganze Zeit schläft«, widersprach Sorin.

»So kann es nicht weitergehen. Sie muss sich langsam damit vertraut machen. Bilde sie im Freien aus, nicht hier in deinem Wohnzimmer«, gab der andere Mann zurück.

»Ich werde sie nicht in einen Käfig stecken, um sie zu bändigen«, knurrte Sorin hart.

»Sie steht gleich hier vor dir«, wies Scarlett ihn zurecht. Beide sahen sie jetzt an, und sie erwiderte ihre Blicke finster.

»Es ist deine Wahl, Scarlett«, sagte Sorin. »Ich kann Beatrix, unsere Heilerin, rufen, damit sie dir hilft, oder du kannst es selbst versuchen.«

»Ich brauche nicht noch mehr Schlaf«, seufzte sie, und ihre Schatten zogen sich zurück zu ihr. »Was ich brauche, ist ein Bad.«

»Da stimme ich zu«, erwiderte Sorin. Scarlett bedachte ihn mit einem wenig begeisterten Blick, und er zuckte mit den Achseln. Dann beugte er sich nach vorne, bis sein Gesicht nur noch wenige Zentimeter von ihrem entfernt war. So nah, dass ihr der Atem stockte. Sie dachte, er würde sie küssen, und sie machte sich bereit, ihm direkt ins Gesicht zu boxen, doch er flüsterte: »Du stinkst.« Sie hob die Faust, um ihr Vorhaben in die Tat umzusetzen, aber er packte grinsend ihr Handgelenk. »Eine notwendige Berührung. Um mich zu schützen.«

»Du bist immer noch ein Arsch«, antwortete sie augenrollend und entriss ihm ihren Arm. Der Mann hinter ihnen lachte, und sie drehte sich nach ihm um. »Wer zur Hölle bist du eigentlich?«

Der andere Mann nahm Haltung an, als er direkt angesprochen

wurde. »Das ist Briar. Du bist ihm bei unserer Ankunft hier theoretisch schon einmal begegnet«, mischte sich Sorin ein.

Scarlett musterte den Mann noch eine Weile, ehe sie sagte: »Kennst du Sorin schon lange?«

»Seit unserer Kindheit«, antwortete Briar mit neugieriger Miene und einem Funkeln in den blauen Augen. »Wir wurden praktisch zusammen aufgezogen.«

»Kanntest du auch meine Mutter?« Sie hörte, wie Sorin neben ihr Luft holte, um etwas zu sagen.

»Scarlett, lass uns das besprechen, wenn …«

Scarlett hob eine Hand, um ihn zum Schweigen zu bringen, und ihre Schatten wanden sich um seine Kehle. Ihr Blick blieb auf Briar gerichtet.

»Ich habe zusammen mit Sorin in ihrem Inneren Hof gedient, ja«, antwortete er.

»Und war er schon immer so ein geheimnistuerischer Bastard?«, fragte Scarlett, während sie Sorin mit einem kühlen Blick bedachte. Sie hätte schwören können, dass er leicht zusammenzuckte.

»Er kann ein Geheimnis bewahren, wenn es notwendig ist«, erwiderte Briar. »Aber er war schon immer ein Bastard«, fügte er mit einem Zwinkern hinzu.

»Danke auch«, meinte Sorin augenrollend.

Scarlett richtete jetzt wieder ihre volle Aufmerksamkeit auf ihn. »Alles, was ich von dir will, ist, dass du mir sagst, ob etwas Traum oder Wirklichkeit war. Ich will nicht, dass dein Talent, relevante Informationen einfach zu verschweigen, dabei in die Quere kommt. Denkst du, du schaffst das?« Als Sorin nickte, fuhr sie fort. »Du hast mich gerettet, und wir sind aus Baylorin geflohen.«

»Wirklichkeit.«

»Lord Tyndell arbeitet mit Mikale zusammen. Sie wissen, dass ich eine Fae bin, und sie kannten meine Mutter.«

»Wirklichkeit.«

»Callan und ich haben uns auf der Reise hierher geküsst?«

»Götter, ich hoffe, das war ein verdammter Traum«, murmelte Sorin.

»Wir haben uns auf der Reise hierher geküsst?«

»Wirklichkeit, Scarlett. Das ... beim Fluss, war sehr, sehr echt«, flüsterte er.

»Die Königin der Fae sucht nach einer Waffe. Du hast herausgefunden, dass *ich* diese Waffe bin, und es mir verschwiegen.«

»Scarlett, das ist nicht ...«

Ihre Schatten legten sich wieder enger um seinen Hals. »Wirklichkeit oder Traum?«, zischte sie.

»Wirklichkeit.«

»Meine Mutter ... Sie war eine Fae-Königin.«

»Wirklichkeit.«

»Ich habe eine Stichwunde erlitten.«

Sorin schauderte unmerklich. »Ich dachte, du würdest sterben.«

»Der Mann mit dem schwarzen Adler und der ...« Sie blickte hinunter auf ihren Unterarm, wo die drei Sterne in ihre Haut tätowiert waren. Sie hatte nach dem Panther fragen wollen, wollte aber nicht wirken, als hätte sie vollkommen den Verstand verloren. Sie war sich sicher, sie klang zumindest teilweise wie eine Wahnsinnige.

Sorin zog die Brauen zusammen. »Das war ein Traum, Scarlett«, sagte er leise.

Seine Stimme klang so sanft, dass ihr die Brust eng wurde. Wieder sah sie ihm in die Augen. »Du bist der Prinz des Feuerhofs und verantwortlich für den Tod meiner Mutter.«

Briar atmete scharf ein. »Scarlett, er ist nicht ...«

»Es ist in Ordnung, Briar«, unterbrach ihn Sorin. »Ich komme damit klar. Ich ertrage, was immer sie zu mir sagen will.«

Scarlett kämpfte mit den Tränen, die in ihren Augen brannten. »Traum oder Wirklichkeit?«

Sorin schluckte. »Wirklichkeit, Scarlett. Das ist real.«

Scarlett zuckte vor ihm zurück. *Wirklichkeit.* Es war also wahr. Er war der engste Vertraute ihrer Mutter gewesen. Er war der Cassius ihrer Mutter gewesen. Und er war schuld an ihrem Tod.

Atme, flüsterten ihre Schatten und wanden sich um ihr Ohr. *Atme, Lady der Dunkelheit.*

Sie begegnete einmal mehr Sorins Blick, und ein grausames Lächeln krümmte ihre Lippen, als sie mit leiser, eisiger Stimme sagte: »Du hast mir eine Menge zu erklären.«

»Ich wollte es dir schon in Baylorin sagen, Scarlett. Ich wollte dir so viel sagen«, begann er.

Scarlett ignorierte seine letzten Worte und marschierte an ihm vorbei ins Schlafzimmer, die Schatten wie ein Nebel hinter ihr. Zu viel. Das war alles zu viel. Sie brauchte einen Moment.

»Sie gleicht Eliné so sehr, und gleichzeitig auch wieder nicht«, hörte sie Briar ehrfurchtsvoll flüstern.

»Sie ist keine Eliné, das versichere ich dir«, antwortete Sorin. »Sie hat so viel mehr durchgemacht als Eliné.« Diese Worte besänftigten ihren Zorn ein wenig, bis er hinzufügte: »Sie ist auch eine deutlich größere Nervensäge.«

Blitzartig zog sie den Dolch aus dem Gürtel und schleuderte ihn durch den Raum. Er schoss an Sorins Gesicht vorbei und hinterließ einen oberflächlichen Schnitt über seinem Wangenknochen, ehe er sich in die immer noch halb offene Eingangstür bohrte. Briar hatte die Augen aufgerissen, doch Sorin grinste nur.

»Daneben.« Mit einem spöttischen Seufzen fügte er hinzu: »Ich schätze, nachdem du jetzt deinen Schönheitsschlaf hattest, könnten wir mit deinem Training weitermachen.«

Scarlett kniff die Augen zusammen. Sie hätte schwören können, dass eisiges Feuer in ihren Adern knisterte. »Du und ich, wir wissen beide, dass ich dich absichtlich verfehlt habe. Wenn ich dich tot sehen wollte, dann würde meine geliebte Dunkelheit dafür sorgen.« Als wollten sie ihre Worte unterstreichen, reckten die Schatten sich hinter ihr in einer wirbelnden Masse dunklen Nebels, bei dem Briar die Augen noch mehr aufriss und zurückwich.

»Also hasst du mich nicht genug, um mich tot sehen zu wollen?«, fragte Sorin.

»O nein, Sorin«, schnurrte sie und schloss den Abstand zwischen ihnen. Einer ihrer Mundwinkel hob sich zu einem schiefen Grinsen, als sie hörte, wie sein Puls sich beschleunigte. »Ich will dich definitiv tot sehen.« Sie hob die Hand und ließ den Finger sachte an seinem Gesicht entlangfahren, um eine dunkle Locke zur Seite zu wischen. Seine Augen wurden bei der Berührung eine Schattierung dunkler. Sinnlich ließ sie den Daumen über seine Unterlippe gleiten und sagte leise: »Ich habe mich nur noch nicht entschieden, wie sehr ich dich brechen will, bevor ich dir das Leben nehme. Wo kann ich baden?«

Er hielt ihren Blick, und ihr fiel eine Veränderung in seinem Geruch nach Asche und Zedern auf. Etwas Berauschendes und Opulentes. Aber dann wich er einen Schritt zurück.

»Dort entlang, Liebes«, antwortete Sorin, schob die Hände in die Taschen seiner weiten Hosen und ging an ihr vorbei, als wären ihre Schatten und Worte nichts.

»Deine Arroganz kennt wirklich keine Grenzen«, sagte Scarlett augenrollend.

»Gleichfalls, Prinzessin«, erwiderte Sorin, ohne sich überhaupt nach ihr umzudrehen.

»Verdammter Mistkerl«, murmelte sie und zeigte ihm eine vulgäre Geste, ehe sie ihm ins Schlafzimmer folgte. Bevor die Tür hinter ihnen ins Schloss fiel, konnte sie Briar noch lachen hören.

4

SORIN

Es kostete Sorin alles, was er an Selbstbeherrschung aufbringen konnte, nicht über seine Schulter zu blicken, als er Scarlett durch das Schlafzimmer in sein privates Bad führte. Das Verlangen, das durch seine Adern pulsierte, nachdem ihre Finger seine Haut berührt hatten … Götter. Wenn Briar nicht mit ihnen im Raum gewesen wäre, dann hätte er sich nicht zurückgehalten. Er hätte ihren Zorn und die Dunkelheit in Kauf genommen. Sie war ein Sturm, bei dem er sich nicht sicher war, ob er ihn überleben würde.

Die riesige Wanne war gerade vollgelaufen, als sie eintraten. Vorhin wäre er beinahe auf die Knie gefallen, als er aus seinem Arbeitszimmer gekommen war und sie wach und auf zwei Beinen vorgefunden hatte. Ihre Magie war offenbar noch immer außer Kontrolle, und die Schatten umgaben sie weiterhin, aber sie hatte wieder Farbe im Gesicht. Er ging zum Rand der Wanne und blieb bei einem Tischchen mit diversen Handtüchern und Seifen stehen. Schließlich drehte er sich zu Scarlett um.

Sie stand am Rand der Wanne bei den Stufen. Sie trug immer noch sein Hemd, und ein primitiver Teil von ihm war extrem erfreut, sie darin zu sehen, eingehüllt in seinen Duft. Er war innerlich zusammengezuckt, als sie dort im Wohnzimmer vor seiner Berührung zurückgewichen war. Ihre Schatten hatten ihn heute jedoch nicht verbrannt, wie sie es anscheinend bei Briar getan hatten. Sie hatten sich vorsichtig um ihn gewunden, als testeten sie ihn, um zu entscheiden, was sie von ihm dachten. Sie war anders und doch dieselbe. Sie war schon zuvor schön gewesen, doch in ihrer Fae-Gestalt war sie atemberaubend. Scarlett steckte einen Zeh ins Wasser und riss den Fuß zurück.

»Es ist eiskalt«, sagte sie finster.

Sorin strich einfach mit der Hand über das Wasser, und augenblicklich stieg Dampf von der Oberfläche auf. »Angeber«, hörte er sie leise murmeln, während sie den Gürtel um ihre Taille löste.

Als sie mit den Knöpfen des Hemds begann, räusperte er sich und machte sich auf den Weg zur Tür. »Genieß dein Bad«, sagte er mit heiserer Stimme.

Sie legte den Kopf schräg und antwortete: »Du hast mir ein paar Fragen zu beantworten.«

Er zögerte. »Ich werde jede einzelne beantworten, wenn du dafür bereit bist, Scarlett.«

»Ich bin jetzt bereit.«

Seine Kehle wurde trocken, als das Hemd zu Boden glitt und sie in die riesige Wanne stieg. Er hätte schwören können, dass die Schatten sich zurückzogen und ihn so mit dem Anblick ihres nackten Körpers verspotteten. Sie hatte sich nie um Schicklichkeit gekümmert. Das hatte er früh genug gelernt. Er würde niemals den Morgen vergessen, als sie in nicht mehr als einem Seidennachtrock mit ihm gesprochen hatte. Er erinnerte sich an ihre Worte von vorhin. *Ich habe mich nur noch nicht entschieden, wie sehr ich dich brechen will …*

Das hier war definitiv ein verdammt guter Anfang, und sie wusste es. Sie hatte es schon immer verstanden, jede Waffe zu nutzen, die ihr zur Verfügung stand.

Er kehrte zum Rand der Wanne zurück, und sie tauchte unter Wasser. Er konnte sehen, wie sie etwas zur Seite schwamm, ehe sie wieder an die Oberfläche kam.

»Du hast jetzt Tätowierungen«, sagte sie und hob ihr langes, auf dem Wasser treibendes Haar mit den Fingern an. Ihre Stimme war anders als vorhin im Wohnzimmer, als wäre sie ganz weit weg, in einer Art Trance.

Sorin lehnte sich an eine Wand nahe der Wanne und bemühte sich, den Blick nur auf ihr Gesicht zu richten. »Der Preis der Illusionsmagie, die meine Fae-Gestalt verborgen hielt, war, dass meine Male ebenfalls verschwanden und wirkungslos wurden.«

Scarlett nickte lediglich. Dort im Wohnzimmer hatte er ein wenig der echten Scarlett durchbrechen sehen, aber jetzt hatte sie sich wieder unter irgendeinen schützenden Panzer zurückgezogen. An den Ort, an den sie sich flüchtete, um zu überleben. Er wusste nicht, ob er etwas sagen oder besser schweigen sollte. Er entschied sich für Letzteres. Sie griff nach einer der Seifen und wusch sich das lange Haar, und als sie wieder auftauchte, sagte sie mit der gleichen zweifelnden Stimme: »Das hier ist kein Traum.« Keine Frage, sondern eine Aussage, als müsste sie es sich selbst versichern.

»Es ist die Wirklichkeit, Scarlett«, antwortete er.

»Wie kann ich das wissen? Da war so viel, das echt schien …« Sie sprach nicht weiter und biss sich auf die Unterlippe.

»Liebes, sieh mich an.« Sorin wartete, bis sie ihre eisblauen Augen auf ihn richtete. »Das. Ist. Echt. Du bist hier sicher.«

»Sicher? Mit dir?« Sie legte den Kopf schräg und wirkte belustigt. »Eine wirklich interessante Wortwahl, Prinz, aber du warst schon immer ein Meister der Wortspiele, nicht wahr?«

»Scarlett.« Ihr Name war ein Flehen auf seinen Lippen.

Sie sagte nichts und ließ sich einfach nur unter Wasser gleiten und ein paar Blasen an die Oberfläche entweichen, ehe sie wieder auftauchte.

»Ich habe so viele Dinge, die ich dir sagen möchte. So viele Dinge, die ich dir entgegenbrüllen möchte. Ich kann es kaum ertragen, im gleichen Raum mit dir zu sein«, sagte sie leise. Sorin hatte das Gefühl, als würden ihre Schatten sich erneut um seine Kehle schließen. »Und doch habe ich keine Wahl, weil du der Einzige bist, der mir Antworten geben kann … vorausgesetzt, du *verschweigst* mir nichts.«

Das Gift und der Hass in ihrer Stimme waren greifbar, aber Götter, zu sehen, wie das Wasser sich um sie herum bewegte, ihre Brüste, ihr nackter Körper. Er konnte sich kaum konzentrieren.

Er schluckte hart. »Können wir das bitte anderswo besprechen?«

»Warum?«

»Weil es nicht leicht ist, dich so unbekleidet im Wasser zu sehen, und das weißt du.«

Ein sinnliches Lächeln erschien auf Scarletts Lippen. »Möchtest du mir nicht Gesellschaft leisten?«, sagte sie und legte erneut den Kopf schräg.

»Ich wünsche mir nichts mehr. Ich würde nur zu gern in diese Wanne steigen und dir zeigen, wie leid es mir tut. Dich überzeugen, dass ich dir niemals absichtlich wehtun würde«, presste er hervor. »Aber nicht, nachdem du … gerade erst aufgewacht bist.«

»Warum war ich nackt, als ich aufgewacht bin?«

»Du hast alle Kleider, die du jeweils am Leib hattest, verbrannt. Immer wieder. Wenn deine Schatten es überhaupt jemandem erlaubten, dir etwas anzuziehen.«

Sie nickte leicht, dann glitt sie erneut unter Wasser, deutlich länger dieses Mal. Er konnte sehen, wie sie mit geschlossenen Augen am Grund der riesigen Wanne saß. Eine Minute. Zwei. Drei. Er wollte schon hineinspringen, um sie herauszuholen, als sie keuchend wieder durch die Oberfläche stieß.

»Scarlett, bitte komm raus«, bat er heiser. Er war praktisch kurz davor, hineinzuspringen, aber sie kam zu den Stufen. Sie kletterte heraus, und Wasser troff von ihrer nackten Haut. Er nahm sich ein Handtuch von dem Tischchen, kam zu ihr und legte es um ihre Schultern.

Er hielt inne, als sie seinen Blick erwiderte und ihn hielt. »Sag es, Scarlett, ich halte es aus.«

Stattdessen entfernte sie sich von ihm und hüllte sich in das Handtuch ein. »Hast du noch andere Kleidung als Hemden für große, muskulöse Fae?«

Sorin lachte leise in sich hinein. »Ja, Liebes, sie liegt auf dem Bett für dich bereit.«

»Nenn mich nicht so«, sagte sie noch, ehe sie das Bad verließ.

Er gab ihr ausreichend Zeit, sich anzukleiden, ehe er schließlich sein Badezimmer verließ. Als er sie auf dem Balkon wiederfand, trug sie ein rotes, langärmliges Oberteil, das ihren Bauch über den tief sitzenden weiten schwarzen Hosen frei ließ. Wo sie mit dem Shira-Stein-Dolch verletzt worden war, befand sich eine Narbe. Sie schien sich am Geländer festzuklammern, die Knöchel waren weiß, und ihre Schatten hatten sich erneut verdichtet.

Sie blickte über ihre Schulter, als er sich näherte, dann wieder hinaus auf das Fiera-Gebirge. »Warum ist es hier draußen so warm?«

»Ich bin der Prinz des Feuers. Ich kann mein Zuhause warm halten«, antwortete er und lehnte sich in den Türrahmen. Sie versteifte sich bei der Erwähnung seines Titels, und als sie weiter nichts sagte, fragte er: »Hast du plötzlich Höhenangst?«

Scarlett schien erst jetzt aufzufallen, wie eng sie das Geländer umklammert hielt, und sie löste die Hände und ballte sie an ihren Seiten zu Fäusten. »Das letzte Mal, als ich in einem Raum so hoch oben war, war ich eine Gefangene.«

Die Erkenntnis traf ihn mit voller Wucht. Augenblicklich schloss er den Abstand zwischen ihnen. Er legte die Hände an ihr Gesicht und sagte: »Scarlett Monrhoe, du darfst dieses Zimmer, diese Kammern und diesen Palast verlassen, wann immer dir danach ist. Und wenn du einmal gelernt hast, deine Magie zu beherrschen, dann kannst du selbst dieses Land verlassen, wann immer du möchtest. Du bist nicht irgendjemandes Besitz und eingesperrt in einem Zimmer.«

Ihre eisblauen Augen blickten direkt in seine. »Du berührst mich«, flüsterte sie.

»Reine Notwendigkeit«, antwortete er.

Eine einzelne Träne rann über ihre Wange, und Sorin wischte sie zärtlich mit dem Daumen weg. Sie beugte sich nach vorne und ließ die Stirn an seiner Schulter ruhen, während er die Arme um sie legte. Nur ein Gedanke, und ihr feuchtes Haar war trocken, und er strich darüber, atmete dabei ihren Duft ein. Ihre Schatten umschwärmten ihn unentschlossen. Er hatte sie tagelang im Schlaf beobachtet, dankbar, dass sie schlafen konnte, während ihr Körper den Entzug von dem Tonikum durchmachte. Aber was hatte sie in ihren Träumen erlitten? Was war passiert, dass sie die Realität so sehr hinterfragte?

»Ich hasse, dass du dafür gesorgt hast, dass ich dich hasse.«

»Ich hasse auch, dass ich das getan habe«, quetschte er um den Kloß in seinem Hals herum.

»Ich wünschte, ich würde dich nicht hassen, weil ich dich brauche und ich dich nicht haben kann«, flüsterte sie und löste sich von ihm.

Er hatte sich geirrt.

Er konnte es nicht aushalten zu sehen, wie sie ihn zurückließ und zurück in das Schlafzimmer ging.

SCARLETT

Scarlett ließ sich in einen der gepolsterten Sessel an Sorins Kamin fallen. Ein Feuer brannte darin. Sie zog die Knie an die Brust und umschlang sie mit den Armen. Die Schatten glitten zärtlich über ihr Gesicht, ihre Arme. Sie war in Sicherheit. Das hier war echt. Sie würde Mikale nicht heiraten. Sie war nicht hoch oben in einem Turmzimmer eingesperrt.

Sie konnte es alles noch vor sich sehen. Den Raum in Bronze und Schwarz mit dem unbequemen Bett. Mikales triumphierende Miene, wann immer er zu ihr kam. Die Bösartigkeit, mit der er das Tonikum jedes Mal ihre Kehle hinunterzwang. Wie sie selbst Juliette einen Dolch ins Herz stieß. Veda, die einen Dolch in Cassius' Bein trieb. Nuri, die verblutete. Mikale, der sie in einem alten Büro nahm. Mikale …

»Ich wusste nicht, ob du Hunger hast«, riss Sorin, der jetzt aus dem Wohnraum kam, sie aus ihren Gedanken. Sie zuckte zusammen, und er schenkte ihr einen entschuldigenden Blick. Er hielt zwei Teller, auf denen sich Obst, gebratenes Hühnchen, Brot und Käse türmten.

»Danke«, sagte sie leise, als er die Teller auf einen Beistelltisch in der Nähe stellte. Sie sah das Essen nicht einmal an. Sorin ließ sich ihr gegenüber in einen Sessel fallen. Dabei gab sein nicht zugeknöpftes Hemd einmal mehr seinen straffen Körper und die Tätowierungen darauf preis. »Also hattest du die schon immer?«

Sorin folgte ihrem Blick zu seiner Brust, wo ein Zeichen auf der oberen linken Seite prangte. »Die meisten davon, ja«, antwortete er. »Der Illusionszauber hat sie verborgen.«

Scarlett nickte leicht. »Und das da?«, fragte sie und nickte in Richtung seiner linken Hand.

»Das ist neu, aber das ist eine andere Geschichte«, antwortete Sorin und betrachtete das Mal, das sich über seinen Handrücken und zwei Finger hinunterzog. Scarlett warf ihm einen fragenden Blick zu, und sie hätte schwören können, dass er sich ein wenig wand. »Ich schwöre dir, Scarlett. Dieses Zeichen hat eine Bedeutung, und ich werde sie dir verraten, aber es gibt dringendere Dinge, über die wir zunächst sprechen sollten.«

Scarlett löste den Blick und schaute aus dem Fenster. »Du lebst in den Bergen.«

»Ja, aber wenn Feuer durch deine Adern fließt, dann kümmert dich die Kälte nicht besonders«, meinte er achselzuckend.

»Ich habe das nicht negativ gemeint. Sie sind wunderschön.« Scarlett hatte noch immer die Arme um ihre Beine geschlungen und ließ jetzt das Kinn auf ihren Knien ruhen. »Wie lange habe ich geschlafen?«

»Fünf Tage.«

Fünf Tage? Heilige Götter. Und doch fühlte sie sich völlig ausgelaugt. Sie wäre nur zu gern zurück ins Bett gekrochen. Im Schlaf musste sie wenigstens nichts fühlen. Sich nicht mit all dem hier herumschlagen.

Sie atmete tief durch, ehe sie sagte: »Wenn du nicht vorhast, mich … zu benutzen oder der Fae-Königin auszuliefern, warum hast du mir dann nicht früher von meiner Mutter erzählt? Gleich nachdem du es herausgefunden hattest?«

»Weil ich es nicht recht glauben konnte. Ich verstehe immer noch nicht, wie es möglich sein kann. Ich habe dir ja bereits erzählt, dass Königin Henna sich dem Kampf mit Esmeray gestellt hat, weil die Fae-Königin des Westens keine Erben hatte. Als Esmeray, ein paar Jahre nachdem sie Henna getötet hatte, herausfand, dass sie eine Tochter hatte, kam sie zurück und ermordete Elinés Ehemann, um sicherzustellen, dass es in ihrer Blutlinie keine Erbin geben würde. Soweit ich weiß, hatte sie nie einen anderen Partner, mit dem sie ein Kind hätte zeugen wollen, und ich konnte kein Kind an ihr riechen, als ich sie das letzte Mal sah«, antwortete Sorin.

»Du kannst so etwas riechen?«, fragte Scarlett und hob überrascht die Brauen.

Sorin legte den Kopf ein wenig schräg. »Du wirst schon bald herausfinden, dass du mit deinen besseren Fae-Sinnen Gefühle und … andere Dinge riechen kannst.«

Scarlett wusste nicht recht, wie sie darüber denken sollte, und fragte stattdessen: »Also kannst du dir gar nicht sicher sein, dass deine Königin Eliné meine Mutter war. Vielleicht hatte meine Mutter nur denselben Namen.«

»Scarlett.« Seine Stimme war unglaublich sanft und extrem geduldig, als wüsste er, dass sie nichts davon glauben oder hören wollte. »Nur die Fae-Königinnen beherrschen mehr als ein Element. Selbst wenn die Eltern eines Fae-Kinds von verschiedenen Höfen stammen, hat es am Ende immer nur die Macht über eines. Elinés Gaben waren Wasser und Feuer. Genau wie deine.«

»Und deshalb bin ich was genau? Eine Prinzessin der Fae?«

»Das ist im Moment die Frage. Du bist eine Prinzessin unseres Reichs, ja, aber du könntest auch herrschen.«

Endlich sah sie ihn an. »Wie soll ich ein Land regieren, über das ich nichts weiß?«

»Das ist dein Recht per Geburt«, antwortete Sorin schlicht.

»Ich bin in einer Welt aufgewachsen, wo Privilegien und Geburt bestimmten, wie man behandelt wurde«, antwortete Scarlett bitter. »Das ist keine Welt, der ich weiterhin angehören möchte.«

Sorin legte den Kopf schräg und sah sie nachdenklich an. »Das sind die Worte einer weisen Herrscherin, Prinzessin.«

»Hör auf, mich so zu nennen«, fauchte sie und umklammerte ihre Knie enger. »Ich habe kein Verlangen danach, über irgendjemanden zu herrschen. Ich weiß, wie es ist, Meister zu haben. Ich will niemandes Meister sein.«

»Die Königin wird sich freuen, das zu hören«, gab Sorin mit hörbarem Unmut zurück.

»Die Fae-Königin?«

»Ja.«

»Kannst du ihren Namen hier aussprechen?«

»Ja.«

»Ich bin wirklich nicht in der Stimmung, dir Dinge aus der Nase zu ziehen«, sagte Scarlett mit Verärgerung in der Stimme.

»Talwyn. Ihr Name ist Talwyn Semiria. Sie ist so etwas wie deine Cousine, schätze ich.«

Götter, sie hatte eine Cousine. Eine Blutsverwandte. Die sie scheinbar benutzen wollte, um den Tod ihrer Mutter, ihres Vaters und ihrer Tante zu rächen. Aber der Tod ihrer Tante wäre …

»Sorin?«

»Ja, Liebes?«

Bei dem Kosenamen zuckte sie zusammen. »Wenn du meiner Mutter so nahe standest, warum in aller Welt hast du sie umbringen lassen?«

5

SCARLETT

Als sie Sorins Blick begegnete, war sie sich nicht einmal sicher, ob er atmete. Er starrte sie lediglich mit einer Mischung aus Entsetzen und Bedauern an. »Warum? Du tust so, als hätte sie dir am Herzen gelegen. Du sagst, sie war deine engste Freundin. Warum würdest du dann ihren Mord in Auftrag geben?«

»Götter, Scarlett.« Er fuhr sich mit der Hand über das Gesicht. »Ich habe nicht Elinés Mord in Auftrag gegeben.«

»Du sagtest selbst, dass der Feuerprinz für ihren Tod verantwortlich ist. Das klingt für mich, als hättest du sie umgebracht«, gab Scarlett zurück, und die Schatten verdichteten sich um sie herum.

»Ich bin verantwortlich, ja, aber ich habe niemandem befohlen, sie zu töten«, erwiderte Sorin.

»Das ergibt keinen Sinn.«

Sorin presste Daumen und Zeigefinger gegen seine Stirn. »Deine Mutter ist in tiefster Nacht aus den Schwarzen Hallen verschwunden. Sie hat nichts zurückgelassen, was uns einen Hinweis darauf hätte geben können, wo sie hinwollte oder warum. Keine Möglichkeit, ihre Spur zu finden. Talwyn war noch jung für Fae-Maßstäbe. Zu diesem Zeitpunkt hatte sie bereits ihren Thron bestiegen, aber Eliné war noch immer in die Vorgänge am Östlichen Hof involviert. Sie stand ihr noch immer oft mit ihrem Rat bei. Als sie ging … verschlechterte sich das Verhältnis zwischen den Westlichen Höfen und der Fae-Königin langsam.

Wir haben nach ihr gesucht. Jahrelang haben wir nach ihr gesucht. Viele haben die Hoffnung aufgegeben, aber ich nicht. Und Talwyn auch nicht. Wir glaubten beide daran, dass sie noch am Leben war, und zehn Jahre nach ihrem Verschwinden erhielten wir einen Hinweis, der besagte, dass sie noch lebte und nicht weit von der Grenze zum Hof des Feuers festgehalten wurde. Dass sie die ganze Zeit dort war, direkt unter unserer Nase. Wir planten eine Rettungsmission. Es war eine kleine Truppe meiner vertrautesten und besten Krieger und zwei von Talwyns. Mein Stellvertreter jedoch traute der Sache nicht. Er hielt es für eine Falle, dachte, dass uns die Informationen zu leicht in den Schoß gefallen waren …«

»O meine Götter«, flüsterte Scarlett und hob den Kopf. »Die Geschichte, die du mir erzählt hast, über das eine Mal, als du eine fatale Fehlentscheidung getroffen hast, das war eine Rettungsmission für meine Mutter?«

Der Kummer und der Schmerz, die sie in Sorins Blick las, waren herzzerreißend. »Ja, so war es«, sagte er leise. »Und wegen unseres Handelns, wegen *meines* Handelns an diesem Tag, hat jemand, der die wahre Identität deiner Mutter kannte, sie umgebracht. Ich weiß nicht, wer es war oder warum unser Rettungsversuch diese Person dazu veranlasst hat, aber es war mein Handeln an diesem Tag, das ausschlaggebend dafür war, dass die Anweisung gegeben wurde. Ich bin verantwortlich für den Tod deiner Mutter.«

Als der Herr der Assassinen ihr erzählt hatte, dass der Prinz des Feuers verantwortlich für den Tod ihrer Mutter war, da hatte sie ganz selbstverständlich angenommen, dass es der Prinz war, der Dracon angeheuert hatte. Aber wenn Sorin es nicht gewesen war, wer war es dann? Plötzlich erinnerte sie sich daran, worin ihre Belohnung bestanden hätte, hätte sie ihren letzten Auftrag erfüllt und Sorin getötet. Der Herr der Assassinen hatte gesagt, dass er wusste, wie sie den Prinzen des Feuers finden könnte, und dass er ihr helfen würde, ihn zu töten.

»O meine Götter«, flüsterte sie noch einmal und schlug die Hand vor den Mund.

»Scarlett?«, fragte Sorin vorsichtig, und ihre Schatten zogen sich zurück.

Ihr Blick richtete sich wieder auf ihn. Ihr wurde klar, dass sie ihre Beine losgelassen hatte und sie zu Boden geglitten waren. Ihre andere Hand umklammerte die Lehne des Sessels. Frost kroch den Stoff entlang. Schnell ließ sie das Möbelstück los und legte beide Hände in ihren Schoß. »Der Herr der Assassinen weiß, wer du bist.«

»Was?« Schock stand in seinen Zügen, doch er schüttelte den Kopf. »Nein, das ist unmöglich. Erinnerst du dich, was ich dir in der Nacht, bevor wir die Grenze erreichten, erzählt habe? Unsere Identitäten waren ein Geheimnis im Reich der Sterblichen. Eine erhebliche Anzahl von Zaubern hat es bewahrt. Nicht einmal ich selbst hätte dir erzählen können, dass ich der Prinz des Feuers bin, Scarlett.«

»Er weiß es, Sorin. Ich habe keine Ahnung, wie, aber er weiß es.« Sorin wollte widersprechen, doch sie unterbrach ihn. »Mein Auftrag war es, dich zu töten. Nicht Ryker Renwell. Sorin Aditya. Er kannte deinen Namen, und mein Lohn für die Erfüllung des Auftrags waren Informationen, die er mit mir teilen wollte. Informationen, die beinhalteten, wie man dich finden konnte, und das Versprechen, dass er mir helfen würde, dich zu töten. Aber wenn ich die Aufgabe erfüllt hätte, wäre beides bereits erledigt gewesen.«

»Ich weiß nicht, Scarlett. Ich habe keine Ahnung, wie er diese Dinge hätte herausfinden sollen.« Sie hörte den Zweifel in seinem Tonfall, sah ihn in seinen Augen.

Frustriert schüttelte sie den Kopf, sprang auf die Füße und begann, auf und ab zu laufen. »Du verstehst nicht, Sorin. Meine Mutter stand dem Herrn der Assassinen sehr nahe. Es mag einen Rat des Schwarzen Syndikats geben, aber der Herr der Assassinen und meine Mutter waren der König und die Königin des Syndikats. Möglicherweise wusste er nicht, wie er an dich herankommen sollte, aber genau deshalb warst du mein Auftrag. Er glaubt außerdem, dass du verantwortlich für den Tod meiner Mutter bist. Er wusste, dass ich mit dieser Motivation bis ans Ende der Welt gegangen wäre, um dich zu finden.«

»Aber Lord Tyndell hat behauptet, dass er derjenige war, der den Auftrag gegeben hat, mich zu töten«, sagte Sorin, dessen Blick ihr folgte, während sie auf und ab lief.

»Alaric hätte es als Gelegenheit gesehen. Eine Chance, dich loszuwerden, ohne zeigen zu müssen, wie viel Eigeninteresse er an dieser Mission hatte«, antwortete sie mit einer wegwerfenden Handbewegung.

»Alaric?«

Scarlett blieb stehen, und ihre Augen wurden groß. Heilige Hölle. Die Schläge, die sie im Syndikat dafür bezogen hätte, seinen Namen laut auszusprechen, hätten sie eine Woche ans Bett gefesselt.

»Scarlett, er kann dir hier nichts tun«, sagte Sorin langsam, vorsichtig. »Niemand hier legt Hand an dich. Niemand.«

Sie hatte nicht gemerkt, dass sie den Atem angehalten hatte, bis sie ihn wieder ausstieß. »Spielchen, Sorin. Der Herr der Assassinen liebt Spielchen. Mein letzter Auftrag war ein riesiges Spiel, das mich dazu bewegen sollte, zurück nach Hause zu kommen.«

»Das hier ist dein Zuhause, Scarlett. Du gehörst hierher«, sagte Sorin sanft.

Scarlett schwieg lange, ehe sie den Blick hob. »Ich gehöre nicht hierher.«

»Du bist eine Fae. Eine Prinzessin, eine Fae-Königin. Du bist … Natürlich gehörst du hierher. Hier hättest du immer sein sollen«, erwiderte Sorin.

Und diese Antwort war so schlicht, so nüchtern, so *entschieden*, dass Scarlett schreien wollte.

»Verstehst du es nicht?«, fragte sie mit erhobener Stimme. Sie fuhr sich mit den Händen durchs Haar. »Ich will das nicht! Du hast mich von dem einzigen Ort weggeholt, den ich je kannte. Du hast mich aus einer Welt, in der Dinge von mir erwartet wurden, in eine befördert, in der mir noch größere Erwartungen aufgezwungen werden. Ich will das nicht! Ich will keine Prinzessin sein. Ich will nicht herrschen. Ich brauche keinen weiteren Meister oder Käfig, egal wie schön er aussehen mag.«

Sorin war jetzt aufgestanden und trat dicht vor sie. Ihre Schatten schlugen nach ihm, doch er wich nicht zurück. »Verstehst *du* es denn nicht, Scarlett? Das hier ist dein Ausweg. Es ist deine Chance, etwas zu *tun*. Das ist deine Chance, deine eigenen Entscheidungen zu treffen. Deine Chance, frei zu sein.«

»Ich will sie nicht!«

»Du willst sie nicht?« Er lachte ungläubig. »Ich biete dir Freiheit, und du lehnst sie ab? Du *willst* diesen Käfig, oder, Scarlett? Du *willst* …«

Aber er wurde unterbrochen.

Von einem Schwall Wasser, der direkt aus Scarletts Handflächen kam, als sie die Hände hob, um ihn zurückzustoßen. Er flog durch den Raum, Erstaunen auf dem Gesicht. Mit einem Übelkeit erregenden, dumpfen Aufprall knallte er gegen die Wand und glitt zu Boden. Dann saß er dort und rieb sich den Hinterkopf.

Scarlett erstarrte auf der Stelle.

Atme, flüsterten ihre Schatten ihr zu. *Atme.*

Sie schloss die Augen. Wann war ihr Leben bloß so ein verdammtes Desaster geworden? Jedes Mal, wenn sie sich umdrehte, wurde etwas Neues Teil des Sturms. Jedes Mal, wenn sie Atem holte, wurde sie von einer weiteren Welle überrollt und unter Wasser gedrückt. Hinein in die Dunkelheit.

Sie spürte Hände an ihren Schultern, die sanft ihre Arme hinunterstrichen. Er tat es wieder und wieder. Schließlich öffnete sie die Augen und begegnete seinem Blick.

»Hey, Liebes.« Als sie nichts sagte, sich nicht regte, flüsterte er: »Komm her.«

Sorin zog sanft und zunächst ein wenig zögerlich an ihr, doch als sie keinen Widerstand leistete, holte er sie in seine Arme. Ihr ganzer Körper entspannte sich an ihm. Die Macht, die sie durch ihre Adern, ihren Bauch toben fühlte, beruhigte sich. Selbst ihre Schatten schienen zu verblassen. Sie lehnte sich an ihn, den Kopf an seiner Schulter. Sie spürte, wie er einen Kuss auf ihre Schläfe presste.

Sie wusste nicht, wann oder wie es geschehen war, aber schließlich fand sie ihn wieder in seinem Sessel am Feuer und sich selbst in seinem Schoß. Sie saßen lange dort, und alles, woran Scarlett denken konnte, war, wie sehr sie jemanden brauchte, der sie wieder und wieder belogen hatte. Er konnte es so nett verpacken, wie er wollte, und behaupten, er hätte ihr lediglich Informationen vorenthalten, aber er hatte sie belogen. In Bezug auf Mutter. Wer er war. Wer sie war.

»Weiß sie es?«, fragte sie leise.

»Weiß wer was?«

»Weiß Talwyn, wer ich bin? Dass ich ihre Cousine bin? Dass ich hier bin?«

Sorin streichelte sanft über ihr Haar, während er antwortete: »Sie weiß, dass deine Kräfte hier sind. Wenn eine derartige Macht in unser Land eindringt, dann wissen wir es. Weiß sie, wer im Besitz dieser Macht ist? Vermutlich noch nicht. Weiß sie, dass du ihre Cousine bist? Nein. Ich glaube nicht, dass es möglich ist, dass sie es weiß.«

»Aber du musst ihr Bericht erstatten. Sie wird sich fragen, warum du zurück bist, ohne ihren Auftrag erfüllt zu haben. Sie wird sich fragen, warum du ohne ihre Waffe wieder da bist.«

Sorin rieb ihr sanft mit seinem Daumen über den Wangenknochen. Ihre Schatten folgten ihm. »Sie hat mir schon vor Wochen den Befehl gegeben, zurückzukehren. An dem Tag, als du uns in den Wäldern gesehen hast.«

»Du hast dich ihr widersetzt?«

»Wie ich bereits sagte: Talwyn und ich sind nicht immer … einer Meinung. Meine Treue, Scarlett Monrhoe, gilt dir, genau wie schon deiner Mutter. Ich habe dir gesagt, dass ich dich nicht allein lasse, deshalb bin ich nicht ohne dich zurückgekehrt. Wenn du nicht herrschen oder Königin sein willst, ist das in Ordnung. Es ist ganz und gar deine Entscheidung, und ich werde immer Teil deines Hofs sein. Immer.«

»Was, wenn ich keinen Hof will? Was, wenn ich nicht hierbleiben will?«

»Dann sind es nur du und ich.«

»Du und ich? Es gibt kein du und ich. Es gibt nur dich, und dann gibt es noch mich.«

»Du weißt, dass das nicht stimmt, Scarlett«, erwiderte er leise. »Schon seit einer ganzen Weile nicht mehr.«

Das Herz hämmerte ihr in der Brust. Er strich ihr immer noch über das Haar und hielt sie mit dem anderen Arm um ihre Taille. »Du berührst mich«, sagte sie an seiner Brust.

»Wenn ich dich anlügen könnte, würde ich sagen, dass es notwendig ist, aber das ist es nicht. Ich wollte dich einfach nur in den Armen halten«, antwortete er.

»Und wenn ich dir sagen würde, dass ich will, dass du mich noch mehr berührst?«, flüsterte sie. Sie begann, eine der Tätowierungen auf seiner Brust mit dem Finger nachzuzeichnen, folgte jedem Wirbel und Kringel.

Seine Hand in ihrem Haar erstarrte. Nach einem langen Moment der Stille stieß er einen schweren Atemzug aus. »Ich würde mich dafür treten, aber ich würde dich sanft daran erinnern, dass du mich hasst.«

Scarlett hob den Kopf. Sein Blick ruhte auf ihr, eine Mischung aus Qual und Verlangen schimmerte in seinen Augen. Sie bewegte sich leicht, und seine Hand strich über den nackten Streifen Haut an ihrem Rücken. Sie neigte den Kopf zur Seite, bis ihr Mund sich direkt vor seinem befand, und er holte tief Luft.

»Scarlett, was machst du da?« Sie hörte die Selbstbeherrschung in seiner Stimme.

»Ich werde dich küssen«, hauchte sie, während sie sich ihm langsam mit den Lippen näherte. »Wirst du mich daran hindern?«

»Das sollte ich.«

Doch als ihre Lippen seinen begegneten, tat er es nicht. Nein, als ihre Lippen auf seine trafen, schob sich die Hand, die ihr Haar streichelte, zwischen ihre Strähnen, ballte sich zur Faust und lenkte ihren Kopf so, wie er es wollte, um den Kuss vertiefen zu können. Die Hand in ihrem Rücken glitt an ihre Hüfte, wo sein Daumen kleine Kreise beschrieb. Als Scarlett den Mund für ihn öffnete, stöhnte er, und der Laut vibrierte durch sie hindurch, während seine Zunge sich Eintritt verschaffte und sie Nelken und Honig schmeckte. Wieder dieser üppige, rauchige Geruch, vermischt mit Asche und Zedern.

Sie löste sich atemlos. »Du sagtest, Fae können Emotionen und andere Dinge riechen.«

»Das stimmt.« Seine Stimme war rau, und er atmete nicht weniger schwer als sie.

Dann war der Geruch, der sich manchmal mit seinem vermischte … Erregung. Ein Grinsen breitete sich auf ihren Lippen aus. »Das könnte ein nützliches Werkzeug sein, Prinz«, hauchte sie.

Sorin schloss erleichtert die Augen. »Götter, ich dachte, es würde mir nie mehr vergönnt sein, in den Genuss deiner spitzen Zunge zu kommen.«

Scarlett stieß sich von seinem Schoß ab. »Also, gibt es hier auch Schuhe für mich, oder wird von mir erwartet, dass ich in einem so prächtigen Palast barfuß laufe?«

»Ich habe weitere Kleidung für dich in Auftrag gegeben, aber für den Moment hat Camilla an der Tür ein Paar Seidenpantoffeln für dich hinterlassen«, antwortete Sorin und kam selbst auf die Beine. »Was würdest du gerne tun, Prinzessin?«

Scarlett sah ihn finster an. »Ich wollte gerade sagen, dass ich möchte, dass du mir ein wenig die Umgebung zeigst, aber jetzt möchte ich lernen, wie ich diese verdammte Magie kontrolliere, damit ich dich gezielt auf deinen Allerwertesten befördern kann, wenn du solche Dinge zu mir sagst.«

»Ach ja?«, fragte er, hob eine Augenbraue, und ein amüsiertes Funkeln trat in seine Augen.

»Ja«, antwortete sie und machte sich auf den Weg ins Wohnzimmer.

»Wenn es das ist, was nötig ist, damit du deine Magie anerkennst und meistern lernen willst, dann werde ich dich ab jetzt nur noch Prinzessin nennen«, neckte er sie und ging an ihr vorbei, um die Tür zu öffnen. Als er jedoch nach der Klinke griff, fiel ihr Blick erneut auf die Tätowierung an seiner linken Hand. Sie schlängelte sich seinen Daumen und Zeigefinger hinunter und schien nicht ganz vollständig zu sein, als hätte er mittendrin aufhören müssen.

»Du hast mir nie die Geschichte hiervon erzählt«, sagte sie und ließ ihre Finger über die dunklen Linien auf seiner Haut gleiten.

Sorin erstarrte und sah zu, wie sie ihnen folgte. »Es ist ein Fae-Mal, eine unserer Traditionen.«

»Es sieht unfertig aus«, meinte sie und beugte sich vor, um es sich genauer anzusehen.

»Das stimmt wohl.«

»Warum?«, fragte sie und hob den Blick.

»Weil ich nicht weiß, wie es am Ende aussehen wird.«

Scarlett zog verwirrt die Nase kraus. »Hast du es nicht selbst geschaffen? Kannst du nicht entscheiden, wie es am Ende aussehen wird?«

»Ja, aber wir sind noch nicht am Ende angelangt, oder?«

Scarlett rollte mit den Augen. »Diese Fae-Traditionen sind sehr kompliziert.«

Sorin drückte ihr einen schnellen Kuss auf die Stirn. »Lass mich dir dein Zuhause zeigen, Liebes.«

SORIN

Sorin führte Scarlett durch die diversen Hallen und Kammern seines Fiera-Palasts. Er zeigte ihr die Sitzungsräume, wo er seine Ratsversammlungen abhielt, und die Büros, in denen er normalerweise arbeitete. Obwohl er zugeben musste, dass der größte Teil seiner Arbeit nachts in seinen Privatgemächern stattfand. Er zeigte ihr den großen Saal, wo sie Festivals und Bälle veranstalteten. Er führte sie ins Freie und zeigte ihr die Quartiere der Soldaten, wo einige seiner Männer lebten, dazu die Übungsringe und die Ställe. Er führte sie durch Gärten und Küchen. Er genoss ihre Freude darüber, dass die Blumen selbst hier oben in den Bergen blühten, und starrte sie fasziniert an, weil sie alle Bediensteten begrüßte und sich nach ihren Namen erkundigte. Er hatte keinen Zweifel daran, dass sie sich später an jeden einzelnen erinnern würde.

»Das ist der Gästeflügel«, erklärte er, als er sie gerade durch einen Flur im östlichen Teil des Palasts führte.

»Die Räume sind ja riesig«, rief Scarlett, als sie an einem vorbeikamen, dessen Tür offen stand. Sie blieb auf der Schwelle stehen. »Darf ich?«

»Natürlich«, antwortete Sorin und bedeutete ihr, dass sie eintreten konnte. Sie drehte sich langsam auf der Stelle und sah sich in dem Wohnzimmer um, von dem eine Tür in einen Spielsalon und eine in ein Schlafzimmer abzweigte.

»Du verstehst es definitiv, deine Gäste zu verwöhnen«, sagte sie, die Hände an den Hüften. Er versuchte, nicht darauf zu achten, wie ihre Finger über den Streifen nackter Haut strichen, den er vorhin berührt hatte, als sie auf seinem Schoß saß und sie sich küssten. Er versuchte zu vergessen, dass er sie abgewiesen hatte, obwohl er sich nichts mehr wünschte, als sie in sein Bett zu tragen und sie überall zu berühren, wo sie es wollte. Götter, sie hatte den Geruch seiner Erregung früher identifiziert, als er gedacht hatte. Nicht dass ihn das überraschen sollte, aber wenn er zu lange darüber nachdachte …

»Kann ich das hier haben?«, riss sie ihn aus seinen Gedanken.

»Kannst du was?«, platzte er heraus, unfähig, sein Entsetzen zu verbergen. Das konnte sie nicht ernst meinen. Sie wollte im Gästeflügel schlafen?

»Nun, ich nehme an, dass ich ein Zimmer bekomme«, sagte Scarlett langsam und beobachtete ihn aufmerksam.

»Du hast ein Zimmer. Du schläfst schon seit Tagen darin.« Zur Hölle mit Schicklichkeit. Sie würde nicht auf der anderen Seite des Palasts schlafen. Das kam nicht infrage.

Scarlett legte den Kopf schräg, und ihr langes Haar fiel ihr über die Schulter. »Ich bin ein Gast, oder etwa nicht? Außerdem, ist das nicht *dein* Zimmer?«

»Das hier ist dein Zuhause, Scarlett«, antwortete er. Sie hatte immer noch die verdammten Hände in die Hüften gestemmt und stand dort wie die Prinzessin, die sie war.

Sie schürzte die Lippen, während sie über seine Worte nachdachte. Sie ließ einen Finger über die detailreiche goldene Stickerei im Stoff eines der Sessel gleiten. Schließlich sagte sie leise: »Ich weiß nicht mehr, wie es ist, ein Zuhause zu haben. Seit dem Tod meiner Mutter hatte ich keines mehr. Nicht wirklich.«

»Das hier kann dein Zuhause sein, Scarlett. Wenn du das möchtest.« Er versuchte, nicht unter ihrem prüfenden Blick zusammenzuzucken, als sie ihn wieder ansah und ihre Schatten sich ihm entgegenreckten.

»Hier leben? Mit dir?«

»Es ist deine Entscheidung«, sagte er. »Wenn du lieber in der Stadt wohnen möchtest, dann kann ich auch dafür sorgen.«

»Im Privatflügel des Palasts? Wo sich deine Gemächer befinden?«

Er wusste nicht recht, worauf sie hinauswollte. Er hatte in den letzten Monaten gelernt, ihre Emotionen zu lesen. Wie ihre Finger sich krümmten, wenn sie verärgert war. Wie sie die Nase krauszog, wenn sie verwirrt war. Wie sie die Augen zusammenkniff, wenn sie nicht begeistert von dem war, was sie sah oder hörte. Wie ihre Augen leuchteten, wenn sie glücklich war, obwohl er das nur wenige Male gesehen hatte. Doch jetzt war ihre Miene beinahe unlesbar, wie so oft seit ihrem Erwachen. Als wäre sie irgendwo, wo er sie nicht erreichen konnte. »Ich kann eine andere Suite im Privatflügel für dich finden, oder du kannst in meinen Gemächern wohnen, wenn du willst.«

»Und wo willst du dann leben?«

»Ich werde leben, wo immer ich muss, damit du nicht allein bist«, antwortete er und ging auf sie zu. Sie blickte zu ihm auf. Die goldenen Flecken in ihren eisblauen Augen waren heute besonders strahlend.

»Hmmm«, reagierte sie abweisend und entfernte sich einen Schritt. »Das Sofa in deinen Gemächern gefällt mir tatsächlich besser. Außerdem würde ich es hassen, wenn du ganz allein in diesem riesigen Flügel hausen müsstest.« Er wusste, warum sie das sagte. Sie gab sich Mühe. Sie gab sich solche Mühe, wieder sie selbst zu werden. Wieder die zu werden, die sie einmal gewesen war.

»Warum denkst du, dass ich allein dort lebe?«, fragte er, folgte ihr aus dem Gästezimmer und übernahm einmal mehr die Führung.

»Andere leben dort? Außer den Dienstboten?«, fragte sie und warf ihm einen Blick zu, während sie nebeneinander herliefen. Seine Hand streifte ihre, und sie riss sie nicht zurück. Ihre Nähe ließ sein Blut summen. Obwohl er sich erwürgen wollte, weil er sie vorhin abgewiesen hatte, wusste er doch, dass sie es bereut hätte. Sie hatte sich von dem Trauma ablenken wollen, das sie all die Jahre unterdrückt hatte. Zu dem auch er seinen Teil beigetragen hatte. Nein, er verdiente es nicht, sie zu berühren.

Ihre Fragen brachten ihn jedoch zum Lachen. »Ja, Scarlett. Ich bin kein Einsiedlerprinz, der allein in einem riesigen Palast lebt.«

»Wer lebt sonst noch hier?«, wollte sie wissen. »Ich meine, wenn ich Mitbewohner habe, dann sollte ich sie doch kennenlernen?«

»Sie leben nicht *in* meinen Gemächern«, antwortete er und stupste sie an der Nase. »Sie haben ihre eigenen Gemächer in meinem Privatflügel.«

»Du hast Familie hier?«

»Keine Blutsverwandten. Götter, nein. Aber sie sind meine Familie, ja.«

»Aber du …« Ihre Augen wurden groß, und sie blieb stehen. Er wusste, was ihr gerade durch den Kopf ging, und hielt ebenfalls an. »Du hast gesehen, wie König Deimas und Königin Esmeray deine Eltern ermordeten.«

»Das habe ich«, antwortete Sorin leise. »Ich war in der Menge, als sie … nun, als sie getötet wurden.« Er ging nicht ins Detail und ersparte ihr die Schilderung, wie genau sie vor den Augen ihres Volkes abgeschlachtet wurden.

»O meine Götter, Sorin … Ich weiß nicht, was ich sagen soll.«

»Du musst nichts sagen. Es ist lange her, Scarlett.«

»Trotzdem … Es tut mir leid. Kein Kind sollte je mitansehen

müssen, wie seine Eltern getötet werden, und schon gar nicht auf so grausame Weise. Was das mit einem Kind macht …« Sie sprach den Satz nicht zu Ende.

»Ich war nicht mehr wirklich ein Kind«, sagte er und strich ihr dabei mit den Fingerknöcheln über die Wange. »Ja, ich war jung nach Fae-Maßstäben, aber ich war bereits mehrere Dekaden alt.«

»Trotzdem … es tut mir leid.« Sie biss sich auf die Unterlippe und räusperte sich nach einem Moment. »Also, wer lebt dann genau mit dir hier?«

»Ich bin sicher, du wirst sie beim Abendessen treffen. Briar hatte seine liebe Mühe, sie während deines Schönheitsschlafs fernzuhalten«, neckte Sorin sie und hielt auf eine Brücke zu.

»Beim Abendessen?«

»Ja, beim Abendessen. Nur wenn du möchtest, natürlich«, antwortete er. »Ich hätte gerne, dass du sie kennenlernst. Eliza wird dort sein. Und Briar.«

»Aber ich habe Briar bereits getroffen, und ich kenne Eliza gewissermaßen schon.« Sie verschränkte die Arme, blieb erneut stehen und wippte mit dem Fuß. »Ich weiß nicht, Sorin. Wie viele Leute werden zu diesem Dinner kommen?«

»Nur mein Innerer Hof. Und in gewisser Weise hast du sie alle schon einmal gesehen. Sie sind an der Grenze zu uns gestoßen.« Sie schürzte die Lippen bei der Erinnerung, und er griff nach ihrer Hand, um sie zur Brücke zu ziehen. »Und Briar ist nicht Teil meines Inneren Hofs.«

»Was ist er dann?«, fragte sie, und er konnte nicht anders, als zu lächeln, als sie bei der Frage die Nase krauszog.

»Briar ist der Prinz des Wasserhofs und einer meiner engsten Freunde.«

»O meine Götter«, stöhnte Scarlett. »Ich habe einen Prinzen angegriffen?«

»Erstens hattest du keine Kontrolle über deine Magie, und Briar weiß das. Und zweitens greifst du *mich* ständig an«, gab Sorin belustigt zurück.

»Ja, nun, aber du verdienst es, weil du ein arroganter Mistkerl bist«, antwortete sie und entzog ihm ihre Hand. »Hat er dann nicht seinen eigenen Hof, um den er sich kümmern muss?«

»Das hat er. Er hat seinen eigenen Hof und Kreis von Vertrauten, aber ich könnte mir vorstellen, dass es … Widerstand gibt, wenn du heute Abend zum Essen kommst«, antwortete Sorin vorsichtig.

»Warum?«, fragte sie und blieb in der Mitte der Brücke stehen, um durch die deckenhohen Fenster nach draußen zu spähen, wo man sehen konnte, wie die Tana von den Bergen herab und direkt durch den Palast floss.

Sorin stützte die Arme neben ihr auf das Geländer der Brücke. »Mit dir hat niemand gerechnet, Scarlett. Ich wurde ausgesandt, um eine Waffe zu finden, von der ich nicht glaubte, dass sie existiert. Königin Talwyn hat sich auf etwas berufen, das man den Blutschwur der Höfe nennt. Während der Regentschaft einer Königin ist es ihr erlaubt, den Schwur ein einziges Mal bei jedem Hof, über den sie regiert, einzusetzen. Der Schwur verpflichtet den Prinzen oder die Prinzessin, ungefragt einem ihrer Befehle zu gehorchen. Mir wurde diese Mission aufgezwungen. Du weißt, dass unser Verhältnis zu Talwyn angespannt ist, und wenn sie herausfinden, dass *du* diese Waffe bist, wenn sie herausfinden, was du bist …« Sorin seufzte. »Ich könnte Briar als Puffer gebrauchen, das ist alles. Mein Innerer Hof ist meine Familie, und ich muss mich nur selten auf meinen Titel berufen. Aber möglicherweise werden heute Abend zwei Prinzen nötig sein. Wenn du jedoch nicht zum Essen kommen willst, verstehe ich das. Du hast die Wahl.«

»Eine Wahl.« Sie sagte es so leise, dass er sie kaum hören konnte, obwohl er seine Fae-Sinne voll wiedererlangt hatte. Ihre Schatten schienen zu flackern, als wollten sie verlöschen. »Kann ich mich wirklich frei entscheiden, wo ich hinwill?«

»Du kannst gehen, wohin es dich zieht. Verlass den Palast. Geh in die Stadt. Obwohl du beim ersten Mal eine Eskorte mitnehmen solltest, damit du dich nicht verläufst«, fügte er hinzu.

»Eine Eskorte? Also dich?«

»Mich. Briar. Jemanden aus dem Inneren Hof.« Er zuckte erneut mit den Achseln, fügte dann jedoch mit einem schiefen Lächeln hinzu: »Oder geh selbst. Wenn ich mich richtig erinnere, bin ich nicht dein Aufpasser.«

Sie warf ihm einen schiefen Blick zu. »Ich kenne Briar kaum und habe deinen Inneren Hof nur kurz gesehen, als ich von Vampiren gejagt wurde.«

»Oh, ich bin mir sicher, bald wirst du bestens mit ihnen vertraut sein«, lachte er. »Sie sind unerträglich, ungezwungen und aufdringlich. Jetzt, wo ich darüber nachdenke, passt du ganz gut zu ihnen.«

Sie versetzte ihm einen leichten Stoß und murmelte: »Idiot.«

Er drehte sich einfach nur um, lehnte sich mit dem Rücken ans Geländer und zog sie an sich. Er drückte ihr einen Kuss auf den Scheitel, und sie schmiegte sich an ihn. Erneut flackerten die Schatten. Sie löste sich, um ihm in die Augen zu blicken, und er hob die Hand, um ihr über die Wange zu streicheln, aber ihm begegnete ein brennender, beißender Wirbel aus Schatten, die sich um sie herum verdichteten.

»Scarlett?« Ihre Augen waren riesig, und sie starrte in die Richtung, aus der sie gekommen waren.

Wo Prinz Callan gerade auf die Brücke zustrebte.

Er hatte vorgehabt, dem Prinzen morgen einen Besuch abzustatten, aber scheinbar wollte er ihm zuvorkommen. Es gab nur ein Problem.

Er beugte sich an ihr Ohr. »Scarlett, wenn du jetzt nicht mit ihm sprechen möchtest, verstehe ich das. Ich kann Briar rufen, und er wird dich zurück in unsere Gemächer begleiten.«

Sie schüttelte den Kopf, ohne den Blick von dem Menschenprinzen abzuwenden.

»Die Sache ist nur die: In dem Moment, in dem er diese Brücke betritt, wird mein gesamter Innerer Hof alarmiert. Ein Mann wird praktisch sofort zur Stelle sein, die anderen nur kurz danach.«

Sie sah ihn an. Ihre Augen waren dunkel, als ob ihre Schatten sie infiltriert hätten. »Kannst du ihnen sagen, dass sie nicht kommen sollen?«

Er verzog das Gesicht. »Ich könnte, aber sie werden nicht auf mich hören.« Sie wirkte so befremdet, dass er hinzufügte: »Du wirst es verstehen, wenn du sie heute Abend triffst. Aber wenn du sie nicht hier treffen möchtest, kann ich Briar bitten, dass er dich zurückbringt, und ich spreche mit Callan.«

»Wenn er die Brücke nicht betritt, werden sie trotzdem kommen?«

»Nein, nicht solange er nicht den entscheidenden Schritt macht. Das ist ein Teil der Schutzzauber des Privatflügels.«

»Kann ich zuerst mit ihm sprechen?«

»Natürlich, Liebes. Du kannst tun, was immer du willst. Immer.«

Sie sah ihn an, beinahe als sähe sie ihn zum ersten Mal.

Ihre Schatten strichen über seine Wange. Dann machte sie einen Schritt, und sie strebten vor ihr her dem Ende der Brücke zu.

6
CALLAN

Callan beobachtete sie seit beinahe zehn Minuten. Er hatte sie entdeckt, als sie im Gästeflügel um eine Ecke gebogen waren. Finn hatte noch versucht, ihn am Arm zu packen, aber er hatte ihn abgeschüttelt und die Verfolgung aufgenommen. Als sie sich auf den Weg zur Brücke gemacht hatten, hatte er sich in einer Wandnische versteckt. Sie war so entspannt in seiner Gegenwart. So … unbeschwert. Als ob nichts schiefgehen konnte, solange er bei ihr war. Bei ihm war sie nie so entspannt und unbekümmert gewesen. Immer bereit zur Flucht. Immer bereit, sich den Weg freizukämpfen, was immer sich ihr auch entgegenstellte. Selbst wenn sie nackt in seinem Bett lag, waren die Dolche immer in Griffweite.

Er sah, wie sie dem Feuerprinzen einen leichten Stoß versetzte, und hörte, wie sie ihn liebevoll einen Idioten nannte. Sie war immer noch ein Nachtschatten, ihr Blick rastlos wie eh und je, doch selbst die Dunkelheit um sie herum schien jetzt schwächer. Und als er sie an sich zog, flackerten die Schatten, und Callan glaubte schon, sie würden gleich ganz ersterben.

Und er konnte sich nicht helfen. Er musste mit ihr sprechen. Er musste es einfach wissen. Sie hatte gesagt, sie und der General seien nur Freunde. Sie hatte gesagt, dass sie nicht an einen Thron gebunden sein wollte. Wenn sie ihn wählte, wäre es dann nicht genau das Gleiche? Würde sie ihn wählen?

Er war aus der Nische getreten und war im Begriff, sich der

Brücke zu nähern, als sie ihn entdeckt hatte. Ihre Augen waren groß geworden, und die Schatten um sie herum hatten wieder zu wirbeln begonnen. Als er sich näherte, beugte Sorin sich hinunter, um ihr etwas ins Ohr zu flüstern. Sie diskutierten eine Weile, und als er am Rand der Brücke stehen blieb, wurde Sorins Stimme zu ihm getragen. »Natürlich, Liebes. Du kannst tun, was immer du willst. Immer.«

Liebes. Er hatte sie die ganze Reise über so genannt. Ein Kosename, hatte er sich eingeredet. Ein Name, um sie ein wenig aufzuziehen, etwas, das er gerne zu tun schien. Aber es war nicht ernst gemeint. Oder doch?

Callan erstarrte, als Scarlett sich ihm näherte. Er wollte ihr entgegenkommen, aber Schatten lösten sich von ihr und strebten auf das Ende der Brücke zu, wo sie einen Wall bildeten. Er sah zu, wie sie ein paar Schritte vor ihm stehen blieb und den Kopf schräg legte, um die Schattenwand zu begutachten, als wäre sie nicht ganz sicher, wie sie so ein Hindernis hatten errichten können.

Die Wache neben der Brücke starrte die Schattenwand an, doch Sorin sagte kühl: »Es ist in Ordnung, Talis. Kein Grund zur Sorge.« Die Wache nickte ihrem Prinzen zu und gab den Weg frei.

Ihr Blick richtete sich auf ihn. »Hallo, Callan.« Ihre Stimme war vertraut und klang doch wie aus weiter Ferne. Ihre Ohren liefen jetzt spitz zu, und als sie sprach, entdeckte er, dass auch ihre Eckzähne länger waren. Sie wirkte größer. Fae. Eine von ihnen.

»Scarlett«, hauchte er. »Du bist … anders.«

»Anders?« Sie schien kurz über das Wort nachzudenken. »Vermutlich. Ich trage kein Schwarz und bin nicht bewaffnet. Aber man hat mir gesagt, ich sei eine Waffe.«

»Das meine ich nicht«, antwortete Callan und schüttelte den Kopf. »Komm her und rede mit mir.«

»Ich kann jetzt nicht mit dir sprechen«, flüsterte sie.

»Du kannst nicht, oder du willst nicht?« Die Frage klang schärfer als beabsichtigt. Bei seinem Tonfall zuckte sie zusammen. Er hatte sie noch nie zusammenzucken sehen. Was machte Sorin mit ihr?

»Geht es dir gut?«, fragte er und ging einen Schritt auf sie zu. »Bist du in Gefahr?«

»Warum sollte ich in Gefahr sein?«, erwiderte sie.

Sorin war zurückgeblieben und lehnte am Geländer der Brücke. Er hatte die Arme verschränkt und einen gelangweilten Ausdruck auf dem Gesicht. Seit man ihn vor etwa einer Woche aus Sorins Gemächern geführt hatte, hatte er den Feuerprinzen nicht mehr gesehen.

»Bitte, rede einfach mit mir«, flehte Callan.

»Ich bin nicht bereit, mit dir zu sprechen, Callan. Es gibt so viel, das ich verarbeiten muss …«

»Dann lass mich dir helfen«, unterbrach er sie.

»Das kannst du nicht«, antwortete sie traurig.

»Und ich schätze mal, dass *er* es kann?«

»Es gibt so viel, was du nicht weißt.«

»Dann erzähl es mir.«

»Es gibt so viel, was ich selbst noch nicht verstehe«, versuchte sie es noch einmal. Ihr Tonfall war flehend.

»Und ich nehme an, dass er die Antworten hat, nicht wahr? Woher weißt du, dass er dich nicht kontrolliert?«

Bei diesen Worten stieß Sorin sich vom Geländer ab und ging lässig die Brücke entlang. »Willst du damit andeuten, dass ich Scarlett zu etwas *zwinge*?« Seine Stimme war kalt und gefährlich.

»Das wäre nicht das erste Mal«, verteidigte sich Callan. »Oder etwa nicht? Hat Mikale mich wirklich bedroht?«

»Callan, so etwas würde ich mir nicht ausdenken«, sagte Scarlett und wirkte verletzt.

»Du vielleicht nicht. Aber *er*. Möglicherweise hat er all das hier geplant. Damit du mit ihm gehst«, spuckte Callan aus.

»Nein. Das stimmt nicht. Du weißt, dass es nicht stimmt«, rief Scarlett, aber kurz huschte Verunsicherung über ihre Züge.

»Dann lass mich nach Hause gehen und ihn konfrontieren«, sagte Callan. »Lass mich nach Hause, wo ich hingehen kann, wo ich will, und sehen kann, wen ich will.«

»Du bist kein Gefangener hier, Callan, aber du kannst noch nicht zurück«, flehte Scarlett. »Es würde dich und Cassius in Gefahr bringen.«

»Cassius?« Callan blinzelte, und seine nächsten Worte waren von Wut getrieben: »Ah, Cassius. Die vierte Variable in dieser Gleichung. Sag, Scarlett, wen von uns liebst du wirklich? Oder erfüllen wir jeder einen bestimmten Zweck?«

Scarlett wich einen Schritt zurück, und Sorin streckte die Hand aus, um sie zu stützen. Ihre Schatten zogen sich zu ihr zurück, als wäre sie geschlagen worden. Sorin hob den Finger und zeichnete Flammen in die Luft. Das Zeichen schimmerte einen Moment, dann verschwand es.

»Was willst du, dass ich sage, Callan?«, flüsterte sie.

»Ich will, dass du mir ins Gesicht sagst, dass du mich benutzt hast. Dass ich dir nie etwas bedeutet habe.«

»Das stimmt nicht! Das werde ich nicht sagen.« Sie schüttelte den Kopf. »Du bedeutest mir immer noch etwas.«

»Ich möchte, dass du mir ins Gesicht sagst, dass du mich belogen hast, als du sagtest, dass er nicht der Grund war, warum du nicht mehr zu mir gekommen bist.« Er richtete einen anklagenden Finger auf Sorin.

»Ich kannte ihn bis vor wenigen Monaten noch gar nicht«, antwortete sie, und ihr Blick verdunkelte sich. Sie schüttelte Sorins Hand in ihrem Rücken ab. Sie kam an den Rand der Brücke, und Callan konfrontierte sie. Zorn war jetzt in ihren Zügen zu lesen, doch er weigerte sich, zurückzuweichen. »Frag mich, was du zu wissen wünschst, Prinz.« Ihre Stimme war jetzt tödlich.

Callan wusste es. Er wusste, dass er sie an einen gefährlichen Punkt trieb. Er wusste, wozu sie in der Lage war. Er hatte gesehen, wie sie Vampire niedermetzelte, als wären sie nichts. Er hatte gesehen, wie sie auf ihre Eingeweide getreten war, um noch mehr Schmerz und Qual zu verursachen.

Das Geräusch von fließendem Wasser hallte in der Luft wider, und der Wasserprinz stieg aus einem Portal am anderen Ende der Brücke. Er blieb in etwas Entfernung stehen, wartete ab, beobachtete.

»Nun?«, forderte sie ihn heraus.

»Vor einigen Wochen hast du behauptet, er sei ein guter Freund, genau wie Cassius. War das die Wahrheit?« Er hielt den Atem an, während er auf ihre Antwort wartete.

»Ja.«

»Und jetzt?«

Sie musterte ihn, und ihr Blick war durchdringend, als sie leise fragte: »Fragst du mich, ob ich es mit ihm getrieben habe, Callan?«

Der Fluss unter ihnen begann, sich zu regen. Das ruhige Wasser fing an zu brodeln, und Wellen bildeten sich, als wären sie Stromschnellen. Sorin blickte über seine Schulter, und Briar lehnte an der Brücke und blickte hinunter. Er streckte die Hand über das Geländer, und die Wellen beruhigten sich, doch das Wasser rauschte immer noch schneller durch den Palast als zuvor, als hätte die Strömung in dem sonst so friedlichen Fluss zugenommen.

»Ist das deine Frage, Callan?«

Er spürte, wie Finn ihn am Ellenbogen packte und versuchte, ihn zurückzuziehen, doch er schüttelte ihn ab. »Ja«, presste er zwischen zusammengebissenen Zähnen hervor.

Ein schlangengleiches Grinsen bildete sich auf ihren Lippen, und ihre Augen verengten sich. Schatten glitten über ihre Arme und wanden sich um ihre Handgelenke, ihren Torso. Sie kam ihm entgegen, fast so, als wollte sie ihn küssen, und die Schattenranken griffen nach ihm. Er zuckte zurück. »Du bist der Erste und Einzige, dem ich mich je aus freien Stücken hingegeben habe«, sagte sie mit vergifteter Gelassenheit. »Mikale war ebenfalls zwischen meinen Schenkeln, nur dass er sich genommen hat, was er wollte. Vor etwa einem Jahr. Noch Fragen, Prinz?«

Callan zuckte zurück, als ihre Worte ihn trafen, und er riss entsetzt die Augen auf. Vor einem Jahr. Als sie aufgehört hatte, zu ihm zu kommen. Als alles sich verändert hatte.

»Scarlett«, sagte Sorin leise und legte eine Hand auf ihren Arm. Die Schatten schienen seine Berührung zu begrüßen. »Geh mit Briar. Er wird dich in deine Gemächer bringen. Ich komme gleich nach.«

Scarlett sah Callan mit harter Miene an. »Ich habe dich vielleicht einmal geliebt, Prinz, aber jetzt weiß ich nicht, was ich für dich empfinde.« Sie drehte sich auf dem Absatz um und ging, ohne zurückzublicken, auf das Ende der Brücke zu, wo Briar bereits mit ernster Miene auf sie wartete.

»Scarlett«, rief Callan und setzte einen Fuß auf die Brücke, um ihr zu folgen, doch er erstarrte, als ein grausames Lächeln sich auf Sorins Gesicht ausbreitete. Eine Sekunde später trat Rayner hinter ihm aus einem Wirbel aus Rauch und Asche hervor. Er kam an Sorins Seite und flüsterte ihm etwas ins Ohr.

»Interessant«, sagte Sorin und schob die Hände in die Taschen seiner dunkelgrauen Hosen, wobei er die Hüfte gegen das Geländer lehnte.

»Rayner sagt mir gerade, dass du bereits einmal auf der anderen Seite dieser Brücke warst.«

»Ja«, antwortete Callan kühl. »Ich habe mich nach ihr erkundigt.«

»Um sie dann eine Hure zu nennen, sobald sie aufwacht?«, fragte er und hob spöttisch die Brauen. Cyrus kam aus einem Flur auf der anderen Seite der Brücke und begann, sie zu überqueren.

»Nein«, antwortete Callan. »Ich wollte nicht, dass sie …«

»Du wolltest sie nicht verletzen«, berichtigte Sorin ihn. Und dann kam Eliza die Treppe herauf und überquerte die Brücke. Wie waren sie alle so verdammt schnell hier? Briar und Scarlett waren verschwunden. Er hatte nicht gesehen, in welche Richtung. Der Fluss unter ihnen hatte sich beruhigt und floss erneut gemächlich vor sich hin. »Weißt du«, fuhr Sorin fort und näherte sich ihm einen Schritt. Seine Vertrauten scharten sich hinter ihn. Callan wich zurück und verließ dabei die Brücke. »Sie wäre zu dir gekommen. Wärst du geduldig und zuvorkommend gewesen und hättest ihr etwas Zeit gelassen, dann wäre sie zu dir gekommen und hätte dir erklärt, was auch immer ihr möglich war, aber du konntest einfach nicht abwarten.«

»Du hast mich aus Prinzip von ihr ferngehalten«, fauchte Callan.

»Ich habe dich von ihr ferngehalten, damit sich diese kleine Szene hier nicht in genau dem Moment abspielt, wenn sie ihre Augen öffnet, was übrigens heute Morgen war«, entgegnete Sorin kühl.

»Mikale. Er …« Callan brachte es nicht über sich, die Worte auszusprechen.

»Ja, er hat sie vergewaltigt, und ja, er hätte es noch einmal getan, wenn wir sie nicht rausgeholt hätten«, sagte Sorin und presste die Lippen zusammen. »Mikale weiß, dass sie eine Fae ist, und möchte ihre Blutlinie für seine eigene. Das ist alles, was wir im Moment wissen.« Callan wusste nicht, was er sagen sollte, als Sorin fortfuhr: »Scarlett hatte recht. Du bist kein Gefangener hier. Du und deine kleine Truppe«, sagte er und blickte grinsend in Finns und Sloans Richtung, »ihr könnt gehen, wohin auch immer ihr wollt. Ihr könnt in die Stadt. Ihr könnt auch dieses Reich verlassen, wenn ihr denkt, dass ihr ohne Magie gegen das bestehen könnt, was in diesen Bergen lauert. Ihr könnt euch frei auf der *östlichen* Seite des Palasts bewegen. Ich kann die Bibliothek empfehlen. Frischt euer Geschichtswissen auf.

Aber erlaubt mir, euch eure erste Lektion zu erteilen. Die Gerüchte, die im Reich der Menschen über den Hof des Feuers kursieren, dass er der grausamste von allen ist, sind wahr. Setz noch einmal einen Fuß auf eine dieser Brücken, Kronprinz von Windonelle, und du findest heraus, wie viel Wahrheit in ihnen steckt.« Seine Gefolgschaft grinste, herzlos und bösartig. Sorin trat einen Schritt auf ihn zu. Finn und Sloan wollten sich vor Callan schieben, doch Sorin hob eine Hand und hüllte sie in einen Ring aus Flammen. Sorins Stimme wurde pures Gift: »Bring sie noch einmal dazu, sich wie eine Hure zu fühlen, und du wirst lernen, was es bedeutet, ein Gefangener in meinem Heim zu sein. Habe ich mich deutlich ausgedrückt?«

»Mehr als deutlich«, antwortete Callan mit angespanntem Kiefer.

Sorin schloss die Hand zur Faust, und die Flammen um Finn und Sloan verschwanden. »Eliza, meine Liebe, zeig ihnen die Bibliothek, ja?«, sagte er, während er sich umdrehte und die Brücke überquerte. Er hatte noch nicht einmal den halben Weg zurückgelegt, als sich vor ihm ein Feuerportal öffnete, durch das er trat und verschwand.

»Er hat heute prächtige Laune«, kommentierte Eliza und sah Cyrus an.

»Ich dachte, das Prinzlein landet im Wasser«, meinte Cyrus enttäuscht. »Hast du das Mal gesehen?«

»Ja«, antwortete Rayner.

Eliza schwieg.

Callan konnte sie nur wie ein Fisch mit offenem Mund anstarren, während sie sich völlig unbekümmert unterhielten.

»Eliza?«, zischte Cyrus und kniff die Augen zusammen. »Wann hast du ihn gezeichnet?«

»Wer sagt, dass ich das war?«, fuhr sie ihn an.

»Du bist die Einzige, der er genug vertraut, ihm *dieses* Mal zu geben«, argumentierte Rayner leise.

»Aus gutem Grund«, gab sie hochmütig zurück.

»Wann?«, wollte Cyrus wissen.

Sie schnalzte missbilligend mit der Zunge und verschränkte die Arme. »Bevor wir aus dem Land der Sterblichen zurückkamen.«

»Er hat es vor uns verborgen, als er die Grenze überquerte?«, fragte Cyrus und biss die Zähne zusammen.

Eliza rollte mit den Augen. »Vorsicht, Cyrus, am Ende bekommst du noch Kopfschmerzen vom vielen Denken.«

Rayner schob sich zwischen die beiden Fae, die sich finster anstarrten. »Genug jetzt«, knurrte er.

»Hat jemand von euch sie gesehen?«, fragte Cyrus und lehnte sich an das Geländer.

»Nein. Das letzte Mal, als ich sie gesehen habe, blutete sie in den Armen des Prinzen aus, nachdem wir die Grenze überquert hatten«, seufzte Eliza. »Also dann heute Abend beim Essen.«

»Vielleicht kann er dir bei eurem kleinen Spaziergang mehr über sie erzählen«, sagte Cyrus und sah Callan an.

»Es klingt nicht so, als würde er besonders gut von ihr denken«, steuerte Rayner nachdenklich bei und richtete seinen Blick ebenfalls auf Callan.

»Er ist eifersüchtig, Rayner«, seufzte Eliza erneut. »Eifersucht lässt die Leute dumme Sachen tun und sagen.«

»Wenn dieses Zwillingsflammen-Mal in Kraft tritt, wird Sorin …«, begann Cyrus.

»Sei still«, fuhr Eliza ihn an und verließ die Brücke. Sie gab Callan und seiner Leibwache ein Zeichen, ihr zu folgen. »Kommt, ich zeige euch die Bibliothek.«

Sie führte sie in den hinteren Teil des Palasts. Als sie außer Hörweite der Brücke waren, sagte Callan zu Eliza: »Das war Sarkasmus, als du meintest, Sorin habe prächtige Laune, nicht wahr?«

»Ganz und gar nicht«, schnaubte Eliza. »Hätte er schlechte Laune gehabt, wärst du tatsächlich im Fluss gelandet. Du hast im

Reich der Sterblichen offenbar nicht viel Zeit mit ihm verbracht, wenn du denkst, das war seine schlechte Laune.«

Callan schluckte und verfiel in Schweigen. Nach einer weiteren Minute fragte er: »Was ist ein Zwillingsflammen-Mal?«

»Nichts, was dich etwas angeht«, antwortete sie angespannt, bog um eine Ecke und blieb vor einer Doppeltür stehen.

»Es klang, als sollte es mich etwas angehen«, widersprach Callan grimmig.

»Weißt du was, Prinzlein«, sagte Eliza und stieß die Türen vor ihnen auf. Im Innern befanden sich Reihen um Reihen von Bücherregalen, die bis zur Decke reichten. Und zwar nicht nur bis zur Decke des zweiten Stockwerks, in dem sie sich befanden, sondern die gesamte Höhe des Palasts hinauf. Alle sieben Stockwerke. Die Decke bestand aus dem gleichen glasartigen Material wie die Brücken, und dahinter erstreckte sich ein strahlend blauer Himmel. »Wenn es dir gelingt, hier ein Buch über dieses Thema zu finden und es zu lesen, werde ich dir alle Fragen beantworten. Viel Glück.«

Eliza wandte sich ab, verließ die Bibliothek und schloss die Doppeltüren hinter sich.

»Diese Fae sind richtige Bastarde«, knurrte Sloan neben Callan.

»Ganz deiner Meinung«, antwortete Callan und machte sich auf die Suche nach einem Buch.

7
SCARLETT

Briar hatte sie so schnell von der Brücke weggeführt, dass sie nicht einmal Gelegenheit hatte, sich einzuprägen, wo sie abgebogen waren und welche Gänge sie genommen hatten. Sie hätte Sorin gleich nach Briar rufen lassen sollen. Warum sie gedacht hatte, dass Callan Verständnis zeigen würde, wusste sie selber nicht. Er hatte gesagt, dass sie anders wirkte. Natürlich tat sie das. Er kannte nur Teile von ihr. Wenn er mit ihrem ganzen Wesen vertraut wäre, nun, dann hätten sich die Dinge nie so entwickelt, wie sie es getan hatten.

Briar schwieg, während er sie eine Treppe hinaufführte. Sie musterte ihn von der Seite. Er hatte sich das schulterlange Haar zurückgebunden und trug eine meergrüne Tunika und graue Hosen. Als könnte er ihren Blick spüren, richtete er seine funkelnden eisblauen Augen auf sie. Scarlett schaute schnell weg.

Einige weitere Treppen später führte er sie einen Flur hinunter und blieb vor der zweiten Tür stehen. Mit dem Finger zeichnete er in eisigen Schneeflocken ein Symbol auf das Holz, und das Schloss öffnete sich mit einem Klicken. Sie traten ein, und sie machte sich eilig auf den Weg ins Schlafzimmer.

»Manchmal ist es einfacher, eine Maske abzunehmen, wenn man es vor jemandem tut, der nichts über einen weiß.« Sein Tonfall war sanft.

Sie blieb stehen und drehte sich langsam zu ihm um. Er war ihr gefolgt und stand nun in ein paar Metern Entfernung, wo er sich gegen den Esstisch lehnte und die Hände auf die Kante stützte. Ihre Schatten reckten sich nach ihm, und er wich nicht zurück. Sie wirbelten um ihn herum, suchend, forschend. »Hab kein Mitleid mit mir«, sagte sie schließlich. »Ich verdiene, was heute zu mir gesagt wurde.«

»Meine liebe Scarlett, ich habe nur deshalb Mitleid mit dir, weil du dich mit Sorin und seinem weinerlichen Hof herumschlagen musst«, grinste Briar zwinkernd, ehe er wieder ernst wurde. »Aber niemand verdient es, von einer weiteren Welle überrollt zu werden, wenn er sich gerade erst von einem Sturm erholt.«

»Und wenn es ein niemals endender Sturm ist? Was, wenn die Wellen unablässig kommen?«, fragte Scarlett leise.

»Lass es raus, Scarlett. Schrei deine Wut hinaus, weine, brich zusammen. Du darfst all diese Dinge fühlen und tun, aber hör nicht auf zu kämpfen. Gib nicht auf. Werde zu einem größeren Sturm«, antwortete er. Er versuchte nicht, sie zu berühren. Er versuchte nicht, sie zu trösten oder ihr zu versichern, dass das, was Callan gesagt hatte, falsch war. Er versuchte nicht, dafür zu sorgen, dass sie sich besser fühlte.

Scarlett wandte sich ab und setzte ihren Weg ins Schlafzimmer fort. »Merkwürdig. Ich dachte immer, dass es Wasser braucht, um das Gefühl zu haben, man würde ertrinken, aber das ist tatsächlich nicht notwendig.«

»Du ertrinkst nur, wenn du im Fluss bleibst. Lass zu, dass er dich ans Ufer zieht. Manchmal ist es in Ordnung, sich retten zu lassen, Scarlett«, erwiderte Briar.

Sie schloss die Tür hinter sich.

SORIN

Als Sorin sein Wohnzimmer betrat, sah er gerade noch, wie sich die Schlafzimmertür schloss. Er warf einen Blick auf die Tür und dann auf Briar, der am Esstisch lehnte.

»Hat sie etwas gesagt?«, fragte Sorin. Zorn pulsierte durch seinen Körper, und Glut füllte seinen Blick.

»Sehr wenig«, antwortete Briar. Nach einem kurzen Schneewirbel erschien ein Schwert in seiner Hand. Es war aus purem Silber, und in dem Heft funkelte ein riesiger Saphir. Eisklinge, das Schwert des Wasserprinzen. »Sie braucht etwas Zeit für sich, Sorin.«

»Willst du mich etwa von meiner Zwillingsflamme fernhalten?«, fragte Sorin gefährlich ruhig, während Feuer an seinen Fingerspitzen aufloderte.

»Natürlich nicht.« Briar machte eine wegwerfende Geste. »Aber gib ihr einen Moment zum Durchatmen, mein Freund. Und dir selbst auch. Komm mit in den Übungsring und lass ein wenig von deiner Wut raus, bevor du zu ihr gehst und ihr mit ihrer hilfst. Fünf Minuten.«

»Also gut«, presste Sorin hervor, dessen eigenes schwarzes Schwert jetzt in seiner Hand erschien. Ein Wasserportal materialisierte sich, und er folgte Briar hindurch.

Es führte sie in einen privaten Trainingsraum ganz oben im Palast. Die Decke bestand genau wie die Brücken aus Feuerglas und ließ die Herbstsonne ein. Der Herbst hing schwer in der Luft, und so hoch im Fiera-Gebirge begrüßte sie an manchen Tagen bereits Schneegestöber. In weniger als zwei Wochen war Samhain, und mit diesem Gedanken trat er in den Ring und ging sofort zum Angriff über. Briar parierte und wehrte ihn mit seiner eigenen Waffe ab.

Zu Samhain würde es ein Fest und einen Ball geben. Sorin zweifelte nicht daran, dass die Vorbereitungen bereits liefen. Er würde sich dort zeigen müssen. Nach drei Jahren Abwesenheit würde sein Volk darauf brennen, ihn wiederzusehen. Aber Prinz Callan war hier. Er wäre natürlich auch eingeladen. Und Scarlett? Er wusste, dass die beiden sich auf einem Samhain-Ball das erste Mal persönlich begegnet waren. Es war die Nacht ihres ersten Tanzes. Es war die Nacht, in der ihre Beziehung sich einen entscheidenden Schritt weiterentwickelt hatte.

Einmal mehr krachte seine Klinge gegen Briars, und er biss die Zähne zusammen. Flammen tanzten sein Schwert entlang, während Eissplitter um Briars wirbelten.

»Du bist außer Form«, stellte Briar mit einem leichten Grinsen fest.

»Ich habe drei Jahre lang Sterbliche trainiert«, antwortete Sorin. »Da war nicht viel für mich zu holen. Ich meine, ja, ich habe Scarlett ausgebildet, aber sie hat, ohne dass ich es wusste, ihre wahren Fähigkeiten verborgen.«

»Ist das wirklich der Grund, oder sind das bereits die ersten Effekte, nachdem du das Mal ohne sein Gegenstück angenommen hast?«, fragte Briar, als ihre Waffen erneut gegeneinanderprallten und beide einen Satz zurück machten.

»Genug«, sagte Sorin. Ohne Zögern schob Briar die Klinge in die Scheide auf seinem Rücken, und Sorin steckte seine eigene ein. Er ging zu einer der Bänke an den Rändern des Raums, setzte sich und lehnte den Kopf gegen die Wand. Briar kam zu ihm und ließ sich wortlos neben ihm nieder. »Ich kann es ihr nicht sagen. Nicht jetzt. Noch nicht. Sie ist …«

»Sie ist verwirrt und fühlt sich verloren«, beendete Briar seinen Satz. »Aber sie weiß nicht, dass sie bereits ihren Weg gefunden hat. Sie weiß nicht, dass sie dich gefunden hat.«

»Ich kann sie nicht zwingen, das hier zu akzeptieren. Nicht, nachdem ich der Grund dafür bin, dass sie so gebrochen ist. Das kann ich nicht von ihr verlangen, wenn sie inmitten von Schatten treibt.«

»Ja, die sind interessant«, sagte Briar nachdenklich. »Weißt du, was sie sind?«

»Nein, sie spricht kaum mit mir über sie. Sie nennt sie die Dunkelheit.«

»Ich werde sehen, ob Ashtine etwas darüber weiß, wenn ich sie das nächste Mal treffe«, antwortete Briar.

Sorin nickte dankbar, obwohl er sich nicht sicher war, ob die Prinzessin des Windes mit ihrer mystischen Art zu sprechen und ihrer eigentümlichen Persönlichkeit eine große Hilfe für sie sein würde.

»Ich sollte zu ihr. Sicherstellen, dass sie nicht ertrinkt«, sagte er grimmig. Briar hob fragend die Augenbrauen. »Wenn sie unter Schock steht und versucht, etwas zu verarbeiten, dann geht sie unter Wasser. Aber sie bleibt so lange dort, dass ich heute Morgen im Bad dachte, ich müsste sie an die Oberfläche zerren. Das ist in der Vergangenheit schon einmal passiert, und auch da musste sie gewaltsam nach oben geholt werden«, fügte er hinzu, als er sich an die Geschichte der Ereignisse vor etwas mehr als einem Jahr erinnerte, die Scarlett ihm anvertraut hatte.

Ein wissendes Lächeln schlich sich in Briars Züge. »Sie mag Feuer in den Adern haben, Sorin, aber ihr Herz ist ganz und gar Anahita. Sie wird nicht ertrinken. Sie kann unter Wasser atmen.«

»Was?«, fragte Sorin und riss den Kopf hoch, um seinen Freund anzustarren.

»Sie kann atmen. Ich schwöre es dir. Sie wird nicht ertrinken.«

»Aber wenn sie hochkommt, dann schnappt sie nach Luft«, widersprach Sorin.

»Wenn sie nach Luft schnappt, dann liegt das nicht daran, dass sie unter Wasser war. Sie kann Luftblasen schaffen. Ihr Körper weiß das nicht, also reagiert er, wie er es normal tun würde, um zu überleben«, erklärte er schlicht. »Sie muss trainieren, nicht nur ihren Körper, sondern auch ihre Magie. Sie muss lernen, ihre Kräfte zu kontrollieren.«

»Ich weiß«, antwortete Sorin stirnrunzelnd. »Ich habe versucht, ihr das zu sagen. Sie war sogar empfänglich dafür, nachdem sie mich vorhin mit einem Wasserstrahl aus ihren Handflächen auf den Allerwertesten befördert hat.« Briar lachte laut auf. »Aber ich kenne sie. Callan hat sie gerade zurück an einen dunklen Ort gestoßen. Ich hoffe, sie hat ihre Meinung nicht geändert.«

»Vielleicht muss sie einfach nur selbst sehen, warum es nötig ist?«, versuchte Briar es vorsichtig.

»Nein«, antwortete Sorin entschlossen. »Ich werde Scarlett nicht zu ihr bringen. Nicht jetzt.«

Briar nickte zögerlich. »Sieht es aus, als würde sie anfangen, ihre Blutlinie zu akzeptieren?«

»Nein«, seufzte Sorin. »Tatsächlich hat sie sehr deutlich gemacht, dass sie nichts damit zu tun haben will.«

Jetzt erhob sich Briar, und ein Wasserportal erschien in der Nähe. »Sie werden sich früher oder später begegnen müssen, Sorin. Lass es wenigstens zu unseren Bedingungen sein. Bis dann, beim Abendessen.« Er verschwand durch das Portal, ehe Sorin ihm antworten konnte.

Sorin verließ den privaten Trainingsbereich und kehrte zu Fuß zurück in seine Gemächer, um etwas mehr Zeit zu haben, sich auf das vorzubereiten, was er in seinen Wohnräumen vorfinden würde. Er öffnete die Tür, und die Schutzzauber erkannten seine Berührung. Das Wohnzimmer war verlassen, also ging er zum Schlafzimmer. Er fand sie nicht im Bad, sondern zusammengerollt auf dem Balkon. Sie lag auf dem Boden, das Gesicht gegen den kühlen Stein gepresst. Ihre Schatten umschwärmten sie wie ein Kokon. Sie waren so dicht, dass er sie darunter kaum erkennen konnte. Er eilte an ihre Seite und fiel auf die Knie. Sie hatte die Augen geschlossen, und ihr Atem ging unregelmäßig, viel zu schnell.

Er streckte die Hand nach ihr aus, und als er die Schattenmasse berührte, flogen ihre Augen auf. Das Blau ihrer Augen war jetzt beinahe grau, eine Art mattes Silber. »Komm, Liebes«, sagte er und streckte noch einmal die Hand nach ihr aus. »Lass uns hineingehen.«

»Nein«, flüsterte sie. »Es ist zu viel.«

»Was?«

»Alles. Ich kann jetzt nicht aufstehen.« Sie hatte sich wieder an jenen Ort in ihrer Seele zurückgezogen. Ihre Augen waren in die Ferne gerichtet und blickten direkt durch ihn hindurch.

»Dann werde ich dich tragen«, antwortete er und wollte sie hochheben. Der Balkon war warm, aber mittlerweile schneite es. Gelegentlich schaffte es eine kleine Flocke durch ihre Schatten und verfing sich in ihrem Haar.

»Nein«, sagte sie.

»Scarlett …«

»Ich sagte Nein.« Nicht wütend. Nicht aufgebracht. Lediglich eine Feststellung. Sie schloss die Augen und begann, die Steine des Balkons mit den Fingern nachzuzeichnen. Ihre Brust hob und senkte sich hektisch, als könnte sie keinen vollen Atemzug fassen.

Sorin legte sich ihr gegenüber auf den steinernen Balkon. Sie öffnete nicht einmal die Augen, als sie die Arme nach ihm ausstreckte und eine Hand an seiner Brust ruhen ließ. Einen Moment lang erstarrte er. Sie bewegte sich nicht, aber ihre Atemzüge wurden gleichmäßiger. Sie passten sich seinen an.

Nach mehreren Minuten öffnete sie die Augen und blickte direkt in seine.

»Was brauchst du, Scarlett? Wie kann ich dir helfen?«

»Siehst du immer noch das Licht?«, fragte sie leise, kaum hörbar.

»Ja.«

»Wie?«

»Weil ich weiß, wo ich danach suchen muss«, antwortete er sanft.

»Dann musst du mir zeigen, wo ich es finden kann.«

Sie schloss einmal mehr die Augen, und dann lagen sie dort, inmitten des Schneegestöbers. Sie blieben fast eine volle Stunde so, ihre Atmung mittlerweile perfekt synchron mit seiner. Ihre Schatten krochen langsam über ihn, bis er Teil ihrer Dunkelheit war. Sie nahm die Hand nicht von seiner Brust. Er versuchte nicht, sie zu berühren. Er lag einfach nur mit ihr in der Dunkelheit.

8
SCARLETT

Wie hast du diesen Schrank so schnell gefüllt? Und auch noch mit meiner exakten Größe?«, rief Scarlett zurück ins Schlafzimmer. Der begehbare Kleiderschrank, der heute Morgen noch halb leer gewesen war, war jetzt voll bis in den letzten Winkel. Sorins Kleidung war noch immer dort, wo sie zuvor gewesen war, aber jetzt füllten Kleider und feminine Pullis, Tuniken und Hosen sowie Schuhe und Schmuck den Rest des Stauraums. Sie griff nach einem wunderschönen dunkelvioletten Pullover, dessen Stoff sich so weich wie Samt zwischen ihren Fingern anfühlte.

»Du hast tagelang geschlafen. Ich hatte Zeit«, drang seine Stimme zu ihr.

Sie lehnte sich gegen den Türrahmen und verschränkte die Arme über der Brust. »Während ich geschlafen habe, hattest du nichts Besseres zu tun, als mir eine Garderobe zusammenzustellen?«, fragte sie zweifelnd. Er hatte sich auf der Chaiselongue unter dem Fenster ausgestreckt und trug dunkelgraue Hosen, eine weinrote Tunika und eine schwarze Jacke.

Als er sie sah, stützte er sich auf die Ellenbogen. »Du bist noch nicht angezogen?«

»Wer soll sich denn bei so viel Auswahl entscheiden können?«, fragte sie. In Wirklichkeit wusste sie schlicht nicht, was sie tragen sollte. Was für eine Art Dinner hatte er geplant? Formell wie bei den Tyndells?

»Trag einfach, worin du dich wohlfühlst, Scarlett«, antwortete Sorin, als hätte er ihre Gedanken gelesen.

»Ich mag meine Trainingskleidung«, murmelte sie.

»Dann trag die«, meinte Sorin, erhob sich und kam zu ihr. Er und sein verdammtes Fae-Gehör.

Scarlett rollte mit den Augen. »Ich kann nicht einfach in Kampfausrüstung auftauchen, wenn ich deinen Inneren Hof kennenlerne und mit einem Prinzen diniere.«

»Ich bin ein Prinz«, grinste er. »Du hast mit mir auf meiner Couch diniert und aus einem Karton gegessen.«

»Das ist etwas anderes«, widersprach sie und winkte ab.

Er schnaubte belustigt. »Inwiefern?«

»Du und ich, wir sind verschieden. Außerdem wusste ich nicht, dass du ein Prinz bist, als wir uns kennengelernt haben«, antwortete sie.

»Hätte es einen Unterschied gemacht?«, fragte er immer noch grinsend.

»Ja!«

»Das bezweifle ich.«

»Ich habe Manieren«, behauptete sie finster.

»Das würde ich gerne mal sehen.«

Scarlett zeigte ihm eine vulgäre Geste, ehe sie sich wieder dem Schrank zuwandte.

»Wie gesagt: keine Manieren«, hörte sie ihn hinter sich rufen.

Sie sah sich noch einmal die Kleider vor ihr an und seufzte. Er hatte mit ihr am Boden gelegen und sie das Geschehene verarbeiten lassen. Er hatte nicht verlangt, mit ihr darüber zu reden. Er hatte ihr nichts darüber erzählt, was sich zugetragen hatte, nachdem sie gegangen war. Er war einfach nur in ihre Hölle hinabgestiegen und hatte ihre Dunkelheit geteilt.

Sie wusste nicht recht, was sie davon halten sollte. Dieser Mann hatte seinen Beitrag geleistet, sie zu brechen, und doch lag er mit ihr in den Schatten. Sie würde sich mit Sicherheit nicht den Gefühlen hingeben, die sich in ihr regten. Nicht mit Callan unter demselben Dach. Nicht, bis sie mit ihm sprechen und versuchen konnte, es ihm zu erklären. Obwohl sie nicht recht wusste, was sie ihm erklären sollte.

Schließlich entschied sie sich für eng anliegende schwarze Hosen und den dunkelvioletten Pullover. Der Stoff strich luxuriös über ihre Haut. Sie steckte sich das Haar im Nacken hoch. Als sie den Kleiderschrank verließ, schnallte sie sich noch einen Dolch an den Schenkel und stellte fest, dass Sorin bereits auf sie wartete. Er sah den Dolch und nickte.

»Ist es in Ordnung, wenn ich ihn zum Essen trage?«, fragte sie herausfordernd.

»Ich trage mehrere Waffen bei mir. Warum solltest du also nicht?«, antwortete er schlicht.

»Das stimmt, aber du bist ein Mann und ein ausgebildeter Soldat.«

Sorin zuckte leicht zusammen. »Ehe wir zum Essen gehen, ein paar Fae-Anstandsregeln: Wir nennen uns nicht Männer und Frauen. Menschen sind Männer und Frauen.«

»Wortklauberei«, erwiderte Scarlett augenrollend.

»Nicht für Fae. Für Fae ist das ein riesiger Unterschied.«

»Es ist also eine Beleidigung?«

»Nicht für mich. Ich bin es gewohnt, dass man mir alle möglichen Nettigkeiten an den Kopf wirft, aber andere werden es als sehr kränkend empfinden«, antwortete Sorin. Er schloss den Abstand zwischen ihnen und nahm ihre rechte Hand. »Der hier gehört dir.«

Scarlett blickte nach unten und stellte fest, dass er ihr den Ring ihrer Mutter an den Finger gesteckt hatte. Und plötzlich war sie nicht mehr im Fiera-Palast, sie stand auf der Waldlichtung, wo sie mit dem schönen Mann gesessen hatte. Shirina erschien an ihrer Seite und strich sachte gegen ihr Bein.

Aus dem Augenwinkel nahm sie eine Bewegung wahr und wandte sich dem Wald im Osten zu, aus dem gerade ein riesiger Wolf trottete. Derselbe, den sie zuvor mit Sorin und Talwyn in Baylorin gesehen hatte. Scarlett erstarrte, doch der Panther trabte zu ihm. Die beiden schienen sich in einer Art Kräftemessen niederzustarren, ehe der Wolf den Kopf in Scarletts Richtung neigte.

Da waren auch noch andere Tiere. Der rote Vogel, den sie am Tag ihrer Ankunft in Sorins Räumen gesehen hatte, zog enge Kreise zusammen mit einem Silberfalken. Ein großer roter Hirsch und ein prächtiges weißes Pferd, dessen Mähne und Schweif wie fließendes Wasser wirkten, kamen zwischen den Bäumen hervor.

Ein durchdringendes Kreischen erfüllte die Luft, und sie alle hoben den Kopf zu einem riesigen schwarzen Adler am Himmel. Er schien wütend zu sein. Sehr, sehr wütend. Scarlett machte einen Schritt vorwärts, doch das Wasserpferd stellte sich ihr in den Weg. Sie hob die Hand, um seine Nase zu berühren. Es schnaubte und schüttelte seine Mähne, was einen Sprühregen auf sie niedergehen ließ.

»Hey!«, rief sie protestierend. Die Augen des Pferdes schienen spielerisch zu funkeln. Sie erinnerten sie an die Augen von jemand anderem, doch sie konnte sie nicht recht einordnen.

»Scarlett.«

Sorins Stimme war sanft, aber drängend. Sie drehte sich um und erwartete, ihn neben sich vorzufinden, doch er war nirgendwo zu sehen.

»Scarlett.«

Keines der Tiere schien es hören zu können. Und wenn, dann kümmerte es sie nicht.

Der schwarze Wolf stellte plötzlich die Ohren auf, als hörte er tatsächlich etwas. Er blickte an ihr vorbei, und als Scarlett sich umdrehte, um zu sehen, was seine Aufmerksamkeit erregt hatte, blickte sie plötzlich in strahlend jadegrüne Augen. Dunkelrotes Haar flatterte in einem Phantomwind um das Gesicht der Frau. Sie hatte sie schon einmal gesehen, zusammen mit Sorin.

Talwyn.

»Wer bist du?« Ihre Stimme war tief, gefährlich. Sie hatte die jadegrünen Augen zusammengekniffen und griff nach dem Schwert auf ihrem Rücken. Sie trug Lederrüstung, ähnlich der, die sie an Sorin gesehen hatte, als sie zur Grenze geflohen waren. Scarlett hatte plötzlich Mühe, zu atmen. Als wäre ihr jegliche Luft aus der Lunge gesaugt worden. Ranken wanden sich um ihre Handgelenke und fixierten sie an ihren Seiten.

Talwyn kam auf sie zu, das Schwert erhoben und auf Scarletts Kehle gerichtet. Sie hatte kantige Wangenknochen und ein hübsches Gesicht, und sie bewegte sich mit der Eleganz einer Königin. Talwyn kam noch einige weitere Schritte auf sie zu. Scarletts Kehle brannte, während sie verzweifelt nach Luft schnappte, als sie plötzlich von weißem Feuer eingehüllt wurde. Die Flammen, die sie jetzt von Talwyn trennten, schienen zu schimmern. Talwyn blieb abrupt stehen. Die Ranken um Scarletts Handgelenke verschwanden, und sie nahm einen tiefen, panischen Atemzug.

»Wer bist du?«, fragte Talwyn erneut, mit der gleichen tödlichen Ruhe in der Stimme.

»Scarlett! Öffne die Augen.«

Scarlett riss die Augen auf und fand sich erneut in Sorins Schlafzimmer wieder. Er hatte sie bei den Schultern gepackt, und seine goldene Haut war ein wenig blass.

»Bist du wieder da?«, fragte er und blickte ihr suchend in die Augen.

Sie nickte stumm.

»Was zur Hölle ist passiert?«, wollte er wissen und legte die Hände an ihr Gesicht.

»Ich denke, ich bin gerade Talwyn begegnet.«

»Du bist Talwyn begegnet«, wiederholte Sorin, und sein Tonfall verriet, für wie unwahrscheinlich er das hielt.

»Ich glaube schon«, antwortete Scarlett und biss sich auf die Unterlippe. »Ich meine, ich bin mir ziemlich sicher, dass es die gleiche Frau – ich meine Fae – war, die ich schon einmal mit dir gesehen habe. Wir haben nicht geredet. Sie hat nur gefragt, wer ich bin.«

»Wo warst du? Wo hast du sie gesehen?«

»Auf irgendeiner Waldlichtung. Ich … war in meinen Träumen dort.«

Gute Götter, das klang vollkommen verrückt.

»Du warst im Shira-Wald?«

»Wo?«

»Im Shira-Wald. Man glaubt, dass der Shira-Wald der Ursprung aller Magie ist und der Ort, an dem die mächtigsten Fae und ihr jeweiliges Seelentier eine Verbindung eingehen. Warst du schon einmal dort?«

»In meinen Träumen, ja, aber die Seelentiere?«, fragte Scarlett und zog dabei die Brauen zusammen.

Ehe Sorin ihr antworten konnte, wurden sie von einem lauten Hämmern und Rasseln vor der Tür zu seinen Gemächern unterbrochen.

»Ernsthaft, du Mistkerl? Wir sind immer noch ausgesperrt?«, meldete sich eine männliche Stimme auf der anderen Seite.

Scarlett erstickte beinahe an einem Lachen und drehte sich mit großen Augen zu Sorin um: »Ich weiß nicht, wer das ist, aber ich mag ihn jetzt schon.«

»Ich sagte dir bereits, dass du dich ausgezeichnet mit meiner Familie verstehen wirst«, murmelte Sorin leise und starrte die Tür an.

»Aditya«, meldete sich die Stimme erneut. »Schieb deinen Arsch nach unten. Eliza sagt, sie kommt gleich hoch. Sie ist hungrig und hat schlechte Laune, und wir haben einiges zu besprechen.«

Sorin sah Scarlett seufzend an. »Ich werde dir heute Nacht den Shira-Wald und die Seelentiere erklären«, sagte er und strich mit den Fingerknöcheln über ihre Wange. Dann fügte er lauter hinzu: »Ich muss zuerst ein ernsthaftes Gespräch zum Thema Geduld führen.«

»Bastard!«, rief die Stimme durch die Tür, und dann hörte man Schritte im Flur.

»Sollen wir?«, fragte Sorin und wies auf die Tür.

»Talwyn wird nicht … Sie wird nicht kommen, oder?«, fragte Scarlett. »Sie weiß nicht, dass ich hier bin, ja?« Sie war noch nicht bereit, ihrer Cousine außerhalb einer Vision, oder was immer das auch war, zu begegnen. Sie hatte Talwyns Macht um sich gespürt wie eine Schlange, die ihrer Beute das Leben aus dem Leib pressen wollte.

»Sie weiß vermutlich, dass du hier bist. Aber ich spüre sofort, wenn sie sich dem Palastgelände nähert, und die anderen auch«, antwortete er beruhigend. »Sollte sie auftauchen, und du willst sie nicht sehen, dann kannst du hier nach oben kommen. Die Schutzzauber um meine Gemächer lassen niemanden ein, den ich nicht hierhaben will. Niemand kann ohne meine Erlaubnis ein Portal hierher schaffen.«

»Werden Callan, Finn und Sloan bei dem Essen sein?«, fragte sie und zwang sich, dabei nicht die Hände zu wringen.

»Nein«, antwortete er sanft. »Nur wir, mein Innerer Hof und Briar.«

Scarlett nickte einmal und atmete tief durch. »Eliza ist furchterregend. Wir sollten zum Essen gehen, ehe sie hier hochkommt.«

Sorin lachte leise und machte sich daran, die Tür für sie zu öffnen. »Ja, Eliza ist, schon wenn sie keinen Hunger hat, ziemlich leicht reizbar, ganz zu schweigen davon, wenn sie welchen hat.«

Scarlett folgte Sorin den Flur und die Treppen hinunter, die aus dem Privatflügel führten. Sie hatte sich vorhin schon die meisten Abzweigungen und Flure eingeprägt, und als er sie jetzt am Speisesaal vorbeiführte, fragte sie: »Wir essen nicht hier?«

Sorin lächelte und ging weiter. »Der Speisesaal ist für formelle Essen, wenn wir offizielle Gäste haben. Wenn wir unter uns sind«, erklärte er schulterzuckend, »essen wir normalerweise hier.« Er blieb vor einer Tür gegenüber der Küche stehen. Scarlett hatte vorhin, als sie das erste Mal hier vorbeigekommen waren, angenommen, es handelte sich um eine Speisekammer oder ein Lager. »Bereit?«

Sie konnte die anderen in dem Raum hören, den Mann, der an die Tür getrommelt hatte, und etwas, das nach Briars Stimme klang. Scarlett atmete noch einmal tief durch. »Ich meine, schlimmer als du können sie nicht sein?«

»Das ist die richtige Einstellung, Prinzessin«, sagte er fröhlich und stieß die Tür auf.

»O meine Götter«, murmelte sie und folgte ihm hinein.

Alle im Raum verfielen in Schweigen, als sie sie sahen. Es war ein gemütliches Zimmer mit einem großen runden Tisch in der Mitte. Keiner dieser langen, rechteckigen Tische, die man sonst in den Häusern von Adeligen fand. Um das Möbelstück scharten sich acht Stühle. Weiter hinten gab es eine hohe, lang gestreckte Bar, die mit allem an Wein und Alkohol ausgestattet war, den man sich nur wünschen konnte. Rechts neben dem Esstisch befanden sich ein Billardtisch und zwei hohe Bartische und -hocker. Ein Kartentisch war an eine der Wände gerückt. Neben dem Essbereich standen zwei weiche Sofas und drei gepolsterte Sessel neben einem Kamin. Decken und Kissen lagen darauf, als hätte dort gerade jemand gesessen.

»Ich habe meine Meinung geändert«, sagte Scarlett und drehte sich zu Sorin um. Er sah sie verwirrt an und hob die Augenbrauen.

»Ich möchte bitte *hier* wohnen. Du kannst die anderen Räumlichkeiten für dich haben.«

Sie hörte ein Lachen, von dem sie wusste, dass es Briars sein musste, und drehte sich zu ihm um. Er hatte sein sonnengebleichtes Haar zurückgebunden, und das hellblaue Hemd, das er jetzt trug, betonte das Eisblau seiner Augen und bildete einen starken Kontrast zu seiner dunklen Haut. Er erhob sich vom Tisch und kam zu ihr. Nach einem Kuss auf ihre Wange fragte er sanft: »Was macht die See?«

»Der Wellengang scheint sich beruhigt zu haben. Zumindest für den Moment«, antwortete Scarlett.

»Freut mich zu hören«, sagte Briar und drückte sanft ihre Hand. Vom Tisch rief eine männliche Stimme spöttisch: »So furchterregend sieht sie gar nicht aus, Drayce.« Es war der gleiche Fae, der noch vor einigen Minuten gegen die Tür getrommelt hatte. Sie hielt seinen Blick, erwiderte sein forschendes Starren. Seine Augen waren so golden wie Sorins, und sie konnte das intelligente Draufgängertum darin sehen.

»Ja, nun, die liebe Eliza wirkt auf den ersten Blick auch nicht sehr einschüchternd«, rief Briar über seine Schulter. Er wandte sich wieder Scarlett zu. »Möchtest du etwas trinken?«

»Wein wäre wundervoll«, antwortete Scarlett mit einem dankbaren Nicken.

»Ich möchte nichts, danke der Nachfrage«, rief Sorin Briar bitter hinterher. Briar zeigte ihm eine vulgäre Geste über die Schulter. Sorin seufzte. »Briar Drayce, den Prinz des Wassers, kennst du bereits. Er denkt, sein Palast sei besser und eindrucksvoller als meiner.«

»Also größer ist er definitiv«, rief Briar vom anderen Ende des Zimmers.

Scarlett presste die Lippen zusammen, um nicht zu lachen.

»Das Arschloch, das an die Tür getrommelt hat, ist Cyrus«,

sagte Sorin und wies auf den Fae am Tisch. »Er ist mein Stellvertreter.«

Cyrus musterte sie immer noch und sagte statt einer Begrüßung: »Du weißt, wie man diesen Dolch benutzt?«

Scarlett schenkte ihm ein zuckersüßes Lächeln, und dann, in weniger als einem Atemzug, schoss der Dolch quer durch den Raum und bohrte sich direkt vor ihm in die Tischplatte. Cyrus zuckte nicht einmal zurück. Er sagte lediglich mit einem verschmitzten Lächeln: »Eliza, ich glaube, du hast Konkurrenz.«

Briar zog den Dolch im Vorbeigehen aus dem Tisch und überreichte ihn Scarlett zusammen mit einem Glas Wein.

»Hör auf zu reden, Cyrus. Das tut meinen Ohren weh«, schalt ihn die Fae neben ihm mit einem Augenrollen. Vor ihr auf dem Tisch lag ein aufgeschlagenes Buch, in dem sie während der ganzen Zankerei gelesen hatte. Rotgoldenes Haar fiel ihr in großen Locken um das Gesicht. Ihre Augen waren grau wie Rauch und Asche. Zu sagen, dass sie atemberaubend war, wäre eine Untertreibung gewesen. Ihr Oberteil war tief ausgeschnitten, und Tätowierungen zogen sich in geschwungenen Linien über ihre Brust und Arme.

»Eliza kennst du bereits«, sagte Sorin. »Sie ist die Generalin meiner Armeen.«

»Moment mal, sie ist tatsächlich eine Generalin?«, platzte Scarlett heraus und scheiterte damit an dem Versuch, sich ihre Bewunderung nicht anmerken zu lassen. Eliza schenkte ihr ein wissendes Lächeln und sagte knapp: »Ich bin froh, dich guter Dinge zu sehen«, ehe sie sich wieder ihrem Buch widmete.

»Wie bereits gesagt, männliche und weibliche Fae kämpfen hier Seite an Seite«, sagte Sorin schlicht, als erklärte das alles. »Wenn du weiterhin deine Waffen- und Kampffertigkeiten trainieren willst, schlage ich vor, es mit ihr zu tun.« Scarletts Blick ruhte noch immer auf Eliza, die jetzt wieder alle ignorierte, während Sorin fortfuhr: »Und das ist Rayner. Er ist mein zweiter Stellvertreter.«

Scarlett sah den letzten Fae im Raum rechts von Eliza an. Sein Gesicht wirkte freundlich, doch er hatte eine Dunkelheit an sich, die sie nicht recht einordnen konnte. Seine Augen waren beinahe identisch mit Elizas, nur dass das Grau in seinen praktisch zu wirbeln und fließen schien wie Rauch.

Sein Haar war beinahe schwarz, ähnlich wie Sorins, aber nicht ganz so dunkel. Er schenkte ihr ein warmes Lächeln und sagte leise und mit einer kühlen Stimme, die sie bis in die Knochen schaudern ließ: »Es ist mir eine Freude, dich kennenzulernen, Scarlett.«

Plötzlich tauchte Essen vor ihnen auf dem Tisch auf, und Eliza murmelte: »Gelobt sei Anala.« Das Buch vor ihr verschwand in einem Lodern von Flammen, als sie nach dem Teller mit geschmortem Lamm griff.

Sorin seufzte noch einmal. »Wir haben einen Gast, Eliza.«

»So wie ich das verstehe, ist sie kein Gast, sondern sie lebt hier. Den *wirklichen* Gästen ist es nicht erlaubt, die Brücken zu überqueren«, antwortete Eliza knapp und eindeutig unbekümmert.

Sorin warf Scarlett einen entschuldigenden Blick zu, doch sie antwortete lediglich mit einem leichten Lächeln. Die ganze Szene war wie ein Hauch frischer Luft. Sie waren eine Familie, wie Sorin gesagt hatte, und das erinnerte sie an sorglosere Zeiten mit Cassius, Nuri und Juliette, bevor die Waisen aus dem Syndikat zu verschwinden begonnen hatten. Morgen. Morgen würde sie sich mit diesem Problem befassen, und mit den Maßnahmen, die während ihrer Abwesenheit ergriffen worden waren. Aber im Moment fühlte sie sich geehrt, dass diese Fae sie in ihre kleine Welt einließen, und wenn es nur für einen Abend war. Sorin führte sie zu dem leeren Stuhl neben Briar, ehe er sich selbst etwas zu trinken holte.

»Ich war mehr als drei Jahre nicht hier, und ihr macht euch nicht einmal die Mühe, eurem Prinzen ein Getränk zu holen?«, rief er anklagend, während er auf die Bar im hinteren Bereich zustrebte.

Cyrus lachte schnaubend und löffelte geröstetes Gemüse auf seinen Teller. »Während du Urlaub bei den Sterblichen gemacht hast, musste ich mich mit Talwyn herumschlagen. Du solltest *mir* ein Getränk holen, Arschloch.«

»Er ist schrecklich verwöhnt, oder? Der Arme ist außer sich, weil er sich seinen eigenen Alkohol holen muss«, sagte Scarlett und nahm sich ein Stück Brot aus dem Korb, den Briar ihr reichte.

»Sagt diejenige, die sich gerade von einem Prinzen hat bedienen lassen«, scherzte Sorin, während er Alkohol in ein Glas goss.

»Ich kann auch nichts dafür, dass er mich nach wenigen Begegnungen schon jetzt lieber mag als dich«, antwortete Scarlett liebenswürdig. »Außerdem bin ich hübscher als du.« Sorin drehte sich mit einem Glas in einer Hand und einem argwöhnischen Lächeln zu ihr um. Sie klimperte mit den Wimpern und nahm einen Schluck von ihrem Wein.

Auf der anderen Seite des Tisches schenkte Cyrus ihr ein belustigtes Lächeln, und ohne sie aus den Augen zu lassen, rief er Sorin zu: »Ich mag sie.«

»Das habe ich geahnt und deshalb auch den Moment gefürchtet, in dem ihr euch begegnet«, meinte Sorin, der mit seinem Glas zurück zum Tisch kam.

Die Unterhaltung floss vor sich hin, mit leichten Neckereien und Gelächter. Sie waren beinahe fertig mit dem Essen, und Scarlett begann sich zu fragen, warum Sorin dachte, er bräuchte Briar als Puffer, als Cyrus wie aus dem Nichts fragte: »Und, hast du sie gefunden?«

Das Geplauder rund um den Tisch verstummte, und aller Augen richteten sich auf Sorin. Er hatte den Arm lässig über die Lehne von Scarletts Stuhl gelegt und aß seinen Apfelkuchen. Jetzt legte er die Gabel neben seinem Teller ab. »Das ist nicht der Moment für diese Unterhaltung, Cyrus.«

»Unsinn«, antwortete Cyrus. »Du warst mehr als drei Jahre weg.

Wir haben kaum etwas von dir gehört. Und jetzt kommst du zurück, zwingst uns, sterbliche Prinzen zu hüten, sperrst uns tagelang aus und lässt nur Drayce zu dir.« Cyrus wies auf Briar, und es war offensichtlich, dass es ihn kränkte, nicht eingeweiht zu sein. »Er will uns verdammt noch mal auch nichts sagen, und du kommst mit einer …«

»Mir stand es nicht zu, etwas zu sagen«, fiel Briar ihm ins Wort. Diese Diskussion wurde ganz offensichtlich heute Abend nicht zum ersten Mal geführt.

Scarlett spürte die Blicke der anderen. Sie hatte angenommen, alle wüssten bereits, wer sie war. Sie hätte sich nicht mehr irren können, und die anderen trauten ihr eindeutig nicht über den Weg.

»Ich sollte gehen, damit ihr euch ungestört unterhalten könnt«, sagte Scarlett und wollte ihren Stuhl zurückstoßen.

»Ja«, sagte Eliza nüchtern.

»Nein«, ertönte Sorins Stimme, ein eindeutiger Befehl. Er starrte Eliza zornig an. Scarlett erstarrte und blickte zwischen dem Feuerprinzen und seiner Generalin hin und her. Wenn er *sie* so ansah, bedeutete das für gewöhnlich, dass sie am nächsten Morgen ein paar zusätzliche Kilometer würde laufen müssen. Eliza allerdings erwiderte den Blick, ohne mit der Wimper zu zucken.

»Ist schon in Ordnung, Sorin«, sagte Scarlett leise und versuchte erneut, ihren Stuhl zurückzuschieben.

Sorin hielt ihn fest und hinderte sie damit, aufzustehen. Sie warf ihm einen flehenden Blick zu, doch er sah jedem Mitglied seines Inneren Hofs direkt in die Augen. Briar neben ihr schwieg. Er griff nach ihrer Hand und drückte sie beruhigend, und in diesem Moment wusste Scarlett genau, warum Sorin ihn heute Abend hierhergebeten hatte.

»Lass sie gehen, Sorin«, sagte Eliza, deren Augen immer noch auf den Prinzen gerichtet waren. »Wir haben einige Dinge zu besprechen.«

»Dann werden wir sie in ihrer Gegenwart besprechen«, antwortete Sorin eisig.

»Ach ja?« Eliza hob die Brauen. »Dann lass uns über den sterblichen Prinzen reden, der zu ihr wollte. Lass uns über das winzige Detail sprechen, dass er sie liebt, während du ein neues Mal hast.« Ihre Augen funkelten herausfordernd.

Sorin sagte kein Wort und starrte sie ebenfalls an.

»Warum ist der sterbliche Prinz hier?«, fragte Rayner leise.

»Weil sein Leben bedroht wird und dies der einzige Ort ist, wo er sicher sein kann, bis die Gefahr vorüber ist«, mischte Scarlett sich ein und hob trotzig das Kinn.

»Also ist er dein Liebhaber, Schätzchen?«, fragte Cyrus wie beiläufig und nahm einen weiteren Bissen von seinem Kuchen. Er erinnerte Scarlett ein wenig an Nuri.

Scarlett lehnte sich in ihrem Stuhl zurück und verlieh ihrer Stimme einen sinnlichen Klang: »Willst du mit der Frage herausfinden, ob ich noch zu haben bin?«

Sorins Finger strichen über ihre Schulter.

»Ich wäre definitiv nicht abgeneigt«, antwortete er mit einem teuflischen Lächeln in Sorins Richtung.

»Ich versichere dir, *Schätzchen*, du wüsstest nicht, was du mit mir und meiner Dunkelheit anfangen solltest«, schnurrte Scarlett. Und wie zum Nachdruck reckten ihre Schatten sich nach ihm und strichen über seine Wange und seinen Hals.

Er erstarrte, und dann breitete sich ein wildes Grinsen auf seinen Lippen aus. »Furchterregend, in der Tat«, meinte er.

»Ich habe es dir gesagt«, sagte Briar, griff nach seinem Glas und stürzte den Inhalt hinunter.

Scarlett nahm ihr eigenes Weinglas zur Hand und drehte den Stiel zwischen ihren Fingern. Eigentlich hatte sie gehen wollen, um ihren kleinen Familienstreit nicht zu stören, doch jetzt, da sie Teil der Unterhaltung war, konnte sie mitspielen. Sie wandte sich mit einem Grinsen an Briar: »Jetzt verstehe ich, was du meintest, als du seinen Hof weinerlich genannt hast.« Briar lachte, und seine eisblauen Augen funkelten.

»Ich freue mich, dass ihr beide das so lustig findet«, fauchte Eliza, »aber die Tatsache bleibt, dass wir keine Ahnung haben, was los ist und warum deine Ankunft dazu geführt hat, dass unser Prinz, der uns sonst nie etwas vorenthält, plötzlich Geheimnisse hat.« Alle verfielen in Schweigen. Scarlett sah Sorin an, und Eliza fuhr leicht giftig fort: »Brauchst du eine Erlaubnis, um zu sprechen?«

»Genug jetzt«, knurrte Sorin. Er sah mordlustig aus, als er seine Generalin anstarrte. »Sie braucht keine Erlaubnis für irgendetwas, Eliza. Und du wirst nicht noch einmal so zu ihr sprechen, sonst sorge ich dafür, dass du dich erinnerst, dass ich dein Prinz bin.«

»Komm mir nicht mit deinem Titel, Sorin«, zischte Eliza, und Scarlett musste zugeben, dass sie die Fae für ihren Mut bewunderte.

»Dann lasst uns reden«, antwortete Sorin. Er sprach mit ruhiger, tödlicher Wut in der Stimme, und Scarlett erstarrte. So hatte sie ihn noch nie gehört. Sein Tonfall war kompromisslos und bedrohlich. Die Stimme eines Herrschers. Der ganze Innere Hof richtete sich in seinen Stühlen auf, und aller Augen weiteten sich leicht. Sie waren es eindeutig nicht gewohnt, dass er so zu ihnen sprach. Das Gold in Sorins Augen hatte sich in Flammen verwandelt, und es kostete Scarletts ganze Selbstbeherrschung, nicht davor zurückzuweichen. Sie sah Briar aus dem Augenwinkel an. Seine Miene war ernst, ein Prinz, der solidarisch mit seinem Freund war. »Lasst uns darüber reden, dass sie mächtiger ist als *irgendwer* in diesem Raum. Ihr alle habt, auf die eine oder andere Weise, nur einen Bruchteil dessen gesehen, wozu sie in der Lage ist.«

Alle sahen sie an, und sie versuchte, nicht auf ihrem Stuhl hin und her zu rutschen. Sie hielt ihren Blicken stand und setzte ihre gelangweilte Maske auf, während sie einen Bissen von ihrem Dessert nahm und so tat, als ginge sie das alles nichts an.

»Sie ist hier, weil sie eine Fae und dies ihr Zuhause ist«, fuhr Sorin fort. »Der sterbliche Prinz ist hier, weil sie ein Herz hat und jemand sein Leben bedroht. Sie ist geradezu lächerlich selbstlos und wollte ihn in Sicherheit wissen, bis er nach Hause zurückkehren kann. Und darüber hinaus ist sie Elinés Tochter.« Bei dieser Enthüllung rissen alle die Augen auf, und Cyrus wollte etwas sagen, doch Sorin war noch nicht fertig. »Und zu der Frage, ob ich die Waffe gefunden habe, die Talwyn so dringend sucht: Sie sitzt gerade vor euch, und Talwyn kann sie nicht haben. Sollte Scarlett beschließen, ihren Thron einzufordern, gilt eure Treue ihr. Sollte sie beschließen, es nicht zu tun, gilt eure Treue immer noch ihr.«

Bei diesen Worten wanderte ihr Blick zu Sorin. Sie hatte Sorin gesagt, dass sie den Titel nicht wollte. Sie hatte ihm klargemacht, dass sie kein Interesse an der Verantwortung einer Herrscherin hatte. Dass sie nicht wollte, dass ihre Zukunft von irgendeiner Art Schicksal bestimmt wurde. Als ob Sorin ihre Gedanken lesen könnte, fuhr er fort.

»Dieses Wissen bleibt unter uns. Briar ist eingeweiht und wird es mit seinem Inneren Hof teilen, doch niemand sonst darf davon erfahren, es sei denn, Scarlett beschließt etwas anderes. Die Entscheidung ist ihre, aber das hier ist ihr Zuhause, und sie gehört an diesen Tisch.« Er hielt inne, und ein langer, angespannter Moment der Stille kehrte ein, ehe er erneut zu sprechen begann, diesmal mit Gift in jedem seiner Worte: »Gibt es sonst noch etwas, worüber du heute Abend sprechen willst, Eliza?«

Eliza schien tatsächlich noch mehr sagen zu wollen, doch Rayner warf ihr einen warnenden Blick zu. »Nein, Prinz«, lenkte sie ein und senkte den Kopf.

Scarlett begegnete Sorins Blick. Ihre Schatten glitten an seinen

Fingern entlang, und seine Augen wurden weicher, die Flammen ließen nach.

Schade, dass Tula nicht hier ist, um dir einen Keks zu geben. Nach der kleinen Rede hättest du ihn verdient, dachte sie und legte den Kopf schräg. Als hätte er ihren Gedanken gehört, grinste er. Ihr fielen die Blicke nicht auf, die zwischen seinem Inneren Hof getauscht wurden. Ihr fiel das Lächeln nicht auf, das über Briars Gesicht huschte, als er nach ihrem Glas griff und ihr nachschenkte. Ihr Blick war einzig auf die goldenen Augen des Feuerprinzen gerichtet, wo sie nichts als ein Zuhause sah.

9

SORIN

Sorin saß in seinen Gemächern und nippte an einem Glas mit bernsteinfarbener Flüssigkeit. Cyrus und Rayner waren bei ihm, Eliza hatte es vorgezogen, am Ende des Abends in ihr eigenes Quartier zurückzukehren. Sie meinte, sie wolle ihr Buch zu Ende lesen und nicht herumsitzen und »drei Idioten dabei zuhören, wie sie in Erinnerungen schwelgen«. Doch er kannte sie. Er wusste, dass sie unter ihrer harten Schale alles verarbeitete, was in den letzten Wochen geschehen war. Sie hatte das Geheimnis seines Mals seit den Königreichen der Sterblichen mit sich herumgetragen. Am Morgen würde er zu ihr gehen, und dann würden sie sich aussprechen.

Scarlett hatte gegen Ende erschöpft gewirkt. Er hatte sie nicht so lange wach halten wollen, aber sobald sich die Aufregung um ihre Identität gelegt hatte, waren sie zum Billard übergegangen. Scarlett hatte sie alle gnadenlos abgezogen, mit Ausnahme von Eliza, die sich nur selten zu einem Spiel bewegen ließ.

»Natürlich von Freunden aus dem Schwarzen Syndikat«, hatte Scarlett auf die Frage geantwortet, wo sie das Spielen gelernt habe.

Bei diesen Worten verriss Cyrus prompt seinen Stoß und fluchte, als die weiße Kugel vom Tisch segelte. »Du hast Freunde im Schwarzen Syndikat?«, fragte er mit offenem Mund.

»Ich stecke voller Überraschungen, nicht wahr, Schätzchen?«, zwitscherte Scarlett grinsend, ehe sie an ihm vorbeischlenderte und den Rest des Tisches abräumte.

»Wie kommt es, dass du dich mit Leuten im Schwarzen Syndikat angefreundet hast?«, fragte Cyrus, als sie die letzte Kugel versenkte.

»Ich habe nun mal eine einnehmende Persönlichkeit«, grinste sie und streckte die Hand aus. »Bezahl deine Schulden.«

Cyrus starrte sie mit ganz neuer Bewunderung an, ehe er drei Silbermünzen in ihre wartende Hand legte. Sorin hatte sich nie Sorgen gemacht, dass Scarlett und Cyrus sich nicht mögen würden. Es war tatsächlich keine Lüge gewesen, als er Scarlett gestanden hatte, dass er den Tag fürchtete, an dem sie sich kennenlernten.

Irgendwann hatten sie den Abend beendet und waren hinüber in Sorins Privatgemächer gewechselt, während Briar durch ein Portal in den Hof des Wassers ging. Gleich nach dem Betreten des Wohnzimmers hatten Cyrus und Rayner sich über den Barwagen hergemacht, aber Sorin hatte aus dem Augenwinkel gesehen, wie Scarlett leicht zusammengezuckt war.

»Sie müssen nicht bleiben«, hatte er leise gesagt.

Sie hatte lediglich gelächelt, ein Lächeln, das sie niemandem sonst schenkte, nicht einmal Cassius, und gesagt: »Du hast mich lange genug beim Schlafen beobachtet, Prinz. Geh und verbring Zeit mit deiner Familie.« Sie hatte ihnen allen eine Gute Nacht gewünscht und war dann in ihrem Schlafzimmer verschwunden.

»Man schickt dich also auf eine hoffnungslose Mission, und du kommst mit einer heimlichen Prinzessin zurück?«, fragte Cyrus und nippte an seinem Glas.

»Cyrus«, mahnte Rayner.

»Oh, entspann dich«, winkte Cyrus ab. »Ich versuche nicht, Ärger zu machen. Es ist nur sehr unerwartet, und die Geschichte, wie es dazu gekommen ist, ist sicherlich aufregend.« Er sah Sorin erwartungsvoll an.

Also erzählte er ihnen alles, oder fast alles. Er verschwieg den Teil, in dem sie über einen Monat wütend auf ihn gewesen war.

Hätte er den Bastarden das erzählt, dann hätten sie ihn endlos damit aufgezogen. Und er ließ alle Details über Scarletts persönliche Geschichte aus.

»Hat sie sich nicht nach dem Mal erkundigt?«, fragte Rayner, als er fertig war, und nickte in Richtung Sorins linker Hand. Sorin blickte hinunter auf das Mal, das seinen Handrücken, Daumen und Zeigefinger bedeckte.

»Sie hat sich erkundigt, aber sie weiß nicht, was es ist oder was es bedeutet«, antwortete Sorin. »Ich musste das Mal annehmen. Nur über die Verbindung konnte ich herausfinden, wo im Lairwood-Haus sie versteckt war.«

»Weiß sie überhaupt, was eine Zwillingsflamme ist?«, fragte Cyrus.

»Sie kennt das Konzept«, antwortete Sorin und rieb sich die Schläfen. »Ob sie daran glaubt oder nicht, weiß ich nicht. Wir haben nur einmal darüber gesprochen.«

»Und du hast ihr nicht gesagt, dass sie deine ist?«, fragte Cyrus ungläubig.

Sorin verzog das Gesicht. »Der richtige Moment hat sich noch nicht ergeben. Im Land der Menschen durfte sie so gut wie nie ihre eigenen Entscheidungen treffen. Ich wollte ihr diese Entscheidung nicht auch noch nehmen.«

»Sie verdient es, davon zu erfahren«, sagte Rayner leise. Er war stets der Vernünftige in der Gruppe, vermutlich weil er seine Emotionen immer unter Verschluss hielt. »Indem du es ihr nicht erzählst, nimmst du ihr die Möglichkeit, selbst zu entscheiden.«

»Ich weiß, aber ich will ihr nichts aufzwingen. Das haben andere bereits zu oft getan«, seufzte Sorin und leerte sein Glas.

»Vergessen wir das«, beschloss Cyrus und klang dabei extrem verärgert. »Lass uns lieber über das Risiko sprechen, das damit einhergeht, wenn man das Mal ohne ein Gegenstück annimmt.«

Ehe Sorin jedoch antworten konnte, waren alle drei aufgesprungen. Sie hatten es gespürt. Sie war hier. Sie hatte ihre Schutzzauber überschritten. Alle drei strebten zur Tür, Flammen loderten Sorins gesamten Körper hinauf, und als sie verloschen, trug er dunkelgraue Kleidung in der Farbe von Ruß und Asche. Eine Lederrüstung lag über der Kleidung, und Zwillingsklingen materialisierten sich auf seinem Rücken. Eine Auswahl verschiedenster Dolche und Messer erschien in festgeschnallten Lederscheiden überall an seinem Körper. Cyrus und Rayner waren ähnlich gekleidet. Cyrus hatte einen Bogen und einen Köcher voller Pfeile. Rayner hatte Armschienen angelegt.

Sie traten in den Flur, wo Eliza ihnen entgegenkam. In ihrer Lederrüstung steckten noch mehr Dolche als in Sorins. »Verdammt noch mal immer mitten in der Nacht«, murmelte sie und fixierte den Zopf, den sie sich gerade geflochten hatte, mit einem Lederband. Ihr elegantes Schwert, Flammenwerfer, steckte in einer Scheide auf ihrem Rücken.

Sorin hob eine Hand, und ein Feuerportal tat sich auf. Gemeinsam traten sie hinein und verließen es auf dem Gelände vor den Toren des Palasts wieder. Das Portal schloss sich hinter ihnen.

»Sie ist allein«, sagte Rayner, in dessen Augen jetzt dichter Rauch wirbelte.

»Luan ist sicher nicht weit«, erwiderte Sorin grimmig und schob dabei die Hände in die Taschen.

Schweigend warteten sie. Cyrus zu seiner Linken und Eliza mit Rayner zu seiner Rechten. Ein paar Augenblicke später trat Talwyn zwischen den Bäumen hervor. Ihr Haar wehte in dem Wind, der sie stets begleitete, und reflektierte das Mondlicht. Augenblicklich materialisierten sich drei Flammenschilde und eines aus Rauch.

Talwyn blieb mit einem Unheil verkündenden Lächeln einige Meter vor ihnen stehen. Sie trug ihre üblichen braunen Hosen mit einer weißen Tunika. Kurz darauf trat Azrael Luan aus der Luft an ihre Seite. Er musterte sie alle und schnaubte abfällig.

»Prinz Aditya, du bist also nach Hause zurückgekehrt«, sagte Talwyn mit sanfter und doch ernster Stimme.

»Du hast mir die Erlaubnis dazu erteilt«, antwortete Sorin achselzuckend.

»Ich habe dir bereits vor Wochen gesagt, du sollst nach Hause kommen«, antwortete Talwyn scharf. »Aber du hast mich gebeten, bleiben zu dürfen, weil du eine Entdeckung gemacht hattest.« Sie kniff die Augen zusammen, ehe sie fortfuhr: »Wo ist mein Ring?«

»An deinem Finger, nehme ich an.«

»Sei kein Klugscheißer«, knurrte Talwyn und näherte sich ihnen einen Schritt. »Sag, wer ist gerade im Besitz dieses Rings?« Als Sorin nicht antwortete, machte sie einen weiteren Schritt. »Ich habe sie gesehen, Sorin. Sie kam in den Wald. Ich habe ihn an ihrem Finger gesehen. Weiß sie überhaupt, was es mit dem Ring auf sich hat?«

»Du hast gesagt, ich solle mit dem Ring zurückkehren, und das habe ich getan. Ich habe meinen Schwur erfüllt«, antwortete Sorin mit eisiger Ruhe.

»Dann gib ihn mir«, antwortete Talwyn im gleichen Tonfall.

»Nein.«

»Wer trägt ihn?«, knurrte sie. »Wer ist sie?«

Sorin hätte schwören können, dass ihr Blick für einen kurzen Moment zu den Händen in seinen Taschen huschte. »Sie geht dich nichts an«, antwortete Sorin. Die Erde bebte, und der Wind peitschte, aber hinter ihren Schilden und Schutzzaubern spürten sie kaum eine leichte Brise. Sorin sah seine Königin lediglich grinsend an. »Du hast immer noch ein hitziges Temperament, wie ich sehe.«

»Sei vorsichtig, was du sagst, Aditya«, knurrte Azrael und kam erneut an Talwyns Seite.

»Lass die Königin ihre eigenen Angelegenheiten regeln, Luan«, meldete sich Eliza von Sorins rechter Seite.

»Genug«, schallte Talwyns Stimme klar und gebieterisch durch die Nacht. Ihr Blick richtete sich wieder auf Sorin, und als sie erneut zu sprechen begann, konnte er den unterdrückten Zorn in ihrer Stimme hören. »Ich bin deine Königin, Prinz. Sag mir, wer sie ist.«

»Nein.«

»Du widersetzt dich mir offen?« Er spürte ihre Macht über seine Schilde schaben, als wären es Krallen an einer Steinmauer. Sein Innerer Hof regte sich nicht.

»Gemäß der Charta der Höfe ist es mir erlaubt, mich dir zu widersetzen, wenn ich glaube, dass dir zu gehorchen eine Bedrohung für meinen Hof darstellen würde«, antwortete Sorin und kam direkt an den Rand ihrer Schilde. Talwyn war gleich auf der anderen Seite, weniger als ein Meter zwischen ihnen. Ihre jadefarbenen Augen leuchteten hell vor Wut. »Die einzige Ausnahme ist der Blutschwur, den du bereits eingefordert hast. Sie ist ein Mitglied meines Hofs, und du, meine *Königin*, bist die Bedrohung.«

»Ich mag den Blutschwur von dir eingefordert haben«, rief sie verächtlich, »aber was ist mit dem Wasserprinzen?«

»Möchtest du wirklich einen weiteren Blutschwur auf diese Sache verschwenden? Du hast noch Hunderte von Jahren Regentschaft vor dir, und dir bleiben nur noch drei Schwüre«, gab Sorin zurück, der ihren Bluff durchschaute.

»Wir sind noch nicht fertig«, rief Talwyn kochend vor Wut. Sie schloss die letzten Zentimeter zwischen ihnen, und er sah, wie sie leicht zusammenzuckte, als sie die Ränder ihrer Schilde streifte. »Du erlaubst es deiner Verbitterung und Feindseligkeit, dein Urteilsvermögen zu trügen, Prinz.«

»Dann muss das hier ja sein, als würdest du in einen Spiegel blicken«, erwiderte Sorin kühl.

»Du hast keine Ahnung, was dein Handeln uns kosten wird.«

»Klär mich auf.«

Talwyn kniff die Augen zusammen. Er spürte, wie ein Schild aus

Wind sich um sie schloss und die anderen aussperrte. »Ich weiß, wer sie ist, Sorin.«

»Ich glaube dir nicht«, entgegnete er leise und heftig. »Aber wenn du weißt, wer sie ist, dann weißt du, wem meine Treue gilt.«

Jetzt erschien ein Lächeln auf Talwyns Lippen, langsam und bösartig. »Und du wirst feststellen, dass das Schicksal uns am Ende auf die gleiche Seite stellen wird.«

Und dann war sie verschwunden. Der Wind legte sich augenblicklich. Die Schilde senkten sich bis auf Elizas, da Azrael noch immer vor ihr stand.

»Schnell, Luan«, spottete Cyrus, »wenn die Königin nicht hier ist, bedeutet das, du hast die Grenzen zu diesem Hof ohne Erlaubnis übertreten.«

Azrael zeigte ihnen allen eine vulgäre Geste, ehe er sich in Luft auflöste.

Kurz herrschte Stille, ehe Eliza seufzte: »Können wir jetzt bitte ins Bett?«

Sie gingen schweigend zurück in den Palast und durch die Flure, ehe sie sich alle in ihre eigenen Zimmer zurückzogen, ohne sich auch nur Gute Nacht zu wünschen. Er öffnete die Tür zum Schlafzimmer so leise, wie er konnte. Er wusste nicht, wie gut Scarlett ohne ihr Tonikum schlafen konnte, und er wollte sie nicht wecken, doch als er eintrat, stellte er fest, dass es keine Rolle spielte. Sie stand auf dem Balkon, der auf die Tore des Palasts hinauswies. Von dort hätte sie einen perfekten Blick auf alles gehabt, was sich gerade abgespielt hatte. Sie hatte sich in eine Decke gehüllt und blickte nicht einmal über ihre Schulter, als sie sagte: »Ich habe etwas gespürt. Es hat mich aufgeweckt. Ich bin hinaus ins Wohnzimmer gegangen, aber ihr wart nicht da.«

»Tut mir leid«, sagte er und durchquerte eilig den Raum. »Ich musste mich um etwas kümmern. Es war nicht meine Absicht, dich allein zu lassen.«

»Talwyn war hier. Sie sucht nach mir«, stellte Scarlett trocken fest. Ihre Stimme war so monoton wie zuvor, kurz nachdem sie aufgewacht war. Als befände sie sich in einer Art Trance.

»Ja.« Er wusste nicht, ob er die Hand nach ihr ausstrecken, ob er sie berühren sollte. Also stand er in ein paar Metern Entfernung und unterdrückte das Bedürfnis, sie an sich zu ziehen. Sie drehte sich zu ihm um, und ihre eisblauen Augen leuchteten in der Nacht. Ihm war nicht klar gewesen, wie viel sie mit ihrer Cousine gemein hatte. Sie waren sich so ähnlich und doch so unglaublich verschieden.

»Danke für heute Abend«, sagte sie. Ihre Miene war stoisch und unlesbar. »Es war ein Stück Normalität. Es fühlte sich an wie eine Familie. Wie ein Zuhause. Danke.«

Sorin schenkte ihr ein sanftes Lächeln. »Ich danke *dir*. Weil du das kleine Familiendrama ertragen hast.«

Scarlett lachte auf und richtete dann den Blick wieder über den Balkon hinaus. »Du hast gesehen, wie mein Familiendrama aussieht. Am Ende sind Nuri und ich für gewöhnlich verwundet.« Ihm fiel auf, dass sie trotz der Höhe nicht länger das Geländer umklammerte. Wenn sie nur *reisen* könnte wie ihre Cousine, dann müsste sie nie wieder Angst vor engen Räumen haben. »Warum sucht sie nach mir? Was genau will sie von mir?«

»Ich weiß es nicht. Ich habe noch nicht alle Puzzleteile zusammen.«

Sie drehte den Kopf und begegnete erneut seinem Blick. »Aber wenn du es wüsstest, dann würdest du es mir sagen? Du würdest es mir nicht verheimlichen?«

»Nein, Liebes«, antwortete er. Er konnte nicht anders, er kam näher. »Ich würde es dir nicht verheimlichen.«

»Und du hast mir alles gesagt?«, fragte sie und blickte ihm suchend in die Augen.

»Ich habe dir alles gesagt.« Noch bevor die Worte ganz über

seine Lippen waren, spürte er einen glühenden Schmerz durch seine linke Hand schießen. Er biss die Zähne zusammen und schob den Gedanken beiseite. »Komm, lass uns etwas Tee trinken.«

Scarlett nickte und ging voraus ins Schlafzimmer, wo bereits Tee auf dem Beistelltisch neben den Sesseln wartete. Sie ließ sich in einen davon fallen und zog die Decke enger um ihre Schultern. Sorin ließ sich erneut ihr gegenüber nieder und reichte ihr eine der Tassen.

»Ich weiß, du glaubst, dass die Bräuche und Geschichten der Fae unglaublich kompliziert sind«, begann er.

»Ich schwöre bei Saylah, Sorin, wenn du mir jetzt schon wieder etwas erzählst, das meine Welt aus den Fugen hebt, dann macht deine Kehle Bekanntschaft mit dieser Teetasse«, meinte sie leise.

Sorin blinzelte, weil dieser Kommentar so alltäglich klang angesichts der Tatsache, dass gerade die Wahrheit dessen, wer sie war, mit voller Wucht über sie hereinbrach. »Nein, nichts dergleichen. Da ist etwas, von dem ich glaube, dass du es bereits weißt und lediglich eine Erklärung brauchst.« Sie zog leicht die Nase kraus, während sie an ihrem Tee nippte. »Die Legenden der Fae besagen, dass unsere Magie und Macht von einem Ort kommt, den man den Shira-Wald nennt.«

Scarlett senkte die Tasse und richtete den Blick in das Feuer vor ihnen. Sie hatte die Knie an die Brust gezogen und die Decke darübergelegt. Sie ließ die Tasse auf ihren Knien ruhen, ehe sie sagte: »Ich dachte, es wären die Avonleyaner gewesen, die den Fae ihre Magie schenkten.«

»Das haben sie, aber wir glauben, dass ihre Magie aus diesem Wald kam. Man sagt, der Shira-Wald sei ein Ort, wo die Götter und das Schicksal wohnen.«

»Die Götter leben also in einer Traumwelt?«

»Der Shira-Wald existiert wirklich. Es weiß nur niemand wo.«

»Praktisch«, murmelte Scarlett mürrisch.

Sorin lehnte sich grinsend zurück. »Ich rate jetzt einfach einmal, dass du dort ein Tier gesehen hast, und ich gehe noch einen Schritt weiter und vermute, dass es sich um einen Panther handelte, der so schwarz war wie die Nacht.« Sie drehte langsam den Kopf in seine Richtung. »Die Seelentiere leben in diesem Wald, wenn sie nicht von denen gebraucht werden, an die sie gebunden sind. Die mächtigsten Fae, die von einem bestimmten Gott oder einer Göttin auserwählt wurden, gehen eine Verbindung mit einem Seelentier ein. Im Kern bedeutet das, dass man durch diese Verbindung auch an den jeweiligen Gott oder die Göttin gebunden ist.«

Er schwieg und ließ sie verarbeiten, was er ihr gerade erklärt hatte, während er auf die Fragen wartete, von denen er sicher war, dass sie kommen würden.

»Woher wusstest du, dass ich einen Panther gesehen habe?«

»Weil Shirina sich hier gezeigt hat, als du schliefst. Man konnte sie oft am Fuß deines Bettes sehen, wo sie über dich wachte und jeden anknurrte, der sich dir nähern wollte. Der Panther der Göttin Saylah wurde seit Ewigkeiten nicht mehr gesehen, Scarlett.«

»Aber warum bin ich heute Abend dort gewesen? Ich habe den Panther in meinen Träumen gesehen. Warum war ich heute dort?«

»Ich weiß es nicht. Ich war nur einmal dort, und das war die Nacht, in der ich die Verbindung mit Amaré eingegangen bin. Wie oder warum du erneut dorthin versetzt wurdest und wie Talwyn bei dir sein konnte, das weiß ich nicht.«

»War noch jemand bei dir? Als du diese Verbindung oder was auch immer eingegangen bist?«, fragte sie.

»Nein. Da war nur ich.« Scarlett nickte knapp und wandte sich wieder dem Feuer zu. »War jemand bei dir? Als du Shirina begegnet bist?«

»Heute Abend mit Talwyn waren andere Tiere dort. Nicht nur Shirina«, sagte Scarlett.

Jetzt war es Sorin, der sich langsam zu ihr umdrehte. »Du hast mehrere Seelentiere dort gesehen? Wie viele?«

»Dieses Mal? Viele.«

»Dieses Mal? Wie oft warst du dort, Scarlett?«

»Soweit ich mich erinnern kann? Zweimal. Das erste Mal habe ich zwei und … Das erste Mal waren da zwei Tiere.«

»Welche Tiere hast du dieses Mal gesehen?«

»Den Wolf von dem Tag, an dem ich dich mit Talwyn in Baylorin habe sprechen sehen«, sagte sie und spielte an ihrer Teetasse herum.

»Maliq? Er ist der Wolf von Celeste, der Göttin des Mondes und des Himmels, und er ist an Talwyn gebunden. Ich schätze, es ist nicht verwunderlich, dass er dort aufgetaucht ist, wenn Talwyn auch da war. Wer sonst noch?«

Er leises Gurren erklang, und Scarlett zuckte so heftig zusammen, dass sie beinahe ihren Tee verschüttete, als Amaré durch die offene Balkontür segelte. »Dieser Vogel. Er war dort.«

Sorin drehte sich um und sah den Phönix an. »Wirklich, mein Freund? Hast du mir etwas zu sagen?«

Amaré klickte lediglich mit dem Schnabel und plusterte sein Gefieder leicht.

»Du kannst mit ihm sprechen?«

»Es gibt eine Verbindung, die sich einstellt und mit der Zeit verstärkt«, erklärte Sorin, während Amaré sich auf seine Schulter setzte und ihn liebevoll ins Ohr kniff. »Ihr werdet lernen, wie ihr miteinander kommunizieren könnt. Das ist Amaré. Er ist ein Phönix und Analas Tier.«

»Die Göttin von Sonne und Feuer«, flüsterte Scarlett leise, während sie den Phönix betrachtete. Dann sagte sie etwas lauter: »Da war ein Pferd. Es sah aus wie Eirwen, aber seine Mähne und sein Schweif waren wie ein Wasserfall.«

Sorin lächelte. »Abrax. Er gehört zu Anahita und ist an Briar gebunden.«

»Und der Silberfalke?«

»Er ist eine Sie und gehört zur Windgöttin. Sie ist an Prinzessin Ashtine gebunden. Ihr Name ist Nasima. Man sieht sie nur selten getrennt. War Ashtine auch dort?«

»Nein. Nur Talwyn«, antwortete Scarlett und stellte ihre Tasse auf dem Tischchen ab, um sich die Decke über die Arme zu ziehen.

»Waren noch andere dort?«

»Ein roter Hirsch.«

»Das war Rinji. Silas' Tier, das an Prinz Azrael vom Hof der Erde gebunden ist.«

Alle Seelentiere der Höfe waren dort gewesen? Gleichzeitig? Mit ihr und Talwyn? Das war in der Tat interessant. Aber nicht so interessant wie die Worte, die als Nächstes aus ihrem Mund kamen.

»Und der schwarze Adler?«

»Was?« Sorin riss den Kopf zu ihr herum.

»Der schwarze Adler«, wiederholte sie zögerlich. »Da … Da war ein schwarzer Adler.«

»Altaria … Altaria ist Temurals Seelentier«, sagte Sorin gedämpft. »Wie Shirina wurde er ewig nicht mehr gesehen. Seit der Zeit vor dem Großen Krieg nicht mehr.«

»Warum?«

»Niemand weiß es. Sie … Erinnerst du dich, wie Eliza reagiert hat, als du auf unserer Reise hierher von Saylah gesprochen hast?«

»Sie war überrascht«, antwortete Scarlett. »Ich weiß, dass Saylah nicht oft erwähnt wird, aber meine Mutter gab mir mein Amulett, und ich …«

»Du schuldest mir keine Erklärung, Scarlett«, antwortete er sanft. »Das habe ich dir doch gesagt.«

»Aber da sind … Ich glaube nicht mehr so sehr an Zufälle, wie ich es früher getan habe.« Sie seufzte. »Ich meine, es kann kein Zufall sein, dass ich schon mein ganzes Leben lang Saylahs Amulette trage und jetzt scheinbar an ihr Seelentier gebunden bin.«

»Nein, das ist vermutlich kein Zufall«, stimmte Sorin zu. Er atmete tief ein, weil er sich nicht ganz sicher war, wie sie das Folgende aufnehmen würde. »Shirina und Altaria werden zusammen mit Ejder, Arius' Drache, und Kilo, Serafinas Schlange, die Dunklen Seelentiere genannt. Meines Wissens nach wurde seit Jahrhunderten keines von ihnen mehr gesichtet.«

»Na toll«, murmelte Scarlett, lehnte den Kopf zurück in den Sessel und schloss die Augen.

»Du weißt, dass Arius und Serafina und ihre Kinder …« Sorin biss die Zähne zusammen, wollte die Worte nicht aussprechen.

»Ich weiß, dass ihre Familie die gefürchtetste unter den Göttern ist, ja«, endete sie für ihn. »Noch einmal, ich glaube nicht, dass irgendetwas davon Zufall ist, vor allem da man mich die Jungfer des Todes nennt und auf dem ganzen Kontinent fürchtet.« Nach einem langen Moment sagte sie leise: »Und welches war das Seelentier meiner Mutter? An welche Göttin war sie angeblich gebunden?«

»Angeblich?«, fragte Sorin mit hochgezogener Augenbraue. »Du hast mehr Seelentiere als irgendjemand sonst gesehen, und du stellst die Verbindung infrage?«

Scarlett begegnete seinem Blick, und ihre Augen leuchteten golden, als sie zischte: »Für mich bedeuten die Götter und das Schicksal nur einen weiteren Meister, der Anspruch auf mein Leben erhebt.«

Sorin erstarrte bei ihren direkten Worten und der Verbitterung in ihrem Tonfall. »Du hast keinen Meister, Scarlett. Nicht mehr.«

»Red dir das nur weiter ein, Sorin«, gab sie zurück. »Nur weil ein Prinz es sagt, ist es noch lange nicht die Wahrheit.«

Sorin schürzte die Lippen und beschloss, nicht nach dem Köder zu schnappen, den sie ihm so offensichtlich angeboten hatte, sondern sagte stattdessen: »Elinés Seelentier war Paja, die goldene Eule Faleins, der Göttin von …«

»Weisheit und Intelligenz«, unterbrach ihn Scarlett. »Ich kenne die Götter, auch wenn ich nicht unbedingt an sie glaube.«

»Du solltest schlafen. Du hast schlechte Laune«, sagte er, erhob sich und stellte seine leere Tasse auf das Tischchen.

»Könnte das vielleicht etwas mit der Tatsache zu tun haben, dass du mir gerade erzählt hast, dass ich anscheinend an einen Panther gebunden bin, der einer Göttin dient, die jeder fürchtet?«, gab sie zurück und erhob sich ebenfalls.

Die Decke lag jetzt locker um ihre Schultern, und er konnte sehen, dass sie ein schwarzes, ärmelloses Nachthemd trug, das ihr bis zu den Knien reichte.

»Möglich«, antwortete er achselzuckend, »aber diese spezielle Laune führe ich auf Erschöpfung zurück.« Sein Mundwinkel hob sich, obwohl er sich sehr bemühte, sich das halbe Grinsen zu verkneifen.

»Egal«, murmelte sie mürrisch und verschränkte die Arme. »Schläfst du auch in diesem Land nicht?«

Er lachte. »Doch, ich brauche Schlaf, vor allem nach der Begegnung mit Talwyn.«

»Und wo schläfst du?«

»In dem anderen Schlafzimmer«, antwortete Sorin. Scarletts Lippen waren jetzt eine dünne Linie, und sie schlang die Decke erneut eng um sich. »Was ist los?«, fragte er sanft.

»Nichts«, antwortete sie und setzte eine grimmig entschlossene Miene auf. »Kannst du mir ab morgen beibringen, wie ich meine Kräfte kontrolliere?«

»Ist das noch immer dein Wunsch?«

»Habe ich eine Wahl?«

»Du hast immer eine Wahl, Scarlett.«

»Du hattest recht«, sagte sie nach einem Moment. »Ich muss lernen, sie zu beherrschen. Das ist dann eine Sache weniger, die mich beherrscht.«

»Ich freue mich, diese Worte aus deinem Mund zu hören«, sagte Sorin trocken. Sie hob die Augenbrauen. »Dass ich recht hatte.«

Scarlett rollte mit den Augen. »Ich bin froh, dass ich dein Ego ein wenig aufblasen konnte, Prinz.«

Sorin lachte erneut. »Ich kann dir alles über den Feueraspekt deiner Macht beibringen, aber Briar wäre besser für Wasser und Eis.«

»Und können wir unser anderes Training auch fortsetzen?«

»Das beim Essen war kein Scherz, Scarlett. Du solltest Eliza fragen.«

»Eliza macht mir Angst.«

»Eliza ist genau wie du«, lachte Sorin. »Am liebsten liest sie oder ist im Übungsring. Und sie lässt sich nichts gefallen.«

»Möglich«, antwortete Scarlett und biss sich auf die Lippe, wobei sie ganz und gar nicht überzeugt klang. Sie ging zum Bett und hielt inne, ehe sie nach den Decken griff und hineinkletterte. Sie öffnete den Mund, um noch etwas zu sagen, aber schloss ihn gleich wieder. Sie kuschelte sich in die Kissen und zog die Decke bis ans Kinn. »Gute Nacht, Sorin.«

»Gute Nacht, Prinzessin«, sagte er und ging zur Tür. Er konnte ihre Augen praktisch rollen hören, als er das Zimmer verließ. Sein Kopf hatte kaum das Kissen seines zweiten Schlafzimmers berührt, als er auch schon eingeschlafen war.

SCARLETT

»Dachtest du, du könntest mir entkommen, mein Schatz?«

Sie stand in dem eisigen Raum in Lairwood Manor, und Mikales kühle Stimme schabte über ihre Haut. Als er sich ihr mit langsamen, gelassenen Schritten näherte, konnte sie ein Zittern nicht unterdrücken. Sie wich zurück, bis sie mit dem Rücken gegen die Wand stieß.

»Es ist Zeit, dass du nach Hause kommst und deine Abmachung mit mir einhältst«, sagte er, und sein Blick wurde hart. Jetzt stand er vor ihr und fuhr mit den Händen über ihre Arme. Sie konnte nicht mehr weiter zurückweichen. »Meine Schwester ist, nebenbei bemerkt, sehr aufgebracht, weil du ihr Callan schon wieder gestohlen hast.«

Sie öffnete den Mund, um etwas zu erwidern, doch nichts kam heraus. Sie konnte nicht sprechen. »O ja, ich habe auch ein paar Tricks gelernt«, raunte er mit einem grausamen Lächeln. »Ich kann es gar nicht erwarten, sie dir nach deiner Rückkehr alle zu zeigen.« Seine Berührungen wurden besitzergreifend. »Es ist schon seltsam, nicht wahr, wie ich dich in deinem eigenen Traum kontrollieren kann.«

Seine Finger glitten ihre Brust hinunter über ihren Bauch, tiefer. Sie versuchte zu schreien, doch sie konnte es nicht. Sie konnte sich nicht einmal bewegen. Sie spürte ihn überall auf sich, um sie herum. Tränen rollten über ihr Gesicht.

Schließlich trat er einen Schritt zurück und musterte sie. Dann kam er noch einmal zu ihr und küsste sie. Er löste sich nur wenige Zentimeter und flüsterte: »Komm schnell nach Hause, Scarlett. Wir haben ihre Schutzzauber schon beinahe gebrochen, und dann ist keiner mehr vor uns sicher.«

Sie spürte Hände auf ihren Schultern und hörte eine zärtliche Stimme, die ihren Namen rief. Sie schlug nach ihm und schrie: »Lass mich los!«

»Scarlett. Scarlett, ich bin es.« Sie kannte diese Stimme. Diese Stimme bedeutete Sicherheit. Diese Stimme war ihr Zuhause. »Öffne deine Augen, Liebes. Schau mich an.«

Sie hob ruckartig die Lider und sah goldene Augen in ihre eigenen blicken. Ihre Schatten umschwärmten ihn, und den roten Striemen auf seinem nackten Oberkörper nach zu schließen, waren sie nicht zärtlich gewesen. Es schien ihm nichts auszumachen. Eis und Feuer wirbelten um sie herum. Er nahm ihre Hand und hob sie an seine nackte Brust. »Atme, Scarlett. Atme.«

Ein und aus. Ein und aus. Sie spürte das Heben und Senken seiner Brust unter ihren Fingern, spürte sein Herz rasen. Ein und aus. Ein und aus. Ihre Augen hielten seine.

Als sie wieder gleichmäßig atmete, wischte sie sich die Tränen aus den Augen. »Er war in meinen Träumen, Sorin. Er wusste, wie er in meine Träume eindringen und sie kontrollieren kann«, sagte sie heiser.

Sorins Miene verhärtete sich, und er schob seine Finger zwischen ihre.

»Es tut mir leid, dass ich dich aufgeweckt habe«, flüsterte sie. »Und für …« Sie wies mit dem Kinn auf seine Brust und Arme. »… das.« Sie wollte ihm ihre Hand entziehen, doch er ließ nicht los. Sie sah wieder in seine goldenen Augen, die jetzt ihren Blick suchten.

»Ich werde immer kommen, wenn du mich brauchst, Scarlett«, sagte er sanft.

Neue Tränen traten ihr in die Augen. Sie nahm einen bebenden Atemzug. »Ich muss dich um etwas bitten.«

»Alles.«

»Bleib bei mir.«

»Ich gehe nirgendwohin.«

»Nein, Sorin, ich …« Sie schürzte die Lippen. »Wenn ich Albträume hatte, dann blieb Cassius immer bei mir oder nahm mich mit in sein Zimmer. Er ist nicht da, und ich brauche jemanden, der bei mir bleibt.« Ihr Herz schmerzte. Sie vermisste Cassius. Mit ihm so weit weg war es, als fehlte ein Teil von ihr.

»Möchtest du, dass ich Callan hole?«, fragte Sorin leise. Sie riss die Augen auf, als ihr klar wurde, dass er es tun würde. Er würde Callan in dieses Zimmer lassen, wenn sie ihn darum bitten würde.

»Nein, Sorin. Ich will nicht Callan«, antwortete sie. »Ich brauche nur … ich brauche jemanden hier.«

Sein Atem stockte, als ihm klar wurde, was sie sagte. »Scarlett, bist du sicher?«

»Ja, ich bin sicher, Sorin.« Immer noch zögerte sie. Sie schlang die Arme um seinen Hals, zog ihn an sich und presste ihre Lippen auf seine. Sie spürte, wie er sich unter ihren Fingern anspannte, und sie ließ die Zunge über seine Lippen gleiten, doch er ließ sie nicht ein. »Bitte, Sorin«, flüsterte sie an seinem Mund.

Er stöhnte, als er sich von ihr löste, um ihr in die Augen zu blicken. »Scarlett, das hier … Ich habe nicht die Selbstkontrolle, dich nicht anzufassen, wenn ich neben dir schlafe.«

»Du willst nicht?«, flüsterte sie heiser.

»Götter, Liebes, das ist alles, was ich will, aber nicht … Ich wäre ein Mistkerl, wenn ich mir zunutze machen würde, wie verletzlich du gerade bist.« Sie hörte die Sehnsucht in seiner Stimme.

Scarlett stemmte sich in eine sitzende Position. »Ich *will*, dass du mich anfasst, Sorin.«

»Das willst du nicht, Scarlett. Du hasst mich. Ich habe dir so viel verschwiegen. Verdammt, ich kann dir das nicht antun. Verstehst du nicht?«

»Verstehst *du* denn nicht?« Sie schrie förmlich, und er erstarrte. »Sorin, er … Mikale hat mich in diesem Traum angefasst. Er hat mich angefasst, und ich konnte nichts tun! Und ich spüre ihn noch immer. Ich spüre seine Hände. Ich spüre seinen Atem auf meiner Haut, während er sich nimmt, was er will. Ich spüre ihn bis in meine Seele.« Tränen strömten ihr über die Wangen. »Ich will alles spüren, nur ihn nicht. Ich will *etwas* spüren. Weil ich taub bin, Sorin. Und es ist ermüdend, wenn einem alles gleichgültig ist. Es ist ermüdend, wenn man nichts fühlt. Und die einzige Art, wie ich ihn nicht fühlen muss, ist, indem ich gar nichts fühle, und ich will *etwas* fühlen, das nicht er ist und in dem ich nicht zu ertrinken drohe …«

»Schh«, murmelte Sorin und zog sie in seine Arme. »Ich verstehe, was du meinst, Scarlett. Ich verstehe es.«

»Bitte, Sorin«, rief sie unter Tränen. Es war ihr egal, dass sie bettelte. Es war ihr egal, wie verzweifelt sie klang. Sie wollte nur, dass jemand sie berührte, der sie verstand, alles von ihr.

»Das wird die Dinge nicht wieder in Ordnung bringen, Scarlett.« Sorins Stimme war leise und angespannt.

»Das ist mir egal«, flüsterte sie an seinem Hals. »Heute Nacht ist es mir egal. Heute Nacht will ich einfach nur, dass es nicht seine Berührungen sind, die ich fühle.«

Sorin legte die Hand an ihren Hinterkopf. »Leg dich hin«, flüsterte er und schob sie zärtlich mit seinem Körper nach hinten.

Sie gehorchte, und er kletterte neben ihr unter die Decken und schmiegte sich an sie. Seine Finger strichen über ihre Haut, als er ihr das Haar über die Schulter schob. Dann spürte sie seine Lippen hauchzart unter ihrem Ohr. Sie wanderten langsam ihren Hals hinunter, federleicht. Seine Hand glitt über ihr Seidennachthemd, erforschte langsam ihre Hüfte, ihren Bauch.

Sie schloss die Augen, jeder ihrer Gedanken galt nur noch seinen Fingern, seinem Mund. Seine Hand glitt tiefer, über ihre Hüfte und ihren Schenkel hinunter. Sie spürte, wie seine Finger den Saum ihres Nachthemds ergriffen und er zögerte.

»Wo, Liebes?«

»Überall«, hauchte sie.

Und dann glitt seine Hand wieder nach oben und nahm ihr Nachthemd mit, legte ihre Haut für ihn frei. Sie hob Kopf und Arme und ließ zu, dass er ihr das Kleidungsstück auszog. Sie spürte seine Härte an ihr. Es war ihr egal, was er tat. Solange seine Berührungen nur alle Spuren von Mikale auslöschten.

Sanft legte er die Hand unter ihr Kinn und wandte ihren Kopf ihm zu. Sie öffnete die Augen und sah Verlangen und einen Hauch von Sorge in Sorins Augen funkeln. Seinen Blick haltend legte sie die Finger um seine Hand und führte sie hinunter an ihre Brust.

Sie spürte, wie er an ihr erschauerte, als sein Daumen über ihre Brustwarze strich.

Seine Lippen waren wieder an ihrem Hals, wo seine Zähne sie reizten und sachte über ihre Haut schabten, und sie schloss einmal mehr die Augen. Er schob den anderen Arm unter ihre Schultern und zog sie mit dem Rücken an seine Brust. Diese Hand ersetzte dann auch die an ihren Brüsten, während die Finger der anderen ihren Torso hinuntertanzten. Und als sie diese Finger das erste Mal spürte, stöhnte sie und presste sich mit dem Po an ihn.

Er fluchte in sich hinein, doch seine Finger bewegten sich weiter. »Ich weiß nicht, wie du das nach allem, was du durchgemacht hast, wollen kannst, Liebes. Wie du so feucht für mich sein kannst«, flüsterte er heiser. »Du bist einfach atemberaubend.«

Er begann, mit dem Daumen über jenem Bündel aus Nerven zu kreisen, und sie war verloren. Verloren in den Empfindungen, die er ihr schenkte, verloren in seinen Berührungen. Sie war verloren in Verlangen und Lust. Sie bäumte die Hüfte auf. Es war eine stumme Aufforderung, der er gehorchte, indem er gleichzeitig den Druck seiner Finger dort erhöhte und ihre Brustwarze zwischen Daumen und Zeigefinger nahm.

Scarlett schrie auf, und Sorins Mund war auf ihrem, als wollte er den Laut einfangen. Als seine Zunge in ihren Mund glitt, schob er gleichzeitig seinen Finger in sie, und sie vergaß alles andere. Sie vergaß Mikale und seine Berührungen. Sie vergaß Talwyn und ihre Mutter. Sie vergaß Callan und den Inneren Hof. In diesem Moment waren da nur sie und Sorin. Sie war keine Prinzessin, und er war nicht der Feuerprinz.

Sie bewegte sich mit ihm, und als er einen zweiten Finger folgen ließ, entrang sich ihr ein Stöhnen. Sie ergab sich dem Gefühl der Lust und dem zunehmend schmerzhaften Verlangen. Den Fingern, die immer wieder in sie stießen, langsam, hart und beinahe ehrfurchtsvoll. »So ist es richtig«, murmelte er an ihrem Ohr, während sie seine Finger ritt. »Nimm dir, was du brauchst, Liebes. Es gehört alles dir.«

Scarlett drehte sich zu ihm um, seine Hand immer noch zwischen ihren Beinen, schob die Hände in sein Haar und zog seine Lippen zurück auf ihre. Seine Stöße wurden schneller, und sie unterbrach den Kuss, um ihr Gesicht an seinem Hals zu vergraben und ihre Lippen auf seine Haut zu pressen. Sein Geschmack, der Geruch nach Asche und Zedern und einem opulenten Raucharoma ließen sie wimmern, als er die Hand an ihren Kopf legte, um sie dort zu halten. Und während seine Finger sich weiter bewegten, drückte er noch einmal mit dem Daumen auf jenes Bündel von Nerven, und Erlösung raste ihr Rückgrat hinunter. Sie schrie auf und dämpfte den Laut an seinem Hals. Seine Finger bewegten sich immer weiter, bis sie aufgehört hatte, zu zittern und sich um ihn herum zusammenzuziehen. Die Hand an ihrem Kopf begann über ihr Haar zu streichen, und sie erschlaffte an ihm, noch immer leicht bebend von ihrem Höhepunkt. Sanft ließ er die Finger aus ihr gleiten, während sie ihren Atem zu beruhigen versuchte und gegen die Dunkelheit ankämpfte, die bereits wieder nach ihr greifen wollte.

»Bleib«, flüsterte sie an seinem Hals. »Bitte, bleib bei mir, Sorin.«

»Schlaf, Scarlett«, beruhigte er sie und strich ihr über den Rücken. Selbst jetzt noch löschte er mit jeder Bewegung Mikales Berührungen aus, und während sie seinen Geruch einatmete, hielt er die Dunkelheit fern.

10
CALLAN

Es klopfte an der Tür zu ihrer Suite. Sloan öffnete, und eine Dienerin überreichte ihm eine Nachricht. Callan saß auf dem Sofa vor dem Feuer. Seit sie vor drei Tagen aus der Bibliothek zurückgekehrt waren, hatte er diese Räume nicht mehr verlassen. Er hatte ein paar Bücher mitgenommen, die jetzt auf den Kissen neben ihm verstreut lagen. Den Großteil der letzten Tage hatte er vor allem mit einem davon verbracht. Wenn er schon hier festsaß, dann würde er so viel wie nur möglich über die Reiche lernen, die neben seinem existierten, angefangen mit dem verdammten Hof des Feuers.

Er hatte herausgefunden, dass Sorin bereits seit über zweihundert Jahren der Prinz dieses Landes war. Heilige Götter. Wie alt war er? Aber nicht nur das, er hatte zudem in Erfahrung gebracht, dass alle vier Höfe einer einzigen Königin unterstanden, die in den Weißen Hallen ganz oben im Norden des Kontinents residierte. Doch scheinbar war die Königin nicht nur die Königin der Fae, sondern hatte Einfluss über den ganzen Kontinent. Wenn das stimmte, dann fragte er sich, warum sein Vater nie Kontakt mit ihr hatte. Warum hatte niemand ihn darüber informiert, wo er doch eines Tages regieren sollte?

»Sie ist von Sorin«, sagte Sloan, der die Nachricht der Dienerin gelesen hatte. »Er möchte, dass wir uns mit ihnen zum Mittagessen treffen.«

»Mit ihnen?«, fragte Callan und blickte von seinem Buch auf.

»Er hat nicht näher spezifiziert, wer dort sein wird, aber er will dich auf den neuesten Stand bringen«, antwortete Sloan mürrisch.

»Das ist doch ein gutes Zeichen, oder?«, fragte Finn aus dem Lehnstuhl gegenüber. »Sie beziehen uns mit ein.«

»Scheint so«, meinte Sloan dumpf.

Callan sagte nichts. Wären es nur Sorin und sein Hof, oder würde Scarlett auch kommen? Wäre der Wasserprinz dazu eingeladen? Konnte er Scarlett überhaupt noch ins Gesicht blicken nach allem, was zwischen ihnen gesagt wurde? Er wollte immer noch mit ihr reden. Brauchte immer noch Antworten. Aber er hätte die Dinge anders handhaben können. Er war nur so erleichtert gewesen, sie bei Bewusstsein und in Sicherheit und sogar lächeln zu sehen. Nicht ihr spielerisches oder berechnendes Lächeln, sondern ein echtes Lächeln. Ein Lächeln, das er nur wenige Male auf ihren Lippen gesehen hatte.

»Wann ist das Mittagessen?«, fragte Callan und erhob sich vom Sofa. Er trug Freizeithosen und eine Tunika. Der Prinz hatte ihnen ausreichend Kleidung zur Verfügung gestellt, und er musste zugeben, dass er ihre Mode ziemlich gemütlich fand.

»In einer Stunde wird uns jemand abholen«, antwortete Sloan.

Kurz vor Mittag klopfte es erneut an der Tür, und sie fanden Eliza auf der anderen Seite vor. Sie grinste und sagte: »Bereit?«

»Dir auch einen schönen guten Tag«, sagte Callan und schob sich an Finn und Sloan vorbei, um der Fae zu folgen, die sie aus dem Gästebereich geleitete.

»Hast du in der Bibliothek interessanten Lesestoff gefunden?«, fragte Eliza ein wenig spöttisch, als sie eine Treppe hinunterstiegen.

»Das habe ich. Die Geschichte dieses Landes ist tatsächlich faszinierend«, antwortete Callan. »Sag, wie ist das Verhältnis zwischen Prinz Sorin und der Königin?«

Eliza versteifte sich leicht. »Die Königin ist kein einfacher Charakter, es ist schwer, mit ihr auszukommen – für jeden.«

»Ich denke, dasselbe könnte man auch über deinen Prinzen sagen«, meinte Callan mit hochgezogener Braue.

Ein teuflisches Lächeln legte sich auf ihre Züge. »Vorsicht, Prinz der Sterblichen, man merkt dir deine Eifersucht an.«

»Ich bin nicht …« Doch dann unterbrach er sich. Ihm war gar nicht aufgefallen, dass Eliza sie zu einer der Brücken geführt hatte … und sie jetzt überquerte. »Wir treffen uns im westlichen Teil des Palasts?«

»Sieht so aus«, antwortete Eliza und drehte sich mit verschränkten Armen zu ihm um. »Es sei denn, du hast Einwände gegen diese Seite? Aber das kann ich mir kaum vorstellen nach all der Mühe, die du dir gegeben hast, um hinüberzukommen.«

»Warum jetzt?«, mischte Finn sich von der Seite ein. »Warum dürfen wir jetzt auf die andere Seite?«

Eliza seufzte. »Erstens seid ihr in Begleitung. Ihr versucht nicht, die Brücke auf eigene Faust zu überqueren. Und zweitens durftet ihr vor allem deshalb nicht auf die andere Seite, weil er ganz auf sie konzentriert war. Er wollte sich vor ihrem Erwachen um nichts anderes kümmern müssen. Und jetzt kommt. Ich habe Hunger.«

Sie wandte sich ab und setzte ihren Weg über die Brücke fort. Callan seufzte und folgte ihr. Wenn sie sie in eine weitere Falle führte, konnte er nichts dagegen tun. Er hatte sich noch nie so hilflos gefühlt. Aber er hatte sich auch noch nie mit einer Situation konfrontiert gesehen, in der er wirklich Hilfe *brauchte*.

Sie gelangten problemlos auf die andere Seite der Brücke. Eliza führte sie zwei weitere Flure hinunter, ehe sie vor einer Doppeltür stehen blieb. Sie stieß sie auf und marschierte hinein. Rayner hielt ihr einen Stapel Papier hin, den sie sich schnappte, ehe sie sich auf einen Stuhl fallen ließ und die Füße auf den langen Tisch legte, ohne sich darum zu kümmern, dass er voller Essen war.

»Kommen die von Stellan?«, fragte sie, schnappte sich einen Apfel aus einer Schale und nahm einen Bissen.

»Ja«, antwortete Rayner mit seiner kühlen Stimme. »Aber es wäre schön, wenn ich nicht deine Sohlen anstarren müsste, während wir essen.« Mit diesen Worten stieß er ihre Füße vom Tisch, die mit einem dumpfen Aufprall auf dem Boden landeten. Ohne Zögern warf sie den Apfel nach ihm. Er verschwand in Asche und tauchte auf der anderen Seite des Tisches wieder auf.

»Oh, ausgezeichnet, wir werfen bereits mit Essen«, kommentierte Cyrus, der gerade in das Speisezimmer geschlendert kam. »Kronprinz«, fügte er mit einem leichten Nicken hinzu.

Er setzte sich neben Rayner und begann, seinen Teller zu füllen. »Bitte, bedient euch.«

»Warten wir nicht auf Prinz Sorin?«, fragte Callan und ließ sich am anderen Ende des Tisches nieder.

»Götter, nein«, schnaubte Cyrus. »Wir kämen niemals zum Essen, wenn wir auf ihn warten würden.«

»Oh, Saylah sei Dank, wir warten nicht auf ihn«, erklang eine weibliche Stimme hinter Callan. »Ich schwöre, er braucht länger als ich, um sich fertig zu machen.«

Er drehte sich um und sah Scarlett, gefolgt von ihren Schatten, in den Raum gleiten. Sie war schwarz gekleidet und trug eng anliegende Hosen mit einem langärmligen Oberteil. Sie trug Dolche an der Hüfte, und ihre Lässigkeit war zurück. Wäre da nicht die Leere in ihren Augen gewesen, hätte er geglaubt, sie wäre wieder ganz die Alte.

»Ich bin so froh, dass du hier bist, Schätzchen«, sagte Cyrus und reichte ihr ein Stück Brot, das er mit Marmelade bestrichen hatte. Sie griff danach und nahm einen Bissen.

»Damit ihr beide Sorin gemeinsam aufziehen könnt?«, fragte

Eliza. Ihre Stiefel waren jetzt wieder auf dem Tisch, und sie hatte einen weiteren Apfel in der Hand. Der vorherige lag vergessen am Boden.

»Ich nehme gerne jeden in unsere Familie auf, der Sorin so abzocken kann, wie sie es gestern beim Kartenspielen getan hat«, antwortete Cyrus und belegte sich ein Brot. »Was hast du mit dem ganzen Gold eigentlich vor?«

»Ich habe es bereits für Schokolade und Schuhe ausgegeben«, antwortete Scarlett und aß ihr Brot zu Ende.

»Alles?«, fragte Cyrus mit offenem Mund.

»Und Bücher natürlich«, fügte Scarlett hinzu und bedeutete ihm, ihr ein weiteres Stück Brot zu geben.

»Aber du hast … eine ganze Menge Gold gewonnen«, stammelte Cyrus.

»Ich bin überrascht, dass du dich daran erinnerst nach der Menge Alkohol, die du getrunken hast«, zog Scarlett ihn auf. »Ich werde dir etwas von der Schokolade bringen lassen.«

»Das ist der unkonventionellste Hof, den ich je gesehen habe«, sagte Callan mit offenem Mund. Sloan und Finn schienen so fassungslos wie er zu sein. Ratsversammlungen am Hof seines Vaters waren förmlich, still und voller Spannungen. Alle verfielen in Schweigen, und Blicke richteten sich auf sie, als hätten die anderen ganz vergessen, dass sie überhaupt da waren. Scarlett saß mittlerweile auf dem Tisch. *Auf dem Tisch.* Sie baumelte mit den Beinen, während sie ihr Marmeladenbrot aß.

»Guten Tag, Callan. Finn. Sloan, mein Lieber, ist diese verdrießliche Miene dir jetzt ganz offiziell auf dem Gesicht festgewachsen? Ich wusste, das würde irgendwann passieren«, spottete sie.

Eliza schmunzelte, und Cyrus stieß ein Lachen aus. »Es scheint dir gut zu gehen, Scarlett«, sagte Callan langsam und musterte sie.

»Nun, Wahnsinn kann täuschen, nicht wahr?«, antwortete sie, und ihr Grinsen bekam etwas Wildes.

»Wo ist seine Hoheit überhaupt?«, fragte Cyrus und nahm einen Bissen von seinem Brot.

»Er hat mir den Weg den Flur hinunter gewiesen und dann gesagt, dass er noch etwas holen muss. Er wird gleich hier sein«, antwortete sie schulterzuckend.

»Und worum genau geht es bei diesem Treffen?«, fragte Finn vorsichtig.

»Es geht um Windonelle. Was dort gerade passiert und was wir deswegen unternehmen können«, antwortete sie, und ihre Stimme wurde ein wenig weicher.

»Hast du irgendwelche Neuigkeiten?«, fragte Callan und blickte überrascht auf.

»Nicht direkt«, antwortete sie zögerlich. Dann sagte sie: »Erzähl mir von deinem Vater.«

»Meinem Vater?«, fragte Callan und zog die Brauen hoch.

»Ja. Weißt du, wofür er die Hohe Garde ausbilden lässt?«, fragte sie und beugte sich über Cyrus, um das Sandwich entgegenzunehmen, das Rayner ihr reichte.

»Warum fragst du nicht denjenigen, der sie ausgebildet hat?«, gab Callan scharf zurück.

»Das habe ich, aber er weiß nicht, *warum* dein Vater einen Bedarf für die Hohe Garde sah.«

»Warum sollte irgendein Königreich eine Truppe von hoch ausgebildeten, tödlichen Elitesoldaten haben wollen?«, gab Callan zurück.

»Für geheime Missionen«, mischte Eliza sich ein. »Wenn etwas schnell und diskret erledigt werden soll, schicken wir unsere fähigsten Krieger. Dinge, von denen wir nicht wollen, dass andere etwas davon erfahren.«

»Und ihr fragt euch, was genau mein Vater schnell und diskret erledigt haben will?«, fragte Callan. Er richtete seine Aufmerksamkeit wieder auf Scarlett. »Denkst du nicht, das hätte ich dir bereits erzählt, wenn ich es wüsste? Zweifelst du etwa daran, dass ich die ganze Zeit über versucht habe, dir zu helfen?«

»Ganz und gar nicht«, erwiderte Scarlett, »aber vielleicht ist dir nicht bewusst, was du weißt, Callan. Vielleicht ist es etwas, das rein gar nichts mit den verschwundenen Kindern zu tun hat.«

»Fragst du ihn ernsthaft nach Informationen über sein Königreich, die hinter verschlossenen Türen besprochen wurden?«, fragte Sloan mit harter Stimme.

»Genau das tut sie«, antwortete Sorin, der jetzt den Speisesaal betrat. Er trug eine mit Goldfäden durchwirkte elegante rote Tunika und dunkelgraue Hosen. »Ihr konntet wirklich nicht die fünf Minuten auf mich warten, bevor ihr mit dem Essen anfangt?«

»Wenn du uns zu einer Mittagssitzung rufst, solltest du vielleicht auch *mittags* da sein«, antwortete Cyrus und nahm sich ein weiteres Sandwich von einem der Teller.

»Sind das Birnen?«, fragte Scarlett, beugte sich über Cyrus' Teller und kletterte dann förmlich über den Tisch, um an das Obst zu kommen. Rayner seufzte, nahm eine und reichte sie Scarlett durch einen Rauchwirbel. Sie setzte sich wieder auf den Tisch und baumelte erneut mit den Beinen. Sie schien sich unter ihnen so wohlzufühlen, als würde sie schon ihr ganzes Leben lang hier wohnen und nicht erst seit wenigen Tagen.

»Sind die Stiefel neu?«, fragte Sorin, den Blick auf ihre schwingenden Beine gerichtet.

Cyrus lachte laut auf, und ein katzenhaftes Grinsen breitete sich auf Scarletts Gesicht aus. »Ich hatte einen Überschuss an Gold, mein Prinz.«

»Ich war den ganzen Morgen bei dir. Wann warst du in der Stadt?«

»Als du baden warst, habe ich Camilla Geld zugesteckt, damit sie für mich in die Stadt geht und ein paar Dinge holt.«

»Stiefel?«

»Und scheinbar auch Schokolade und Bücher«, sagte Cyrus, dessen Augen belustigt funkelten.

Callan sah zu, wie Scarlett den Kopf in den Nacken warf und lachte, während ihre Schatten um sie herum pulsierten. War sie so, wenn sie mit ihren Freunden im Schwarzen Syndikat allein war? Mit Cassius und dem Unsichtbaren Tod? Sie hatte ihm so oft gesagt, dass er nur einen Teil von ihr kannte. Er hatte ihr nicht glauben wollen. Er hatte glauben wollen, dass sie sich in seiner Gegenwart so wohlfühlte, dass sie ganz sie selbst sein konnte, ohne etwas vorzutäuschen, ohne eine Maske.

Sorin ließ sich neben Cyrus nieder, während Scarlett weiter zwischen ihnen auf dem Tisch saß. Ihr Blick begegnete Sorins, und sie legte den Kopf schräg, als hörte sie etwas. Sorin reagierte nur stumm, indem er den Mund verzog.

»Nun, jetzt, da wir alle hier sind«, rief Eliza gedehnt, »kann der sterbliche Prinz uns vielleicht mitteilen, was er weiß.«

Aller Augen richteten sich auf ihn. »Wie ich bereits sagte, war es Sorin, der sie ausgebildet hat. Er dürfte mehr wissen als ich. Wie es scheint, hatte mein Vater mehr als nur ein Geheimnis, von dem ich nichts ahnte. Das scheint sich in letzter Zeit wie ein roter Faden durch mein Leben zu ziehen.«

Scarlett, die mittlerweile im Schneidersitz auf dem Tisch saß, hob die Brauen und sah ihn an. Als ihre Blicke sich begegneten, wurden ihre Schatten dunkler, wirbelten etwas schneller. »Ich wollte dir bei dem geplanten Treffen auf der Lichtung so viel erzählen, Callan. Ich weiß, dass wir im Moment nicht gut aufeinander zu sprechen sind, aber wir stehen auf der gleichen Seite.«

»Tun wir das?«, gab er zurück.

»Warum denkst du, dass das nicht der Fall sein könnte?«, fragte Sorin. Er saß lässig in seinem Stuhl, die Hand neben Scarlett auf dem Tisch.

»Seit ich hier angekommen bin, wurde mir nur sehr wenig erklärt«, bemerkte Callan.

»Und dieses Treffen soll dem Abhilfe schaffen«, erwiderte Sorin und trank einen Schluck Wasser. »Was möchtest du wissen?«

»Was habt ihr aus Baylorin gehört?«

»Uns wurde mitgeteilt, dass sie angeblich kurz davorstehen, die Schutzzauber zu brechen, die Cassius errichtet hat, um die Waisen im Schwarzen Syndikat zu schützen. Ich arbeite an ein paar Zaubern, um sie zu stärken, aber wir müssen erst noch herausfinden, warum sie die Waisen überhaupt wollen«, antwortete Sorin.

»Glaubt ihr, Mikale arbeitet mit meinem Vater zusammen?«, fragte Callan.

»Mikale obliegt im Moment die Verantwortung über die Hohe Garde, bis der Kronprinz und seine Leibwache von ihrer spontanen Reise nach Rydeon zurückkehren und sie einen passenden Ersatz für mich finden«, antwortete Sorin. »Mikale weiß von den Kindern, und seine Pläne für Scarlett, verbunden mit der Tatsache, dass er zum einstweiligen General ernannt wurde, lassen vermuten, dass er tatsächlich mit dem König und der Person, die die Kinder will, zusammenarbeitet.«

»Vor einigen Tagen hast du mir erzählt, dass Mikale seine Blutlinie mit Scarletts verbinden will. Warum?«, fragte Callan und sah dabei sie an.

Sorins Blick huschte für einen Moment ebenfalls zu ihr und dann zurück zu Callan. »Das wissen wir nicht sicher.«

»Aber ihr habt eine Vermutung.« Er kniff die Augen leicht zusammen und sah erst Sorin und dann Scarlett an.

»Wir haben ein paar Ideen, ja«, sagte Sorin.

Callan biss die Zähne zusammen, weil sie so offensichtlich Geheimnisse vor ihm hatten. »Ist das überhaupt möglich? Sich mit der Blutlinie einer … Fae zu verbinden?«

»Natürlich ist das möglich«, blaffte Eliza. »Wir haben die gleiche Anatomie.«

Callan spürte, wie er leicht rot wurde. »Ja, nun, aber wie …?« Eliza hob belustigt die Augenbrauen. »Wie würde das Resultat einer solchen Verbindung aussehen?«, presste er hervor.

»Es wären Kinder«, kam Rayner Eliza zuvor. »Aber mit Scarlett als Mutter wären es vermutlich mächtige Halb-Fae, deren magische Kräfte möglicherweise mit denen vollblütiger Fae mithalten könnten.«

»Sie hätten Magie? Selbst mit Menschenblut in ihren Adern?«

»Alle Völker können sich vermischen«, erklärte Rayner. »Es gibt viele Sterbliche in unseren Ländern, deren Blutlinien zurück zu anderen Wesen führen, in eine Zeit, bevor unsere Reiche aufgeteilt wurden.«

»Es gibt Sterbliche mit Magie?«, fragte Callan und hob die Brauen.

»Es gibt Sterbliche mit magischer Abstammung. Ob sie nun wirklich Magie haben oder nicht, das wissen wir nicht. Wenn sie welche haben, ist sie vermutlich sehr schwach oder sogar vollkommen inaktiv. Da Magie dort nicht leicht zu finden ist, können wir es nicht sicher wissen«, antwortete Rayner.

Callan richtete seine Aufmerksamkeit wieder auf Sorin. »Wie konntest du dort auf deine Magie zugreifen?«

Scarlett war ganz still geworden, als die Sprache auf Mikale gekommen war, und sie starrte hinunter auf die Birne in ihrem Schoß. »Es ist nicht einfach, aber es gibt Mittel und Wege«, sagte Sorin. Eine weitere vage Antwort.

Er wollte gerade noch eine Frage stellen, als Amaré durch ein offenes Fenster hereingesegelt kam. Er flog direkt zu Sorin, warf ihm ein zusammengerolltes Stück Pergament in die offene Handfläche und hüpfte dann auf Scarletts Schulter. Sorin las das Pergament und erhob sich. Scarlett sah ihn fragend an, während sie den

Kopf des Vogels streichelte, und Sorin lächelte sie an. Callan kannte dieses Lächeln, wusste, was es bedeutete, denn er selbst schenkte genau dieses Lächeln genau derselben Frau.

»Ich fürchte, wir müssen unser Magietraining für heute absagen, Prinzessin«, meinte Sorin grinsend.

»Warum?«, fragte sie langsam und eindeutig misstrauisch.

»Dein Nachmittag ist seit gerade eben gänzlich ausgebucht.«

Während er sprach, öffnete sich ein Portal in einer Ecke des Raums, und Prinz Briar kam mit seinem silbernen Schwert auf dem Rücken heraus. Seine eisblauen Augen funkelten, als er Sorins Blick begegnete. Er nickte ihm zu, dann sah er Scarlett an, und ein Lächeln breitete sich auf seinem Gesicht aus. Er trat zur Seite und erlaubte einer weiteren Person, durch das Portal zu treten.

Cassius Redding.

Sein Blick huschte durch den Raum und landete schließlich auf Scarlett, die gänzlich erstarrt war.

Sorins Stimme war sanft und seltsam zärtlich für den dunklen Prinzen, als den Callan ihn kannte. »Er ist echt, Liebes. Kein Traum. Er ist hier. Ich weiß, dass du ihn gerade brauchst.«

Tränen zeigten sich auf Scarletts Wangen, und sie fiel praktisch vom Tisch. Sorin fing sie auf und stellte sie auf die Beine, während Amaré auf die Lehne eines Stuhls flatterte. »Danke«, flüsterte sie, und dann rannte sie in Cassius' wartende Arme.

Sorins Blick war die ganze Zeit über auf sie gerichtet, während Cassius sie in seine Arme schloss, sie von den Beinen hob und sie eng an sich presste. Sorin sah nicht, wie sein Innerer Hof ein sanftes Lächeln tauschte, doch Callan tat es. Und einmal mehr fragte er sich, welche Geheimnisse sie vor ihm hatten.

11

SCARLETT

Cassius war hier. Cassius saß neben ihr an einem Tisch im Hof des Feuers. Scarlett konnte es noch immer nicht glauben. Sie hielt seine Hand fest in ihrer, während sie weiter über die Ereignisse in Baylorin sprachen, und Scarlett blickte immer wieder aus dem Augenwinkel zu ihm hinüber. Dass Sorin das für sie arrangiert hatte …

Am Morgen nachdem er Mikales Berührungen praktisch ausgelöscht hatte, war sie in seinen Armen aufgewacht. Ihr nackter Körper war noch immer an ihn gepresst gewesen. Er hatte recht gehabt. Es hatte rein gar nichts wieder in Ordnung gebracht. Die Dunkelheit drang immer noch auf sie ein. Aber er hatte auch unrecht gehabt. Die Phantomberührungen auf ihrer Haut waren nun seine. Seine Hände, die langsam ihren Körper erforschten. Seine Finger in ihr. Sie bereute es nicht im Geringsten, dass sie ihn gebeten hatte, sie zu berühren.

Beim Öffnen der Augen sah sie, wie Sorin sie beobachtete.

»Hallo, Liebes«, flüsterte er.

»Ich hasse dich immer noch«, erwiderte sie.

Er drückte ihr einen Kuss auf die Stirn und lachte. »Gut zu wissen.«

Mehrere Momente vergingen, dann sagte sie leise: »In meinem Traum sagte Mikale, dass sie kurz davorstehen, die Schutzzauber zu brechen und Zugriff auf die Waisen zu bekommen. Denkst du, das ist möglich?«

Sorin löste sich etwas und blickte ihr ins Gesicht. »Vor einem Monat hätte ich Nein gesagt, aber jetzt bin ich mir nicht mehr sicher. Cassius ist mächtig. Seine Schutzzauber waren beeindruckend. Ich glaube nicht, dass sie in der Lage sein sollten, sie in nur einer Woche zu brechen.«

»Können wir ihm eine Warnung zukommen lassen?«

»Ich könnte Amaré mit einer Nachricht zu ihm schicken.«

»Okay«, flüsterte sie und verfiel dann in Schweigen. Einen Augenblick später strich Sorin ihr mit dem Finger über die Wange, ehe er sich von ihr löste und ins Wohnzimmer ging, um ihr Privatsphäre zu geben, damit sie sich anziehen konnte, ohne vor ihm nackt sein zu müssen.

Seither schlief er jede Nacht neben ihr, aber nichts sonst war passiert. Er war da, wenn sie schreiend aus einem Albtraum erwachte, und strich ihr über das Haar oder den Rücken, bis sie sich beruhigt hatte und wieder einschlief, in der Regel mit einer Hand an seiner Brust, um sich zu versichern, dass sie nicht allein war.

Jetzt sah sie erneut Sorin an, der Cassius gerade erklärte, wie er hoffte, die Schutzzauber um die Waisen zu verstärken, bis sie herausgefunden hatten, was das eigentliche Ziel der Entführer war und warum. In einem Flammenwirbel erschienen Bücher auf dem Tisch vor ihnen, in denen diverse Seiten markiert waren. Cassius griff mit seiner freien Hand nach einem davon, mindestens so entschlossen, sie nicht loszulassen, wie sie es umgekehrt war. Sie half ihm, durch die Seiten zu blättern, und sie studierten jede kurz, ehe sie zur nächsten wechselten.

»Diese hier sind sogar noch komplexer als die, die ich für Lord Tyndell studieren musste«, stellte Cassius fest.

»Ich weiß nicht, woher Tyndell die Bücher hatte, die er dir gegeben hat«, meinte Sorin, »aber die hier stammen direkt aus dem Königreich der Hexen.«

Bei diesen Worten bemerkte Scarlett, wie der ganze Innere Hof sich versteifte. »Wann hast du dir die besorgt?«, fragte Cyrus langsam.

»Irrelevant«, winkte Sorin ab.

»Absolut relevant«, gab Cyrus zurück, und Feuer loderte in seinen Augen auf. »Wann bist du dort gewesen?«

»Später, Cyrus«, sagte Sorin. »Der Commander kann nur wenige Stunden hierbleiben, und ich will seine Zeit nicht verschwenden. Du kannst die Bücher mitnehmen, lass sie nur niemanden sehen. Bist du an irgendwelche der Informationen gekommen, auf die wir gehofft haben?«

Cassius schüttelte den Kopf. Scarlett hatte Sorin geholfen, den Brief aufzusetzen und ihn zu fragen, ob er seit ihrem Aufbruch irgendetwas herausgefunden hatte.

»Nicht so viel, wie ich gehofft habe«, gab Cassius grimmig zu. »Mikale ist fuchsteufelswild. Der Rat verlangt zu wissen, wo Scarlett ist. Der Herr der Assassinen ist noch zorniger als Mikale und arbeitet eng mit Lord Tyndell zusammen. Ich habe keine Ahnung, wie viel er über den Lord und Mikale und alles, was sonst noch passiert ist, weiß. Sie glauben, dass du unsere Schutzzauber mit der Hilfe von Scarletts Ring errichtet und Nuri mit den Waisen weggesperrt hast. Sie verlässt unser Versteck nicht, aus Angst, dass der Herr der Assassinen sie sonst aufspürt. Wenn er sie erwischt, kann er offenbar die Informationen aus ihr herauspressen. Wie er das anstellen will, kann oder will Nuri nicht sagen. Ich bin nie allein. Sie scheinen zu glauben, dass du mich holen wirst, weil ich Scarlett wichtig bin. Was ich tun musste, um heute hier sein zu können, war … eine Menge. Es war es wert, aber ich weiß nicht, ob uns das noch einmal gelingen könnte. Allerdings ist mit den neuen Schutzzaubern noch keine der Waisen verschwunden. Es funktioniert also, und das ist alles, was zählt.«

»Aber ihr könnt euch nicht ewig verstecken«, mischte sich Scarlett ein. »Du und Nuri im Verborgenen und ständig unter Beobachtung, das ist, wie in einem Turm gefangen zu sein.«

»Wir arbeiten daran, Seestern«, sagte Cassius sanft und drückte ihre Hand. »Wir gehen der Sache auf den Grund, damit du und Callan nach Hause kommen könnt.«

Nach Hause. Sie schluckte und warf Sorin einen verstohlenen Blick zu. Er sprach leise mit Rayner, der in der Zwischenzeit an seine Seite gekommen war. Mit einem Nicken verschwand Rayner in einem Aschewirbel.

Sorin erhob sich. »Lasst uns für heute hier Schluss machen. Wir können uns morgen noch einmal treffen und unsere Theorien besprechen. Eliza, würdest du bitte den Kronprinzen und seine Männer über die Brücke in den Ostteil begleiten?«

Eliza erhob sich, und Callan wirkte wenig erfreut, doch er und seine Leibwache folgten ihr hinaus. Sorin gab Cyrus ein unauffälliges Zeichen mit dem Kinn, worauf er ebenfalls den Raum verließ, aber nicht ohne Scarlett im Hinausgehen noch mit äußerst neugieriger Miene zuzunicken. Briar war bereits, kurz nachdem er Cassius zu ihnen gebracht hatte, verschwunden, da er seine eigenen Angelegenheiten zu regeln hatte. Sorin kam zu ihr. »Er kann nur bis zum späten Nachmittag bleiben. Ich habe versucht, die anderen so schnell wie möglich loszuwerden. Geh und finde ein paar Sterne, Scarlett.«

Er wollte sich gerade abwenden, doch Scarlett griff nach seinem Arm. »Auf der östlichen Seite der Brücken?«

»Nein, Liebes, wie immer, du kannst gehen, wohin du willst.« Dann war er weg.

Cassius drehte sich zu ihr um. »Die Brücken?«

»Komm«, sagte sie. »Lass uns ein wenig gehen. Erzähl mir alles.«

Cassius berichtete ihr, wie es Nuri und den Waisen ging. Er erzählte ihr von Drake und Tava. »Nuri muss fast durchdrehen, so eingesperrt zu sein, um nicht Alaric in die Hände zu fallen«, meinte Scarlett, als sie eine Treppe hinaufstiegen.

»Wie ein wildes Tier im Käfig«, antwortete Cassius. Sie waren jetzt bei der höchsten der Brücken im sechsten Stock und blieben in der Mitte stehen, um durch das Fenster auf die Tava hinauszublicken. »Sorin hat es mir erzählt. Was mit Callan vor ein paar Tagen passiert ist.«

Sie drehte sich zu ihm um. »Wann? Wie?«

»Vor unserem Treffen. Als er dir sagte, dass er etwas holen muss. Er ist gekommen, um Briar dabei zu helfen, mich über die Grenze zu bringen. Briar und ich mussten meine Rückkehr planen, und wir haben Amaré zu Sorin geschickt, als wir bereit waren, zu euch zu kommen«, erklärte Cassius.

Scarlett wandte sich wieder den deckenhohen Fenstern zu, verschränkte die Arme und stützte sie auf das Geländer. »Ich wäre bei Mikale geblieben«, sagte sie schließlich. »Damit du und Nuri und Callan sicher seid.«

»Ich weiß.«

»Er ist noch nicht fertig. Er lässt sich nur Zeit. Er plant etwas.«

»Wir sind darauf vorbereitet, Seestern.«

»Wirklich?«, fragte sie und begegnete seinem Blick. »Er hat mir bereits gezeigt, dass ich nichts gegen ihn tun kann. Er ist stärker als ich und von höherem Stand.«

»Soweit ich das verstanden habe, ist dein Stand höher als seiner«, sagte Cassius mit einem Grinsen.

»Woher weißt du das?«

»Nuri hat es mir gesagt. Scheinbar weiß sie ziemlich viel, doch irgendeine Art von Magie hindert sie daran, viel davon preiszugeben. Es war ein ziemlicher Aufwand nötig, um das aus ihr herauszubekommen«, antwortete Cassius.

»Es spielt keine Rolle. Ich will keinen Thron. Deshalb habe ich Callan abgewiesen.«

»Das ist nicht der Grund.« Cassius blickte hinunter auf den Fluss. Scarlett schwieg und wartete, bis er weitersprach. »Du hast Callan abgewiesen, weil du mit ihm nicht ganz du selbst sein konntest. Du warst erschöpft, weil du so viel vor ihm verbergen musstest. Du hast den Käfig begrüßt, als er kam, weil du in ihm das erste Mal seit langer Zeit durchatmen konntest.«

»Sehr scharfsinnig«, antwortete sie spitz.

»Ich sage nicht, dass du keine Gefühle für ihn hattest, Scarlett. Ich sage nicht, dass du ihn benutzt hast. Tatsächlich war es das Gegenteil. Ich glaube, er hat dich auf seine ganz eigene Art benutzt, aber das ist jetzt egal. Du hast ihn geliebt, und vielleicht liebt ein Teil von dir ihn immer noch, aber er wird nie alles von dir akzeptieren können.« Cassius drehte sich um, lehnte den Rücken gegen das Geländer und sah sie an. »Deine Schatten sind seit dem Tag am Strand weniger geworden.«

»An dem Tag am Strand hatte ich keinerlei Kontrolle«, knurrte Scarlett. »Ich hätte euch alle einfrieren können. Ich kann es immer noch nicht kontrolliert einsetzen. Sorin hat versucht, es mir beizubringen, aber es scheint zwecklos zu sein.«

»Du bist erst weniger als zwei Wochen hier, und nach dem, was Sorin mir erzählt hat, hast du die ersten fünf Tage damit verbracht, entweder zu schlafen oder dir die Seele aus dem Leib zu kotzen. Du hast nicht in zwei Wochen Kämpfen gelernt. Ich nehme an, dass es auch dauern wird, bis du deine Kräfte meisterst.«

»Zeit ist etwas, das wir nicht haben«, flüsterte Scarlett.

»Seestern, du brauchst diese Zeit. Wir wissen nicht, was uns erwartet und wann, aber jetzt, in diesem Moment, musst du durchatmen. Entschuldige dich nicht dafür. Du hast eine Menge geopfert. Möglicherweise musst du es noch einmal tun, aber wir können auch Opfer bringen. Nimm dir Zeit, um etwas Glück zu erfahren, ehe du zurückkommst«, sagte Cassius.

»Wie kann ich glücklich sein, wenn unsere Kinder bedroht werden, Cassius? Wenn du und Nuri jeden Tag in Gefahr schwebt wegen dem, was ich getan habe?«

»Du wirst ihnen helfen, Scarlett, aber jetzt zurückzukehren, das wäre, als würdest du dich zurück in einen Kampf werfen, während du selbst noch aus einer offenen Wunde blutest. Du bist nicht für unseren Schutz verantwortlich.«

»Doch, das bin ich!«, rief sie aus. »Du hast zwei Titel, Cassius. Du bist ein Commander und einer der Imperialen des Schwarzen Syndikats. Du weißt, dass du für alle, die dir unterstehen, Verantwortung trägst.«

»Sprechen wir jetzt über das Schwarze Syndikat oder das, was du vor Kurzem über deine Blutlinie herausgefunden hast?«, fragte er sanft.

»Ich bin keine Prinzessin und auch keine Königin.«

»Es sieht so aus, als wäre es in deinem Blut, Seestern.«

»Hör auf.«

»Deine Mutter war eine Königin in jedem Sinne des Wortes. Ich kenne die Geschichte nicht. Ich weiß nicht, wie sie diese Welt regiert hat, aber ich weiß, wie sie das Schwarze Syndikat regiert hat. Ich kann mir nur vorstellen, wie gütig sie als wahre Königin war, Scarlett. Und ich glaube, dass du genauso wärst.«

»Genug. Ich bin nicht meine Mutter«, flüsterte Scarlett.

Es entstand eine lange Pause, dann sagte Cassius sanft: »Wir wollen dich zu Hause haben, Seestern, aber wir können auf dich warten. Du bist das Warten wert.«

Scarlett seufzte und lehnte den Kopf an Cassius' Schulter. Zu Hause. Er hatte es jetzt zweimal gesagt. In diesem Palast fühlte sie sich mehr zu Hause, als sie es in Baylorin je getan hatte, aber konnte irgendein Ort ein Zuhause sein, wenn Cassius nicht dort war? »Kann ich noch selbstsüchtiger sein und dich bitten, hierherzukommen, bis wir der Sache auf den Grund gehen konnten?«

Cassius küsste zärtlich ihren Scheitel. »Ich habe so oft darüber nachgedacht, aber wir beide wissen, dass ich dort sein und Nuri helfen muss.« Sie schwiegen erneut, genossen die Gegenwart des jeweils anderen. »Erzähl mir von Sorin.«

»Was ist mit ihm?«, fragte Scarlett und hob den Kopf, um in seine braunen Augen zu blicken. Ein sanftes Lächeln umspielte seine Lippen, und sie wusste, worauf er hinauswollte. »Es ist seltsam, hier mit ihm und Callan zu sein. An manchen Tagen fühlt es sich an, als würde ich kaum Luft bekommen. An irgendetwas anderes zu denken, ist mir im Moment zu viel, obwohl wir uns ein Schlafzimmer teilen.«

»Ihr teilt euch das Schlafzimmer?«, fragte Cassius und hob überrascht die Augenbrauen.

»Tu nicht so entsetzt. Wir haben uns ständig ein Bett geteilt«, antwortete sie und versetzte ihm einen leichten Stoß.

»Ihr teilt euch ein Bett?«, fragte er nach und zog die Brauen noch höher.

»Erst seit ein paar Nächten. Ich hatte Albträume«, erklärte sie, und ihre Stimme wurde leiser. »Ich wollte dich, aber …« Sie sprach nicht weiter und lehnte erneut den Kopf gegen seine Schulter.

»Ich vermisse dich auch«, sagte er nur, ehe sie wieder in Schweigen verfielen.

SORIN

Sorin stand unter einem Dachvorsprung im vierten Stock und beobachtete Scarlett und Cassius auf der Brücke über ihm. Es war beinahe Zeit für den Commander, zurückzukehren, bevor Lord Tyndell seine Abwesenheit bemerkte. Der Lord hatte anscheinend keine Ahnung, dass Cassius und Nuri sich vor ihrer Flucht mit ihnen getroffen hatten, und ahnte daher auch nicht, dass sie von seinem Bund mit Mikale wussten. Also hatte Cassius brav mitgespielt, so viel Informationen wie nur möglich gesammelt und so getan, als versuchte er, die Schutzzauber zu brechen, von denen sie dachten, dass Sorin sie errichtet hatte.

Sorin hatte den beiden Zeit und Raum gelassen und war an einen Ort gegangen, an den ihm nicht einmal sein Innerer Hof folgen konnte. Er war nicht eifersüchtig auf Cassius. Er hatte in der Nacht damit aufgehört, als Scarlett ihm berichtete, auf wie viele schreckliche Weisen Mikale ihr Gewalt angetan hatte. Er hatte damit aufgehört, als ihm klar geworden war, was genau er ihr bedeutete.

Vor drei Tagen hatten sie mit der Arbeit an ihrer Magie begonnen, aber sie war nicht in der Lage gewesen, auch nur ansatzweise Kontrolle zu erlangen. Sie hatte keinen Funken Glut, keinen Tropfen Wasser, keinen Splitter Eis oder auch nur die kleinste Flamme heraufbeschwören können. Sie erwachte jede Nacht von Albträumen geplagt und klammerte sich an ihn. In der zweiten Nacht hatte sie beinahe eine Stunde lang an seiner Schulter geweint, während er sie hielt und sich vollkommen hilflos fühlte. Er wusste es, er wusste, was sie in diesem Moment von ihm brauchte. Und das war nicht das Auslöschen abstoßender Berührungen wie in jener ersten Nacht, als er sie um seine Finger kommen gespürt und ihren nackten Körper die ganze Nacht in den Armen gehalten hatte.

An manchen Tagen mochte das, was sie brauchte, er sein, aber in diesem Moment war es Cassius. Und er würde dafür sorgen, dass sie es bekam.

Er wusste auch, dass es eine einmalige Sache war. Cassius zu ihnen zu holen, war gefährlich gewesen. Sie hatten ihn aus Baylorin heraus und über die Grenze geschmuggelt, was bedeutete, dass sie das Territorium der Nachtkinder durchqueren mussten. Er und Briar hatten die Grenze überschritten, um ihm die letzten paar Meilen zu helfen, doch Briar würde ihn zurückbegleiten müssen. Briar hatte recht gehabt. Er spürte die Konsequenzen dafür, dass er das Mal der Zwillingsflamme ohne eine Partnerin angenommen hatte, bereits. Er konnte im Moment keine großen Mengen seiner magischen Reserven entbehren.

Und es tat ihm in der Seele weh, dass er ihr nicht sagen konnte, wann sie Cassius nach ihrem Abschied heute wiedersehen würde.

»Wer ist er?«, gesellte Cyrus sich zu ihm. Sorin war erst vor wenigen Minuten zurückgekehrt, aber uralte Magie verband ihn und seinen Inneren Hof. Sie spürten, wenn ihr Prinz diese Hallen verließ und wenn er zurückkehrte.

»Cassius Redding. Er ist ein Commander in der sterblichen Armee des Königs. Er ist zudem mächtig. Ich vermute, dass in seinen Adern Hexenblut fließt, aber ich weiß es nicht sicher«, antwortete Sorin.

»Beeindruckend«, meinte Cyrus. »Aber was ist er für sie?«

»Er ist keine Bedrohung, falls du darauf hinauswillst.«

»Ich nehme an, du würdest sie nicht allein lassen, wenn er eine Bedrohung wäre, aber ist er eine für dich?« Auch er beobachtete jetzt die Prinzessin. Sie und Cassius hatten sich in der Mitte der Brücke hingesetzt, Seite an Seite. Ihr Kopf lag an seiner Schulter und seiner an ihrem. Sie hielten sich bei den Händen. Er küsste ihren Scheitel, während er über etwas lachte, das sie gesagt hatte.

»Nein, auch für mich ist er keine Bedrohung«, bekräftigte

Sorin. »Ich mag ihre Zwillingsflamme sein, aber er ist ihr Seelengefährte.«

Cyrus schwieg erneut einen Moment lang, ehe er weitersprach. »Beim Essen sagte er: ›damit du nach Hause kommen kannst‹.«

»Das hat er gesagt.«

»Wird sie zurückkehren?«

»Ich weiß es nicht.«

»Wirst du sie lassen?«

»Ich werde sie nicht hier einsperren.«

Wieder kehrte kurz Schweigen ein, bis Cyrus schließlich sagte: »Ich kenne sie noch nicht lange, aber ich würde sie verdammt vermissen, wenn sie nicht bliebe.«

»Ich auch.«

12
SCARLETT

Du musst dich entspannen«, rief Sorin von der anderen Seite der Lichtung. Er saß auf einem großen Stein und schärfte einen seiner vielen Dolche. Wie beinahe jeden Tag in den letzten zwei Wochen befanden sie sich in einem Teil des Palastgeländes, der sich in fünf verschiedene Trainingsbereiche aufteilte, die mit hohen Mauern umgeben waren, um das Feuer der Fae aufzufangen, die es noch nicht kontrollieren konnten. In jeder Arena gab es Hindernisse zu überwinden, die zunehmend schwieriger wurden.

»Dies ist heilige Erde, die von Anala selbst gesegnet wurde. Wir bringen alle Anfänger hierher, wenn ihre Kräfte zu erwachen beginnen«, hatte Sorin ihr erklärt, als sie vor zwei Wochen seine Gemächer für ihre erste Übungsstunde verlassen hatten. Sie war mit Dolchen an den Hüften aus der Garderobe gekommen. »Und die kannst du nicht mitnehmen.«

Scarlett stemmte die Hände in die Hüften. »Du hast welche, und sogar mehr als ich«, protestierte sie und wies auf das Bandelier mit Dolchen, das er sich über die Brust geschnallt hatte.

»Ja, aber ich weiß, wie ich meine Kräfte einsetzen und kontrollieren kann«, antwortete er grinsend.

»Und?«, fragte Scarlett, die keinerlei Zusammenhang zwischen diesen Dingen sah.

»Du musst lernen, auf deine Magie allein zu vertrauen. Sie ist dein größter Vorteil. Ja, deine Waffen sind wichtig, aber wenn du deine Magie nicht kontrollieren kannst, wird sie zu einem Hindernis statt zu dem mächtigen Werkzeug, das sie sein kann«, erklärte er und ging direkt auf sie zu. Er pflückte ihr die Dolche von den Hüften und brachte sie durch ein Portal in den Hof.

Seitdem hatte sie nichts Nennenswertes zustande gebracht. Ein Funke hier, ein Eiskristall da. Nichts, was wirklich relevant gewesen wäre.

»Das ist lächerlich. Wenn ich oh so mächtig bin, wie kann es dann sein, dass ich bislang rein gar nichts geschafft habe?«

»Du hast eine Menge mit deiner Magie getan«, erwiderte Sorin, ohne von seinem Dolch aufzublicken. Wie er den ganzen Nachmittag einfach nur dort sitzen und ihr zusehen konnte, wie sie rein gar nichts tat, entzog sich ihr vollkommen. Er musste doch eine Million andere Prinzen-Dinge zu tun haben. »Du hast Äste eingefroren und Feuer auf den armen Briar geschleudert, um nur ein paar Beispiele zu nennen.«

»Nicht witzig«, fauchte Scarlett bei seinem spöttischen Tonfall. Letzte Nacht hatte sie von Juliettes Tod geträumt und war schon den ganzen Tag angespannt.

Sorin hob den Kopf und suchte ihren Blick. »Jeder fängt am Anfang an, Scarlett. Jeder beginnt hier«, erklärte er geduldig.

Er hatte ihr an ihrem ersten Tag erzählt, dass die meisten jungen Fae im Alter von sieben oder acht die ersten Anzeichen von Magie zeigten. Abhängig davon, wie stark diese Kräfte sich manifestierten, kamen sie im Alter von etwa zehn Jahren hierher, um zu trainieren. Manchmal früher, manchmal später.

Die einzige Aufgabe, die er ihr seit ihrer Ankunft jeden Morgen gestellt hatte, war, eine Flamme zu schaffen. Egal, was für eine. Egal wie.

Und sie hatte versagt. Jeden. Tag.

»Warum kannst du mir nicht einfach sagen, wie ich es anstellen soll?«, fragte sie. Sie hörte, wie weinerlich ihre Stimme dabei klang.

»Ich habe dir bereits gesagt, dass es für jeden anders ist. Wie ich auf meine Magie zugreife, unterscheidet sich davon, wie du darauf zugreifen wirst, und das wiederum ist anders, als Eliza, Rayner und Cyrus es tun. Du musst selbst herausfinden, was deine Magie erweckt und wie du sie kontrollierst, wenn sie einmal erwacht ist, denn sonst wird sie dich kontrollieren.«

»Also soll ich einfach nur den ganzen Tag hier stehen, bis etwas passiert?«, protestierte sie. Der weinerliche Unterton war zu einem gereizten geworden.

»Wir können uns auch anders die Zeit vertreiben, wenn dir danach ist«, antwortete Sorin mit einem vielsagenden Grinsen.

Scarlett streckte ihm die Zunge raus und verschränkte die Arme vor der Brust.

»Liebes, es gibt so viele bessere Dinge, die du mit dieser Zunge anstellen könntest«, flötete Sorin.

»Und mit meinen Zähnen«, antwortete sie und schnappte in die Luft.

Sorin lachte leise, ehe er sich von dem Stein erhob. Er steckte den Dolch ein, ging zu ihr hinüber und drehte sie so, dass sie sich der Weite vor ihnen gegenübersah. Er trat hinter sie, und sie spürte seinen Körper an ihrem, während er mit den Händen ihre Arme hinunterfuhr. Einmal. Zweimal. Dreimal.

»Was tust du da?«, seufzte sie. »Ich habe keine Zeit hierfür, Sorin. Jeder Tag, den ich hier bin, ist einer mehr für Mikale und seine Machenschaften.«

»Wenn du nicht vorhast zu herrschen, ist es auch nicht deine Verantwortung, andere zu schützen«, antwortete Sorin pragmatisch.

»Ich will nicht *hier* herrschen«, korrigierte sie ihn.

»Also willst du im Reich der Sterblichen herrschen? Vielleicht hättest du dann Prinz Callans Angebot annehmen sollen«, sagte er und fuhr weiter mit den Händen über ihre Arme.

»Willst du, dass ich sein Angebot annehme?«, fragte sie. »Und ich dachte, du findest langsam Gefallen daran, dir das Bett mit mir zu teilen.«

»Still, du durchtriebenes Ding«, murmelte er, und die Art, wie er es sagte, ließ sie erstarren. Es war Lust und Verlangen, vermischt mit Ehrfurcht und Erstaunen. Sein Mund war jetzt dicht an ihrem Ohr, sein Atem streifte ihre Wange und veranlasste die wenigen losen Haare, die ihrem Zopf entkommen waren, ihre Haut zu kitzeln.

»Deine Kräfte«, sagte er, »sind eine Erweiterung deiner selbst.« Seine Stimme war tief und leise, sie liebkoste ihre Seele. »Sie sind eingewoben in jede Facette deines Wesens. Sie sind in deiner Stärke. Sie sind in deiner Brillanz. Sie sind in deinen Träumen und deinen Ängsten. Sie sind mit jedem deiner Gedanken verbunden. Jeder Emotion.« Seine Finger erreichten ihren Hals, und sie schmiegte sich in die Berührung und schloss die Augen. Konzentrierte sich ganz auf diese Finger, die Kreise an ihrem Hals beschrieben, über ihre Schultern fuhren, ihren Rücken hinunter und dann verharrten, ehe sie noch tiefer wandern konnten. Sie spürte, wie ihr heiß wurde, als seine Finger wieder ihr Rückgrat hinaufglitten. »Sie fließen durch jeden Teil von dir. Sie sind in deinem Blut. Sie sind in deinen Knochen. Sie sind in deiner Essenz. Sie sind in Teilen von dir, die du über Jahre verborgen hast, weil du solche Angst hattest, dass niemand sie wollen könnte. Sie sind in den Tiefen deiner Seele, den dunkelsten Winkeln deines Geistes. An Orten, an die du dich noch nicht einmal selbst gewagt hast. Geheimnisse, die du so streng hütest, dass selbst du sie vergessen hast. Sei du selbst, Scarlett. Sei einfach du selbst.«

Es war, als hätte die Welt um sie herum den Atem angehalten. Sie stand mit Sorin auf dem Palastgelände und doch wieder nicht. Sie stand in einem leeren Raum, und vor ihr schlief ein Panther, der so schwarz war wie die Nacht. Als spürte sie ihre Anwesenheit, öffnete Shirina ein Auge. Sie setzte sich auf, legte den Kopf schräg und musterte sie. Dann machte sie einen Buckel, streckte sich und gähnte. Sie kam einen Schritt auf sie zu, und noch einen.

»Ganz ruhig«, hörte Scarlett Sorin so leise murmeln, dass es kaum ein Flüstern war.

Als der Panther sich näherte, streckte Scarlett eine Hand danach aus, und die silbernen Augen des Tiers leuchteten so hell wie Sternenlicht. Sie hätte schwören können, dass die riesige Raubkatze lächelte. Shirina blieb vor ihr stehen und senkte den Kopf. Als sie ihn wieder hob, streckte Scarlett die Hand aus und strich sachte durch das weiche Fell. Erneut spürte sie Sorins Atem an ihrem Ohr.

»Scarlett«, flüsterte er. »Sieh nur.«

Sie öffnete die Augen, und überall um sie herum leuchteten Flammen. Sie rahmten den ganzen Bereich ein, zogen sich die Wände entlang. Orange, goldene und rote Schattierungen tanzten miteinander zum Rhythmus ihres Herzschlags.

Sie wirbelte zu Sorin herum. Seine Augen leuchteten vor Staunen. »Das war ich«, flüsterte sie ungläubig.

»Das warst du«, antwortete er. Sie hätte schwören können, Stolz in seinen Zügen zu sehen.

»Hast du nachgeholfen?«, fragte sie misstrauisch.

»Nein, Liebes, das warst alles du«, antwortete er und sah ihr in die Augen.

Dann küsste sie ihn, presste ihre Lippen hart auf seine, und er hob die Hände an ihr Gesicht. Seine Zunge fuhr den Saum ihrer Lippen entlang, und sie öffnete sie sofort für ihn. Als er die Einladung annahm, spürte sie, wie ihr die Knie weich wurden. Sofort war seine Hand an ihrer Mitte, zog sie enger an ihn, gab ihr Halt. Sie schob die Finger in sein Haar und spürte das Bandelier mit Klingen an ihrer Brust, während sie sich gegen ihn drängte. Sie konnte ihm nicht nahe genug sein. Etwas zog sie zu ihm, zog sie nach Hause.

Nach einer Minute löste er sich ebenso heftig atmend wie sie. Sie sah das Verlangen in seinem Gesicht, und sein Blick fiel auf ihren Mund. Ihre Flammen loderten immer noch um sie herum, sie konnte sehen, wie sie sich in seinen Augen spiegelten. Er grinste, als sie schließlich verloschen, und flüsterte: »Mach es noch mal.«

»Das Feuer oder das Küssen?«, hauchte sie.

»Deine Magie, du Schlaumeierin, und danach überlege ich mir das mit dem Küssen vielleicht noch mal«, sagte er und trat einen Schritt zurück. Sie warf ihm einen finsteren Blick zu. Sie versuchte, ihre Magie erneut zu erwecken, eine Flamme oder auch nur etwas Glut, aber sie konnte nur noch an das Gefühl seiner Lippen auf ihren und seinen Geschmack auf ihrer Zunge denken.

Sorin sprang auf einen Felsbrocken. »Komm schon, Prinzessin, anscheinend bist du nicht so erpicht drauf, mich zu küssen«, zog er sie auf, während er auf einen anderen sprang. Flammen leckten an ihren Armen, als wären sie seine Berührung, die über ihren ganzen Körper wanderte.

Sie fuhr zu ihm herum. Verärgert ballte sie die Fäuste, und Dunkelheit wirbelte um sie herum. Sie hatte bessere Kontrolle über diese verdammten Schatten als über ihre Magie. Sie biss die Zähne zusammen, während sie ihn dabei beobachtete, wie er lässig von Stein zu Stein sprang, ein herausforderndes Grinsen auf den Lippen. Ohne darüber nachzudenken, warf sie ihre Schatten nach ihm. Er war gerade in der Luft, als sie ihn erreichten. Sie schlangen sich um seine Arme, und Scarlett schloss ihre Hand zur Faust. Die Schatten packten ihn, als wären sie eine Verlängerung ihrer Hände. Sie warf ihn zu Boden und hörte ihn beim Aufprall ächzen. Dann marschierte sie zu ihm hinüber und hielt ihn mit der wirbelnden Dunkelheit am Boden fest.

Seine Augen waren weit aufgerissen, als sie mit einem katzenhaften Grinsen über ihm zum Stehen kam. Mit einem Finger zog sie eine Ranke ihrer Schatten hinauf in sein Gesicht, strich über seine

Wange, seinen Kiefer. Sie ließ die Schatten seine Lippen nachzeichnen. Dann beugte sie sich dicht hinunter. In seinen Augen tanzten freudige Belustigung und unbändiger Hunger. Als sie verharrte, war sie ihm nah genug, dass ihr Atem sich vermischte. »Du hast recht«, flüsterte sie. »Ich bin nicht mehr so erpicht darauf, dich zu küssen.«

Sie erhob sich und zog ihre Schatten zurück, dann sprang sie auf einen Stein mit einer relativ flachen Oberfläche und setzte sich im Schneidersitz darauf. Sorin lag mit einem leicht schockierten Ausdruck am Boden. Scarlett grinste nur.

»Wie hast du das gemacht?«, fragte er, während er langsam wieder auf die Beine kam.

Sie zuckte mit den Achseln. »Keine Ahnung, aber es hat Spaß gemacht.«

»Es war …«

»Eindrucksvoll. Außergewöhnlich. Einzigartig?«, schlug Scarlett vor und hob die Hand an die Brust, als fühlte sie sich geschmeichelt.

»Unerwartet und dramatisch«, erwiderte er und stupste mit dem Finger ihre Nase an, ehe er auf den Stein kletterte und sich neben sie setzte. Er lehnte sich auf die Handflächen gestützt nach hinten.

Sie hob die Hände und sah dem Wirbeln der Schatten zu. Dann öffnete sie die Handfläche vor ihr, und ihre Schatten begannen, langsam in ihrer Mitte zu wirbeln. Sie konzentrierte sich und schickte jedes Fitzelchen Dunkelheit dorthin, bis sie alles an einem Punkt gesammelt hatte. Schweiß bildete sich auf ihrer Stirn, während sie sich bemühte, sie alle an einem Fleck zu halten. Als sie die Schatten schließlich gehen ließ, schlängelten sie sich wieder ihre Arme hinauf und um ihren Torso. Sie fühlte sich etwas außer Atem und schloss die Augen. Wie machte Sorin das nur? Es kostete so viel Konzentration, so wenig zu kontrollieren, und seine Kräfte waren so mächtig.

»Es wird einfacher«, sagte er leise, als hätte er ihre Gedanken gelesen. »Mit mehr Übung wird es leichter, sie zu kontrollieren, bis es so natürlich wird wie das Atmen.« Sie nickte nur und lehnte sich ebenfalls zurück. »Morgen ist Samhain.« Scarlett erstarrte. Wie war ihr das entgangen? »Wir haben keinen offiziellen Maskenball hier, aber wir haben ein traditionelles Fest mit Masken und Tanz. Viel weniger förmlich als in Windonelle. Es findet im Großen Saal des Palasts statt. Du musst nicht kommen, aber ich muss hingehen. Ich war drei Jahre nicht da. Mein Volk weiß, dass ich zurück bin, und erwartet, mich dort zu sehen.«

»Und Callan?«, fragte sie und starrte in die Ferne. Ihre Schatten wurden dunkler, und sie wickelte sie sich gedankenverloren um den Finger.

»Er und seine Leibwache sind eingeladen«, bestätigte Sorin. »Du brauchst nicht zu kommen, Scarlett«, wiederholte er.

»Nein, ich werde kommen«, sagte sie und sandte die Schatten ihren Arm hinauf. »Ich will nicht den ganzen Abend allein in deinen Gemächern sitzen, vor allem nicht in einer Nacht, in der die Toten frei unter uns wandeln.«

»Also glaubst du an die Samhain-Legenden, aber nicht an die Götter und die Mächte des Schicksals?«, fragte Sorin mit hochgezogenen Brauen.

»Im Moment möchte ich niemanden davon herausfordern, sollten sie wirklich existieren.«

»Verständlich.«

Ein paar Minuten lang kehrte Stille ein, und sie hingen beide ihren eigenen Gedanken nach. Scarlett war zu beschäftigt mit Samhain, sowohl dem vergangenen als auch dem zukünftigen, um sich noch weiter mit ihrer Magie aufzuhalten. Es würde ihr guttun, unter Leute zu kommen, selbst wenn Callan auch da war. Vielleicht wäre es gar nicht schlecht, ihm in einem weniger offiziellen Rahmen zu begegnen und nicht in einem Sitzungsraum, wo Sorin und Cyrus ständig als Puffer da waren.

»Liebes?«

»Hmmm?«, murmelte sie und betrachtete gedankenverloren die Schatten, die um ihre Fingerspitzen kreisten.

»Ich glaube, es ist notwendig, dass ich dich berühre.«

Scarlett erstarrte beim veränderten Klang seiner Stimme. Sie war leise und intensiv und rau. Sie beobachtete weiterhin die Schatten, während ihr Herzschlag sich beschleunigte. »Ach ja?«

»Ja, aber ich fürchte, du wirst das anders sehen«, antwortete er.

»Das tut mir leid.«

»Die Sache ist die, es ist deine Schuld.«

»Was?« Sie fuhr zu ihm herum und begegnete goldenen Augen, in denen, nun ja, *Verlangen* brannte. »Inwiefern sind deine Bedürfnisse meine Schuld?«

»Weil du mich geküsst hast«, antwortete er und setzte sich auf, um sich zu ihr zu beugen. »Und dann hast du gesagt, dass du gar nicht so erpicht darauf bist, mich noch mal zu küssen.«

»Weil ich es nicht will.« Aber ihr Magen schlug einen Salto, als er die Hand hob. Seine Finger strichen über ihre Wange und dann ihren Hals, um schließlich in ihren Nacken zu gleiten.

»Siehst du, Liebes, ich glaube, das ist das Problem. Entweder lügst du mich an, oder ich brauche dich so viel mehr, als du mich zu brauchen scheinst.«

Scarlett biss sich auf die Lippe, und Sorins Blick folgte der Bewegung. Sie nahm diesen üppigen, rauchig würzigen Geruch vermischt mit Asche und Zedern war und spürte ein beinahe schmerzhaftes Pochen zwischen ihren Beinen. »Klingt, als wäre dein Plan, mich mit einem Kuss dazu zu bringen, dass ich noch einmal auf meine Magie zugreife, nach hinten losgegangen«, schnurrte sie grinsend.

»Das ist er«, sagte Sorin leise, schloss die Hand in ihrem Haar zur Faust und zog sachte ihren Kopf nach hinten und zu ihm hinauf.

»Sorin?«, flüsterte sie.

»Ja, Liebes?« Seine Augen waren auf ihren Mund gerichtet. Mit der anderen Hand stützte er sich neben ihrer Hüfte auf den Stein.

»Ich will, dass du mich noch einmal küsst.«

»O verdammt, den Göttern sei Dank.« Seine Stimme war beinahe guttural. Augenblicklich waren seine Lippen auf ihren, und sie küsste ihn ohne Zögern zurück. Sie legte die Hand an seine Brust, während er mit der anderen ihre Hüfte hielt. Sie ließ zu, dass sie sich in ihm verlor, während er sie tief und ausgiebig küsste. Und als er sie zärtlich nach hinten auf den Stein schob, ließ sie es zu. Er hielt ihren Kopf, damit er nicht mit dem harten Untergrund in Berührung kam, während seine andere Hand ihren Torso, ihre Hüfte, ihren Po erforschte.

Sie ließ auch ihre eigenen Hände ein wenig wandern, über seine breite Brust, seine Schultern, seine Arme, seinen Rücken hinunter. Er knurrte an ihrem Mund, und der Laut vibrierte durch sie hindurch. Alles, was sie wollte, war, *ihn* spüren. Sie schob die Hände unter seine Tunika, und als sie die Finger leicht sein Rückgrat hinaufgleiten ließ, erschauderte er an ihr.

»Götter«, fluchte er und unterbrach ihren Kuss. »Du bist …«

»Was?«, flüsterte Scarlett. Sie küsste erst einen Mundwinkel, dann den anderen.

»Ich habe keine Worte, Liebes. Ich glaube, es gibt keine Worte, die dich adäquat beschreiben würden«, antwortete er und ließ die Hand einmal mehr ihre Hüfte hinunter- und auf ihren Schenkel gleiten.

Sie runzelte leicht die Stirn. »Ich bin mir nicht sicher, ob das gut ist.«

Er musste lachen. »Hat dir schon mal jemand gesagt, dass du zu viel nachdenkst?«

»Ich wurde ausgebildet, sehr öffentliche Personen zu ermorden. Mir wurde beigebracht, über alles nachzudenken.«

Sorin löste sich und blickte ihr in die Augen. »Aber hier musst du das nicht tun. Du kannst einfach genießen … zu sein.«

»Was zu sein?«

»Einfach nur zu sein, Scarlett. Genieße das Leben«, antwortete er und hauchte einen Kuss auf ihre Lippen.

Dieser Luxus war ihr nie vergönnt gewesen. Man hatte ihr nie erlaubt, einfach nur zu sein.

Also presste sie die Lippen wieder auf seine und küsste ihn hier auf dem Palastgelände, genoss, wie seine Zunge wieder und wieder über ihre strich, jedes Streifen seiner Finger, das Gefühl seiner Haut unter ihren Händen. Sie küssten und küssten sich, ehe Sorin sich mit geschwollenen Lippen und Augen, die wild waren vor raubtierhaftem Hunger, von ihr löste. Seine Stimme war tief und rau: »Wir sollten gehen. Man erwartet uns nachher zum Essen.«

»Du bist der Prinz. Niemand kann dich maßregeln, weil du nicht beim Essen warst«, widersprach Scarlett und knabberte an seiner Unterlippe.

Er stöhnte leise und zog eine Spur von Küssen ihr Kinn entlang. »Nein, aber Cyrus wird kommen, um nach uns zu sehen, und es wird ihm egal sein, wobei er uns unterbricht.«

»Cyrus soll sich um seine eigenen Angelegenheiten kümmern«, murmelte sie und ließ den Kopf nach hinten fallen, damit er Zugang zu ihrem Hals hatte.

»Das tut er aber nicht, und er genießt es. Wenn er wüsste, was wir hier gerade tun, dann würde er kommen, nur um uns damit aufzuziehen.« Sorin kam ihrer unausgesprochenen Bitte nach, indem er mit den Lippen über ihre Kehle glitt.

»Stimmt, das würde ich definitiv«, meldete sich eine belustigte männliche Stimme.

Eine Folge von Schimpfworten drang aus Sorins Mund, als er sich von Scarlett löste und ihr in eine sitzende Position half. Sie starrte Cyrus von dem Stein aus an.

»Schätzchen, wenn ich gewusst hätte, was für eine Art Training ihr hier abhaltet, dann hätte ich angeboten, dich selbst zu trainieren«, grinste Cyrus, während sie ihr Oberteil richtete und ihr Haar glattstrich.

»Schätzchen, wenn ich glauben würde, dass du mir etwas beizubringen hast, dann hätte ich dich selbst darum gebeten«, gab Scarlett zurück, während Sorin von dem Stein sprang und ihr eine Hand reichte, um auch ihr nach unten zu helfen.

Cyrus musste lachen. Sie sprang nach unten, landete vor ihm, und Sorins Arm legte sich wie beiläufig um ihre Hüfte. »Was genau machst du hier?«, fragte Sorin, der nicht einmal versuchte, seine Verärgerung zu verbergen.

»Nach meinem Prinzen sehen natürlich«, antwortete Cyrus und versuchte erfolglos, eine Unschuldsmiene aufzusetzen.

Sorin seufzte, drückte einen Kuss auf ihre Schläfe, und ein Feuerportal erschien vor ihnen. Er gab ihr einen Stoß, doch Scarlett rührte sich nicht vom Fleck. »Moment mal. Das war alles?«

Sorin hob fragend eine Braue. »Was meinst du?«

»Er hat dir nicht einmal einen Grund genannt, warum er hier auftaucht.« Scarlett starrte Cyrus finster an.

Cyrus hob nun seinerseits überrascht die Brauen. »Doch, das habe ich. Ich habe nach meinem Prinzen gesehen.«

»Mhmm«, machte Scarlett und verschränkte die Arme.

»Komm, Scarlett«, drängte Sorin und zog sie erneut in Richtung des wartenden Portals.

»Er hätte sich nicht die Mühe gemacht, den ganzen Weg zu kommen, wenn er nicht *etwas* wollen würde«, protestierte sie.

Cyrus tauschte einen Blick mit Sorin, und Scarlett sah zwischen ihnen hin und her. Dann wurde ihr etwas klar, und der letzte Rest Verlangen löste sich in Luft auf, als sie einen Schritt vor Sorin zurückwich. »Er wollte *wirklich* nach dir sehen?«

»Wie wir bereits festgestellt haben, mischt Cyrus sich gerne in anderer Leute Angelegenheiten ein«, meinte Sorin und schloss die Distanz, die sie zwischen sie gebracht hatte.

Sie fuhr zu seinem Stellvertreter herum. »Vertraust du mir etwa nicht? Dir ist klar, dass wir uns ein Schlafzimmer teilen, oder? Dass wir im *gleichen verdammten Bett schlafen*?«

Cyrus' Züge verhärteten sich leicht. »Ich weiß sehr gut, wo ihr beide aktuell schlaft, Schätzchen«, antwortete er gedehnt. »Aber ich weiß auch, wie wenig Kontrolle du über deine Kräfte und dein entzückendes Temperament hast. Also, ja, mir ist nicht ganz wohl bei der Vorstellung, dass der *Prinz* hier ist, isoliert von allen, und versucht, dir beizubringen, eine Magie zu kontrollieren, deren Ausmaß wir noch gar nicht kennen.«

Ein eisiges Grinsen krümmte ihre Lippen.

»Du findest das lustig?«, fragte Cyrus und hob erneut überrascht die Brauen.

»Nein, Schätzchen. Was ich lustig finde, ist, dass du meine Magie fürchtest.« Eine Ranke ihrer Schatten schlängelte sich ihm entgegen und glitt wie ein Finger seinen Kiefer entlang. Sie schritt auf das Feuerportal zu und rief über ihre Schulter: »Meine Magie sollte die geringste deiner Sorgen sein.«

13

SCARLETT

Scarlett stand vor dem Spiegel. Das Petrol ihres Kleides war so dunkel, dass es beinahe schwarz erschien. Silberstickereien zogen sich den Saum entlang und wurden immer schwächer, je weiter sie den Rock hinaufwanderten. Die Ärmel und das Mieder lagen eng an, der Rücken blieb frei, und der Ausschnitt war tief. Ihre Maske war ein mit Perlen besetztes Kunstwerk in Silber und Petrol. Camilla hatte ihr das Haar zu Locken gedreht und die Hälfte hochgesteckt, während ihr der Rest offen über die Schultern fiel. Dann hatte sie ihr winzige schwarze Orchideen ins Haar gesteckt.

Scarlett starrte ihre spitz zulaufenden Ohren und ihre längeren Finger und Glieder an. Sie untersuchte ihre ausgeprägteren Eckzähne. Ihre Schatten schwärmten blass und träge um sie herum. Sie war seit drei Wochen hier, und jeden Tag verliebte sie sich etwas mehr in alles. Zum ersten Mal seit langer Zeit freute sie sich auf das Aufstehen. Sie freute sich auf die Wortgefechte mit Cyrus. Sie liebte das Essen und ihre Streifzüge durch die Bibliothek. Sie mochte sogar den Magieunterricht, so frustrierend er auch oft war.

Bis auf die Mittagssitzungen, zu denen sie sich ein paarmal die Woche trafen, hatte sie Callan kaum gesehen. Sorin gab sich Mühe, ihn so oft wie möglich miteinzubeziehen, und Scarlett ließ ihn gerne alles regeln. Ihre Worte waren die Wahrheit gewesen. Sie hatte kein Verlangen danach, zu herrschen. Stattdessen genoss sie, dass niemand Erwartungen und Forderungen an sie hatte.

Sie richtete die Maske in ihrem Gesicht. Es war ebenfalls die Wahrheit gewesen, als sie Sorin gesagt hatte, dass sie nicht die ganze Nacht allein in seinen Gemächern sitzen wollte. Sie mochte nicht an das Schicksal oder die Legenden rund um Samhain glauben, aber sie glaubte definitiv an die Gedanken und Albträume, die sie plagen würden, müsste sie einen ganzen Abend allein verbringen. Sie betrachtete ihr Spiegelbild noch einen weiteren Moment und wollte sich schon abwenden und gehen, als sie plötzlich in dunkle Augen blickte.

Scarlett fuhr erschrocken herum, aber da war niemand hinter ihr. Als sie sich wieder dem Spiegel zuwandte, war dort immer noch Mikales Abbild zu sehen, das sie mit einem belustigten Ausdruck anstarrte.

»Mein Schatz«, sagte er mit einem leichten Lächeln, »wie bezaubernd du heute Abend aussiehst.« Scarlett drehte sich noch einmal um. Täuschten sie ihre Sinne? Hatte sie endlich so sehr den Verstand verloren, dass sie sich Dinge einbildete? »Sieh nur, welch herrliche Talente ich mir aneigne.« Langsam wandte Scarlett sich wieder dem Spiegel zu. »Sag, Scarlett, wo in seinem Hof des Feuers hat Sorin Aditya dich versteckt?«

Scarlett sah, wie ihre Schatten sich verdunkelten und schneller um sie herumwirbelten, durch ihr Haar und ihre Röcke flossen. »Ich muss nicht sehr gut versteckt sein, wenn du mit mir sprechen kannst«, brachte sie schließlich hervor. Wenn sie schließlich doch verrückt geworden war, spielte es keine große Rolle, was sie zu ihm sagte, oder?

»Wenn das nur so wäre«, antwortete Mikale, und sein Lächeln wurde abfällig. »Meine Quelle im Schwarzen Syndikat hat ein paar Ideen, und ihr sind diverse Gerüchte zu Ohren gekommen, aber bislang konnten wir keines davon bestätigen. Ich nehme an, das ist sein Werk.«

Seine Quelle im Schwarzen Syndikat?

»Ich habe keine Ahnung, wie seine Abwehr aussieht«, antwortete sie achselzuckend.

»Das bezweifle ich doch sehr«, gab Mikale zurück, und seine Züge wurden hart. »Meine Quelle ist zudem sehr aufgebracht über die verstärkten Schutzzauber um die Kinder. Wie konnte dein geliebter Prinz das aus so weiter Entfernung zustande bringen?«

»Sollen wir einen Handel schließen, Mikale?«, fragte Scarlett liebenswürdig. »Du sagst mir, wer deine Quelle ist, und ich sage dir, wie er seine Schutzzauber verstärkt hat.«

Mikale starrte sie finster aus dem Spiegel heraus an. Er hob eine Hand und strich über die Wange ihres Spiegelbilds, und Scarlett spürte es auf ihrer Haut, als würde er tatsächlich hinter ihr stehen. »Keine Sorge, mein Schatz. Schon bald wirst du wieder dort sein, wo du hingehörst, und wir werden unsere Pläne fortsetzen.«

»Wer ist wir?«, fragte sie und versuchte, ihre Kurzatmigkeit zu verbergen.

Er beugte sich an ihr Ohr und ließ die Hand an ihrer Kehle entlang und ihr Dekolleté hinuntergleiten. »Wenn du herausfindest, wer den Tod deiner Mutter in Auftrag gegeben hat, wirst du die Antwort kennen«, flüsterte er.

Und dann war er verschwunden.

14
CALLAN

Callan stand an einem Ende des Großen Saals und lauschte den Musikern, die gerade eine lebhafte Melodie spielten. Überall um ihn herum, wirbelten Fae im Kreis herum, tanzten, lachten und riefen sich Dinge zu. Es waren sogar ein paar Menschen anwesend. Er sah zu, wie der Feuerprinz den Raum durchquerte und sein Volk zu ihm kam, ihm die Hand schüttelte, ihn zu Hause willkommen hieß. Er begrüßte sie alle mit Namen. Jeden Einzelnen, als würde er jeden in seinem Königreich persönlich kennen. Er hob Babys und Kinder hoch und wirbelte sie unter fröhlichem Kichern in der Luft herum. Wie alle anderen nahm er sich Essen von den Tabletts, die herumgereicht wurden. Es gab keine große Tafel, an der er und seine Familie über allen thronten. Stattdessen mischte er sich unter die Gäste, lachte und sprach mit allen.

Callan konnte nicht leugnen, dass er es inspirierend fand. Es war die Vision für sein eigenes Königreich, von der er Scarlett einmal erzählt hatte. Er wollte sich ganz auf sein Volk konzentrieren, und Sorin jetzt so zu sehen, bekräftigte diesen Wunsch. Er wollte, dass die Menschen ihn als einen von ihnen betrachteten und nicht als König und Herrscher fürchteten.

Aus dem Augenwinkel sah er rotgoldenes Haar aufblitzen, und als Callan sich umdrehte, entdeckte er Eliza, die durch die Menge schritt. Heute war von ihrer üblichen Lederrüstung nichts zu sehen, obwohl er nicht daran zweifelte, dass sie unter ihrem himmelblauen Kleid Dolche an ihre Schenkel geschnallt trug. Ihre Maske war hellblau mit roségoldenen Akzenten, die mit ihrem offenen Haar zu verschmelzen schienen. Das ärmellose Kleid zeigte jede Tätowierung an ihren Armen und ihrer Brust. Sie blieb neben Rayner stehen, der eine schwarze Hose und Tunika trug. An jedem anderen hätte diese Kleidung schlicht ausgesehen, aber an Rayner wirkte sie regelrecht königlich. Die schwarze Maske verbarg seine Augen und Nase. Eliza packte seine Hand und zerrte ihn mit sich auf die Tanzfläche. Sie lachte, als Rayner mürrisch etwas erwiderte. Nicht ohne ein gewisses Entsetzen sah Callan zu, wie die beiden begannen, sich auf der Tanzfläche ausgelassen zu drehen.

»Es ist seltsam, hier zu sein«, meinte Finn neben ihm.

»Wir waren schon oft Gäste bei diversen Festen und Bällen«, meinte Callan.

»Ja, aber so gut wie niemand hier weiß, dass du ein Prinz bist«, antwortete Finn schlicht. »Die Bedrohungen sind bedeutend weniger. Es ist einfach anders.«

»Nicht so anders«, murrte Sloan. »Wir halten immer noch Ausschau nach ihr.«

Als hätte er sie gerufen, öffneten sich die Doppeltüren am Ende des Saals, und Cyrus trat mit Scarlett am Arm ein. Sie sah atemberaubend aus, in einem Kleid in dunklem Petrol und Silber. Selbst mit der Dunkelheit, die inzwischen ein Teil von ihr zu sein schien, wirkte sie mehr wie eine Prinzessin als wie der Schatten, der sie vor zwei Jahren bei einem anderen Samhain-Ball gewesen war.

Zwei Jahre, die ihm vorkamen wie ein anderes Leben.

Callan hatte erwartet, dass sie in Begleitung von Sorin kommen würde, und war mehr als nur ein wenig überrascht gewesen, als der Prinz ohne sie eintraf. Callan hatte sich gefragt, ob sie überhaupt kommen würde. Als Cyrus sie in die Menge führte, drehte sich alles nach ihr um. Er beugte sich zu ihr und flüsterte ihr etwas ins

Ohr, und sie grinste breit und stieß ihn mit dem Ellenbogen an. Cyrus führte sie zu dem langen Tisch voller Essen, und die beiden begannen, ihre Teller mit den diversen Leckereien zu füllen, die für den Abend zubereitet worden waren.

»Wirst du sie heute Abend ansprechen?«, fragte Finn, dessen Blick ihr ebenfalls folgte, während sie mit Cyrus plaudernd den Tisch entlangging.

»Wenn ich es nicht besser wüsste, würde ich denken, dass sie von hier ist«, sagte Callan stattdessen.

»Sie *ist* eine Fae«, betonte Finn.

»So meine ich es nicht. Ich meine die Art, wie sie mit Sorins Hof umgeht, als hätte sie schon immer unter ihnen gelebt. Sie sind wie eine …«

»… Familie«, beendete Finn den Satz für ihn. »Es ist, als würde man sie mit ihrer Familie beobachten.«

»Denkt ihr, so war sie auch mit Cassius und Nuri und den anderen im Schwarzen Syndikat?«, fragte Callan und sah zu, wie sie und Cyrus sich eine Bank an einer der Wände suchten, wo sie sich zu einigen anderen setzten und sich dann über ihr Essen hermachten.

»Ich weiß es nicht. Wir können es nicht wissen«, meinte Finn.

Wieder reagierte sie mit einem Lachen auf etwas, das Cyrus gesagt hatte. »Es ist, als hätte ich sie nie wirklich gekannt.«

SCARLETT

Als Cyrus sie auf der Tanzfläche herumwirbelte, fühlte Scarletts Herz sich zum ersten Mal seit Tagen relativ leicht an, trotz ihrer Begegnung mit Mikale früher am Abend. Cyrus' Tanzkünste waren eine erfreuliche Überraschung. Sie hatte Sorin inmitten seines Volks herumwandern sehen. Cyrus hatte gemeint, dass er vermutlich den ganzen Abend beschäftigt sein würde, vor allem nach den drei Jahren Abwesenheit. Doch Cyrus blieb immer dicht bei ihr und stellte sicher, dass sie nie allein zwischen Leuten zurückblieb, die sie nicht kannte. Eliza und Rayner hatten sich ihnen vorhin zum Essen angeschlossen, und Scarlett hatte die Fae ohne ihre Kampfausrüstung kaum erkannt.

Das Lied endete, und plötzlich hörte sie eine Stimme hinter sich, bei der sie in Cyrus' Armen erstarrte. »Darf ich um den nächsten Tanz bitten?«

Cyrus beobachtete sie aufmerksam, als sie bei dieser Frage für einen Moment die Augen schloss und tief durchatmete. Dann setzte sie ein Lächeln auf und drehte sich zu Callan um. »Natürlich, Prinz«, antwortete sie. Cyrus drückte ihre Hand, und sie erwiderte seine Geste, um ihm zu verstehen zu geben, dass sie in Ordnung war.

»Ich hole uns etwas zu trinken«, sagte er.

»Ich komme gleich nach«, meinte Scarlett.

Das nächste Lied setzte ein, und Callan bot ihr seine Hand an. Vorsichtig griff sie danach und bereitete sich innerlich auf die gleich aufkommenden Erinnerungen vor. Alles war so vertraut, als er begann, sie durch die Schritte zu führen – ihre Hand in seiner Hand, der leichte Druck seiner Finger an ihrer Taille, der Fluss ihrer gemeinsamen Schritte, der Ausdruck in seinen Augen. Nach ein paar Momenten Schweigen sagte er leise: »Ich wusste nicht, ob du einwilligen würdest.«

»Ich wäre eine Närrin, würde ich die Einladung eines Prinzen ausschlagen, nicht wahr?«, fragte sie und legte den Kopf schräg.

Bei diesen Worten kniff Callan leicht die Augen zusammen, es waren die gleichen, die sie vor zwei Jahren zu ihm gesagt hatte. »Du siehst wunderschön aus heute Abend.«

»Danke.«

»Das war es? Mehr willst du nicht sagen?«

»Darüber, wie ich heute Abend aussehe? Was möchtest du, dass ich sage?«

»Früher haben wir mal miteinander geredet. Wir hatten echte Unterhaltungen.«

»Worüber möchtest du dich unterhalten?«

Sie sah, wie Frustration seine Augen verdunkelte. »Denkst du, wir können bald nach Hause zurückkehren?«

Sie stolperte bei diesen Worten, doch er hielt sie und zog sie etwas dichter zu sich. »Ich glaube nicht, dass es sicher für dich wäre, nach Baylorin zurückzukehren, bevor wir wissen, was Mikale vorhat. Er könnte dich benutzen, um an mich heranzukommen.«

»Du wirst nicht nach Hause zurückkehren?«

»Natürlich werde ich das«, fuhr sie ihn an.

Erleichterung machte sich auf seinen Zügen breit. »Wenn Mikale das Problem ist, Scarlett«, sagte er langsam, »dann können wir dem ganz einfach Abhilfe schaffen. Mein Angebot im Garten gilt noch.«

Scarlett blinzelte. Götter, es war so warm hier drin. Ihre Maske war so heiß. Sie hatte Mühe, gleichmäßig zu atmen, und ihre Schatten verdunkelten sich etwas. »Callan«, begann sie, so ruhig sie konnte, »wenn du alles über mich wüsstest, dann würdest du dieses Angebot augenblicklich zurücknehmen.«

»Du hast mir nie die Chance gegeben, dich ganz und gar kennenzulernen«, gab er zurück. Als wäre ihm aufgefallen, wie scharf sein Tonfall klang, atmete er tief durch und fuhr sanfter fort: »Ich dachte, das hättest du, aber wenn ich dich hier mit Sorin und seinem Hof sehe, liebe ich dich nur noch mehr. Es weckt in mir den Wunsch, dass du ebenso entspannt und unbeschwert mit mir sein könntest.«

»Genau das ist das Problem, Callan. Ich kann es nicht. Du lebst in einer Welt, die förmlich ist, in der Welt von Königen.«

»Und diese Welt ist anders? Sorin ist ein Prinz, wie ich es bin. Mehr noch«, antwortete Callan. »Du hast mir einmal gesagt, dass du nicht an einen Thron gekettet sein willst. Ist hierzubleiben nicht dasselbe?«

»Du weißt nicht alles, Callan«, antwortete sie sanft und suchte seinen Blick. Sie bezähmte ihr Temperament. Sie würde nicht wütend auf ihn werden. Nicht heute Abend vor Sorins Gästen.

»Weil du dich weigerst, mir *irgendetwas* anzuvertrauen.«

»Ich sage dir, soviel ich kann.« Rauch kräuselte sich in ihrem Mund, und die Schatten krochen ihre Arme hinauf. Sie sah sich um und entdeckte Cyrus mit Gläsern in der Hand am Rand der Menge. Er unterhielt sich mit einem anderen Fae, doch sein Blick ruhte auf ihr.

»Warum will Mikale dich so sehr? Einfach nur weil du eine Fae bist?«

»Ja und nein«, antwortete sie leise. Das Feuer in ihren Adern wurde zu Eis. Sie sah, wie Callans Blick zu ihrer Hand wanderte, die auch eiskalt geworden sein musste. Die Temperaturen im Saal waren gesunken, und Scarlett kämpfte, den Strom der Emotionen zu beherrschen, die in ihr implodierten.

»Warum kannst du mir nicht einfach eine direkte Antwort geben?«

»Weil ich versuche, dich zu schützen, Callan.«

»Ich habe dich nicht gebeten, mich zu schützen«, antwortete er, seine Stimme gedämpft und rau. »Ich würde dich lieber an deiner Seite durch all die Abenteuer begleiten, als zu meinem Schutz hinter dir zu stehen.« Als sie nicht antwortete, fuhr er fort: »Weißt du, warum ich dich um einen Tanz gebeten habe, Scarlett?« Sie hob den Blick und sah ihm wieder in die Augen. »Ich habe dich darum gebeten, weil es das erste Mal ist, dass man mir eine private Unterhaltung mit dir erlaubt, und selbst jetzt ist es vor Hunderten und unter der Aufsicht seines Hofs.« Scarlett schluckte. »Hast du nichts zu sagen?«

»Es tut mir leid, Callan.« Sie senkte den Blick.

»Nein, das reicht mir nicht«, erwiderte Callan und schüttelte den Kopf. »Schau mich an, Scarlett Monrhoe. Schau mich an und sag mir, warum du ihm erlaubst, dir zu helfen und dich ganz und gar kennenzulernen, aber nicht mir. Was hat er getan, dass er diese Ehre verdient?«

Langsam blickte sie auf. Die Schatten glitten über ihre Handgelenke und Hände, nur eine Haaresbreite entfernt von Callans. Langsam versteifte er sich, und seine Augen wurden groß. Aus dem Augenwinkel machte sie Finn und Sloan aus, die sich durch die Menge auf den Weg zu ihnen gemacht hatten. Cyrus hatte dem anderen Fae ihre Getränke in die Hand gedrückt und kam ebenfalls auf sie zu. Ohne den Tanz, der sich langsam dem Ende zuneigte, zu unterbrechen, beugte sie sich dichter zu Callan heran. »Meine Antwort hat sich seit dem Tag auf der Reise hierher nicht geändert. Er versteht meine Dunkelheit, Callan, und er fürchtet sie nicht«, sagte sie leise. »Er hat mich nie mit der Unsicherheit im Blick angesehen, die gerade in deinen Augen steht. Er hat keine Leibwache, die heraneilt, um ihn vor mir zu beschützen.«

»Cyrus ist ebenfalls auf dem Weg hierher«, widersprach Callan.

»Cyrus kommt, um *dich* zu schützen, Prinz.« Ihre Schatten krochen noch ein Stück weiter, doch dann hüllten Asche und Nelken und Zedern sie ein.

»Darf ich sie für den nächsten Tanz stehlen, Kronprinz?«

Ihre Schatten verharrten, als das Lied endete. Callans Augen hinter seiner waldgrünen Maske waren auf ihre gerichtet, seine Hände hielten sie weiterhin. Sie kam noch näher, um ihm ins Ohr flüstern zu können: »Dies ist nur ein winziger Einblick in das, was ich bin, Callan, und du kannst es kaum ertragen. Es ist so einfach, das Licht zu lieben, nicht wahr? Aber was ist mit der Dunkelheit? Was würdest du nur mit all dem anfangen, was mich ausmacht?« Finn und Sloan waren jetzt hinter ihm, und sie sandte ihre Schatten nach ihnen aus.

Sie spürte eine Hand am Ellenbogen. »Tanz mit mir, Scarlett.«

»Ja, bitte hör auf, den Kronprinzen ganz für dich zu beanspruchen.« Eliza war nun auch hier, griff nach Callans Hand und zog ihn mit sich durch den Saal. Doch Callans Blick war weiterhin auf sie gerichtet.

»Scarlett.«

Endlich brach sie den Blickkontakt mit Callan ab und drehte sich zu Sorin um. Er trug, was vermutlich seine übliche Alltagskleidung war: dunkelgraue Hosen, rote Tunika, schwarze Jacke. Seine Maske war rot mit goldenen Verzierungen und bedeckte lediglich seine Augenpartie.

Sie seufzte und sah, dass Cyrus in der Menge stehen geblieben war, sobald Sorin sie erreicht hatte. Jetzt stand er dort und wartete auf ein Signal von seinem Prinzen.

»Du hast heute Abend deine Pflichten, Sorin. Ich werde Cyrus bitten, mich zurückzubegleiten.«

»Du willst allein sein in einer Nacht, in der die Toten frei unter uns wandeln?« Ein kleines Lächeln formte sich auf seinen Lippen.

Sie erwiderte es nicht.

»Ich fühle mich ohnehin wie eine von ihnen. Vielleicht genieße ich ihre Gesellschaft ja.«

Sorins Züge wurden hart, und er biss die Zähne zusammen. »Einen Tanz.«

»Es sind Leute hier, die du begrüßen und unterhalten musst, Sorin.«

»Ich kann eine Pause einlegen.« Er bot ihr seine Hand an, als eine langsame Ballade einsetzte.

Sie seufzte noch einmal und griff danach. »Ich brauche keinen Aufpasser.«

»Das würde mir nicht im Traum einfallen, Prinzessin«, sagte er und zog sie an sich.

Die erste Minute tanzten sie schweigend. Sie spürte, wie sie sich langsam entspannte, während er sie über die Tanzfläche führte und dabei ihre Hand zärtlich in seiner und sie dicht an seiner Brust hielt. »Willst du darüber reden?«

»Nein.« Sie spürte einmal mehr das Eis in ihr aufsteigen, und einen Moment später wärmte Hitze ihre Hand.

Erneut kurzes Schweigen. »Diverse Leute haben sich heute nach dir erkundigt.«

»Oh? Und was sagst du ihnen, wer ich bin?«, fragte sie und hob eine Braue hinter ihrer Maske.

»Dass du die Dunkelheit in Person und von Saylah selbst gesegnet bist«, antwortete er achselzuckend.

»Das tust du nicht«, schnaubte sie und kniff ihn mit empörter Miene in die Schulter, wo ihre andere Hand ruhte.

Er grinste, und Erleichterung blitzte in seinen Augen auf, während er sie enger an sich zog. Sie spürte jeden Zentimeter von ihm am eigenen Körper. »Ich habe überlegt, ob ich ihnen sagen soll, dass du die atemberaubendste Fae im ganzen Saal bist.«

»Das sehen sie selbst. Obwohl Eliza heute Abend diesen Titel gewinnen könnte«, sagte sie mit einem kleinen Lächeln und blickte hinüber auf die andere Seite des Saals, wo die Fae mit Callan tanzte.

»Nein, tut sie nicht.« Sorins Stimme war tief und heiser.

Sie suchte wieder seinen Blick und merkte, dass er sie ansah, als wäre sie die einzige Person im ganzen Raum. Sie spürte, wie ihre Wangen sich röteten, und war mit einem Mal froh über die Maske, aber sie schaute nicht weg. Den Rest des Tanzes schwiegen sie, doch ihre Blicke ließen einander die ganze Zeit über nicht los. Die Welt verblasste um sie herum, als gäbe es nur sie allein. Die einzigen Sterne am Himmel.

Als das Stück endete, reckte sie sich auf die Zehenspitzen, um ihm ins Ohr zu flüstern: »Wenn du mit deinen prinzlichen Pflichten fertig bist, komm zu mir.« Sie ließ ihre Schatten um sein Ohr gleiten, ehe sie sich von ihm löste und sich in Richtung Ausgang wandte.

Sie war beinahe bei den Türen angekommen, als Cyrus sich zu ihr gesellte. »Du willst schon gehen?«

»Bleib, Cyrus. Amüsier dich. Wie ich deinem Prinzen wiederholt versichert habe, brauche ich keinen Aufpasser«, antwortete sie, während die Wachen die Tür für sie öffneten.

»Vielleicht nicht, aber ich würde dir gern Gesellschaft leisten«, lächelte er, als er ihr durch die Türen folgte, und sein Tonfall wurde ein wenig sinnlicher, beinahe als flirtete er mit ihr in einem Versuch, sie aufzumuntern.

Sie blieb im Flur stehen und blickte über ihre Schulter zu ihm zurück. Sie lächelte zurück, ein grausames Lächeln, während die Schatten sich um sie herum verdichteten. Sie ließ sie in seine Richtung wirbeln, und die Wachen an den Türen zuckten zurück und sahen Cyrus auf Anweisungen wartend an. »Zeig mir deine Dunkelheit, Schätzchen, und ich zeige dir meine.«

Sie sah Sorin durch die Türen kommen, Eliza und Rayner gleich hinter ihm, aber Cyrus hob die Hand, um ihn zurückzuhalten. Sorin gab den Wachen ein Signal, die Türen zu schließen, und sie gehorchten sofort. Cyrus trat tiefer in ihre Dunkelheit, Flammen wanden sich um seine eigenen Handgelenke und fuhren durch sein Haar, vermischten sich mit ihren Schatten. »Schätzchen, meine Dunkelheit blieb auf einer Lichtung zurück, wo sie Rache für meine Geliebte forderte, die vor meinen Augen abgeschlachtet wurde. Ich kann sie natürlich wieder hervorzerren, wenn es das ist, was du wünschst, aber ich würde es bevorzugen, sie mir für meine wahren Feinde aufzusparen.« Scarlett sah, wie die anderen sich versteiften. Ihre eigenen Schatten schienen in der Luft zu erstarren. Er kam einen weiteren Schritt auf sie zu. »Wir alle haben Schatten, Scarlett. Wir alle haben Albträume. Wir alle bedauern etwas. Wir alle haben Dunkelheit. Es ist deine Entscheidung, wie sehr du dich von dieser Dunkelheit kontrollieren lässt.«

Scarlett hielt seinen Blick. »Wie hieß sie?«, fragte sie sanft.

»Thia.« Der Schmerz, der über sein Gesicht zuckte, war herzzerreißend.

»Wie?«

Sie sah, dass er wusste, was sie fragte. Nicht: Wie ist sie gestorben? Sondern: Wie kommt es, dass du noch lachen kannst? Wie kommt es, dass du weiterhin einen Fuß vor den anderen setzen kannst? Wie kommt es, dass die Dunkelheit nicht gesiegt hat?

»Zeit. Es ist schwer, einen Ausweg zu sehen«, sagte er leise. »Die meisten verstehen nicht, dass Dunkelheit schön sein kann, aber das lernt man nicht, bis man nicht begriffen hat, dass die Dunkelheit nichts ist, was man besiegen muss, sondern etwas, mit dem man sich anfreunden sollte. Alle Sterne werden in der Dunkelheit geboren, Scarlett. Die Dunkelheit erlaubt es uns, sie zu sehen. Du entscheidest, ob sie es wert sind, für sie zu kämpfen.«

Ihre Schatten wirbelten, und Cyrus ließ zu, dass seine Flammen sich zu ihnen gesellten. Sie hielt seinen Blick, als sie leise und mit Tränen in den Augen sagte: »Meine Mutter wurde vor meinen Augen niedergemetzelt, als ich neun war. Es war ein langer und qualvoller Tod. Ich höre ihre Schmerzensschreie in meinem Schlaf, aber sie werden überschattet von der sich ständig wiederholenden Erinnerung daran, wie ich gezwungen wurde, meine Schwester zu ermorden, indem ich ihr einen Dolch ins Herz stieß, um ein kleines Mädchen zu retten, nachdem ich vergewaltigt wurde, im Austausch gegen die Freiheit meiner Familie.«

»Heilige Scheiße«, hörte sie Eliza entsetzt murmeln.

»Mikale hat mich heute vor dem Fest besucht, hat mich berührt. Seine Hände waren da, wo immer er sie haben wollte. Er sagte, wenn ich herausfände, wer meine Mutter töten ließ, dann würde ich auch herausfinden, wer hinter den Angriffen auf meine Leute in Baylorin steckt. Ich fühle entweder nichts oder alles auf einmal, und ich weiß einfach nicht mehr, ob es das wirklich wert ist, Cyrus. Manchmal glaube ich nicht, dass ich einen Weg zurückfinden kann.«

Sorin wollte augenblicklich zu ihr, aber Cyrus kam ihm zuvor und griff nach ihren Händen, ehe er antwortete: »Ich weihe dich in ein Geheimnis ein, Schätzchen. Die Sterne sind es immer wert, für sie zu kämpfen.«

Ein Feuerportal sprang hinter ihr auf. Sorin zog sie in seine Arme und trat hindurch.

15

CALLAN

Callan sah zu, wie der Feuerprinz Scarlett ein schwaches Lächeln entlockte und sie dichter an sich zog. Er sah zu, wie sie seinen Blick erwiderte, als existierte niemand sonst auf der gottverdammten Welt.

»Du musst sie ihren Weg finden lassen, Prinzlein«, sagte Eliza, der eindeutig auffiel, wem seine Aufmerksamkeit weiterhin galt.

»Was?«, fragte er und riss den Blick von Sorin und Scarlett los, um die Fae anzusehen, mit der er tanzte.

»Sie hat im Moment eine Menge neuer Informationen zu verarbeiten. Du musst ihr erlauben, das zu tun.«

»Du meinst, ich muss *ihm* erlauben, ihr dabei zu helfen.«

»Sorin. Cyrus. Prinz Briar. Dem Koch. Dem Verkäufer in der Stadt.« Eliza zuckte mit den Achseln. »An wen auch immer sie sich wendet, und nicht die Person, die sich ihr aufdrängt, wann immer sie die Gelegenheit dazu erhält.« Sie bedachte ihn mit einem vielsagenden Blick. »Du hättest einfach nur mit ihr tanzen können, aber stattdessen hast du sie unter Druck gesetzt. Sie wird zu dir kommen. Wenn sie bereit ist. Du bist ihr viel zu wichtig, als dass sie dir einfach den Rücken zukehren würde.« Das Lied endete, und Eliza löste sich von ihm. Sie öffnete den Mund und wollte noch etwas sagen, doch dann erregte etwas beim Ausgang ihre Aufmerksamkeit. Callan folgte ihrem Blick und sah Cyrus und Scarlett durch die Türen verschwinden. Einen Augenblick später blitzten Schatten auf.

Eine Flamme erschien vor Eliza, und sie entnahm ihr eine Nachricht. Ihre Lippen wurden zu einer dünnen Linie, und sie fluchte unterdrückt. Sie zog eine gefährlich aussehende Haarnadel aus ihren Locken, verbrannte die Nachricht und machte sich eilig auf den Weg zur Tür. Rayner war bereits dort, als Sorin scheinbar gemächlich Cyrus und Scarlett folgte. Was immer auch passiert war, verlangte anscheinend die Anwesenheit von allen fünf.

Callan wandte sich ab und schlug die entgegengesetzte Richtung ein. Durch eine Doppeltür gelangte er auf einen Balkon, von dem eine steinerne Treppe auf einen Pfad führte, über den er zum Haupttor des Fiera-Palasts gelangte. Ehe er sich besinnen konnte, war er bereits zügig auf dem Weg nach unten. Er war einige Male mit Finn und Sloan in der Stadt gewesen und würde sich auch im Dunkeln zurechtfinden. Er würde eine Taverne aufsuchen und sich den Rest der Nacht rettungslos betrinken.

»Vielleicht sollten wir den Palast heute Nacht nicht verlassen«, gab Finn zu bedenken, der ihm mit Sloan gefolgt war.

»Man sagte uns, wir seien keine Gefangenen, also können wir auch tun, was wir wollen«, fuhr Callan ihn an und riss sich die Maske vom Gesicht.

»Sie haben uns mehrere Male vor den Gefahren in diesen Bergen gewarnt, Callan«, versuchte Finn es erneut.

»Haben wir etwa keine Schwerter?«

»Das schon, aber wir haben keine *Magie*«, wandte Sloan ein.

»Dann bleibt hier«, gab Callan zurück und marschierte direkt auf das Eingangstor zu. Die Wachen beachteten ihn nicht einmal.

»Was genau ist dein Plan, Callan? Wir bleiben hier, bis du sie überzeugt hast, dass ihr füreinander bestimmt seid, oder sie dich überzeugt hat, dass ihr es nicht seid?«, höhnte Sloan hinter ihm.

»Halt dein verdammtes Maul«, brüllte Callan. Das Mondlicht erhellte die Straße, doch die Schatten der Bäume erschwerten es, den Weg vor ihnen zu erkennen.

»Das hier ist ihre Welt, nicht deine«, knurrte Sloan.

Und dann ließ ein ganz anderes Knurren sie alle erstarren.

Zwei riesige schwarze Wölfe kamen mit einem leisen Grollen von beiden Seiten der Straße. Finn und Sloan schoben sich augenblicklich mit gezogenen Schwertern vor Callan, der über seine Schulter blickte. Ihm war gar nicht bewusst gewesen, wie schnell er unterwegs gewesen war. Der Palast war mittlerweile so weit entfernt, dass er praktisch gerannt sein musste. Es wäre unmöglich, vor Wölfen dieser Größe zu fliehen.

Eine schöne Fae trat scheinbar direkt aus der Nacht zwischen die Wölfe. Sie hatte langes, fließendes rotbraunes Haar, in das weiße Blumen eingewoben waren und das in einer sanften Phantombrise zu wehen schien. Sie trug ein kobaltblaues Kleid, das über den Boden strich, einen Armreif und zwei Schwerter auf dem Rücken.

»Wie interessant«, sagte sie und legte den Kopf schräg. Die Bewegung erinnerte an die Wölfe neben ihr. »Was tut ein sterblicher Prinz am Hof des Feuers?«

»Ich bin ein Gast Prinz Sorins«, erwiderte Callan und war froh, dass er selbstbewusster klang, als er sich fühlte.

»Tatsächlich. Äußerst interessant«, bemerkte sie nachdenklich. Sie streckte die Hand aus und kraulte den Wolf zu ihrer Linken hinter den Ohren. »Ich hoffe, meine Schoßtiere haben euch keinen Schrecken eingejagt?« Als niemand etwas sagte, fuhr sie fort: »Ihr seht aus wie Euer Vater, als er in Eurem Alter war.« Callan erstarrte. Sein Vater? Also hatte er in der Vergangenheit tatsächlich mit den Fae zu tun gehabt. »Ihr seid also mit ihr gekommen?«, fuhr die Fae fort, als weiterhin niemand sprach.

»Mit wem?«, antwortete Callan.

»Die Fae, die einen Ring wie diesen trägt«, antwortete sie und hob ihre rechte Hand. Der Ring, der dort im Mondlicht funkelte, sah exakt so aus wie der, den er an Scarletts Finger gesehen hatte. Der Ring, von dem sie gesagt hatte, dass er einmal ihrer Mutter gehört hatte.

»Ich weiß nicht, von wem Ihr sprecht«, log Callan.

Die Fae schnalzte mit der Zunge. »In uns beiden fließt königliches Blut, Kronprinz, lasst uns unser Verhältnis nicht mit Lügen beginnen.« Sie trat einen Schritt auf sie zu, kam jedoch nicht noch näher.

Königliches Blut?

»Seid Ihr die Prinzessin des Hofs des Windes?«, fragte Callan, und sein Geist raste durch all die Geschichte, die er in den letzten Tagen gelesen hatte.

Ein kleines Lächeln breitete sich auf ihren Lippen aus. »Nein, obwohl die Winde auch mir gehorchen.« Eine sanfte Brise fuhr ihnen durchs Haar, wie um ihre Worte zu unterstreichen.

»Und die Erde.« Sie streckte die Handfläche aus, und eine kleine weiße Blume erblühte in ihrem Zentrum, die sie gleich darauf in ihrer Faust zermalmte und die Überreste von ihrer Brise hinfort wehen ließ.

»Dann …« Er erschrak bei der Erkenntnis und senkte den Kopf. »Das bedeutet, Ihr seid die Königin der Fae.«

»Das bedeutet es«, bestätigte sie. Nachdenklich wanderte sie ein paar Schritte nach rechts. »Ihr habt Euer kleines Rätsel gelöst. Und nun ist es an mir, dasselbe mit meinem zu tun. Ein sterblicher Prinz ist der Gast des Feuerprinzen.« Sie schien das Wort »Feuerprinz« auszuspucken, als schmeckte es sauer. »Ihr taucht gerade dann hier auf, wenn er die Fae und meinen Ring nach Hause bringt, was bedeutet, dass Ihr vermutlich wichtig für sie seid.« Sie hörte auf, hin und her zu laufen, und ihre jadegrünen Augen richteten sich ruckartig auf ihn und wurden schmäler. »Seid Ihr ihr Ehemann?«

»Nein.« Die Antwort klang bitterer, als er beabsichtigt hatte.

Ihr Lächeln wurde wissend. »Nein, aber Ihr wärt es gerne. Interessant. Ist sie Eure Geliebte?«

»Ja«, presste er zwischen zusammengebissenen Zähnen hervor.

»Ist sie es noch?« Sie hob überrascht die Brauen.

»Das bleibt abzuwarten.«

»Interessant.«

»Hört auf, das zu sagen«, zischte Callan. Finn stieß ihm warnend einen Ellenbogen in die Seite.

»Habt Ihr ein Problem mit dem Wort?«

»Ich habe ein Problem mit der ständigen Wiederholung des Worts, wenn Ihr Euch weigert zu erläutern, was Ihr so interessant findet.«

»Wohin seid Ihr zu so später Stunde allein unterwegs?«, fragte die Fae-Königin lächelnd und begann wieder, auf und ab zu laufen.

»Wenn Ihr es unbedingt wissen müsst: Ich wollte in die Stadt und mich in einer Taverne betrinken«, antwortete Callan.

»Gibt es bei dem Fest heute Abend nichts zu trinken?«, fragte sie, den Blick auf die Masken in ihren Händen gerichtet.

»Was geht Euch das an?«

»Callan«, zischte Finn.

»Es geht mich etwas an, wenn ein sterblicher Prinz sich in meinem Land aufhält und ich nicht darüber informiert wurde. Habt Ihr eine Vorstellung davon, welche Komplikationen sich ergeben würden, sollte Euch etwas passieren, Kronprinz von Windonelle? Ich bin mir sicher, der Prinz des Feuers hat darüber nicht nachgedacht, als er Euch mit ihr hierherholte«, sagte sie abfällig. »Wo ist sie?« Sie richtete ihre jadegrünen Augen auf ihn, und sie schienen zu leuchten.

Callan starrte einfach nur zurück. Er würde ihr nichts verraten.

»Ist Sie Euch so wichtig, dass Ihr Euch mir widersetzen würdet? Wie entzückend. Ihr seid entweder sehr mutig oder sehr dumm«, schnurrte sie.

»Was?«, fragte Callan und warf ihr einen scharfen Blick zu.

»Wer versucht, Euch ihr Herz zu stehlen?«, fragte die Fae-Königin und kniff die Augen leicht zusammen.

»Wer versucht es nicht«, murmelte Callan leise.

Erneut hob sie die Brauen. »Wird sie von so vielen geliebt?«

Das verdammte Fae-Gehör.

»Ja«, seufzte Callan. »Sie hat viele Geheimnisse und anscheinend auch viele Titel, aber sie kümmert sich um jene, die sich nicht selbst verteidigen können, und ihre Loyalität kennt keine Grenzen, wenn man sie erringen kann.«

»Sagt, sterblicher Prinz, sollte es Euch gelingen, sie für Euch zu gewinnen, wie würdet Ihr Euch in zehn Jahren fühlen, wenn Ihr altert und sie nicht? Wie in zwanzig Jahren? Fünfzig? Wenn Ihr alt seid und auf Eurem Totenbett dahinsiecht und sie kaum älter aussieht als heute?«

»Was meint Ihr damit?«

»Sicherlich wisst Ihr, dass wir Fae unsterblich sind, oder etwa nicht? Prinz Sorin ist mehrere Jahrhunderte alt. In ein paar Jahren wird sie einen Stillstand erreichen, und von da an altert ihr Körper nicht mehr«, sagte die Königin mit einer ausladenden Handbewegung. »Und Eure Kinder? Werden sie die Unsterblichkeit ihrer Mutter erben, oder sollen auch sie dahinsiechen, während sie jung bleibt und zusehen muss, wie ihre Enkel und deren Kinder und die Kinder ihrer Kinder ebenfalls sterben?«

»Hört auf«, befahl Callan leise.

»Dinge, die Ihr bedenken solltet, Kronprinz, wenn Ihr ihr wirklich den Hof machen wollt, denkt Ihr nicht?«, fragte die Königin mit einem kleinen Lächeln. »Es sei denn, Ihr glaubt, sie würde ihr unsterbliches Leben an Eures binden? Und sterben, wenn Ihr sterbt?«

»Das würde ich nie von ihr verlangen«, begehrte Callan auf.

»Gut«, antwortete sie kühl, und ihre Miene wurde eisig. »Kommt, Prinz, lasst mich die Getränke für den heutigen Abend übernehmen.«

»Ich glaube, wir kehren einfach in den Palast zurück«, sagte Callan. »Es war mir eine Freude, Euch kennenzulernen, Eure

Majestät.« Er drehte sich um und wollte den Weg zurück zum Palast einschlagen, doch die Wölfe an ihrer Seite knurrten leise.

»O nein, Hoheit«, schnurrte die Königin. »Ich bestehe darauf.«

Die Erde unter seinen Füßen bebte. Die Straße selbst war in Bewegung, zog sie zu ihr. Sie stand dort, bewegte sich nicht vom Fleck. Beinahe, als könnte sie es nicht. Die Wölfe schnappten in die Luft, und Finn und Sloan hoben einmal mehr ihre Schwerter.

»Die werden nicht notwendig sein«, sagte sie liebenswürdig, und Ranken brachen direkt durch den Boden unter ihnen, schlangen sich um ihre Waffen und zogen sie nach unten, wo die Erde sie verschluckte.

»Und was würde mein Vater wohl dazu sagen, dass die Königin der Fae mich gegen meinen Willen mit sich nimmt?«, forderte Callan die Königin heraus und drängte die Furcht in seinem Bauch zurück.

»Ich werde Euch nichts zuleide tun, Prinz«, sagte sie mit einem leichten Grinsen. »Ich möchte mich nur noch etwas unterhalten. Ich bin mir sicher, wir können eine Menge voneinander lernen, und ich würde gerne über eine Angelegenheit sprechen, bei der ich Eure Hilfe benötige.«

»Womit könnte ich Euch helfen, das ihr nicht selbst tun könnt?«, fragte Callan, während sie neben die Wölfe gezogen wurden.

»Ich muss herausfinden, ob mein Verdacht ihre Identität betreffend korrekt ist«, antwortete die Fae-Königin. »Und nun, da Ihr Euch außerhalb seiner Schutzzauber befindet, können wir etwas offener miteinander sprechen.«

Seine Schutzzauber. Deshalb war sie hin und her gelaufen, ohne näher zu kommen. »Ihr könnt Euch nicht frei in dem Land bewegen, das Ihr regiert?«, fragte Callan wie beiläufig, während er ihr die Straße hinunterfolgte.

»Ich denke, ich könnte schon, aber ich will nicht, dass er weiß, dass ich hier war. Wenn ich seine magischen Barrieren überschreite, dann weiß er sofort von meiner Anwesenheit«, antwortete sie knapp.

»Weil Ihr nicht gut miteinander auskommt«, sagte Callan, der sich an Elizas Worte erinnerte.

»Mein Verhältnis zu dem Prinzen des Feuers geht Euch nichts an.«

»Genauso wie mein Verhältnis zu der *Fae.*« Die Königin starrte ihn finster an. »Wenn Ihr meine Kooperation wünscht, Eure Majestät, dann sollten wir vielleicht mit Namen beginnen?«

»Aber ich kenne Euren Namen bereits, Kronprinz Callan Solgard«, antwortete sie. Auf seinen verwunderten Blick antwortete sie: »Ich kenne die Herrscherfamilien jedes Landes, Prinz. Als Königin ist es meine Pflicht, über alle regierenden Mächte informiert zu sein.«

»War mein Vater je hier?«, fragte Callan. »Ich meine, an einem der Höfe der Fae?«

»Nein. Ich hatte keinen direkten Kontakt zu den Königen der Sterblichen. Wir haben Augen in ihren Ländern, aber für gewöhnlich nicht mehr als das. Was Eure Anwesenheit umso interessanter macht«, antwortete sie.

Der Eingang zur Stadt tauchte vor ihnen auf, und sie verharrte auf der Stelle. »Statt in die Stadt zu gehen, wo man sofort Bericht über meine Anwesenheit erstatten würde, darf ich vorschlagen, dass wir uns in mein Zuhause begeben? Ich versichere Euch, meine Getränke werden Euch Eure Sorgen ebenso schnell vergessen lassen.«

Callan sah Finn und Sloan an, die wie immer, wenn er mit anderen Adeligen sprach, geschwiegen hatten. »Ich schätze, das wäre akzeptabel«, antwortete er vorsichtig.

»Wundervoll.« Und bevor er noch etwas sagen konnte, ergriff sie seinen Arm. Finn und Sloan hatten kaum genug Zeit, ihm zur Seite zu eilen, bevor sie alle in die Lüfte gerissen wurden.

16

SCARLETT

Sie ruhten sich auf einer Bank nahe dem Eingang zum Übungsgelände aus. Sorin saß mit ausgestreckten Beinen da und hatte die Füße überkreuzt. Sie hatte sich auf dem Rücken liegend auf der Bank ausgestreckt, schmiegte den Kopf an seinen Oberschenkel und blickte hinauf in den Himmel. Nachdem er sie gestern Nacht durch das Portal in ihr Schlafzimmer gebracht hatte, war sie schweigend im Ankleidezimmer verschwunden, hatte sich ein Nachthemd angezogen und war ins Bett geschlüpft. Kurz darauf hörte sie ihn ins Bad gehen, und bald danach bewegte sich das Bett unter ihr. Keiner von ihnen sprach ein Wort. Sie wälzte sich herum, konnte nicht schlafen. Nach beinahe einer Stunde stand Sorin schweigend auf, trat an sein Bücherregal und kam dann zurück ins Bett, wo er eine sachte Flamme entzündete und ihr vorlas. Sie hatte keine Ahnung wie lange – vermutlich ein oder zwei Stunden –, aber endlich konnte sie einschlafen.

Am Morgen weckte er sie nicht. Sie merkte nicht einmal, wie er das Bett verließ. Als sie schließlich aufwachte, ging sie nicht nach unten zum Frühstück mit den anderen. Camilla kam, um ihr Zimmer sauberzumachen, und sie schickte sie weg und verkroch sich wieder unter die Decken. Ihre Schatten schienen sie zu überwältigen.

Dann kam Sorin zurück.

»Steh auf«, verlangte er und riss die Vorhänge auf.

»Du hast mir keine Befehle zu erteilen«, knurrte sie und zog sich eine Decke über den Kopf.

Er zog die Decken vom Bett. Alle. »Aufstehen.«

Sie zeigte ihm eine vulgäre Geste.

Er trat an die Bettkante, die Hände lässig in den Taschen, beugte sich über sie und lächelte. Sie kannte dieses Lächeln. Dieses Lächeln bedeutete, dass er sie zum Training erwartete. Dieses Lächeln bedeutete, dass er ihr in den Arsch treten würde, entweder indem er sie rennen ließ, bis sie sich übergeben musste, oder indem er sie im Waffentraining forderte. »Aufstehen, Prinzessin. In zehn Minuten geht es nach unten. Du kannst entweder in deiner Ausrüstung kommen, oder du trägst das da.« Er warf einen bezeichnenden Blick auf ihr Nachthemd.

Er hielt Wort und brachte sie zehn Minuten später nach unten, wo er direkt auf die Bank zuhielt und sich setzte. Sie kniff die Augen zusammen und folgte ihm, und so waren sie hier gelandet.

»Wenn wir wirklich nur den ganzen verdammten Tag hier sitzen, dann hätte ich auch gleich im Bett bleiben können«, murrte sie und spielte mit den Schatten an ihren Fingerspitzen.

»Ich kann mich nicht entscheiden«, presste er durch zusammengebissene Zähne, »ob ich Cyrus die Hölle heißmachen soll, weil er sich gestern Nacht restlos betrunken hat, nachdem Thia zur Sprache kam, oder ob ich lieber dich frage, wann du mir erzählen wolltest, dass Mikale verdammt noch mal wieder Kontakt zu dir aufgenommen hat.« Seine goldenen Augen loderten, und Scarlett setzte sich auf.

»Du bist sauer auf mich?«

»Warum hast du mir nicht von Mikale erzählt?«

»Du warst beschäftigt, Sorin«, seufzte sie. »Ich wollte, dass du das Fest mit deinem Volk genießt. Du hast so viel für sie geopfert.«

»Für dich bin ich nie zu beschäftigt«, sagte er, und als er ihren Blick suchte, türmten sich Flammen in seinen goldenen Augen.

»Du bist ein Prinz mit Verpflichtungen. Das verstehe ich. Ich habe die letzten zwei Jahre damit gelebt.«

»Ich bin nicht er. Es ist nicht gerecht, uns zu vergleichen. Unsere Leben sind extrem verschieden. Unsere Verpflichtungen sind extrem verschieden.«

»Ja, sind sie. Du hast sogar noch *mehr* Verpflichtungen.« Sorin öffnete den Mund und wollte etwas sagen, doch sie unterbrach ihn. »Wie geht es Cyrus?«

»Er hat einen Kater«, antwortete er und presste die Lippen zusammen. »Und deshalb befindet er sich auch gerade mit Eliza im Übungsring, um sich abzureagieren.« Scarlett verzog das Gesicht. »Er spricht nur selten von ihr.«

»Kanntest du sie? Thia?«, fragte Scarlett und senkte den Blick in ihren Schoß.

»Ja. Sie war eine sehr mächtige Fae. Sie war arrogant und besserwisserisch, und ich habe noch nie gesehen, dass sich jemand eine andere Person so gründlich um den Finger gewickelt hat.« Er schwieg einen Moment, ehe er sagte: »Die Mission zur Befreiung deiner Mutter. Erinnerst du dich an die mächtige Fae, die auf unserer Seite der Grenze bleiben sollte, doch nachdem ich auf meinen Titel gepocht habe, ist sie …«

Scarlett blickte erschrocken auf, und ihr Herz setzte einen Schlag aus. »Diese Fae war Thia? Dein Fehler …« Sie konnte den Satz nicht zu Ende sprechen.

Sorin nickte, und Schmerz und Kummer erfüllten seinen Blick. »Ich habe dir gesagt, dass eine Fehlentscheidung eine Kettenreaktion nach sich ziehen kann … Thia war seine Zwillingsflamme.«

Er schien sie aufmerksam zu beobachten. »Es gibt sie also wirklich?«

»Natürlich gibt es sie. Es kommt nur selten vor, dass man seine findet, und noch seltener, dass ein Paar die Prüfungen auf sich nimmt, aber es gibt sie.«

»Wie lange waren sie zusammen?«

»Beinahe zweihundert Jahre.«

Scarlett erstarrte. »Er lacht und scherzt und …«

»Viele Jahre lang hat er das nicht getan. Es ist wirklich bemerkenswert, dass er es jetzt kann. Seine Zwillingsflamme zu verlieren, bedeutet, dass man einen Teil seiner Seele verliert. Aber ich denke, Scarlett, dass er dir von ihr erzählt hat, um dich daran zu erinnern, dass, was auch immer du erleiden musst, es immer noch Dinge gibt, für die es sich zu leben lohnt.«

Die Sterne sind es immer wert, für sie zu kämpfen.

Cyrus' Worte vom Abend zuvor hallten in ihrem Kopf wider.

»Er wird auf ewig allein bleiben?«

»Er ist nicht allein. Sie sind nicht nur mein Innerer Hof, sie sind auch meine Familie. Er ist mein Bruder. Und was Partner angeht: Er hatte andere Liebhaberinnen, aber keine kam an Thia heran. Und vermutlich wird auch niemals jemand an sie herankommen. Möglicherweise findet er irgendwann jemand anderen, aber im Moment ist er völlig zufrieden damit, wie die Dinge stehen.« Als Scarlett nicht antwortete, sagte er: »Erzähl mir von Mikale.« Er beugte sich nach vorne, seine Ellenbogen ruhten auf seinen Knien, und er hatte die Finger verschränkt, während er zu Boden blickte. Sie konnte heraushören, wie sehr er sich bemühte, seinen Tonfall im Griff zu behalten.

Sie schluckte. »Er erschien mir in einem Spiegel. Als ich mich fertig machte, war er da. Er berührte mein Spiegelbild, und es war, als würde er mich berühren. Ich konnte ihn spüren.« Sie schauderte, als sie sich an das Gefühl seiner Finger an ihrem Hals erinnerte. »Er weiß nicht, wo ich bin. Ich meine, er weiß, dass ich im Hof des Feuers bin, aber nicht genau wo. Er hat versucht, mich dazu zu bringen, dass ich ihm erzähle, wie du mich verstecken konntest, und er sagte, seine Quelle im Schwarzen Syndikat sei erzürnt wegen der verstärkten Schutzzauber um die Waisen. Als ich ihn fragte, wer seine Quelle sei, meinte er, wenn ich herausfände, wer meine Mutter getötet hat, würde ich auch herausfinden, wer hinter allem steckt.«

»Was ist mit dem Herrn der Assassinen? Du glaubst, dass er weiß, wer ich bin«, sagte Sorin leise.

»Aber er hätte niemals meine Mutter ermorden lassen«, antwortete Scarlett und scharrte mit ihrer Stiefelspitze in der Erde.

Für einige Minuten herrschte Schweigen. »Ich wusste nicht, dass du dabei warst, als Eliné getötet wurde.«

»Ich war neun. Ich erinnere mich an nicht viel an diesem Tag, nur dass meine Mutter mich am Abend ins Bett gebracht hat. Sie blieb eine Weile, umarmte mich ungewöhnlich lange und sagte mir, wie sehr sie mich liebte. Sie hatte Tränen in den Augen. Ich erinnere mich noch, wie seltsam ich es fand, und ich konnte nicht einschlafen, nachdem sie mein Zimmer verlassen hatte.

Ich bin aufgestanden, um sie nach etwas warmer Milch zu fragen, und sah, wie sie in ihrem Mantel den Weg vor dem Haus hinunterging. Als Heilerin wurde sie zu allen möglichen Tageszeiten gerufen, aber diesmal hatte sie die Tasche mit ihrer Ausrüstung nicht bei sich. Ich schlüpfte in meinen Mantel und folgte ihr. Sie bog in eine Gasse ein, und in diesem Moment bemerkte sie mich. Sie erblasste, eilte zu mir und fragte mich wieder und wieder, was ich hier machte. Tränen strömten dabei über ihre Wangen. Dann erstarrte sie, als hörte sie etwas. Sie nahm ihren Ring ab und steckte ihn an meinen Finger, ehe sie mich in einer Mülltonne versteckte und mir einschärfte, die Augen zu schließen und keinen Mucks von mir zu geben.

Aber ich hörte alles. Da waren zwei Männer. Er fragte sie nach ihrem Ring und wie sie ohne ihn kämpfen wollte. Ich wusste nicht, was das bedeutete. Dann fragte er, wo sie mich versteckt habe. Er war zuerst zum Quartier der Heiler gegangen und hatte mich dort nicht gefunden. Die Tonne hatte ein kleines Loch, durch das ich nach draußen spähte. Ich konnte den Mann, der sprach, nicht sehen, aber den anderen, der ganz in Schwarz gekleidet war und sogar eine Maske trug. Er zog einen Dolch, und meine Mutter wich an die Wand zurück. Der Dolch war vollkommen schwarz, schwärzer als deine Klingen.

Ich erspare dir die Details, wie er sie zerfleischt hat. Wie sie schrie. Wie ich die Hände auf meinen Mund gepresst habe, damit sie mich nicht hörten. Ich konnte den Blick nicht abwenden. Ich habe alles gesehen. Als er fertig war, verließ er die Gasse. Ließ sie zerstückelt dort liegen. Ich habe mich wieder und wieder übergeben und saß wer weiß wie lange in dieser Tonne. Irgendwann fand Cassius mich. Er brachte mich in die Gefolgschaft, wo der Herr der Assassinen mich verbarg, bis die Sache mit den Waisen begonnen hat. Aber jetzt frage ich mich, ob sie sich mit dem Ring hätte verteidigen können.« Ihre Stimme versagte, während sie versuchte, die Tränen zurückzuhalten. »Wenn ich ihr nicht gefolgt wäre, dann hätte sie sich vielleicht retten können.«

»Nein, Scarlett«, hauchte Sorin. »Du kannst dir nicht die Schuld geben. Er sagte, dass er zuerst nach dir suchte. Wärst du ihr nicht gefolgt, hätten sie euch beide umgebracht.«

»Aber mit ihrem Ring hätte sie eine Chance gehabt.« Scarlett drehte ihn um ihren Finger. »Sie hätte nach Hause kommen können, zu dir und Talwyn, und hätte in Ordnung bringen können, was in aller Welt falsch gelaufen war.«

Sorin hob ihr Kinn mit einem Finger. »Niemand bekommt zu sehen, was hätte sein können, Scarlett, aber wenn du nach vorne blicken willst, kannst du dich nicht ständig mit dem beschäftigen, was hinter dir liegt.«

»Vielleicht«, sagte sie, ließ sich zurück auf die Bank sinken und bettete einmal mehr den Kopf auf seinen Oberschenkel. Der Himmel war strahlend blau, kein Wölkchen zu sehen. »Nur wenige kennen die Einzelheiten dieser Nacht. Nun kennst du ganz offiziell alle meine Geheimnisse, Sorin Aditya.«

Sorin begann, an ihrem Zopf herumzuspielen. »Du hast in deinem kurzen Leben bereits eine Menge durchgemacht, Scarlett Monrhoe.«

»Ich bin müde, Sorin«, sagte sie leise. »So, so müde.«

»Ich weiß, Liebes, aber du bist nicht allein. Du kannst dich hier ausruhen.«

»Kann ich das? Bin ich nicht selbst hier noch ständig am Ertrinken? Findet Mikale mich nicht trotzdem noch? Sind die Waisen nicht weiterhin in Gefahr? Hegst du nicht nach wie vor den Wunsch, dass ich einen Thron besteige und die Probleme gleich zweier Höfe auf mich nehme?«

»Scarlett, du bist mit diesen Dingen nicht allein. Mikale kommt nicht an dich heran. Für die Waisen finden wir eine Lösung, und was die Höfe betrifft, das ist deine Entscheidung. Wenn du den Thron nicht besteigst, werde ich dich nicht anders sehen als jetzt. Wenn du lieber in ein Haus in den Bergen ziehen und dein Leben dort verbringen möchtest, dann sorge ich dafür, dass du dort sicher bist und es dir an nichts mangelt.«

Scarlett verfiel in Schweigen und blickte zu Sorin auf, der immer noch an ihrem Zopf herumspielte. Dieser Tag war absolut perfekt. Mit ihm hier zu sitzen, zu reden, sie selbst zu sein. Es war perfekt und wundervoll, und sie konnte frei atmen.

»Sorin?«

»Ja, Liebes?«

»Ich gebe dir nicht die Schuld. Am Tod meiner Mutter. Du bist nicht verantwortlich dafür.«

Sorin schwieg, er wusste offenbar nicht, was er sagen sollte, doch dann erstarrte er in genau dem Moment, als sie es auch spürte. Es war wie eine eisige Brise ohne Wind. Die Härchen auf ihren Armen stellten sich auf. Augenblicklich waren sie beide auf den Beinen. Die Felsbrocken im Hof schienen zu vibrieren, bis einer der kleineren explodierte. Unverzüglich errichtete Sorin einen Flammenschild um sie herum, von dem die Steinsplitter abprallten.

»Verdammt.« In seiner Stimme lag das reine Grauen. Scarlett sah zu, wie er mit dem Finger ein Symbol mit einer Flamme in die Luft schrieb, das sofort wieder verschwand. Sein Blick richtete sich wieder auf sie, als er sagte: »Es tut mir so leid.«

»Was?«, fragte Scarlett mit weit aufgerissenen Augen.

Doch Sorin blickte jetzt zum Eingang der Übungsarena und schob Scarlett hinter sich.

»Guten Tag, Prinz des Feuers.«

Talwyn erschien, und Scarlett wurde blass. Aus der Nähe war ihre Ausstrahlung noch intensiver. Sie hatte sich das Haar zur Seite geflochten, wo es ihr über die Schulter fiel. Kleine elfenbeinfarbene und violette Blüten waren darin verwoben. Sie trug braune Hosen, eine weiße Tunika und Rüstungsteile aus Leder darüber. Dolche und andere Waffen zierten sie, einschließlich der Zwillingsklingen auf ihrem Rücken. An ihrem Finger entdeckte Scarlett einen Ring, die Schwester zu dem an ihrem eigenen Finger. Scarlett ballte die Hände zu Fäusten, versuchte, das Schmuckstück vor ihr zu verbergen.

»Was willst du hier, Talwyn?« Sorins Tonfall war barsch.

»Ich habe dir gesagt, dass unsere Unterhaltung noch nicht zu Ende ist«, antwortete Talwyn mit einer Stimme, die nicht weniger feindselig klang als seine.

»Dann werden wir an einem anderen Ort sprechen. Ich komme in die Weißen Hallen. Du hast mein Wort«, antwortete Sorin.

»Dein Wort bedeutet mir nichts«, antwortete Talwyn abfällig.

Ein hoher, quietschender Laut drang an Scarletts Ohren. Es klang wie Klauen, die über den Stein der Mauern schabten. Scarlett presste die Hände auf die Ohren, schrie und fiel auf die Knie. Das Geräusch war unerträglich.

»Ich denke, es wird Zeit, dass wir uns außerhalb des Walds treffen, findest du nicht auch«, flötete Talwyn.

»Hör auf damit, Talwyn«, fuhr Sorin sie an. »Das ist eine Sache zwischen dir und mir.«

Scarlett hörte die Panik in seiner Stimme. Sie hatte sie nur einmal zuvor so gehört – als er dachte, dass sie an der Wunde in ihrer Seite sterben würde, die von einem Shira-Stein stammte.

»Es war eine Sache zwischen uns beiden, bis du andere mit hineingezogen hast«, rief Talwyn verächtlich, und ihre Augen blitzten zornig. Als wären sie von unsichtbaren Winden herangetragen worden, tauchten Callan, Finn und Sloan auf, gefesselt und geknebelt mit Ranken, die sich um ihre Körper wanden.

»Callan!«, schrie Scarlett. Sie sprang auf die Beine und wollte zu ihnen rennen, doch Sorin packte sie am Handgelenk und hielt sie in seinem Schild. Finns Augen waren riesig, als er sich umsah. Sloans Gesicht zeigte pure Wut, doch Callans Blick war auf sie gerichtet. Sie konnte seine Miene, den Ausdruck in seinen Augen, nicht deuten.

Nein. Nein! Nicht schon wieder. Vor ihrem inneren Auge blitzte eine kalte Gefängniszelle auf, in die Cassius, Nuri und Juliette geführt wurden.

Die Erde wölbte sich unter ihren Füßen, und Scarlett merkte, wie sie aus Sorins Schild und in Talwyns Richtung taumelte. Sie wurde Sorin entrissen, spürte, wie seine Flammen nach ihr griffen, doch ihnen wurde die Luft entzogen.

»Keine Sorge, Prinz des Feuers«, lächelte Talwyn. »Ich werde ihr nichts tun. Wir müssen nur reden.« Talwyn schnippte mit den Fingern, und Scarlett fand sich in einem Wirbel aus Winden wieder, aus dem es kein Entkommen gab.

»Sorin!«, schrie sie, doch der Sturm riss ihre Worte mit sich.

Asche und Rauch bildeten sich hinter Sorin, und Rayner trat mit gezogenen Klingen hervor.

»Willkommen, Aschereiter«, begrüßte Talwyn ihn gelassen. »Ich dachte mir schon, dass du gleich nach mir hier auftauchen würdest.«

Rayners Blick wanderte von Sorin zu Scarlett und zurück.

»Um sie solltest du dir Sorgen machen, Rayner, nicht um mich«, brüllte Sorin. Er zog seine eigenen Schwerter, und Scarlett stockte der Atem, als Flammen die Klingen hinunterrasten. Er strebte auf Talwyn zu, doch ein Windstoß rammte ihn.

Scarlett schrie auf, als er nach hinten geschleudert wurde, aber erneut schluckte der Wirbelsturm, in dem sie gefangen war, ihre Stimme. Rayner löste sich in Rauch auf und materialisierte sich direkt vor dem Wirbel erneut.

»Rayner!«, schrie sie. »Hilf ihm!«

»Er kommt zurecht, Scarlett«, antwortete Rayner gelassen, obwohl er schreien musste, um über das Toben des Winds gehört zu werden. Er hob die Hände, aus denen Rauch und Asche quoll, während er den Wirbel umkreiste, als suchte er eine Schwachstelle.

»Sie hat ihn gerade gegen eine Wand geschleudert!«, schrie sie.

Immer noch auf den Sturm vor sich konzentriert, warf Rayner einen schnellen Blick nach hinten. »Er setzt nicht seine volle Kraft ein, Scarlett. Er kratzt nicht einmal daran.«

»Wo sind Cyrus und Eliza?«

»Sie kommen, so schnell sie können«, antwortete Rayner. Dann fluchte er leise, als ihm klar wurde, dass es unmöglich war, zu ihr zu gelangen.

»Geh zu Callan und den anderen, hilf ihnen!«, rief sie ihm zu, doch Rayner machte keine Anstalten, das zu tun.

»Sie stecken in unsichtbaren Windgefängnissen, Scarlett. Sie können nichts von dem hören, was gesagt wird. Sie können nur zusehen. Wir kommen nicht an sie heran.«

»Sag ihr, dass sie mir den Ring geben soll, und wir können die Sache hier und jetzt beenden«, richtete sich Talwyn an Sorin. Entsetzt sah Scarlett zu, wie sich das Ding, das sie für ein Armband gehalten hatte, von Talwyns Handgelenk löste wie eine Schlange.

Es schlug Funken und knisterte wie ein Blitz, ehe es sich in Talwyns Hand in eine Peitsche verwandelte.

»Er gehört ihr, und niemand sagt ihr, was sie zu tun hat«, knurrte Sorin. Er näherte sich ihr erneut, und als die Winde dieses Mal auf ihn zurasten, hielt er ihnen stand.

Ein bösartiges Lächeln breitete sich auf Talwyns Lippen aus. »Verschwende deine Kräfte nicht, Sorin«, spottete sie. »Wir beide wissen, dass du dieser Tage ein bisschen … weniger davon hast.«

Talwyn holte mit der Peitsche aus, doch bevor sie sie schwingen konnte, wurde der Riemen von hinten um eine Flammenklinge gewickelt. Talwyn wirbelte überrascht herum. Eliza stand mit dem Schwert in der Hand hinter ihr. Es war die schönste Waffe, die Scarlett je gesehen hatte.

»Ich habe unterschätzt, wie schnell du sein würdest«, knurrte Talwyn.

»Ihr unterschätzt mich häufiger, Eure Majestät«, gab Eliza zurück.

Wenn Blicke hätten töten können, dann hätte Talwyns finsteres Starren sie auf der Stelle umgebracht.

Cyrus erschien an Rayners Seite und fluchte wild, als ihm klar wurde, in welcher Situation sie sich befanden.

»Cyrus, hilf Callan!«, schrie Scarlett erneut, aber auch er machte keine Anstalten, ihrer Bitte Folge zu leisten.

Mit einer ruckartigen Bewegung holte Talwyn sich die Peitsche zurück, ehe sie sich wieder Sorin zuwandte. »Nichts hiervon ist nötig, du Narr«, knurrte sie.

»Du bist diejenige, du uns aufgesucht hat, meine *Königin*«, antwortete er. Das Gift, das von dieser Anrede troff, war schier greifbar.

»Genug!«, schrie Talwyn. Mit einem Übelkeit erregenden Aufprall wurden Sorin und jedes Mitglied seines Inneren Hofs gegen die Wände der Übungsarena geschleudert, getragen von Winden, die Bäume aus dem Boden hätten reißen können. Fesseln, die Wurzeln zu sein schienen, wuchsen aus den Rissen in den Steinwänden und pinnten sie dort fest. Sorin sprang augenblicklich wieder auf die Beine, doch Talwyn war bereits bei ihm, und ihre Peitsche wickelte sich um seinen Hals.

»Ich weiß, wer sie ist, Sorin.« Ihre Stimme war leise und grausam. »Ich weiß, warum sie den Ring hat. Wie kannst du es wagen, sie vor mir zu verbergen? Sie ist von meinem Blut.«

Scarlett erstarrte in dem Wirbel. Sie wusste es. Sie wusste, dass sie Cousinen waren. Wie hatte sie es herausgefunden? Wie lange wusste sie es schon?

»Ich weiß, dass du keine Sympathien für mich hegst«, fuhr sie fort, »aber hasst du wirklich alles und jeden in den Weißen Hallen so sehr? Ist deine Liebe mit Eliné gestorben?«

Sorin kämpfte gegen die Peitsche um seinen Hals an. Flammen umgaben seine Hände, als er versuchte, sich davon zu befreien. Die Angehörigen seines Inneren Hofs fluchten und stemmten sich gegen ihre eigenen Fesseln.

»Tu es, Sorin!«, schrie Eliza.

»Nein! Tu es nicht!«, brüllte Cyrus.

Talwyn schnalzte mit der Zunge. »Was wirst du tun, Sorin? Willst du wirklich diese langsam verrinnende Quelle verschwenden?«

Scarlett konnte sich nicht darauf konzentrieren, was gesagt wurde. Sie konnte nicht einmal versuchen zu entschlüsseln, worauf sie anspielten. Ihr Atem ging abgehackt. Ihre Schatten peitschten um sie herum, warfen sich gegen die Wände des Wirbels. Sie bekam kaum ausreichend Luft in die Lunge, und sie fragte sich, ob auch das Talwyns Werk war.

Gefangen. Sie war gefangen. Sie war eingesperrt. In einem Käfig. Schon wieder. Sie konnte nur hilflos zusehen. Sie sah Callan an, dessen Augen ungläubig geweitet waren. Sloan kämpfte gegen seine Fesseln und sah aus, als wollte er jemanden umbringen. Finn beobachtete, plante. Sie blickte zu Eliza und Rayner, zu Cyrus, der mit aller Macht kämpfte, nicht um zu Sorin zu gelangen, sondern zu ihr. »Kämpfe!«, brüllte er. »Die Sterne sind es wert!«

Sie drehte sich um und sah Sorin, der immer noch mit der Peitsche rang. Sorin, der sie nie im Stich gelassen hatte. Sorin, der für sie hinunter in die Tiefen der Hölle stieg, wann immer sie abstürzte. Sorin, ihr Licht in der Dunkelheit. Sie erinnerte sich, wie sie auf einem kalten Steinboden gelegen hatte. Sie erinnerte sich an ein anderes triumphierendes boshaftes Lächeln, an Augen, die sich an ihrem Leiden ergötzten. Nicht noch einmal.

Nicht noch einmal.

Nicht noch einmal.

Die Sterne sind es wert, für sie zu kämpfen.

Flammen, weiß wie Sternenlicht, loderten überall um sie herum. Der Wirbelsturm zerbarst. Talwyn schrie auf, als sie durch den Hof geschleudert wurde, und die Wurzeln, die alle von Sorins Innerem Hof hielten, erschlafften. Scarlett landete auf den Füßen, schwebte auf ihren Schatten über dem Boden. Sie brauchte eine verdammte Klinge. Sie rannte über den steinigen Untergrund des Hofs, um zu Sorin zu gelangen. Als sie auf halbem Weg war, kam Talwyn bereits wieder auf die Beine, eine Mischung aus Schock und Zorn in ihren Zügen.

»Eliza! Sie braucht ein Schwert!«, rief Sorin.

Eliza schrie Worte in der Alten Sprache. Wie die anderen Mitglieder des Inneren Hofs rappelte sie sich gerade wieder auf die Beine, doch keiner von ihnen war schnell genug, um Scarlett vor Talwyn zu erreichen.

Flammen loderten vor Scarlett auf, und als sie verschwanden, lag dort ein Schwert. Die Klinge war aus dem schwarzen Metall, das sie von Sorins Waffen kannte, doch das Heft leuchtete so weiß wie die Flammen, die noch Sekunden zuvor daraus explodiert waren.

»Nein!«, schrie Talwyn.

Scarlett hatte das Schwert in der Hand, bevor Talwyn noch einen weiteren Schritt tun konnte. Sobald ihre Finger das Heft berührten, wurde die Klinge von den gleichen weißen Flammen eingehüllt. Als sie das Schwert anhob, spürte sie die volle Wucht all der Wut, des Schmerzes und des Verlusts, die sie in diesen letzten Jahren erlitten hatte. Endlich hatte sie einen Ort gefunden, dem sie sich zugehörig fühlte. Sie hatte jemanden gefunden, der sie nicht allein ließ. Sie hatte Gefährten gefunden, die ihre Dunkelheit nicht fürchteten und sie sogar begriffen. Gefährten, die sie nicht allein ließen. Sie hatte ein Zuhause gefunden.

Zur Hölle mit jedem, der versuchte, ihr das wieder zu nehmen.

Sie spürte Sorin und die anderen hinter sich heranrasen und fühlte, wie Talwyn ihre Macht sammelte, um sie zurückzustoßen. Sie wusste instinktiv, was sie tun musste. Ihre Macht zerrte an der Leine, die sie im Zaum hielt, wollte um jeden Preis die Führung übernehmen.

Also überließ sie ihr die Führung.

Sie setzte die Spitze der Klinge auf die Erde, und eine Wand aus denselben weißen Flammen brach zwischen ihnen aus dem Boden hervor und raste in Richtung Himmel. Selbst Talwyns Macht konnte sie nicht durchbrechen.

»Wie bist du an dieses Schwert gekommen?«, tobte Talwyn, nicht an sie oder Sorin gerichtet, sondern an Eliza.

»Ihr unterschätzt mich schon wieder, Majestät«, antwortete sie mit einem hämischen Grinsen. Scarlett spürte den Hass, der von Talwyn ausstrahlte. Einmal mehr hob sie ihre Peitsche aus Blitzen, und als sie sie dieses Mal herabsausen ließ, trat Scarlett durch die Wand aus Flammen und begegnete ihr mit ihrer eigenen Klinge.

»Bleibt hinter den Flammen«, hörte sie Sorin hinter sich seinem Inneren Hof befehlen.

»Ich weiß, wer sie ist, Sorin«, rief Talwyn. Ihre Stimme war jetzt wieder dieser gelassene Singsang.

»Genug«, schrie Scarlett. Ihre Stimme klang rein und gebieterisch. Talwyns Blick richtete sich auf sie.

»Du hast hier keine Befehle zu erteilen«, antwortete Talwyn, und ihre Lippen formten sich zu einem dünnen Lächeln.

»Ich denke, du wirst feststellen, dass diese Meinung niemand hier teilt«, antwortete Scarlett in einem Tonfall der nicht weniger eisig war als der Talwyns.

»Bist du endlich gekommen, um deinen Thron zu beanspruchen?«, fragte Talwyn, während eine Kugel, die aus der gleichen Blitzenergie wie die Peitsche zu bestehen schien, in ihrer Hand auftauchte.

»Scarlett!«, rief Sorin warnend. Sie spürte, wie er durch ihre Flammenwand trat, und sah wie in Zeitlupe, wie Talwyn jene Kugel aus purer Energie auf ihn schleuderte. Sie hatte keine Ahnung, was sie tat oder wie sie es tat, doch eine Kugel ihrer weißen Flammen traf Talwyns Energieball noch in der Luft, und der Aufprall dieser beiden Mächte erschütterte den Hof mit einer Explosion, die alle Anwesenden gegen die hohen Mauern um sie herum schleuderte.

Scarlett unterdrückte einen Schrei, als sie Knochen in ihrem Unterarm brechen spürte. Sorin war augenblicklich an ihrer Seite, und ein Schild aus Flammen hüllte sie ein. Rayner trat mit dem Schwert, das Eliza ihr geschickt hatte, aus einem Wirbel aus Rauch und Asche neben ihnen. Er verstärkte Sorins Schild um seinen eigenen, und ein paar Augenblicke später schlossen Eliza und Cyrus sich ihnen an und steuerten auch ihre Macht bei. Sorin half Scarlett auf die Beine, und sie unterdrückte einen Schrei, als ein stechender Schmerz durch ihren Bauch zuckte. Sie kannte diesen Schmerz. Ihre Rippen waren im besten Fall geprellt und im schlimmsten gebrochen. Als Talwyn sich ihnen näherte, drängte

Scarlett den Schmerz zurück und ergänzte den Schild um eine Schicht weißer Flammen.

»Dies ist eine Familienangelegenheit«, zischte Talwyn, das Gesicht blass vor Zorn.

»*Das hier* ist meine Familie.« Scarletts Arm brannte, und ihre Sicht verschwamm, während sie versuchte, um ihre schmerzenden Rippen herum zu atmen, aber ihre Stimme war fest. Ihre Knie gaben nicht unter ihr nach.

»Es gibt so viel, was du nicht weißt«, erwiderte Talwyn, und Scarlett hätte schwören können, einen Hauch Panik in ihrer Stimme zu hören.

»Ich weiß genug«, antwortete Scarlett, und Frost begann, die Mauern des Hofs hinaufzukriechen.

Talwyn richtete ihre Aufmerksamkeit auf Sorin, und Hass erfüllte ihre Augen. »Du hast mich einmal mehr enttäuscht, Prinz.«

»Rede nicht so mit ihm«, fuhr Scarlett sie an, und ein Dolch aus Eis erschien an Talwyns Kehle.

Talwyn wischte ihn einfach zur Seite. Der Dolch fiel klappernd zu Boden und zersprang. »Beschränke dich am Hof des Feuers lieber auf Feuertricks«, antwortete Talwyn liebenswürdig. »Und was ist mit deinem sterblichen Geliebten?« Sie drehte sich um und näherte sich Callan, Finn und Sloan.

»Lass sie in Ruhe«, rief Scarlett wütend. Sie wollte aus dem Schild treten, doch Sorin ergriff ihren Arm.

»Ich werde sie befreien«, keuchte er.

»Nein«, entgegnete Scarlett kühl. Sie formte ihre Schatten zu Geschossen, die dicht über dem Boden direkt auf Talwyn zurasten. Sie schlang sie um Talwyns Knöchel und zog daran, um sie schließlich zu Fall zu bringen.

Als sie dieses Mal aus dem Schild treten wollte, ließ Sorin sie gehen. Sie hielt direkt auf Callan und die anderen zu. Ein Gedanke reichte aus, und die Ranken, die sie hielten, verbrannten zu Asche, und die unsichtbaren Schilde lösten sich auf. Talwyn war wieder auf den Beinen, Winde peitschten um sie herum, und Blitze flackerten an ihren Fingerspitzen. Flammen umgaben Callan und seine Männer, schirmten sie vor Talwyn ab.

»Wie hast du das gemacht?«, wollte sie wissen.

Ein Lächeln, das nicht weniger schlangengleich war als Talwyns vorhin, erschien auf Scarletts Lippen. Sie näherte sich der Königin der Fae einen Schritt. Ihre Schatten kräuselten sich um Talwyn, krochen ihren Körper hinauf, schlangen sich um ihren Hals. »Ich kenne mehr Tricks als nur Feuer und Eis«, schnurrte Scarlett. Sie sah, wie Talwyn zusammenzuckte, als die Schatten in ihre Haut bissen. »Wenn du dich Prinz Callan oder seinen Wachen noch einmal näherst, bringe ich dich um.«

»Das kannst du gerne versuchen«, antwortete Talwyn leise, herausfordernd.

Scarlett schenkte ihr lediglich ein furchterregendes Lächeln und ließ zu, dass sich die Schatten noch etwas tiefer in ihre Haut gruben, ehe sie sie zurückrief.

Talwyns Blick richtete sich auf Sorin, der immer noch hinter Scarletts Flammen stand. »Bereite sie gut vor, Prinz. Sie muss in der Lage sein, sie zu kontrollieren, um sie einsetzen zu können. Ein magischer Temperamentsausbruch, wenn ihr Leben … oder das derjenigen, die sie liebt … in Gefahr ist, wird nicht ausreichen.«

Und dann, genau wie in der Nacht, als Scarlett sie von Sorins Balkon aus beobachtet hatte, verschwand Talwyn, als wäre sie nie da gewesen.

17
CALLAN

Sobald Talwyn verschwunden war, stürmte Callan zu Scarlett. Sorin und sein Hof rannten von der anderen Seite des Geländes aus auf sie zu. Er fing sie auf, ehe sie auf ihren eindeutig gebrochenen Arm fallen konnte. Alles war so falsch gelaufen. So schrecklich falsch.

»Alles in Ordnung?«, keuchte sie. Schmerz verzerrte ihre Züge, während sie den Arm schützend an ihren Körper presste. Und ihre Augen. Sie waren silbern, und unvergossene Tränen schimmerten darin.

»Mir geht es gut, Scarlett«, flüsterte er und strich ihr das schweißnasse Haar aus dem Gesicht. Da war eine Schramme an ihrem Wangenknochen, aus der Blut sickerte. »Es tut mir so leid.«

»Was?« Verwirrung huschte über ihre Züge, doch bevor er sich erklären konnte, standen alle anderen bei ihnen.

»Geh, Rayner«, befahl Sorin. »Hol Beatrix.«

Rayner verschwand in Rauche und Asche, und Sorin schuf ein Feuerportal für den Rest von ihnen. Callan stand auf und hob Scarlett dabei in seine Arme. Sie unterdrückte einen Schrei. Sorin starrte ihn an, seine Augen verengten sich leicht, und seine Hände ballten sich zu Fäusten. Er konnte nicht wissen, dass er die vergangene Nacht mit Talwyn verbracht hatte, oder etwa doch? Callan erwiderte sein Starren und drückte Scarlett etwas enger an seine Brust. Ihr Gesicht war bleich, während sie durch ihre Zähne gegen den Schmerz anatmete. »Geht hindurch«, sagte Sorin und wies mit dem Kinn auf das Portal.

Callan trat in ein Schlafzimmer, dicht gefolgt von Finn und Sloan. Nachdem Sorin sich ihnen als Letzter angeschlossen hatte, schnappte das Portal wieder zu. »Auf das Bett«, sagte er. Callan durchquerte den Raum und legte sie, so sanft er konnte, auf die riesige, weiche Bettdecke. Sie zischte bei der Bewegung.

»Was brauchst du?«, fragte Callan, setzte sich neben sie auf die Bettkante und umfasste ihre Hand.

»Mir geht es gut, Callan«, sagte sie mit schmerzverzerrten Zügen. »Bist du wirklich in Ordnung? Sie hat dir nichts getan?«

»Nein, kein Kratzer, mein Nachtschatten«, flüsterte er besänftigend und strich mit dem Daumen über ihren Handrücken. Sie schloss die Augen, und Tränen quollen aus ihren Augenwinkeln, um sich mit dem Blut auf ihrer Wange zu vermischen. Er sah Sorin an, dessen harte Augen seinen Blick erwiderten. Eliza und Cyrus hatten sich im Raum verteilt und wirkten unsicher, während ihre Blicke zwischen ihm und Sorin hin und her huschten. »Ich dachte, Fae könnten sich selber heilen?«, presste Callan hervor.

»Das kann sie, aber ihre Knochen sind an mehr als einer Stelle gebrochen, und sie hat gerade mehr Magie auf einmal verbraucht als je zuvor. Sie hat nicht genug Kondition und Kraftreserven aufgebaut, um noch Magie für die Selbstheilung übrig zu haben, nachdem sie so schnell und tief drauf zugegriffen hat«, knurrte er. »Unsere Heilerin wird gleich hier sein.«

Ihr Atem ging unregelmäßig, und sie versuchte, sich aufzusetzen, wobei sie einen Schmerzensschrei unterdrücken musste. »Scarlett, eine Heilerin kommt«, beruhigte Callan sie und versuchte, sie wieder nach hinten zu drücken. Ihre Augen huschten panisch durch den Raum.

»Sie wird sich übergeben müssen, wegen der Schmerzen und

weil sie so tief in ihre Magie gezwungen wurde«, sagte Sorin gepresst und schickte ihm einen Eimer durch eine Flamme. Augenblicklich erbrach Scarlett sich in den Behälter. Sie setzte sich auf, versuchte zu Atem zu kommen, hielt sich den Bauch. Ihr ganzer Körper war wie Eis, obwohl Flammen an ihren Fingerspitzen tanzten, wo sie sich mit den Schatten mischten. Rauch kräuselte sich aus ihrem Mund, als sie statt ihres Mageninhalts Eis und Wasser erbrach. Jedes Mal, wenn ihr Körper sich erneut verkrampfte, schrie sie auf.

»Atmen, Scarlett. Atmen. Die Heilerin kommt gleich«, sagte er leise.

Hilflos. Er konnte ihr nicht helfen. Ihre Schatten verdichteten sich mit jedem abgehackten Atemzug. Die Magie, die sie vorhin zur Schau gestellt hatte? Heilige Götter. Es war hundertmal mächtiger gewesen als das, was sie am Tag ihrer Ankunft hier getan hatte.

»Du musst mich zu ihr lassen.«

»Was?« Callan drehte sich zu Sorin um, der ebenfalls zu zittern schien. Es war Selbstbeherrschung, erkannte Callan. »Nein. Sie ist wegen dir hier! Warum hast du sie nicht beschützt!«, fuhr er ihn an.

»Lass ihn deinen Platz einnehmen, Prinz. Ihre Magie tobt, und sie wird nicht in der Lage sein, sie noch länger zu kontrollieren. Ihre Macht wird sich selbstständig machen, ohne sich darum zu kümmern, was es sie kosten wird«, warnte Eliza ihn.

»Nein.«

»Entweder schiebst du deinen Arsch freiwillig da weg, oder ich tue es für dich«, knurrte Cyrus, der bei den Balkontüren stand.

»Was kann er schon tun? Er sagte doch, dass wir auf eine Heilerin warten.«

»Das ist kein Wettpissen, Prinz. Beweg deinen Arsch.« Cyrus stieß sich von der Wand ab.

»Callan«, zischte Finn.

Nach einem Blick in die Runde entfernte er sich widerstrebend vom Bett. Sorin war schneller an ihrer Seite, als er blinzeln konnte. Callan sah zu, wie er ihren unverletzten Arm ergriff und ihre Hand flach an seine Brust legte.

»Atme«, sagte Sorin leise und strich ihr mit der anderen Hand durchs Haar. »Konzentrier dich. Pass dich mir an. Wie wir es immer tun.«

Wie wir es immer tun. Das war nicht das erste Mal. Sorin hatte ihr zuvor schon auf diese Weise geholfen, durch was auch immer das hier war.

»Wo ist die Heilerin?«, keuchte Scarlett zwischen ihren Atemzügen.

»Sie kommt. Du schaffst das. Du hast schon Schlimmeres durchgestanden. Ich habe dir schon Schlimmeres zugemutet. Erinnerst du dich, als ich dich so lange laufen ließ, bis du dich übergeben musstest, und dann habe ich dich gezwungen, noch mehr zu laufen, einfach nur weil ich es konnte?«

»Erinnerst du dich an das eine Mal, als ich dir ins Gesicht geboxt habe?«, murmelte sie.

»Na also, Liebes«, flüsterte er und küsste ihre Stirn. Callans Herz zog sich zusammen, als sie sich an ihn schmiegte, ihre Stirn an seiner Brust, gleich über ihrer Hand. »Atme, Liebes.« Sorins Stimme war so sanft, so zärtlich. Er liebte sie. Sorin liebte sie ebenso sehr wie er selbst. Callan fühlte sich plötzlich, als ob *er* sich übergeben müsste.

Ihr Zittern ließ nach, als sie sich aufsetzte und ganz auf ihren Atem konzentrierte. Sorin strich ihr beruhigend über den Rücken. Niemand sagte ein Wort, während sie dem Prinzen dabei zusahen, wie er dem Nachtschatten Halt gab, während ihre Dunkelheit über seine Wange, seine Arme strich. »Nichts von dem, was heute passiert ist, war deine Schuld. Verstehst du mich?«, sagte Sorin sanft, aber bestimmt, als ihr Atem sich etwas beruhigt hatte, und hob ihr Gesicht an, um ihr in die Augen blicken zu können. Callan sah Zweifel darin flackern. »Scarlett, du bist in Sicherheit. Niemandem ist etwas passiert. Es war nicht deine Schuld.«

Schnelle Schritte näherten sich, und eine ältere Frau eilte in den Raum, Rayner direkt hinter ihr. Sie war die Heilerin, die er schon an seinem ersten Tag hier gesehen hatte. Sie durchquerte den Raum, warf einen Blick auf Scarletts Arm und ließ ihre Finger an ihrer Wange ruhen. Weißes Licht blitzte in ihrer Hand auf, und Scarlett schlief augenblicklich ein. Sanft ließ Sorin sie zurück in die Kissen gleiten und erhob sich dann, um die Heilerin arbeiten zu lassen. Sie tauschten ein paar leise Worte, während sie sich auf Scarletts gebrochenen Arm konzentrierte. Dann richtete sie ihre Aufmerksamkeit auf die Rippen, die sie auf eine magische Weise verband, die Callans Mund leicht offen stehen ließ.

Während sie auf Scarlett konzentriert waren, nahm er sich einen Moment, um sich im Raum umzusehen. Die Suite war riesig. Ein Schreibtisch und Bücherregale an den Wänden. Zwei gepolsterte Sessel am Feuer, der Umhang eines Mannes über einem davon. Sein Blick glitt zu der Balkontür, an der Cyrus noch immer mit verschränkten Armen stand. Zwischen den Fenstern stand eine Chaiselongue, auf der Waffen verstreut lagen. Waffen, die er erkannte. *Ihre* Waffen.

Er sah sich im übrigen Raum um. Waren das seine Gemächer oder ihre? Er blickte zu Eliza hinüber, die mit Rayner flüsternd an der Schlafzimmertür stand, und sie begegnete seinem Blick. Ihre Lippen formten eine grimmige Linie. Zu ihrer Rechten führte eine offene Tür in ein Ankleidezimmer, und er erspähte ein paar weibliche Kleidungsstücke. Also war es ihr Zimmer.

»Sie wird ein paar Stunden schlafen und dann schmerzfrei wieder aufwachen, doch sie muss die kommenden Tage langsam angehen. Sie wird sich wund fühlen, und diese gebrochenen Rippen brauchen etwas Zeit. Außerdem ist sie geschwächt, weil sie ihre magischen Reserven auf die falsche Weise aufgezehrt hat«, sagte die Heilerin, deren Stimme rau vom Alter war.

»Danke, Beatrix«, antwortete Sorin und beugte sich hinunter, um der Frau einen Kuss auf die Wange zu hauchen.

»Und Ihr, Prinz?«, fragte die Heilerin mit einem kleinen Lächeln auf den Lippen. Sie hob die Hand an seine Stirn, wo eine Schramme heilte, die er sich vermutlich zugezogen hatte, als Talwyn ihn gegen die Mauer schleuderte. Weißes Licht blitzte auf, und sie war verschwunden. Nicht mal eine Narbe blieb zurück. »Sonst noch jemand?« Die Heilerin sah sich im Raum um. Als niemand antwortete, ging sie.

Sorins Blick richtete sich auf ihn und seine Wachen. Das Funkeln in seinen Augen war beinahe wild. Cyrus und Rayner schoben sich wie beiläufig zwischen die beiden Prinzen. »Ein anderer Ort wäre vermutlich besser, Sorin«, sagte Rayner kühl.

»Geht ins Wohnzimmer«, schlug Eliza vor. »Ich bleibe bei ihr.«

Sorin ging an ihr vorbei, und Rayner und Cyrus sahen ihn so erwartungsvoll an, dass Callan kaum eine andere Wahl blieb, als ihm zu folgen. Er betrat das Wohnzimmer und identifizierte es augenblicklich als den Raum, in dem sie an ihrem ersten Tag am Feuerhof gewesen waren. Dies mussten Sorins Privatgemächer sein, nicht ihre.

»Wie zur Hölle hat sie es an unseren Schutzzaubern vorbeigeschafft?«, fuhr Sorin Cyrus und Rayner an, und Flammen loderten in seinen Augen.

»Ich weiß es nicht«, antwortete Cyrus bitter. Gewalt und Wut waren in seiner Mimik zu lesen.

»Ich habe meine Spione bereits darauf angesetzt«, fügte Rayner mit seiner ruhigen, todbringenden Stimme hinzu.

»Keiner von uns hat sie gespürt? Das ist verdammt noch mal unmöglich.«

Sorins Blick war geradezu mordlustig, als er ihn auf Callan richtete. »Wo warst du, als sie euch gefangen genommen hat?«

»Wir waren nicht im Palast«, knurrte Sloan.

»Was meinst du damit, ihr wart nicht im Palast?«, fragte Sorin mit tödlicher, gelassener Wut.

»Wenn ich mich richtig erinnere, sind wir keine Gefangenen und dürfen das Gelände verlassen, wann immer wir wollen«, entgegnete Callan.

»Wann? Wann kam sie zu euch?«, meldete sich Cyrus zu Wort. Rayner stellte sich einmal mehr zwischen die Prinzen. Sie waren beide angespannt, während sie sich und dann Sorin ansahen.

»Letzte Nacht. Wir wollten in die Stadt und uns betrinken, nachdem ihr alle mit Scarlett verschwunden wart. Sie ist uns auf dem Weg begegnet. Sie weiß genau, wo eure Schutzzauber enden, und achtet darauf, dass weder sie noch ihre Wölfe sie überschreiten«, antwortete Callan.

»Ihre verdammten Wölfe sind doch in den Bergen«, fuhr Sorin ihn an.

Rayner hatte sich in Rauch aufgelöst, bevor die Worte überhaupt aus seinem Mund waren.

»Wenn sie die Schutzzauber nicht übertreten hat, wie konnte sie dich dann gefangen nehmen?«

Callan fluchte. »Ich bin freiwillig mit ihr gegangen, in Ordnung?«

»Du hast was getan?«, brüllte Sorin.

»Ich rufe Briar«, rief Eliza, die ihre Unterhaltung eindeutig mitgehört hatte, aus dem Nebenraum.

»Verdammt«, murmelte Cyrus und legte eine Hand auf Sorins Schulter.

»Du bist freiwillig mit der Königin gegangen, und aus welchem Grund genau?«, presste Sorin zwischen zusammengebissenen Zähnen hervor.

»Sie wollte Informationen über Scarlett. Sie bat um meine Hilfe. Ich wusste nicht, dass so etwas passieren würde. Sonst hätte ich nie eingewilligt«, gab Callan zurück, bemüht seine Stimme neutral zu halten.

»Welche Informationen wollte sie?« Seine Stimme klang so giftig, dass Callan zusammenzuckte und Finn und Sloan angespannt nach ihren Schwertern griffen.

»Es hatte etwas mit ihrem Ring zu tun. Sie sagte, sie habe versucht, mit ihr zu sprechen, und du hättest sie daran gehindert. Da ich mich in einer ähnlichen Situation befinde, konnte ich das nachempfinden«, antwortete Callan knapp.

»Wofür wollte sie diese Informationen?« Sorin zitterte wieder sichtlich. Ob es nun Selbstbeherrschung oder Wut war, das wusste Callan nicht. Vermutlich beides.

Sie hörten das Geräusch eines Strudels, und der Wasserprinz erschien. Callan hatte keine Ahnung, warum er überhaupt hier war. Briar verschaffte sich kurz einen Überblick über die Szene und tauschte für einen Moment Blicke mit Cyrus. »Wurde sie verletzt?«

»Ihr Arm und einige Rippen sind gebrochen«, informierte ihn Cyrus grimmig. Flammen umschlossen den Raum. »Beatrix war bereits hier. Sie schläft, und wenn sie aufwacht, wird es ihr wieder gut gehen.«

»Wie konnte das passieren?«, wollte Briar wissen.

»Unsere geliebte Königin hat Wind von einer ihrer Schwächen bekommen und sie voll ausgenutzt«, antwortete Sorin. »Sie hat *ihn* benutzt, um sie zu locken und tief in ihre Magie zu stoßen. Als ihre Magie mit Talwyns kollidierte, wurden wir alle gegen die verdammten Wände geschleudert. Und jetzt erfahre ich, dass er freiwillig mit ihr gegangen ist und sie mit Informationen versorgt hat.«

Der Wasserprinz sah Callan an. »Was hast du ihr erzählt?«

»Ich weiß kaum etwas, also konnte ich ihr auch nicht viel erzählen. Ich hätte Scarlett niemals wissentlich in Gefahr gebracht. Ihr könnt nicht ernsthaft glauben, dass ich das tun würde.«

»Dein Handeln …«, begann Sorin und kam auf ihn zu.

»Sorin, lass uns zu den Übungsringen gehen. Uns fällt etwas ein«, unterbrach Briar ihn, und ein gefährlich aussehendes Schwert erschien in einem Wirbel aus Schnee in seiner Hand.

»Nicht, bis er uns sagt, was genau er ihr erzählt hat«, knurrte Sorin. Flammen tanzten jetzt an seinen Fingerspitzen.

»Sorin, ich weiß besser als irgendwer, was gerade in dir drin los ist, aber du bist in keinem Zustand, in dem du es dir leisten kannst, so viel Macht zu verschwenden«, warnte Cyrus ihn, in dessen Hand jetzt auch ein Schwert auftauchte. »Wir werden ihn zurück eskortieren und später darüber reden.«

»Wir werden jetzt darüber reden«, tobte Sorin, und eine in Flammen gehüllte Klinge erschien in seiner Hand.

»Eliza, ich glaube, wir brauchen dich«, rief Cyrus.

»Männliche Dummheit«, schimpfte die Fae und kam aus dem Schlafzimmer marschiert. »Deshalb habe ich Drayce gerufen. Damit ihr mich nicht braucht.« Sie trug noch immer die Lederrüstung aus dem Hof und hatte ihr beeindruckendes Schwert auf dem Rücken.

»Er ist gefährlich nah daran, die Kontrolle zu verlieren. Briar und ich werden nicht genug sein«, blaffte Cyrus.

»Cyrus, begleite sie zurück auf die andere Seite der Brücken. Wenn ich du wäre, Kronprinz, dann würde ich den Rest des Tages auf meinem Zimmer bleiben«, sagte Eliza in einem gelangweilten Tonfall.

»Ihr sperrt uns ein?«, rief Finn ungläubig.

»Nein, ich gebe euch nur den Rat, euch rarzumachen, wenn ihr einen feurigen Fae-Tobsuchtsanfall vermeiden wollt, aber die Entscheidung ist eure«, knurrte Eliza.

»Sie sind noch nicht entlassen, General«, brüllte Sorin.

Eliza explodierte. Sie war eine lebendige Flammensäule in der Farbe ihres Haars, und Callan wurde von Sloan zu Boden gerissen. »Das sind sie, Prinz«, blaffte sie zurück, »sonst haben wir beide hier und jetzt ein Problem, und *sie* schläft im Raum nebenan, direkt im

Pfad der Zerstörung, die wir beide verursachen würden. Oder hast du vergessen, was vor sechzig Jahren in Threlarion passiert ist?«

Sorin starrte sie nur an, bleckte die Zähne und bewegte sich nicht vom Fleck. Callan hatte Scarlett als Nachtschatten erlebt. Er hatte den Schatten des Todes gesehen. Und die brennende Fae vor ihm konnte mit beiden mithalten. Er wusste nicht, welche der drei furchterregender war.

»Lass sie in ihr Quartier gehen, Sorin«, sagte sie ruhig. »Ich werde sie persönlich aufsuchen, herausfinden, was genau passiert ist, und dir Bericht erstatten.«

»Nein«, donnerte Sorin.

Elizas Miene wurde geradezu wild. »Briar, bitte bleib bei Scarlett«, knurrte sie und zog die Klinge auf ihrem Rücken. »Und gib mir ein Portal ins Freie.«

Augenblicklich erschien ein Wasserportal hinter Sorin, und Callan konnte nur entsetzt und fasziniert zusehen, wie die Fae sich auf den Feuerprinzen warf und ihn durch das Portal zwang.

»Sie sind vor dem Palast, wir können also zusehen«, sagte der Wasserprinz düster und ging ins Schlafzimmer.

»Ihr könnt euch eine andere Eskorte suchen oder auf mich warten«, informierte Cyrus sie, ohne sie dabei anzusehen, und folgte Briar.

Callan kam auf die Beine und folgte ihnen. Scarlett schlief friedlich, die Magie der Heilerin hatte sie offenbar in einen so tiefen Schlummer versetzt, dass auch der Aufruhr sie nicht wecken hatte können. Ihre Wangen hatten wieder etwas Farbe, und ihr Arm lag über ihrer Brust. Sie trug immer noch die weiten Hosen und das enge Oberteil von vorhin, das ein wenig nach oben gerutscht war und ihren Bauch freilegte, sodass er sehen konnte, wo ihre gebrochenen Rippen verbunden waren.

Er riss den Blick los und richtete ihn auf die drei Fae auf dem Balkon. Sloan und Finn waren ihnen hinausgefolgt und standen mit bleichen Gesichtern wie gebannt da. Callan schloss sich ihnen eilig an und erstarrte ebenfalls, als er zusah, wie die Generalin und der Feuerprinz vor dem Palast kämpften. Jeder Hieb war präzise. Ihre Schwerter bestanden aus Flammen und schlugen Funken. Sorin bewegte sich so schnell, dass Callans Blick ihm kaum folgen konnte. Wut trieb jede seiner Bewegungen an. Das war die Person, die die Hohe Garde seines Vaters ausgebildet hatte?

Und Eliza? Sie sprang und wirbelte und bewegte sich auf eine Weise, von der Callan nicht gewusst hatte, dass sie überhaupt möglich war. Vielleicht war sie das nicht einmal, solange man keine Fae war. Sie hielt das Schwert in einer und einen Dolch in der anderen Hand und erwiderte jeden Hieb, jeden Angriff und jede Parade, die Sorin auf sie losließ.

Ein Ring aus Flammen breitete sich um sie herum aus, als ihre Klingen sich erneut mit einer Wucht trafen, die das ganze Palastgelände erschütterte. Callan konnte es selbst hier oben spüren. »Was genau ist vor sechzig Jahren passiert?«, fragte er, obwohl er nicht wusste, ob er wirklich eine Antwort wollte.

Die anderen Fae ließen das Geschehen unter ihnen nicht aus den Augen, als Cyrus antwortete: »Sorin und Eliza hatten eine Meinungsverschiedenheit. Sie haben ein ganzes Viertel in Threlarion dem Erdboden gleichgemacht.«

»Sicherlich doch im übertragenen Sinne?«, fragte Finn langsam.

»Nein, Leibwächter, nicht im übertragenen Sinne. Es war ein verlassenes Viertel, und sie waren geistesgegenwärtig genug, sich zu versichern, dass auch wirklich niemand mehr dort war, bevor sie loslegten. Aber als sie fertig waren, waren sie beide so blutig, dass man sie kaum noch erkennen konnte, und um sie herum waren nichts als Trümmer übrig.«

»So weit werden sie heute nicht gehen, oder?«, fragte Callan, der den Blick nicht von den todbringenden Wesen unter ihnen losreißen konnte.

»Ich glaube nicht. Deshalb hat Eliza ihn aus dem Palast geschafft, aber sollte es sich abzeichnen, dann wird Briar eingreifen. Briar und Eliza werden es schaffen, ihn zu bändigen, sollte es nötig sein«, erklärte Cyrus. »Doch die Tatsache, dass Scarlett in diesem Gebäude schläft, wird verhindern, dass er so tief in seine Energiequelle greift, dass es zu derartiger Zerstörung kommen könnte.«

»Ist das alles wegen Königin Talwyn?«, fragte Finn.

»Nein«, antwortete Prinz Briar. Er klang abwesend, und seine eisig blauen Augen leuchteten. »Es liegt daran, dass jemand, für den er tief empfindet, in Gefahr gebracht und verletzt wurde.«

»Fae mögen zivilisiert und mächtig sein, aber auf viele Weisen sind wir ebenso primitiv wie die Tiere in den Wäldern und Bergen«, meldete sich Cyrus. »Wir können ebenso wild werden, wenn ein Mitglied unserer Familie oder jemand, der unter unserem Schutz steht, in Gefahr schwebt. Und wenn es sich um … nun, wenn es jemand ist, für den wir so tief empfinden, kann uns das Bedürfnis, diese Person zu beschützen und zu verteidigen, überwältigen, egal wie viel Disziplin und Kontrolle wir sonst haben.«

Ein ohrenbetäubender Knall erklang, als die beiden Klingen sich erneut trafen. Die Palastwache stand herum und sah den beiden zu. Callan konnte Furcht nicht riechen, wie es die Fae konnten, aber sie war förmlich greifbar in der Luft um sie herum. »Sorin muss damit aufhören«, sagte Cyrus leise an Briar gerichtet. »Bis sie einwilligt, kann er nicht so viel Macht verschwenden.«

»Ich tauche in meine Magie ab, so schnell ich kann«, antwortete Briar. »Das tue ich schon, seit ich Elizas Nachricht erhalten habe.«

»Dann mach schneller«, gab Cyrus zurück. »Sonst müssen wir Beatrix bitten, sie zu wecken …«

Briars glühende blaue Augen richteten sich auf Cyrus.

Callan musste sich verhört haben. Oder hatte er etwas missverstanden? Sie überlegten nicht ernsthaft, Scarlett aufzuwecken, oder? Sie könnte unmöglich jetzt kämpfen. Die Heilerin hatte gesagt, dass sie ein paar Stunden schlafen würde und sich noch einige Tage ausruhen musste. Sie würden sie nicht aufwecken und erwarten, dass sie zu einem Schwert griff. Das würden sie ihr nicht antun.

Als ein weiterer Energiestoß den Palast erschütterte, wandte Briar sich an Cyrus. »Ruf Beatrix. Ich könnte versuchen, ihn aufzuhalten, doch es würde nur noch hässlicher. Sie wird den Kampf augenblicklich unterbinden.«

Cyrus zeichnete eine Flammennachricht in die Luft, und ein paar Minuten später eilte die Heilerin in den Raum. »Wir müssen sie aufwecken«, sagte Cyrus, ohne sich mit Formalitäten oder Erklärungen aufzuhalten.

»Sie wird enorme Schmerzen haben«, warnte die Heilerin.

»Das sollte ihn noch schneller aus seiner Raserei holen«, knurrte Cyrus.

»Ihr würdet sie dafür missbrauchen?«, ging Callan dazwischen. »Ihr würdet sie noch mehr leiden lassen?«

Briar richtete seine eisblauen Augen auf ihn, und es kostete Callan Mühe, sich nicht unter ihrer Intensität zu winden. »Das würden wir, und vielleicht solltest du sehen, warum.«

Beatrix und Briar begaben sich zurück ins Schlafzimmer. Callan wollte ihnen folgen, doch Cyrus hielt ihn zurück. »Bleib. Sieh zu, Prinz.«

Also tat er genau das. Er sah zu, wie einige Augenblicke später ein Wasserportal im Hof erschien. Er sah Briar mit Scarlett in den Armen daraus hervortreten, die Heilerin an seiner Seite. Er sah zu, wie Briar Scarlett sanft im Gras abstellte und sie stützte, während sie ihre Mitte hielt. Eliza entdeckte sie ebenfalls, doch es war zu spät, sie konnte ihren nächsten Angriff nicht mehr zurücknehmen. Flammen breiteten sich um sie herum aus, und

Briar schickte ihnen einen Wasserstrahl entgegen, der das Feuer löschte und Scarlett, die Heilerin und ihn selbst abschirmte. Er sah zu, wie Sorin herumwirbelte und ruckartig stehen blieb, während seine Flammen zu nichts als hauchzarten Rauchfäden verloschen.

18

SORIN

Er konnte nichts als seine rasende Wut sehen. Alles, was er fühlte, war Zorn und Entsetzen. Scarlett war verletzt. Sie hatte einen gebrochenen Arm, gebrochene Rippen und diverse Blutergüsse. Sie hatte verdammt noch mal geblutet. Er hatte sie nicht beschützen können. Sie war so tief in die Quelle ihrer Magie gestoßen worden, dass sie sich nicht einmal annähernd selbst heilen konnte.

Und alles nur wegen diesem verdammten sterblichen Prinzen.

»Sorin!«, rief Eliza. »Beruhig dich, verdammt noch mal!«

Sie durchschaute seine Finte und parierte. Er hatte ewig nicht mehr mit Eliza trainiert. Sie hatten seit sechzig Jahren keinen ernsthaften Kampf mehr ausgefochten. Ihre Flammen kollidierten mit seinen, und er konnte die Vibration unter sich spüren. Eliza entfernte sich mit einem Rückwärtssalto, als er erneut zustieß, und der Hieb verfehlte sie nur knapp.

»Sorin, du wirst noch den verdammten Palast zerstören!«, knurrte sie mit zusammengebissenen Zähnen, als er erneut zuschlug. »Sie ist da drin! Sie ist in Sicherheit! Ihre Wunden heilen!«

Er wusste das. Irgendwo in seinem Hinterkopf wusste er, dass sie die Wahrheit sagte. Er wusste, dass er sich unvernünftig verhielt, aber es konnte den wilden Zorn, der durch seine Adern tobte, nicht eindämmen. Er konnte ihn nicht zum Verstummen bringen, ihn nicht löschen.

»Er hat sie in Gefahr gebracht!«, brüllte er und ging erneut zum Angriff über.

Sie fing seine Klinge zwischen ihrem Schwert und dem Dolch ab und stieß ihn zurück. »Er wusste es nicht! Talwyn ist listig und gerissen. Sie hat ihn hinters Licht geführt. Er ist ein Sterblicher, der nichts über den Rest der Welt weiß, Sorin.«

»Er ist ein Sterblicher, der sie liebt und der dachte, dass Talwyn ihm helfen würde, sie mir wegzunehmen.«

»Sie ist niemandes verdammtes Eigentum«, schrie ihn Eliza an, und Sorin musste sich gegen ihren Angriff abschirmen. Er wich keuchend ihrem Hieb aus und taumelte ein paar Schritte zurück. »Ihr beide müsst euch zurücknehmen und ihr Raum geben, mit ihrem eigenen Mist zurechtzukommen.«

»Warum glaubst du, habe ich ihr nicht von dem Zwillingsflammen-Bund erzählt?«, tobte Sorin.

»Weil du ein verdammter Feigling bist«, rief sie verächtlich.

Sorin spürte seine Macht aufwallen, und mit ihr kam Schmerz, den er beiseiteschob, ehe er sich erneut auf sie stürzte. Er sah, wie sie aus ihrer eigenen Macht zog, und gerade als ihre Klingen im Begriff waren, erneut aufeinanderzuprallen, riss sie entsetzt die Augen auf. Energie ging von ihrem Hieb aus, und er spürte Wasserspritzer. Toll. Jetzt tauchte auch noch Drayce hier auf und würde ebenfalls versuchen, ihn zu stoppen.

Er wirbelte herum, bereit, es mithilfe der lodernden Wut, die bei dem Gedanken an seine Zwillingsflamme in Gefahr in ihm brannte, mit ihnen beiden aufzunehmen, und erstarrte. Die Flammen an seiner Klinge verloschen, und seine Augen wurden groß.

Briar war nicht allein. Beatrix stand bei ihm, und ihre Miene zeigte nichts als Tadel und Enttäuschung. Briar hatte den Arm unter Scarletts Schulter geschoben und stützte sie, während sie barfuß im Gras stand. Sie hatte den Arm an die Brust gepresst. Er konnte sehen, wie sie das Gesicht verzog, als sie tief einatmete. Der Schmerzen an ihren Rippen mussten eine reine Qual sein. Ihr Blick begegnete seinem, und sie las Sorge darin.

»Sorin?« Ihre Stimme war kaum ein Flüstern, aber er spürte sie bis tief in seine Seele. Er spürte sie in seinem Geist, durch das Band, von dem sie nicht einmal wusste, dass es existierte.

Was geht hier vor sich? Sie haben gesagt, du schwebst in Gefahr. Dass ich kommen muss.

»Was macht sie hier?«, verlangte er zu wissen. Die Wut war da, kochte gleich unter seiner Haut, aber er konnte nichts tun. Nicht, wenn sie hier stand. »Bringt sie zurück in ihr Zimmer. Sie hat Schmerzen.«

»Du musst aufhören, Sorin. Du kannst im Moment nicht so viel Energie entbehren. Sie war der schnellste Weg, an dich heranzukommen«, sagte Briar mit Autorität in der Stimme.

»Das hast nicht du zu entscheiden«, fuhr Sorin ihn an.

»Sorin«, sagte Scarlett einmal mehr leise, als wäre sie wach, aber immer noch so betäubt wie möglich. Sie kam einen Schritt auf ihn zu und unterdrückte einen Schrei. Langsam ließ sie sich auf die Knie sinken, und Briar hielt sie dabei.

Sorins Brust brach entzwei. Er ließ das Schwert fallen und eilte zu ihr. »Liebes«, flüsterte er und fiel vor ihr auf die Knie, um ihr Gesicht mit den Händen zu umschließen. Ihre Augen hatten wieder ihre normale eisblaue Färbung angenommen, aber sie wirkten noch immer stumpf und waren von Schmerz erfüllt, als sie einen flachen Atemzug nahm.

»Versetz sie in einen Schlaf, Beatrix«, knurrte er.

»Warte«, keuchte Scarlett und hob eine Hand, um Beatrix Einhalt zu gebieten. Sie sah ihm in die Augen. »Es geht dir nicht gut.«

»Doch, das tut es«, sagte er leise und strich ihr das Haar zurück. »Mir geht es gut, Liebes.«

Sie löste sich etwas, sah zu den anderen und hob den Blick zu

Briar, ehe sie wieder ihn ansah. »Komm mit mir zurück in den Palast. Ich brauche dich.«

»Selbstverständlich«, antwortete er. Er stand mit einer fließenden Bewegung auf und hob sie vorsichtig in seine Arme. Sie schützte ihren Arm, und Tränen quollen aus ihren Augenwinkeln. »Versetz sie wieder in einen Schlaf.«

»Nein«, keuchte sie erneut. »Nicht, bis du wieder zurück bist.«

»Ich bin hier bei dir, Scarlett.« Er trat durch ein Feuerportal, ohne sich weiter zu kümmern, ob die anderen ihm folgten.

»Dir geht es nicht gut. Etwas stimmt nicht«, sagte sie leise. Trotz der Erschöpfung in ihrem Blick war dort auch Erkenntnis. Er ließ sie vorsichtig auf das Bett sinken und zuckte zusammen, als sie leicht das Gesicht verzog. Er stand da und sah Cyrus … und den sterblichen Prinzen.

Er bleckte die Zähne, und ein tiefes Grollen entrang sich seiner Kehle. Cyrus trat zwischen sie, doch bevor er etwas sagen konnte, ergriff sie erneut das Wort.

»Sorin, ich brauche dich«, flüsterte sie und hob ihre Hand an seine.

Mehr war nicht nötig. Er begriff es jetzt. Er begriff nun voll und ganz, wie es sein konnte, dass Thia Cyrus so vollkommen um ihren Finger hatte wickeln können. Er verstand, warum Scarlett in tödlicher Gefahr zu sehen ihn in einen Kampf mit seiner Generalin getrieben hatte. Warum Cyrus nach Thias Tod jahrelang im Wahnsinn versunken war. Er begriff, dass es keine Rolle spielte, ob die Person, die Scarlett in Gefahr gebracht hatte, sich in diesem Raum befand. Sie brauchte ihn, und seine ganze Welt drehte sich nur noch um dieses Bedürfnis.

Ohne ein Wort oder einen weiteren Blick in Callans Richtung schlüpfte Sorin aus den Stiefeln. Wasser, ein Gefallen Briars, floss seinen Körper hinunter und wusch Blut und Schweiß ab. Er ging auf die andere Seite des Bettes und legte sich neben sie. Sie streckte einmal mehr die Hand nach ihm aus. Er nahm sie sanft in seine, presste einen zärtlichen Kuss auf ihre Fingerspitzen und hielt sie an seiner Brust.

»Dein Herz rast«, sagte sie mit verzerrten Zügen.

»Bitte, lass zu, dass Beatrix dir hilft, wieder einzuschlafen.«

Sie drehte den Kopf und sah ihm in die Augen. Er konnte die Frage darin hören.

Bist du wieder da.

»Du hast mich zurückgeholt, Liebes. Und jetzt ruh dich aus«, murmelte er und drückte ihr einen Kuss auf die Schläfe.

»Wirst du bleiben?«, fragte sie misstrauisch.

»Immer«, flüsterte er und rieb seine Nase an ihrer entlang.

Beatrix legte eine Hand an ihre Wange, und Scarlett schien erleichtert aufzuseufzen, als sie zurück in den Schlaf glitt.

»Raus mit euch. Alle«, knurrte er in den Raum hinein. Er löste den Blick nicht von der schlafenden Prinzessin neben ihm, um zu sehen, ob sie ihm gehorchten. Es war nicht wichtig.

19

CALLAN

Callan spürte auf den mürrischen Befehl des Prinzen hin ein Zupfen an seinem Arm, und als er hinblickte, fand er eine weibliche Hand dort. Eliza hatte einen grimmigen Gesichtsausdruck und wies mit einer ruckartigen Bewegung mit dem Kopf Richtung Tür. Seine Beine waren wie Blei, als er ihr aus dem Zimmer folgte. In seinem Kopf schwirrten die ganzen Ereignisse der letzten Stunde.

Die Fae-Königin hatte ihn gebeten, ihr zu helfen, eine Audienz mit Scarlett zu arrangieren. Sie meinte, sie hätte seit ihrer Ankunft darum gebeten, doch Sorin hätte es verhindert. Sie hatte erklärt, dass es sich bei dem Ring um ein sehr wertvolles Familienerbstück handelte. Sie wollte lediglich wissen, wie Scarlett in seinen Besitz gekommen war. Dann hatte sie ihn gefragt, ob Scarlett Tätowierungen hatte. Als Callan das verneinte und ihr versicherte, dass er genau wusste, dass sie auch keine verborgenen hatte, hatte die Königin sich etwas distanziert. Sie hatte sich auch nach Sorins Tätowierungen erkundigt, doch der hatte in diesem Reich so viele sichtbare, dass er nicht sicher sagen konnte, ob neue dabei waren oder nicht.

Bis kurz vor dem Vorfall hatte Callan nichts von ihrem Plan geahnt. Sie hatten in ihrem Heim gefrühstückt. Die Weißen Hallen hatte sie es genannt. Als sie sie ohne Vorwarnung zurück in den Hof des Feuers teleportierte, schloss sie sie in so einer Art geräuschlosem Gefängnis ein. Er konnte nichts von dem hören, was außerhalb der Blase vor sich ging. Er konnte das Schreien und Rufen lediglich sehen. Er beobachtete, wie Scarlett in einen Wirbel gestoßen wurde, die Augen groß vor Entsetzen.

Doch als Scarletts Magie explodiert war, hatte er mit einem Mal nicht mehr Angst um sie, sondern Angst vor ihr gehabt. Sie hatte diese Flammen beherrscht, als wären sie ein Teil von ihr. Seinetwegen hatte sie eine verdammte Königin bedroht. Er und seine Sicherheit waren ihr so wichtig. Selbst als sie sich vor Schmerzen krümmte, fragte sie noch, ob *er* verletzt sei.

Schweigend traten sie ins Wohnzimmer, und Briar schloss sanft die Tür hinter ihnen.

»Ziemlich riskant, sie dort runterzubringen«, sagte Eliza leise.

»Es war die einzige Möglichkeit«, antwortete Cyrus finster.

Der Wasserprinz hielt sich am Rand und sah beinahe so zornig aus wie Sorin, bevor Eliza ihn durch das Portal gestoßen hatte. Sein Blick war hart wie Eissplitter, als er Callan ansah.

»Drayce«, warnte Eliza ihn. »Vielleicht wäre es besser, du gehst und redest mit Sawyer, bevor Talwyn deinem Hof einen ähnlichen Besuch abstattet.«

»Ich nehme an, ihr habt die Lage von hier an unter Kontrolle?«, fragte Briar.

»Das haben wir. Ich bezweifle, dass er von ihrer Seite weichen wird, bevor sie aufwacht«, antwortete Cyrus.

Briar nickte und verschwand dann durch ein Portal.

Augenblicklich spürte Callan, wie er sich ein wenig entspannte. »Wessen Gemächer sind das hier?«, fragte er und sah sich um. Finn und Sloan warteten am Haupteingang. Selbst Sloan wirkte ein wenig erschüttert von dem Erlebten.

»Es sind die Privatgemächer des Prinzen«, antwortete Eliza. »Komm, ich bringe euch zurück zu euren Zimmern.«

Callan nickte. Als sie den Flur hinuntergingen, wappnete er sich und fragte schließlich: »Wirst du mir antworten, wenn ich dich frage, welche *ihre* Gemächer sind? Ich nehme an, sie sind nicht weit von seinen.«

»Da nimmst du richtig an«, sagte Eliza, als sie um eine Ecke bogen. »Wir haben sie gerade verlassen.«

Callan blieb so abrupt stehen, dass Finn beinahe mit ihm zusammengestoßen wäre. »Sie leben zusammen?«

»Es gibt mehr als ein Schlafzimmer, Prinz, aber ja, sie teilen sich diese Räumlichkeiten«, antwortete Eliza, ohne ihrerseits stehen zu bleiben.

»Er gibt Scarlett nicht einmal ihre eigenen Gemächer?«, fragte Callan und lief etwas schneller, um zu ihr aufzuholen.

»Er hat es ihr angeboten«, meinte Eliza achselzuckend. »Was auch immer du von ihm denken magst, er zwingt sie zu nichts. Tatsächlich tut er sogar das Gegenteil.« Die letzten Worte sprach sie scharf genug aus, dass Callan wusste, er sollte die Sache ruhen lassen, egal wie sehr es ihn drängte, genauer zu erfahren, was sie damit meinte.

Gegen sein besseres Wissen sagte er: »Mir scheint, dass er eine Menge für sie entscheidet.«

»Zum Beispiel?«

Sie gingen eine Treppe hinunter und um eine weitere Ecke. »Er hält Leute von ihr fern, zum Beispiel.«

»Wie dich?«

»Königin Talwyn meinte, sie hätte seit Wochen ersucht, mit ihr zu sprechen.«

»Ah«, machte Eliza, als die Brücken vor ihnen auftauchten. »Sag mir, Prinz, was hat die Königin dir im Austausch dafür versprochen, dass du Scarlett verrätst?«

»Ich habe sie nicht verraten«, gab Callan zurück und hielt sein Temperament in Schach.

»Nein? Was wollte sie von dir?«

»Warum sollte sie etwas von mir wollen?«

»Weil die Königin immer ein Motiv für ihr Handeln hat. Sie gewährt keine Gefallen aus der Güte ihres Herzens heraus«, meinte Eliza verächtlich.

»Vielleicht nicht denjenigen, die sich ihr so offen entgegenstellen?«, gab Callan zurück.

»Stell keine Vermutungen über Dinge an, die du nicht verstehst, Prinzlein. Was hat sie dir versprochen, damit du ihr hilfst?« Als Callan schwieg, fuhr sie fort: »Eben noch hast du meinen Prinzen beschuldigt, ihr nicht geholfen zu haben, zugelassen zu haben, dass seine … jemand, für den er tiefe Gefühle hegt, verletzt wird. Tatsache ist, wärst du nicht an dieser Sache beteiligt gewesen, wären die Dinge gänzlich anders verlaufen. Wäre Scarlett nicht wegen dir und deinem Gefolge abgelenkt gewesen, hätte sie sich darauf konzentrieren können, sich selbst zu verteidigten, statt euch zu retten.«

»Die Königin hat mich nicht über ihre Pläne informiert.«

»Natürlich nicht. Sie informiert niemanden über ihre Pläne, außer vielleicht ihren Geliebten, aber bevor du ihr so leichtfertig dein Vertrauen schenkst, während du unserem Hof misstraust, frag dich vielleicht, was deine Motive bei dieser Sache waren. Was hat sie dir versprochen?«

Sie hatten die Brücken überquert und näherten sich ihren eigenen Wohnräumen.

»Sie schien aufgebracht zu sein, als ich ihr versicherte, dass Scarlett keine Tätowierungen hat, und ich ihr nichts über Sorins sagen konnte.«

»Hat sie gesagt, warum sie so interessiert daran war, ob Scarlett gezeichnet ist oder nicht?«, fragte Eliza und folgte ihnen in ihre Gemächer. Sie schloss die Tür und lehnte sich dagegen. Finn und Sloan machten sich augenblicklich auf den Weg in ihre eigenen Zimmer. Anscheinend sahen sie keine Bedrohung mehr in ihr.

»Gezeichnet?«

»Die Tätowierungen«, antwortete Eliza ungeduldig und wies auf die Tintenwirbel, die ihre eigene Haut zierten.

»Nein.«

»Und was war der Lohn dafür, dass du ihre Informationsquelle warst?«, fragte Eliza. Callan starrte sie einfach nur an, hielt ihren Blick. »Ah, ein Ratespiel also.« Sie tippte sich ans Kinn, als würde sie lang und ausgiebig überlegen. »In Anbetracht der Tatsache, dass alles, was du seit deiner Ankunft hier getan hast, sich um Scarlett drehte, nehme ich an, dass es etwas mit ihr zu tun hat. Hat sie dir angeboten, dir zu einem privaten Moment mit ihr zu verhelfen?«

»Nein«, presste Callan durch zusammengebissene Zähne hervor.

»Hat sie angeboten, dich und sie zurück ins Land der Sterblichen zu bringen?«

»Nein.«

»Ich habe keine Zeit, den ganzen Tag zu raten, Prinzlein«, sagte Eliza, und ihr Tonfall wurde kalt. »Entweder sagst du mir, was passiert ist, oder Sorin kommt und presst es selbst aus dir heraus.«

»Ich habe keine Angst vor ihm«, fauchte Callan. Das war eine götterverdammte Lüge. Er hatte schreckliche Angst vor ihm.

»Das solltest du aber«, sagte Eliza mit einem grausamen Lächeln. »Unsere Methoden, Informationen aus jemandem herauszubekommen, sind sehr unangenehm, und weil es mit *ihr* zu tun hat, wird er tun, was immer nötig ist.«

»Er liebt sie?«, fragte Callan.

»Ich denke, du kennst die Antwort.«

Callan sträubte sich innerlich. »Erwidert sie diese Gefühle?«

Eliza zögerte und musterte ihn aufmerksam. »Darüber haben wir alle unsere Vermutungen, aber die Wahrheit muss sich erst zeigen«, antwortete sie schließlich.

»Was denkst du?«, forderte Callan sie heraus.

»Derartige Mutmaßungen stehen mir nicht zu. Sag mir, was die Königin dir versprochen hat.«

»Sie hat mir nichts versprochen, sie hat mir Zugriff auf ein Buch gewährt, in dem ich ein paar Stunden lesen durfte.«

»Was für ein Buch?«, fragte Eliza und hob überrascht die Brauen.

»Ein Buch über die Fae, ihre Gebräuche und Geschichte«, antwortete Callan. Der Schreck und das Adrenalin der Ereignisse des Tages ließen nach, und die Erschöpfung setzte ein. Er ging hinüber zu dem Barwagen im Wohnzimmer und goss sich einen Fingerknöchelbreit Whiskey ein.

»War das der Preis, den du verlangt hast?«, fragte Eliza und beobachtete ihn aufmerksam.

»Nein. Ich habe sie gefragt, ob königliche Nachkommen im Land der Fae auch die Kinder von Königlichen oder Adeligen heiraten müssen, wie es in den Reichen der Sterblichen der Brauch ist. Nach dem wenigen, was ich bislang hier beobachten konnte, scheint es mir, als würden sich die beiden Reiche zumindest darin ähneln.«

Eliza versteifte sich merklich bei seinen Worten. »Manchmal«, antwortete sie langsam.

»Statt mir eine direkte Antwort zu geben – das scheint mir eine spezielle Eigenschaft der Fae zu sein –, zog sie ein Buch aus der Luft und sagte, ich dürfe darin lesen, bis sie mich hierher zurückbringt.« Er nahm einen Schluck von dem Alkohol in seinem Glas.

»Und was hast du herausgefunden?«

»Ich habe herausgefunden, dass Ehen zwischen mächtigen Blutlinien oft arrangiert werden, um die königliche Linie zu stärken.«

»Hat das deine Bedenken, was ihre Beziehung angeht, etwas entkräftet?«

Callan biss die Zähne zusammen. »Nicht wirklich, da ich aus Andeutungen weiß, dass auch ihre Blutlinie mächtig ist. Ist das nicht der Grund, warum Mikale sie will? Will Sorin sie aus dem gleichen Grund?«

Eliza bleckte die Zähne, und ein Knurren entrang sich ihrer

Kehle. »Vorsicht, Prinzlein«, warnte sie. »Was hast du sonst noch herausgefunden?«

»Ich habe herausgefunden, dass die Fae glauben, dass es Verbindungen zwischen Seelen gibt, und dass insbesondere zwei davon über jeder anderen Art von Beziehung stehen.«

»Und …?«

»Dass Sorin das Mal der Zwillingsflamme auf seiner rechten Hand trägt, Scarlett aber nicht.« Als er diese speziellen Seiten gelesen hatte, hatte er sich erleichtert zurück in die Couch des kleinen Raumes sinken lassen. Die Verbindung zwischen Zwillingsflammen stand über allem und jedem. Es war ein Bund, der tiefer reichte als eine Ehe, tiefer als Liebe. Es war eine unerklärliche Vereinigung von Seelen, die noch über den Tod hinausreichte. Aber beide Seiten nahmen das Mal zusammen an. »Wer ist dann seine Zwillingsflamme?«

Elizas Blick wurde hart. »Es steht mir nicht zu, dir das zu sagen, vor allem nachdem du anscheinend so gerne Informationen an Königin Talwyn weitergibst. Wenn sie an derartige Informationen käme, könnte sie sie gegen uns verwenden.«

»Du hast gesagt, wenn ich ein Buch über den Bund der Zwillingsflammen finden könnte, würdest du meine Fragen beantworten.«

»Das habe ich«, nickte Eliza.

»Also nehmen sie das Mal an, und das war es?«

»Nein«, antwortete Eliza langsam. »Mit dem Mal bieten sie sich gegenseitig ihre Seelen an. Wenn sie die Male annehmen, wird ein Beanspruchungsritual gesprochen, und das markiert den Beginn der Prüfungen. Sie müssen vier Prüfungen bestehen, die ihren Bund stärken werden. Wenn alle absolviert sind, wird der Bund geweiht und besiegelt, und sie gehören sich bis in alle Ewigkeit. Es kommt nur selten vor, dass jemand seine Zwillingsflamme findet.«

»Und was ist mit Seelengefährten?« Auch darüber hatte er gelesen. Zwillingsflammen waren sich in jeder Weise ebenbürtig. Sie waren Gefährten und Geliebte, verbunden in Magie und Seele. Aber ein Seelengefährte war der engste Freund, den man haben konnte. Da war keine körperliche Komponente, lediglich eine Verbindung verwandter Seelen.

»Was ist damit?«, fragte Eliza.

»Sind sie Seelengefährten? Sorin und Scarlett?«

»Was denkst du?«

»Ich glaube, das könnte Sinn ergeben. Es scheint eine Verbindung zwischen ihnen zu geben. Wie er mit ihr sprechen und ihr helfen kann. Wie sehr er sie beschützt.«

»Wenn sie es wären, würdest du es ihnen übelnehmen?«

»Nein. Es würde mir nicht gefallen, aber auf so etwas habe ich keinen Einfluss.«

»Und du könntest andere Aspekte ihrer Beziehung beeinflussen?«

Er zögerte bei ihrer Frage. »Sind Seelengefährten je Geliebte?«

»Nein. Es gibt keine romantische Intimität zwischen Seelengefährten. Nur eine tiefe Liebe und Verbindung der Seele«, antwortete Eliza.

»Er will mehr von ihr.«

»Tut er das?«, fragte Eliza und legte den Kopf schräg.

»Man erkennt es deutlich an der Art, wie er sie ansieht. Ich bin nicht so dumm oder blind, dass ich ein solches Verlangen nicht sehe, vor allem da es ein Spiegelbild meines eigenen ist«, antwortete Callan kühl. Eliza antwortete nicht. »Was sagt seine Zwillingsflamme dazu, dass er eine andere begehrt? Lebt sie nicht hier?«

»Die Verbindung zwischen Zwillingsflammen wird nicht immer von beiden Parteien angenommen«, antwortete Eliza schulterzuckend. »Es kommt nicht oft vor, aber manchmal will einer die Verbindung nicht, oder sogar beide, obwohl sie die Anziehung spüren.

Manchmal irrt sich das Schicksal. Nur weil etwas existiert, muss man sich ihm nicht ergeben.«

»Sie verweigert die Verbindung, oder er?«

»Ich habe nicht gesagt, dass jemand die Verbindung verweigert. Ich weiß nicht, wo sie ihr Zuhause sieht.«

»Könnte deine Antwort noch etwas vager sein?«, fragte Callan frustriert, fuhr sich mit der Hand durch das braune Haar und strich es sich aus dem Gesicht.

»Das könnte sie«, grinste Eliza.

»Kannst du mir eine direkte Antwort geben? Ein Ja oder ein Nein?«, fragte Callan und krampfte die Hand um sein Glas.

»Das kommt auf die Frage an.«

»Sind Sorin und Scarlett Seelengefährten oder nicht?«

»Nein, das denke ich nicht«, antwortete Eliza.

»Wird er für sie seine Zwillingsflamme ablehnen?«

»Du hast um eine direkte Antwort geben. Ich habe meinen Teil des Handels eingehalten«, sagte Eliza und stieß sich von der Tür ab. Sie zog sie auf und blickte noch einmal über ihre Schulter. »Ich rate dir, dich für ein paar Tage still zu verhalten, Prinzlein.«

Mit einem Klicken fiel die Tür ins Schloss, und Callan schleuderte sein Glas dagegen. Splitter verteilten sich überall, und Alkohol rann an der Tür nach unten. Finn kam mit einem Dolch in der Hand aus seinem Zimmer gerannt.

»Was zur Hölle, Callan?«, rief er und senkte den Dolch, als er niemanden sonst im Raum vorfand.

Wenn Eliza ihm nichts sagen wollte, dann würde er es selbst herausfinden. »Ich gehe in die Bibliothek«, knurrte Callan an Finn gewandt und riss die Tür auf, während zerbrochenes Glas unter seinen Stiefeln knirschte.

20

SCARLETT

Scarlett erwachte mit einem Stöhnen. Ihr Arm war steif und wund, aber der durchdringende Schmerz war weg. Sie nahm einen tiefen Atemzug und keuchte auf. Ihre Rippen heilten, doch ihr ganzer Körper tat weh. Sie war erschöpft. Ausgelaugt bis in die Seele.

»Ganz langsam, Prinzessin. Sorin bringt mich um, wenn du aufwachst und dir noch mehr wehtust«, meldete sich eine weibliche Stimme.

Scarletts Lider öffneten sich flatternd, und sie entdeckte Eliza, die sich auf der Chaiselongue unter den Fenstern mit einem Buch ausgestreckt hatte. Die Generalin trug aschfarbene Kleidung. Die Lederrüstung und Waffen lagen auf dem Boden neben ihr, obwohl sie noch einen Dolch an der Seite trug.

»Wo ist er?«, fragte Scarlett und sah sich um.

»Er musste sich mit Cyrus um ein paar offizielle Angelegenheiten kümmern, und Rayner hatte seine eigenen Pflichten.«

»Also hat man dich abgestellt, damit du auf mich aufpasst?«, fragte Scarlett und stemmte sich mit ihrem unverletzten Arm in eine sitzende Position. Sie atmete durch die Zähne, als ein scharfer Schmerz durch ihre Rippen schoss. Sie bewegte den Arm hin und her und verzog leicht das Gesicht.

»Ich habe mich freiwillig angeboten«, meinte Eliza achselzuckend.

»Wie viele Tage habe ich geschlafen?«

»Nur einen.«

Scarlett riss die Augen auf. »Wie konnten mein Arm und meine Rippen in nur einem Tag so viel heilen?«

»Hat Sorin dir nicht gesagt, dass Fae sich schnell erholen? Und dann ist da auch noch Beatrix. In ein paar Tagen solltest du so gut wie neu sein. Obwohl deine ausgelaugten Magiereserven die Sache vielleicht etwas verzögern werden. Neben dem Bett steht ein Tonikum, das deinen Heilungsprozess beschleunigen sollte.« Sie nickte in Richtung des Nachttischs, und ihr offenes rotgoldenes Haar fiel ihr über die Schulter. Scarlett konnte die Tätowierungen unter dem Kragen ihrer Tunika sehen. Eliza folgte ihrem Blick und sagte: »Es sind Male.«

»Was bedeuten sie?«, fragte Scarlett.

Sie hatten in den letzten Wochen nicht viel Zeit miteinander verbracht, also wusste sie nicht, ob Eliza die Frage als zu aufdringlich empfinden würde. Sie hatte jeden Abend mit Sorins Innerem Hof zusammen gegessen und war jeden Tag etwas vertrauter mit ihnen allen geworden. Besonders zu Cyrus hatte sie schnell eine enge Verbindung aufgebaut, und sie genoss es, gemeinsam mit ihm Sorin so oft wie möglich aufzuziehen. Sie sah, dass unter all dem Spott und dem ständigen Geplänkel ein genialer Geist schlummerte, der ständig alles berechnete und analysierte. Nach nur wenigen Stunden mit ihm wusste sie, warum er Sorins Stellvertreter war, und er hatte ihr sogar einige Male Tipps gegeben, wie sie ihre Fähigkeiten im Bogenschießen verbessern konnte.

Rayner war ihr noch immer ein Rätsel. Er war freundlich, wann immer sie sich begegneten, und schenkte ihr stets ein sanftes Lächeln, doch er war auch still und zurückgezogen. Sie sah ihn praktisch nur beim Essen, und selbst dann meldete er sich nur zu Wort, um Spannungen zu schlichten. Doch wenn er sprach, dann hörten ihm alle zu. Er war wie ein alter Mann, von dem man wusste, dass er seine Weisheit mit einem teilen würde, wenn man nur zur richtigen Zeit zuhörte.

Aber Eliza? Sie hatte immer noch ihren Tonfall am ersten Abend im Ohr, als sie ihr sagte, sie solle gehen, während sie Sorin herausfordernd anstarrte. Eliza war ihr gegenüber höflich gewesen, hatte aber nicht mehr Zeit als nötig mit ihr verbracht. Es war also überraschend, dass sie angeboten hatte, über sie zu wachen. Selbst auf der kurzen Reise hierher hatte Eliza kaum etwas zu ihr gesagt. Aus irgendeinem Grund schien ihre ganze Aufmerksamkeit darauf gerichtet zu sein, Sorin im Zaum zu halten. Sie war immer zur Stelle, wenn es Spannungen zwischen Sorin und Callan gab. Ganz eindeutig hatte sie keine Skrupel, sich ihm entgegenzustellen, wenn sie dachte, dass etwas, das er tat, keine gute Idee war.

Eliza klappte ihr Buch zu und legte es neben sich, ehe ihre grauen Augen sich auf Scarlett richteten. »Manche Male sind Symbole. Manche Male sind Prüfungen. Male kommen bei Zaubern zum Einsatz, guten wie bösen. Manche Male verstärken bestimmte Aspekte der Macht des Trägers.«

»Und deine?«

Eliza musterte sie einen Moment lang und fragte stattdessen: »Was weißt du über die Höfe?«

Scarlett blinzelte überrascht. »Nicht viel«, gab sie zu. »Ich weiß, dass es vier gibt. Ich kenne die Namen. Ich weiß, wer die Oberhäupter sind. Darüber hinaus weiß ich nicht viel.«

Eliza nickte. »Mir wurde gesagt, dass Blutlinien in den Königreichen der Sterblichen sehr wichtig sind.«

»Das sind sie«, antwortete Scarlett knapp und griff nach dem Tonikum auf dem Nachtkästchen. Sie stürzte den Inhalt hinunter und erstickte fast an dem bitteren Geschmack.

»Die Höfe der Fae sind nicht anders, nur dass unsere Familien versuchen, magische Kräfte zu bündeln und nicht nur königliche Blutlinien. Fae mit mächtiger Magie verbinden sich mit ähnlich mächtigen Partnern, um die Blutlinien zu stärken«, erklärte Eliza. Sie blickte auf den Boden, während sie sprach, und zeichnete mit der Stiefelspitze träge Kreise auf den Teppich. »Es ist nicht erlaubt, außerhalb seines Hofs zu heiraten. Die einzige Ausnahme ist, wenn Zwillingsflammen aus verschiedenen Höfen stammen, aber selbst dann muss die Verbindung geprüft und geweiht werden, bevor sie akzeptiert wird. Königin Eliné arbeitete hart daran, dieses Stigma zu brechen, und wir sahen die ersten Ehen zwischen den Höfen, aber es ist immer noch weitgehend verpönt.«

»Aber warum?«, fragte Scarlett. »Im Land der Sterblichen werden manchmal Ehen zwischen den Königreichen arrangiert, um ihre Beziehungen zu stärken.«

Eliza lachte belustigt auf. »Ich will nicht behaupten, dass ich die Beweggründe der Höfe und ihrer arrangierten Ehen verstehe. Die Höfe hegen oft kleinlichen Groll gegeneinander, vor allem die östlichen gegen die westlichen und umgekehrt.

Meine Mutter jedoch stammte vom Hof der Erde. Sie war unglaublich mächtig und wurde mit einem Fae mit ebenbürtigen Kräften verheiratet. Als sie mich erwarteten, schien es somit unmöglich, dass ich mit ihren vereinten Blutlinien nicht noch mächtiger sein würde. Vom Tag meiner Geburt an stand fest, dass man mich mit dem Prinzen der Erde vermählen würde. Seine Eltern waren wie die anderen königlichen Fae von Deimas und Esmeray abgeschlachtet worden, doch er war damals bereits älter als Sorin. Er war in einer viel besseren Position, die Herrschaft über seinen Hof zu übernehmen, und tat das auch, ohne es zu hinterfragen. Königin Henna und später Königin Eliné mussten ihm kaum beratend zur Seite stehen.

Als meine Macht sich jedoch manifestierte, als ich elf Jahre alt war, war sie Feuer, rein und stark, und der Ehemann meiner Mutter erkannte, dass er ganz offensichtlich nicht mein Vater war. Sie hatte eine Affäre mit jemandem aus dem Hof des Feuers, den sie für ihre Zwillingsflamme hielt, doch sie wagten es nicht, sich den Prüfungen zu unterziehen. Ich weiß bis heute nicht, wer er war, aber statt über unvergleichliche Erdmagie verfüge ich über Feuermagie, die nur von Sorin übertroffen wird.«

Bei dieser Enthüllung blieb Scarlett der Mund offen stehen. Sie hatte Eliza hin und wieder ihre Flammen einsetzen sehen, doch sie hatte nicht geahnt, dass sie so mächtig war. »Als der Ehemann meiner Mutter die Wahrheit herausfand, hat er ihr vor meinen Augen die Kehle durchgeschnitten. Dann hat er mir dieses Mal gegeben«, sagte sie und zeigte auf den Tintenwirbel direkt über ihrem Herzen. »Es hindert mich daran, Kinder zu gebären. Er sagte, dass er lieber sterben würde, als weitere Verwandte mit auch nur einem Tropfen Feuerblut in den Adern zu haben. Er setzte mich direkt an der Grenze zum Hof des Feuers ab und überließ mich meinem Schicksal. Es gibt schon lange Spannungen zwischen dem Hof des Feuers und dem Hof der Erde. Dieser Vorfall verstärkte die Feindseligkeit zwischen den beiden nur noch mehr.«

Eliza schwieg, während Scarlett sich vom Bett erhob, einen Schmerzensschrei unterdrückte und an ihre Seite kam. »Du kannst keine Kinder bekommen? Sorin hat mir erzählt, dass es schwierig für Fae ist, schwanger zu werden. Bist du dir sicher?« Aber sie sprach nicht weiter, als sie Elizas Gesicht sah.

»Ich kann keine lebenden Kinder gebären«, berichtigte Eliza sie. »Ich war insgesamt dreimal schwanger. Nachdem ich diesen Schmerz so oft durchgemacht habe, unternehme ich keinen weiteren Versuch. Ich habe es meinem Partner nie erzählt. Es war eine Last, die ich allein schultern musste.«

Scarlett zog Eliza in eine Umarmung. »Niemand sollte das allein durchmachen müssen.«

Zuerst versteifte Eliza sich, doch dann erwiderte sie die Umarmung sanft und behutsam, um Scarletts Rippen zu schonen. Als Scarlett sich löste, glitzerten Tränen in Elizas Augen. »Ich erzähle dir das, weil …« Eliza sprach nicht weiter und blickte aus dem Fenster. Scarlett ließ ihr Zeit, sich zu sammeln, und wartete ab, bis sie fortfuhr. »Ich erzähle dir das, weil du zusehen musstest, wie deine Mutter getötet wurde. Weil du durch die Hölle gegangen bist, eine andere Hölle als ich, aber trotzdem eine Hölle. Und weil du jemandem gegeben werden solltest, einfach nur der Macht wegen, die in deinen Adern fließt. Ich erzähle das, weil du dich Talwyn widersetzt hast, für uns alle, ohne zu wissen, welcher Macht du dich stellen würdest. Ich möchte, dass du weißt, dass du nicht allein bist.« Und dann fügte sie leise hinzu: »Niemand sonst weiß davon. Von den Verlusten.«

Scarlett verstand die Bitte in diesen Worten. »Deine Geschichte wird diesen Raum nicht verlassen«, sagte sie schlicht. Nach einem weiteren Moment des Schweigens fragte sie: »War dein Geliebter nicht deine Zwillingsflamme?«

»Ich glaube nicht. Vielleicht hätte sich irgendwann eine Verbindung eingestellt, aber er ist vor vielen Jahren von Nachtkindern getötet worden«, sagte Eliza und sah erneut Scarlett an. Da war ein Ausdruck in ihrem Gesicht, den Scarlett nicht lesen konnte, als sie vorsichtig sagte: »Es kommt nur sehr selten vor, dass man seine Zwillingsflamme findet, und das Mal ist eine Prüfung, die nur wenige riskieren.«

»Sorin sagte, man würde seine Seele darbieten«, erinnerte Scarlett sich vage an die Nacht am Strand.

»Ja, das tut man.« Eliza zögerte, sie schien mehr sagen zu wollen, entschied sich dann aber dagegen.

»Wie hast du Sorin kennengelernt? Wie kam es, dass du Generalin seiner Armeen wurdest?«

»Ein patrouillierender Soldat fand mich noch am gleichen Tag, an dem ich an der Grenze abgesetzt wurde, und brachte mich in den Palast. Ich arbeitete jahrelang als Küchenhilfe, aber ich schlich mich nach draußen, wann immer ich konnte, und sah den Soldaten bei ihren Übungen zu. Ich prägte mir alles ein, was sie taten. Nicht nur den Umgang mit Waffen, sondern auch Kriegsstrategien und Kampfformationen. Als meine Macht stärker wurde, ließ man mich mit den anderen Neophyten trainieren. Eines Nachts erwischte Sorin mich in einem der Übungsringe mit einem Schwert, das man als unbrauchbar aussortiert und weggeworfen hatte. Er sagte, wenn ich ein Schwert schwingen wolle, bräuchte ich einen Gegner, der zurückschwingt. In jener Nacht übte er mit mir. Am nächsten Morgen wurde ich in den Trainingsbereich unter dem Palast gerufen. Ich kämpfte mich bis an die Spitze, und Sorin hatte wohl die ganze Zeit über ein Auge auf mich. Schließlich fragte er, ob ich Generalin seiner Armeen werden wolle.

Dieses Mal ist das Mal meiner Treue zu ihm und dem Hof des Feuers«, sagte sie und zog den Kragen ihrer Tunika zur Seite, um ein Zeichen auf ihrer linken Brust, nahe der Schulter, zu enthüllen. Es war eine Flamme, die von einem Schwert durchbohrt wurde. Es war beinahe identisch mit dem auf Sorins Brust. »Cyrus und Rayner haben auch eines.«

»Die meisten der anderen Male verstärken meine Fähigkeiten und erlauben mir, Dinge zu tun, wie Schwerter aus Flammen zu materialisieren.«

Scarlett versuchte, die Fae vor ihr nicht anzustarren. Sie hatte ihre eigenen Kämpfe ausgefochten. Allein. Sie hatte sich durch eine Menge Mist gekämpft, um dort hinzukommen, wo sie jetzt war. Allein. Sie hatte sogar zugesehen, wie ihre Mutter vor ihren Augen ermordet wurde. Sorin hatte recht gehabt. Sie waren verwandte Seelen.

»Eliza«, begann sie langsam. Eliza legte lediglich den Kopf leicht schräg, und Scarlett kämpfte damit, sich nicht unter diesen aschgrauen Augen zu winden, die direkt durch sie hindurchzublicken schienen. »Sorin meinte, wenn ich mein körperliches Training fortsetzen will, solle ich dich bitten. Wärst du dazu bereit?«

»Das Training mit mir ist brutal und hart«, warnte Eliza. »Meine stärksten Krieger verfluchen mich täglich.«

»Ich nehme an, es ist ähnlich wie das mit Sorin, wenn er ein übellauniger Mistkerl ist«, erwiderte Scarlett mit finsterer Miene, während sie sich daran erinnerte, wie sie Meile um Meile gerannt und immer wieder auf ihrem Hintern gelandet war.

Eliza lachte. »Wenigstens weißt du, was dich erwartet.«

»Danke«, sagte Scarlett. »Dass du mir das erzählt hast.«

»Danke, dass du gekommen bist«, antwortete Eliza. »Die anderen werden es nicht laut aussprechen, aber ich hoffe, du bleibst.«

Scarlett spürte, wie ihre Wangen sich bei dem Kompliment röteten. »Ich erinnere mich nicht an viel, nachdem Callan mich aus dem Hof getragen hat«, sagte sie, »aber ich weiß noch, dass ich aufgeweckt wurde, weil Sorin angeblich in Gefahr schwebte. War das echt oder ein Traum?«

»Das war echt«, meinte Eliza finster.

»Geht es ihm gut?«, fragte Scarlett, und ihr Herz setzte einen Schlag aus.

»Es geht ihm gut, Scarlett. Er sagte, ich solle ihn rufen, wenn du aufwachst, und das werde ich tun, sobald du bereit bist.«

»Nein«, antwortete Scarlett hastig. »Er hat seine Pflichten. Ich will nicht all seine Zeit für mich beanspruchen.«

»Ich denke, es wäre ihm lieb, wenn du das tun würdest.«

»Wenn man ein Prinz ist, hat man nicht immer die Wahl«, meinte Scarlett. »Er war drei Jahre nicht hier. Er muss sich um sein Volk kümmern.«

»Dann lass uns Tee trinken«, antwortete Eliza mit einem kleinen Lächeln.

Die beiden saßen noch immer gemeinsam mit untergeschlagenen Beinen auf der Chaiselongue und tranken Tee, als Sorin ein paar Stunden später in den Raum kam. Er blieb abrupt stehen, sah sie von oben bis unten an und hob stöhnend die Hand an die Stirn. »Wie lange ist sie schon wach, Eliza?«

»Sie sitzt direkt hier neben mir. Frag sie selbst«, antwortete Eliza unbekümmert, als spräche sie mit einem Bruder und nicht mit einem mächtigen Prinzen.

Scarlett lächelte ihn einfach nur zuckersüß über ihre Teetasse hinweg an, und er starrte wenig amüsiert zurück. »Wie geht es deinem Arm?«

Grinsend drehte sie ihn, um ihm eine vulgäre Geste zu zeigen, und antwortete: »Ich bin seit ein paar Stunden wach, danke auch.«

Sein finsterer Blick richtete sich auf Eliza. »Ich habe dir gesagt, du sollst mich benachrichtigen, wenn sie aufwacht.«

»Hast du das?«, fragte sie mit gespielter Überraschung und hob die Augenbrauen. »Ups.«

»Es hat beinahe fünf Jahre gedauert, bis du mehr als drei Worte mit Cyrus und Rayner gewechselt hast, aber nur ein paar Stunden, und ihr beide seid beste Freundinnen?«, fragte Sorin, und sein Tonfall machte deutlich, für wie unwahrscheinlich er das hielt.

Eliza zuckte mit den Achseln. »Sie hat keinen Schwanz. Das ist ein großer Unterschied. Ich sage seit Jahren, dass unsere Familie ein weiteres weibliches Mitglied braucht.«

Sorin blinzelte langsam bei dieser Antwort und erwiderte dann sarkastisch: »Wir kamen ja kaum mit einer von euch zurecht, meine liebe Eliza. Zwei werden ein wahres Vergnügen sein.«

21
SCARLETT

Scarlett lag wach und starrte an die Decke. Sorin schlief neben ihr, wie jede Nacht, seit sie ihn gebeten hatte, bei ihr zu bleiben. Seitdem war auch nichts mehr zwischen ihnen passiert, was Scarlett zugleich erleichterte und ein wenig enttäuschte. Er hatte ihr und Eliza beinahe den ganzen Nachmittag Zeit gelassen, und Eliza hatte ihr geholfen, sich zu baden, da sie seit dem Kampf die Kleidung nicht mehr gewechselt hatte.

Als Sorin zurückgekehrt war, hatte er sie umsorgt wie eine Glucke. Und das ging jetzt schon seit zwei Tagen so. Er brachte ihr Essen und ließ nicht zu, dass sie das Bett verließ, außer um ihre Notdurft zu verrichten, und selbst dann musste sie ihm die Tür vor der Nase zuknallen.

Er hatte versucht, ihr zu erklären, dass männliche Fae einen instinktiven Drang hatten, zu dienen und zu beschützen. Sie vermutete, dass er sich schuldig fühlte. Schuldig, wegen dem, was vorhin mit ihr passiert war.

»Sorin, genau in diesem Raum hier hast du mich angesehen und mir gesagt, dass nichts von dem, was passiert ist, meine Schuld war«, hatte sie gesagt.

»Und das war es auch nicht«, antwortete er hastig, und ein besorgter Ausdruck huschte über sein Gesicht.

»Und deine war es auch nicht«, meinte sie sanft.

»Dass ich nicht in der Lage war, dich zu beschützen …«

»Ich brauche keinen Schutz, Sorin«, unterbrach sie ihn.

»Das meinte ich nicht, Scarlett. Du brauchst niemanden, der dich schützt oder rettet.«

»Liest du mir vor?«, bat sie ihn.

Und dann hatte er ihr beinahe zwei Stunden lang vorgelesen, bis sie sehen konnte, dass er erschöpft war. Er war beinahe augenblicklich eingeschlafen, und jetzt lag sie hier, mehr als nur ein wenig rastlos. Sie musste aufstehen, sich bewegen. Sie musste aus diesen Räumen heraus. Sie war im verdammten Schwarzen Syndikat ausgebildet worden. Sie konnte sich lautlos bewegen, selbst mit den Verletzungen an Arm und Rippen, die ohnehin sehr schnell heilten. Im Moment fühlte sie sich nur noch ein bisschen wund.

Sie atmete tief ein und wappnete sich, ehe sie sich behutsam in eine sitzende Position stemmte. Mit geübten Bewegungen glitt sie lautlos vom Bett. Ihre weite Kleidung eignete sich problemlos, um darin den Palast zu erkunden. Sie schob die Füße in Pantoffeln. Sorin regte sich kaum. Vermutlich war er so daran gewöhnt, dass sie sich während ihrer Albträume schreiend im Bett herumwälzte und um sich schlug, dass es ihm gar nicht erst auffiel, wenn sie sich leise aus dem Bett schlich. Und jetzt noch zur Tür.

Sie öffnete sie und verzog das Gesicht, als bei der Bewegung ihre Bauchmuskulatur zum Einsatz kam. Zum Glück schwang die Tür geräuschlos auf, und sie konnte hinausschlüpfen. Sie flocht ihr langes Haar, während sie das Wohnzimmer durchquerte und unterwegs noch einen Dolch, den sie nahe der Tür entdeckte, an ihren Oberschenkel schnallte. Kurz darauf war sie im Flur. Um diese Stunde war es still im Palast. Jeder, bis auf die in unregelmäßigen Abständen stationierten Wachen, schlief. Sie nickten ihr zu, während sie sie passierte. Langsam überquerte sie die Brücken, weil sie es nur ungern mit einer Treppe aufnehmen wollte. Noch einmal nach links und dann nach rechts, und sie stand vor dem Eingang der Bibliothek auf diesem Stockwerk.

Als sie die Galerie der riesigen Bibliothek entlangwanderte, konnte sie in die diversen Stockwerke unter ihr blicken, die von Fackeln und Kerzen erhellt wurden. Sie hörte ein Geräusch zwischen den Regalen und erstarrte. Sie hatte nicht wirklich Lust darauf, mit jemandem zu sprechen, aber es war zu spät, denn in diesem Moment tauchte eine Gestalt direkt vor ihr auf. Instinktiv schützte sie ihre Rippen, als sie beinahe zusammenstießen.

»Verzeihung«, rief ein Mann und ließ die Bücher fallen, die er auf den Armen trug. »Ich wusste nicht, dass noch jemand hier ist.« Er bückte sich, um die Bücher aufzusammeln, doch Scarlett wusste, wer er war, noch bevor er sich wieder aufrichtete.

Callans Augen wurden groß, als er sie erkannte. »Scarlett.« Er musterte sie von oben bis unten, und sein Blick blieb an den Verbänden an ihrem Arm und ihrer Mitte hängen. »Was machst du hier?«

»Wir befinden uns doch in einer Bibliothek«, antwortete sie mit einem Augenrollen. »Ich bin hier, um mir ein Buch zu holen.« Erst einen Moment später wurde ihr klar, dass sie bei diesem sarkastischen Kommentar auf die Maske verzichtet hatte, die sie sonst in Gegenwart des Prinzen trug. Andererseits hatte er in den letzten Tagen eine Menge gesehen, was so gar nicht dieser Maske entsprach.

»Ja, stimmt.« Er trat auf den Füßen hin und her. »Wie geht es dir?«

»Es ging mir schon besser«, gab sie mit einem schwachen Lächeln zu. »Geht es dir gut? Hat Talwyn dir etwas getan?«

»Nein. Gar nicht«, sagte er etwas zu schnell und mit einem eigenartigen Blick.

Sie standen in angespanntem Schweigen voreinander, und keiner wusste, was er sagen sollte. »Das ist ziemlich dumm, oder?«, murmelte sie endlich.

Er lachte schnaubend. »Endlich können wir ganz frei sprechen, und jetzt wissen wir nichts miteinander anzufangen.«

»Was liest du?«, fragte Scarlett mit einem Blick auf seinen Bücherstapel. »Hoffentlich ist etwas Interessantes dabei. Es sei denn, du suchst nach etwas, das dich besser einschlafen lässt?«

»Nein, ich …«

Sie streckte ihren unverletzten Arm aus und pflückte sich ein Buch vom Stapel. *Das Herz des Anfangs*. Sie sah ihn verwirrt an.

»Ich dachte, da ich einmal König sein werde, sollte ich so viel wie möglich über dieses Land und unsere Beziehungen wissen, also studiere ich die Geschichte der Fae«, erklärte er mit einem leichten Achselzucken.

»Das erscheint mir klug. Hast du etwas Interessantes herausgefunden?«, fragte sie und blätterte durch das Buch.

»Ein wenig, ja. Sieh mal, können wir uns irgendwo hinsetzen, damit ich die hier ablegen kann?«, fragte er und hob demonstrativ seinen Bücherstapel.

»Selbstverständlich. Tut mir leid.« Sie folgte ihm in eine kleine Nische mit einem Tisch, auf dem weitere Bücher und Papiere lagen. »Du scheinst eine ganze Menge Nachforschungen anzustellen«, sagte sie und hob die Brauen, während er die Bücher auf dem Tisch ablegte.

»Ich habe eine Menge Zeit«, sagte er und rieb sich den Nacken. Er wandte sich ihr voll zu. »Es tut mir leid. Was in der Arena im Hof passiert ist.«

»Warum sollte dir das leidtun?«, fragte sie.

»Hat Sorin es dir nicht erzählt?« Wieder dieser merkwürdige Ausdruck.

»Mir was erzählt?«, fragte sie langsam.

Er atmete tief durch. »Die Fae-Königin hat mich nicht entführt. Ich bin freiwillig mit ihr gegangen.«

Scarlett erstarrte. Sie konnte kaum atmen, als sie so gelassen wie nur möglich fragte: »Warum hast du das getan?«

»In dem Moment erschien es mir wie eine gute Idee, mich mit

der Herrscherin eines anderen Lands vertraut zu machen. Beziehungen aufzubauen.«

»O Callan.« Sie wusste nicht, was sie sonst sagen sollte. Als sie Sorin gefragt hatte, wie Talwyn die Schutzzauber überwunden hatte, um Callan und die anderen zu entführen, hatte er nur gesagt, dass sie dabei waren, das herauszufinden, und es nicht noch einmal geschehen würde.

Er schluckte. »Sie hat mich Dinge gefragt. Über dich.«

»Das kann ich mir denken«, murmelte Scarlett.

»Warum?«

Scarlett winkte ab. »Was für Fragen?«

»Sie hat deinen Ring erwähnt und dass es ein altes Fae-Familienerbstück ist. Sie wollte wissen, wie du in seinen Besitz gekommen bist. Und dann hat sie mich gefragt, ob du irgendwelche Tätowierungen hast.«

»Sie hat gefragt, ob ich Male trage?« Callan nickte. »Wie seltsam« war alles, was sie sagen konnte, während er sie erwartungsvoll ansah.

»Was davon? Die Male oder der Ring?«, fragte er und rieb sich mit der Hand die Stoppeln an seinem Kinn.

Die Bewegung hatte eine unerwartete Wirkung auf sie. Wie oft hatte sie ihn bei dieser Geste beobachtet, wenn sie spätnachts in seinen Privatgemächern Pläne geschmiedet hatten?

»Beides, schätze ich«, seufzte sie. Sie ließ sich in einen Stuhl neben dem Tisch sinken. »Erzähl mir, was du herausgefunden hast.«

Callan setzte sich zögerlich ihr gegenüber. »Ihre Fragen interessieren dich gar nicht?«

»Nein, nicht heute Nacht. Was ist das Interessanteste, was du herausgefunden hast?«

Callan musterte sie aufmerksam. »Die Höfe wurden einmal von zwei Fae-Königinnen regiert. Sie waren Schwestern, aber es heißt, es habe eine dritte Schwester gegeben. Und dass Esmeray diese dritte war.«

»Das habe ich auch gehört. Was hast du über sie gelesen?«

Callan zuckte mit den Achseln. »In den meisten Berichten steht, dass Deimas und Esmeray versucht haben, die Höfe zu stürzen. Es überrascht mich nicht wirklich, dass ihre Geschichtsbücher so anders sind als unsere.«

»In den meisten Berichten? Sie sind nicht alle gleich?«

»Nein.« Callan lehnte sich in seinem Stuhl zurück. »In einem Buch habe ich gelesen, dass die Höfe der Fae einfach zwischen die Fronten eines größeren Konflikts zwischen Esmerays Territorium und Avonleya geraten sind. Es hieß, dass Deimas und Esmeray auf der Suche nach etwas auf der anderen Seite des Meers waren, und die Avonleyaner haben sich sogar geweigert, sie zu empfangen. Dass dieser Affront allerdings als Auslöser für den Großen Krieg ausreichend gewesen sein soll, kommt mir ein wenig weit hergeholt vor.«

»Ja, aber wurde erwähnt, wonach sie suchten? Oder was Deimas war?«

»Was meinst du damit? Was Deimas war? Er war sterblich, oder etwa nicht?«, fragte Callan und zog die Braue hoch.

»Aber er hatte magische Fähigkeiten. Wie sonst hätten er und Esmeray die Avonleyaner auf ihrem Kontinent isolieren können? Wenn allerdings Esmeray so mächtig war wie die anderen Fae-Königinnen, dann ist das durchaus möglich. Aber was ist mit Deimas?«, hakte Scarlett nach. Sie kaute auf ihrer Unterlippe, während sie darüber nachdachte. Callan schwieg, doch nach ein paar Sekunden wurde ihr klar, dass er sie anstarrte. Sie räusperte sich und straffte ihre Schultern.

»Was hast du sonst noch herausgefunden?«, fragte Scarlett und beugte sich über den Tisch, um sich die diversen Notizen und Bücher anzusehen.

»Vorwiegend Mythen und Legenden. Es ist alles so anders als die Geschichte, die uns gelehrt wurde. Es charakterisiert die Fae als die Beschützer der Menschen und nicht als Volk, das versucht, uns zu versklaven.«

Scarlett griff nach einem Stück Papier und überflog die Notizen in seiner säuberlichen, präzisen Handschrift. Eine Handschrift, die ihr so vertraut war. »Und was glaubst du?«

Callan zuckte erneut mit den Achseln. »Um ehrlich zu sein, weiß ich nicht mehr, was ich glauben soll. Vieles kommt mir sehr weit hergeholt vor. In einem Buch war die Rede von einem Weltenwandler, einem Wesen, das scheinbar irgendwie zwischen den Welten wandeln konnte.«

»Interessant«, murmelte Scarlett und blätterte durch seine Notizen. Sie erstarrte, als sie auf einer die Überschrift *Zwillingsflammen und Seelengefährten* las.

»Was ist das?«, fragte sie und tippte mit ihrem Fingernagel darauf.

»Recherche«, sagte Callan und wollte ihr die Unterlagen wegnehmen, doch sie zog sie außerhalb seiner Reichweite. Die plötzliche Bewegung sandte Schmerzen durch ihre Rippen, und sie unterdrückte einen Schrei, während sie seine Notizen las.

»Warum recherchierst du das?«, fragte sie.

»Ich habe irgendwo etwas von dem Bund der Zwillingsflammen gehört und wollte mehr darüber wissen«, antwortete er vorsichtig.

»Das ist alte Blutmagie, Callan«, sagte sie, während ihre Augen über die Seiten huschten. Sie entdeckte ihren Namen zwischen den Zeilen mit einem Fragezeichen dahinter. »Warum erwähnst du mich hier?« Sie hob den Blick gerade rechtzeitig, um ihn zusammenzucken zu sehen.

»Ich versuche herauszufinden, wie du in ihre Welt passt, Scarlett«, gab er schließlich seufzend zu. »Niemand gibt mir eine klare

Antwort auf irgendetwas, also habe ich beschlossen, selbst Antworten zu finden.«

»Und du denkst, ich bin eine davon? Für wen?«, wollte sie wissen und wedelte mit den Notizen vor ihm herum.

»Ich weiß es nicht, aber es würde erklären, warum du dich so gut einfügst.«

»Ich füge mich so gut ein, weil ich auch eine *Fae* bin, Callan«, meinte sie knapp.

»Ich weiß, aber du verhältst dich, als würdest du sie schon seit Jahren kennen. Du bist lockerer in ihrer Gegenwart, als du in meiner bist, und wir haben ein Jahr lang das Bett geteilt, während du dir mit ihm erst seit wenigen Wochen die Gemächer teilst.« Seine Augen wurden groß, als er die Worte ausgesprochen hatte.

Scarlett starrte ihn an und blinzelte langsam. Wortlos streckte sie ihm seine Notizen entgegen. »Warum recherchierst du das wirklich, Callan?«

»Alles, was ich gesagt habe, ist wahr, aber ich tue es auch, um dir helfen zu können. Warum darf er dir helfen, aber ich nicht?«, wollte er wissen, und sein Blick wurde hart, als er ihr die Papiere aus der Hand nahm.

Sie musterte ihn einen langen Moment. Alles an ihm war ihr so vertraut. »Also gut«, sagte sie und griff nach einem der Bücher.

»Was tust du da?«

»Es ist meine Geschichte. Vielleicht sollte ich auch etwas darüber herausfinden, meinst du nicht?«, fragte sie und schlug das Buch auf.

»Du willst hier mit mir sitzen und lesen?« Da war Zweifel im Klang seiner Stimme.

»Es sei denn, du hast etwas dagegen?«

Jetzt musterte er sie.

»Ich habe nichts dagegen. Aber ich könnte mir vorstellen, dass jemand anderes ein Problem damit hat?«

»Er ist nicht mein Aufpasser«, sagte sie schlicht und begann zu lesen.

Stunden später überquerte sie die Brücken erneut und schlüpfte leise in Sorins Gemächer. Lautlos schloss sie die Tür hinter sich und tappte durch das Wohnzimmer. Sie hatte Schmerzen. Sie wusste, dass sie es übertrieben hatte, als sie so lange mit Callan an einem Tisch saß und mit ihm die interessanten Details austauschte, auf die sie während ihrer Recherchen stießen. Die Stimmung zwischen ihnen war immer noch angespannt, aber es war ein Fortschritt.

Vorsichtig stieß sie die Tür zum Schlafzimmer auf und schlüpfte hinein. Sorin lag immer noch so im Bett, wie sie ihn zurückgelassen hatte. Sie löste den Dolch von ihrem Schenkel und schlüpfte aus ihren Pantoffeln. Dann richtete sie sich auf und überlegte, ob ein heißes Bad die Schmerzen lindern würde.

»Nimm das Tonikum auf dem Nachttisch gegen die Schmerzen«, meldete sich eine Stimme aus dem dunklen Raum. Sie starrte ihn finster an, und er lachte leise, während er sich aufrichtete. Er griff nach dem Fläschchen auf dem Nachttisch, löste den Korken und kam zu ihr.

»Wann hast du herausgefunden, dass ich weg war?«, fragte sie und stürzte den Inhalt des Fläschchens hinunter. Ein honigsüßes Aroma versuchte, den bitteren Geschmack zu verbergen.

»Liebes, ich habe gespürt, wie du aufgestanden bist«, antwortete er mit einem Grinsen, das sie im Glühen der Feuerstelle gerade so ausmachen konnte.

»Das hast du nicht«, schnaubte sie und gab ihm das Fläschchen zurück.

»Das habe ich. Zugegebenermaßen dachte ich, dass du auf dem

Weg ins Badezimmer warst, und ich wollte nicht noch einmal eine Tür ins Gesicht bekommen. Aber als du nach einer Stunde noch nicht zurück warst, habe ich ein Schmerztonikum kommen lassen. Sie hat ein Beruhigungsmittel beigemengt, damit du schlafen kannst.«

Scarlett rollte mit den Augen und machte sich auf den Weg zum Bett. Verdammt. Ihr tat alles weh.

»Ich bin überrascht, dass du nicht versucht hast, mich aufzuhalten, als ich den Raum verlassen habe«, presste sie hervor und versuchte erfolglos, nicht das Gesicht zu verziehen. Sie widersetzte sich nicht, als er sie sanft in seine Arme hob und zum Bett trug.

»Scarlett, ich verstehe, dass es dir schwerfällt, dich umsorgen zu lassen. Ich verstehe, dass der Beschützerinstinkt der Fae neu für dich ist und dir beinahe anmaßend vorkommen muss. Es hat mich alles an Selbstbeherrschung gekostet, zuzulassen, dass du heute Nacht diesen Raum verlässt, statt dich zurück ins Bett zu holen, obwohl ich wusste, dass du in dieser Verfassung zurückkehren würdest«, sagte er nachdrücklich und zog ihr die Decke ans Kinn. »Ich bemühe mich.«

»Die Glucke steht dir nicht«, sagte sie leise und spürte, wie die Wirkung des Tonikums einsetzte.

»Ich versuche, daran zu denken«, lachte er leise und kehrte zurück auf seine Seite des Bettes.

»Ich konnte nur nicht schlafen. Ich war ruhelos«, murmelte sie in die Dunkelheit hinein.

»Ich weiß, Liebes, aber vielleicht wäre es besser gewesen, nur eine Stunde in der Bibliothek zu bleiben und nicht drei?«

»Du weißt, wo ich war?«

»Ich bin der Prinz dieses Palasts, Scarlett, und du bist zumindest auf dem Papier eine Prinzessin. Jede Wache, die du passiert hast, hat mir eine Botschaft zukommen lassen.«

»Warum hast du mir nicht gesagt, dass Callan freiwillig mit

Talwyn gegangen ist?«, fragte sie. Sie wollte sich herumrollen und ihn ansehen, aber sie wusste, dass das unmöglich wäre, also drehte sie nur den Kopf.

Er schien es zu merken, also stützte er sich auf einen Ellenbogen und sah von oben auf sie herunter. Irgendwie war es intimer als ein Kuss, so in der Dunkelheit zu liegen und in seine goldenen Augen zu blicken. »Er hat es dir gesagt?«

»Das hat er. Warum hast du geschwiegen?«

»Weil ich wusste, dass er dir wichtig ist. Ich wollte nicht, dass es die Beziehung zwischen euch noch mehr belastet.«

»Ich denke, er hofft immer noch, dass alles zum Alten zurückkehrt«, sagte sie leise und spürte, wie der Schlaf an ihr zupfte.

»Ich denke, du hast recht«, stimmte er ihr zu und strich sanft über ihre Wange und ihren Kiefer entlang.

»Ich weiß nicht, wie ich ihm sagen soll, dass … dass ich nicht weiß, ob ich in Baylorin bleiben werde, wenn wir ihn nach Hause bringen«, sagte sie, während ihr die Lider schwer wurden.

Sorins Finger verharrten einen Moment, ehe er fortfuhr. »Oh?«

»Er stellt Nachforschungen an. In der Bibliothek«, murmelte sie. Sie wusste kaum mehr, was sie sagte.

»Worüber?«

»Vor allem Geschichte.«

Sie hörte das Lächeln in Sorins Worten, als er sagte: »Ach ja?«

»Ja. Er recherchiert auch über Zwillingsflammen und Seelengefährten.«

Dieses Mal erstarrten Sorins Finger gänzlich. Scarletts Lider hoben sich auf diese Unterbrechung hin flatternd, und sie sah, dass er sie aufmerksam beobachtete.

»Was hat er herausgefunden?«

»Wir haben nicht viel darüber geredet.« Sie konnte seinen Ausdruck nicht lesen; ihr Geist war so verwirrt von dem Tonikum, dass es vermutlich ohnehin nicht viel zu lesen gab. Mittlerweile brabbelte sie nur noch. »Er meinte, dass es jemanden hier gibt, der denken könnte, dass ich seine Zwillingsflamme oder Seelengefährtin bin, und dass du mich deshalb so sehr beschützen willst. Ich konnte ihm die Wahrheit nicht sagen.«

»Und die wäre?«, fragte Sorin langsam.

»Dass ihr alle mich für eine Prinzessin haltet und deshalb so ein Drama macht«, antwortete sie mit einem kleinen Lächeln.

»Du *bist* eine Prinzessin«, sagte er und strich jetzt wieder ihr Gesicht entlang.

»Ich glaube allerdings, du könntest meine sein«, sagte sie, als der Schlaf sie schließlich übermannte.

»Deine was?«, hörte sie ihn noch, doch sie konnte nicht mehr antworten.

22
SCARLETT

Scarlett spazierte das Ufer der Tana im Garten hinter dem Palast entlang. Die dünne Schneeschicht vom Morgen war in der Nachmittagssonne geschmolzen, und die Kühle des Abends begann bereits, in ihre Knochen zu sickern. Sie zog den Mantel enger um ihre Schultern. Er war dünn, aber es war der Einzige, den sie hatte finden können, also würde er ausreichen müssen. Sie hatte den anderen eine Nachricht hinterlassen, dass sie nicht zum Abendessen kommen würde. Sie brauchte etwas Zeit, um …

Sie wusste nicht wirklich, wofür sie Zeit brauchte. Als sie am Morgen aufgewacht war, hatte sie sich ausgelaugt und leer gefühlt. Die dramatischen Szenen im Hof lagen bereits gute zwei Wochen zurück. Es hatte fünf Tage gedauert, bis Sorin schließlich nachgegeben und es Eliza erlaubt hatte, sie am Morgen zu trainieren. Scarlett drehte und dehnte das Handgelenk des ehemals gebrochenen Arms unter ihrem Mantel. Obwohl er unter Beatrix' Aufsicht gut geheilt war, schmerzte er doch nach einem Tag, an dem sie Waffen geführt und Kampfmanöver geübt hatte.

Eliza schien am Morgen gespürt zu haben, dass etwas nicht stimmte. Scarlett wusste, dass sie nachlässig war und unnötige Fehler machte, doch Eliza hatte kein Wort darüber verloren. Tatsächlich hatte sie sich sogar selbst zurückgehalten. Und scheinbar Sorin Bericht erstattet, denn als er sie am Nachmittag zu ihren Magieübungen abholte, musterte er sie aufmerksam und fragte sie, wie es ihr ging. Sie konnte sich auch dann nicht wirklich konzentrieren. Er beendete ihre Stunde früher als sonst und schlug vor, gemeinsam zurück zum Palast zu laufen, statt ein Portal zu nehmen, doch sie lehnte ab. Als sie wieder in ihren Wohnräumen waren, ging sie direkt ins Badezimmer und schloss die Tür hinter sich. Sie badete jedoch nicht. Sie wartete, bis er zu seinem üblichen Nachmittagstreffen mit dem Inneren Hof ging. Dann hinterließ sie eine Nachricht, schnappte sich einen Mantel und fand sich schließlich in der kalten Abendluft wieder.

Ihre Gedanken wanderten heute in alle Richtungen. Cassius. Nuri. Die Waisen. Erinnerungen, die sie dringend unter Verschluss hatte halten wollen, drängten sich an die Oberfläche. Nicht nur an Juliette und Mikale, sondern auch an die Bestrafungen, die sie von dem Herrn der Assassinen erhalten, und Bilder des Leids, das sie anderen im Rahmen ihrer Aufträge zugefügt hatte.

All das bedrückte sie heute. Cyrus hatte gesagt, dass er Zeit gebraucht hatte, um seinen Weg aus der Dunkelheit zu finden. Dass die Sterne es immer wert waren, für sie zu kämpfen. Und sie hatte es wirklich versucht. Jeden Tag hatte sie sich durch den unendlichen Kummer, die Angst und die auf sie eindringenden Schuldgefühle gekämpft. Und heute Morgen beim Aufwachen hatte sie das Gefühl gehabt, keine Kraft zum Kämpfen mehr zu haben. Als wäre sie vollkommen leer.

Unbewusst war Scarlett am Fluss stehen geblieben. Sie rieb sich die Arme, während sie hinüber zu den Bergen starrte, die in der Ferne aufragten.

Sie wusste nicht, wie lange sie schon dort stand, als sie einen Hitzeimpuls hinter sich spürte. Sie hatte keine Ahnung, wie er sie gefunden hatte, doch sie seufzte auf, als sie das Geräusch seiner Stiefel auf der Erde hörte. Sie machte sich nicht einmal die Mühe, ihn über ihre Schulter anzusehen, als sie sagte: »Ich will keine Gesellschaft, und ich will gerade auch nicht sprechen, Sorin.«

»Ich bin weder für das eine noch das andere gekommen, ich möchte dir nur das hier bringen.« Sie konnte die Emotionen in seiner Stimme nicht deuten, als sie sich zu ihm umdrehte. Er hatte sich einen schweren Mantel um die Schultern gelegt und sah sie ruhig an, während sein Atem in der Luft kondensierte. In den Armen hielt er ein Bündel aus Stoff, und Scarlett hob fragend die Augenbrauen.

»Es ist eiskalt, Scarlett«, sagte er leise und näherte sich ihr einen kleinen Schritt. »Ich weiß, dass es hier kälter wird als in Baylorin, und es nicht noch nicht einmal Winter.« Er griff nach etwas, das ganz oben auf dem Bündel lag: ein Paar Handschuhe. Sie sagte nichts, sondern blickte nur auf den anderen Gegenstand auf seinen Armen. »Ein mit Pelz gefütterter Mantel«, erklärte er.

Sie schwieg und wandte sich wieder dem Fluss zu, bis sie spürte, wie er an ihre Seite kam. Er reichte ihr die Handschuhe, und sie schlüpfte wortlos hinein. Auch sie waren gefüttert, und ihre eingefrorenen Finger brannten in der plötzlichen Wärme.

»Halt das hier«, wies er sie an und reichte ihr den Mantel. Sie gehorchte, und er löste flink ihren Umhang und legte ihn sich über die Schulter. Wortlos griff er nach dem dickeren Kleidungsstück und hüllte sie darin ein. Er begegnete ihrem Blick, als er flink die Knöpfe schloss, und sie konnte nicht anders, als an ihre kurze Reise hierher zu denken, als er dasselbe getan hatte.

Auch damals hatte sie sich so gefühlt. Verloren. Voller Kummer. Voller Schmerz.

Eine Hitzeflut hüllte sie ein, als er ihr die Kapuze über den Kopf zog, und sie wusste, es war seine Magie.

»Brauchst du noch etwas?«, fragte er schließlich sanft.

Ja? Nein? Sie wollte etwas fühlen, irgendetwas, aber die Leere zog sie magisch an. Sie wusste, unter seinen Händen würde sie zwischenzeitlich körperliche Erleichterung finden, aber dann wäre da noch immer … das hier. Diese Bruchstücke ihrer selbst.

Die er mitverursacht hatte.

Bei dem Gedanken wandte sie sich ab und setzte schweigend ihren Weg den Fluss entlang fort.

Sie folgte einer kleinen Biegung, und der Pfad war so dicht von Bäumen gesäumt, dass die Sonne nicht hindurchgelangen konnte. Der Schnee der letzten Tage war nicht geschmolzen, sondern hatte sich angehäuft. Sie blieb am Rand stehen, beugte sich hinunter und schöpfte die kalten Flocken in ihre Hand.

Ihr war nach Weinen zumute, doch die Tränen wollten nicht kommen. Sie hatte keine Energie, um zu wüten oder zu schreien oder irgendetwas sonst. Sie ergriff eine weitere Handvoll Schnee und ließ ihn zu Boden rieseln.

»Es ist in Ordnung.« Seine leise Stimme wurde durch die Luft zu ihr getragen, doch sie blickte nicht zu ihm auf. Kurz herrschte Stille. Sie verharrte, wartete, worauf er damit hinauswollte. Sie hörte das leise Knirschen von Schritten, und dann ging er neben ihr in die Hocke. »Es ist in Ordnung, schlimme Tage zu haben, Scarlett.« Sein Tonfall war unglaublich zärtlich. »Es ist in Ordnung, wenn du an manchen Tagen nicht mehr tun kannst, als zu überleben. Das ist in Ordnung.«

Bei diesen Worten drehte sie sich endlich zu ihm um. Goldene Augen voller Sorge und Verständnis und einer Emotion, die sie noch nicht bereit war anzuerkennen, blickten in ihre eigenen. »Ich habe das Gefühl, dass ich nichts anderes mehr tue, als zu überleben, Sorin«, flüsterte sie. »Ich will nicht mehr nur überleben. Ich will *leben*. Ich will etwas anderes fühlen als … das hier.«

Scarlett kippte den Schnee aus ihrer Hand und sah zu, wie er wieder auf den Haufen fiel. Sorin neben ihr schwieg einen langen Moment. »Die Dinge, die du in deinem kurzen Leben erfahren musstest«, sagte er und unterbrach sich, als suchte er nach Worten, »diese Dinge werden mit der Zeit leichter zu ertragen sein, aber es sind Erinnerungen, die dich trotzdem für immer begleiten werden.

Es sind Erinnerungen, die dich im ungelegensten Moment überfallen, wenn du es am wenigsten erwartest.«

»Ich weiß nicht, was heute mit mir nicht stimmt«, flüsterte sie.

»Mit dir stimmt alles, Scarlett. Du hast einfach nur einen schlechten Tag. Das ist in Ordnung.«

Stille breitete sich einmal mehr zwischen ihnen aus. Endlich erhob sie sich, und er richtete sich mit ihr auf, ein unerschütterlicher Begleiter. Sie blickte einmal mehr über den Fluss hinaus und sagte leise: »Briar meinte, dass man nur ertrinkt, wenn man im Fluss bleibt.« Sie schluckte, als die Sonne endgültig hinter den Bergen versank und die Nacht sie einhüllte. Wie lange waren sie schon hier draußen?

Sie drehte sich zu ihm um und zog sich den Mantel enger um die Schultern. »Ich will nicht mehr im Fluss sein, Sorin.« Ihre Stimme brach bei diesen Worten.

Im nächsten Moment hatte er die Arme um sie gelegt und zog sie an sich, als hätte er auf diesen Moment gewartet. Als hätte er gewusst, dass er kommen würde. »Ich werde dich nicht ertrinken lassen, Scarlett.«

Sie ließ zu, dass er sie dort in der Dunkelheit hielt, atmete seinen Duft ein, genoss seine Wärme. Als er einen weiteren Hitzeschub durch sie hindurchschickte, schimpfte sie: »Ich hasse Kälte.«

Sorin lachte auf und löste sich etwas, um ihr in die Augen blicken zu können. »Bist du bereit, zurück ins Warme zu gehen?«

Sie nickte lediglich, und ein Feuerportal öffnete sich vor ihnen. Er nahm ihre Hand in seine und führte sie hindurch und in die Wärme seines Wohnzimmers. Sie nahm die Kapuze ab und schlüpfte aus den Handschuhen. Sorin nahm sie ihr einen Augenblick später ab und schickte so eine Art Feuernachricht, während er die Knöpfe ihres Mantels öffnete. Er nahm ihr auch dieses Kleidungsstück ab und hängte es an einen Haken neben der Eingangstür.

»Ich habe Camilla gebeten, uns etwas Essen zu bringen«, erklärte er ihr, als er zurückkam. »Ich nehme an, du hast nichts gegessen.«

»Das habe ich nicht. Danke«, antwortete sie, ging hinüber zum Feuer und wärmte ihre Hände daran, während sie dem flackernden Tanz der Flammen zusah. Nach einigen Minuten drehte sie sich um, weil sie Sorin eine Frage stellen wollte, und entdeckte ihn auf dem ziegelroten Sofa, wo er den Kopf auf einen Arm gestützt hatte, während er sie mit einem sanften Lächeln auf den Lippen beobachtete.

Dieser Ausdruck, den sie nicht anerkennen wollte, funkelte einmal mehr in seinen Augen, und die Frage, die sie ihm hatte stellen wollen, löste sich in Luft auf, als sie seinem Blick begegnete. »Was?«

Das Lächeln wurde zu einem leichten Stirnrunzeln. »Du siehst müde aus.«

»Meine Seele ist müde«, seufzte sie.

»Ja, aber du siehst auch aus, als wärst du körperlich müde. Du musst dich mehr ausruhen. Je häufiger du Magie wirkst, desto mehr Energie verbraucht dein Körper. Sie ist der Antrieb deiner Magie. Du musst aufpassen, dass du genug isst und ausreichend Schlaf bekommst«, antwortete er.

Scarlett rollte mit den Augen. »Ich dachte, wir hätten bereits über die Glucken-Sache gesprochen?« Erneut war da sein winziges Lächeln.

»Wie war es beim Essen?«, fragte sie und wandte sich wieder dem Feuer zu.

»Es war in Ordnung. So gut es sein kann, wenn du nicht da bist.«

»Sag solche Dinge nicht.«

»Welche Dinge?«

»Dass es einen Unterschied macht, ob ich dort bin oder nicht. Ich bin kein Teil dieses Hofs. Wenn ich morgen nach Baylorin zurückkehrte, würde es keinen Unterschied machen.«

Sorin schwieg so lange, dass sie sich irgendwann erneut umdrehte, um zu sehen, ob er den Raum verlassen hatte. Er saß immer noch an der gleichen Stelle, den Kopf aufgestützt, die Augen jedoch leicht verengt. »Komm her.«

Scarlett zog die Nase kraus. »Nein.«

»Warum nicht?«

»Ich will nicht.«

Er lachte schnaubend. »Bitte komm her.« Er klopfte neben sich auf das Sofa.

Sie seufzte und kam zu ihm, setzte sich, schlug die Beine unter, stützte den Ellenbogen auf die Lehne und sah ihn an. Er streckte den Arm aus, ließ ihn gleich hinter ihrem Ellenbogen ruhen und wandte sich ihr ebenfalls zu.

»Obwohl ich nicht begeistert davon bin, wenn du allein losziehst, verstehe ich, dass du das manchmal brauchst. Ich verstehe schlimme Tage, Scarlett, wirklich, aber glaub nicht für eine Sekunde, dass ich dein Fehlen nicht bemerke oder fühle. Glaub nicht …« Sorin sprach nicht weiter, als sie den Blick senkte. Seine Finger strichen über ihren Arm auf der Sofalehne. Und als er erneut zu sprechen begann, war seine Stimme noch leiser. »Glaub nicht für eine Sekunde, dass du nicht wichtig bist.«

Es klopfte an der Tür, und Camilla rief: »Prinz Aditya? Ich habe das Essen, das Ihr bestellt habt.«

»Danke, Camilla«, antwortete er, ohne sich vom Fleck zu rühren. »Bitte stell es vor die Tür, ich hole es gleich.« Es war ein leiser dumpfer Laut zu hören, als sie das Tablett abstellte, und dann sachte Schritte den Flur hinunter. Er machte immer noch keine Anstalten, es zu holen.

Seine Finger strichen leicht über ihren Arm. »Scarlett …«

»Nicht, Sorin. Bitte … nicht«, flüsterte sie.

Sorin erhob sich und ging zur Tür, um das Essen zu holen. Er stellte es auf dem Beistelltisch ab, und der Geruch von gegartem

Fleisch und frischem Brot stieg ihr in die Nase. Er stellte ihr einen kleinen Teller zusammen und setzte sich wieder, um ihn ihr anzubieten. Sie griff danach, aber als sie ihn an sich ziehen wollte, hielt er ihn fest, bis sie ihm wieder in die Augen blickte. »Ich werde niemals aufhören, Scarlett. Ich werde niemals aufhören, dir zu versichern, dass du wichtig bist und dass du einen Unterschied machst. Ich werde niemals aufhören, dir zu versichern, dass du eine Notwendigkeit in meinem Leben bist, und du kannst Gift darauf nehmen, dass ich es dir besonders an schlimmen Tagen sagen werde.«

Er ließ den Teller los, und sie sagte nichts, als sie ihn auf ihrem Schoß abstellte und sich schweigend über das kleine Mahl hermachte. Er hatte von irgendwoher ein Buch erscheinen lassen und las neben ihr, während sie in Gedanken verloren aß. Seine Worte sanken tief in ihr Bewusstsein. Alle. Und nicht nur die von diesem Abend. Sie erinnerte sich mit einem Mal wieder an Dinge, die er in Baylorin gesagt hatte. Kleine Gesten wie die, als er nach Alarics Bestrafung ihre Wunden versorgt und wie er darauf geachtet hatte, dass sie auf der Reise hierher genug aß, und wie er ihr heute Abend die Handschuhe gebracht hatte. Er schien es immer zu wissen. Wann er sie herausfordern und wann er sie in Ruhe lassen musste. Wie er sie aus ihrer schlechten Laune holen konnte und wann sie einfach jemanden brauchte, der mit ihr schwieg.

»Hattest du genug zu essen?«, fragte er, als er ihren leeren Teller bemerkte.

Sie nickte schweigend, und er nahm ihn und stellte ihn zurück auf das Tablett. Dann griff er erneut zu seinem Buch und las weiter.

»Was liest du?«, fragte sie leise.

»Eine Geschichte über eine arrogante Kreatur der Schatten, die sich als verlorene Prinzessin herausstellt«, antwortete er, ohne sie anzusehen.

Scarlett stöhnte.

»Warte, ich bin noch nicht fertig«, fuhr er fort. »Sie trifft einen teuflisch gut aussehenden und prächtigen Prinzen und …«

»Ich bereue es, dass ich gefragt habe«, murmelte sie und sank zurück in das Sofa.

Er schlug das Buch zu und legte einen Arm um ihre Schultern. Sie spürte, wie Lippen sachte ihre Schläfe streiften, und lehnte sich an ihn. Er griff nach einem Kissen neben ihm und legte es in seinen Schoß. »Du musst dich ausruhen, Scarlett.«

»Du brauchst nicht hier mit mir zu sitzen, Sorin.« Sonst verbrachten sie ihre Abende mit den anderen, spielten Karten oder Billard oder saßen einfach nur beisammen.

»Ich bin genau dort, wo ich sein will, Liebes«, erwiderte er und zog sie sanft hinunter auf das Kissen.

Sie legte sich auf den Rücken, damit sie ihn ansehen konnte. Seine Finger strichen über ihre Wange, ihren Kiefer, ihre Stirn. »Warum, denkst du, hat sie mich nicht hier aufwachsen lassen?«, fragte sie nachdenklich.

Sorin runzelte bei dieser Frage die Stirn. »Wer?«

»Meine Mutter. Warum, denkst du, war sie der Meinung, es sei besser, wenn ich im Land der Sterblichen aufwachse? Wovor hat sie mich verborgen? Und warum?«

»Ich weiß es nicht«, sagte er leise. »Aber ich habe oft darüber nachgedacht.«

»Heute Abend, als ich am Fluss war, habe ich mir vorgestellt, wie anders mein Leben verlaufen wäre. Wenn sie anders entschieden hätte. Wenn ich als Prinzessin und nicht als Tochter einer Heilerin aufgewachsen wäre, der man beibrachte, wie man tötet und foltert …« Sie sprach nicht weiter.

»So darfst du nicht denken. Das ist zu viel ›Was wäre wenn‹. Zu viele Variablen. Dann hättest du deine Schwestern vermutlich nie kennengelernt. Oder Cassius.«

Als sie seinen Namen hörte, zog ihr Herz sich zusammen. »Ich schätze, das stimmt, aber ich hätte auch nicht so viele Verluste erfahren«, seufzte sie. Sorin, dessen Kopf immer noch auf seiner aufgestützten Hand ruhte, spielte mittlerweile mit einer Strähne ihres langen Haares und wickelte sie sich um den Finger. »Ich sollte mich wirklich umziehen oder baden oder so etwas.« Sie trug immer noch ihre Trainingskleidung und hatte die Füße in den Stiefeln auf das Ende des Sofas gelegt.

Er lächelte, und Flammen leckten ihren Körper hinauf und hinunter. Einen Augenblick später trug sie weiche, gemütliche Hosen und ein Oberteil mit dünnen Trägern. »Jetzt musst du nicht aufstehen.«

»Das ist ziemlich praktisch«, murmelte sie, obwohl sie immer noch ein Bad hätte gebrauchen können. Sie spürte den Tag an sich kleben. Er beobachtete sie weiterhin, während er mit ihrem Haar spielte, ein sanftes Lächeln auf den Lippen. Und da war wieder dieser Ausdruck in seinen Augen. »Du siehst mich schon den ganzen Abend so an«, flüsterte sie.

»Wie sehe ich dich an?«

Sie brachte es nicht über sich, es auszusprechen. Sie konnte die Worte nicht finden. Sie wollte die Worte gar nicht finden, denn was war, wenn sie sich irrte?

Nein. Heute war ein schlimmer Tag, sie könnte es nicht ertragen, wenn sie sich irrte. Also sagte sie stattdessen: »Danke, Sorin.«

Seine Finger verharrten in der Luft. »Wofür?«

»Dass du mich heute Abend aus dem Fluss gezogen hast.«

»Danke, dass du mir genug vertraust, dass du mir das Privileg gibst, das zu tun, nach allem, was vorgefallen ist«, antwortete er und strich einmal mehr über ihre Wange.

Sie hob die Hand und erlaubte es ihren eigenen Fingern, seine Wange und seinen Kiefer entlangzufahren. »Ich habe es dir an jenem Tag im Hof gesagt, Sorin. Ich gebe dir nicht die Schuld am Tod meiner Mutter. Du bist nicht dafür verantwortlich.«

Er kam ihren Berührungen entgegen und schloss kurz die Augen. »Danke, Scarlett.«

Sie senkte die Hand wieder und ließ sie auf ihrem Bauch ruhen, während sie den Kopf drehte und einmal mehr in die flackernden Flammen blickte. Nach einigen Minuten hörte sie, wie Sorin sein Buch wieder aufnahm und zu lesen begann.

Minuten oder Stunden später, sie war sich nicht sicher, spürte sie, wie vertraute, starke Arme sie hochhoben, und sie schmiegte sich benommen an seine Brust. Irgendwann während ihres behaglichen Schweigens war sie eingeschlafen. Sorin war einfach immer *da*, wenn sie ihn brauchte. Das Bett senkte sich, als er sich auf seine Seite legte, und sie rollte sich zu ihm. Er legte die Arme um sie und zog sie an seine Seite, ihre Wange an seiner Brust und ein Bein über seinem.

Als sie am nächsten Morgen erwachte, waren sie noch immer in der gleichen Position. Sorins Arm um sie geschlungen. Sie genoss seine Nähe. Alles von ihm. Ihre Seele fühlte sich leichter an, so viel leichter als gestern. Sie hob den Kopf und stellte fest, dass er sie beobachtete, mit dem gleichen Ausdruck wie am Abend zuvor.

»Guten Morgen«, sagte er sanft und strich ihr eine verirrte Strähne aus dem Gesicht.

»Morgen.«

Seine Finger verweilten in ihrem Haar, und er sagte: »Heute ist ein besserer Tag.«

Sie spürte, wie ihre Wangen sich leicht röteten, doch sie hielt seinen Blick, als sie flüsterte: »Heute werde ich mehr tun, als nur zu überleben.« Er drückte sie sanft. »Aber versprich mir, dass du mich an den schlimmen Tagen aus dem Fluss ziehen wirst.«

»Immer, Liebes«, antwortete er. »Ich verspreche, dass ich dich immer aus dem Fluss ziehen und dir helfen werde, die Sterne zu sehen.«

Sie schob sich nach oben und drückte ihm einen leichten Kuss auf die Wange, doch als sie sich lösen wollte, wandte er sich ihr zu. Er legte die Hand in ihren Nacken, hielt sie dort und blickte ihr in die Augen. »Du, Scarlett Monrhoe, wirst immer eine Notwendigkeit in meinem Leben sein.« Seine Lippen vereinigten sich mit ihren zu einem sanften Kuss. Kurz und süß. Er löste sich gerade weit genug, um ihr in die Augen blicken zu können. »Fühlst du dich fit für das morgendliche Training, oder soll ich Eliza sagen, dass du nicht kommst?«

»Nein, heute will ich trainieren«, sagte sie und schüttelte den Kopf. »Ich fühle mich … besser.«

Er hauchte noch einen Kuss auf ihre Wange. »Dann mach dich fertig. Sie macht dir die Hölle heiß, wenn du zu spät kommst.«

23

SORIN

Wann wirst du es ihr sagen?«, fragte Rayner, dessen Stimme so rauchig war wie die Asche, über die er gebot.

Sie standen verborgen zwischen den Regalen eines der oberen Stockwerke der Bibliothek, und Sorin blickte auf Scarlett und den sterblichen Prinzen hinab, die keine Ahnung hatten, dass sie beobachtet wurden. Er musste einfach nach ihr sehen. Sie hatten gerade zwei Stunden gemeinsamen Magieunterricht hinter sich, aber er stellte fest, dass er immer noch das Bedürfnis hatte, sie zu sehen. Nach allem, was sie vor einigen Tagen gesagt hatte, und nachdem er so lange gebraucht hatte, um sie an diesem Rückzugsort in ihrer Seele zu erreichen, hatte er das ständige Bedürfnis, sich zu versichern, dass es ihr gut ging.

Scarlett war über ein Buch gebeugt und wickelte sich gedankenverloren eine Strähne ihres Haars um den Finger. Sie kaute auf ihrer Unterlippe herum, während sie las. Er hatte keine Ahnung, was sie gerade recherchierte, das sie so spannend fand. Ihr gegenüber hatte auch Callan sich über ein Buch gebeugt, aber Sorin entgingen nicht die Blicke, die er ihr hin und wieder zuwarf.

»Ich weiß es nicht«, antwortete er schließlich. »Sie versucht, herauszufinden, wer sie ist. Sie setzt sich mit Traumata auseinander, die sie bislang unterdrückt hat. Sie findet sich mit bislang verborgenen Wahrheiten zurecht. Es wäre ziemlich rücksichtslos von mir, sie jetzt auch noch damit zu konfrontieren. Ihr noch etwas zu geben, das sie verarbeiten muss.«

»Ist dies nicht eine weitere Wahrheit, die du vor ihr verbirgst? Ist die Tatsache, dass du ihr so viel vorenthalten hast, nicht der Grund für euer gestörtes Vertrauen?«, fragte Rayner neben ihm.

»Wir haben kein gestörtes Vertrauen«, knurrte Sorin.

Rayner hob eine Braue.

Sorin ging wieder dazu über, die Prinzessin und den menschlichen Prinzen zu beobachten. Er redete sich nicht nur etwas ein. Sie vertraute ihm. War sie wütend gewesen? Ja. Hatte sie ihre Mauern wieder hochgezogen? Ja. Aber sie hatte sie auch wieder fallen lassen. Mit jedem einzelnen Tag, den sie hier war, zeigte sie ihm mehr und mehr von sich. Jeden Morgen wachte er neben ihr auf und zählte die Stunden bis zu ihrem Magieunterricht, wenn es nur sie beide in einer der Ausbildungsarenen gab. Er liebte es, bei ihren Familienessen neben ihr zu sitzen, und es freute ihn, dass sie sich so gut eingefügt hatte, wie er gewusst hatte, dass sie es tun würde.

»Sie wird nicht ablehnen, Sorin. Das musst du doch wissen«, drängte Rayner nach einigen weiteren Minuten Schweigen.

Ja, er wusste, was sie für ihn empfand. Obwohl sie gedroht hatte, ihn zu brechen. Nein, er wusste, sie würde ihn nicht abweisen. Aber würde sie es als einen weiteren Käfig sehen? Sie beharrte so sehr darauf, nicht an einen Thron gekettet sein zu wollen. Wäre an seiner Seite zu sein nicht genau das, selbst wenn sie beschloss, das abzulehnen, was ihr durch ihre Geburt zustand?

Callan sagte etwas, das er nicht hören konnte, aber bei seinen Worten blickte sie von ihrem Buch auf und schenkte ihm ein vorsichtiges Lächeln. Doch sie erwiderte nichts, sondern widmete sich wieder ihrem Buch.

»Wenn du schon weißt, dass sie den Zwillingsflammen-Bund nicht ablehnen wird, wenn du weißt, dass sie dich wählen wird, warum sagst du es ihr nicht einfach?«, hakte Rayner leise nach.

Sorin seufzte. »Verdiene ich sie, Rayner? Verdiene ich es, sie meine Zwillingsflamme zu nennen? Nachdem ich bei Eliné versagt habe? Nachdem ich bei *ihr* versagt habe?«

Rayner stützte sich mit den Armen auf das Geländer. »Was mit Eliné passiert ist, war nicht deine Schuld, Sorin.«

»Das sagt sie auch.«

»Vergebung anzunehmen, die unaufgefordert gewährt wird, ist oft schwieriger, als darum zu bitten. Oder willst du sie nicht annehmen, damit du dich weiter selbst geißeln kannst?«

Es schien, als hätte nicht nur Cyrus die lästige Angewohnheit, sich in Dinge einzumischen, die ihn nichts angingen, sondern auch der stille, aufmerksame, friedliebende Rayner.

»Wir sollten gehen. Ich will vor dem Essen noch ein Bad nehmen«, sagte Sorin und stieß sich von dem Geländer ab.

Rayner machte keine Anstalten, ihm zu folgen, sein Blick war weiterhin auf Scarlett unter ihnen gerichtet. »Du musst es ihr sagen, Sorin.«

»Und du musst aufhören, dich in meine Angelegenheiten einzumischen«, murrte Sorin. Er hörte Rayners tiefes Lachen hinter sich, als er die Bibliothek verließ.

Er ging zurück zu seinen Gemächern und schlüpfte noch im Wohnzimmer aus seiner Tunika. Er badete schnell, und als er zurückkam, stieg ihm ihr Geruch in die Nase. Tatsächlich fand er sie mit einem Buch auf dem Sofa liegend vor.

Er beugte sich über die Lehne der Couch, um auf sie hinunterzuspähen, und obwohl sie nicht aufblickte, huschte ein kleines Lächeln über ihre Lippen. Sie trug enge schwarze Hosen und einen roten Pullover, der ihr Haar funkeln ließ wie Sternenlicht.

»Hast du in der Bibliothek nicht genug gelesen?«, fragte er.

Sie runzelte leicht die Stirn, als sie seinen Blick erwiderte. »Kann man denn zu viel lesen?«

»Du? Nein, ich denke nicht.«

Sie klappte das Buch zu und legte es über ihren Kopf nach hinten auf den Beistelltisch. »Können wir los?«

»Wir haben noch etwas Zeit. Darf ich dir vorher noch etwas zeigen? Ich habe etwas für dich«, sagte er, als sie sich geschmeidig wie eine Tänzerin vom Sofa erhob.

»Was ist es?« Sie ging zur Tür und schlüpfte in ihre silbernen Seidenpantoffeln. Ein Muster von Gelassenheit. Das Bild dessen, wie er es sich vorstellte, eines Tages sein Leben mit jemandem zu teilen. Einfache Unterhaltungen. Ein vertrautes Geben und Nehmen.

Er schloss den Abstand zwischen ihnen und öffnete die Tür für sie. »Kannst du nicht einfach abwarten?«

»Nein«, antwortete sie liebenswürdig. »Ich mag Überraschungen nicht, wie du sehr wohl weißt.« Sie drehte sich um und grinste ihn an.

Er stieß ein tiefes, leidendes Seufzen aus. »Und da ist sie wieder, diese spitze Zunge.« Sie sagte nichts, doch dieses Lächeln, das sie nur für ihn reserviert hatte, war wieder da. »Wie war dein Tag?«, fragte er, während er sie mehrere Treppen hinauf in das siebte und höchste Stockwerk des Palasts führte.

»Gut«, antwortete sie. »Eliza hat mir ein neues Manöver mit zwei Kurzschwertern beigebracht.«

»Ein Manöver, das du zweifellos bereits gemeistert hast?«, fragte er und hob eine Braue.

»Ich bin gut, aber nicht ganz so gut«, lachte sie, als sie oben ankamen. Er wandte sich nach rechts in einen Flur. »Die Klingen der meisten deiner Waffen sind dunkel. Woraus bestehen sie?«

»Es ist besonderer Stahl aus Eisen, das im Fiera-Gebirge abgebaut wird. Es ist der haltbarste Stahl auf dem ganzen Kontinent, und man sagt, nur der in Avonleya kann ihm Konkurrenz machen«, antwortete er.

»Aber er kann kein Nachtkind töten?«

»Nein. Dafür brauchst du Shira-Stein. Shira-Stein neutralisiert

Magie. Deshalb ist er so effektiv gegen Fae.« Er blieb vor einer Glastür stehen, und sie sah ihn erwartungsvoll an. »Warst du schon einmal hier?«

Sie schüttelte den Kopf, und die Neugier stand ihr ins Gesicht geschrieben.

Er zog die Tür auf und ließ sie zuerst eintreten, ehe er ihr folgte. Innen war es warm, und überall um sie herum wuchsen und blühten Pflanzen. Die Wände und die Decke bestanden vollständig aus Glas, um möglichst viel Sonnenlicht einzulassen. Scarlett war erstarrt, und ihr Mund stand leicht offen vor Staunen. Sie drehte sich zu ihm um. »Ein Gewächshaus«, hauchte sie.

»Genau«, lächelte er. Er nahm ihre Hand und führte sie einen Pfad entlang, der sich zwischen diversen Bäumen und Vegetation hindurchschlängelte. Sie schob sich dichter an ihn heran, die Augen groß vor Staunen, während sie alles in sich aufnahm.

»Es ist, als wäre ich in einer anderen Welt.«

»Meine Mutter ließ es anlegen«, sagte Sorin, und sie drehte sich zu ihm um. »Sie liebte ihr Volk und regierte gerne an der Seite meines Vaters, aber sie stammte aus einem kleinen Dorf nahe dem Xylon-Wald im Süden unseres Territoriums, und sie vermisste die Natur schrecklich. Also überließ ihr mein Vater diesen Ort, damit sie ihren eigenen kleinen Wald anlegen konnte. Man nennt ihn den Garten der Prinzessin. Er zieht sich das halbe Dach des Palasts entlang. Die andere Hälfte ist ein privater Trainingsbereich.«

Scarlett blieb stehen, bückte sich und strich mit dem Finger über die Blüten einer leuchtend rotorangen Blume. Er kauerte sich neben sie, brach eine Blüte ab und reichte sie ihr. »Eine Feuerrose«, sagte er. »Sie blüht nur im Hof des Feuers.«

Sie nahm sie behutsam entgegen und steckte sie sich dicht über ihrem Ohr ins Haar. »Wie hieß sie? Deine Mutter?«

Sorin stand auf und zog sie mit sich nach oben. »Der Name meiner Mutter was Elliya und der meines Vaters Branton.«

Schweigend führte er sie weiter den Pfad entlang und ließ sie all die Schönheit in sich aufnehmen, die seine Mutter hier kultiviert hatte. Sie erreichten einen kleinen Teich in der Mitte des Areals, neben dem eine Bank stand. Er sah, wie sie Luft tief einsog und dann fragte: »Ist das Salzwasser?«

Er lächelte. »Das ist es. Es war nicht immer Salzwasser, aber es waren ein paar Veränderungen nötig.«

»Warum?« Sie zog die Nase kraus und sah ihn verwirrt an.

»Weil ich wollte, dass der da überleben und sich wohlfühlen kann.«

Er deutete in den Teich, wo ein Seestern in leuchtenden Farben in der Mitte des sandigen Grunds saß. Es hatte ihn beinahe eine ganze Woche gekostet, um die nötigen Zauber zu entwickeln, die in diesem Teil des Gartens für tropische Temperaturen sorgten. Briar war gekommen und hatte ihm genau gesagt, was er tun musste, um einen Seestern am Leben zu halten, und hatte dann den Hof des Wassers nach genau dem hier abgesucht.

Scarlett fiel am Rand des Teichs auf die Knie. Sie hatte die Hände an die Brust gepresst, während sie zusah, wie der Seestern sich über den sandigen Grund bewegte, während Fische um ihn herumflitzten. Langsam ging Sorin neben ihr in die Hocke, und als ihre Blicke sich trafen, schimmerten ihre Augen silbern. »Ich weiß nicht, was ich sagen soll, Sorin«, flüsterte sie. »Er ist wunderschön.« Sie sah wieder den Seestern an, streckte die Hand aus und ließ sie durch das Wasser gleiten. Um ihre Finger herum bildeten sich konzentrische Kreise, die zu schimmern schienen. »Danke, dass du mich hierhergebracht hast. Und für …« Sie sprach nicht weiter und sah stattdessen den Seestern an. Dann drehte sie sich zu ihm um. »Für alles, Sorin. Danke für alles.«

Er legte die Hand an ihre Wange und wischte mit dem Daumen eine einzelne Träne fort. »Gern geschehen, Scarlett.«

Sie lehnte sich an seine Schulter, und er zog sie noch enger an sich. Stille breitete sich um sie herum aus, während sie das Leben in dem kleinen Wasserbecken beobachteten. Nach einigen Momenten meinte sie leise: »Ich wünschte, ich hätte deine Eltern kennenlernen dürfen.«

Die Aussage ließ ihn ein wenig aufschrecken, und ihm wurde die Brust eng, wenn er an seine schöne Mutter dachte, die in seiner Kindheit so oft mit ihm durch genau diese Gärten spaziert war. Und an seinen Vater, der sich mehrmals die Woche Zeit genommen hatte, um ihn persönlich auszubilden, und zwar nicht nur im Umgang mit Waffen, sondern auch darin, wie man einen Hof regierte. Er schluckte schwer.

»Ich auch, Liebes. Ich auch«, sagte er und hauchte ihr einen federleichten Kuss auf die Wange, erstarrte jedoch, als sie die Finger an seine Wange hob.

Während sie seinen Blick hielt, presste sie die Lippen auf seine, und er konnte das leichte Schaudern nicht unterdrücken, das dabei durch seinen Körper ging. Es war ein flüchtiges Streifen von Mündern. Sie löste sich gerade genug, damit er noch ihren Atem auf seinen Lippen spüren konnte, als sie sagte: »Sie wären sehr stolz auf dich, Sorin.«

Er wusste nicht, was er erwartet hatte, aber nicht das. Die Emotionen, die ihn bei diesen Worten durchfluteten, ließen Tränen in seinen Augen brennen. Er schob die Hand in ihr Haar und zog ihre Lippen zurück an seine. Augenblicklich öffnete sie sich für ihn, und seine Zunge drang ein und schlang sich um ihre. Ihre Hand lag noch immer an seiner Wange, und die andere kam jetzt an seine Seite, wo sie die Finger leicht in seine Haut grub.

»Das Abendessen«, murmelte er, als sie sich kurz voneinander lösten, um Luft zu holen. »Wir müssen zum Abendessen.«

»Abendessen wird überbewertet«, summte sie an seinen Lippen.

Er lächelte unter ihren Küssen, die sie sanft erst auf den einen und dann auf den anderen Mundwinkel hauchte. »Überbewertet, aber notwendig«, antwortete er und löste sich von ihr. »Vor allem jetzt, da du jeden Tag Magie übst.« Er erhob sich, streckte ihr seine Hand hin und wackelte mit den Fingern. »Außerdem kann ich deinen Magen hören, Prinzessin.«

»Das kannst du nicht«, gab sie zurück und legte ihre Hand in seine. Er verschränkte ihre Finger miteinander und führte sie aus dem Garten und wieder die Treppen hinunter. Er hätte sie durch ein Portal nach unten bringen können, statt sieben Treppen hinabzusteigen, aber er war sich ziemlich sicher, dass sie ihm ihre Hand entziehen würde, sobald die anderen dabei waren.

Und er irrte sich nicht. Als er die Tür zu ihrem Treffpunkt öffnete und die anderen sich nach ihnen umdrehten, ließ sie seine Hand los und machte sich mit einem koketten Grinsen in Cyrus' Richtung auf den Weg zu ihrem Sitzplatz. Rayner jedoch warf Sorin über sein Glas hinweg einen scharfen Blick zu.

»Was möchtest du trinken, Liebes?«, rief er und ignorierte seinen Freund.

»Wein, bitte.«

Er stellte das Glas vor ihr ab und ließ sich wie üblich zu ihrer Rechten nieder. Das Essen erschien vor ihnen, und sie löffelten sich alle Nudeln und Soße und Salat auf ihre Teller.

Sie hatten gerade erst ein paar Bissen gegessen, als Cyrus leise seufzte. »Direkt vor dem Essen ist eine Nachricht von Talwyn eingetroffen, Sorin.«

»Ach ja?« Er beobachtete Scarlett aus dem Augenwinkel. Sie wickelte sich Nudeln auf ihre Gabel und tat desinteressiert, aber er kannte sie besser.

»Sie beruft alle königlichen Oberhäupter zu einem Treffen in zwei Wochen ein«, fuhr Cyrus fort.

»Weswegen?«, wollte Eliza wissen.

»Sie ist nicht wirklich dafür bekannt, ihre Absichten im Vorhinein kundzugeben«, antwortete Cyrus bitter.

»Das ist sie nicht, aber in der Regel hat es mit irgendetwas zu tun. Ashtine ist häufiger als sonst zwischen den Winden unterwegs«, mischte Rayner sich ein.

Sorin seufzte. »Es hat keinen Sinn, sich heute Abend den Kopf darüber zu zerbrechen.«

Scarlett hatte ihre Gabel abgelegt und griff nach einem Stück Brot. Während sie einen Bissen nahm, strich sie mit der rechten Hand seinen Unterarm hinunter und drückte ihn kurz, ehe sie nach ihrem Weinglas griff.

Sie unterhielten sich noch eine Weile, bis sich Eliza zu Wort meldete: »Habt ihr gehört, dass Lord Winstons Sohn versucht, ihren verlorenen Sitz zurückzuerlangen?«

»Lord Winston? Ist das nicht der Lord, der vor ein paar Jahren in Rydeon getötet wurde?«, fragte Cyrus, während das Dessert vor ihnen erschien. Sorin fischte zwei kleine Birnenkuchen aus der Gebäckauswahl und lud sie auf Scarletts Teller. Sie schenkte ihm ein kleines Lächeln und griff nach ihrer Gabel.

Rayner schnaubte leise. »Und mit gutem Grund. Er hat Frauen und Kinder aus seinem Anwesen für schreckliche Zwecke verkauft. Als das herauskam, entzog Rydeons König der Familie ihren Ratssitz.«

»Der Mann hatte es wirklich verdient, dass man ihm die Schatten des Todes auf den Hals hetzte«, meinte Cyrus.

»Wissen wir denn, dass es die Schatten waren?«, gab Eliza zu bedenken. »Wurde das je bestätigt?«

»Den Gerüchten zufolge hatte man ihn übel zugerichtet, und er muss die meiste Zeit davon am Leben gewesen sein. Sie waren es ziemlich sicher«, antwortete Cyrus, lehnte sich zurück und nippte an seinem Alkohol. »Du meintest, du hättest Freunde im Schwarzen Syndikat«, sagte er und richtete den Blick auf Scarlett. »Hast du je gehört, welche Missionen die Schatten des Todes ausgeführt haben?«

Scarlett hatte die ganze Zeit über schweigend ihre Birnenkuchen gegessen. Sie schob sich ein weiteres Stück in den Mund, ehe sie sagte: »Ich habe hier und da etwas gehört.«

»Hast du je die anderen Königreiche bereist? Weißt du, wo das Schwarze Syndikat sich befindet?«, fragte Cyrus.

»Weißt du es denn?«, gab sie zurück.

»Nein, aber ich bin nicht derjenige, der behauptet, Freunde dort zu haben.« Er nahm einen weiteren Schluck. Sorin war sich nicht sicher, ob er einschreiten sollte oder nicht, beschloss allerdings, Scarlett die Führung zu überlassen, solange sie ihm keinen hilfesuchenden Blick zuwarf.

Scarlett lehnte sich in ihrem Stuhl zurück und ließ den Rest ihres Weins im Glas kreisen. Sorin hatte den Arm locker über ihre Lehne gelegt, wie er es üblicherweise tat, wenn das Abendessen ins Dessert überging.

»Behauptet? Zweifelst du an meinen Worten, Schätzchen?«, antwortete Scarlett mit einem kleinen, verschmitzten Lächeln.

»Es ist höchst unwahrscheinlich«, erwiderte Cyrus. »Hast du nicht in einem noblen Haushalt gewohnt? Wie hättest du Leute aus dem Schwarzen Syndikat kennenlernen sollen?«

Das Lächeln auf ihren Lippen wurde breiter, und Sorin sah zu, wie sich eine Maske über ihre Züge legte. »Wie genau bist *du* eigentlich der Stellvertreter des Feuerprinzen geworden? Du bist nicht von nobler Geburt.«

Der ganze Tisch verstummte.

Cyrus' Miene wurde hart, während er Scarletts Blick hielt. Sie nippte lediglich abwartend an ihrem Wein. »Was willst du, eine Fae-Prinzessin, verborgen im Land der Sterblichen, über meine Vorgeschichte wissen?«, fragte er viel zu leise. Sorin versteifte sich bei dem Tonfall. Es lag eine gefährliche Schärfe darin.

»Na, na, Kätzchen«, schnurrte Scarlett. »Kein Grund, die Krallen auszufahren.« Völlig unbekümmert nippte sie ein weiteres Mal an ihrem Wein. »Ich rieche eine Waise aus einer Meile Entfernung,

Schätzchen. Ich sehe, wenn jemand nicht von Adeligen aufgezogen wurde und sich später in einer Welt voller Manieren und politischer Manöver wiederfindet. Also, sag mir, Stellvertreter des Feuerprinzen, hast du dich nie mit jemandem angefreundet, der dir von Vorteil sein konnte? Der sicherstellen würde, dass du den nächsten Sonnenaufgang erlebst oder mit vollem Magen schlafen gehen kannst?«

Cyrus verstummte vollkommen, während er Scarlett mit neuen Augen musterte. Als er nicht antwortete, fuhr Scarlett hart fort: »Sieht aus, als hätten wir mehr gemeinsam, als du dachtest, hm?«

»Sieht so aus, Schätzchen«, antwortete Cyrus schließlich. Er hob prostend sein Glas in ihre Richtung, und Scarlett neigte den Kopf.

»Also kennst du die Schatten?«, fragte Rayner leise.

Scarletts Blick glitt zu ihm. »Jeder kennt die Schatten.«

»Ja, aber bist du ihnen je begegnet?«, hakte Eliza nach.

»Wenn ich es wäre, hättest du gerne, dass ich ein Treffen arrangiere?«, fragte Scarlett und leerte ihr Glas.

»Knallharte Frauen, die auf dem ganzen Kontinent gefürchtet sind? Natürlich würde ich sie gerne treffen.« Eliza klang dabei glatt ein wenig sehnsüchtig.

»Sollte ich meine Freunde je wiedertreffen, werde ich sehen, was ich tun kann.« Scarlett stellte ihr leeres Glas ab. Sie wandte sich an Sorin. »Ich bin müde. Ich werde mich heute Abend früh zurückziehen.«

»Ich bringe dich zurück«, antwortete er und stand auf.

Sie wünschten den anderen eine Gute Nacht, und dann folgte er ihr aus dem Raum. Sie legten den Weg hinauf zu ihren Gemächern schweigend zurück und waren gerade eingetreten, als er ihren Arm ergriff, bevor sie ins Schlafzimmer verschwinden konnte. Sie drehte sich mit einem fragenden Ausdruck zu ihm um, und er zog sie an sich. »Hey, Liebes.«

Die Maske war verschwunden, und ihr Mundwinkel zuckte. »Danke. Dass du heute nichts von … all dem gesagt hast.«

»Es steht mir nicht zu, deine Geschichte zu erzählen«, antwortete er und ließ die Hände hinunter an ihre Taille gleiten.

»Sorin, ich …« Sie schloss die Augen und stieß so heftig den Atem aus, dass eine verirrte Strähne im Luftzug flatterte. Er wartete ab und strich ihr das Haar aus dem Gesicht. Sie öffnete erneut die Augen und begegnete seinem Blick: »Ich verdiene dich nicht. Verdiene nicht, was du alles für mich getan hast.«

»Wer sagt das? Wer entscheidet, was wir verdienen? Verdiene ich es, dich jetzt berühren zu dürfen, nach allem, was ich dir verschwiegen habe?«, gab er zu bedenken und wiederholte damit, was er vorhin zu Rayner gesagt hatte.

»Ich habe dir bereits gesagt, dass der Tod meiner Mutter nicht deine Schuld war«, widersprach sie, und ihr Tonfall wurde etwas härter.

»Verdiene ich deine Vergebung?«

»Natürlich tust du das. Du verdienst es, glücklich zu sein, Sorin.«

»Und du auch, Liebes. Du verdienst alles Glück der Welt.«

Er wusste nicht, wie lange sie dort standen und sich in die Augen blickten, ehe sie sich auf Zehenspitzen reckte und ihm einen Kuss auf die Wange drückte. »Egal, ob ich dich verdiene oder nicht, ich bin froh, dass du in mein Leben getreten bist.«

Sie löste sich von ihm und machte sich auf den Weg ins Schlafzimmer, vermutlich um ins Bett zu gehen. Sie sah müde aus. Dafür, dass sie zunehmend tiefer in die Quelle ihrer Magie tauchte, schlief sie nicht genug. Er ging zum Kamin, um ihr ein paar Minuten allein zu geben, damit sie sich umziehen und waschen konnte. Er stand dort und sah die Flammen züngeln. Er würde sie nie einsperren. Er würde nie von ihr verlangen, einen Thron zu besteigen, nicht als Königin und auch nicht an seiner Seite, wenn sie es nicht wollte. Aber er wusste auch, dass er ihr folgen würde, sollte sie beschließen, nach Baylorin zurückzukehren und dort zu bleiben. Er würde ihr auf den fernsten Stern folgen.

24
CALLAN

»Bist du eigentlich den ganzen Tag hier?«, fragte Scarlett und ließ einen kleinen Stapel Bücher auf den Tisch fallen.

Callan blickte leicht überrascht auf. Seit dem Vorfall im Hof hatten sie sich beinahe jeden Tag in der Bibliothek getroffen. Es war nicht überraschend, dass sie an sich hier war, sondern dass sie so früh am Tag hier war. Sonst kam sie immer später am Nachmittag in ihrer Trainingskleidung. Sie hatte ihm erklärt, dass sie am Morgen mit Eliza Kampfübungen hatte und später mit Sorin ihren Magieunterricht, sodass ihr vor dem Abendessen noch ein paar Stunden für gemeinsame Recherchen in der Bibliothek blieben. Doch heute trug sie graue eng anliegende Hosen, einen weichen blauen Pulli und einen schwarzen Umhang. Ihr Haar war nicht geflochten, sondern fiel ihr offen über die Schultern.

Sie ließ sich ihm gegenüber auf einen Stuhl sinken, zog eine Birne aus der Tasche und biss hinein. »Bist du sicher, dass es hier drin erlaubt ist zu essen?«, fragte er und hob eine Augenbraue.

»Es ist eine Birne, Callan, kein viergängiges Menü«, erwiderte sie, zog eine weitere aus der Tasche und warf sie ihm zu.

Er fing sie auf und meinte: »Du bist heute früh hier.«

»Sorin trifft sich heute Nachmittag mit Talwyn, deshalb hat er unsere Magieübungen abgesagt«, antwortete sie angespannt.

Callan erstarrte. »Talwyn kommt hierher?«

»Ich weiß nicht, wo sie sich treffen.« Sie zog ein Buch vom Stapel und schlug den Deckel auf.

»Das würde die zusätzlichen Wachen erklären, die mir heute gefolgt sind«, murmelte er mürrisch und widmete sich wieder seinem Buch.

»Sehr wahrscheinlich«, lächelte sie.

»Ich bin überrascht, dass er dich nicht von einem Dutzend Wachen begleiten lässt«, murmelte Callan leise.

Scarlett blickte auf und schenkte ihm ein schelmisches Lächeln. »Oh, das tut er. Sie holen mir mehr Bücher.«

»Deine Leibwache sucht dir Bücher raus?«

»In den Stockwerken unter uns«, zwinkerte sie. »Sie haben angefangen, mir auf die Nerven zu gehen.«

»Was für eine tolle Leibwache«, meinte Callan verächtlich.

»Vielleicht haben sie sich Tipps von Finn und Sloan geholt«, scherzte sie.

Er blickte auf und hob humorlos die Mundwinkel. Sie blickte jetzt wieder in ihr Buch, und das Haar fiel ihr wie ein seidiges Tuch über die Schulter. Er hatte es immer geliebt, sie mit offenem Haar zu sehen, denn der Zopf bedeutete, dass sie auf einer Mission war. Mit offenem Haar war sie ihm immer entspannter erschienen.

Er wollte gerade etwas sagen, als ihm das Buch auffiel, in dem sie las. »Du kannst das lesen?«

Sie blickte zu ihm auf. Ihre Augen waren heute eisblau, und der Pullover betonte die Farbe zusätzlich. »Das kann ich. Es ist in der Alten Sprache der Fae verfasst.«

»Du hast sie so schnell gelernt? Ich habe mir ein wenig davon angeeignet, aber ich finde sie immer noch furchtbar kompliziert.«

»Scheinbar wurde ich damit geboren«, erwiderte sie achselzuckend.

»Verstehen also alle Fae die Alte Sprache von Geburt an?«

»Nein. Nur einige«, antwortete sie und widmete sich wieder dem Buch.

»Die mächtigsten?«, riet er.

»Vermutlich«, meinte sie knapp.

Er entnahm ihren kurz angebundenen Antworten, dass sie nicht darüber reden wollte, und beschloss, ihren Wunsch zu respektieren. Die nächste halbe Stunde saßen sie schweigend nebeneinander, jeder in seine eigenen Bücher vertieft, bis sie sich zurücklehnte und mit den Fingern auf den Tisch trommelte. »Hast du mehr über das herausfinden können, was Deimas und Esmeray angeblich jenseits des Meers gesucht haben? Den mutmaßlichen Auslöser des Großen Krieges?«

»Wo kommt das jetzt her?«, fragte Callan und lehnte sich ebenfalls zurück.

»Ich musste nur daran denken. Ich meine, es muss schon etwas Enormes sein, wenn sie bereit waren, dafür in einen *Krieg* zu ziehen.« Sie begann abwesend, eine Strähne ihres silbernen Haars um ihren Finger zu wickeln, während die Schatten sich um ihre Arme wanden.

»Ich habe nichts herausfinden können, aber ich habe einen Text gelesen, der andeutete, dass Deimas und Esmeray nicht diejenigen waren, die Avonleya isoliert haben, sondern dass Avonleya selbst mächtige Zauber installierte, die sie aussperren sollten«, erklärte Callan. Sie trommelte erneut mit den Fingern auf den Tisch.

»Das wäre eine enorme Wendung in der Geschichte«, murmelte sie, mehr zu sich selbst als an ihn gerichtet. »In diesem Fall hätten Deimas und Esmeray ein Schlupfloch gebraucht … und Hilfe bei den Fae gesucht. Bei ihren Schwestern.«

Callan unterbrach ihre Überlegungen: »Was meinst du mit einem Schlupfloch?«

Scarlett sah ihn wieder an. »Sorin meinte, Magie hätte immer

Schlupflöcher. Wie es scheint, war Avonleya sehr mächtig. Mächtiger als die Fae. Wenn das, was Deimas und Esmeray suchten, wirklich so wichtig war, dann müssen sie nach einem Schlupfloch gesucht haben. Hast du sonst noch etwas Nützliches gelesen?«

»Nicht dass ich wüsste, aber ich sehe in meinen Notizen nach«, bot er ihr an.

»Nein, ist schon in Ordnung«, winkte sie ab. »Wenn es nur einmal erwähnt wird, dann ist es vermutlich ohnehin nicht die Wahrheit. Ich habe nur spekuliert.« Sie beugte sich wieder über das Buch, und ihr Haar fiel einmal mehr um sie herum.

Ehe er an sich halten konnte, platzte er heraus: »Iss heute mit mir zu Abend.« Sie erstarrte und schien den Atem anzuhalten, während ihr Blick weiterhin auf die Seite vor ihr gerichtet war. »Es ist nur ein Abendessen, Scarlett, kein Heiratsantrag«, fügte er hinzu. Bei dem Satz hob sie den Blick, und er zwang ein halbes Lächeln auf seine Lippen. Ihr verdammtes Haar wogte um sie herum, als sie sich erneut zurücklehnte. Immer noch sagte sie nichts. »Wir können uns an mehr als einem Ort treffen, oder? Ich meine, ein ganzes Jahr lang haben wir uns nur in meinen Gemächern gesehen. Jetzt scheinen wir nur in der Bibliothek miteinander zu sprechen. Wir dürfen uns an mehr als einem Ort gleichzeitig treffen, oder?«

Eine volle Minute lang sagte sie nichts. Callan zwang sich, unter ihrem durchdringenden Blick nicht nervös hin und her zu rutschen. Sie bewegte sich nicht. Es war eine übernatürliche Regungslosigkeit, die, wie er erkannt hatte, nur Fae beherrschten. Er wollte gerade hinzufügen, sie solle einfach vergessen, dass er etwas gesagt hatte, als sie langsam antwortete: »Also gut.«

»Wirklich?«

Ihr Mundwinkel hob sich. »Es ist nur ein Essen, oder?«

»Ja. Genau«, stotterte Callan.

»Also gut. Sag mir Bescheid, wo und wann«, sagte sie und senkte den Blick wieder auf das Buch vor ihr.

»Das werde ich.«

Und obwohl er es besser wusste, ganz tief drin erlaubte er es einem kleinen Teil von sich zu hoffen.

SCARLETT

Scarlett betrat mit zwei Büchern unter dem Arm Sorins Gemächer. Sie wusste nicht, warum sie nicht früher darauf gekommen war. In Büchern in der Alten Sprache würde sie vermutlich mehr über die Geschichte finden als in denen in moderner Sprache. Sie wusste, dass Talwyn sich heute mit Sorin und den anderen Oberhäuptern traf, aber nicht weswegen. Ihr Geist wanderte zurück zu dem, was Callan ihr erzählt hatte: dass Deimas und Esmeray auf der Suche nach etwas auf der anderen Seite des Meeres gewesen waren. Sie fragte sich, ob Sorin etwas über diese spezielle Theorie wusste und was genau sie gesucht haben mochten. Vielleicht war er bereits zurück, und sie könnte ihn fragen.

Sie blieb am Tisch stehen, um die Bücher abzulegen, und sagte dabei: »Schätzchen, wie schön, dass du hier bist.« Sie hatte die andere Person bereits beim Öffnen der Tür gespürt und sie einen Augenblick später am Geruch identifiziert.

Cyrus lachte vom Sofa, auf dem er es sich gemütlich gemacht hatte. »Hallo, Scarlett. Hast du in der Bibliothek noch nicht genug gelesen?«

Sie drehte sich zu ihm um und lehnte sich mit verschränkten Armen an den Tisch. »Wie ich Sorin bereits wiederholt mitgeteilt habe, kann man gar nicht genug lesen. Außerdem handelt es sich um Recherche.« Sie tippte auf die Bücher, um ihre Worte zu unterstreichen.

»Sorin erwähnte, dass du mit dem sterblichen Prinzen Recherchen anstellst. Du verbringst eine Menge Zeit mit ihm«, kommentierte er viel zu beiläufig.

»Eifersüchtig, Schätzchen? Du lässt dir einfach zu viel Zeit«, grinste sie. Cyrus ging jedoch nicht auf ihren Versuch eines scherzhaften Schlagabtauschs ein, und bei dem Ausdruck auf seinem Gesicht schlug ihr Magen einen Salto. »Wo ist Sorin?«, fragte sie so scheinbar unbekümmert, wie sie konnte. »Ich dachte, ihr beide wolltet euch heute Nachmittag mit Talwyn treffen.«

»Das haben wir.« Sein Tonfall war grimmig.

»Wie lief es?«

»Nicht gut.«

Sie richtete sich auf, und die Furcht in ihrem Bauch wuchs. »Wo ist er, Cyrus?«

»Nicht hier.«

»Wo ist er?«, fragte sie erneut.

»Dort, wo er immer ist, wenn er trinken und brüten will. Wenn er allein sein will.«

»Ich fürchte, das kann er heute nicht sein. Wo ist er?«

Cyrus seufzte. »Ich habe nicht auf dich gewartet, um dich zu ihm zu bringen. Ich wollte dich nur wissen lassen, dass er vermutlich vor morgen nicht zurück sein wird. Damit du dir keine Sorgen machst. Wenn du willst, dass jemand anderes heute Nacht bei dir bleibt, dann werde ich das tun.«

»Nein. Das kommt nicht infrage. Wo ist er, Cyrus?«

»Er wird dich nicht reinlassen.«

»Cyrus«, fuhr sie ihn an. Rauch sammelte sich in ihrem Mund, und ihre Schatten verdunkelten sich.

»Na gut. Er hat ein Haus in den Bergen, ganz oben auf einem

der höchsten Gipfel. Es ist von magischen Schutzschilden umgeben, und er lässt niemanden von uns rein. Dort geht er hin, wenn er allein sein will.«

»Du meinst, wenn er sich seinen Launen hingeben will«, sagte Scarlett. »Bring mich zu ihm.«

»Er wird dich nicht reinlassen«, wiederholte Cyrus.

»Das werden wir ja sehen. Bring mich hin.«

Endlich begriff Cyrus, dass sie nicht nachgeben würde, und seufzte. »Ich kann keine Portale schaffen, Scarlett. Ich kann dich nicht hinbringen.«

»Dann hol Briar. Er kann mir ein Portal schaffen.«

Wortlos hob Cyrus die Hand und schickte eine Feuernachricht an den Wasserprinzen. Ein paar Minuten später betrat Briar den Raum. Er verneigte sich leicht vor Scarlett. »Ich habe beobachtet, was heute passiert ist«, sagte er grimmig.

»Er ist im Chalet, und sie besteht darauf, ihn zu sehen«, antwortete Cyrus.

Briar sah sie an. »Er wird dich wahrscheinlich nicht reinlassen«, sagte er langsam.

»Wie ich Cyrus bereits mitgeteilt habe, bleibt ihm gar nichts anderes übrig. Bring mich zu ihm«, entgegnete Scarlett. Cyrus und Briar tauschten einen Blick, und ein Wasserportal erschien.

Alle drei traten hindurch, und Scarlett blinzelte gegen die Helligkeit eines schneebedeckten Hangs an. Sie hatte vergessen, dass es gerade mit jedem Tag kälter wurde und die Wintersonnenwende bevorstand, und bereute jetzt, nicht den gefütterten Mantel mitgenommen zu haben. Vor ihnen, in einer guten Viertelmeile Entfernung, befand sich tatsächlich eine Berghütte. Sie war kleiner, als sie erwartet hatte, aber es kräuselte sich Rauch aus dem Kamin.

»Ich konnte mit dem Portal nicht näher heran, seine Schutzzauber verhindern es«, erklärte ihr Briar.

»Er wird dich nicht reinlassen, Scarlett«, wiederholte Cyrus neben ihr. »Er hat noch nie eine andere Person in dieses Haus gelassen.«

»Niemanden?«, fragte sie und drehte sich verwundert zu ihm um.

»Lediglich einmal«, meinte Cyrus und starrte das Chalet finster an.

Scarlett setzte sich in Bewegung, stapfte durch den Schnee. Sorin war gekommen, als sie ihn brauchte. Sorin, der sie nicht allein ließ. Sorin, der so oft mit ihr in der Dunkelheit gesessen und sie aus dem Fluss gezogen hatte. Sie würde mit ihm in seine tiefsten Tiefen steigen, wie er es für sie getan hatte.

Sie spürte, wie Briar und Cyrus sie beobachteten, während sie sich durch die Schneeverwehungen kämpfte. Das hier dauerte zu lang. Sie blickte hinunter auf ihre mittlerweile klatschnassen Seidenschuhe. Sie vertraute ihren eigenen Kräften noch nicht, also sah sie sich über die Schulter nach Cyrus um, der eine kleine Flamme sandte, die vor ihr einen Pfad bis zur Tür in den Schnee schmolz. Für Sorin würde sie es schaffen. Sie spürte das Knistern der Schutzzauber gegen ihre Magie pressen, aber sie kämpfte sich hindurch, wurde schneller, jetzt, da der Weg frei war.

Endlich erreichte sie die Tür und klopfte zögerlich. Es kam keine Antwort, aber sie spürte ihn irgendwo auf der anderen Seite. Sie spürte seinen Aufruhr und seine Verzweiflung und sein Leiden.

Sie klopfte erneut, entschlossener diesmal. Endlich erhielt sie eine geknurrte Antwort, die genau beschrieb, wohin, wer auch immer an der Tür war, sich scheren sollte.

Oh ja, er brütete.

Sie trommelte mit der Faust an die Tür. »Wenn du dich deinen Launen hingeben willst, Prinz, dann lass mich wenigstens mit dir trinken«, rief sie durch die Tür.

Sie spürte, wie er zögerte. »Sag deinen Begleitern: Netter Versuch, aber ich komme morgen nach Hause.«

»Ich bin nicht dein verdammter Bote, und ich habe sie gezwungen, mich zu dir zu bringen. Sie haben versucht, mich davon abzuhalten. Lass mich rein, Sorin«, antwortete sie und rüttelte an der Klinke.

»Ich komme morgen zurück, Scarlett«, erwiderte er mürrisch.

Scarlett.

Nicht Prinzessin. Oder Liebes.

Sie blickte über die Schulter und biss sich auf die Unterlippe. Briar und Cyrus standen immer noch dort und beobachteten sie. Cyrus hatte die Arme über der Brust verschränkt. Ihre Fae-Augen erspähten auch aus der Entfernung seinen »Ich hab es dir gesagt«-Ausdruck.

Fein. Er wollte ein Arschloch sein? Das Spiel konnte sie mitspielen.

»Sorin Aditya, du sturer Esel, lass mich rein!«, brüllte sie und schlug mit der Handfläche gegen die Tür.

Stille.

»Ich werde hier draußen sitzen. Die ganze verdammte Nacht, Sorin. Ich werde hier im Schnee und in der Kälte sitzen.«

»Sag Cyrus, wenn er dich nicht nach Hause bringt, trete ich seinen Arsch von hier nach Threlarion.«

»Mein Zuhause ist, wo immer du bist. Du willst, dass ich nach Hause gehe. Ich bin bereits hier. Lass mich rein.«

Die Tür blieb weiterhin geschlossen. Würde er sie wirklich nicht reinlassen? Nach allem, was sie gemeinsam durchgemacht hatten? Nach allem, was sie mit ihm geteilt hatte?

Nein. Das kam nicht infrage.

»Du hast es mir versprochen, du verlogener Mistkerl!«, schrie sie jetzt. Sie spürte, wie sich Tränen in ihren Augen sammelten, während sie mit geballten Fäusten an die Tür trommelte. Ihre Schatten wanden sich um ihre Hände, und das Holz der Tür ächzte unter jedem Schlag. »Du hast mir versprochen, dass du mich nicht in der

Dunkelheit allein lässt. Du bist zu mir gekommen, und jetzt komme ich zu dir. Ich gehöre dir, und du gehörst mir. Lass mich rein!«

Sie hörte, wie sowohl Briar als auch Cyrus bei ihren Worten nach Luft schnappten, aber es kümmerte sie nicht. Sollten sie doch denken, was sie wollten.

Dann hörte sie Cyrus fluchen, als die Tür sich langsam öffnete.

Sorin sah genau so aus, wie es all die Emotionen, die er ausstrahlte, vermuten ließen. Seine Augen saßen tief in den Höhlen. Sein Haar sah aus, als wäre er sich wiederholt mit den Händen hindurchgefahren. Er trug eine kurzärmelige Tunika und Hosen, die Jacke hatte er vermutlich irgendwo im Raum fallen lassen, und er lief barfuß.

»Was willst du, Scarlett?«, fragte er, nachdem sie einander einen langen Moment stumm angestarrt hatten. Sie konnte Alkohol in seinem Atem riechen.

»Lass mich rein, Sorin«, flüsterte sie. Sie sah, wie er an ihr vorbeiblickte, und sie spähte über ihre Schulter. Cyrus und Briar standen da, eindeutig geschockt.

»Wir können morgen reden«, erwiderte er und sah wieder zu ihr.

»Gut. Dann sitze ich mit dir in der Dunkelheit. Lass mich rein«, forderte sie erneut und versuchte, sich an ihm vorbeizudrängen. Doch er bewegte sich keinen Zentimeter vom Fleck. Sie hob die Hand an seine Wange, alles nur, damit er zu ihr zurückkehrte, doch er zuckte vor ihr zurück.

Oh, sie kannte diese Art von Launen, und sie machten ihr keine Angst. Sie grinste. Ein Grinsen, von dem sie wusste, dass es ihn dazu bringen würde, dass er rotsah. Seine Nasenflügel blähten sich. »Geh nach Hause, Monrhoe. Ich bin morgen zurück.«

»Nein, *Aditya*«, sagte sie ruhig. »Lass mich rein.«

»Ich will deine Gesellschaft jetzt nicht«, knurrte er.

»Das ist mir egal. Du hast dich mehr als einmal in meine Angelegenheiten eingemischt, wenn ich keine Gesellschaft wollte«, gab sie zurück und verschränkte die Arme. »Lass mich rein.« Er bewegte sich nicht.

»Hör auf, so ein störrisches Balg zu sein«, presste er hervor.

»Hör du auf, so ein eigensinniger Idiot zu sein«, gab sie zurück. Die beiden starrten einander nieder.

»Und dann? Sitzen wir einfach da und betrinken uns gemeinsam?«, fragte er verächtlich.

»Wenn es das ist, was du willst, dann ja.«

»Und wenn ich etwas anderes will?« Sein Blick wanderte über ihren Körper, und sie musste sich bemühen, um nicht zurückzuzucken. »Oder ist das für deinen sterblichen Prinzen reserviert?«

»Sei kein Arschloch«, knurrte sie. »Ein schlimmer Tag gibt dir noch lange nicht das Recht, mich eine Hure zu nennen, aber wenn es das ist, was du brauchst, damit es dir besser geht, dann finde ich jemanden für dich.«

Er sah sie blinzelnd an, Erstaunen blitzte in seinen Augen auf, ehe seine Miene erneut verschlossen wurde.

»Sag mir, was passiert ist.« Sie rieb sich mit den Händen über die Arme, versuchte, sich zu wärmen. Sein Blick flackerte, als ihm die Bewegung und ihre nassen Schuhe auffielen, aber er machte immer noch keine Anstalten, sie einzulassen.

»Nein.«

»Warum?«

»Weil du nicht meine Last schultern sollst«, knurrte er.

»Also bestrafst du dich selbst, indem du sie ganz allein schulterst?«, gab sie zurück. »So laufen die Dinge nicht zwischen uns beiden.«

»Es gibt kein uns beide«, zischte er. Scarlett erstarrte bei der Giftigkeit seiner Worte. »Es gibt dich, und es gibt mich.«

»Das glaube ich keine Sekunde lang. Wir haben zu viel zusammen durchgemacht.«

»Vielleicht ist das ja meine Strafe, hm? Mir all die Mühe zu machen, dich hierherzubringen und nichts davon zu haben.«

Die Worte trafen sie, und sie taumelte vor ihm zurück. »Ich verstehe, dass du einen beschissenen Tag hattest, aber das bedeutet nicht, dass du mich so grausam behandeln kannst, Prinz des Feuers.«

»Ich habe dir gesagt, dass du gehen sollst. Du hast nicht zugehört«, fuhr er sie an, und seine Miene war kälter, als sie sie je gesehen hatte.

»Und das gibt dir das Recht, mich wie Abfall zu behandeln?«, fragte sie. Sie konnte die Schatten an ihren Fingerspitzen spüren und zitterte vor Anstrengung, sie zurückzuhalten.

»Du hast dich mehr als einmal selbst als solcher bezeichnet«, antwortete er achselzuckend.

Tränen brannten in ihren Augen, aber sie weigerte sich, vor ihm zu weinen. Nicht dieses Mal. Nicht, wenn er der Grund dafür war. Schon wieder.

Er starrte sie mit kalter Gleichgültigkeit an. Sie hörte Schritte hinter ihnen, und Sorins Blick huschte zu der Bewegung. »Deine Eskorte ist hier, um dich abzuholen«, sagte er verächtlich und trat zurück, um die Tür zu schließen.

»Wir sind noch nicht fertig!«, rief sie und schickte ihre Schatten los, um die Tür daran zu hindern, sich zu schließen.

»Oh, ich denke, das sind wir. Ich habe dir nichts mehr zu sagen.«

»Dann habe ich dir etwas zu sagen«, entgegnete sie, trat direkt auf die Schwelle und reckte sich auf die Zehenspitzen, bis nur noch wenige Zentimeter ihre Gesichter trennten. »Du bist ein verdammter Feigling. Du bist für mich in die Tiefen der Hölle gestiegen, und wenn ich zu dir komme, um den verdammten Gefallen zu erwidern, sperrst du mich aus. Du stößt jeden, der dich liebt, von dir. Du stößt *mich* von dir. Du sagst, es ist zu unserem Schutz, aber in Wirklichkeit willst du nur dich selbst schützen. Und weißt du, wieso ich das weiß? Weil wir uns gleichen, du und ich. Wir sind uns in jeder verdammten Hinsicht gleich.«

Und jetzt konnte sie sie nicht mehr zurückhalten. Die Tränen rannen ihr über das Gesicht, heiß und zornig und voller Schmerz.

»Du sitzt hier oben in diesem verdammten Haus, lässt deinen Launen freien Lauf, schmollst und tust dir selbst leid, und alles nur weil … was? Weil du denkst, du verdienst das hier? Du verdienst es, zu leiden? Allein zu sein? Niemand verdient das, Sorin. Und ich verdiene es definitiv nicht, als herumhurender Abfall bezeichnet zu werden, schon gar nicht von dir. Der einzigen Person, der ich meine dunkelsten Geheimnisse anvertraut habe. Du verdienst es nicht, mich als Abfall zu bezeichnen, wenn ich diejenige bin, die das Risiko eingegangen ist, dir meine gesamte Seele offenzulegen. Dumm? Naiv? Vielleicht. Aber ich bin nicht deine verdammte Strafe. Ich bin kein Besitz, den man dir aufgehalst hat.

Wenn du das zwischen uns nicht willst, dann ist das in Ordnung. Ich finde meinen eigenen Weg. Ich muss nicht hierbleiben.« Ihre Schatten wirbelten um sie herum, ein Strudel aus Dunkelheit. »Ich kann die Sterne woanders finden, mit jemandem, der mich nicht zurück in den Fluss stößt und mir den Kopf unter Wasser drückt, wenn er einen schlimmen Tag hat. Jemandem, der mich nicht behandelt, als wäre ich eine verdammte Last.«

Sorin war blass geworden. Sie spürte eine Hand an ihrem Ellenbogen und fuhr herum, wo sie in Cyrus' verärgerte Miene blickte. Briar stand neben ihm, ebenso wütend. Ein Wasserportal öffnete sich hinter ihnen.

Sorin kam aus dem Chalet und streckte die Hand nach ihr aus. Seine Finger streiften ihren Arm. »Scarlett …«

»Fass mich nicht an«, fuhr sie ihn an, entriss ihm ihre Hand und wich zu Cyrus zurück. Sein Arm legte sich schützend um ihre Taille, und ein Schild aus Wasser erschien zwischen ihr und Sorin. »Es ist in diesem Moment definitiv keine Notwendigkeit.«

»Scarlett, warte«, versuchte er es noch einmal und ließ die Hand fallen. Er stieß die Tür zum Chalet weit auf und gab den Weg frei. »Komm rein. Ich werde dich reinlassen. Komm rein. Bitte.«

»Ich habe eine Verabredung zum Abendessen mit meinem *sterblichen Prinzen*«, höhnte sie. »Wir sehen uns.«

Sie wandte sich ab und trat durch das Portal, doch sie hörte gerade noch, wie Cyrus zu seinem Prinzen sagte: »Du bist ein verdammter Vollidiot.«

25

SORIN

Sorin wollte Scarlett und Cyrus durch das Portal folgen, doch Briar stellte sich ihm in den Weg, und augenblicklich schloss sich das Portal hinter ihm. Er warf Feuer auf den Wasserschild, den Briar weiter aufrechterhielt, und die Flammen erloschen zischend eine nach der anderen.

»Aus dem Weg«, fuhr er Briar an.

»Nein«, antwortete dieser mit stiller Wut. »Gib ihr eine verdammte Minute.«

»Ich muss mit ihr reden«, knurrte er und schleuderte mehr Feuer auf den Schild.

»Du hast genug gesagt«, fuhr Briar ihn an, und das Wasser seines Schilds begann, unter dem Ansturm von Sorins Flammen zu dampfen.

»Geh mir aus dem Weg!«, rief er erneut.

Und dann fühlte er den Schlag. Briar hatte ihm einen Kinnhaken verpasst.

Sorin knurrte und spuckte Blut in den Schnee, doch er schlug nicht zurück. Er hatte diesen Hieb verdient. Mehr als verdient.

»Hast du ihr überhaupt zugehört?«, rief Briar und umkreiste ihn mit eisblau glühenden Augen. Jede wilde Raubtiereigenschaft der Fae stand ihm deutlich ins Gesicht geschrieben. Er verteidigte Scarlett. Ihre Prinzessin. Ihre Königin.

Ihre Prinzessin, ja, aber *seine* Zwillingsflamme. Er hatte sie zerstört. Er hatte weitaus schlimmere Dinge gesagt als Mikale oder Callan. Er hatte genau gewusst, wo er zuschlagen musste, weil sie ihm ihre Seele bloßgelegt hatte. Er war Abfall. Nicht sie. Niemals sie.

Eis flutete seine Adern, als Briar die Zähne fletschte. Der Prinz von Wasser und Eis war gekommen, um ihre Prinzessin gegen den Prinzen des Feuers zu verteidigen. Er ließ zu, dass das Eis sein Blut verlangsamte. »Du lässt zu, dass Talwyn dir so sehr unter die verdammte Haut geht, dass du Scarletts Worte nicht einmal wahrnimmst. Sie hat dir praktisch das Beanspruchungsritual entgegengebrüllt, ohne überhaupt zu wissen, was sie da sagte. Du unerträglicher Vollidiot«, fuhr Briar ihn an.

Du bist zu mir gekommen, und ich komme zu dir. Ich gehöre dir, und du gehörst mir.

»Wenn sie dich jetzt verlässt, uns verlässt, das alles hier verlässt, dann ist es ganz und gar deine Schuld«, schrie er erneut und riss sein Eis aus Sorins Adern. Seine eigene Magie übernahm automatisch die Kontrolle und flutete ihn mit Hitze.

Ich kann die Sterne woanders finden, mit jemandem, der mich nicht zurück in den Fluss stößt und mich nicht behandelt, als wäre ich eine verdammte Last.

Ihre Worte geisterten durch seinen Kopf und legten sich eng um seine Brust.

»Lass mich zu ihr gehen«, würgte er hervor.

»Sie will dich nicht sehen«, knurrte Briar. »Interessant, nicht wahr? Wir haben ihr dasselbe über dich gesagt. Dass du niemanden sehen, mit niemandem reden willst. Es hat sie nicht gekümmert. Sie hat verlangt, dass wir sie zu dir bringen. Sie wollte nicht nachgeben. Wieder und wieder haben wir ihr gesagt, dass du sie nicht einlassen würdest, aber ich habe es in ihrem Gesicht gesehen. Sie hat an dich geglaubt. Sie war sich sicher, dass du sie einlassen würdest. Wenn wir uns geweigert hätten, da bin ich mir sicher, hätte sie versucht, uns beide umzubringen, und dann hätte sie sich durch jede Hölle gekämpft, um zu dir zu gelangen.

Und ich dachte, vielleicht tust du es ja doch. Ich dachte, vielleicht verweigerst du dich nicht deiner götterverdammten *Zwillingsflamme*. Ich dachte, vielleicht ist es das, was nötig ist, damit sie die Verbindung zwischen euch spürt. Also habe ich sie hergebracht, obwohl ich deine fürchterliche Laune kenne. Weil ich dachte, dass du sie niemals an derjenigen auslassen würdest, der dein Herz gehört. Und dann hast du es komplett ruiniert.« Jedes Wort fühlte sich an wie ein Dolch in seiner Brust.

»Lass mich zu ihr«, sagte Sorin noch einmal, ein leichtes Knurren in der Stimme.

»Kommst du endlich wieder zu Sinnen?«, kommentierte Briar verächtlich.

»Wie interessant«, meldete sich eine kühle Stimme aus den Bäumen hinter ihnen.

Die beiden Fae-Männer drehten sich rasch danach um und sahen einen sterblichen Mann an einem Baum lehnen, die Hände in den Taschen vergraben. Einen Mann, den Sorin kannte. Mikale.

Wie zum Teufel kam er hierher?

Sie waren so damit beschäftigt gewesen, sich zu streiten, dass er das Warnsignal seiner Schutzzauber nicht wahrgenommen hatte.

»Wer seid Ihr?«, rief Briar, und sein Schwert materialisierte in einem Wirbel aus Eis und Schnee in seiner Hand.

Mikale lachte. »Das wird Euch nichts nützen.« Er fuhr mit der Hand durch den Baum. Ein Trugbild. Er war eine Illusion.

»Was willst du, Lairwood?«, presste Sorin hervor.

»Du hast etwas, das mir gehört«, knurrte Mikale. Seine Augen waren beinahe schwarz, als er die Fae-Prinzen anstarrte.

»Sie gehört niemandem«, rief Sorin, und Flammen flackerten in seinen Augen.

»Sie treibt eindeutig einen Keil zwischen deine Verbündeten«, stellte er mit einem gelangweilten Seufzen fest. »Schick sie zurück zu mir, dann können wir alle weiter unseren eigenen Angelegenheiten nachgehen. Und wir widmen uns anderen Dingen, fern deines Hofs.«

»Fahr zur Hölle«, rief Sorin.

»Du hast sie so sorgfältig vor mir verborgen, Prinz des Feuers. Bis heute. Bis vorhin, als all unsere Tricks und Zauber ihre Essenz orten konnten. Genau hier. Leider dauerte es eine Weile, bis mir diese Illusion gelang, und es scheint, als hätte ich sie verpasst. Mein Ortungszauber nimmt sie nicht mehr wahr.« Er näherte sich ihnen einen Schritt, und Schilde aus Feuer und Wasser schossen in die Höhe. Zorn erfüllte Mikales Miene, als er zwischen zusammengebissenen Zähnen hervorpresste: »Wo ist sie?«

»Irgendwo, wo du sie nicht finden wirst«, knurrte Sorin feindselig.

»Also gut, Prinz des Feuers. Es gibt mehr als einen Weg, das zu bekommen, was ich möchte. Dies wäre lediglich der einfachste gewesen.« Mit einem grausamen, furchterregenden Lächeln verschwand er.

»War das …?«, wandte sich Briar an Sorin.

»Ja«, antwortete der. »Das war er.«

»Wie ist er hierhergekommen?«

»Scheinbar kann er irgendwie auf Magie zugreifen. Ich habe sie bislang vor ihm verborgen, aber heute, nach allem, was zwischen uns gesagt wurde … Die Zauber sind mir entglitten. Weil ich schwächer werde«, sagte er leise.

Briar fluchte. »Warum hast du verdammt noch mal nichts gesagt? Ich hätte helfen können.«

»Es ist meine Schuld. Lass mich zu ihr«, verlangte Sorin, ohne dem Blick seines Freundes zu begegnen.

Ein Wasserportal öffnete sich, und die Prinzen traten in Sorins Privatgemächer. Cyrus lehnte am Barwagen. Er reagierte mit einem boshaften Lächeln auf den Bluterguss an Sorins Kinn, der noch nicht ganz verheilt war. »Das hast du verdient, du dummer Mistkerl«, kommentierte er und nippte an seinem Glas.

»Ich weiß«, antwortete Sorin. »Wo ist sie?«

»Sie hat eine Nachricht für dich hinterlassen. Sie sagte, dass du es verstehen würdest, wenn du die Worte hörst«, sagte Cyrus locker und ließ das Eis in seinem Glas kreisen.

»Was hat sie gesagt?«, presste Sorin hervor.

»Ihre genauen Worte waren: ›Sag diesem Fae-Bastard, dass ich hier auf ihn warte, sollte er beschließen, mir zu sagen, was hier vor sich geht. Bis dahin kann er sich zum Teufel scheren, und mein Wohlbefinden geht ihn nichts an.‹«

Sorin schloss die Augen, als er sich erinnerte, wie Cassius ihm genau diese Worte vor vielen Monaten übermittelt hatte. »Wo ist sie?«

»Als wir kamen, hat sie ihre Sachen gepackt und sich auf den Weg zu Elizas Gemächern gemacht. Viel Glück«, sagte Cyrus grinsend.

Das Glück würde er brauchen.

Sorin schleppte sich den Flur hinunter und blieb vor Elizas Wohnräumen stehen. Er klopfte einmal, und die Tür flog auf. Eine weitere zornige Fae stand vor ihm, Feuer im Blick. »Was zur Hölle hast du angestellt?«

»Wo ist sie?« war alles, was Sorin sagte.

»Sie ist beim Abendessen mit dem sterblichen Prinzen. Stör sie bloß nicht«, fuhr Eliza ihn an und knallte ihm die Tür vor der Nase zu.

Er glitt vor ihrer Tür im Flur zu Boden. Stundenlang saß er dort und wartete auf sie. Es war beinahe Mitternacht, als sie leise den Flur herunterkam. Sie trug ein amethystfarbenes Kleid mit Silberfäden im Rock. Mieder und Ärmel lagen eng an. Es war schlicht und elegant und perfekt für sie. Perfekt für das Abendessen mit einem Prinzen.

Als er sie roch, erhob er sich und war froh, dass sich kein anderer Geruch mit ihrem Duft vermischte. Augenblicklich erstarrte sie, und ihre Schatten verdichteten sich. Sie war mehr als drei Meter entfernt von ihm und stand dort mit einer Reglosigkeit, die nur Fae beherrschten.

Er sagte kein Wort, als sie leise auf ihn zukam. Sie machte sich nicht einmal die Mühe, in anzusehen, als sie an ihm vorbei in Elizas Gemächern verschwand und die Tür hinter sich schloss.

Er atmete tief durch und klopfte sachte. »Scarlett, bitte rede mit mir.« Er konnte sie spüren, gleich auf der anderen Seite der Tür. Ihr Geruch war so nah, dass sie womöglich direkt an der Tür selbst lehnte. Aber die Tür hätte genauso gut ein ganzer Ozean sein können, der zwischen ihnen lag. Er lehnte die Stirn an die Tür. »Liebes, bitte.«

Da war Bewegung auf der anderen Seite, und er fiel beinahe auf die Knie, als sich die Tür öffnete, doch dann stand Eliza vor ihm. Ihre Miene war eine Mischung aus Zorn und Mitgefühl, als sie leise sagte: »Sie ist ins Bett gegangen, Sorin.«

»Hat sie etwas gesagt?«

»Sie sagte, sie würde morgen früh zu dir kommen.«

»Wird sie das?«, fragte er und suchte verzweifelt in ihren Augen nach einem Hoffnungsschimmer.

»Ich glaube, dass sie zu ihrem Wort steht, und wenn sie sagt, dass sie kommt, dann kommt sie auch.« Eliza erwiderte seinen Blick mit harten Augen. Sie würde ihn heute Nacht nicht einlassen.

Leise dreht er sich um und ging zurück in seine Gemächer. Ihre Leere wog schwer. Er konnte Scarlett immer noch riechen. In der Luft. Im Schlafzimmer. Zwischen den Laken. Er konnte nicht einmal ohne sie im Bett liegen, also setzte er sich in einen Stuhl vor dem Feuer.

Ich kann die Sterne woanders finden, mit jemandem, der mich nicht behandelt, als wäre ich eine verdammte Last.

Er würde heute Nacht nicht schlafen können. Nicht, bis er mit ihr gesprochen hatte. Er erhob sich erneut und lief vor dem Kamin auf und ab. Wartete auf ihre Rückkehr. Die Worte, die sie vor ein paar Wochen zu ihm gesagt hatte, kamen ihm wieder in den Sinn.

Ich glaube allerdings, du könntest meine sein.

26

SCARLETT

Scarlett lag hellwach in ihrem Bett in Elizas Gästezimmer. Ihr Abendessen mit Callan war nicht mehr als das gewesen. Ein ungezwungenes Abendessen. Beinahe hätte sie sogar abgesagt, weil sie zu verletzt von Sorins Worten gewesen war, aber sie würde verdammt noch mal nicht zulassen, dass er sie damit zerstörte. Er war derjenige gewesen, der sie aus dem Fluss gezogen hatte. Zur Hölle mit ihm, dass er versucht hatte, sie wieder hineinzustoßen.

Sie hatten in Callans Gästesuite diniert, und Finn und Sloan hatten sich ihnen angeschlossen. Sloan hatte am Ende des Abends, nachdem sie Geschichten von ihren Abenteuern in Baylorin geteilt hatten, beinahe gelächelt. Sie war beeindruckt gewesen, als sie hörte, dass Sloan tatsächlich in den Kampf gezogen war, bevor er Callans Leibwache wurde. Finn war mit Callan aufgewachsen und von klein auf für seine Rolle ausgebildet worden. Die drei waren die besten Freunde, und das versetzte ihr einen leichten Stich. Sie erinnerten sie so sehr an sie und Nuri und Juliette.

Sorin war nur einmal zur Sprache gekommen, und sie hatte schlicht gesagt, dass sie an diesem Abend weder über dieses Land noch über seine Bewohner sprechen wollte. Die anderen schienen ähnlicher Meinung zu sein, und damit hatten sie das Thema fallen lassen.

Als sie sich auf den Weg zurück in den Privatflügel machte, war es viel später, als sie beabsichtigt hatte, und sie fühlte sich deutlich besser als bei ihrem Aufbruch.

Bis sie ihn vor Elizas Gemächern entdeckte.

Sie hatte keine Energie für einen Streit. Sie spürte, wie die Dunkelheit sie immer weiter in die Tiefe zog. Sie spürte, wie ihre Schatten sich um sie herum ausdehnten, während die Dunkelheit ihren Schlund weit öffnete. Sie wollte das nicht. Sie wollte sie nicht aus ihrem Käfig lassen. Nicht gegen ihn.

Also lief sie ohne einen Blick an ihm vorbei und sackte in Elizas Räumen gegen die Tür. Eliza, die in ein Buch vertieft auf dem Sofa saß und Tee trank, warf ihr einen fragenden Blick zu.

Scarlett hörte, wie er sie bat, mit ihm zu reden, doch sie konnte es nicht. Die Wunde, die er ihr zugefügt hatte, war noch zu frisch. Sie antwortete Eliza mit einem Kopfschütteln, und ihre Freundin erhob sich von der Couch und kam zu ihr.

»Sag ihm, dass ich morgen früh zu ihm komme«, flüsterte sie lautlos.

Zum Glück wartete Eliza, bis sie im Schlafzimmer war und die Tür geschlossen hatte, ehe sie Sorin öffnete.

Und jetzt lag sie hier und konnte ohne diesen männlichen Körper neben sich nicht einschlafen. Das Bett fühlte sich riesig und kalt an. Sie wusste, dass sie es aufwärmen könnte, aber sie wagte nicht, ohne Aufsicht auf ihre Magie zuzugreifen.

Sie ging zurück ins Wohnzimmer und fand Eliza, die mit einer zweiten Tasse Tee neben ihrer eigenen auf sie wartete. »Cyrus hat mir berichtet, was gesagt wurde, auch die Teile, die du ausgelassen hast«, sagte sie leise, als Scarlett nach der Tasse griff und einen Schluck nahm, ehe sie sich neben ihr niederließ. »Er hätte diese Dinge niemals sagen dürfen.«

»Das stimmt« war alles, was Scarlett dazu einfiel.

»Er hat sich irgendwie in den Kopf gesetzt, dass er uns alle beschützen muss, und ich habe nie jemanden getroffen, der so wenig mit seinem eigenen Versagen umgehen kann. Talwyn weiß genau, welche Knöpfe sie drücken muss. Wusstest du, dass er für ihre magische Ausbildung verantwortlich war?«, fragte sie.

»Nein«, sagte Scarlett leise. »Wie? Ihre Magie ist Erde und Wind.«

»Ja, aber die Grundlagen sind die gleichen. Kontrolle, Disziplin und ein Bewusstsein für die eigenen Grenzen. In ihrer Jugend war er ihr Privatlehrer. Er war der Stellvertreter deiner Mutter und die Hand der Königin«, erklärte Eliza. »Ich kann nicht genau sagen, was sie ihm heute an den Kopf geworfen hat. Cyrus wollte es mir nicht verraten. Aber sie weiß, welche Wunden sie wieder öffnen muss, Scarlett. Das entschuldigt sein Verhalten nicht. Nichts von dem, was er gesagt hat, ist in Ordnung. Es ist nur …« Eliza schürzte die Lippen, als überlegte sie, wie sie es ausdrücken sollte. »Du hast selbst gesagt, dass ihr euch gleich seid. Ich nehme an, du weißt, wie es ist, in einer Grube zu sitzen, aus der man verzweifelt entkommen will, und dass man selbst an seinen besten Tagen mal danebengreift. Ich nehme an, du weißt, dass man manchmal um sich schlägt und dabei die verletzt, die man am meisten liebt.«

»Ich kenne eure Bräuche. Ich habe zu den Fae recherchiert und lerne«, sagte Scarlett nach mehreren Minuten Stille, in der sie beide ihren Gedanken nachhingen. »Ich weiß, dass irgendwo da draußen seine Zwillingsflamme ist, und ich wünschte, sie wäre es nicht. Macht mich das zu einer fürchterlichen Person?«

Eliza schien sorgfältig über ihre Worte nachzudenken, ehe sie antwortete: »Nein, das tut es nicht. Aber es kommt so selten vor, dass jemand seine Zwillingsflamme findet, Scarlett. Den meisten von uns gelingt das selbst in der langen Spanne unseres unsterblichen Lebens nicht.«

»Aber was würdest du tun, wenn du dich an jemanden bindest, der später seine Zwillingsflamme entdeckt?«, fragte Scarlett.

»Ich glaube, wenn ich so stark für jemanden empfinden würde, dann brächte ich es nicht über mich zu verlangen, dass er seine Zwillingsflamme aufgibt, wenn er lieber mit ihr zusammen sein will«, sagte Eliza langsam.

»Wenn du wüsstest, dass die Chance besteht, dass er eines Tages seine Zwillingsflamme findet, würdest du riskieren, jemandem so viel von dir zu geben?«

»Ich glaube, wenn man jemanden findet, dem man mit seinem ganzen Wesen vertraut, dann ist es das Risiko wert, diese Person zu verlieren, allein für die Zeit, die man mit ihr hat«, antwortete Eliza leise. Scarlett schwieg, während sie in den Kamin starrte und an ihrem Tee nippte. »Lass mich jetzt dir eine Frage stellen. Über welchen der Prinzen reden wir hier?«

Scarlett hob ruckartig den Kopf. »Zwischen mir und Callan ist nichts mehr.«

»Da ist definitiv etwas«, sagte Eliza mit einem ungläubigen Lachen. »Und er wünscht sich so viel mehr.«

»Callan und ich haben eine komplizierte Geschichte. Ich wäre heute Abend beinahe nicht zu dem Essen gegangen, aber es hat mir gutgetan. Mit Freunden zu essen und in Erinnerungen an Baylorin zu schwelgen. Mit den Geschichten vertraut zu sein, statt sich wie eine Außenseiterin zu fühlen.«

»Geht es dir so mit uns?«, fragte Eliza und legte den Kopf schräg, sodass ihr die rotgoldenen Locken über die Schulter fielen.

»Manchmal«, gab Scarlett zu. »Es fühlt sich an, als würde ich euch seit einer Ewigkeit kennen, dabei sind es erst ein paar Monate. Ihr alle seid eine Familie, und ich bin … immer noch eine Fremde an den meisten Tagen. Und das liegt nicht an etwas, das ihr getan oder gesagt habt. Es dauert nur einfach. Ich hatte meine Leute. Vor Sorin. Vor …«

»Ich weiß.«

»Auf eine seltsame Weise war Callan einer dieser Menschen, und ich vermisse die anderen. Vor allem heute.«

»Der Mann, den Sorin vor ein paar Wochen geholt hat?«

»Cassius. Ja. Ihn vermisse ich am meisten«, flüsterte Scarlett. Sie lehnte den Kopf an Elizas Schulter. »Sorin lindert die Sehnsucht an den meisten Tagen. Oft gibt mir allein seine Nähe die nötige Kraft, weiterzumachen. Er … ich weiß nicht, wie ich erklären kann, was er für mich ist. An den meisten Tagen ist er ein Fels in einem Sturm, der niemals nachlässt. Heute war keiner dieser Tage.«

»Manche Tage sind schwer. Manchmal ist es genug, wenn man es einfach nur durch einen schweren Tag schafft«, sagte Eliza und lehnte den Kopf an Scarletts. Diese kleine Berührung einer Freundin, die verstehen konnte, wie hart manche Tage sein konnten, half, den Schmerz in ihrer Brust ein wenig zu lindern. Das Wissen, dass es manchmal einfach genug war, einen Tag zu überleben, ließ sie beinahe einen erleichterten Seufzer ausstoßen.

»Morgen wird auch ein schwerer Tag«, murmelte Scarlett.

»Ganz egal, was morgen passiert, du bist nicht allein«, antwortete Eliza. »Und damit meine ich nicht Sorin.«

»Danke«, flüsterte Scarlett und drückte Elizas Hand.

SORIN

Als die Tür zu Sorins Gemächern sich quietschend öffnete, sprang er sofort auf, doch es war nur Cyrus.

»Sie trainiert mit Eliza in einem der privaten Übungsräume«, sagte er statt einer Begrüßung und lehnte sich mit verschränkten Armen an die Tür. »Du siehst beschissen aus.«

Sorin hatte kaum geschlafen. Er war noch vor Sonnenaufgang aufgewacht und hatte von da an zugesehen, wie die Minuten und später die Stunden auf der Uhr heruntertickten. Er hatte sich so viele Dinge überlegt, die er ihr sagen wollte, und sich jedes Szenario ausgemalt, wie sie antworten könnte. Und dann war da natürlich noch das Abendessen mit Callan. Was war dort geschehen? Nicht dass es ihn etwas anging. Sie hatten keinen Bund geschlossen. Sie konnte sich anderweitig Erleichterung suchen. Und sie hatte ihm praktisch gesagt, dass sie Erleichterung für ihn finden würde, sollte er sie benötigen.

Als er sie praktisch als Hure beschimpft hatte.

»Ich hoffe, wenn sie irgendwann zurückkommt, hast du mehr zu bieten, als stumm dazustehen«, merkte Cyrus an.

Sorin schnaubte. »Wenn sie mir nicht vorher in den Arsch tritt.«

»Verdient hättest du es«, gab Cyrus zurück.

»Dessen bin ich mir voll bewusst.«

Cyrus sah ihn kurz an, ehe er sagte: »Briar meinte, der Sterbliche, der sie gefangen hielt, ist euch beiden erschienen.«

»Das ist er«, gab Sorin zu und ließ sich wieder auf dem Sofa nieder. »Obwohl ich anfange, zu glauben, dass er gar kein Sterblicher ist, was erklären würde, warum er sich so für Scarlett und ihre Blutlinie interessiert. Die Verbindung mit einem Menschen würde nicht viel bringen, doch für jemanden, in dessen Adern ebenfalls magisches Blut fließt, wäre sie mehr als verlockend.«

»Warum versucht er es dann nicht mit Talwyn? Wenn es ihn doch nach mehr Macht verlangt?«

»Ich weiß es nicht. Vielleicht hat er von unserer geliebten Königin gehört«, höhnte Sorin.

»Du hast gestern zugelassen, dass ihre Worte dir unter die Haut gingen«, sagte Cyrus leise. »Warum?«

»Sie ist wütend auf mich. Ich enthalte ihr Scarlett vor. Sie sorgt sich wegen etwas und lässt es an mir aus. Und sie weiß genau, wo sie zuschlagen muss«, antwortete Sorin angespannt.

»Du hast sie zwischen dich und Scarlett kommen lassen. Sie war gleich da, Sorin. Sie hat praktisch die Worte des Beanspruchungsrituals gesagt.«

»Glaubst du, das weiß ich nicht?«, fauchte Sorin. »Du musst mich nicht an mein Versagen erinnern. Talwyn hat das gestern bereits zur Genüge getan.«

Cyrus presste die Lippen zu einer dünnen Linie zusammen, und ein Muskel zuckte in seinem Kiefer. »Was brauchst du von mir?«

»Sag Rayner, er soll sich mit unseren Spionen im Reich der Sterblichen in Verbindung setzen, vor allem mit denen in Windonelle. Sieh zu, ob er etwas über Mikale herausfinden kann. Wenn wir in der Sache nicht bald vorankommen, werden wir Talwyn informieren müssen, und Ashtine muss sich darum kümmern«, sagte Sorin. »Halte es unter Verschluss. Ich will nicht, dass sie davon weiß, wenn es nicht unbedingt nötig ist.«

»Sonst noch etwas?«

»Beschäftige den sterblichen Prinzen, damit er mir heute nicht in die Quere kommt«, presste er hervor.

»Ich sehe zu, was ich tun kann«, antwortete Cyrus. »Sag Bescheid, wenn du etwas brauchst.«

Sorin nickte und starrte in den dunklen Kamin vor ihm, als Cyrus den Raum verließ. Erneut begannen die Minuten, langsam zu vergehen. Er erhob sich, lief vor dem Kamin auf und ab. Er wollte schon nach oben in den Übungsraum gehen und sie auf Knien anflehen, mit ihm zu sprechen, als sich die Tür erneut öffnete und sie hereinschlüpfte.

Sie trug ihre Trainingskleidung und war schweißgebadet. Sie hatte heute Morgen hart gearbeitet, vermutlich um ihre Emotionen abzureagieren. Er sah es in ihrem Blick, wie sie erstarrte, als sie ihn sah. Sie hob die Hand, löste das Band von ihrem Zopf und schüttelte ihr Haar aus, während sie wortlos ins Schlafzimmer verschwand.

Er wartete ein paar Minuten, um zu sehen, ob sie wieder herauskommen würde, und als sie das nicht tat, atmete er tief durch und folgte ihr. Die Tür zum Bad war geschlossen. Also wartete er.

Und sie ließ sich Zeit. Ihm war klar, dass sie es so lange wie nur möglich hinauszögerte. Er kannte sie gut genug, um zu wissen, dass sie diese Unterhaltung scheute. Dass es ihr davor graute, was er sonst noch zu ihr sagen könnte. Sie hatte ihm Teile ihrer selbst anvertraut, die sie niemandem sonst überlassen wollte, und sie hatte ihm ein vorsichtiges Vertrauen geschenkt, das er innerhalb weniger Minuten zerstört hatte.

Als sie schließlich aus dem Schlafzimmer kam, trug sie enge schwarze Hosen und eine schwarze Tunika. Ihr Haar war noch feucht und fiel ihr offen um die Schultern. Er stand bei den Balkontüren, und nach nur einem halben Gedanken war ihr Haar trocken. Sie ignorierte die Geste. Sie verschränkte einfach nur die Arme, lehnte sich in den Türrahmen des Schlafzimmers und wartete. Ihre Schatten glitten ihren Körper entlang wie Efeuranken, und er erinnerte sich an ein Dach in Baylorin, wo er sie und Nuri das erste Mal zusammen gesehen hatte. In diesem Moment stand die Jungfer des Todes vor ihm, nicht die Fae, die er im Laufe vieler Wochen überzeugt hatte, ihre Schutzwälle zu senken … um sie dann innerhalb weniger Sekunden wieder nach oben schnellen zu sehen. Sie hatte für diese Unterhaltung ihre gesamte Rüstung angelegt, hatte sich an jenen düsteren Ort in sich selbst zurückgezogen.

Er hatte die letzten Stunden damit verbracht, sich die perfekten Worte zurechtzulegen, und jetzt, da sie vor ihm stand, wusste er nicht, was er sagen sollte, damit sie ihn nicht mehr ansah, als hätte er ihr das Herz aus der Brust gerissen, um darauf herumzutrampeln.

Ihre Augen richteten sich mit einem Starren auf ihn, das heute golden und feurig war. »Ich habe heute nichts für dich, was dich reizt, Prinz. Sprich.« Ihre Stimme war so kalt und dunkel wie die Schatten, die sie zierten.

Aber er konnte nicht. Die Worte entzogen sich ihm. Er konnte sie buchstäblich nicht formulieren, während sie ihn ansah. Er hatte Hass oder Zorn in ihrem Blick erwartet, und obwohl da definitiv Zorn war, traf ihn der Schmerz, den sie durchscheinen ließ, völlig unerwartet. Diese Fae, die immer so viele Masken getragen hatte. Die endlich aufgehört hatte, sie in seiner Gegenwart anzulegen.

Schmerz. Das war die eine Maske, die er nie gesehen hatte. Körperlicher Schmerz, ja. Aber dieser Schmerz? Der war seine Schuld. Er war dafür verantwortlich. Es gab nicht genug Worte, um das wiedergutzumachen.

Nach einer weiteren Minute stieß sie ein ungläubiges Lachen aus. »Ich habe nicht vor, den ganzen Tag hier zu stehen, Sorin. Entweder du hast etwas zu sagen, oder ich gehe wieder.«

Er näherte sich ihr einen Schritt, doch als sie sich versteifte, erstarrte er. »Es tut mir leid, Scarlett. Es tut mir so unendlich leid.«

»Sprich weiter«, sagte sie kühl.

»Da ist so viel. Ich weiß nicht einmal, wo ich anfangen soll.«

»Fang mit einer Sache an.«

»Du bist zu mir gekommen«, sagte er leise.

»Natürlich bin ich zu dir gekommen«, fuhr sie ihn an. »Ich dachte, das ist es, was wir füreinander tun. Ich dachte … Natürlich bin ich zu dir gekommen.«

»Es tut mir leid, dass ich dich verletzt habe.«

»Es tut mir leid, dass du genau wusstest, wo du am besten zuschlägst«, antwortete sie eisig.

Sorin schluckte. »Du hattest recht, Scarlett. Wir sind uns gleich. Du bist mir in jeder erdenklichen Hinsicht ebenbürtig, und ich hatte kein Recht, so mit dir zu sprechen.«

»Nein, das hattest du nicht. Du warst in der Dunkelheit, und statt mich einzulassen, damit ich dich daran hindern kann, dass du die Sterne löschst, hast du versucht, mich zurück in den Fluss zu stoßen und mich unter Wasser zu drücken. Wie ironisch ist es bitte, dass *du* es warst, der mir geholfen hat, zu verstehen, dass nur ich entscheiden kann, wer diese Macht über mich hat. Und noch paradoxer ist, dass ich dachte, dass *du* eine von zwei Personen bist, die mich niemals in einen verdammten Käfig stoßen würden.« Er sah, wie ihre Augen silbern zu glitzern begannen. Er sah, wie entschlossen sie war, die Tränen zurückzuhalten. »Ich bin nicht deine verdammte Strafe«, flüsterte sie giftig und senkte den Blick zu Boden.

Er hielt seine eigenen Tränen nicht zurück, als zwei davon über sein Gesicht rannen. Es kostete ihn alle Selbstbeherrschung, nicht zu ihr zu eilen. »Nein, Scarlett Monrhoe«, würgte er hervor. »Du bist alles andere als eine Strafe. Du bist ein heller Stern, den ich nicht verdiene.«

»Ich habe dir vertraut!« Ihre Stimme brach, und bei dem Klang gaben beinahe seine Knie unter ihm nach. Sie schritt durch den Raum auf ihn zu, und ihre Schatten vermischten sich mit tiefblau lodernden Flammen. »Ich habe dir alles von mir anvertraut, und du hast es gegen mich benutzt. Du hast mich ausgesperrt. Du hast dir verdammt noch mal genommen, was du von mir wolltest, und mich ausgesperrt.« Bei den letzten Worten stieß sie ihn mit solcher Kraft vor die Brust, dass er zurücktaumelte. Seine Brust brannte, wo sie ihn berührt hatte, ob von den Schatten oder den Flammen, das wusste er nicht.

»Es tut mir leid, Scarlett. Sag mir, was ich tun soll. Sag mir, wie ich es wieder in Ordnung bringen kann«, flehte er.

»Du kannst es nicht wieder in Ordnung bringen, Sorin! Gestern hättest du genauso gut Mikale sein können. Du hast mir praktisch gesagt, dass du mich nur bei dir duldest, um zu bekommen, was du von mir willst. Dass ich eine notwendige Last bin.«

»Nein! Nein, Liebes …« Er streckte die Hand nach ihr aus, aber sie wich zurück und unterbrach ihn, bevor er mehr sagen konnte.

»Verstehst du es denn nicht, Sorin? Da ist keine Liebe. Es gibt kein Du und Ich. Es gibt nur dich und mich.« Sie schleuderte ihm die Worte entgegen wie Steine. Worte, die er ihr zuvor so achtlos entgegengebrüllt hatte. Tränen rannen ihm ungehindert über die Wangen, während sie ihn anschrie.

»Du hast es zerstört! Du hast uns zerstört!«

Und da spürte er es, in seiner Seele. Er spürte es zersplittern. Seine linke Hand brannte qualvoll, während das unvollendete Mal leicht verblasste. Es war nicht verschwunden, aber es hatte definitiv eine hellere, ins Grau gehende Färbung als das deutliche Schwarz seiner anderen Male. Ihm war übel.

Und dann musste er sich übergeben, heftig übergeben, als sie sich in Luft auflöste.

27

SORIN

Während Sorin sich wiederholt die Seele aus dem Leib kotzte, gelang es ihm irgendwie, Feuernachrichten an seinen Inneren Hof und Briar zu senden. Beinahe augenblicklich waren sie alle bei ihm.

»Wo zur Hölle ist sie?«, rief Eliza und sah sich mit aufgerissenen Augen um.

»Sie ist *gereist*«, antwortete Sorin heiser.

»Du sagtest, dass sie noch nicht gelernt hat, das zu tun«, meinte Cyrus langsam.

»Sie hat es schon einmal getan. So haben wir es aus dem Haus der Lairwoods geschafft.«

Rayner griff nach seinem Arm und half ihm auf die Beine, während er sich mit dem Handrücken über den Mund wischte. Erbrochenes haftete an seiner Zunge, in seinem Mund. Briar reichte ihm ein Glas Wasser.

»Und wie hat sie es jetzt gemacht?«, hakte Cyrus nach.

»Wir hatten … eine sehr emotionale Unterhaltung«, presste Sorin hervor. »Wie du dir vorstellen kannst.«

»Wo zur Hölle ist sie?«, rief Eliza noch einmal.

»Ich weiß es nicht.«

»Dann finde sie«, fauchte Eliza.

»Ich kann nicht.«

»Was meinst du damit, du kannst es nicht? Du bist ihre Zwillingsflamme. Finde sie«, verlangte Eliza in einem kühlen und knappen Tonfall.

»Ich. Kann. Nicht«, wiederholte Sorin.

Cyrus riss die Augen auf und packte Sorins linke Hand. Beim Anblick des verblassten Mals fluchte er. »Was hast du getan?«, flüsterte er entsetzt.

»Wo ist sie?«, wiederholte Eliza.

»Er kann sie nicht spüren, Eliza«, rief Cyrus ungläubig aus. »Er kann sie nicht finden.«

Eliza stapfte aus dem Raum und knallte die Tür hinter sich zu.

»Ich kann sie nicht spüren. Ich weiß nicht, wo sie ist.« Sorin begegnete Briars Blick. »Und das bedeutet, dass meine Zauber nicht mehr wirksam sind.«

Dieses Mal fluchte Briar heftig. »Ich kann dir nicht helfen, Sorin. Nicht, wenn ich nicht weiß, wo sie ist.«

»Rayner«, wandte sich Sorin an seinen Freund.

»Ich kümmere mich bereits darum. Wir lassen die Territorien durchkämmen«, sagte er leise.

Sorin schluckte. Er versuchte es. Er wappnete sich und blickte tief in sich hinein, zu der Verbindung zwischen ihren Seelen, doch all die Fäden zwischen ihnen waren praktisch durchtrennt. Es war nur noch einer übrig, und der war zum Zerreißen gespannt. Er wusste nicht, wie lange er durchhalten würde.

Eine schwere Stille senkte sich über den Raum, und niemand wusste, was er sagen sollte. Und in dieser Stille war alles, was er hören konnte, Scarlett, die ihn schmerzerfüllt anschrie.

Du hast es zerstört! Du hast uns zerstört!

»Sie sagte, ich kann es nicht wieder in Ordnung bringen«, sagte er leise zu Cyrus. »Du bist der Einzige, der eine Zwillingsflamme hatte. Hat sie recht?«

»Ich weiß es nicht, Sorin.« Seine Stimme war ernst, er stand immer noch unter Schock. »Thia und ich haben uns gestritten, keine Frage, aber unsere Verbindung war geweiht. Unser Bund war gefestigt, und er war immer stärker als alles andere. Wir waren nicht mehr im Prüfungsprozess. Ihr beide habt die Prüfungen nicht einmal begonnen. Du bist der Einzige mit einem Mal.«

Erneut senkte sich Stille über sie.

Ich habe dir alles anvertraut, und du hast es gegen mich verwendet. Du hast mich ausgesperrt.

Er hatte sie ausgesperrt. Talwyn hatte ihm den ganzen Nachmittag sein Versagen vorgehalten. Dass Eliné ihm nicht anvertraut hatte, wohin sie verschwunden war. Dass er bei ihrer Rettung versagt hatte. Die Leben, die diese fehlgeschlagene Mission gefordert hatte. Dann hatte sie ihm vorgeworfen, dass er sie verriet, indem er ihr Scarlett vorenthielt. Er hatte Scarlett von sich gestoßen, wollte nicht, dass Talwyn sie gegen ihn benutzen konnte. Er hatte sie ausgesperrt, in dem Wissen, dass sie eine Waffe war, die gegen ihn gerichtet werden konnte und würde. Er hatte es getan, um sie zu schützen … und er hatte es auch getan, um sich selbst zu schützen.

Eliza platzte wieder in den Raum, Prinz Callan und seine Leute im Schlepptau.

»Was macht er hier?«, knurrte Sorin. Briar hatte mithilfe seiner Magie das Erbrochene vom Boden entfernt, aber bei Callans Anblick wollte Sorin sich gleich wieder übergeben.

»Sag deinem verdammten Stolz, er soll mal Pause einlegen«, fuhr Eliza ihn an. »Ihr beide seid diejenigen, die sie von allen Anwesenden am besten kennen. Wo zur Hölle ist sie?«

»Er kann sie nicht finden«, sagte Cyrus. »Darüber haben wir bereits gesprochen.«

»Doch, das kann er. Er kennt sie. Wo würde sie hingehen?« Sie wandte sich an Callan. »Wo würde sie hingehen, Prinz?«

»Zu Cassius«, antwortete Callan bestimmt. Sorin wusste nicht, wie viel Eliza ihm erzählt hatte, aber scheinbar war es genug, dass ihm der Ernst der Lage bewusst war. »Sie würde zu Cassius gehen.«

Sorin schüttelte den Kopf. »Das ist, wo sie hinwollen würde, aber sie weiß, dass es dort nicht sicher ist. Tyndell Manor ist von magischen Schilden umgeben. Möglicherweise hält er sich im Moment nicht einmal dort auf.«

»Nuri?«, schlug Finn vor.

»Nein. Sie würde nicht zu Nuri gehen«, meinte Sorin finster.

»Die männliche Dummheit kennt keine Grenzen«, schimpfte Eliza. »Wo würde sie hingehen, um sicher zu sein? Wo fühlte sie sich sicher, bevor sie hierherkam?«

»Diese Frau hat sich seit Jahren nicht mehr sicher gefühlt«, warf Sloan mürrisch von der gegenüberliegenden Wand ein. »Warum sonst würde sie sich ständig in Schatten hüllen? Bis zu dem Abendessen gestern habe ich sie nie unbewaffnet gesehen.«

Alle drehten sich zu ihm um. Dieser Leibwächter, der Scarlett immer nur Feindseligkeit entgegengebracht hatte, schien sie besser zu kennen, als sie dachten.

»Mit einer Ausnahme«, sagte Callan langsam. »Der Tag, an dem ich euch beide in deiner Wohnung überrascht habe. Sie war vollkommen entspannt und gelassen und unbewaffnet. Und sie hat Schutz bei dir gesucht.« Er sah das Entsetzen in Sorins Gesicht, als er ihn ansah.

»Baylorin?«, rief Cyrus entsetzt. »Könnte sie ohne Ausbildung überhaupt so weit *reisen*?«

»Ich kenne die Tiefe ihrer Macht nicht«, sagte Sorin und schüttelte den Kopf. »Sie war aufgebracht genug, um unwissentlich tief in ihre Magie zu tauchen.«

Die Königreiche der Sterblichen. Er könnte über ein Portal zur Grenze gelangen, aber es würde sie mindestens einen Tagesritt kosten, um von dort nach Baylorin zu kommen. Er würde sie niemals erreichen, bevor Mikale sie aufspürte. Er musste *reisen*, und er kannte nur zwei andere Fae, die dazu in der Lage waren.

»Wir brauchen Talwyn und Azrael«, meldete sich Rayner leise

von seinem Platz bei den Balkontüren, wo er sich wie immer von den anderen abgesondert hatte.

»Ashtine könnte gehen«, mischte Briar sich ein.

»Und Talwyn davon berichten? Scarlett zurück zu Talwyn bringen statt hierher? Auf keinen Fall«, knurrte Cyrus.

»Sie würde sie nicht zu Talwyn bringen …«

»Aber sie würde Talwyn alles erzählen, was sie herausfindet«, ging Sorin dazwischen.

»Die einzigen anderen Optionen sind Talwyn oder Azrael«, antwortete Briar langsam. »Dann würde ich doch eher mein Glück mit Ashtine versuchen.«

»Aber Ashtine wäre nicht in der Lage, sie da rauszubekommen. Sie könnte sie lediglich schneller aufspüren. Wir müssten immer noch zu ihr gelangen«, gab Eliza zu bedenken. »Wir sollten sofort aufbrechen. Sorin und ich können gehen. Wir haben das schon einmal getan.«

Callan und seine Wachen standen stumm dabei, nicht in der Lage, etwas beizutragen, doch der sterbliche Prinz sah extrem besorgt aus.

Waren Talwyn und der Prinz der Erde wirklich seine einzigen Optionen? Sorin fuhr sich mit der Hand durchs Haar.

»Es gibt noch einen Weg«, sagte er langsam. Einen sehr riskanten anderen Weg.

»Welchen?«, wollte Eliza wissen.

Sorins Blick glitt zu Briar. »Er befindet sich unter den Schwarzen Hallen.«

Briars Augen wurden groß vor Entsetzen und Furcht. »Auf keinen Fall.«

»Sie könnte es tun. Sie könnte uns hinbringen und wieder zurück«, widersprach Sorin. »Talwyn würde es nie erfahren.«

»Du denkst doch nicht ernsthaft daran, dich von ihr über die Grenze in das Reich der *Sterblichen* bringen zu lassen?«, fragte

Briar. »Ich weiß, dass du gerade vor Panik nicht klar denken kannst, aber sei kein verdammter Idiot.«

»Wir brauchen sie nicht zu befreien. Sie müsste uns einfach nur einen Zauber schaffen, mit dessen Hilfe wir hinkommen und wieder zurück«, widersprach Sorin.

»Bitte, bei Anala, sagt mir, dass wir nicht über die Zauberin sprechen«, sagte Eliza, die leicht blass geworden war.

»Eher bei Arius, wenn es um sie geht«, murmelte Cyrus.

»Wer ist die Zauberin?«

Alle drehten sich zu Callan um. Sorin hatte ganz vergessen, dass die Sterblichen überhaupt da waren, doch bevor er antworten konnte, meldete sich Briar zu Wort. »Die Zauberin stammt nicht von dieser Welt. Niemand weiß, woher sie kommt und wie sie hierhergelangt ist. Sie war unglaublich mächtig, bis sie vor einigen Jahrhunderten gefangen genommen und in einem Unterwasserkerker unter den Schwarzen Hallen eingeschlossen wurde.« Er wandte sich wieder an Sorin, ehe er seine letzten Worte sprach: »Ein Kerker, zu dem nur *ich* Zugang habe und den ohne meine Erlaubnis niemand betreten kann, und die werde ich nicht geben.«

»Stattdessen willst du Talwyn mit hineinziehen? Du willst sie Talwyn überlassen, der es egal ist, was mit ihr passiert, solange sie ihre Rache bekommt?« Feuer loderte in Sorins Adern, und er wusste, dass seine Augen glühten. Briars glitzerten wie Eis, während die beiden Prinzen sich anstarrten.

»Blutmagie ist aus einem guten Grund verboten, Sorin. Der Preis ist zu hoch.« Briars Tonfall war so eisig wie seine Augen.

»Für sie ist kein Preis zu hoch!«, brüllte Sorin.

»Und genau diese Einstellung wird die Zauberin zu ihrem Vorteil nutzen«, widersprach Briar.

Es wurde still im Raum. Zorn und Panik strahlten von Sorin aus, und die anderen wagten es kaum, zu atmen oder sich gar zu regen.

»Wir können sie nicht ohne Talwyn befreien, Sorin. Das weißt du. Ich kann vielleicht kontrollieren, wer den Unterwasserkerker betreten darf, doch die Zellen sind mithilfe des Bluts der Königin verschlossen«, meinte Briar langsam.

»Ich habe dir bereits gesagt, dass ich sie nicht befreien will. Sie muss mir einfach nur einen Zauber schaffen.«

»Dann geh zu den Hexen. Frag Hazel«, meldete sich Rayner vorsichtig zu Wort.

»Die Hexen praktizieren keine Blutmagie. Ihre Zauber sind nicht mächtig genug, sonst würde ich einfach Beatrix bitten. Es muss sie sein. Das weißt du. Briar, bitte.« Je länger sie diskutierten, desto mehr Zeit blieb Mikale, sie aufzuspüren, wenn sie sich wirklich im Reich der Sterblichen befand.

Briar sah aus, als würde er seinen Ohren nicht trauen, und er schüttelte ungläubig den Kopf, als er sagte: »Du versprichst ihr nichts. Du *gibst* ihr nichts. Wir reden mit ihr und sehen, was sie zu sagen hat. Das ist alles, Sorin.«

»Gut. Einverstanden. Ja«, antwortete Sorin erleichtert, als ein Wasserportal hinter Briar erschien.

Die beiden Prinzen traten direkt in den Unterwasserkerker. Hinter den Fenstern konnte Sorin das Meeresvolk vorbeischwimmen sehen, das die Anlage bewachte. Keiner der beiden sprach ein Wort. Von hier an konnte keine Magie mehr gewirkt werden, eine Sicherheitsmaßnahme gegen die Gefangenen.

Sorin war nur ein paarmal mit Eliné hier gewesen, wenn sie mit einem der Gefangenen sprechen wollte. Er wusste ehrlich gesagt nicht einmal, wer hier eingeschlossen war oder warum. Er wusste nur, dass die niederträchtigsten und tödlichsten Kreaturen der Welt hier eingekerkert wurden, und wer einmal eine Zelle betrat, verließ sie nicht wieder.

Briar blieb an einer Treppe stehen. »Ihre Zelle ist dort unten. Sie ist die einzige auf diesem Stockwerk. Bist du dir absolut sicher,

Sorin?« Briar hatte ihm eine Hand auf die Schulter gelegt. Ein Freund, der sich um einen Freund sorgte.

»Das bin ich«, antwortete er. »Sie ist es wert, Briar.«

»Gib ihr nichts« war alles, was Briar sagte, ehe er sich umdrehte und nach unten stieg.

Die Treppe war kurz, nur zwanzig oder dreißig Stufen lang, und dann fanden sie sich vor einer Zelle wieder. Die Gitterstäbe bestanden aus Shira-Stein von den Shira-Klippen im Hof des Windes. Immun gegen Magie und tödlich für magiebegabte Wesen. In einer Ecke der Zelle saß eine dünne Frau. Sie hatte die Knie angezogen und die Arme darum geschlungen. Ihre Stirn ruhte auf ihren Knien. Das tiefschwarze Haar der Frau fiel um sie herum wie ein Laken aus Mitternachtshimmel. Sie trug ein schlichtes beiges Kleid, doch ihre Haut war so blass, dass sich selbst diese Farbe stark davon abhob.

Als sie nahende Schritte hörte, hob die Zauberin langsam den Kopf, und ihre leuchtend violetten Augen richteten sich auf sie. Einer ihrer Mundwinkel hob sich, und sie legte neugierig den Kopf schräg.

»Besuch? Wie unerwartet.« Ihre Stimme war glatt, elegant, und doch schwang ein Hauch von Wahnsinn darin. Die Zauberin musterte die Prinzen, ließ ihre violetten Augen langsam über sie gleiten. »Ein Prinz des Feuers und ein Prinz von Wasser und Eis.« Sie kam auf die Beine, löste sich vom Boden wie eine riesige Schlange. »Beim letzten Mal, als ich Besuch hatte, waren das nicht eure Titel. Der Thron, auf dem ihr jetzt sitzt, war einst der von anderen.«

Sie kam zu den Gitterstäben der Zelle und hob die Hände, als wollte sie sie mit ihren langen Fingern umschließen, überlegte es sich jedoch anders, als ihr scheinbar wieder einfiel, woraus sie bestanden. Sie nahm einen tiefen Atemzug, als atmete sie frische Luft, und ihre Lider schlossen sich flatternd. »So viel Macht. Und doch, Prinz des Feuers, ist da noch mehr in Eurem Blut. Schwach, aber dennoch da.« Ihre Augen fixierten ihn, und das halbe Lächeln wurde breiter.

»Ich bin nicht hier, um über meine Macht oder die des Wasserprinzen zu reden«, antwortete Sorin, als er endlich seine Stimme wiederfand.

»Über was möchtet Ihr dann reden, Eure Hoheit?«, antwortete sie spöttisch.

»Ich brauche dein … Können«, antwortete er vorsichtig.

»Meine Macht wurde mir genommen, als man mich in diesen verdammten Käfig sperrte. Das wisst Ihr doch sicher?«

Das stimmte. Die Avonleyaner hatten ihr mithilfe uralter Blutmagie ihre magischen Fähigkeiten geraubt, sie anderen gegeben und so ganz neue Blutlinien geschaffen: die Gestaltwandler und die Hexen.

»Ja, aber sie haben dir nicht dein Wissen geraubt«, antwortete Sorin und näherte sich ihr.

Jetzt wurde aus dem halben Grinsen ein volles. »Nein, das haben sie nicht. Was wünscht Ihr von mir, Prinz?«

»Ich brauche einen Zauber, der mich und zwei andere in das Reich der Sterblichen und wieder zurück trägt.«

»Gibt es jenseits dieser Mauern keine Pferde mehr? Eure Beine scheinen voll funktionstüchtig zu sein. Sicherlich könntet Ihr einfach laufen?«, meinte sie listig.

»Ich brauche die Geschwindigkeit einer *Reise*.«

»Und Eure Königin will Euch nicht helfen? Die Fähigkeiten ihrer Mutter fließen in ihren Adern, oder etwa nicht?«

»Die Königin hat hiermit nichts zu schaffen«, antwortete Sorin gepresst.

»Interessant.« Die Zauberin wurde nachdenklich. »Was sucht Ihr im Reich der Sterblichen, Prinz des Feuers? Es muss etwas Enormes sein, wenn Ihr meine Hilfe sucht.«

»Meine Angelegenheiten gehen dich nichts an«, fuhr er sie an.

»Ein Artefakt der Macht?«, fragte sie, als hätte sie ihn nicht gehört. »Wenn es Macht ist, nach der es Euch verlangt, Prinz, damit kann ich Euch helfen. Holt mich auf Eure Seite, und die Welt gehört Euch.«

Bei ihren Worten überlief ihn eine Gänsehaut. »Mich verlangt es nicht nach Macht.«

»Nein? Was sonst würde Euch dazu treiben, *meine* Hilfe zu suchen?«, fragte sie. Ihre Blicke begegneten sich, und sie sagte: »Liebe.« Als Sorin nicht antwortete, fuhr sie fort: »Schließlich war es auch Liebe, die Eliné und Henna dazu trieb, meine Hilfe zu suchen.«

»Was?«, fragte Sorin, und die Worte waren aus seinem Mund, ehe er überhaupt merkte, dass er sie aussprach. »Eliné und Henna haben dich nie aufgesucht.«

Die Zauberin lachte, und es war ein kalter und unheimlicher Laut. »Liebe trieb sie zu mir, Prinz des Feuers. Eine tiefe Liebe für ihr Volk, ihre Königreiche. Sie suchten meine Hilfe, um Deimas und Esmeray zu schlagen.«

»Und du hast sie ihnen verweigert?«, meldete Briar sich das erste Mal zu Wort.

»Sie wollten den Preis für meine Hilfe nicht zahlen«, antwortete sie schlicht. Dann schlich sich erneut ein unheimliches Lächeln auf ihre Lippen. »Leider bezahlten Eure Eltern den Preis dafür, dass sie mein Angebot ablehnten, obwohl es für Euch beide vielleicht gar nicht so ungelegen kam, angesichts der Tatsache, dass Ihr nun auf dem Thron sitzt.«

Sorin verdrängte die Bilder der Hinrichtung seiner Eltern. »Genug«, presste er hervor. »Wir haben keine Zeit.«

»Ich habe alle Zeit der Welt, junger Prinz«, schnaubte die Zauberin, betrachtete ihre Nägel und legte die Stirn in Falten. »Tatsächlich finde ich Eure Gesellschaft sogar ganz angenehm.«

»Wirst du mir nun helfen oder nicht?«, knurrte Sorin und näherte sich den Gitterstäben ihrer Zelle.

»Die Fae-Königinnen waren nicht bereit, meinen Preis zu bezahlen. Was seid Ihr denn bereit zu geben?«

Die Zauberin bückte sich und begann, etwas in die Erde ihrer Zelle zu zeichnen.

»Was verlangst du?«

»Sorin, wir geben ihr nichts«, zischte Briar hinter ihm.

Die Zauberin blickte sie unter gesenkten Wimpern hervor an. »Was ist es Euch wert?« Sie erhob sich und unterzog ihn einer erneuten Musterung. »Ihr sagt, es ist nicht Macht, nach der es Euch verlangt, aber der Sache, die Ihr wünscht, wohnt Macht inne. Was Ihr sucht, ist Macht und Liebe und … Tod.« Jetzt zeigte sie ein volles Lächeln, und es war furchterregend. »Eine Zwillingsflamme. Wie unerwartet. Wie interessant.«

»Sorin, lass uns gehen. Sie wird uns nicht helfen.« Briar packte seinen Arm, um ihn mit sich zu ziehen.

»Ich sagte nicht, ich würde Euch nicht helfen«, unterbrach ihn die Zauberin. »Ich fragte, was Ihr bereit seid zu zahlen.«

»Und ich habe nach deinem Preis gefragt«, gab Sorin zurück.

Erneut bückte die Zauberin sich und begann zu zeichnen. »Ihr habt mein Interesse geweckt, junger Prinz, also mache ich Euch ein Angebot. Ich will meinen Lohn noch nicht jetzt. Ihr könnt Eure Schuld zu einem späteren Zeitpunkt begleichen.«

»Und worin besteht diese Schuld? Eure Freiheit? Denn wenn das der Fall ist, lautet die Antwort Nein, und wir sind hier fertig.« Er mochte verzweifelt sein, aber nicht so verzweifelt.

»Wisst Ihr, was mich nährt, Prinz des Feuers?«, fragte die Zauberin und kratzte weiter im Dreck.

»Ich nehme an, was immer dir an Essen gegeben wird.«

»Das ist Essen, das meinen Körper erhält, ja, aber es nährt mich nicht. Nein, meine Nahrung ist weitaus exquisiter.« Als sie dieses Mal lächelte, war ihr Gebiss zu sehen, und Sorin entdeckte scharfe, lange Zähne wie seine eigenen und die der Nachtkinder.

»Blut? Du möchtest, dass ich dir Blut beschaffe?«, fragte Sorin. Das wäre sehr leicht zu bewerkstelligen. Zur Hölle, er wollte wetten, dass Callan einen Becher seines eigenen sterblichen Bluts geben würde, wenn es bedeutete, dass sie Scarlett schnell zurückholen konnten.

»Nicht irgendein Blut, junger Prinz«, summte sie. »Im Austausch für meine Dienste verlange ich das Blut einer Gottheit.«

»Einer Gottheit? Selbst wenn ich eine finden würde, die Götter haben keine Gestalt. Sie haben keine Körper, denen ich Blut entnehmen könnte«, widersprach Sorin.

»Dann habt Ihr nichts zu fürchten, nicht wahr?«, fragte sie, während ihre Zeichnung zunehmend komplexer und präziser wurde.

»Sorin, nein«, warnte Briar ihn. »Wir versprechen ihr *nichts.*«

Endlich erhob sie sich und kam an den Rand der Zelle. »Hier ist mein Angebot an Euch, Prinz des Feuers. Ich gebe Euch einen Zauber, der es Euch erlauben wird, mit zwei Begleitern von einem Ort zum anderen zu *reisen*. Im Gegenzug lasst Ihr mir das Blut eines Gottes bringen.«

»Also kann man einen Gott töten?«

»Wer hat etwas von töten gesagt? Ich möchte nach Jahrhunderten des Darbens lediglich etwas Göttliches trinken«, antwortete sie kühl, und ihre Augen verdunkelten sich.

»Und was, wenn ich keinen Gott finde, um deine Forderung zu erfüllen? Was, wenn ich sterbe, bevor ich mein Ende des Handels eingehalten habe?«, fragte Sorin.

»Dann, schätze ich, gehe ich leer aus, Prinz des Feuers«, antwortete sie, und das halbe Lächeln kehrte zurück. »Aber solltet Ihr tatsächlich das Blut einer Gottheit finden, dann ist es allein meine Entscheidung, wann ich Eure Schuld eintreibe.«

Sorin stand reglos da. Das Blut einer Gottheit. Das war unmöglich. Was sie verlangte, war unmöglich. Und überhaupt, falls er doch eine finden sollte, wie würde sie überhaupt davon erfahren?

Der ganze Handel erschien ihm wie eine verdammte Falle, und doch …

»Die Zeit drängt, nicht wahr, junger Prinz?« Erneut kam die Zauberin an die Gitterstäbe, und dieses Mal schlang sie die Finger um den Shira-Stein. Es zischte und rauchte unter ihren Händen, doch sie zuckte kaum mit der Wimper, als die Magie ihre Handflächen verbrannte. »Was ist sie Euch wert? Würdet Ihr die ganze Welt dem Verderben preisgeben, um sie zu retten?«, raunte sie.

»Sorin, tu das nicht. Es ist eine Falle«, rief Briar und wollte ihn mit sich ziehen, doch Sorin stemmte sich dagegen. »Wir finden einen anderen Weg.«

Sorin machte sich los und kam dicht an die Gitterstäbe. »Was weißt du, was du uns nicht sagst?«, knurrte er.

»Ich weiß, dass diejenigen, die nach ihr suchen, keine Menschen sind, junger Prinz«, flüsterte sie leise. »Ich weiß, dass, wenn sie sie vor Euch finden, Eure Welt dem Verderben geweiht ist. Ich weiß, dass man sie auf Weisen benutzen wird, die Ihr nicht einmal begreifen könnt. Ich weiß, dass sie auf Arten leiden wird, die jenseits Eurer Vorstellung liegen.«

»Sie spielt mit dir, Sorin, genau wie ich gesagt habe«, rief Briar, doch er konnte nichts tun. So tief im Kerker konnte seine Magie nichts ausrichten.

»Wie? Wie kannst du all das wissen?«, fragte Sorin, ohne auf seinen Freund zu achten. Er fühlte sich so, wie er Scarlett oft gesehen hatte, als könnte er seine Lunge nicht mehr mit Luft füllen.

»Ich mag in einer Zelle sitzen, doch wie Ihr sagtet, meine Gabe wurde mir gestohlen, nicht jedoch mein Wissen. Trefft eine Wahl, kleiner Prinz. Mein Angebot steht nicht ewig«, sagte die Zauberin scharf und entfernte sich von den Stäben.

»Einverstanden«, sagte Sorin. »Gib mir, was ich brauche.«

»Sorin!«, brüllte Briar hinter ihm, doch es war zu spät. Als die Worte seine Lippen verließen, spürte Sorin ein leichtes Brennen am linken Unterarm, und als er hinunterblickte, fand er dort ein neues Mal. Eine Flamme mit drei Diamanten darum herum. Ein Pakt-Mal, das dort bleiben würde, bis er seine Schuld beglichen hatte. Doch statt schwarz wie seine anderen Male war dieses hier tiefrot.

»Gebt mir Euer Blut, junger Prinz«, sagte die Zauberin und streckte die Hand nach seiner aus.

»Mein Blut?«

»Es handelt sich um *Blutmagie,* oder etwa nicht? Der Name deutet an, dass Blut benötigt wird. Die Zauber, die auf meinem Käfig liegen, erlauben es mir aus offensichtlichen Gründen nicht, mein eigenes zu verwenden, also brauche ich Eures. Ein kleiner Schnitt in der Handfläche reicht aus«, sagte sie schlicht. Ihre Augen funkelten erwartungsvoll.

Sorin zog den Dolch an seiner Seite und versetzte sich einen Schnitt, aus dem augenblicklich Blut quoll. Erneut atmete die Zauberin tief ein, als wäre es der Duft von Blumen. »Euer Blut erzählt solch interessante Geschichten«, raunte sie, als Sorin seine blutende Hand durch die Gitterstäbe streckte.

Sie packte ihn am Handgelenk, ihre Finger eiskalt an seiner Haut, und drehte seinen Arm zur Seite. Das Blut rann seine Finger entlang und tropfte in die Symbole, die sie gezeichnet hatte. Sie bewegte seinen Arm so, dass alle aktiviert wurden, ehe sie ihn losließ. Er riss seine Hand zurück.

»Bis zum nächsten Mal, Prinz des Feuers«, sagte sie, und ihr unheimliches Grinsen war zurück.

Er spürte, wie Briar seinen Arm packte, ehe er durch einen Riss in der Welt gezerrt wurde.

28
SORIN

Sorin stand nicht länger vor der Zelle der Zauberin, sondern im Schlafzimmer seiner alten Wohnung in Baylorin. Callan hatte recht gehabt. Dies war der einzige Ort im Reich der Sterblichen, wo sie sich sicher gefühlt hatte. In seiner Wohnung. Mit ihm.

Sorin drehte sich zu Briar um und wollte gerade etwas sagen, als ihm klar wurde, dass es nicht still war. Er erstarrte. Ein Geräusch war aus dem Nebenraum zu hören. Nein, kein Geräusch. *Musik.* Klaviermusik. Auf leisen Fae-Sohlen machte er sich im Flur auf den Weg in den Wohnraum. Er musste sich dort am Türrahmen abstützen und wieder zu Atem kommen. Briar folgte ihm und erstarrte.

Scarlett saß am Klavier und spielte mit genau der Leidenschaft und Hingabe, wie sie es vor so vielen Monaten am selben Ort schon einmal getan hatte. Damals war sie noch ein Schatten gewesen. Eine leere Hülle, die in ihrer eigenen dunklen Hölle gefangen war. Ihre Musik war von Traurigkeit und Kummer bestimmt gewesen, und heute schien es nicht anders zu sein.

Und doch war es anders.

Da war eine fragile Hoffnung. Sie spielte mit geschlossenen Augen und spürte jede Note mit dem ganzen Körper. Ihr silbernes Haar floss um sie herum, während ihre Finger über die Tasten tanzten.

Als sie das Ende eines Stücks erreichte, nickte er Briar zu und stieß sich vom Türrahmen ab.

»Beeil dich, Sorin«, flüsterte er. »Wir haben hier keine Magie, und wir wissen nicht, wie und wann der Zauber uns zurückbringen wird.«

Sorin nickte und näherte sich langsam Scarlett. Briar schloss die Tür hinter ihm, bis sie nur noch einen Spalt offen stand. Sorin bemühte sich, besonders schwer aufzutreten, damit sie ihn auch sicher hörte, weil er nicht wusste, ob sie ihn überhaupt bemerkt hatte. Er hatte erwartet, dass sie sofort aufhören würde zu spielen, aber sie öffnete die Augen und sah ihn kaum an. Sie schenkte ihm ein trauriges Lächeln und fuhr fort zu spielen, ohne auch nur einen Ton auszusetzen. Tatsächlich rückte sie etwas zur Seite, machte Platz auf der Bank für ihn.

Zögerlich setzte er sich neben sie, und sie schloss einmal mehr die Augen. Sie waren aufgequollen, und ihr Gesicht war fleckig vom Weinen, doch er konnte keine Tränen mehr sehen. Sie atmete tief ein und stimmte ein neues Stück an. Es war so bewegend, dass Sorin kaum atmen konnte. Es klang uralt und jugendlich zugleich. Eine Anordnung von komplexen und präzisen Tönen, die keinen Fehler verziehen. Es war, als würde das Stück jede nur mögliche Emotion beinhalten – Freude und Kummer, Trauer und Hoffnung, Furcht und Mut, Dunkel und Licht. Er sah zu, wie ihre zierlichen Finger über die Tasten flogen, dann sah er sie an. Stummes Schluchzen schüttelte ihre Schultern, und doch machte sie keinen einzigen Fehler, und in diesem Moment wusste er genau, welche Melodie sie spielte.

Das Stück erreichte seinen Höhepunkt, als würde es als triumphierender Sieger aus dem inneren Kampf des Komponisten hervorgehen. Die letzten Töne hallten in den leeren Raum hinein, und Scarlett atmete schwer, während ihre Finger noch immer die letzten Akkorde hielten. Er blickte hinunter und sah, dass ihre Hände leicht zitterten.

Nach beinahe einer vollen Minute flüsterte sie mit bebendem Atem: »Das war das Stück, das …« Ihr versagte die Stimme.

»Ich weiß, welches Stück das war, Scarlett«, antwortete er sanft und widerstand dem Drang, sie zu berühren.

»Du erinnerst dich?«, fragte sie überrascht.

»Es ist das Stück, das in dir den Wunsch geweckt hat, spielen zu lernen. Das du hörtest, als deine Mutter dich das erste Mal in das Theaterviertel mitnahm.« Bei diesen Worten schien sie sich ein wenig zu entspannen.

»Du bist gekommen«, flüsterte sie, den Blick auf die Tasten gerichtet. »Ich … ich weiß nicht, wie ich hierhergekommen bin. Ich wusste nicht, wie ich zurückkehren soll, aber ich habe gehofft, dass du es tun würdest. Zu mir kommen, meine ich.«

»Ich werde immer kommen«, sagte er vorsichtig.

»Ich habe mir gesagt …« Sie schluckte und strich mit den Fingern über das glatte Elfenbein, ohne eine Taste anzuschlagen, als wollte sie sie einfach nur unter ihren Fingerspitzen fühlen. »Ich habe mir gesagt, dass ich dieses Stück spielen würde, wenn du kommst. Dass ich dir, obwohl du die Macht hast, mich voll und ganz zu zerstören, dennoch diesen Teil meiner Seele geben möchte. Ich habe mir gesagt, dass …« Ihre Stimme brach erneut, ehe sie schwer schluckte und fortfuhr. »Ich habe mir gesagt, dass, selbst wenn du ihn nicht wolltest, es dennoch niemanden sonst gibt, mit dem ich ihn teilen möchte. Es ist mir egal, ob mich das dumm oder naiv erscheinen lässt, aber obwohl du all diese Dinge gesagt hast, will ich immer noch, dass du diese Person für mich bist. Ich wähle immer noch dich.«

Er spürte Feuchtigkeit auf seinem Gesicht. »Ich fühle mich geehrt, Liebes. Ich fühle mich geehrt und bin voller Demut, dass du mir immer noch etwas anbietest, das ich nicht verdiene.«

Endlich begegnete sie seinem Blick. Ihre Augen waren blassblau, als sie ihn ansah. »Du verdienst es, glücklich zu sein, Sorin. Du verdienst Liebe und Freude und Hoffnung und Glück. Du verdienst es so sehr wie ich.«

Langsam, damit sie ihn abweisen konnte, wenn sie wollte, hob er die Hand an ihre Wange. »Es tut mir so unendlich leid, Scarlett. Du bist mir in jeder Hinsicht ebenbürtig. Du bist mein Spiegel.« Er spürte, wie sie sich kaum merklich an seine Berührung schmiegte. »Du bist keine Strafe. Du bist keine Last. Du bist der hellste Stern am dunkelsten Himmel. Du bist meine Notwendigkeit.«

Sie hielt seinen Blick, als sie sagte: »Du kennst jeden Teil meiner Seele, Sorin. Du hast jeden dunklen Winkel und jede rissige Furche gesehen und bist nicht ein einziges Mal davor zurückgeschreckt. Du hast nicht ein einziges Mal weggesehen. Du hast neben mir in den Tiefen der Hölle gesessen und mir versichert, dass es noch Licht gibt, obwohl ich es nicht sehen konnte. Du hast mich auf jede nur erdenkliche Weise aus dem Fluss gerettet. Das Geringste, was ich tun kann, ist, dir zu zeigen, dass ich nicht nur Dunkelheit bin.«

»Ich wusste immer, dass du mehr Licht als Dunkelheit bist, Scarlett«, sagte er leise.

»Das stimmt. Selbst wenn ich es nicht wusste«, antwortete sie. »Aber du bekommst mich nicht in meiner Gänze, wenn ich nicht auch dich in deiner Gänze bekomme. Du kannst mich nicht aussperren. Du kannst mir nicht sagen, dass ich gehen soll. Es muss ein du und ich geben.«

»Ich gehöre dir, und du gehörst mir«, flüsterte er, ohne den Blickkontakt abzubrechen.

Sie kam ihm entgegen und reckte sich, um ihm einen Kuss auf die Wange zu hauchen. Obwohl es hier keine Magie gab, sandte die Berührung ihrer weichen Lippen Hitze durch seine Adern. Er würde sie küssen. Er würde sich nicht halten können. Sein letzter Rest Selbstbeherrschung verflog, als sie leise sagte: »Ich habe gemeint, was ich letzten Sommer am Strand gesagt habe, Sorin. Ich hoffe, du findest eines Tages deine Zwillingsflamme, aber bis dahin beanspruche ich dich für mich.«

»Was?«, rief er und zuckte zurück.

Sie lächelte sanft, wandte sich wieder dem Klavier zu, und ihre Finger schlugen ein weiteres Stück an. »Wer auch immer dich mir nehmen wird, muss erst beweisen, dass sie deiner würdig ist, Sorin Aditya. Bis dahin beanspruche ich dich für mich. Als meinen Spiegel. Als meinen Seelenverwandten. Wenn du mich möchtest.«

Ihr Spiegel. Ihr Seelenverwandter. Die Worte klirrten an seinem Herzen, schabten über seine Knochen. Sie schien den Atem anzuhalten, wartete auf seine Antwort, während sie eine langsame Ballade spielte.

»Scarlett«, schluckte er. Ihre Finger stolperten bei seinem Tonfall, und sie atmete hörbar ein. Sanft nahm er ihr Kinn zwischen Daumen und Zeigefinger und drehte ihren Kopf, damit sie ihn ansah. Furcht leuchtete in ihren Augen, als erwartete sie, dass er Nein sagen würde. Als könnte er je Nein zu ihr sagen. »Es wäre meine größte Freude, dich als Spiegel und Seelenverwandte zu haben. Aber es gibt noch mehr, das zu diesem Thema gesagt werden muss, und hier ist nicht der richtige …«

»Ernsthaft, *Renwell*?«, kam es gedehnt von der Tür. »Sie zu verstecken, wo jeder sie sehen kann, war nicht der beste Plan, es sei denn, es war gar kein Plan? Es sei denn, du hast beschlossen, mein Angebot anzunehmen und sie mir aus freien Stücken auszuliefern?«

Scarlett und Sorin sprangen beide auf, und Sorin schob sie hinter sich. Mikale stand mit zwei Wachen und einem schlangengleichen Lächeln in der Tür.

»Was für ein Angebot?«, fragte Scarlett hinter Sorin.

»Hat er dir nicht davon erzählt?«, antwortete Mikale mit hochgezogenen Brauen. Dann schnalzte er mit der Zunge. »Hat er immer noch Geheimnisse vor dir? Selbst nachdem er es geschafft hat, dich aus meinem Haus zu rauben? Ich fange an, mich zu fragen, ob der *General* tatsächlich hier ist, um auf mein Angebot einzugehen, nachdem es so aussieht, als hätte er sein Verhältnis zum

Hof des Wassers gekittet. Sag, hast du dein Gegenstück dabei, damit er dir hilft, sie im Zaum zu halten?«

»Worüber spricht er, Sorin? Briar ist hier?«

Bei ihren Worten kam Briar mit gezogenem Schwert aus dem Schlafzimmer. Seine sonst dunkle Haut war jetzt etwas bleich, während er versuchte, sich daran zu gewöhnen, keine Magie zur Verfügung zu haben.

»Mikale hat es gestern irgendwie geschafft, mir nahe dem Chalet zu erscheinen«, begann Sorin.

»Ja, das war sehr amüsant«, unterbrach ihn Mikale geschmeidig. »Du scheinst einen ziemlichen Bruch zwischen ihm und zwei alten Verbündeten verursacht zu haben, mein Schatz. Es war ein besonders erquicklicher Anblick, als der Wasserprinz dem Feuerprinzen einen Kinnhaken verpasst hat.«

Scarlett drehte sich schnell zurück zu Sorin, und ihr Blick schoss zu Briar. »Wir haben das geklärt, Scarlett. Ich wollte es dir sagen. Sobald wir … Sobald die Dinge zwischen uns besser …«

»Wolltest du das wirklich?«, fragte Mikale und kam tiefer in den Raum, und weitere Wachen kamen hinter ihm in ihr Sichtfeld.

»Worin bestand das Angebot?«, wollte Scarlett wissen und kam hinter Sorin hervor, um an seine Seite zu treten. Er griff nach ihrer Hand, doch sie riss sie weg.

»Er meinte, wenn ich dich zurück zu ihm bringe, würde er den Hof des Feuers in Ruhe lassen und seine Bemühungen auf andere Dinge konzentrieren.«

»Welche Bemühungen?«

»Das hat er nicht genau gesagt, und ich habe nicht gefragt. Ich habe ihm gesagt, was ich ihm auch jetzt sage: dass er zur Hölle fahren kann«, knurrte Sorin den Mann an.

»Was hast du getan?«, zischte sie leise an Mikale gewandt.

»Nichts … noch nicht.« Sein Lächeln war grausam und furchterregend.

»Was wirst du tun?«

»Um dich dorthin zurückzuholen, wo du hingehörst, mein Schatz? Ich habe die Erlaubnis, alles zu tun, was notwendig ist.«

»Von wem?«

»Ich habe dir bereits einen Hinweis gegeben. Hast du es noch nicht erraten?«

»Ich habe mich um den Bastard, der meine Mutter getötet hat, gekümmert. Schon vor Jahren. Ich würde dir nur zu gerne zeigen wie«, sagte Scarlett leise, und Gewalt glitzerte in ihren Augen.

»Aber nicht um denjenigen, der den Auftrag geben hat«, schnurrte Mikale.

»Warum? Warum bin ich dir so wichtig?«

Er schnalzte erneut mit der Zunge und kam einen Schritt auf sie zu. Ihre Schatten glitten um sie herum, bereit, zuzuschlagen wie Schlangen. »Komm mit mir, und ich erzähle dir alles. Ich enthalte dir nichts vor.« Er streckte eine Hand nach ihr aus.

Sorin sah voller Entsetzen zu, wie ihre Schatten sich langsam, zögerlich in seine Richtung bewegten, als wären sie neugierig.

»Scarlett«, warnte Sorin.

»Interessant, nicht war, *General*?« Obwohl Mikale mit ihm sprach, waren seine Augen auf Scarlett gerichtet. Sie starrte zurück und legte den Kopf leicht schräg.

Sorin sah Briar an, doch zwei der Wachen blockierten ihn. Mit entsetzt aufgerissenen Augen sah er Mikale und Scarlett zu. »Was ist interessant?«, fauchte er.

»Dass Schatten immer in die Dunkelheit zurückkehren«, höhnte Mikale.

Scarlett näherte sich ihm einen weiteren Schritt. Ihre Schatten wirbelten um sie herum. »Was soll das heißen«, fragte sie leise.

Sorin streckte die Hand nach ihr aus, doch ihre Schatten stießen ihn zurück, und dann rasten sie in seine Kehle und schnürten ihm die Luft ab.

Scarlett!

Doch was immer zwischen ihnen war, war noch nicht wieder voll repariert. Er konnte sie nicht erreichen.

»Das hast du schon einmal gehört, nicht wahr, mein Schatz? Vielleicht in einer Gasse, mit deinen Schwestern an deiner Seite?«

»Wie kannst du das wissen?«

In Mikales Augen glitzerte boshafte Wut. »Der Tod der Hexe diente mehr als einem Zweck.«

Scarletts Züge spannten sich bei der Erwähnung ihrer Schwester an. Sorin wusste nicht, was das alles zu bedeuten hatte, und ihre nächste Äußerung stieß ihn nur noch tiefer in seine Verwirrung.

»Wer ist Euer König?«, flüsterte sie wie damals mit giftiger Stille.

»Wer ist deiner?«, schnurrte er zurück.

»Wie? Wie kannst du davon wissen?«

Mikales Gesicht wechselte von Wut zu Erheiterung. »Sag, haben sie schon herausgefunden, was diese entzückenden Erscheinungen sind, die dich so sehr lieben?« Er ließ die Finger durch einen der Schatten gleiten, als wären sie Wasser. Die Schatten erbebten um seine Berührung herum.

»Was weißt du über sie?« Es lagen jetzt keine zwei Meter mehr zwischen ihnen, und ihr einziger Schutz bestand aus den Schatten, die sie in seine Richtung aussandte und um seine Kehle schlang.

Mikale zuckte nicht einmal mit der Wimper. Sein Lächeln wurde nur noch breiter. »Du hast lediglich an der Oberfläche deiner süßen Dunkelheit gekratzt. Komm mit mir, und ich werde dir all ihre Geheimnisse zeigen.« Sein Tonfall war sanft, lockend, während er die Hand weiterhin nach ihr ausstreckte. Scarlett näherte sich ihm einen weiteren zögerlichen Schritt, und Sorin konnte nichts tun. Er war vollkommen hilflos, als sie die Hand hob, um nach Mikales zu greifen.

Scarlett!

»So ist es richtig, mein Schatz«, schnurrte Mikale. Er streckte seinen Arm noch ein wenig mehr.

Er spürte es im selben Moment, als Briar schrie: »Er betört sie, Sorin! Er nutzt die Kräfte der Nachtkinder!«

Aber bevor er auch nur versuchen konnte, ihr erneut zur Seite zu eilen, zuckte ein Lichtblitz durch den Raum.

Tatsächlich waren es sogar vier Blitze.

Ein riesiger Panther stand vor Scarlett, wild fauchend und knurrend und brüllend. Er bleckte seine gewaltigen Zähne, und Mikales Wachen wichen zurück. Der Schrei eines Vogels war zu hören, als Amaré in den Raum segelte und auf Sorins ausgestrecktem Arm landete, und ein Wiehern, als Abrax mit scharrenden Hufen vor Briar erschien.

»Nein!«, brüllte Mikale, und Scarlett blinzelte, ehe ihre Augen groß wurden. Ihre Schatten gaben ihn frei, und Sorin sprang zu ihr, als sie zurückwich. Er schlang den Arm um ihre Mitte und zog sie an sich.

»Das hier ist noch nicht vorbei, Prinzessin«, zischte Mikale wütend. »Du wirst mit mir kommen, und das freiwillig. Ich weiß, was er glaubt, dass du bist, aber Dunkelheit kehrt immer zurück in ihre Heimat.«

Shirina fauchte erneut, und ein weiterer Vogel stieß einen Kampfschrei aus. Ein Silberfalke erhob sich in die Lüfte, und mit einem Flattern seiner schönen Flügel fegte ein Windstoß durch die Wohnung. Fenster zerbarsten, und Sorin warf sich auf Scarlett, als sie sich fallen ließ und ihren Kopf mit den Händen schützte. Er konnte spüren, wie sie unter ihm zitterte.

Ich gehöre dir, und du gehörst mir. Wir verlassen diesen Ort gemeinsam.

Er warf diese Worte wieder und wieder dem fragilen Band zwischen ihnen entgegen.

Der Panther knurrte tief und näherte sich Mikale einen Schritt, der ein hörbares Zischen ausstieß, ehe er zurückwich. »Ihr alle werdet verlieren«, rief er dem Panther wütend entgegen.

Shirina fauchte erneut, und Mikale und seine Wachen flohen hastig aus der Wohnung.

Als sie weg waren, standen die drei Fae in fassungsloser Stille da. Shirina patrouillierte vor der mittlerweile geschlossene Eingangstür, das Fell immer noch gesträubt.

Langsam erhob sich Sorin und half Scarlett auf die Beine. Briar kam zu ihnen, und Abrax warf aufgebracht den Kopf herum. Der Silberfalke ließ sich auf Briars Schulter nieder, und er streichelte seinen Kopf.

»Mein Vermieter wird sich fragen, was zur Hölle wir hier getrieben haben«, murrte Sorin, unter dessen Stiefeln Glas knirschte.

»Du bist geradezu lächerlich reich. Kauf einfach das verdammte Gebäude«, meinte Scarlett, den Blick auf Abrax und Nasima gerichtet.

»Ich bin froh, dass du deine entzückende Zunge zurückhast«, antwortete er, worauf sie ihm besagte Zunge herausstreckte.

Sie drehten sich beide um, als Briar zu sprechen begann. »Geh, Nasima«, sagte er und strich noch einmal über die Federn des Vogels. »Erzähl ihr alles, was du gesehen hast.«

Nasima stieß einen weiteren Schrei aus, flatterte in die Lüfte und verschwand in einem Lichtblitz.

»Fliegt sie zur Windprinzessin?«, fragte Scarlett.

»Ja. Sie und ihr Hof haben ganze Bibliotheken voller alter Bücher und Geschichten, die vom Rest der Welt lange vergessen wurden«, erklärte Briar mit ernster Miene. »Und sie ist … Du wirst es verstehen, wenn du sie eines Tages kennenlernst.«

Sorin wandte sich wieder an Scarlett, die stirnrunzelnd auf ihre nackten Füße inmitten von zerbrochenem Glas hinunterblickte. »Bereit?«

»Wofür?«, fragte sie und blickte zu ihm auf.

Er hielt ihr seine Hand hin. »Nach Hause zu gehen.«

Sie sah ihn einen langen Moment an, ehe ihr Blick zurück zu Briar huschte. »Du hast ihm wirklich ins Gesicht geschlagen?«

Briar grinste. »Ja, Sonnenschein. Er hat sogar Blut gespuckt.«

»Gut«, sagte sie. Dann wandte sie sich mit einem fragenden Blick an Sorin. »Wie genau kommen wir nach Hause? Ich kann uns nicht alle zurückbringen. Ich weiß nicht, wie ich …«

»Alles gut, Liebes. Ich habe einen Weg gefunden.«

Wieder blitzte weißes Licht auf, als Abrax und Shirina verschwanden. Amaré blieb auf Sorins Schulter sitzen. Er hielt ihr einfach nur seine Hand hin, und Wärme flutete durch seine linke Hand, wo das Mal sich unmerklich verdunkelte, als sie langsam ihre Finger in seine wartende Handfläche gleiten ließ. »Dann lass uns nach Hause gehen.«

29

CALLAN

Callan sprang auf die Beine, als Sorin, Briar und Scarlett aus dem Nichts erschienen. Sie hatten alle gemeinsam in Sorins Wohnzimmer gesessen und gewartet. Eliza war so energisch auf und ab gelaufen, dass sie beinahe eine Spur im Teppich hinterlassen hätte. Er hatte die Generalin nie so außer sich gesehen. Und der Art nach zu schließen, wie Cyrus und Rayner am Kamin standen und leise miteinander flüsterten, war es auch für sie ein ungewohnter Anblick. Die Prinzen waren über eine Stunde unterwegs gewesen, und niemand hatte Callans Fragen bezüglich der Zauberin beantwortet. Der Hof des Feuers war scheinbar zu sehr mit seinen eigenen Sorgen beschäftigt, um sich mit ihm abzugeben.

Callan musterte Scarlett von oben bis unten, als sie ihre Hand aus Sorins löste. Es schien ihr gut zu gehen. Keine sichtbaren Verletzungen, aber ihr Blick wirkte verstört und leer. Ihre Augen sahen aus wie am Abend des Verlobungsessens bei Mikale. Was war die Ursache dafür?

Ihr Blick glitt über sie alle hinweg. »Eine Willkommensfeier nur für mich? Wie unerwartet. Obwohl ihr euch etwas mehr Mühe mit den Dekorationen hättet geben können«, scherzte sie und hob die Hand dramatisch an die Brust, während ein katzenhaftes Grinsen auf ihren Lippen lag, das nie ganz bei ihren Augen ankam.

Eliza schob sich an Callan vorbei zu Scarlett. »Das nächste Mal schließ dich bitte einfach in meinen Gemächern ein und lass mich ihm für dich in den Arsch treten«, blaffte sie und zog Scarlett in eine heftige Umarmung.

Scarlett erwiderte sie nicht weniger innig. »Versprochen, Freundin«, flüsterte sie.

Die männlichen Fae im Raum wirkten leicht entsetzt bei dem Austausch, der sich da vor ihnen abspielte, und Callan konnte es ihnen nicht verübeln. Er hatte nie derart sentimentale Regungen bei Eliza wahrgenommen.

Nach einigen weiteren Momenten lösten die beiden sich voneinander, und Elizas Blick wanderte zu Sorin. Die Brutalität, die jetzt in ihren Augen stand, erklärte, warum sie die Generalin seiner Armeen war. »Wenn du noch einmal …«

Sorin hob beschwichtigend die Hände und unterbrach sie. »Ich glaube, du wirst die Erste in einer langen Schlange sein, die zu ihrer Verteidigung heraneilt, liebste Eliza«, seufzte er und sah sich unter den anderen im Raum um.

Cyrus und Rayner kamen gleich hinter Eliza, und ihre Mienen waren nicht minder hart und versprachen nicht weniger Blutvergießen. Es überraschte ihn immer noch, wie wenig Ehrfurcht sie vor ihrem Prinzen und Herrscher hatten.

»Verdammt, Prinz«, kommentierte Scarlett grinsend und stemmte die Hand in die Hüfte. »Sie mögen mich wirklich lieber als dich.« Sorin warf ihr einen wenig begeisterten Blick zu, den sie vollends ignorierte, was Callan freute. Sie wandte sich an Cyrus: »Hallo, Schätzchen.«

Cyrus schloss den Abstand zwischen ihnen und hielt Sorins Blick, als er sich zu ihr hinunterbeugte und sie sanft auf die Wange küsste. Er flüsterte ihr etwas ins Ohr, das Callan nicht hören konnte, die Fae im Raum allerdings eindeutig schon. Sorins Miene wechselte von unbeeindruckt zu verärgert. Die anderen kicherten, und Scarletts Wangen röteten sich leicht.

Schließlich landete ihr Blick auf Callan. Sie wirkte überrascht, dass er hier war, doch dann trat eine grimmige Entschlossenheit auf ihre Züge. Sie schritt auf ihn zu und sagte: »Ich brauche dich.«

Ihm entging nicht, wie Sorin seinen Körper bei ihren Worten anspannte. Sie hatte bei ihm nach Hilfe gesucht und nicht bei Sorin.

»Selbstverständlich«, antwortete Callan und musterte sie neugierig.

»Hast du Zeit? Jetzt?«

»Ich habe im Moment nicht wirklich viele dringliche Verpflichtungen«, antwortete er mit einem halben Lächeln und hochgezogener Augenbraue.

»Dann komm mit.« Sie drehte sich um und strebte auf die Tür zu, wobei sie sich noch einen Dolch schnappte, den sie um ihre Mitte schnallte. Alle starrten sie an, als sie die Tür öffnete und sich zu ihm umdrehte. Er warf Sorin einen schnellen Blick zu, der sie aufmerksam beobachtete, als versuchte er, sie zu lesen.

Callan kam an ihre Seite, und sie winkte ihn vorbei. »Nach dir.«

»Wir werden eine Eskorte brauchen«, sagte Callan unsicher.

»*Ich* bin deine Eskorte«, antwortete sie kühl, und ihr Tonfall forderte alle heraus, etwas Anderweitiges zu sagen. Als sie ihm hinausfolgte, hörte er Sorin nach ihr rufen, und er blieb stehen, um sich umzudrehen.

Scarlett verharrte in der Tür, wandte dem Prinzen des Feuers jedoch den Rücken zu. Sie schloss die Augen und schien tief einzuatmen. Dann öffnete sie die Augen wieder und drehte sich langsam zu ihm um. Sorin näherte sich ihr ein paar Schritte, verharrte jedoch, als ihre Schatten sich verdichteten.

Die beiden starrten sich an, und Callan hätte schwören können, dass niemand es wagte zu atmen. Sie legte den Kopf schräg, als hätte sie etwas gehört. Um ehrlich zu sein, hatte er manchmal den Eindruck, sie könnten die Gedanken des jeweils anderen hören, aber dann sagte sie: »Ich habe nichts für dich, was dich reizt, Prinz. Noch sehr lange nicht. Also sprich, wenn du etwas zu sagen hast.«

»Heute Abend. Wirst du mit mir sprechen?«, fragte er vorsichtig. »Wir müssen unsere Unterhaltung fortsetzen.«

»Das klingt wie eine Notwendigkeit«, sagte sie bewusst langsam.

Erleichterung machte sich auf Sorins Zügen breit. Er schluckte und nickte stumm, schien zu verstehen, welche Bedeutung in diesen Worten lag.

Ohne ein weiteres Wort drehte sich Scarlett um und schloss die Tür. Sie ergriff Callans Hand und zerrte ihn durch die Flure. Als sie eine Treppe hinuntergestiegen waren, seufzte sie auf. »Da war ein Buch«, sagte sie.

Callan wäre beinahe gestolpert. »Ein Buch?«, fragte er.

»Ja«, antwortete sie, entzog ihm ihre Hand und schob sich das Haar aus dem Gesicht. Er konnte immer noch die Leere in ihren Augen sehen.

Er packte sie am Handgelenk, brachte sie auf dem Treppenabsatz zum Halten. »Was ist los, Scarlett?«

Sie schüttelte lediglich den Kopf. »Es waren ein paar lange Tage, Callan. Ich möchte im Moment nicht darüber sprechen.«

»Du möchtest nicht, aber vielleicht solltest du«, drängte er sanft.

Erneut schüttelte sie den Kopf. »Nein, Callan. Ich … Mikale hat uns dort gefunden, und er hat ein paar Dinge gesagt …«

Callan riss überrascht die Augen auf. »Geht es dir gut?«, fragte er und unterzog sie noch einmal einer Musterung. Er wusste nicht, warum. Die Verletzungen, die Mikale ihr beibrachte, waren nicht körperlicher Natur. Es waren innerliche Verletzungen, die diese leeren Augen verursachten, die ihm jetzt entgegenblickten. Ohne nachzudenken, zog er sie an sich. Kurz erstarrte sie, dann jedoch entspannte sie sich an seiner Brust. Sie legte die Arme um seinen Hals und bettete den Kopf an seine Schulter. Er sagte nichts, während sein Nachtschatten es das erste Mal seit Monaten zuließ, dass er ihn hielt.

30

SCARLETT

Scarlett wusste, dass es spät war. Callan hatte sich bereits vor Stunden in seine Räume zurückgezogen, nachdem sie ihn dabei erwischt hatte, dass er über seinen Büchern eingeschlafen war. Er hatte versucht, Scarlett zu überreden, dass auch sie sich zurückzog und etwas aß, doch sie hatte nur abgewinkt und gesagt, sie würde bald gehen. Das war vor mindestens zwei Stunden gewesen.

Er hatte sie dort auf dem Treppenabsatz in den Armen gehalten. Er hatte zugelassen, dass sie seine Stärke aufsaugte. Hatte ihr Halt gegeben, jemanden, an dem sie sich festhalten konnte. Das hatte sie gebraucht. Sie hatte einen Freund gebraucht, und er war für sie da gewesen. Eine unerwartete, aber willkommene Geste.

Sie saß in einer abgeschiedenen Nische im ersten Stock der Bibliothek, wo sie es sich in einem riesigen Sessel gemütlich gemacht hatte. Callan hatte eine Weile gebraucht, um das Buch zu finden, das sie haben wollte: *Das Herz des Anfangs.* Während er danach suchte, fragte sie ihn nach seiner Familie und wie lange sie Windonelle schon regierte. Er meinte, dass ihr Stammbaum bis zurück an den Anfang reiche. Dass die Solgards die einzige Familie seien, die das westliche Königreich der Menschen regierte, seit Deimas und Esmeray sich geopfert hatten, um die Magiebegabten auszusperren.

Um den Thron meines Königs wiederherzustellen.

Diese Nacht kehrte manchmal in ihren Träumen wieder, aber

sie dachte nicht oft daran. Nicht bevor Mikale diese Worte gesprochen hatte.

Dass Schatten immer in die Dunkelheit zurückkehren.

Sie waren über sie hereingebrochen wie eine riesige Welle. Nie hätte sie erwartet, dass er von der Nacht in der abgeschiedenen Gasse wusste. Niemand war je gekommen, um nach dem Mann zu sehen, den sie in jener Nacht töteten. Niemand hatte je wieder auch nur einen Mucks über ihn verlauten lassen. Also hatte sie ihn getestet. Sie hatte ihn nach seinem König gefragt, und er hatte geantwortet wie jener Mann.

Wer ist deiner?

Ihr wurde klar, dass es keine Zufälle gab. Nicht in dem gigantischen Misthaufen, der ihr Leben geworden war.

Er wusste es. Mikale wusste, dass sie diesen Mann getötet hatten. Der Mann hatte gesagt, dass er Verwandte besuchte, die auf dem Kontinent lebten. Mikale hatte gesagt, dass Juliettes Tod mehr als einem Zweck diente.

Rache. Er hatte sie gezwungen, Juliette zu töten, um Rache zu nehmen und gleichzeitig zu beweisen, dass er die Kontrolle über sie hatte.

Wo kamen sie her? Die Lairwoods stellten schon seit Ewigkeiten die Hand der menschlichen Könige Windonelles. Wie eng war also die Verwandtschaftsbeziehung zu dem Mann, der über das Meer gekommen war?

Langsam blätterte sie durch das Buch. Irgendwo waren die anderen Kontinente ihrer Welt erwähnt gewesen. Ferne Länder und Königreiche, lang vergessen von allen auf diesem Kontinent.

Sie überflog jede Seite so schnell, wie sie es wagte. Sie war erschöpft. Die Nacht zuvor hatte sie kaum geschlafen, und der emotionale Aufruhr, in dem sie sich seit dem Streit auf dem Berg befand, hatte sie ausgelaugt. Aber das hier … Sie wusste, dass es wichtig war.

Ihre Finger verharrten, als sie einen Absatz entdeckte, in dem diverse andere Königreiche aufgelistet waren. Orlandria. Maraa. Asterolia. Avonleya. Solembra. Sie hatte keine Ahnung, wo diese Königreiche sich befanden, aber es war ein Anfang.

Sie erhob sich und begab sich zwischen die Regale. Das war altes Wissen. Wissen, das möglicherweise noch aus der Zeit vor dem Großen Krieg stammte. Tief und tiefer drang sie in die Gewölbe und zwischen die Bücherstapel vor. Als der Weg vor ihr dunkler und dunkler wurde, nahm sie sich eine Fackel von den Wänden, um die Buchtitel besser lesen zu können. Viele davon waren in der Alten Sprache verfasst, die sie zunehmend besser erkennen und von der modernen Sprache unterscheiden lernte. Aber sie entdeckte auch Sprachen, die sie nie zuvor gesehen hatte.

Tiefer und tiefer arbeitete sie sich vor und ließ die Finger über die Buchrücken gleiten. Der Gang wurde muffiger und feuchter, bis sie ein Bücherregal entdeckte, das in eine Wand eingelassen war. Die Bücher auf diesen Brettern mussten viele Jahrhunderte alt sein. Älter. Ein eiserner Halter war daneben angebracht, und sie steckte die Fackel hinein, um die Bücher besser erkennen zu können. Auf dem ersten Regalbrett standen Bände in der modernen Sprache. Auf dem zweiten in der Alten Sprache. Sie zog eines aus dem dritten und wedelte mit der Hand den Staub weg, der ihr entgegenkam. Vorsichtig schlug sie es auf und ließ sich im Schneidersitz auf dem Boden nieder.

Zauber. Das hier war ein Zauberbuch. Sorin hatte gesagt, dass Fae Zauber sprechen konnten, aber nicht sehr gut. Er hatte gesagt, dass die Kunst der Zauber von den Hexen praktiziert und gepflegt wurde. In diesem Buch gab es Sprüche für alles: Heilung. Schutz. Stärke. Flüche.

Blutschwüre.

Das Aufteilen von Territorien.

Das Schaffen von Schlüsseln.

Sie wandte sich wieder dem Regal zu. Das ganze dritte Regalbrett war voller Zauberbücher. Sie legte das aktuelle vorsichtig auf den Boden neben sich. Meine Güte, war sie schmutzig. Ihre schwarzen Hosen und ihre Tunika waren voller Dreck. Die Staubschicht auf dem Boden war so dick, dass kein Zweifel daran bestand, dass seit vielen Jahren niemand mehr hierher vorgedrungen war.

Sie richtete ihre Aufmerksamkeit auf das untere vierte Regalbrett. Alle Bücher waren in einer Sprache verfasst, die sie nicht kannte, aber es schien dieselbe Sprache zu sein. Zumindest ähnelten sich Symbole und Buchstaben. Sie wollte eines aus dem Regal ziehen, doch im nächsten Moment hörte sie ein Ächzen und Stöhnen. Sie sprang auf die Beine und zog ihren Dolch, während das Bücherregal in die Wand glitt.

Natürlich. Natürlich gab es tief in der Bibliothek ein magisches Bücherregal. Weil ihr Leben gerade weitere verdammte Überraschungen brauchte.

Sie seufzte frustriert, als das Regal zum Stillstand kam und nur noch ein Teil der Bücher erreichbar war. Vorsichtig wagte sie einen Schritt, um in den Eingang zu spähen, und entdeckte eine Treppe, die sich hinunter ins Dunkel wand. Sie nahm die Fackel von der Wand und reckte sie in die Dunkelheit, aber sie konnte nur wenig ausrichten. Nur weitere Stufen, die an einen Ort führten, den sie nicht ausmachen konnte.

Sie stand da und biss sich auf die Lippe. Wusste Sorin von diesem Ort? Sie konnte nicht heute Nacht dort hinuntersteigen. Nicht mit nur einem Dolch. Sie würde mehr Waffen, Kerzen und einen Plan brauchen.

Sie trat einen Schritt zurück und betrachtete die Öffnung. Sie konnte sie nicht einfach offen lassen. Nach allem, was sie in Büchern über versteckte Gänge hinter Bücherregalen gelesen hatte, würde das Buch, das ihn geöffnet hatte, ihn auch wieder schließen. Es war eines der wenigen, das sie im Moment noch erreichen konnte, und tatsächlich, als sie erneut daran zog, glitt das Regal zurück an seinen Platz.

Mit angehaltenem Atem zog sie sachte an dem Buch neben dem geheimen Schalter und atmete erleichtert auf, als nichts Überraschendes passierte und sie einfach ein Buch in Händen hielt. Es war in dieser seltsamen Sprache verfasst, die sie nicht kannte. Sie blätterte hindurch. Wie könnte sie lernen, das zu lesen? Vielleicht wusste Sorin, was es war.

Sie legte es neben sich und griff erneut nach dem Zauberbuch. Sie sollte wirklich ins Bett gehen, aber dann müsste sie Sorin begegnen. Sie wusste, dass er noch wach war und auf sie wartete. Und obwohl sie in seiner alten Wohnung miteinander gesprochen hatten, waren die Wunden noch immer frisch. Sie verzieh ihm. Wirklich. Aber das bedeutete nicht, dass die Stimmung zwischen ihnen nicht noch eine Weile angespannt sein würde. Sie war einfach zu emotional ausgelaugt, um sich jetzt damit auseinanderzusetzen.

Gut, ja, sie ging ihm aus dem Weg.

Also öffnete sie das Zauberbuch und begann zu lesen.

»Scarlett«, drang eine leise Stimme an ihr Ohr, während vertraute Hände sanft an ihren Schultern rüttelten.

Zuerst spürte sie kalten Stein unter der Wange, dann stockte ihr der Atem, und sie schoss hoch und griff dabei nach ihrem Dolch.

»Ich bin es, Scarlett«, sagte Sorin leise. »Ich wollte dich nicht erschrecken.«

Sie drehte den Kopf und sah sich um. Die Bibliothek. Sie war in einem der dunklen Steingänge der Bibliothek.

Nicht in jenem Zimmer in Lairwood Manor.

Zu Hause. Sie war zu Hause, und sie musste beim Lesen eingeschlafen sein …

Sie blickte neben sich, wo das Buch mit den Zaubern und das andere lagen. Dann sah sie sich nach dem verschlossenen Geheimgang um.

»Scarlett«, wiederholte Sorin, und sie sah ihn an. Er kauerte vor ihr, seine Miene vorsichtig neutral, doch sein Blick war wachsam.

»Wie spät ist es?«, fragte sie benommen. Es war spät gewesen, als sie in diesen Gang vorgedrungen war. Wer wusste, wann sie eingeschlafen war.

»Es ist spät in der Nacht«, sagte er. Er musterte sie, als versuchte er zu entscheiden, ob er etwas sagen oder tun sollte.

»Wie hast du mich gefunden?«

»Wolltest du nicht gefunden werden?«

»Nein. So meinte ich das nicht …« Sie sprach nicht zu Ende.

Ja. Angespannt und verkrampft. Genau, wie sie es befürchtet hatte.

Er sah sie noch ein wenig länger an, und sie versuchte, nicht unter seinem Blick zusammenzuschrumpfen. Schließlich sagte er: »Ich werde in dem anderen Schlafzimmer schlafen, Scarlett. Komm ins Bett. Ruh dich aus.«

Er machte keinen Versuch, sie anzufassen. Kauerte einfach weiter vor ihr.

»Ich habe mich nicht vor dir versteckt«, sagte sie leise. Nur eine halbe Lüge.

»In Ordnung«, antwortete er zweifelnd.

»Ich habe gelesen.«

»Hmm«, machte er und sah sich die Bücher neben ihr an. »Mit geschlossenen Augen in einem dunklen Gang der Bibliothek, von dem nicht einmal ich wusste, dass er existiert?«

Also wusste er nichts davon. Was bedeutete, dass er auch keine Ahnung von dem Geheimgang hatte.

Sie schlug ihm gegen das Knie und sah ihn finster an. »Ich bin beim Lesen eingeschlafen, Klugscheißer.«

Erleichterung flackerte in seinen goldenen Augen, und etwas in ihr entspannte sich. Zögerlich griff sie nach seiner Hand und schob ihre Finger zwischen seine. Er schloss sie um ihre herum und kippte leicht nach vorne auf die Knie. Sie schluckte. Vermutlich konnten sie diese Unterhaltung auch hier führen, in einem dunklen vergessenen Gang der Bibliothek.

Vorsichtig schob sie die alten Bücher zur Seite und erhob sich ebenfalls auf die Knie, während sie nach seiner anderen Hand griff. Sie schluckte noch einmal, ehe sie leise sagte: »Ich werde noch etwas Zeit brauchen …«

»Ich weiß.« Seine Stimme war leise und zärtlich. »Wie ich dich verletzt habe, Scarlett, das war inakzeptabel. Ich erwarte nicht, dass du mir sofort verzeihst und über Nacht alles wieder gut ist.«

»Ich kann nicht …« Scarlett unterbrach sich und suchte nach den richtigen Worten. »Ich wähle weiterhin dich, Sorin. Ich kann mir die Welt ohne dich nicht vorstellen. Ich will dich nicht aussperren. Ich weiß …« Ihre Stimme wackelte ein wenig, und sie schluckte, um sich zu fassen. Sorin wartete geduldig auf sie, sein Blick verständnisvoll und bekümmert. »Ich weiß, dass ich gesagt habe, dass ich die Sterne auch mit jemand anderem finden kann, wenn du das hier nicht willst, wenn du mich nicht willst. Dass ich allein einen Weg durch die Dunkelheit finden kann. Aber ich will niemanden sonst. Vielleicht ist das eine Schwäche. Aber ich will nicht allein sein in meiner Dunkelheit. Und ich wähle weiterhin dich. Ich will immer noch dich, weil … weil ich dich nicht hasse. Ich weiß nicht, was genau das bedeutet, aber ich will nicht, dass irgendjemand sonst zu mir kommt, wenn ich in Not bin. Ich will, dass immer du es bist.«

Als sie in seine goldenen Augen blickte, rannen Tränen sowohl über ihre als auch seine Wangen. Er ließ ihre Hände los und hob langsam die Hände an ihr Gesicht. »Scarlett Monrhoe.« Ihr Name auf seinen Lippen liebkoste etwas tief in ihrer Seele, und es kostete sie alle Selbstbeherrschung, sich nicht nach vorne zu beugen und ihn zu küssen. »Mein Zuhause ist dort, wo du bist. Es wird niemals eine Welt ohne ein Du und Ich geben, denn solltest du mir in dieser Welt entrissen werden, werde ich sie alle durchqueren, um dich zu finden. Ich werde dich immer finden. Ich werde immer zu dir kommen. Ich werde immer dich wählen. Ich werde immer dich wollen.« Ein Schluchzen entrang sich ihrer Kehle, als er fragte: »Darf ich dich in den Armen halten?«

Sie erstickte beinahe an dem Lachen, das aus ihr hervorbrach. »Das erscheint mir wie eine Notwendigkeit, Prinz.«

Und dann zog er sie in seine Arme, und sie umarmte ihn mit ihrem ganzen Körper und atmete seinen Duft nach Asche und Zedern ein. Alles war so zerbrochen gewesen. Es waren nicht mehr als zwei Tage, doch mit dem tiefen Graben zwischen ihnen hatten sie sich angefühlt wie eine Ewigkeit.

Callan hatte sie in den Armen gehalten, hatte ihr die Stärke gegeben, weiterzumachen, bis es zu diesem Moment kommen konnte. Nicht nur heute, sondern auch in den letzten Jahren. Callan und Cassius hatten ihr geholfen, die Splitter ihrer selbst zusammenzuhalten, damit sie es bis zu diesem Moment schaffte. Damit sie den einen fand, bei dem sie durchatmen und ihre Seele sich ausruhen konnte.

Es war nicht wieder alles in Ordnung. Es war nicht perfekt. Aber es war alles, was sie brauchte.

31

SORIN

Für lange Minuten hielt Sorin sie dort in dem dunklen Korridor. Er war enttäuscht gewesen, als sie nicht zum Essen erschienen war. Nachdem niemand sie gesehen hatte, seit sie mit dem sterblichen Prinzen verschwunden war, hatte er sich Gedanken gemacht. Er war voller Sorge gewesen, als die Uhr Mitternacht schlug. Und als sie zwei Stunden später immer noch nicht zurück war und Eliza ihm versichert hatte, dass sie nicht bei ihr war, war ihm klar gewesen, dass sie ihm aus dem Weg ging.

Er hatte mit seiner Palastwache gesprochen, die ihm berichtete, sie und Callan hätten die Bibliothek gemeinsam betreten, doch Callan sei allein wieder gegangen. Das hieß nicht, dass sie sich nicht ungesehen herausschleichen hätte können, aber es war sehr wahrscheinlich, dass sie sich immer noch in der Bibliothek aufhielt. Er hatte Stapel mit Büchern in einer Nische gefunden und dann zwischen den Regalen ihre Witterung aufgenommen. Er war ihr immer weiter und weiter gefolgt. Natürlich hatte sie einen längst vergessenen Korridor in der Bibliothek gefunden.

Eine kleine Flamme hatte ihm den Weg geleuchtet, bis er sie vor einem alten Bücherregal schlafend auf dem Steinboden vorgefunden hatte. Sie war über und über mit Staub bedeckt gewesen. Ihre Kleidung. Ihr Gesicht. Ihr Haar.

Seufzend hatte er sie geweckt und erwartet, dass sie sich weigern würde, nach oben ins Bett zu kommen, weshalb er ihr angeboten hatte, in dem anderen Zimmer zu schlafen. Zur Hölle, er würde sogar im Gästeflügel schlafen, wenn sie das wollte.

Er hatte nicht erwartet, was dann aus ihrem Mund kam und dass sie nach seiner Hand greifen würde. Sie in den Armen zu halten, während die Fackel beinahe herunterbrannte. Er hätte sie auch die ganze Nacht so gehalten, doch irgendwann löste sie sich von ihm.

»Ich bin erschöpft«, gab sie zu.

Er erhob sich und bot ihr seine Hand an, um ihr auf die Beine zu helfen. Behutsam hob sie die beiden alten Bücher vom Boden auf und griff nach seiner Hand.

»Darf ich die mitnehmen?«, fragte sie.

»Prinzessin, ich bin mir nicht einmal sicher, ob irgendjemand weiß, dass diese Bücher sich hier unten befinden. Niemandem wird auffallen, dass du sie mitgenommen hast«, lachte er.

»Sie sind vermutlich älter als du, Prinz. Ich wollte nur sichergehen, dass ich nicht irgendwelche Antiquitäten stehle.«

»Eines Tages, Liebes, werden wir eine bessere Verwendung für deine spitze Zunge finden«, seufzte er, als sie im ersten Stock der Bibliothek wieder herauskamen. Er schob die Hände in die Taschen, in erster Linie, um nicht dem Impuls nachzugeben, sie zu berühren. Sie verließen die Bibliothek und machten sich auf den Weg zu den Brücken und in ihre Räume. Er schuf ein Portal für sie, doch sie schüttelte den Kopf.

»Können wir einfach nur gehen und … Zeit miteinander verbringen?«

»Natürlich.« Sie überquerten die Brücken und machten sich auf den Weg zur Treppe. Sie trug die Bücher schützend in den Armen, und er konnte die Titel nicht erkennen. »Darf ich fragen, was dich bis in die frühen Morgenstunden beschäftigt hat?«

»Recherche.«

»Über?«

»Etwas, das Mikale gesagt hat«, antwortete sie düster. Er wartete auf weitere Erklärungen, aber stattdessen sagte sie: »Wie bist du heute in die Wohnung gekommen? In Baylorin.«

»Ich habe einen Umweg gefunden«, antwortete er.

»Worin bestand der?«

»Uralte Magie.«

»Mikale ist kein Sterblicher.«

»Nein, das ist er nicht«, bestätigte Sorin und erinnerte sich an die Worte der Zauberin.

»Kannst du Portale schaffen, die dich auf andere Kontinente bringen?«

»Das ist eine seltsame Frage.«

»Kann sein«, meinte sie in Gedanken versunken.

»Man muss wissen, wohin das Portal führen soll«, erklärte Sorin. »Man muss schon einmal dort gewesen sein oder irgendwie sehen können, wohin man geht.«

Wieder schwieg sie, während sie eine Treppe erklommen. Sie waren bereits halb oben, als sie sagte: »Was ist mit Blutmagie?«

»Was?«, fragte er und riss den Kopf zu ihr herum.

»Blutmagie. Könnte man mithilfe von Blutmagie die Meere überqueren? Welten durchqueren?«

»Blutmagie ist alt und mächtig, Scarlett.«

»Ja, das weiß ich. Zwillingsflammen und Seelengefährten«, sagte sie und winkte ab. »Aber ist sie so mächtig, dass sie das bewerkstelligen kann? Lebende Wesen auf andere Kontinente bringen? In andere Welten?«

»Möglicherweise, doch der Preis wäre … Magie ist immer ein Geben und Nehmen. Der Preis für so etwas wäre fürchterlich.«

»Hmm«, machte sie lediglich.

»Was hat er gesagt, dass du dich damit beschäftigst?« Wieder versuchte er, die Bücher in ihren Armen zu erkennen, aber sie hatte sie an die Brust gepresst.

»Nichts«, antwortete sie und winkte erneut ab, während sie in den Flur zu ihrer Suite einbogen. »Es sind nur Nachforschungen. Um mehr über unsere Geschichte zu lernen.«

Er wollte noch mehr fragen. Er wollte sie drängen, ihm Antworten zu geben. Er sah ihr an, dass sie mehr wusste. Er sah ihr an, dass sie etwas herausgefunden hatte. Vor zwei Tagen hätte er es ohne Zögern getan. Aber jetzt? Nach allem, was sie durchgemacht hatten, wagte er es nicht.

Sie betraten ihre Gemächer, und sie durchquerte den Raum. »Ich nehme ein kurzes Bad«, sagte sie und stieß die Tür zu ihrem Schlafzimmer auf. Sorin blieb auf halbem Weg stehen und wartete ab.

Sie blickte über ihre Schulter und sagte beinahe unhörbar: »Ich schlafe besser, wenn du neben mir liegst.«

»Sicher?«

Ein kleines Lächeln schlich sich auf ihre perfekten Lippen. »Es ist eine Notwendigkeit, Prinz.«

»Wie Ihr wünscht, Prinzessin.«

Sie verschwand im Schlafzimmer, und erst jetzt fiel ihm auf, dass er den Atem angehalten hatte. Sie war wieder da. Bei ihm. Sie war hier.

Er blickte auf die Uhr über dem Kaminsims. Es war nicht mehr lange bis zum Morgengrauen. Sollte irgendjemand vor Mittag an ihre Tür klopfen, würde der darauffolgende Kampf seine Begegnung mit Eliza vor ein paar Wochen wie ein Kinderspiel aussehen lassen. Und sobald Scarlett mit dem unliebsamen Besuch fertig war, würde er auch noch mit ihm zu tun bekommen.

Er verschickte ein paar Feuernachrichten, die auf seine Freunde warten würden, wenn sie erwachten, und schleppte sich ins Schlafzimmer. Im Kleiderschrank schlüpfte er aus seinem Hemd und wechselte in eine bequemere Hose.

Er war gerade auf dem Weg zurück zum Bett, als er die Bücher aus der Bibliothek auf der Chaiselongue entdeckte. Er nahm das erste zur Hand und stellte fest, dass es in einer Sprache verfasst war, die er nicht kannte. Wo kamen diese Bücher wirklich her?

Bei dem zweiten Buch handelte es sich um ein Zauberbuch in der Alten Sprache, aber keines, das er zuvor schon einmal gesehen hatte. Diese Zauber waren unglaublich kompliziert, etwas das er im Besitz einer Hexe vermuten würde.

Ehe er noch weiterblättern konnte, öffnete sich die Tür zum Badezimmer, und sie kam heraus, aber nicht in einem ihrer Nachthemden, sondern in einem seiner Hemden. Es war riesig an ihr, und er verspürte eine primitive Befriedigung, sie so zu sehen, eingehüllt in seinen Duft.

Sie kam zu ihm und nahm ihm das alte Buch mit einem Grinsen aus der Hand. »Du bist zu neugierig.«

»Kannst du auch das andere Buch lesen?« Sie konnte die Alte Sprache lesen, ohne sie je gelernt zu haben, ob das wohl auch bei anderen Sprachen der Fall war?

»Noch nicht«, antwortete sie und legte das Zauberbuch auf dem anderen ab, ehe sie sich auf den Weg ins Bett machte. Er trocknete ihr tropfnasses Haar mit einem Hauch Hitze, und sie nickte dankbar. Dann blies sie die Kerze auf ihrer Seite des Bettes aus, ehe sie zwischen die Laken glitt.

»Weißt du, welche Sprache das ist?«

»Weißt du es denn?«, gab sie zurück.

»Nein«, antwortete er und schlüpfte ins Bett.

Sie rollte sich zu ihm herum und bettete die Wange auf ihre Hand. »Sie kommt mir alt vor. Älter als die Alte Sprache«, überlegte sie.

»Du hast vor, sie zu lernen? Wie?«

Sie schnalzte mit der Zunge. »Du interessierst dich plötzlich sehr für meine Lesegewohnheiten, Prinz.«

»Worüber hat Mikale heute gesprochen? Er hat eine Gasse und deine Schwestern erwähnt«, fragte er leise.

Im Dunkeln konnte er gerade so ausmachen, wie sich ihre Züge verhärteten und sie die Lippen schürzte. »Das ist eine Geschichte für ein andermal.«

Bei diesen Worten machte sich ein dumpfes Gefühl in seinem Magen breit. Eine Mauer. Sie hatte wieder eine Mauer zwischen ihnen errichtet. Er hatte es erwartet, aber die Bestätigung zu erhalten …

»Scarlett«, begann er.

»Nicht mehr heute Nacht, Sorin. Ich kann heute nicht mehr«, sagte sie leise. Ihr Tonfall war verhalten. »Ich werde morgen *nicht* trainieren.«

»Ich habe den anderen bereits eine Nachricht geschrieben und sie gewarnt, dass deine Schatten sie vom Balkon werfen werden, sollte irgendjemand uns vor Mittag stören.«

»Hmmm«, summte sie. »Ich wusste, es gibt einen Grund, warum du mein neuer Favorit bist.«

Er griff über das Bett hinweg und ließ einen Finger über ihre Wange gleiten. Sie seufzte tief, als sie flüsterte: »Ich habe dich vermisst.«

Ehe er ihr antworten konnte, veränderte sich der Rhythmus ihrer Atmung, und sie war eingeschlafen.

32

SCARLETT

»Gute Nacht«, rief Scarlett munter und legte die Hand auf den Türgriff.

»Bis nächste Woche dann?«, rief Finn von dem Tisch aus, an dem sie Karten gespielt hatten.

»Bedeutet das, wir treffen uns jetzt wöchentlich zum Essen?«

»Würdest du so etwas denn akzeptieren?«, erwiderte Callan hinter ihr.

»Bis nächste Woche dann«, lächelte sie.

Sie schlüpfte aus der Gästesuite und machte sich auf den Weg zu den Brücken, aber ehe sie die Haupthalle erreichte, bog sie in einen Seitengang ein. Sie hatte diese Seite des Palasts die ganze letzte Woche erkundet und eine kaum benutzte Besenkammer gefunden. In der verschwand sie jetzt und nahm Kisten von einem Stapel. Sie öffnete die unterste, in der sich eine Hose, eine Tunika und eine Jacke befanden, die sie dort vor einigen Tagen versteckt hatte.

Leise wie ein Schatten schlüpfte sie aus dem blassgrünen Kleid, das sie zum Essen getragen hatte. Sie atmete tief durch, als sie in die Kleidung schlüpfte, die beinahe identisch mit der Uniform war, die Eliza so oft auf dem Gelände trug.

Sie wandte sich in eine Ecke und nahm ein altes Laken von ein paar Besen und Mopps. Dahinter hatte sie ihre Waffen versteckt, die sie jetzt routiniert anlegte. In eine der Scheiden ihrer Dolche schob sie drei Kerzen und Zündhölzer. Dann flocht sie sich das Haar und warf sich einen leichten Mantel um die Schultern.

Die ganze Woche über hatte sie die Wachen beobachtet, ihren Dienstplan auswendig gelernt und sich eingeprägt, welche Orte unbewacht blieben. Die Wachmannschaft berichtete Sorin jeden ungewöhnlichen Vorgang. Wenn man sie so spät in der Bibliothek verschwinden sah, würde er es erfahren.

Also würde sie sich nicht sehen lassen.

Sie war noch nicht bereit, ihn in ihre Theorien einzuweihen. Nicht bevor sie Beweise hatte. Nicht bevor sie alle Puzzleteile zusammenhatte.

Zufälle gab es in ihrer Welt nicht. Sie lernte zunehmend, dass alles miteinander verbunden war.

Und sie im verdammten Zentrum davon stand.

Sie schloss die Augen und atmete tief durch, ehe sie sich die Kapuze über den Kopf zog und sich an jenen Ort in ihrer Seele wagte, den sie seit Monaten tunlichst ignorierte.

Sie trat einen Schritt aus dem Käfig, in dem sie die Jungfer des Todes eingeschlossen hatte. Sie ließ die Dunkelheit emporsteigen, ließ sie sich drehen und winden. Ihre Schatten verdichteten sich, als sie all die Dunkelheit willkommen hieß.

In weniger als drei Minuten war sie in der Bibliothek und schritt durch die Regale, tiefer und tiefer hinein in die Korridore. Sie sandte ihre Schatten aus, ließ sie den Weg vor sich erspüren, damit sie keine Fackeln entzünden musste.

Erst als sie den Geheimgang geöffnet hatte, verwendete sie eine der Kerzen, um den dunklen Abstieg hinunterzuspähen. Sie sah sich um und entdeckte einen kleinen Hebel in der Wand. So konnte sie die Tür von innen schließen.

Und sie wieder öffnen, hoffte sie, als sie ihn betätigte.

Als die Tür vollständig geschlossen war, zog sie ein langes Messer aus ihrem Gürtel und machte sich an den Abstieg.

TEIL ZWEI
DIE STERNE

33
CALLAN

Callan blickte von seinem Buch auf und warf Scarlett einen verstohlenen Blick zu. Sie trafen sich mittlerweile beinahe jeden Nachmittag in der Bibliothek. Nach ihrer Rückkehr aus Windonelle hatte sie mit Nachforschungen in Büchern in der Alten Sprache begonnen und wollte noch dringender herausfinden, was König Deimas und Königin Esmeray in Avonleya gesucht haben mochten.

Auch das wöchentliche Essen hatten sie mittlerweile etabliert. Er freute sich immer auf das entspannte Dinner, bei dem nur sie beide, Finn und Sloan anwesend waren. Sie schien es auch zu genießen, obwohl das auch daran liegen mochte, dass sie Sloan beinahe jede Woche im Billard schlug.

Sie lehnte sich in ihrem Stuhl zurück und biss sich auf die Unterlippe, wie sie es immer tat, wenn sie etwas besonders Interessantes las. Doch es war ihre Hand, die seine Aufmerksamkeit erregte. Während sie las, tanzten und knisterten Eiskristalle an ihren Fingerspitzen. Feuer. Wasser. Eis. Was auch immer sie bei ihren Magieübungen mit Sorin tat, schien sich auszuzahlen. Vielleicht bedeutete das auch, dass sie bald nach Hause zurückkehren könnten.

Seit ihrer Rückkehr aus dem Land der Sterblichen zeigten sich ihre Kräfte zunehmend. Sie hatte nie mehr von jenem Tag gesprochen oder ihm gesagt, was zwischen ihr und Sorin vorgefallen war, und niemand sonst hatte das für nötig befunden, aber er bekam sie einfach nicht aus dem Kopf. Wie sie sich im Treppenhaus an ihn gelehnt hatte. Wie sie zugelassen hatte, dass er sie diese paar Minuten lang hielt, während sie sich sammelte.

»Du starrst, Callan«, riss sie ihn aus seinen Gedanken. Ihr Blick war immer noch auf das Buch vor ihr gerichtet.

»Woher willst du das wissen?«, scherzte er, streckte die Hand aus und blätterte ihr die Seite um.

»Idiot!«, schimpfte sie und sah ihn verärgert an.

Er schenkte ihr ein schelmisches Lächeln. »Lass uns heute mal die Bibliothek verlassen.«

»Und wo willst du hin? Draußen ist es eiskalt.«

»Ein Spaziergang im Garten?«, schlug Callan vor.

»Noch einmal: Draußen ist es eiskalt«, widersprach Scarlett und blätterte zurück auf ihre vorherige Seite.

»Du verfügst über Feuermagie. Du kannst dich warm halten«, merkte er an und richtete den Blick auf ihre Finger.

»Ich habe Feuermagie, aber ich lerne immer noch, sie zu kontrollieren, und ich würde sie im Moment niemals in deiner Gegenwart benutzen«, sagte sie ausdruckslos.

»Ich werde langsam ruhelos hier«, seufzte er, lehnte sich zurück und streckte die Beine aus.

Sie musterte ihn einen Moment lang, ehe sie seufzte und sagte: »Also gut. Lass mich meinen Mantel holen, und wir treffen uns in ein paar Minuten bei den Brücken.« Sie nahm sich zwei Bücher vom Tisch, als »leichte Lektüre«, wie sie es nannte, und verschwand dann durch die Türen der Bibliothek.

Zehn Minuten später betraten sie den Palastgarten. Sie hatte sich in einen mit Pelz gefütterten Mantel gehüllt, die Kapuze über ihren silbernen Kopf gezogen und die Hände tief zwischen den Falten vergraben. »Ich weiß nicht, wie ich mich hierzu überreden lassen konnte«, murrte sie. »Ich hasse Kälte.«

Callan lachte, während sie einem ausgetretenen Pfad folgten, der sich zwischen Hecken und Büschen hindurchschlängelte. »Vielleicht bist du auch im Feuerpalast weich geworden. In Baylorin wird es genauso kalt.«

»Ich habe die Kälte dort auch gehasst«, grollte sie und zog ihren Mantel enger um sich.

»Du hast ziemlich schlechte Laune heute«, stellte er fest. Er mochte Baylorin vermissen, doch er genoss jeden Moment, den er offen mit ihr verbringen konnte, ohne Geheimhaltung. Und mit jedem Tag in der Bibliothek, mit jedem formlosen Abendessen ließ sie ein wenig mehr von sich aus diesem Käfig. Sie senkte die Maske ein wenig mehr.

Sie funkelte ihn böse unter der Kapuze hervor an und ging schweigend weiter. Schnee fiel sachte um sie herum. Große, weiche Flocken, die sich in ihrem Haar verfingen, das ihr unter ihrer Kapuze hervor über die Schultern fiel. Plötzlich sagte sie leise: »Du bist bereit, nach Baylorin zurückzukehren.« Eine Aussage, keine Frage.

»Warum sagst du das?«, fragte er, streckte die Hand aus und pflückte eine Flocke aus ihrem Haar. Sie schmolz an seinen Fingerspitzen.

»Ich sehe es dir an«, meinte sie achselzuckend. »Ein langer Urlaub klingt nett in der Theorie, aber in Wirklichkeit …« Sie zuckte erneut mit den Achseln und schenkte ihm ein wissendes Lächeln.

Sie irrte sich nicht. Ein Monat oder zwei, während der niemand ihn erkannte, waren erfrischend gewesen, doch es war erschöpfend, der ewige Gast zu sein. Er war bereit, nach Hause zurückzukehren. Er sandte wöchentlich Briefe an seinen Vater und versuchte, seine lange Abwesenheit zu rechtfertigen, doch auch dessen Geduld ließ langsam nach.

»Und du? Bist du nicht auch bereit, nach Hause zurückzukehren?«

Bei dieser Frage versteifte sie sich etwas, und ihre Schatten schienen zu beben. »Ich werde nach Baylorin zurückkehren, doch ich weiß nicht, ob ich dortbleibe«, sagte sie schließlich.

»Was meinst du damit, dass du nicht dortbleiben wirst?«, wollte Callan wissen und blieb abrupt stehen.

Sie hielt inne und drehte sich zu ihm um: »Ich meine, dass ich nicht weiß, ob ich dort wirklich ganz ich selbst sein kann.«

»Aber hier kannst du es?«

»Callan, sieh dich um. Hier ist überall Magie. Niemand zuckt mit der Wimper, wenn er meine Schatten oder Feuer und Wasser sieht. Ich meine, bei Saylah, ich bin eine *Fae*. Wenn ich hier bin, verändert sich mein ganzes Wesen.«

»Und was ist mit Cassius? Und Nuri? Den Waisen?«

»Ich sagte, dass ich nach Baylorin zurückkehre, Callan«, entgegnete sie scharf. »Aber wenn diese Dinge geklärt sind, denke ich nicht, dass ich dortbleiben werde.«

»Du meinst, dass du hierher zurückkehren wirst.«

»Und wenn ich das tue?« Sie verschränkte die Arme und wippte frustriert mit dem Fuß. Die Pose und die Bewegung waren ihm so vertraut. Er hatte sie hundertmal so gesehen, während sie Theorien darüber aufstellten, was im Schwarzen Syndikat vor sich ging.

»Und was ist mit mir?«

»Du bist der Kronprinz. Du wirst eines Tages König sein. Für dich hat sich nichts geändert.«

»Alles hat sich geändert«, widersprach er. »Alles ändert sich, wenn du nicht dort bist.«

»Was ändert meine Abwesenheit? Du bist der Kronprinz, egal, ob ich dort bin oder nicht. Du wirst König sein, ob ich nun da bin oder nicht«, widersprach Scarlett.

»Aber du wirst nicht meine Königin sein!« Er bereute die Worte, sobald er sie ausgesprochen hatte, und schloss die Augen.

Sie erstarrte, wie nur die Fae es konnten. »Zwischen uns hat sich nichts geändert, Callan.«

»Natürlich nicht. Nicht solange er hier ist«, antwortete Callan bitter.

»Callan. Nichts hat sich geändert. Ich will immer noch nicht Königin sein, egal wie oft und auf welche Weisen man es mir anbietet. Ich will immer noch nicht an einen Thron gefesselt sein.«

»Inwiefern ist sein Thron anders als meiner?«

Scarletts Miene wurde hart. »Siehst du, wie ich an seinem Arm herumstolziere, Callan? Hast du gesehen, dass wir uns heimlich küssen oder uns davonschleichen, um allein miteinander zu sein? Sah irgendetwas zwischen uns aus, als würde er mir den Hof machen oder als wollten wir uns verloben?«

»Ihr teilt euch ein Schlafzimmer, Scarlett«, sagte er nachdrücklich.

Sie lachte verächtlich. »Du und deine Schicklichkeit«, schnaubte sie augenrollend. »Hast du eine Ahnung, wie viele Nächte ich in Tyndell Manor neben Cassius geschlafen habe? Wusstest du, dass Drake derjenige war, der mich in der Nacht, als Mikale sich genommen hat, was er wollte, ins Bad trug? Ich teile mir ein Zimmer mit Sorin, weil ich beinahe jede Nacht schreiend aus Albträumen hochschrecke, und er weiß, wie er mich erreichen kann, wenn die Schatten und das Feuer und das Eis mich überwältigen. Dafür werde ich mich nicht entschuldigen. Ich werde mich nicht für lächerliche Etikette entschuldigen, für die in meiner Welt mit den Dingen, die ich erlebt habe, kein Platz ist.«

Sie marschierte an ihm vorbei Richtung Palast. »Scarlett, warte. Es tut mir leid«, rief Callan und beeilte sich, zu ihr aufzuholen.

Sie blieb stehen und ließ ihn an ihre Seite kommen. »Du musst aufhören, auf mich zu warten, Callan. Wir sind zu verschieden. Unsere Welten sind zu verschieden.«

»Das habe ich doch versucht«, widersprach er gereizt. »Nachdem du sechs Monate lang nicht zu mir gekommen warst. Nach sechs Monaten ohne Erklärung. Nach jenem Abendessen in

Tyndell Manor, als du mich kaum angesehen hast. Ich habe es versucht. Ich habe versucht, eine Hofdame zu finden. Ich habe versucht, jemanden zu finden, der meine Königin sein *will*. Aber keine von ihnen … keine von ihnen hat mit mir gesprochen, als wäre ich irgendetwas anderes als ein Prinz. Keine hat mich Callan genannt und wollte mit mir über Bücher sprechen. Keine von ihnen kannte irgendetwas anderes als den Luxus, in dem sie aufgewachsen war. Keine hat mich so herausgefordert, wie du es tust. Keine hat in mir den Wunsch geweckt, ein besserer Mensch zu sein, ein besserer Herrscher, wie du es tust.«

Sie stand dort, den Mund leicht vor Überraschung geöffnet. »Ich war … ich *bin* die Jungfer des Todes, Callan. Ich bin ein Teil der Schatten des Todes des Schwarzen Syndikats. Es ist unmöglich. Das musst du doch wissen.«

»Ganz egal, wie oft du es sagst, Scarlett, ich werde es nicht glauben. Wir würden einen Weg finden. Wir *könnten* einen Weg finden.«

»Nein, Callan, das könnten wir nicht. Es gibt Teile meiner Welt, die du niemals akzeptieren könntest«, sagte sie und schüttelte den Kopf, als wollte sie aus einem Traum aufwachen.

»Was zum Beispiel? Deine Magie?«

»Die Tatsache, dass ich *getötet* habe, Callan. Die Tatsache, dass Nuri und Cassius ein Teil von mir sind und immer bei mir sein werden.«

»Sie sind kein Problem. Sie leben in Baylorin«, widersprach Callan.

»Und Sorin?«

»Was ist mit ihm?«

»Er ist mein … Er ist auch ein Teil von mir. Dieser Hof ist ein Teil meiner Familie«, rief sie und gestikulierte ausschweifend mit dem Arm.

»Sorin ist dein was?«, wollte Callan wissen.

»Ich weiß nicht, was er ist!«, schrie sie ihn an. »Ich weiß es nicht. Er versteht mich auf der tiefsten Ebene. Er ist mein Spiegel.«

»Er ist dein Seelengefährte?«

»Ich weiß es nicht.«

»Damit kann ich leben, Scarlett«, sagte er und griff nach ihrer Hand. »Ich kann damit leben, dass er dein Seelengefährte ist.«

Sie starrte hinunter auf ihre Hand in seiner. Dann entzog sie ihm sanft ihre Finger und flüsterte: »Ich weiß nicht, ob ich damit leben kann.«

Sie drehte sich um und ging zurück in den Palast, stumm wie der Schatten, der sie war, und ließ ihn in Kälte und Schnee zurück.

34

SORIN

Sorin saß in seinem Badebecken, und Dampf stieg vom Wasser auf. Er hatte den ganzen Nachmittag mit dem Versuch verbracht, die niemals enden wollenden Probleme mit ein paar Händlern vom Hof der Erde zu klären, und er war erschöpft. Cyrus hatte in seiner Abwesenheit gute Arbeit geleistet, aber der Hof der Erde wollte die Gebühren für seine Dienste zum dritten Mal in drei Jahren neu verhandeln. Er hatte sich die Sorgen seiner in Panik geratenen Ladeninhaber und Geschäftsleute angehört und sie beschwichtigt. Er und Cyrus hatten debattiert, was sie tun sollten. Dann hatte er eine Nachricht von Talwyn erhalten, die alle Mitglieder der königlichen Höfe zu einem Treffen am Abend zusammenrief. Nur ihre Stellvertreter durften sie zu solchen Versammlungen begleiten.

Seine Gedanken wanderten zu Scarlett, wie sie es immer in einem stillen Moment taten. Sie hatte ihm das Debakel am Chalet vergeben, aber sie hatte es nicht vergessen. Sie war ihm gegenüber etwas zurückhaltender und teilte Dinge nicht mehr so bereitwillig. Es war beinahe wie in Baylorin, als er versucht hatte, ihr ihre Geheimnisse zu entlocken. Er konnte es ihr nicht verübeln. Es war seine verdammte Schuld. Er wusste, dass sie sich bemühte, aber sie hatte zum Teil recht gehabt mit dem, was sie ihm an jenem Tag entgegenschrie. Er hatte sie gebrochen. Und es zu reparieren, war eine Qual.

Seit diesem Tag war sie entschlossener denn je, die Dinge zur

Seite zu schieben, mit denen sie sich nicht konfrontieren wollte, und sich in ihr Training zu stürzen. Alles. Körper, Waffen, Magie. Sie konnte jetzt mit ihrem Willen allein Flammen in diversen Farben heraufbeschwören. Seit Kurzem knisterte zur gleichen Zeit Eis an ihren Fingerspitzen. Ihre Schatten schwebten immer noch um ihre Schultern, doch in diesen Tagen wirkten sie blasser und flackerten von Zeit zu Zeit. Sie war immer noch verhalten, obwohl er und die anderen ihr versicherten, wie gut sie ihre Sache machte. Sie weigerte sich, ihre Kräfte jenseits des Hofs einzusetzen, es sei denn, sie waren allein. Hin und wieder kamen die anderen vorbei, um sich ihren Fortschritt anzusehen, aber abgesehen davon hatten sie keine Vorstellung vom wahren Ausmaß ihrer Kräfte. Einschließlich ihm.

Es überraschte ihn nicht, dass sie so schnelle Fortschritte machte. Er hatte sie in Kampf und der Handhabung von Waffen ausgebildet. Er wusste, dass sie tun würde, was immer nötig war, um zu erreichen, was sie wollte. Ihre Magie zu meistern, bedeutete Schutz und Sicherheit für sie. Er wusste, dass sie schnell lernte und vermutlich rasantere Fortschritte machen würde als andere, doch Talwyn hatte an jenem Morgen vor einigen Monaten recht gehabt. Sie heraufzubeschwören und sie gezielt einzusetzen, waren zwei sehr verschiedene Dinge.

Er verzog das Gesicht, als er seine Sitzposition auf der Bank wechselte. Während Scarlett erstarkte, wurde er gleichzeitig immer schwächer. Das Band zwischen ihnen war jetzt dicker als der zum Zerreißen gespannte Faden an jenem Tag, aber es war nicht die Brücke, die es einmal gewesen war. Obwohl er sich die größte Mühe gab, seine Magiereserven zu schonen, spürte er, wie sie Tag für Tag dahinsickerten. Er ermüdete schneller, und auch den anderen entging das nicht. Erst gestern hatte er erneut mit Cyrus gestritten, der immer noch der Meinung war, er sollte Scarlett von dem Mal erzählen. Doch das konnte er nicht. Weil er sie kannte. Er wusste, sie würde das Mal annehmen, um ihm das Leben zu retten, und er wollte sie nicht zu etwas zwingen, nicht, nachdem sie in ihrem kurzen Leben schon zu so viel gezwungen worden war. Und er würde es auch verdammt noch mal nicht so aussehen lassen, als würde er ihr nur deshalb immer zu Hilfe kommen, weil sie seine Zwillingsflamme war.

Und in diesem Moment fing er ihren Geruch auf. In ihrem Zimmer. Sie war etwas früher aus der Bibliothek zurück, und etwas stimmte nicht.

Eilig stieg Sorin aus der Wanne und trocknete sich ab. Er schlüpfte in dunkelgraue Hosen und ein weißes Hemd. Noch während er die letzten Knöpfe schloss, betrat er das Schlafzimmer, wo sie auf dem Balkon stand, während die sanft fallenden Schneeflocken sich in ihrem fließenden Haar verfingen. Flammen tanzten in ihren Händen. Sie übte. Wenn sie allein waren, übte sie immer ihre Magie. Die Flammen hatten verschiedene Farben, aber er hätte schwören können, auch Schwarz darunter zu sehen.

Als sie die Tür hörte, drehte sie sich eilig um und löschte augenblicklich die Flammen. »Du kommst gut voran mit deiner Magie«, sagte er und kam zu ihr auf den Balkon.

»Es kommt mir viel leichter vor, das Feuer zu kontrollieren als das Wasser«, antwortete sie. Und bei diesen Worten öffnete sie die Hand, und eine kleine Wasserkugel formte sich in ihrer Handfläche, ehe sie zerplatzte. Sie seufzte frustriert.

Sorin lehnte sich gegen das Geländer und stützte sich nach hinten ab. »Talwyn hatte recht«, sagte er. »Während du dich im Hof des Feuers aufhältst, ist deine Feuermagie dominant.«

»Aber das Eis kann ich problemlos kontrollieren«, widersprach sie. Wie zum Nachdruck tanzten jetzt Eiskristalle zwischen den Schatten an ihren Fingerspitzen.

Ihre Schatten. Die sie dieser Tage mit kaum einem Gedanken kontrollieren konnte.

»Ist Eis nicht leichter zu handhaben als Flammen? Wasser ist eine Flüssigkeit. Ich könnte mir vorstellen, dass das schwieriger ist als Eis«, überlegte Sorin.

»Also mache ich einfach nichts, was Wassermagie erfordert?«, fragte sie.

»Götter, nein«, entgegnete Sorin. »Wenn du an den Hof des Wassers gehst, wirst du vermutlich leichteren Zugriff auf diese Kräfte haben. Mit etwas Übung wirst du in der Lage sein, beide gleichermaßen einzusetzen, ganz egal, wo du dich aufhältst.«

»Wenn ich an den Hof des Wassers gehe?« Sie hob die Augenbrauen. »Ich kann dorthin?«

»Du unterstehst niemandem, Scarlett. Du kannst hingehen, wo auch immer du willst«, antwortete er sanft.

»Wie war deine Sitzung heute?«, fragte sie und beschwor ein Band um ihren Arm. Jede Perle daran war eine Flamme in einer anderen Farbe.

»Wie es zu erwarten war, wenn es um den Hof der Erde geht.« Sorin sah zu, wie sie jede Flamme einzeln herbeirief.

»Eliza meinte, eure Höfe mögen sich nicht«, sagte sie, ohne ihn anzusehen.

»Nein, das tun wir nicht.«

»Warum?«

»Diverse Gründe. Uralte Blutfehden«, meinte er achselzuckend. »Dinge, die wir besser ein andermal besprechen.«

»Hmm«, summte sie, die Stirn vor Konzentration gerunzelt. Die Flammen um ihr Handgelenk erstarrten und verwandelten sich in ein Band aus funkelnden gefrorenen Eisflammen. »Wie habe ich das eigentlich gemacht? Wie macht sie es? Sich einfach so in Luft auflösen?«, fragte Scarlett abwesend, während sie zwischen ihren Fingern ein Band aus Feuer rollte und zwischen ihren Knöcheln hindurchwebte.

Sorin richtete sich bei der Frage auf. Sie sprach nicht oft von diesem Tag.

»Man nennt es *Reisen*. Nur wenige Fae sind dazu in der Lage«, antwortete er.

»Kannst du es?«

Sorin schüttelte den Kopf. »Nein. Ich kann Feuerportale schaffen, weil ich der Prinz des Feuers bin, aber ich kann nicht *Reisen*. Du bist auch zuvor schon *gereist*, weißt du das?«, meinte er mit einem schiefen Lächeln.

»Wann?«, wollte sie wissen. Ihre Flammen loderten auf, und sie zuckte leicht zurück.

Sorin lachte leise, während er das Feuer für sie löschte. »Im Land der Sterblichen. Du hast uns aus dem Haus der Lairwoods an den Strand gebracht.«

»Aber woher wusstest du, dass ich diese Fähigkeit habe?«, hakte sie nach.

»Weil deine Mutter es konnte.«

Sie dachte einen Moment darüber nach. »Hast du eine Ahnung, wer mein Vater ist?«

Sorin schüttelte den Kopf. »Ich weiß es nicht. Als ich sie das letzte Mal sah, war sie noch nicht schwanger. Zumindest meines Wissens nach nicht.«

»Meine Mutter meinte, er sei ein Seemann gewesen und dass er tot wäre. Sie hat mir so viel verheimlicht. Ich frage mich, ob das die Wahrheit war.« Sie hatte aufgehört, mit ihrer Magie zu spielen, und stützte jetzt die Arme auf das Geländer, um auf die Berge vor ihnen hinauszublicken. Er wünschte, er könnte diesen Moment, in dem der Schnee sanft um sie herum fiel, einfangen.

Sorin unterdrückte das Verlangen, zu ihr zu gehen. Obwohl er jede Nacht neben ihr schlief und sie immer noch oft miteinander flirteten, hatten sie sich seit jenem Tag im Garten der Prinzessin, als er ihr den Seestern zeigte, nicht mehr geküsst. Götter, er wollte es. Er wünschte sich seit jener Nacht, als sie ihn nach dem Albtraum gebeten hatte, sie zu berühren, sie wieder anzufassen. Zu spüren, wie sie um seine Finger herum kam, weckte in ihm Fantasien, weckte in ihm Ideen, wie er sie auf andere Weise zum Höhepunkt bringen konnte. Aber nachdem er sie im Chalet so vollkommen zerstört hatte, würde er warten. Er würde warten, bis sie zu ihm kam, falls sie das jemals tun würde.

Und dann war da noch der sterbliche Prinz. Er hatte keine Ahnung, wie die Dinge mit ihm standen. Sie traf sich weiterhin beinahe jeden Tag mit ihm in der Bibliothek, und einmal in der Woche dinierte sie mit den Sterblichen in ihrer Gästesuite. An diesen Abenden war er bei seinem eigenen Essen mit dem Inneren Hof immer ein mürrischer Bastard. Sie kam stets erst in den frühen Morgenstunden zurück, und der Geruch der Sterblichen haftete ihr an, zusammen mit einem anderen Duft, den er nicht einordnen konnte. Er erinnerte ihn an modrige Erde und Staub.

»Wie kann ich lernen zu *reisen*?«

Sorin dachte darüber nach. »Ich weiß es nicht«, gab er zu. »Es ist anders als Portale. Portale öffnen ein Tor zwischen zwei Orten. Beim *Reisen* wird die Luft zwischen Zeit und Raum gekrümmt, als würde man eine Karte falten, um zwei Punkte näher zueinander zu bringen und durch einen Riss in der Welt zu treten.«

»Kennst du noch andere, die *reisen* können?«

»Der Prinz der Erde ist ein *Reisender*«, antwortete Sorin finster. Und nach einem Moment fügte er hinzu: »Wir sollten mit Rayner sprechen. Möglicherweise kann er helfen.«

»Was genau ist Rayner?«, fragte Scarlett und wirkte mit einem Mal neugierig.

»Nach all den Monaten fragst du das erst jetzt?« Er hatte darauf gewartet, dass die Neugier sie übermannte. Es war überraschend, dass sie so lange durchgehalten hatte.

Sie zuckte gleichgültig mit den Achseln. »Es kam mir unhöflich vor, nachzubohren.«

»Du liebst es doch, nachzubohren«, sagte Sorin mit einem bezeichnenden Blick.

»Du kannst mich mal«, kommentierte sie mit einem Augenrollen.

Sorin schenkte ihr ein schelmisches Lächeln. »Rayner ist ein Aschereiter. Er kann durch Rauch und Asche reisen, auch zwischen verschiedenen Territorien«, erklärte Sorin. »Es ist wie sein eigenes spezielles Portal, nur dass er sich weitgehend unbemerkt bewegen kann, wenn er das will.«

»Also ist er die meiste Zeit nicht da, weil …« Sie sprach nicht weiter.

»Rayner ist mein zweiter Stellvertreter, aber er ist auch ein Spion. Er ist ständig in anderen Höfen und Ländern und sammelt Informationen, von denen er mir dann berichtet. Aschereiter gibt es noch seltener als *Reisende*. Windgänger sind genauso«, erklärte Sorin. Als Scarlett ihn verwirrt ansah, fügte er hinzu: »Windgänger können sich zwischen den Winden bewegen wie Aschereiter zwischen Asche und Rauch. Tatsächlich sind sie sogar noch unauffälliger, weil die Winde konstant sind und sie nicht auf Asche oder Rauch angewiesen sind.«

»Haben der Hof der Erde und des Wassers auch seltene Gaben?«

»Ja und nein. Nicht auf die gleiche Weise wie Feuer und Wind, aber man sollte sie deshalb nicht unterschätzen. Der Hof der Erde beherbergt die *Künstler*. Es ist der einzige Hof, der Male gewähren kann.«

Scarlett hob die Brauen. »Die Tätowierungen?« Ihr Blick wanderte über ihn hinweg und verharrte dort, wo sie wusste, dass Male seine Haut zierten.

»Ja. Besonders fähige Künstler können astronomische Summen für ihre Dienste verlangen.«

»Interessant«, meinte Scarlett. »Und Wasser?«

»Der Wasserhof kann Wasser mit einer Eigenschaft erfüllen,

die Waffen empfänglich für Magie macht. Auf diese Weise kann ich meine Klingen in Feuer hüllen. Sie wurden in dieses Wasser getaucht. Außerdem ist Wasser überall um uns herum und kann als Spiegel verwendet werden, durch den man an andere Orte mit einer Wasseroberfläche blicken kann, sofern der oder die richtige Fae davorsteht«, sagte er mit einem wissenden Lächeln.

»Briar?«, riet sie.

»Er ist ein Wasserspäher, unter anderem, ja«, antwortete Sorin.

»Wie weit schafft es jemand mit dem *Reisen*?«

»Was meinst du damit?«

»Ich kann eindeutig Territorien überqueren, aber wie weit kann ich *reisen*? Über Meere hinweg? Oder ist das wie mit den Portalen, und ich muss wissen, wo ich hinwill?«

»Ich habe keine Ahnung«, sagte er langsam. »Warum interessiert dich das mit einem Mal so sehr?«

»Ich denke, ich bin einfach nur neugierig«, winkte sie ab. Sie klang, als würde sie an diesem Punkt nur noch halb zuhören und wäre mit den Gedanken eindeutig woanders.

Geheimnisse. Sie hatte Geheimnisse vor ihm. Er hatte sie ein paarmal in ihren Räumen aufgeschreckt, als sie über diese alten Texte gebeugt war, die sie aus der Bibliothek schleppte. Sie versteckte sie irgendwo. Er war selbst noch einmal zurück in jenen Korridor gegangen, um zu sehen, ob er herausfinden konnte, welche Bücher sie las, doch das Regal war immer voll, nie fehlte ein Buch.

Sie blickte wieder über den Balkon hinaus und spielte dabei gedankenverloren mit ihren Schatten.

»Du warst in den letzten Wochen ziemlich beschäftigt«, sagte er vorsichtig und lehnte sich einmal mehr gegen das Geländer.

»War ich das?«

Er biss die Zähne zusammen, wusste nicht, wie sehr er sie schon unter Druck setzen durfte. »Wonach suchst du in den ganzen Büchern, die du in letzter Zeit liest?«

»Diverse Dinge«, antwortete sie vage, während sie ihre Schatten zu Blüten formte.

»Zum Beispiel?«

»Die Territorien. Avonleya. Deimas und Esmeray.«

»Deimas und Esmeray?«, fragte er und konnte seinen Schock bei diesem Geständnis kaum verbergen.

»Du sagtest, Talwyn sei wütend auf dich, weil du die Waffe nicht gefunden hast, die sie braucht, um Rache zu üben. Dass du deshalb an jenem Tag in dieser … Stimmung warst.« Sie warf ihm dabei einen Seitenblick zu.

Er hatte ihr von dem Treffen und einigen der Dinge, die Talwyn zu ihm gesagt hatte, erzählt und warum ihn das in diese Stimmung versetzt hatte. Er hatte nicht gewusst, dass sie deshalb diese Dinge recherchierte.

Sie zuckte mit den Achseln. »Ich dachte, vielleicht finden wir ja etwas, das wir ihr geben können, damit sie ihre Rache bekommt und dir nicht mehr auf die Nerven gehen muss.« Sie zuckte erneut mit den Achseln, als wäre es nichts.

Er schluckte. »Hast du etwas herausgefunden?«

»Über Deimas und Esmeray? Nicht viel«, gab sie zu.

»Aber andere Dinge?«

Scarlett trat einen Schritt vom Geländer zurück, als sie sagte: »Ich schätze, wir sollten gehen und nach Rayner suchen. Ihn fragen, ob er mir helfen kann, *reisen* zu lernen.«

Zu viel. Er hatte alles aus ihr herausbekommen, was sie heute zu geben bereit war.

»Ich dachte, wir könnten uns einen Abend freinehmen«, schlug Sorin vor, und ein halbes Lächeln krümmte seine Lippen.

»Ich brauche keinen freien Abend«, antwortete sie, ohne ihn anzusehen.

»Du *brauchst* vielleicht keinen freien Abend, aber ich würde dir gerne die Stadt zeigen.«

Scarlett sah ihn an. »Du willst mit mir in die Stadt?«

»Ich habe dir gesagt, dass du in die Stadt gehen kannst, wann immer du willst«, erinnerte Sorin sie.

»Ich weiß, und ich war einige Male mit Eliza für ein paar schnelle Besorgungen dort, aber nie einfach nur zum Spaß. Es war einfach zu viel los, und wir haben jeden Tag trainiert. Und jetzt ist da … Ich hatte einfach vergessen, dass es noch mehr zu sehen gibt«, sagte Scarlett und blickte wieder hinaus. Von hier oben konnte man gerade noch die Ränder der Stadt jenseits des gewaltigen Palastgeländes sehen.

»Es wird immer etwas geben, das getan oder trainiert werden muss. Es wird immer Leute geben, die etwas von einem wollen, oder Orte, die man aufsuchen muss, aber es ist mindestens genauso wichtig, sich die Zeit zu nehmen, zu den Sternen am Himmel hinaufzublicken, die Sonne in seinem Gesicht zu spüren und gutes Essen in ausgezeichneter Gesellschaft zu genießen.«

»Ausgezeichnete Gesellschaft? Kommen Eliza, Cyrus und Rayner auch?«, neckte sie ihn grinsend.

»Meine liebe Scarlett«, schnurrte er und trat hinter sie, »wann finden wir wohl eine bessere Verwendung für deine durchtriebene Zunge?«

Ihr Geruch nach Zitrus, Glut und Jasmin erfüllte ihn. Das Mal an seiner linken Hand brannte, als Verlangen ihn durchflutete, und er verbarg seine Grimasse. Sie drehte sich zu ihm um, und ihre Gelassenheit schien ihm verlockender denn je. Ihre Stimme war tief und sinnlich, als sie sagte: »O Prinz, du wirst sehen, wie durchtrieben ich sein kann, wenn du erst siehst, was ich heute Abend trage.«

Sorin zweifelte nicht daran, dass das der Wahrheit entsprach, als sie ihre verdammten Hüften schwingend an ihm vorbeischlenderte, um sich für den Abend umzuziehen.

35

SCARLETT

Scarlett saß Sorin gegenüber an einem kleinen Tisch in einem Restaurant an der Tana. Da die meisten Einwohner des Hofs des Feuers über Feuermagie verfügten, war es hier in der Stadt so mollig warm wie im Palast. Die Wirtin hatte Sorin mit Namen begrüßt, natürlich als Prinz Sorin, und sie sofort an diesen Tisch geführt. Scarlett hatte nicht gefragt, ob er sie im Vorhinein über sein Kommen informiert hatte oder ob sie einfach immer einen Tisch für ihn reserviert hielten.

Ausgerechnet Eliza hatte ihr geholfen, sich für die Nacht fertig zu machen. Für jemanden, der sich auf dem Schlachtfeld oder mit einem Buch in der Hand am wohlsten fühlte, kannte sie sich definitiv ziemlich gut mit Mode aus. Scarlett trug ein eng anliegendes waldgrünes Kleid, das ihr Haar in der untergehenden Sonne leuchten ließ. An der Taille war es transparent, und auch die Ärmel bestanden aus einem durchscheinenden Stoff. Der Rücken war tief ausgeschnitten. Kleine silberne Perlen zierten das ganze Kleid. Eliza hatte ihr die Hälfte ihres Haars mit zwei floralen Spangen hochgesteckt, der Rest fiel in Locken gelegt ihren Rücken hinunter. Sie hatte sie allein zum Palasteingang geschickt, wo Sorin bereits auf sie wartete, versprach aber, sich ihnen später am Abend zum Tanzen anzuschließen.

»Ich habe ihn so oft von dieser Stadt sprechen hören, dass ich jetzt schon weiß, was er sagen wird«, hatte sie abgewinkt.

»Lass dir von ihm Solembra zeigen. Und wir zeigen dir dann das Nachtleben.« Bei dem wilden Funkeln in ihren Augen musste Scarlett lachen.

Die Wachen warfen ihr im Vorbeigehen anerkennende Blicke zu, und sie würde den Ausdruck auf Sorins Gesicht niemals vergessen. Wie er erstarrte, als er sie entdeckte. Wie sein Blick auf und ab wanderte. Zweimal. Wie ihr Körper darauf reagierte, als er, nachdem er aus seiner Starre erwacht war, zu ihr kam und ihr direkt ins Ohr flüsterte: »In diesem Kleid wirst du Gerüchte in die Welt setzen, Prinzessin.«

Sie waren die halbe Meile in die Stadt zu Fuß gelaufen. Mit Sorin neben ihr war die beißende Kälte des Winters weniger schlimm gewesen. Sie hatte nicht einmal ihren Mantel gebraucht, und Sorin hatte ihn in irgendeinen Winkel zwischen den Welten geschickt, wo er alle möglichen Dinge aufzubewahren schien. Auf dem Weg zu dem Restaurant hatte er sie auf diverse Sehenswürdigkeiten hingewiesen. Er versprach, sie das nächste Mal ins Künstlerviertel zu bringen.

Die Sonne ging bereits unter, als sie sich an die Tana setzten. Obwohl es Winter war, hinderte die Magie des Feuerhofs den Fluss daran, zuzufrieren, und sie konnte das Rauschen des Wassers hören. Es waren nicht ganz die Wogen des Meers, doch es ließ ihre Seele dennoch zur Ruhe kommen. Sie hatten bereits bestellt, und sie nippte an ihrem Wein. Er musterte sie und nahm selbst einen Schluck, ehe er sagte: »Du warst heute früher als sonst zurück aus der Bibliothek.«

Sie zögerte und stellte langsam ihren Kelch ab, ehe sie sich zurücklehnte und auf die Tana hinausblickte. »Wir waren heute nicht lange in der Bibliothek. Callan fühlte sich ruhelos und wollte in den Garten. Es war eiskalt, deshalb waren wir nicht lange dort.«

»Versuchen wir es noch einmal«, sagte er sanft. »Du warst bei deiner verfrühten Rückkehr aufgebracht.«

Sie hob den Blick und fand ihn geduldig wartend vor. »Er wird ruhelos und ist bereit, nach Baylorin zurückzukehren.« Sorin schwieg, wartete auf mehr. Sie seufzte. »Ich habe ihm gesagt, dass ich zwar nach Baylorin zurückwill, aber vermutlich nicht dauerhaft dortbleiben werde. Er hat es nicht gut aufgenommen.«

»Das kann ich mir vorstellen.« Sorin nahm einen weiteren Schluck. Sie konnte seinen Ausdruck nicht lesen.

»Wir haben gestritten.«

»Das dachte ich mir.«

Sie richtete den Blick wieder auf den Fluss hinaus und bemühte sich, das Rauschen des Wassers über das Lärmen des Restaurants zu hören. »Wegen mehr als nur meinen Aufenthalt in Baylorin.«

»Oh?«

»Er hofft immer noch, dass ich einmal seine Königin sein werde, dass wir ein gemeinsames Leben vor uns haben. Egal, wie oft ich ihm sage, dass das unmöglich ist, egal, wie viele Gründe ich ihm nenne.«

»Ist es für dich gar keine Option?«, fragte Sorin neutral.

»Nein«, antwortete sie leise. »Ich will immer noch nicht an einen Thron gefesselt sein.« Sorin schwieg, ließ sie nachdenken, bereit, zu nehmen, was immer sie ihm geben wollte. »Er will wissen, in welcher Beziehung wir zueinander stehen«, sagte sie vorsichtig.

»Tut er das?«

»Er glaubt, du seist mein Seelengefährte.«

Ein schwaches, beinahe trauriges Lächeln huschte über seine Lippen. »Ich bin nicht dein Seelengefährte, Scarlett.«

»Weil du der meiner Mutter warst?«

»Nein. Man kann mehr als nur einen haben, aber ich bin nicht deiner.« Er unterbrach sich einen Moment, ehe er hinzufügte: »Cassius hingegen ist es.«

Sie hob überrascht die Brauen. »Woher weißt du das?«

»Ich bin uralt, schon vergessen?«, zwinkerte er.

Cassius war ihr Seelengefährte. Sie ließ diese Wahrheit in ihre Seele eindringen und bis ganz nach unten sinken. Jetzt, da sie es ausgesprochen hörte, war es so offensichtlich, dass es nicht mehr zu leugnen war.

»Wärst du gerne mein Seelengefährte?«, fragte sie und griff erneut zu ihrem Glas, um ihre Hände zu beschäftigen.

Er schwieg nachdenklich. »Nein, Scarlett, ich will nicht dein Seelengefährte sein.«

Sie war gleichermaßen niedergeschlagen und erleichtert bei dieser Antwort. Seelengefährten waren intime Freunde, aber nicht mehr. In jenem Moment im Garten, als sie auf ihre Hände in Callans hinuntergestarrt und er ihr gesagt hatte, er könnte damit leben, wenn Sorin ihr Seelengefährte wäre, da war es ihr bewusst geworden.

Er könnte es vielleicht, aber sie nicht. Sie könnte ganz und gar nicht damit leben.

Sie wollte nicht, dass er ihr Seelengefährte war. Sie wollte mehr als nur die Intimität zwischen Seelengefährten. Allein bei dem Gedanken an ihn mit einem anderen weiblichen Wesen wollte sie schreien, sich übergeben und weinen zugleich.

Aber er hatte eine Zwillingsflamme. Irgendwo da draußen. Und auch nach ihrer Unterhaltung mit Eliza wusste sie, wenn sie sich auf ihn einließ und seine Zwillingsflamme eines Tages auftauchte, dann wäre der Drang, sie augenblicklich umzubringen, unendlich stark.

»Ich bin dir näher, als ich Cassius bin«, sagte sie leise. »Du weißt Dinge, die ich ihm niemals gesagt habe.«

»Was bist du für mich?«, fragte er und musterte sie intensiv.

»Eine Nervensäge?« Sie klimperte mit den Wimpern, während sie an ihrem Wein nippte.

Er lachte laut auf. »Das definitiv.«

Die Sonne versank vollständig hinter den Bergen, und Scarlett hörte ein Zischen. Sie riss die Augen auf und sah sich panisch im Restaurant um.

»Der Fluss, Liebes«, sagte Sorin ruhig. »Schau in den Fluss.«

Sie wandte sich wieder dem Gewässer zu und sah Flammen beide Ufer entlangrasen, beginnend am Palast, den gesamten Fluss hinunter, bis in die Ferne. Sie hatte das Feuer im Palast bereits gesehen und gedacht, es sei Teil seiner Magie. Ihr war nicht bewusst gewesen, dass es sich den ganzen Fluss entlangzog. Die Flammen erhellten die Ufer und die kleinen Geschäfte dort. Sie spürte ihre Hitze und konnte nicht anders, als fasziniert dabei zuzusehen, wie scheinbar kleine Lichter den Fluss hinabschwammen.

Schließlich riss sie den Blick vom Wasser los und sah wieder Sorin an, der nicht den Fluss, sondern sie ansah. Seine Augen leuchteten förmlich. »Es sind Dämmerungsfeuer. Sie beginnen an der Quelle des Flusses und ziehen sich bis zur Grenze das ganze Ufer entlang, ehe sie im Morgengrauen verlöschen.«

»Sie sind wunderschön«, hauchte sie und wandte sich wieder dem Fluss zu.

»Das sind sie«, antwortete er.

Das Essen kam, und Scarlett aß die vermutlich himmlischsten Meeresfrüchte, die sie je hatte. Nach einem Stück glasiertem Himbeerkuchen schlenderten sie noch etwas durch die Stadt. Die Dämmerungsfeuer warfen ein flackerndes Licht auf die Straßen und leuchteten ihnen den Weg, bis sie den Tanzclub erreichten, wo Eliza, Rayner und Cyrus bereits auf sie warteten.

Als sie eintraten, reichte man ihnen Getränke. Nun, den anderen jedenfalls. Scheinbar wussten alle hier genau, was sie gerne tranken. »Wein«, rief Eliza der Wirtin über die Musik hinweg zu und nickte dabei in Scarletts Richtung. Ein paar Augenblicke später hatte sie ein Glas in der Hand und folgte ihnen durch die Menge an einen reservierten Tisch. Und sie war sich ziemlich sicher, dass dieser hier immer für sie reserviert war.

Sie tanzten stundenlang, und im Stillen verfluchte sie alle, weil sie so lange gewartet hatten, ihr diese Seite des Feuerhofs zu zeigen. Cyrus wirbelte sie auf der Tanzfläche herum und führte sie meisterhaft durch einige populäre Fae-Tänze. Sie trank, und Eliza drückte ihr jedes Mal ein neues Glas Wein in die Hand, wenn ihres leer war. Selbst Rayner gab sich ein paarmal auf der Tanzfläche die Ehre. Sie lachte, sorgenfrei und voller Freude, mit einer Familie, von der sie nicht gewusst hatte, dass sie ihr fehlte.

Cyrus hatte sie gerade durch eine besonders temporeiche Nummer geführt. Sie atmete schwer und lachte, als Eliza zu ihnen geschlendert kam und zwischen Cyrus und Rayner zu tanzen begann. Dann entdeckte sie Sorin auf der anderen Seite des Raums. Er saß an ihrem Tisch, und seine Aufmerksamkeit galt allein ihr.

Was bist du für mich?

Die Worte von vorhin drängten sich wieder in ihren Geist. Sie war dankbar für die Ablenkung der Dämmerungsfeuer gewesen, weil ihr keine Antwort auf diese Frage eingefallen war.

Aber das war eine Lüge.

Cassius hatte ihr einmal gesagt, dass zwischen ihr und Sorin eine Verbindung bestand. Mikale hatte gespottet, dass jeder es sehen könne. Callan war mehr als paranoid deswegen. Sie hatte ihnen nicht geglaubt.

Auch das stimmte nicht.

Wenn sie ehrlich mit sich selbst war, hatte sie sich nicht erlaubt, ihnen zu glauben. Sie hatte Grenzen gewahrt, hatte Gefühle verdrängt, um sich selbst zu schützen. Genau wie sie Sorin an jenem Tag in den Bergen angeschrien hatte. Sie hatte gewusst, was er tat, weil sie es selbst tat. Sie war so daran gewöhnt, immer die zu sein, die beschützte, immer auf die zu achten, die sie liebte. Sie hatte Callan einst geliebt, doch selbst damals hatte sie ständig Ausschau nach Bedrohungen gehalten und in den Schatten gelebt.

Doch wenn Sorin sie so ansah, als wäre sie die Einzige im Raum, obwohl um sie herum Chaos und ausgelassene Stimmung herrschten, erlaubte sie sich, die äußersten Schichten dessen anzutasten, was sie füreinander waren. Sie erlaubte sich, die Möglichkeit in Betracht zu ziehen, dass sie ihn liebte, ihn, der immer kam, wenn sie ihn brauchte. Der sie die Dinge verarbeiten ließ. Ihn, der jedes Geheimnis in ihrem Herzen kannte. Der keine Angst vor ihrer Dunkelheit hatte.

Sie hatte es ernst gemeint, als sie sagte, dass sie hoffte, er würde eines Tages seine Zwillingsflamme finden, aber ganz tief drin wollte sie ihn nicht mit jemandem teilen müssen. Ein schrecklicher Teil von ihr betete zu jedem Gott, der sie erhören wollte, dass seine Zwillingsflamme längst nicht mehr in dieser Welt war und sie sich erst im Danach finden würden. Selbst dann wollte sie ihn nicht teilen.

Sie schob die Scham beiseite, die sie bei diesen Gedanken empfand, und was das über ihren Charakter aussagte. Sie rief Cyrus über die Menge und die Musik hinweg zu, dass sie eine Pause einlegen würde. Cyrus grinste, als wüsste er etwas, das sie nicht wusste. Sorins Blick hielt ihren, während sie zu ihm kam. Sie glitt neben ihn auf die Bank.

»Hallo, Prinz.« Ihre Stimme war leise, sinnlich.

»Hallo, Prinzessin.« Sorins Stimme war belegt, und ein raubtierhafter Hunger funkelte in seinen Augen.

»Tanzt du nicht?«

»Cyrus meinte, ich hätte dich schon den ganzen Abend beansprucht und solle dich für eine Weile teilen«, antwortete er und nippte an seinem Glas.

»Ich glaube, wir haben endlich den Beweis, dass sie tatsächlich meine Gesellschaft der deinen vorziehen«, zwinkerte Scarlett.

Er lachte auf. »Das ist nur natürlich, schätze ich.« Er schwieg, trommelte mit den Fingern auf den Tisch vor ihm und schien zu überlegen, ob er etwas sagen sollte.

»Muss ich erst etwas finden, um dich zu reizen, Prinz, oder sagst du mir endlich, was du schon die ganze Zeit sagen willst?«, fragte sie und ließ den Finger über den Rand eines leeren Glases auf dem Tisch gleiten.

»Liebes, dieses Kleid ist aller Anreiz, den ich heute Abend brauche«, schnurrte er.

Sie legte eine Hand auf seinen Oberschenkel, und er erstarrte, beobachtete sie aufmerksam, wie er es schon die ganze Nacht tat. »Sicher? Ich glaube, mir ist endlich eine bessere Verwendung für meine Zunge eingefallen«, antwortete sie, und ihre Finger glitten ein Stück seinen Oberschenkel hinauf.

Ohne ihren Blick loszulassen, schrieb er eine Feuernachricht in die Luft. Dann stürzte er den Inhalt seines Glases hinunter, als wollte er einen klaren Kopf bekommen. Er hob die Hand mit der unvollendeten Tätowierung an ihre Wange und ließ die Finger langsam über ihren Kiefer und ihren Hals bis zu ihrer Schulter hinuntergleiten. Während er träge über ihr Schlüsselbein strich, beugte er sich zu ihr, damit sie ihn über das Lärmen im Club hören konnte. »Meine liebe Scarlett, seit dem Tag, als ich dich das erste Mal mit Cassius trainieren sah, habe ich unzählige Male über all die Dinge nachgedacht, die man mit dieser Zunge tun könnte. Es war wirklich sehr irritierend.«

Und jetzt erstarrte sie.

»Dann«, fuhr er fort, sein Atem heiß an ihrem Ohr, »dachte ich an all die Dinge, die ich mit *meiner* Zunge tun könnte.«

Seine Finger waren langsam von ihrem Schlüsselbein nach unten gewandert und verharrten jetzt direkt über der Rundung ihrer Brust. Ihr Atem stockte, und ihr wurde heiß.

Sie schluckte und hauchte: »Wer setzt jetzt Gerüchte in Umlauf?«

Sein Lachen war tief und sinnlich. »Welche Art von Gerüchten würdest du denn gerne in Umlauf setzen, Liebes?«

Sorins Blick folgte seinen Fingern, als er damit zwischen ihre Brüste fuhr, langsam weiter bis zu ihrem Nabel und dann zu ihrem Oberschenkel. Er begann, träge Kreise dort zu ziehen, arbeitete sich langsam wieder nach oben vor.

Das war's. Sie wollte nicht mehr flirten. Sie wollte ihn nicht mehr auf Armeslänge halten. Sie wollte mehr. »Sorin«, presste sie hervor, »lass uns gehen.«

Ein langsames Lächeln breitete sich auf seinem Gesicht aus, als er ihr noch näher kam, bis sein Mund direkt an ihrem Ohr war. Sie spürte, wie seine Lippen ihre Ohrmuschel streiften, als er flüsterte: »Sosehr mich dieses Kleid auch um den Verstand bringt, Prinzessin, nicht heute Nacht.«

Sie stöhnte auf. Laut. »Warum?«

Er regte sich nicht und flüsterte: »Weil du betrunken bist, Scarlett.« Sie wollte protestieren, doch er fuhr fort: »Wenn ich dich das erste Mal nehme, dann möchte ich, dass du bei vollem Bewusstsein bist für jede Art, auf die ich dir huldigen werde.«

Scarlett spürte einen Hitzepuls hinter sich und stellte fest, dass er ein Portal geöffnet hatte. Eliza stand daneben und sah durch und durch belustigt aus. Sie warf ihrer Freundin einen finsteren Blick zu, als Sorin sagte: »Bring sie nach Hause, Eliza.«

Sie wandte sich wieder ihm zu. »Du kommst nicht mit?«

»Liebes, wenn ich jetzt mit dir nach Hause gehe, dann würde ich allem, was ich gerade gesagt habe, zuwiderhandeln.«

»Dann komm nach Hause«, schnurrte sie.

Doch da ergriff Eliza ihre Hand und zog sie auf die Beine.

Während ihre Freundin sie mit mühsam unterdrücktem Lachen durch das Portal zerrte, starrte Scarlett noch immer Sorin an, auf dessen Gesicht pures Verlangen geschrieben stand.

36

SCARLETT

Scarlett nahm eine Bewegung wahr. Sie öffnete die Augen einen Spalt und stellte fest, dass es dunkel im Raum war und die Sonne noch keinerlei Anstalten machte, aufzugehen. Sie hob den Kopf ein wenig und fluchte. Gott, tat das weh. Verdammter Wein.

Sie tastete und stellte fest, dass der Platz neben ihr noch warm war, aber niemand mehr dort lag.

»Sorin?« Sie setzte sich auf, und Panik machte sich in ihr breit. Sie war immer noch in ihrem Schlafzimmer. Sie war immer noch im Hof des Feuers. In Sicherheit.

»Ich wollte dich nicht wecken«, sagte er leise und kam aus dem begehbaren Kleiderschrank. Er trug elegante dunkelgraue Kleidung, die mit feinen Gold- und Kupferfäden durchwirkt war. Eine Flammenkrone über seinem Kopf verbreitete ein schwaches Leuchten, während er die Manschetten seiner Ärmel zuknöpfte. Er sah nicht aus wie ein Prinz, sondern wie ein König.

Scarlett glitt aus dem Bett und kam leicht fröstelnd zu ihm. Ihr Nachthemd war ärmellos und tief ausgeschnitten und reichte ihr nur bis zu den Knien. Ein Blick von Sorin reichte aus, und die heruntergebrannte Glut im Kamin erwachte erneut zum Leben.

»Weißt du was, Liebes«, sagte er mit einer leisen, tiefen Stimme, die ihre Knochen entlangglitt und sie die Zehen einrollen ließ, »die Dinge, die du im Bett trägst, sind nicht minder verrucht als das Kleid, das du gestern anhattest.«

Sie hatte Sorin nicht nach Hause kommen hören. Tatsächlich hatte sie bei der Bewegung vorhin gedacht, dass er gerade ins Bett ging, nicht dass er es verlassen hatte.

»Wo willst du hin?«, fragte sie, als er seinen Schwertgurt anlegte. Sie rieb die Hände über ihre nackten Arme und beobachtete ihn.

»Ich habe eine Sitzung«, antwortete er.

»Noch vor Sonnenaufgang?«

»*Bei* Sonnenaufgang«, berichtigte er sie und schlüpfte in eine rote Jacke.

Eine Flamme erschien direkt neben Sorins Kopf. Er hob die Hand und zog ein Stück Papier heraus und las es. »Ich muss los«, sagte er und hauchte ihr einen sanften Kuss auf die Schläfe. »Cyrus wartet im Wohnzimmer, aber wenn ich wiederkomme, müssen wir reden.« Sie konnte den Ausdruck in seinen Augen nicht lesen, als er sich abwandte.

»Ich will mitkommen«, sagte Scarlett. »Nur eine Minute.« Sie machte sich auf den Weg zum Schrank, doch Sorin griff nach ihrem Arm.

»Du kannst nicht mitkommen, Scarlett.«

»Was? Warum nicht?«, wollte sie wissen. Er hatte ihr noch nie, noch nicht einmal, verboten, irgendwo hinzugehen.

»Diese Sitzung«, er unterbrach sich, um seine Worte abzuwägen, »findet in den Weißen Hallen statt.«

»Es ist eine Sitzung mit Talwyn?«

Sorin nickte.

»Weswegen?«

Er zögerte. »Prinzessin Ashtine hat Neuigkeiten über Mikale und die Vorgänge im Reich der Sterblichen.«

Vorgänge im Reich der Sterblichen? Das hatte er ihr gegenüber nie erwähnt.

»Dann komme ich definitiv mit.« Sie versuchte, sich loszumachen, doch Sorin hielt sie fest. Ein wilder Teil von ihr ließ sie die

Zähne blecken, während sie die Erinnerung an jemand anderen verdrängte, der sie so fest hielt, dass sich Blutergüsse bildeten.

»Du kannst nicht mitkommen, Scarlett. Es sind nur die Prinzen und Prinzessinnen der Höfe gerufen. Das wars.«

»Aber Cyrus geht«, widersprach sie.

»Es ist uns erlaubt, ein Mitglied unseres Hofs mitzunehmen.«

»Dann nimm mich statt ihn mit.«

»Das geht nicht«, sagte er und ließ ihren Arm los.

»Was meinst du damit? Natürlich kannst du das. Du bist ein Prinz!«

»Bei Versammlungen wie diesen geht es nicht nur um die Höfe, Scarlett. Es geht um den ganzen Kontinent. Beziehungen zu den Oberhäuptern der anderen Territorien. Es geht um Planung und Strategien. Es gibt Dinge, die du nicht verstehen würdest. Es sind Dinge, von denen du nicht einmal ein Teil sein *willst*. Cyrus muss als mein Stellvertreter dort sein.«

Er machte sich auf den Weg zur Tür, um zu gehen. Sie hatte insgeheim daran gearbeitet, ihre Dunkelheit, diese Schatten, die immer da waren und die sie mit der Zeit lieben gelernt hatte, mit ihrer Magie zu verbinden. Sie nahm sie, schleuderte sie in ihr Feuer und schuf eine undurchdringliche Wand aus Schattenfeuer vor der Schlafzimmertür.

»Scarlett.« Er drehte sich zu ihr um. In der Dunkelheit des Zimmers konnte sie gerade so den Schock in seinen Zügen ausmachen. »Wie hast du das gemacht?«

»Darum geht es jetzt nicht«, rief sie wütend. »Nimm mich mit.«

»Scarlett. Ich muss los. Ich darf nicht zu spät kommen.«

»Ich kann helfen. Ich habe Informationen, die …«

»Scarlett, ich weiß nicht, wie ich mich deutlicher ausdrücken soll. Meine Königin hat mich gerufen. Ich muss gehen. Wenn ich zu spät bin, kommt sie mich persönlich holen, und das wird für alle Beteiligten unangenehm«, beschwor er sie bestimmt, und die

Frustration war ihm deutlich anzuhören. Sie spürte, wie er sein Temperament kontrollierte.

»Wenn Talwyn sagt, du sollst springen, fragst du also nur wie hoch?«, entgegnete sie abfällig.

»Ja! Weil die Dinge hier so funktionieren! Sie ist meine Königin, Scarlett.« Sorin wurde lauter. Wütend. Er war wütend auf sie. Sie hatte ihn noch nie so wütend gehört. Besorgt? Aufgebracht? Verärgert? Ja, aber niemals Wut, die sich direkt gegen sie richtete. Das fachte ihren eigenen Zorn nur noch mehr an.

»Ja, sie ist deine Königin, aber was bin ich?«

Sorin erstarrte, und als seine Augen sich erneut auf sie richteten, waren es Flammen. Er ging zu ihr und ließ eine Spur aus Feuer zurück. Als er nach ihr griff, bildete sich augenblicklich eine Feuersäule um sie herum, und Scarlett zwang sich, den überraschten Aufschrei, der in ihr aufstieg, zu unterdrücken. Sie hatte gewusst, dass er mächtig war. Sie wusste bereits seit Monaten, dass er der Prinz des Feuers war, doch er hatte es ihr nie auf diese Weise gezeigt, nicht einmal in der Gegenwart von Talwyn. Flammen in Rot und Gold und Blau wanden sich durch sein Haar und sprossen aus seinen Fingerspitzen. Er schien beinahe auf Flammen zu schweben.

Seine Stimme war tödlich, seine Verärgerung scharf wie die Klinge an seiner Seite, als er sagte: »Das ist eine sehr gute Frage. Sag es mir, Scarlett. Wer bist du?« Scarlett wusste nicht, was sie sagen sollte, und als sie nicht antwortete, fuhr er fort: »Du hast mir wieder und wieder gesagt, dass du das hier nicht willst. Du willst nicht, dass deine Blutlinie deinen Weg bestimmt und das Schicksal über deine Zukunft entscheidet. Du willst nicht herrschen und an einen Thron gefesselt sein. Du willst nicht meine Königin sein. Du weißt nicht, was du für Callan empfindest. Du hast gesagt, du gehörst nicht hierher. Dass du dich hier fremd fühlst. Du willst eine Wahl. Du wolltest selbst eine Entscheidung treffen. Also habe ich es dir überlassen. Also sag es mir, Prinzessin, was bist du? Was bist du für die Höfe? Für die Welt? Für mich?«

Scarlett fühlte sich, als hätte er ihr einen Schlag in die Magengrube verpasst. Sie hätte es lieber gehabt, wenn er sie tatsächlich geschlagen hätte. Ihre Schatten vor der Tür flackerten und verloschen, und Sorins eigene Macht ließ ebenfalls nach. Sie hörten ein leises Klopfen an der Tür, ehe sie sich öffnete. Cyrus stand dort und räusperte sich verlegen. Er hatte ihren Streit eindeutig gehört.

»Sorin, wir müssen los. Briar hat gerade eine Warnung geschickt.«

Der Prinz vor ihr nickte Cyrus nur zu und wandte sich dann wieder an Scarlett. Sie konnte ihm nicht einmal ins Gesicht blicken. Er packte ihr Kinn, zwang sie, ihn anzusehen. Als sie schließlich seinem Blick begegnete, begann er, erneut zu sprechen. Seine Stimme war immer noch tödlich, aber ein wenig weicher als zuvor: »Ich gehöre dir, und du gehörst mir, aber was bist du für mich. Was bin ich für dich?«

»Ich weiß es nicht«, fuhr sie ihn an. »Müssen wir plötzlich etwas so Undefinierbares definieren?«

»Wenn du dich entschieden hast, wer wir füreinander sind, dann werde ich deine Entscheidungen akzeptieren. Aber bis dahin muss ich gehen, wenn meine Königin mich ruft. Ich habe keine Wahl.«

»Dann geh«, entgegnete sie trotzig. »Das ist mir egal.«

Er ließ ihr Kinn los, presste die Lippen zusammen und drehte sich zu Cyrus um. Der Türrahmen vor ihnen verwandelte sich in ein Feuerportal, und die Flammenkrone über seinem Kopf leuchtete heller als zuvor.

»Er hat keine Wahl, Scarlett. Nicht, bis …«, begann Cyrus leise, aber Sorin warf ihm einen Blick zu, der ihm eindeutig zu verstehen geben sollte, den Mund zu halten.

»Es. Ist. Mir. Egal«, wiederholte sie und betonte jedes Wort. »Ihr könnt euch alle zur Hölle scheren.«

Sie sah, wie sich Sorins Rücken versteifte und er dicht gefolgt von Cyrus durch das Portal trat, ohne noch einmal zurückzublicken.

Das Portal schloss sich, und Scarlett schrie frustriert auf. Flammen erschienen in ihren Handflächen, und sie schleuderte sie in den Kamin. Sie wünschte sich plötzlich, mit Cassius sprechen zu können, und fluchte laut, weil sie noch nicht wusste, wie sie ihr *Reisen* kontrollieren konnte.

Sie hatte Informationen, die ihnen helfen könnten. Jede Woche, nach ihrem Abendessen mit Callan, Finn und Sloan, schlich sie sich in jenen alten Gang. Am Fuß der Treppe befand sich eine riesige Höhle mit Büchern in dieser seltsamen Sprache. Sie hatte noch zwei weitere Bücher in der Alten Sprache dort gefunden, Übersetzungen. Es waren Übersetzungen der anderen Sprache, und sie hatte sich beigebracht, sie zu lesen, und dabei war sie auch auf Informationen über die Avonleyaner und ihren Kontinent gestoßen. Sie wollte jetzt dort hinuntergehen, aber sie konnte es nicht riskieren, bei Tag dort gesehen zu werden.

Als sie sich umdrehte, um noch mehr Flammen zu werfen, ohne sich darum zu kümmern, ob sie damit den ganzen verdammten Palast niederbrannte, erstarrte sie, als sie den Panther entdeckte, der am anderen Ende des Raums saß. Seine Augen glühten, während er sie beobachtete, und sein Schwanz wischte am Boden hin und her.

»Shirina?«, flüsterte sie vorsichtig.

Der Panther regte sich nicht, als sie sich ihm näherte. Als nur noch ein halber Meter sie trennte, erhob sich Shirina. Scarlett streckte die Hand aus, und sobald sie das weiche Fell des Tiers berührte, spürte sie ein Ziehen an ihrem Nabel. Wie in Zeitlupe sah sie, wie das Schlafzimmer verschwand, und fand sich gleich darauf in der Mitte eines Hains wieder. Die Bäume um sie herum blühten in Violett, Türkis und Roségold, obwohl überall Frost und Schnee lagen. Sie drehte sich im Kreis und entdeckte ein hoch aufragendes Schloss hinter sich. Der Himmel war grau und bewölkt, der Wind eisig. Sie stand barfuß im Schnee. Shirina war an ihrer Seite und rieb die Nase an ihrer Hand.

»Wo hast du mich hingebracht?«, fragte Scarlett sie leise und kraulte sie hinter den Ohren.

»Ja, wohin?«, meldete sich eine weibliche Stimme hinter ihr. Sie klang eiskalt und grausam.

Langsam drehte sie sich zu der Fremden um. Sie war hochgewachsen und jung. Sie sah aus wie eine Sterbliche Anfang zwanzig. Ihre Züge waren scharf und kantig. Ihr braunes Haar war zu einem Zopf geflochten, der ihr über den Rücken fiel, und sie trug eine Art schwarzen Anzug mit Rüstungsteilen aus Leder darüber. Scarlett entdeckte ein Schwert auf dem Rücken der Frau, das aus ihrem Umhang hervorragte. Ihre Haut war goldbraun, und ihre Augen wiesen ein tiefes Violett auf, als sie Scarlett mit ihrem Blick durchbohrte.

»Es ist eine Ewigkeit her, seit ein Seelentier unser Reich besucht hat«, sagte die Frau. Shirina stieß ein tiefes Knurren aus, und die Frau legte den Kopf schräg, als würde sie über etwas nachdenken. Sie sah wieder Scarlett an. »Der Panther hat dich hergebracht? Du bist nicht aus eigener Kraft gekommen?«

Scarlett wusste nicht, ob sie antworten sollte. Sie wusste nicht, ob sie irgendetwas tun sollte.

Shirina entschied für sie, indem sie nickte.

»Verstehe«, antwortete die Frau. Sie musterte Scarlett von oben bis unten, ehe sie hinzufügte. »Ihr kleidet Euch besser um, Majestät. Ihr könnt nicht so vor das Orakel treten, selbst wenn Ihr eine Königin seid.«

Scarlett blickte nach unten und stellte fest, dass sie immer noch ihr Nachthemd trug. Ihr Blick huschte zu Shirina, die sie mit der Schnauze vorwärts stupste. Sie begann, der Frau zu folgen, Shirina immer an ihrer Seite. »Verzeihung, aber *wo* bin ich?«

Die Frau blickte über ihre Schulter, und ein böses Lächeln lag auf ihren Lippen. »Ihr seid im Königreich der Hexen.«

Scarlett spürte, wie ihr das Blut aus dem Gesicht wich. Sorin hatte ihr ein wenig über das Land der Hexen erzählt. Es war ein Reich voller Grausamkeit und Blutvergießen. Die Hexen selbst waren hart und brutal und zeigten keine Gnade. Sie ließ nicht zu, dass man ihr ihr Entsetzen anhörte. Sie griff tief in ihr Innerstes und zerrte jeden Funken Arroganz und Überheblichkeit nach oben. War sie als Jungfer des Todes nicht auch grausam und brutal? »Und Ihr seid?«

Die violetten Augen erwiderten ihren Blick, und sie wirkten ebenso boshaft, wie dieses ganze Reich sich anfühlte. »Ich bin Hazel Hecate, die Oberhexe.«

37

SORIN

Sorin und Cyrus eilten durch den Flur in Richtung des Versammlungsraums in den Weißen Hallen. Sie waren zu spät, und Talwyn würde wütend sein. Sie hatten die Türen beinahe erreicht, als er es spürte. Ihre Panik traf ihn wie ein Schlag ins Gesicht. So heftig, dass er sogar ins Taumeln geriet und beinahe gefallen wäre.

»Was zur Hölle?«, rief Cyrus, packte Sorin beim Arm und hielt ihn aufrecht.

»Sie ist weg«, keuchte Sorin. Er konnte kaum atmen.

»Wer ist weg?«

Cyrus riss an seinem Arm und zog ihn in eine nahe Nische. Sorin beugte sich nach vorne und stützte die Hände auf die Knie. Er konnte sie spüren und gleichzeitig auch nicht, beinahe, als wäre sie zu weit weg.

»Reiß dich zusammen, Sorin«, zischte Cyrus. »Talwyn darf dich nicht so sehen.«

»Sie ist weg«, zischte Sorin erneut. »Scarlett ist weg. Ich hätte sie nicht so zurücklassen sollen. Nicht, nachdem wir uns gestritten haben. Wir müssen zurück.«

Er wollte umkehren, doch Cyrus packte ihn bei den Schultern. »Wir können jetzt nicht zurück. Talwyn würde dich höchstpersönlich holen kommen und hierher zurückschleifen.«

»Etwas stimmt nicht. Sie hat schreckliche Angst. Ich spüre es«, sagte Sorin und wollte sich losreißen.

»Ihr habt euch gestritten. Es war nichts im Vergleich zu dem, was vor einem Monat passiert ist. Nach der Sitzung kannst du zu ihr und alles klären.«

»Du verstehst nicht«, schrie Sorin. »Sie ist nicht mehr im Hof des Feuers.«

Cyrus schleuderte ihn gegen die Wand. »Du musst dich zusammenreißen, Sorin. Talwyn lässt dich jetzt unmöglich zu ihr gehen. Bevor sie das Mal nicht annimmt und euren Bund anerkennt, ist sie offiziell nicht deine erste Priorität«, blaffte er. »Wir schicken Rayner zu ihr. Kannst du sie finden? Oder ist es wie neulich?« Er sah dabei Sorins linke Hand an.

Sorin schickte seinen Geist in das Band zwischen ihnen, so schnell er konnte, und je tiefer er vordrang, desto mehr spürte er seine Macht zerbrechen, seine Seele zersplittern. Er hatte in den letzten Wochen seine Kräfte so gut wie möglich geschont, aber es war nicht mehr viel übrig. Dieser Morgen hatte ihn einiges gekostet. Es war, als könnte seine Magie sich nicht erholen, und wenn sie irgendwann am Ende war …

Endlich fand sein Geist sie, und als er sich zurückzog, zeichnete Sorin ein Flammensymbol in die Luft, eine Feuernachricht an Rayner.

»Sie ist im Königreich der Hexen«, sagte er zu Cyrus, als die Flamme verschwand.

»Verdammt«, murmelte Cyrus. »Bist du sicher?«

»Ja. Das erklärt die Panik.«

»Wie zur Hölle kommt sie ins Königreich der Hexen?«

»Ich weiß es nicht«, sagte Sorin, richtete sich auf und strich seine Tunika glatt.

»Rayner wird sie finden. Er wird sie da rausholen«, sagte Cyrus angespannt, als versuchte er, nicht nur Sorin, sondern auch sich selbst zu überzeugen. »Wenn wir bis zum Ende der Sitzung nichts von ihnen gehört haben, suchen wir selbst nach ihr.«

»Ich sollte derjenige sein, der zu ihr geht. Sie wird mir nicht verzeihen, dass ich sie so stehen lassen habe. Nicht noch einmal.«

»Sorin, sie ist auch unsere Familie. Sie ist die Zwillingsflamme unseres Prinzen. Rayner wird sein Bestes tun«, bekräftigte Cyrus. Dann fügte er leise hinzu: »Und sie wird dir vergeben. Der Bund ist stärker als ein Streit. Zumindest war es bei mir und Thia so.«

Sorin nickte lediglich und löste sich aus der Nische. Er steckte die Hände in die Taschen und schlenderte in den Versammlungssaal, wobei er seine Ängste ganz tief nach unten schob und auf Nachricht seines Aschereiters wartete.

38

SCARLETT

Scarlett stand in dem Raum, in den die Oberhexe sie geführt hatte, und blickte in den Spiegel. Sie trug eine Art schwarzen Ganzkörperanzug. Er war eng anliegend und schmiegte sich an genau die richtigen Stellen ihres Körpers, aber gleichzeitig war er unglaublich flexibel und ermöglichte es ihr, sich mühelos zu bewegen. Darüber trug sie Rüstungsteile aus Leder. Sie sahen anders aus als ihre Schutzkleidung im Reich der Fae. Es handelte sich um ein dickeres Leder, das sich jedoch zugleich leichter anfühlte. Die Stiefel wärmten ihre Beine und reichten bis über ihre Knie. Shirina saß bei der Tür, die silbernen Augen stets wachsam. Plötzlich stellten sich ihre Ohren auf, und sie legte den Kopf schräg, als ein Wirbel aus Rauch hinter ihr im Spiegel auftauchte und Rayner in der Nähe des Kamins aus der Asche stieg. Seine Augen richteten sich auf sie, und Erleichterung machte sich darin breit.

»Bist du verletzt?«, fragte er, die Stimme voller Sorge.

»Nein«, antwortete Scarlett und legte den Kopf schräg, während sie ihn im Spiegel beobachtete. »Wie hast du mich gefunden?«

»Sorin hat mich geschickt«, antwortete Rayner und trat neben sie. Er streckte die Hand aus und zog eine Schnalle an ihrer Schulter straffer.

»Woher wusste er, wo er mich finden kann?«

Ohne auf ihre Frage zu antworten, fragte Rayner: »Weiß jemand, dass du hier bist? Wurdest du entdeckt?«

Ehe Scarlett antworten und nachhaken konnte, wie Sorin sie finden konnte, flog die Tür auf. Die Oberhexe schritt in den Raum, und ihre violetten Augen leuchteten zornig. Ihre Stimme war kalt und gnadenlos, als sie zischte: »Weißt du, was wir mit männlichen Eindringlingen tun, die unerlaubt mein Land und mein Heim betreten, Aschereiter?« Sie zog das Schwert auf ihrem Rücken und richtete es auf seine Kehle.

»Vergebt mir, Oberhexe«, antwortete Rayner und verneigte sich tief. Scarlett war ein wenig schockiert, dass jemand, den sie als ebenso furchterregend empfand wie die Oberhexe, ihr einen derartigen Respekt zollte. »Ich komme im Auftrag meines Prinzen.«

»Dein Prinz sollte es besser wissen, als ohne Vorwarnung männliche Gesandte zu schicken. Du sollst ihm als Erinnerung dienen«, knurrte sie und näherte sich Rayner.

Bevor sie wusste, was sie tat, trat Scarlett vor ihn. Ihre Stimme war fest, befehlend, in ihren Augen leuchteten blaue Flammen, und ihre Schatten waren bereit, zuzuschlagen. »Er kam auf meine Bitte. Er ist einer der Meinen.«

Die Oberhexe musterte sie einen Moment aus ihren violetten Augen und schien über etwas nachzudenken. »Ihr beansprucht ihn für Euch?«

»Das tue ich. Er ist Teil meiner Familie«, antwortete Scarlett.

»Interessant«, sagte Hazel und musterte sie noch etwas länger. »Folgt mir. Das Orakel erwartet Euch.«

Shirina erhob sich bei diesen Worten und trabte hinter der Oberhexe her. Sie blieb an der Tür sehen und blickte zurück, als wollte sie Scarlett ermuntern, ihr zu folgen. Scarlett war gerade erst einen Schritt weit gekommen, als Rayner ihren Ellenbogen packte. Langsam blickte sie hinunter zu seinen Fingern an ihrem Arm und hob dann den Blick, wobei sie ein Knurren unterdrücken musste.

»Du gehst zum Orakel?«, fragte er finster.

»Sieht so aus«, antwortete Scarlett. Sie zog an ihrem Arm, und

Rayner ließ sofort los. Erneut begann sie, Hazel und Shirina zu folgen, wobei Rayner neben ihr blieb.

»Für wen hält dich die Oberhexe?«, flüsterte er, während Hazel sie durch einen Flur führte. Sie befanden sich ein paar Meter hinter ihr, und Scarlett fragte sich, ob die Hexen so gut hören konnten wie die Fae oder die Nachtkinder.

Wenn sie an Juliette dachte und sie wirklich eine Hexe gewesen war, dann lautete die Antwort auf diese Frage vermutlich Ja.

»Sie nannte mich eine Königin. Ich dachte mir, es ist besser, die Oberhexe nicht zu berichtigen«, flüsterte Scarlett zurück.

»Mit dem Orakel ist nicht zu spaßen«, warnte Rayner, während sie um eine Ecke bogen.

»Dann ist es ja gut, dass ich nicht vorhabe, mit ihr zu kämpfen«, antwortete Scarlett gedehnt. »Ist es denn eine Sie?«

»Das weiß niemand. Wir nehmen es an, da es sich um eine Hexe handelt«, meinte Rayner, »aber es erscheint jedem anders.«

»Was meinst du damit?« Sie befanden sich jetzt im Freien und wanderten einen schneebedeckten Feldweg entlang zu einem Wald, der sich hinter dem Schloss der Oberhexe ausdehnte.

»Ich meine damit, dass sie dir nicht erscheinen wird, wie sie mir erscheint. Du siehst vielleicht eine alte, blinde Frau, die sich gebeugt auf einen Stock stützt, während ich einen großen Vogel sehe.«

Rayner fasste sie um die Taille, als sie über einen herabgefallenen Ast stolperte, und sie warf ihm einen dankbaren Blick zu. Als sie wieder sicher auf zwei Beinen stand, erschien eine Rauchwolke vor ihnen, aus der er das Schwert zog, das Eliza während des Kampfs mit Talwyn bereits für sie heraufbeschworen hatte. »Hier«, sagte er und reichte es Scarlett. »Eliza schickt das hier für dich.«

Scarlett nickte dankbar und schob es in die Scheide am Rücken ihres Lederzeugs. Sie liefen noch mindestens weitere fünf Meilen, zwischen Bäumen hindurch, über gurgelnde Bäche, die trotz des Winters noch nicht gefroren waren. Die Oberhexe blickte sich kein einziges Mal nach ihnen um, aber Scarlett hatte das Gefühl, dass sie alles hören konnte, was sie sagten.

»Was ist sie für dich?«, fragte sie Rayner.

»Ich habe sie nie gesehen.«

»Nie?« Scarlett drehte sich überrascht zu ihm um.

Er schüttelte den Kopf. »Nur wenige haben das Orakel je gesehen. So wenige sogar, dass manche glauben, es handle sich nur um eine Legende.«

Scarlett nickte nur, während sie ihren Weg fortsetzten. Sie erklommen jetzt eine steile Klippe, und sie war mit einem Mal noch dankbarer für die Kleidung, die Hazel ihr zur Verfügung gestellt hatte. Die Stiefel fanden ausgezeichneten Halt zwischen den Felsen. Shirina rannte vor ihnen hin und her, die steinige Steigung hinauf, ein Schatten der Nacht vor dem Hintergrund des Schnees. Hazel hatte diese Klippe eindeutig viele Male erklommen. Sie wusste genau, wo sie ihre Schritte aufsetzen musste. Als Rayner Scarlett über die Kante geholfen hatte, wartete Hazel bereits an einem Höhleneingang auf sie.

»Hier lebt das Orakel?«, fragte Scarlett und spähte an Rayner vorbei in die Dunkelheit vor ihr.

»Es ist Euch nicht erlaubt, Waffen mitzunehmen«, sagte die Oberhexe statt einer Antwort.

Scarlett sah Rayner unsicher an, weil sie nicht wusste, was sie darauf sagen sollte. Er stand jetzt zwischen ihr und Hazel und richtete sich zu seiner vollen Größe auf, als er sagte: »Ihr erwartet, dass meine Königin diese Höhle unbewaffnet betritt?«

»Wenn sie das Orakel zu sehen verlangt, dann ja«, antwortete Hazel hart.

Scarlett sah Shirina an, die jetzt am Eingang der Höhle saß und mit ihrem Schwanz peitschte. Der Panther nickte leicht, und Scarlett ergriff ihr Schwert. Sie reichte es wortlos an Rayner weiter und trat dann um ihn herum. Sorge wirbelte in seinen grauen Augen, als sie seinem Blick begegnete, und sie tat ihr Bestes, ihm ein zuversichtliches Lächeln zu schenken.

Sie näherte sich dem Höhleneingang, aber Hazel hob die Hand und hielt sie zurück. »Ihr dürft keine Waffen mitbringen.«

»Ich habe keine anderen Waffen«, widersprach Scarlett. »Auch keine verborgenen, ich schwöre es. Ich bin in einem Nachthemd hier angekommen, erinnert Ihr Euch?«

»Ihr habt Feuer und Eis in Euren Adern und Schatten, die Eurem Wort gehorchen, nicht wahr?«, antwortete Hazel mit einem listigen Lächeln auf den Lippen.

»Ich kann Euch nicht meine Magie geben«, widersprach Scarlett.

»Natürlich nicht«, antwortete Hazel. Mit einer Handbewegung ließ sie einen Tisch neben sich erscheinen. Darauf lag eine kleine Phiole, die denen ähnelte, aus denen Scarlett beinahe jeden Abend ihres Lebens ihr Tonikum zu sich genommen hatte. »Dies wird Eure Magie vorübergehend außer Kraft setzen. Wenn das Orakel mit Euch fertig ist, dann werdet Ihr sie wiedererhalten.«

»Scarlett«, warnte Rayner hinter ihr. »Wir sollten auf Sorin warten.«

»Du stellst deine Königin infrage?«, fragte ihn Hazel scharf. Dann richtete sie ihre violetten Augen auf Scarlett. »Ihr würdet auf die Erlaubnis eines männlichen Untergebenen warten?«

»Nein. Ich meine …«, begann Scarlett und stolperte über ihre eigenen Worte.

»Ist er Euer Aufpasser?«, knurrte die Hexe.

»Ich habe keinen Aufpasser«, gab Scarlett zurück.

»Seid Ihr jemandes Untergebene? Jemandes Eigentum? Jemandes Schoßtier?«

»Nein«, knurrte Scarlett hinter zusammengebissenen Zähnen.

»Euer Seelentier hat euch hierhergebracht. Das Orakel empfängt nicht oft Besucher. Ich kann Euch keinen weiteren Besuch garantieren, wenn Ihr jetzt nicht geht.« Als Scarlett weiterhin zögerte, kam die Oberhexe näher und blickte ihr direkt in die Augen. Mit gefährlich leiser Stimme sagte Hazel: »Ihr seid eine Königin. Ihr braucht niemandes Erlaubnis und vor allem nicht die eines männlichen Wesens. Ihr trefft Entscheidungen, die sich auf Euch und Euer Volk auswirken werden, und Ihr tut es ohne Reue. Ihr trefft eine Wahl, und Ihr handhabt die Konsequenzen, worin auch immer sie bestehen mögen. Ihr blickt nicht zurück, nur voraus. Und jetzt entscheidet Euch.«

Scarlett warf Rayner einen letzten unsicheren Blick zu, ehe sie nach der Phiole griff und sie mit einem Schluck hinunterstürzte. Er schmeckte exakt wie ihr tägliches Tonikum, und sie spürte ihre Magie augenblicklich verschwinden. Die Schatten, die sie zu lieben begonnen hatte, verblassten augenblicklich zu nichts. Hazel lächelte breit und wies auf die Höhle. »Seht, was Euch erwartet.«

Scarlett drang langsam in die Höhle vor und wartete, bis ihre Augen sich an die Dunkelheit gewöhnt hatten. Es war pechschwarz, und ohne ihre Schatten, die den Weg vor ihr erkundeten, musste sie sich allein auf ihre Fae-Sinne verlassen. Sie war gute fünf Minuten in vollkommener Stille gelaufen, als sie endlich ein Leuchten in der Ferne erspähte. Sie schluckte hart, nahm einen tiefen Atemzug und machte einen weiteren Schritt.

Sie wusste nicht, was sie erwartet hatte, doch ganz bestimmt nicht den Anblick, der sich ihr bot, als sie aus dem Gang in eine große, runde Höhle trat. In der Mitte des Raumes stand eine Frau.

Stand Juliette.

Sie war barfuß, die Füße schmutzig von der Erde in der Höhle, und sie trug ihre übliche schwarze Tunika und Hosen. Die Kleidung, die sie in jenen Nächten trugen, wenn sie ausgesandt wurden, um sich um die schlimmsten Bösewichte zu kümmern. Sie hatte die Hände leicht vor sich gefaltet.

Sie ist nicht echt, sagte Scarlett sich. Sie stand nicht wirklich vor ihr. Das war unmöglich.

Aber Scarlett war auf der Stelle erstarrt. Ihr Atem ging abgehackt, ihre Brust war eng.

»Hallo, Schwester«, sagte das Orakel mit sanfter Stimme.

»Ich bin nicht deine Schwester«, sagte Scarlett leise. »Juliette ist tot.«

»Bin ich das?«, fragte sie mit schräg gelegtem Kopf.

»Ja. Ich habe dir eigenhändig einen Dolch ins Herz gestoßen. Ich habe zugesehen, wie das Leben aus deinen Augen wich. Es verfolgt mich, ob ich nun schlafe oder wache.«

»Du hast mich lediglich von meinem sterblichen Körper erlöst. Meine Essenz lebt weiter«, sagte das Orakel und kam einen Schritt auf sie zu. »Ich bin hierhergekommen. Um auf dich zu warten. Um dich zu sehen.«

»Wie? Wie kann das sein?«, flüsterte Scarlett, und ihre Stimme brach.

»Blutmagie«, sagte Juliette grimmig. »Mächtige, uralte Blutmagie.«

»Du wusstest, dass ich hierherkommen würde? Wie?«, fragte Scarlett, die ihre Überraschung und ihren Schock nicht verbergen konnte.

»Ich bin eine mächtige Seherin. Ich wusste, was einmal aus dir werden würde. Ursprünglich dachte ich, es wäre dir bestimmt, die Königin an Callans Seite zu sein. Deshalb habe ich versucht, dich auf diesen Weg zu bringen. Doch dann häuften sich die Visionen. Und jetzt …«

»Und jetzt?« Scarlett schluckte schwer.

»Du wurdest für eine Zeit wie diese geschaffen, Schwester«, wiederholte Juliette die Worte vor ihrem letzten Atemzug, streckte die Arme aus und nahm Scarletts Hände in ihre.

»Nein«, flüsterte Scarlett und schüttelte den Kopf. »Nein. Ich bin keine Königin. Ich wurde nicht für einen Thron geschaffen.«

»Was bist du dann?«

»Was?«

»Was bist du dann?«, wiederholte Juliette, und ihre bernsteinfarbenen Augen richteten sich auf Scarletts eisblaue.

»Was ist das für eine Frage?«, wollte Scarlett wissen.

»Wenn du keine Königin bist, wenn du nicht diejenigen schützt, die sich nicht selbst schützen können, was bist du dann für die Reiche dieses Kontinents?«

»Ich weiß es nicht«, fuhr Scarlett sie an und riss die Hände aus denen des Orakels. »Ich habe aufgehört, zu wissen, wer ich bin, als ich dir diesen Dolch ins Herz stieß.«

»Du hast nicht aufgehört zu existieren, als mein Herz nicht mehr schlug«, schalt Juliette sie sanft.

»Aber das habe ich«, flüsterte Scarlett. Sie sank auf die Knie, und Juliette sank mit ihr und griff einmal mehr nach ihren Händen. »Als ich diesen Dolch in dein Herz stieß, bin ich zerbrochen. Er hat mich zerstört.«

Da war es. Sie hatte es ausgesprochen. Die eine Sache, die sie sich nie erlaubt hatte, zuzugeben. Nicht Sorin gegenüber. Nicht einmal sich selbst gegenüber. Mikale hatte sich ein kaputtes Schoßtier gewünscht, und er hatte es bekommen, als er sie zwang, Juliette zu töten. Sie war in eine Grube gestoßen worden. Sie war gezwungen worden, durch die Hölle zu gehen, und sie erkannte die Person nicht wieder, die am anderen Ende herausgekommen war.

»Ja, aber er ist gekommen«, sagte Juliette mit einem sanften Lächeln.

»Mikale ist zu mir gekommen. Wieder und wieder. Das letzte Mal wäre ich beinahe mit ihm gegangen. Sorin und Briar glauben, er hätte mich betört, doch das stimmt nicht, Juliette. Ich befand mich nicht unter dem Einfluss irgendeines Nachtkind-Zaubers. Ein Teil von mir dachte, es wäre einfacher …« Scarlett schluckte gegen den Kloß in ihrem Hals an. »Dass es vielleicht einfacher wäre, mit ihm zu gehen, damit er sein Werk vollenden und mich vollkommen brechen kann. Wenn dafür die, die ich liebe, in Sicherheit wären. Wenn die Waisen in Sicherheit wären.«

Juliette hob die Hand und wischte ihr die Tränen aus dem Gesicht. »Ich spreche nicht von Mikale, Freundin. Ich spreche von dem einen, der immer zu dir kommt. Ich spreche von dem einen, der kam, bevor er überhaupt wusste, wer du warst. Ich spreche von dem einen, der seit dem Anbeginn der Zeit nach dir sucht.«

»Du sprichst, als hätte ich eine Zwillingsflamme«, entgegnete Scarlett ungläubig.

Juliette lachte auf. »Wir sind miteinander aufgewachsen und haben zusammen trainiert, Scarlett. Ich *weiß*, dass du nicht so schwer von Begriff bist.«

»Nein«, flüsterte Scarlett. »Er ist nicht meine.«

»Du weißt, dass das nicht stimmt«, gab Juliette zurück. »Du hast es ihm in deinem verzweifeltesten Moment entgegengebrüllt.«

»Wie kannst du das wissen?«, fragte Scarlett mit einem Seitenblick auf Juliette. Sie konnte immer noch nicht glauben, dass sie dort saß und mit ihr sprach. Vielleicht bewirkte dieser Trank, den sie zu sich genommen hatte, ja noch mehr, als nur ihre Magie unwirksam zu machen …

»Übermächtige Seherin. Erinnerst du dich?«, grinste Juliette und zeigte auf sich selbst.

Scarlett musste lachten. »Vorsichtig, Schwester. Eitelkeit steht dir nicht.«

»Ich bin immer noch ich«, gab Juliette zurück. »Nur anders, schätze ich. Genau wie du noch immer du bist, nur … anders.«

Scarlett sagte nichts dazu und sah sich in dem dunklen Höhlenraum um. »Lebst du jetzt hier? Für immer? Was ist mit dem vorherigen Orakel?«

»Das sind Geheimnisse, die ich nicht preisgeben darf, nicht einmal für eine Königin der Reiche.«

»Ich bin keine Königin«, wiederholte Scarlett, doch Juliette reagierte nicht darauf. Wartete einfach, wie sie es immer getan hatte. Wie Sorin es tat. Wartete, bis sie ihre Gedanken geordnet hatte.

»Ich hatte solche Angst, mir einzugestehen, dass ich ihn liebe«, flüsterte sie in die Dunkelheit der Höhle hinein. »Ich hatte Angst, dass eines Tages seine Zwillingsflamme ihn finden und ich ihn auf ewig verlieren würde. Wie ich dich verloren habe.«

»Er hat sich dir bewiesen. Wieder und wieder. Er wird immer kommen, wenn du ihn brauchst. Er wird dich immer auffangen.«

Scarlett schluckte und blickte hinunter auf den mit Erde bedeckten Boden. »Weiß er es?«

»Er hat es dir gesagt. Auf so verschiedene Art und Weise«, bestätigte Juliette mit ernster Stimme.

Scarlett riss den Kopf hoch und sah ihr in die Augen. »Er weiß es? Wie lange schon?«

»Er trägt das Mal, oder etwa nicht?«, fragte Juliette und hob die linke Hand, um Scarlett ihren Handrücken zu zeigen.

Das Mal. Die unvollendete Tätowierung auf seiner Hand.

»Er ist … Ich wusste nicht …« Scarlett sprach nicht weiter.

»Natürlich wusstest du es, Scarlett. Etwas zu wissen und etwas anzuerkennen, sind zwei verschiedene Dinge. Zum Beispiel, wenn es darum geht, ob du um deine Aufgabe in dieser Welt weißt oder sie anerkennst.«

»Ich bin keine Königin«, fuhr sie Juliette erneut an, weil sie es müde wurde, ständig von ihr in diesen Käfig gestoßen zu werden.

»Warum? Warum macht dieser Titel dir solche Angst?«

»Ich bin nicht dafür gemacht, Juliette«, entgegnete Scarlett. »Ich weiß nichts darüber, wie man anführt, wie man regiert.«

»Du wärst nicht allein. Andere wären bei dir. Sorin wäre bei dir. Wenn du ihn bittest«, widersprach Juliette.

Scarlett stieß ein hartes Lachen aus. »Das Alleinsein macht mir keine Angst.«

»Nein, das tut es nicht. Aber dich auf andere zu stützen? Wie du es getan hast, als wir drei noch zusammenarbeiteten? Wie wäre es, noch einmal so tiefgreifend auf andere vertrauen zu müssen? Sie in das Ränke- und Pläneschmieden einzuweihen? Was, wenn du es jemandem erlauben würdest, dich zu retten, statt selbst immer andere zu schützen? Du hast Angst davor, andere an dich heranzulassen. Du fürchtest dich weniger vor dem Alleinsein als davor, dir zu erlauben, noch einmal so sehr zu lieben«, sagte Juliette sanft.

»Hast du irgendeine Ahnung, was ich nach jener Nacht durchgemacht habe? Nuri hat sich von mir zurückgezogen. Du warst weg. Ich wünschte, ich hätte mich gleich mit dir umgebracht!«, schrie Scarlett verzweifelt.

»Ich weiß, Scarlett. Ich *weiß*«, tröstete sie Juliette und drückte ihre Hände. »Aber es musste geschehen. Damit ich hier sein konnte. Damit *du* hier sein konntest.« Scarlett schwieg, während sie in die Augen ihrer Freundin starrte, ihrer Schwester, die, ohne zu blinzeln, herausfordernd zurückstarrte. »Du gibst dich niemals geschlagen, Scarlett. Ich habe noch nie gesehen, wie du einen Kampf oder eine Herausforderung aufgibst. Du glaubst, dass er dich gebrochen hat, und vielleicht hat er das auch. Aber sieh nur, was sich aus der Asche erhoben hat. Sieh die Stärke und die Macht und die Schönheit dieser Schatten und der Dunkelheit in deiner Seele.«

»Gib mir eine andere Aufgabe«, flehte Scarlett. »Irgendetwas anderes. Bitte!«

»Ich bin nicht diejenige, die Aufgaben verteilt«, antwortete sie kopfschüttelnd.

»Ah ja. Die verdammten Mächte des Schicksals.« Scarlett rollte mit den Augen.

Juliette lächelte belustigt. »Du lehnst die Mächte des Schicksals ab?«

»Ich lehne die Vorstellung ab, dass mein Leben für mich bestimmt wird.«

»Auch wenn du ein Ziel hast, ist es denn nicht immer noch deine Entscheidung, wie du dort hingelangst? Oder was du tust, wenn du einmal angekommen bist?«

»Es ist meine Entscheidung, gar nicht erst dort anzukommen«, gab Scarlett zurück.

»Dann bist du bereit, die Konsequenzen dieser Entscheidung für dich und alle, die sie betrifft, zu tragen?«, fragte Juliette und richtete sich auf. Sie blickte auf Scarlett herunter.

Ausgleich. Juliette war immer die ausgleichende Kraft zwischen Nuris natürlicher Wildheit und ihrer eigenen tödlichen Intensität gewesen.

»Talwyn ist besser dafür geeignet!«, antwortete Scarlett und kam ebenfalls auf die Beine. »Sie wurde hier aufgezogen. Sie wurde hierfür ausgebildet. Sie ist darauf vorbereitet.«

»Sie kann es nicht allein tun, obwohl sie sich wünscht, sie könnte es. Ihr seid euch sehr ähnlich, weißt du das«, sagte Juliette, die jetzt gelangweilt klang und sich abwandte, um durch die Höhle zu wandeln.

»Ich bin ganz und gar nicht wie sie«, rief Scarlett. »Sie ist nicht meine Familie. *Du* bist meine Schwester. Nuri ist meine Schwester.«

»Talwyn ist anders, als sie scheint«, antwortete Juliette mit einem wissenden Lächeln, »aber genau wie du kann sie ihre Aufgabe nicht allein bewältigen. Wie du hat sie getan, was sie musste, um zu überleben. Am Ende jedoch werdet ihr euch gegenseitig brauchen.«

»Ich brauche niemanden«, grollte Scarlett.

»Nein, das tust du nicht. Aber wäre es nicht schön, jemanden zu haben, bei dem deine Seele sich ausruhen kann, damit du durchatmen kannst?«, antwortete Juliette, und ihr wissendes Lächeln wurde zu einem Grinsen. Als Scarlett sie lediglich anstarrte, fuhr sie fort: »Solltest du dich entscheiden, deine Bestimmung nicht zu erfüllen, dann ist das eine Entscheidung gegen all jene, die sich nicht selbst verteidigen können, und du verurteilst sie zu meinem Schicksal.«

»Ich kann das nicht«, schrie Scarlett ihrer Freundin entgegen.

»Warum nicht?«, beharrte Juliette und kam näher, bis sie direkt vor ihr stand. »Du kannst alles! Du wirst mit allem fertig! Warum macht dir das Angst?«

»Weil ich nicht mehr weiß, wer ich bin«, rief Scarlett. »Wie kann ich ein ganzes Königreich regieren, wenn ich nicht einmal weiß, wer ich bin? Wie kann ein Volk einer Königin die Treue schwören, die sich selbst nicht kennt?«

Juliette schenkte ihr ein kleines Lächeln, als hätte sie auf exakt diesen Moment gewartet. Als hätte sie genau gewusst, dass dies die Worte waren, die gesprochen werden mussten. Sie streckte die Hand aus und legte sie an Scarletts Wange. »Ich schätze, meine liebe Schwester, *wer* du bist, hängt davon ab, wer du sein *willst*.«

Juliette löste sich von ihr und schritt in die Mitte der Höhle. »Mein sterblicher Tod hat eine Kettenreaktion ausgelöst, die du erst noch entdecken musst, doch die entsprechenden Pläne wurden bereits lange vor unserer Geburt geschmiedet und angestoßen. Was würdest du geben, damit jene Nacht ein anderes Ende nimmt?«

»Alles«, flüsterte Scarlett.

»Würdest du andere zu meinem Schicksal verurteilen, wenn es in deiner Macht stünde, es zu ändern?« Juliette zischte die letzten Worte mit so viel Gift, dass Scarlett zusammenzuckte und zurück auf die Knie sank.

In der Höhle wurde es dunkel, sie hörte Juliette flüstern, und ihre Stimme klang, als wäre sie überall um sie herum. »*Wer möchtest du sein?*«

Scarlett spürte ihre Magie stotternd zum Leben erwachen. Sie spürte, wie Feuer und Eis durch ihre Knochen, ihr ganzes Sein, flossen. Sie hob die Handflächen, und weiße Flammen hüllten den

Raum ein. Eissplitter schwebten über dem Feuer, brachen funkelnd das Licht und warfen es an die Wände. Und dann sandte sie ihre geliebten Schatten zu ihnen.

Einmal mehr tauchte Juliette vor ihr auf, nahm Scarletts Hände in ihre eignen und flüsterte: »Wer bist du?«

Scarlett hielt Juliettes Blick, diese wunderschönen bernsteinfarbenen Augen. Sie spürte Eis und Flammen in ihren eigenen Augen wirbeln. »Ich bin jemand, der im Angesicht der Dunkelheit stand und die Schönheit in ihr gefunden hat. Ich bin jemand, der Sterne im Nichts erschaffen kann, wenn das Licht verloschen ist. Ich bin jemand, der jene bewahrt, die die Reiche vergessen haben. Ich bin jemand, der Schönheit aus brutaler Asche schaffen kann. Ich bin eine verdammte Königin.«

»Ja. Ja, das seid Ihr, Majestät«, antwortete Juliette. Sie erhob sich langsam und verneigte sich.

Scarlett schluckte hart, als sie ihre Schwester ansah, für deren Verlust sie sich noch immer die Schuld gab. Sie verdrängte den Schmerz in ihrem Herzen, schob ihn tief, tief nach unten.

»Tu das nicht«, sagte Juliette sanft. »Du kannst nicht vor der Trauer davonlaufen, genau wie du nicht vor dem davonlaufen kannst, was du bist.«

»Ich weiß nicht, was ich tun soll«, erwiderte Scarlett leise.

»Du musst nicht schon jetzt alle Antworten kennen. Du musst nur aufstehen und den ersten Schritt tun.« Juliettes Stimme strich über ihre Seele, und sie bot Scarlett ihre Hand an. »Es war dir nie bestimmt, dein Leben allein zu bestreiten. Niemand muss das.«

Ein letzter Schritt. Sie konnte es schaffen. Sie konnte einen Schritt aus dieser letzten Grube machen. Sie konnte einen Schritt aus dieser Hölle steigen, die so unendlich und unbarmherzig erschien.

Juliette lächelte breit, als Scarlett ihre Hand ergriff und sich aufrichtete.

39

SCARLETT

In der Höhle wurde es hell, und Scarlett blinzelte gegen das plötzliche Licht an. Verschwunden waren die Felswände und der Lehmboden. Vor ihr breitete sich ein schöner, üppig dekorierter Wohnraum aus. Weiche Teppiche lagen unter ihren Füßen, und ein riesiges Himmelbett stand an der gegenüberliegenden Wand. Rechts von ihr befand sich ein langer Glastisch mit einer Schale, die mit einer silbernen Flüssigkeit gefüllt war.

Fenster zogen sich die Wände entlang, und auf der anderen Seite konnte man die Wolken sehen. Also befanden sie sich hoch über der Erde. Und nicht in einer dreckigen, modrigen Höhle. Diverse Türen führten die Götter wissen wohin.

Sie sah Juliette unbeeindruckt an.

»Was?«, fragte ihre Schwester unschuldig. »Wenn du wirklich dachtest, ich würde in einer schmutzigen Höhle leben, dann kanntest du mich nie richtig.«

»Du lebst also in einer magischen Höhle?«, fragte Scarlett.

»Die Höhle ist nur ein Eingang«, zwinkerte Juliette.

»Wo sind wir dann wirklich?«, fragte Scarlett und trat an ein Fenster.

»Das soll dir jetzt noch nicht enthüllt werden«, antwortete Juliette und steuerte den Glastisch an.

»Und weil du ein Orakel bist, sprichst du jetzt in albernen Rätseln?«, schnaubte Scarlett und folgte ihr.

Juliette lachte, und Scarlett stellte fasziniert fest, wie vertraut ihr dieser Laut war. »Warte, bis du Prinzessin Ashtine kennenlernst«, antwortete Juliette grinsend. Sie erreichte den Tisch und blickte hinunter in die silberne Flüssigkeit.

»Du bist die Tochter zweier mächtiger Wesen, die viel geopfert haben, um unsere Welt zu retten«, sagte Juliette, als würde sie ihr eine Unterrichtsstunde geben. »Nun kehrt ein König zurück, um den Thron zu besteigen, und alle Welten halten den Atem an und warten, dass das Schauspiel beginnt.«

»Moment, *zwei* mächtige Wesen? Du weißt, wer mein Vater war?«, fragte Scarlett und blieb neben Juliette stehen.

»Ich kann dir nicht viel enthüllen, Scarlett, aber ich kann dir den Weg zur Wahrheit weisen.«

»Warum kannst du es mir nicht einfach sagen? Wer ist mein Vater?«

»Die Frage, die du dir stellen musst, ist, wer ist deine Mutter? Beantworte diese Frage, und du hast die Antwort auf die erste.«

»Meine Mutter ist Eliné. Das beantwortet die erste Frage nicht. Sorin weiß nicht, wer mein Vater ist, da ihr Gefährte von Deimas und Esmeray getötet wurde.«

Auf dem Tisch neben der Schale erschien eine Karte. »Deine Antworten befinden sich auf der anderen Seite des Meeres, Schwester. In einem Land, weggesperrt von uralter Magie.«

»Avonleya?«

»In der Tat. Die Königinnen der Fae haben Schlüssel verborgen. Wer diese Schlüssel findet und sie benutzt, kann das Land betreten.« Juliette wandte sich einmal mehr Scarlett zu. Ihre Miene war jetzt geschäftsmäßig, wie sie es immer war, wenn sie ihre Aufträge planten. »Du bist die Einzige, die die Schlüssel finden kann. Deshalb hat man dich verborgen. Es ist einer der Gründe, warum man dich als eine Waffe erachtet.«

»Warum ich?«

»Weil Eliné die meisten davon versteckt hat. Königin Jenna hat die sieben Schlüssel getarnt, und ihre Tochter kann sie wiederherstellen. Eliné hat jeder Blutlinie einen anvertraut. Königin Selinya hat die anderen beiden versteckt, doch du kannst sie finden.«

»Königin Selinya? Wer ist das?«

»Lies weiter in den Büchern, die du gefunden hast, Schwester. Schon bald wirst du alles aufdecken«, sagte Juliette mit einem weiteren wissenden Lächeln.

»Wie wäre es, wenn du es mir verdammt noch mal einfach erzählen würdest?«, schimpfte Scarlett.

»Natürlich wirst du auch das Schloss brauchen.«

»Das was?«, fragte Scarlett und blickte auf.

»Die Schlüssel müssen etwas öffnen, oder etwa nicht?« Juliettes Augen funkelten, als sie fortfuhr. »Bevor du gehst, sag der Oberhexe, dass du diejenige bist, auf die sie gewartet hat.«

»Was bedeutet das?«

»Sie wird es wissen.«

»Könntest du dich noch etwas rätselhafter äußern?«, seufzte Scarlett mit einem finsteren Blick.

»Die Vorteile eines Orakels, schätze ich«, antwortete Juliette mit einem halben Lächeln.

»Und wie soll ich diese Schlüssel finden? Ich weiß ja nicht mal, wie sie aussehen«, sagte Scarlett und blickte auf die Karte vor ihr hinunter.

»Ein Kind von jeder trägt sie an einer Kette aus windgeküsstem Stein«, antwortete Juliette.

Scarlett rollte mit den Augen. »Und da dachte ich, wir wären Verbündete.«

Juliette lachte wieder leise. »Die Orakel unterstehen schon lange nicht mehr den regierenden Mächten, doch sie hatten immer eine enge Beziehung zu Eliné.«

»Ich kann dich besuchen? Oft?«, fragte Scarlett leise, ohne den Blick von der Karte zu heben.

»Ich mag nicht immer in der Lage sein, dir Antworten oder Rat zu geben, aber als deine Freundin, ja. Ich bin immer bei dir. Immer an deiner Seite«, antwortete Juliette. Nach einem Moment der Stille zwischen den Freundinnen klatschte sie zweimal in die Hände und sagte: »Bevor du gehst, gebe ich dir drei Geschenke. Erstens: Du wirst feststellen, dass die Schlüssel immer versucht haben, nach Hause zurückzukehren.«

»Was bedeutet das?«, presste Scarlett zwischen ihren Zähnen hervor.

»Zweitens«, lächelte Juliette. »Ein *Künstler* muss dir das Mal der Zwillingsflamme geben.«

»Die *Künstler* kommen vom Hof der Erde«, sagte Scarlett langsam.

»Ja. Du brauchst auf jeden Fall einen äußerst fähigen *Künstler* für dieses Mal … es sei denn, du kennst eine übermächtige Seherin.« Das teuflische Funkeln in ihren Augen ließ einen Stern in Scarletts Brust aufleuchten.

»Du kannst mir das Mal geben?«

»Wenn das deine Wahl ist. Wenn du den Bund akzeptierst, der schon immer existiert hat, ja. Es wäre mir eine Ehre, dir das Mal zu geben, vor allem da es sein Leben retten würde.«

»Was soll denn *das* heißen?«, fragte Scarlett, mit einem Mal voll auf ihre Freundin fokussiert.

»Als er das Mal ohne sein Gegenstück akzeptierte, ging er ein großes Risiko ein. Da es keine Gefährtin gibt, an die sein Angebot sich heften könnte, zehrt es von seinen magischen Reserven. Wenn sie aufgebracht sind, wird es beginnen, von seiner Lebenskraft zu zehren. Den Aschereiter zu senden, hat den Prinzen des Feuers viel gekostet.«

»Wie hat er mich gefunden?«

»Wir haben keine Zeit, Scarlett. Er schwindet dahin, noch während wir hier sprechen«, sagte Juliette und griff nach ihrer linken Hand. »Interessant.«

»Was?«, fragte Scarlett und blickte auf ihre eigene Hand hinunter.

»Er schützt dich. Selbst jetzt noch. Er wird von Stunde zu Stunde schwächer, doch er fährt fort, dich zu beschützen. Er schwächt sich, um deine Sicherheit zu garantieren, um sie nicht wissen zu lassen, wo du bist.« Juliettes Blick begegnete ihrem. »Du musst seine Zauber ablegen, ehe ich dir das Mal geben kann.«

»Ich kann nichts unwirksam machen, von dem ich selber keine Ahnung habe«, protestierte Scarlett.

Juliette legte die Hände an ihre Schläfen und schloss die Augen, ehe sie sie wieder sinken ließ. »Du musst die Schilde und Zauber loswerden, Scarlett. Nur deine Macht kann sie zerstören.«

»Das kann ich nicht. Ich habe sie nicht errichtet«, rief Scarlett.

»Nein, das hast du nicht. Deine Zwillingsflamme hat es getan«, antwortete Juliette schlicht. »Und jetzt senke die Schilde.«

»Ich weiß nicht wie«, fuhr Scarlett sie an.

»Natürlich weißt du das«, winkte Juliette ab. »Wenn du sie nicht senkst, sind wir hier fertig.«

Scarlett starrte Juliette an und schloss dann die Augen. Sie nahm einen tiefen Atemzug.

Ein und aus. Ein und aus. Ein und aus.

Sie stand still da, streckte ihr Bewusstsein in die tiefsten Winkel ihres Geistes, wo sie ihre Magie zu finden hoffte, und fand sie. Sie sah die Flammen, die die Ränder ihres Wesens umgaben. Die Flammen waren warm und sicher. Die Flammen bedeuteten ihr Zuhause. Sie legte eine mentale Hand an die Flammen. Sie spürte sie flackern, als kämpfte jemand darum, sie am Leben zu erhalten. *Es geht mir gut*, flüsterte sie zärtlich in die Flammen. *Ich bin in Sicherheit.* Die Flammen flackerten, und sie saugte sie in ihre Hände.

Und dann sah sie es. Sie sah einen unendlichen Abgrund von Macht. Ihre Macht. Goldenes Feuer und Eis und Wasser und Asche wirbelten darin, aber auch glitzernde reinweiße Flammen.

Und Schatten. Ihre Schatten tanzten darin.

Unendlich.

Unbeugsam.

Wild und weit und tief. In den tiefsten Winkeln ihres Selbst. Sogar darüber hinaus.

Sie öffnete die Augen, und ein Mal brannte auf ihrer linken Hand.

»Das dritte Geschenk …«, schluckte Scarlett.

Juliette lächelte. »Wenn du endlich akzeptierst, wer du im Ganzen bist, das Licht und die Dunkelheit, wenn du nicht mehr versuchst, Teile von dir in einen Käfig zu stecken, wirst du feststellen, dass deine Magie eine Melodie direkt in deinem Blut ist, Schwester. Du wirst die Kontrolle finden, nach der du seit Monaten suchst. Und jetzt geh. Rette deine Zwillingsflamme, und dann ist es Zeit, das Feuer lodern zu lassen.«

Scarlett wandte sich den Weg zurück, den sie gekommen war, und fand Shirina am Eingang, deren silberne Augen hell leuchteten. Und dann, mit einem Lichtblitz, war der Panther verschwunden.

»Eine letzte Sache, Majestät.« Scarlett drehte sich zu Juliette um, die an einem Fenster stand und hinausblickte. »Diejenigen, die zwischen den Welten wandeln, brachten ganz zu Anfang ein Buch mit sich. Es wäre gut, wenn du es finden könntest.«

»Wie soll ich so etwas finden?«, wollte Scarlett wissen.

»Bleibe auf dem Pfad, den du bereits entdeckt hast. Und jetzt geh.«

»Verdammtes Orakel mit seinen kryptischen Worten«, murmelte Scarlett vor sich hin. Sie konnte Juliettes perlendes Lachen hören, während sie praktisch den Gang hinunterrannte.

Sie stürmte aus der Höhle ins Tageslicht. Die Sonne stand hoch am Himmel. Sie musste stundenlang dort drin gewesen sein. Hazel stand noch genau dort, wo Scarlett sie zurückgelassen hatte, und verbeugte sich tief, als sie herauskam. »Eure Majestät.«

Rayner sprang von dem Felsbrocken auf, auf dem er gesessen hatte, und eilte an ihre Seite. »Geht es dir gut?« Sein Blick wanderte an ihr auf und ab.

»Es geht mir gut, Rayner, aber Sorin nicht. Wir müssen los.« Scarlett nahm das Schwert entgegen, das er ihr reichte, und verstaute es auf ihrem Rücken.

»Ich kann dich nicht mit mir nehmen«, sagte Rayner kopfschüttelnd.

»Was meinst du damit? Wie komme ich nach Hause?«

»Wie bist du denn hergekommen?«

»Shirina hat mich hergebracht, aber sie ist verschwunden. Sie ist gegangen, als ich noch bei Jul… dem Orakel war.« In Scarletts Stimme lag Panik. Sie sah sich um, suchte verzweifelt nach Hilfe, und ihr Blick landete auf Hazel.

»Der Aschereiter hat recht«, sagte die Oberhexe streng. »Er kann nicht mit einer Begleitung reiten. Ihr jedoch könnt mit einer *reisen*, vielleicht sogar mit mehr als einer.«

»Aber ich weiß nicht, wie das geht. Das habe ich noch nicht gelernt«, widersprach Scarlett.

»Ihr seid noch nie *gereist*?«, fragte Hazel und hob eine Braue.

»Nicht bewusst, nein. Ich weiß nicht, wie es geht.«

»Natürlich wisst Ihr das«, antwortete Hazel barsch. »Hat das Orakel Euch nicht Eure Magie zurückgegeben? Hat es nicht Eure Macht für Euch entfesselt?«

Scarlett wandte sich an Rayner. »Wie reist du durch den Rauch? Sag mir, was ich tun muss.«

Rayner schüttelte den Kopf. »Ich glaube nicht, dass das das Gleiche ist, Scarlett.«

Scarlett schloss die Augen und zwang ihren Atem zur Ruhe. Sie konnte das tun. Sie musste es tun.

Sie hörte, wie Hazel sich räusperte. »Achtet darauf, dass Ihr den Aschereiter mitnehmt«, sagte sie und nickte in Rayners Richtung. »Wir sehen es nicht gerne, wenn männliche Wesen sich unbeaufsichtigt in unserem Land aufhalten.«

»Verstanden«, antwortete Scarlett. »Danke. Für alles. Ich werde die Kleidung zurückschicken.«

»Ihr könnt sie behalten.«

Als Hazel sich zum Gehen wandte, erinnerte Scarlett sich an Juliettes Worte. »Wartet!«, rief sie. Hazel blieb stehen und drehte sich zu ihr um. Scarlett eilte zu ihr. »Das Orakel sagte, ich solle Euch sagen, dass ich diejenige bin, auf die Ihr gewartet habt.« Hazels violette Augen weiteten sich überrascht. »Was heißt das?«, fragte Scarlett.

Tränen stiegen in die Augen der Hexe, und Scarlett wich erschrocken zurück. »Das bedeutet«, sagte Hazel, und ihre Stimme war weicher, als sie es den ganzen Tag gewesen war, »dass Ihr meinen Sohn kennt und dass es Zeit für ihn ist, zurückzukehren.«

»Euer Sohn? Aber Hexen …« Sie unterbrach sich, bevor sie aussprechen konnte, was sie sagen wollte. Die Hexen hassten Männer. Männliche Kinder waren ein Fluch, kein Segen.

»Ihr habt recht«, antwortete Hazel, als könnte sie ihre Gedanken lesen. »Aber als er geboren wurde, konnte ich ihn nicht töten. Er war mein Kind. Mein Sohn. Ich bat Königin Eliné um Hilfe, und sie schmuggelte ihn für mich in ein anderes Land. Niemand von uns wusste, wo er endete. Wir durften es nicht wissen, damit er sicher war. Aber das Orakel sagte mir, dass jemand kommen würde, der ihn kennt, und wenn sie käme, könnte er zurückkehren.«

»Aber ich kenne Euren Sohn nicht«, sagte Scarlett sanft.

Hazel trat näher. Sie war ihr jetzt so nahe, dass sie Dutzende Kräuter auf einmal an ihr riechen konnte. »Das Orakel irrt sich nicht. Wenn sie sagt, dass Ihr die Eine seid, dann kennt Ihr ihn. Denkt nach, Majestät. Eure Lebenswege sind verbunden. Sie haben sich irgendwann überschnitten. Er ist so mächtig. Mächtiger als irgendeine meiner Schwestern. Deshalb musste ich ihn wegschicken.«

»Aber ich wuchs in einem Land ohne Magie auf. Im Land der Menschen«, widersprach Scarlett.

»Magie ist dort nicht leicht zu finden«, berichtigte Hazel sie. »Aber jede Regel hat eine Ausnahme. Ihr habt auf Eure Magie zugegriffen, oder etwa nicht?«

»Ja, aber niemand sonst …« Sie sprach nicht weiter. Da *war* jemand. Jemand, der mächtige Schutzzauber errichtet hatte. Jemand, dem man ein Tonikum gab, damit er seine Magie nutzen konnte. »Cassius«, haucht sie. »Cassius ist Euer Sohn.«

Tränen flossen aus Hazels Augen. Sie nahm Scarletts Hände in ihre und drückte sie. »Geht es ihm gut?«

»Er ist mein Seelengefährte«, antwortete Scarlett, der jetzt ebenfalls Tränen über die Wangen rannen. »Er hat mir das Leben gerettet, auf mehr als eine Weise.«

»Geht. Helft Eurer Zwillingsflamme. Dann bringt meinen Sohn nach Hause«, sagte Hazel. Sie drehte sich um und folgte dem Pfad, den sie vor einigen Stunden erklommen hatten.

Scarlett wandte sich wieder an Rayner. »Wo ist Eliza? Wir holen sie, und dann gehen wir zu Sorin und Cyrus.«

»Sie wartet in euren Gemächern«, sagte Rayner.

Scarlett packte Rayners Hand und schloss die Augen. Sie erinnerte sich an den Moment im Keller der Lairwoods, wie Sorin sie angewiesen hatte, sich intensiv auf den Strand zu konzentrieren, sich jedes Detail vorzustellen. Sie sah den Raum vor ihrem geistigen Auge. Den Raum, den sie sich seit Wochen mit ihrer Zwillingsflamme teilte. Sie konnte ihn sehen, als würde sie durch eine Nebelwand blicken. Sie hörte die Worte, die Sorin ihr zugeflüstert hatte: *Du musst einen Schritt machen. Nicht denken. Einfach nur machen.* Sie atmete tief ein, machte einen Schritt, als würde sie einen Riss in der Wand, in der Welt, öffnen, und als sie die Lider hob, blickte sie in Elizas grüne Augen.

Ihre Freundin starrte sie an, aber Scarlett sagte nur: »Du wusstest es?«

Bei der Verwirrung auf Elizas Gesicht hob Scarlett die linke Hand. Elizas Augen wurden noch größer. »Wer hat dich gezeichnet?«

»Das spielt keine Rolle. Du wusstest es. Wie lange schon?« Sie versuchte, die Kränkung in ihrer Stimme zu verbergen, doch es gelang ihr nicht.

»Wir wussten es alle«, antwortete Eliza. »Ich habe ihn gezeichnet. Die anderen sahen es bei seiner Rückkehr.«

»Wann hast du das getan?«, wollte Scarlett wissen.

»Bevor er dich aus dem Haus der Lairwoods geholt hat. So wusste er, wo er dich finden konnte.«

»Warum hast du nichts gesagt?«

»Das stand uns nicht zu. Das ging nur euch beide etwas an. Er hat darauf bestanden, dass er dir nicht die Entscheidung nehmen will. Du musstest sie selbst treffen. Du musst die Worte der Beanspruchung sprechen, um die Prüfungen einzuleiten«, sagte Eliza und trat einen Schritt zurück.

»Was?«

»Das Mal ist nicht vollständig, bis du die Worte des Beanspruchungsrituals ausgesprochen hast, um die Prüfungen einzuleiten.«

»Was ist das?«

Eliza erklärte es ihr, und Scarletts Lippen wurden zu einer dünnen Linie. »Ich werde sie sprechen, wenn ich verdammt noch mal bereit dafür bin. Jetzt müssen wir gehen.«

»Aber er wird nicht … er wird sich nicht erholen, bis du es tust«, widersprach Eliza.

»Dann beeilen wir uns besser.« Scarlett verengte die Augen. Sie packte Elizas Hand und sah Rayner an. »Du kommst alleine zurecht?«

»Die Königin wird mich nicht einlassen. Sie hat sicherlich Schutzzauber. Ich weiß nicht einmal, ob du reinkommst«, antwortete Rayner.

»Sie ist nicht mehr die einzige Königin, und sie wird mich nicht von ihm fernhalten«, antwortete Scarlett mit einem wahnsinnigen Funkeln in den Augen und griff mit ihrer anderen Hand nach Rayners.

»Wo wollen wir hin?«, fragte Eliza.

»Zuerst holen wir meinen Hof. Und dann werden wir ein paar verdammte Schlüssel finden«, antwortete Scarlett, während sie suchend durch die Wand in ihrem Geist spähte.

»Und dann?«, fragte Eliza mit gedämpfter Stimme, als könnte sie Scarlett sehen, zum ersten Mal wirklich sehen, mit all der Dunkelheit, die sie all die Zeit unter Verschluss gehalten hatte.

»Dann werden wir die Welt in Brand stecken«, antwortete Scarlett.

Das Mal mochte nicht vollendet sein, aber sie spürte immer noch diese Brücke zwischen ihren Seelen. Die schon da war, seit sie ihn das erste Mal in der Übungshalle in Baylorin gesehen hatte. Im Geiste rannte sie jetzt diese Brücke entlang und sah ihn an einem riesigen polierten Holztisch sitzen. Talwyn stand an seinem Kopf, und ihre Miene war so kühl und berechnend wie immer. Zu ihrer Rechten saß ein Fae mit schwarzem Haar und bronzefarbener Haut, der eine Krone aus Herbstlaub und Ranken auf dem Kopf trug. Zu ihrer Linken saß eine Fae mit Haar, das so silbern war wie Scarletts eigenes. Sie war schlank und atemberaubend, eines der schönsten Wesen, die Scarlett je gesehen hatte. Der Silberfalke, Nasima, ruhte auf ihrer Schulter. Briar saß mit ernster Miene neben dem männlichen Fae. Sie hatte ihn noch nie ohne sein charmantes Lächeln gesehen. Ein Fae, der ihm unglaublich ähnlich sah und den Scarlett für seinen Stellvertreter hielt, saß neben ihm. Ihm gegenüber entdeckte sie Sorin und Cyrus. Sorin war blass, die Krone auf seinem Kopf schwächer als noch an diesem Morgen, aber sonst sah man ihm nicht an, dass er nicht bei voller Kraft war. Nicht, wenn man nicht wusste, wonach man Ausschau halten musste.

Scarlett ergriff jenes Band zwischen ihnen, das sie die ganze Zeit über so entschlossen ignoriert hatte, und schritt durch einen Riss in der Welt.

40

SCARLETT

Überraschtes Keuchen und das Scharren von Stühlen waren zu hören, als beinahe alle um den Tisch bei Scarletts, Elizas und Rayners Erscheinen aufsprangen. Beinahe. Talwyn und die Fae mit dem silbernen Haar blieben sitzen. Scarlett spürte, wie mehr als eine Macht zugleich auf sie zuschoss. Rayner und Eliza errichteten Schutzschilde aus Flammen und Rauch, doch Scarletts eigenes weißes Feuer schoss wie eine Wand aus dem Boden zwischen ihnen und den anderen im Raum.

»Sternenfeuer?«, fragte die Fae mit dem silbernen Haar. Sie wirkte nicht überrascht, sondern eher interessiert.

Scarlett schenkte der Runde ein teuflisches Grinsen, ehe sie ihre Schatten in die Flammen warf und sie schwarz färbte.

»Interessant«, sagte die Fae, legte den Kopf schräg und studierte die Flammen.

»Wie kannst du es wagen, ungebeten hier zu erscheinen!«, brüllte der Fae mit dem schwarzen Haar und kam auf sie zu.

Scarlett blinzelte nur, und im nächsten Moment hatten ihre Schatten ihn gefesselt und geknebelt auf die Knie gezwungen.

»Scarlett?«, rief Sorin entsetzt. Er wollte zu ihr eilen, doch Talwyn hielt ihn zurück.

»Bleib, wo du bist, Prinz«, sagte Talwyn. Ihre Stimme war gelassen, als wäre dies ein alltägliches Ereignis. Dicke Ranken erschienen und fesselten Sorin an seinen Stuhl.

Scarlett sah sie mit einem gelassenen Grinsen an. Mit nur einem halben Gedanken ließ sie die Ranken gefrieren und zerbersten, wie sie es vor vielen Monaten mit den Ästen des Baums auf der Lichtung in Baylorin getan hatte. Die königlichen Oberhäupter und ihre Stellvertreter hatten alle Schilde aufgebaut, um sich vor den herumfliegenden Splittern zu schützen. Dann visierte sie Talwyn mit einem tödlichen Blick an. Der Fae, der sich ihnen hatte nähern wollen, tobte unter seinen Fesseln, als Scarlett sich seiner Herrin einen Schritt näherte.

»Schick sie weg«, verlangte Scarlett mit tödlicher Ruhe in der Stimme.

»Lasst uns allein«, befahl Talwyn kühl. Nach nur einem Wink ihrer Hand war jeder im Raum verschwunden, nur Sorin und sein Innerer Hof blieben. »Hast du mir etwas zu sagen?«, schnurrte sie an Scarlett gerichtet, doch Scarletts Aufmerksamkeit galt Sorin, dessen goldene Haut so unendlich bleich war. Sie konnte ihn *spüren*. Alles. Den Riss, nicht nur in seiner Macht, sondern auch in seiner Seele. Der Bruch, den er davongetragen hatte, als er das Mal der Zwillingsflamme ohne ein Gegenstück auf sich nahm. Sie ignorierte Talwyn vollkommen und näherte sich ihm einen Schritt. Das Mal an ihrer linken Hand kribbelte, als könnte es gar nicht erwarten, was gleich passieren würde.

»Du sagtest, ich solle herausfinden, was ich bin.«

Sie näherte sich ihm einen weiteren Schritt und hob die Hand. Darin schwebten Flammen von dem reinsten Weiß.

»Du hast mir gesagt, ich solle herausfinden, was ich für die Reiche bin.«

Ein weiterer Schritt, und sie hob ihre andere Hand, wo Wasser und Eis in einer Kugel wirbelten.

»Du hast mir gesagt, ich solle herausfinden, was ich für dich bin.«

Sorin blieb so reglos, als hätte sie ihn vorhin mit den Ranken eingefroren. Als sie die letzten Schritte zu ihm zurücklegte, erhob er sich. Sie ließ den Blick über seine goldenen Augen schweifen, das dunkle Haar. Ihr fiel auf, dass immer noch die Flammenkrone auf seinem Kopf leuchtete, und mit einem Grinsen hob sie die Handflächen. Flammen, Wasser und Eis sprangen über ihren Kopf, verwoben sich miteinander, um eine Krone aus Eis und Wasser zu bilden, das Feuer als brennendes Juwel in der Mitte.

Sein Mund stand offen, als die Krone sich auf ihr silbernes Haar senkte. Sie schickte Schattenranken nach oben, die sich um das Eis wanden und funkelten wie schwarze Diamanten. Und dann, nur weil sie es konnte, schickte sie Schatten in seine Krone, damit sie mit den Flammen dort tanzten.

Er starrte sie an, und sie sah die Frage in seinen Augen. »Ich habe dir so viel zu geben, wenn du nur die Frage aussprichst, die dir auf der Zunge liegt«, sagte sie, und ihre Stimme war tief und voller Versprechen.

Sorin schluckte. »Was bist du für mich?« Seine Stimme war heiser, kaum mehr als ein Flüstern.

»Du bist gekommen, als ich dich brauchte, und jetzt komme ich zu dir.« Sorins Augen wurden groß, als sie die linke Hand hob. Dann sprach sie die Worte, die sie schon einmal gesagt hatte, aber in der Alten Sprache. Es waren Worte, die ihre Seele bereits gekannt hatte, bevor sie sich ihrer bewusst wurde. »Ich gehöre dir, und du gehörst mir. Ich wähle dich, vor allen anderen. Immer.« Scarlett keuchte leise auf, als ein Brennen durch ihre Hand ging und das Mal golden aufflammte, ehe es sich schwarz wie die Nacht von ihrer Haut abhob. »Du bist mein Zuhause, Sorin Aditya. Ich will niemanden sonst. Ich will, dass immer du es bist.«

Sorin nahm ihr Gesicht in beide Hände und küsste sie. Tief. Intensiv. *Beanspruchte* sie für sich. Störte sich ebenso sehr daran, dass sie Zuschauer hatten, wie sie selbst, nämlich gar nicht. Sie löste sich und legte eine Hand an seine Wange.

Ich gehöre dir, und du gehörst mir. Sie hörte das Echo seiner Worte in ihrem Geist, während er ihr in die Augen blickte. Sie sah zu, wie sein Blick zu der Krone aus Sternenfeuer wanderte und er sagte: *Prinzessin des Feuers.*

Weil wir gerade darüber sprechen …

Sorin hob fragend die Brauen, und sie wandte sich zu Talwyn um.

Das lange rotbraune Haar der Königin wehte in dem Phantomwind, der sie immer zu begleiten schien. Sie saß reglos in ihrem Stuhl am Kopf des Tisches, und ihre Miene war nicht zu deuten. Sie stützte den Kopf in die Hand, als wäre sie gelangweilt, und Scarlett sagte: »Ich bin zudem die Tochter von Eliné Semiria, und ich bin ihre Erbin. Ich bin eine Königin dieses Landes, und ich beanspruche den Hof des Feuers und des Wassers als mein rechtmäßiges Erbe.«

Talwyn hatte die jadegrünen Augen auf sie gerichtet, und ein wissendes Lächeln breitete sich auf ihrem Gesicht aus. »Natürlich bist du eine Königin, Cousine.«

Scarlett erstarrte, wusste nicht, was sie sagen sollte. War Talwyn aufrichtig, oder war das so eine Art Trick? Sie warf einen Blick zu Sorin, der Talwyn ebenfalls anstarrte.

»Du erkennst willentlich an, dass sie ein Recht hat, neben dir zu regieren?«, fragte er. Sein Teint war beinahe wieder zu seiner normalen Färbung zurückgekehrt. Seine Krone leuchtete hell auf seinem Kopf.

»Natürlich erkenne ich das an. Ich habe dich schließlich geschickt, damit du sie findest«, antwortete Talwyn abfällig und erhob sich aus ihrem Stuhl. Mit einer Handbewegung ließ sie den Tisch vor ihnen in einem Wirbel aus Sand verschwinden. Sie kam zu ihnen, und Scarlett spürte, wie der gesamte Innere Hof sich hinter sie und Sorin scharte.

»Du hast mich ausgesandt, um eine Waffe zu finden«, gab Sorin zurück und errichtete einen Schild um sie alle.

»Ich habe dir gesagt, dass du eine Waffe *finden wirst*. Ich habe dich ausgesandt, damit du deine Zwillingsflamme findest«, berichtigte Talwyn ihn. »Ich hatte angenommen, du hättest sie gefunden, als du vor vielen Monaten Amaré zu Briar schicktest, um dich nach den Semiria-Ringen zu erkundigen, doch als sie ohne ein Mal mit dir zurückkehrte, war ich mir nicht sicher, ob sie es wirklich ist. Und dann war da noch dieser sterbliche Prinz, der sich in deinem Palast eingenistet hat. Ich dachte, ihr hättet ihn mitgebracht, weil er ihr Ehemann ist. Ich musste es wissen, also habe ich ihn selbst aufgesucht, um der Wahrheit auf den Grund zu gehen.«

»Du hast ihn entführt!«, fuhr Scarlett sie an. Orange Flammen züngelten an ihren Fingerspitzen.

Talwyn sah sie abfällig an, und ein Windstoß blies das Feuer aus.

Scarlett spürte, wie ihr eigener Mund sich zu einem bösartigen Grinsen verzog, als sie ihre Schatten den Boden entlang zu ihrer Cousine aussandte. Dann formte sie sie zu Schlangen. Mit Zungen aus Feuer. Und Schuppen aus rasiermesserscharfem Eis.

»Scarlett …«

Sie konnte die Ehrfurcht in Sorins Stimme hören.

»So viele Gaben, Prinz«, summte sie.

Talwyn erstarrte, doch sie wich nicht vor den zischenden Schattenschlangen zurück, die bereit waren, auf einen einzigen Gedanken hin zuzuschlagen.

»Ich wusste nicht, dass sie es wirklich war, bis ich euch beide in deinem Hof überrascht und dein Mal ohne sein Gegenstück gesehen habe.« Talwyn hatte die Augen auf Sorin gerichtet, und sie kniff sie angewidert zusammen, als sie sagte: »Nur du könntest etwas so Waghalsiges und Dummes tun. Ich hatte gehofft, dass sie es während eurer Übungsstunden herausfinden würde. Ich hatte gehofft, dass du ihr helfen würdest, es zu sehen, dass dein nutzloser Innerer Hof sich seiner verdammten Aufgabe besinnen und es ihr sagen würde.« Sie warf den anderen einen scharfen Blick zu.

»Aber es dauerte alles zu lange. Die Lage an unseren Grenzen spitzt sich zu, also habe ich dich und die anderen Höfe hierherkommen lassen. Wir brauchten einen Plan, und ich musste dich von ihr trennen. Als ich dich und Cyrus hier ankommen spürte, schickte ich Shirina zu ihr, damit sie sie zu dem Orakel bringt.« Talwyn blieb auf der anderen Seite des Schilds stehen, und ihre Jadeaugen schimmerten. »Willkommen zu Hause, Scarlett.«

»Du lügst«, keuchte Sorin.

»Tue ich das?«, antwortete Talwyn und hob die Brauen. »Frag sie.«

Sorin drehte sich zu Scarlett um. »Shirina? So bist du ins Reich der Hexen gelangt?«

Scarlett nickte. »Ja, sie hat mich zur Oberhexe gebracht, die mich zu dem Orakel begleitet hat.«

Sorin blinzelte überrascht und entsetzt zugleich, ehe er sich nach Rayner umsah, der bestätigend nickte. Sein Blick richtete sich wieder auf Scarlett, als er fragte: »Du bist der Oberhexe begegnet?«

»Ich glaube, das Orakel hat dir auch von den Schlüsseln erzählt?«, mischte sich Talwyn mit einem arroganten Lächeln in Sorins Richtung ein.

Scarlett blickte zwischen Talwyn und Sorin hin und her. Er wartete auf ihre Antwort. Scarlett hatte das Gefühl, sich für eine Seite entscheiden zu müssen, obwohl Juliette es so hatte klingen lassen, als wären sie alle Verbündete.

»Ja, sie hat mir von den Schlüsseln erzählt«, seufzte Scarlett.

»Wer kann sie finden, Scarlett?«, forderte Talwyn sie leise heraus.

Scarlett starrte die Königin finster an. Dann wandte sie sich wieder an Sorin und presste durch zusammengebissene Zähne: »Ich kann es. Eliné hat sie versteckt, also bin ich diejenige, die sie finden kann. Henna hat sie getarnt, und Talwyn kann ihnen ihre wahre Gestalt zurückgeben.«

»Auf gewisse Weise, Prinz des Feuers, hast du mit deiner Zwillingsflamme wirklich die Waffe gefunden, nach der ich suchte. Die Waffe, die mir helfen wird, die Schlüssel zu finden, mit deren Hilfe wir uns Zutritt zu Avonleya verschaffen und so zu unserer wahren Rache kommen können.« Ihre Jadeaugen leuchteten hell, während sie Sorins Blick festhielt. Scarletts Augen wanderten zwischen ihnen hin und her.

»Das Orakel sagte mir auch, dass ihr beide mir willentlich bei den bevorstehenden Herausforderungen helfen würdet«, sagte sie.

»Welche Herausforderungen?«, meldete sich Cyrus hinter ihnen.

»Oh, du weißt schon. Schlüssel. Antworten. Blutmagie«, rief sie abwinkend. »All die spaßigen Dinge.«

»Natürlich werde ich dir helfen«, meldete sich Sorin, der immer noch Talwyn finster anstarrte.

»Ja, aber wir werden auch Talwyns Hilfe brauchen, Sorin. Sie ist die Einzige, die die Schlüssel wiederherstellen kann, und wenn ihr beide euch nicht wenigstens tolerieren könnt, ist das nicht gerade hilfreich.«

»In dieser Sache kommt jedem von uns eine Rolle zu«, sagte Talwyn, drehte sich um und ging zurück zu ihrem Stuhl. Sie setzte sich, lehnte sich gemütlich zurück und schlug die Beine übereinander. »Sorin und ich sind uns in vielen Dingen nicht einig, aber ich hasse ihn nicht.«

Sorin lachte schnaubend. »Sieht aus, als würde heute so einiges auf den Tisch kommen, Talwyn. Lass uns nicht mit noch mehr Lügen beginnen.«

Talwyns Stimme war hart, als sie in ihrem kühlen, berechnenden Tonfall antwortete: »Ich kenne dich schon mein ganzes Leben lang, Prinz des Feuers. Du warst jeden Tag an der Seite meiner Tante. Ich betete zum Schicksal, dass, wenn du nicht an meiner Seite sein würdest, wenn ich einmal Königin bin, ich jemanden finden könnte, der auch nur annähernd so loyal ist. Nein, ich habe nicht begonnen, dich zu hassen, bis du mich verlassen hast. Ein Kind auf einem Thron. Selbst jetzt, viele Jahre später, bringe ich es nicht über mich, dich voll und ganz zu hassen, und sei es nur, weil ich dich einst so sehr geliebt habe.«

Scarlett blickte zwischen Sorin und der Königin hin und her. Sie konnte seine Miene nicht ganz lesen. Sie war eine Mischung aus Bedauern und Unglauben.

»Du hast mich weggeschickt«, rief Sorin. »Ich *war* für dich da. Du hast mich weggeschickt und durch Luan ersetzt.«

»Du hast mich angefleht, meine Seite verlassen und nach Eliné suchen zu dürfen«, schrie Talwyn ihn an. »Du hast diese Mission selbst angeführt und mehr als nur eine Königin dabei verloren.«

Scarlett konnte regelrecht spüren, wie betrogen sich Talwyn fühlte, wie verletzt sie war.

»Ich kenne dich, Sorin«, fuhr Talwyn fort. Da war keine Freundlichkeit in ihrer Stimme. »Du bist derjenige, der mir beigebracht hat, andere zu beobachten. Mir ihre Schwächen und verräterischen Regungen einzuprägen. Ich war deine letzte Verbindung zu Eliné. Du hast mich aufwachsen sehen. Du hast mich ausgebildet. In vielerlei Hinsicht warst du mir mehr ein Vater, als mein eigener es in der kurzen Zeit, die ich mit ihm hatte, je war. Ich hatte kaum Lebenserfahrung. Ich *habe* kaum Lebenserfahrung im Vergleich zu dir und vielen der anderen. Und nun erwartete man von mir, dass ich ein ganzes Reich regierte, in einer Welt, über die ich nur sehr wenig wusste, und du hast darum gebeten, mich verlassen zu dürfen, um nach ihr zu suchen. Du hast mich zurückgelassen und das verloren, was mir das Wichtigste auf der ganzen Welt war.«

Scarlett hatte keine Ahnung, wovon sie sprach. Ihre Mutter? Machte sie Sorin verantwortlich für ihren Tod, wie er es selbst so lange getan hatte? Sorin starrte Talwyn nur an.

»Sorin ist nicht schuld an Elinés Tod«, sagte Scarlett langsam.

Talwyn stieß ein freudloses Lachen aus. »Meine Tante wählte ihr eigenes Schicksal, als sie in jener Nacht aus persönlichen Gründen ihr Land verließ. Doch ihr Stellvertreter verlor so viele Leute mehr, als er beschloss, sie mit einer waghalsigen Mission zurückzuholen. Für *diese Leben* ist er verantwortlich, Cousine. Diese Verluste sind seine Schuld. Diese Verluste sind sein Versagen.«

Durch ihre Verbindung spürte sie Sorins Schuldgefühle. Sie spürte, wie er bei diesen Worten innerlich zusammenzuckte. Ob sie auf Thia anspielte? Wenn Cyrus ihm das vergeben konnte, warum trug sie es ihm dann so nach?

Ehe Scarlett diese Fragen stellen konnte, sagte Talwyn: »Ich will nicht leugnen, dass unser Stil und unsere Persönlichkeiten auf mehr als einer Ebene nicht miteinander harmonieren. Ich will nicht leugnen, dass ich die Dinge sehr anders handhabe, als Eliné es getan hat. Wir werden uns vermutlich noch sehr oft streiten, aber nicht in dieser Sache. Nicht, wenn es wichtig ist. Nicht, wenn die ganze Welt auf dem Spiel steht.«

Ein Sandwirbel erschien neben Talwyns Kopf, und sie pflückte eine Nachricht aus seiner Mitte, wie Scarlett es bei Sorin mit Feuer gesehen hatte. Talwyn las die Nachricht einmal und erhob sich aus ihrem Stuhl.

»Ihr müsst alle gehen. Azrael kehrt zurück.« Mit einer Handbewegung ließ sie den Tisch wieder erscheinen, einschließlich der darauf verstreuten Papiere. »Wer weiß sonst noch, wer Scarlett wirklich ist?«, fragte sie an niemand Bestimmten gerichtet.

»Alle in diesem Raum und Briar und sein Innerer Hof«, antwortete Sorin. »Und wie es scheint die Oberhexe.«

Scarlett machte sich nicht die Mühe, zu erwähnen, dass auch Mikale, Nuri und Cassius wussten, wer sie in Wirklichkeit war.

»Belassen wir es für den Moment dabei«, bestimmte Talwyn.

»Azrael weiß es nicht?«, fragte Sorin verwundert.

»Nein«, bestätigte Talwyn. »Ich habe niemandem von meinem

Verdacht erzählt, nicht bevor ich sicher sein konnte, dass du sie tatsächlich finden würdest. Nicht bevor sie ihren Titel akzeptiert hatte. Lasst uns noch ein wenig länger Stillschweigen bewahren, wenn ihr damit einverstanden seid. Es wird uns vermutlich am Ende dienlich sein. Und jetzt geht. Er kommt.«

»Ich weiß nicht, ob ich dir glaube, Talwyn«, sagte Sorin, und ein Feuerportal materialisierte sich hinter ihnen.

»Das verstehe ich«, antwortete Talwyn, »aber ich denke, dass ich dir bereits gesagt habe, dass das Schicksal uns auf die gleiche Seite stellen würde.« Ihr arrogantes, triumphierendes Lächeln war wieder da. »Wir sprechen uns bald, Prinz.«

Als sie diese Worte aussprach, fegte ein unerwarteter Windstoß durch den Raum und stieß alle bis auf Scarlett in das Portal, das hinter ihr zuschnappte, sodass die Königinnen sich allein gegenüberstanden.

»Was hast du sonst noch herausgefunden? Was hat das Orakel dir enthüllt?«, wollte Talwyn wissen.

»Verrate mir deine Geheimnisse, und ich verrate dir meine«, antwortete Scarlett liebenswürdig.

»Das ist kein Spiel. Du hast diesen Thron angenommen und bist Teil von etwas geworden. Du hast eine Verantwortung für dein Volk«, sagte Talwyn.

»Ja, das habe ich. Ich bin Teil von etwas geworden, das, denke ich, größer ist, als dir bewusst ist.« Scarlett nahm einen Stapel Papiere vom Tisch. Sie blätterte durch die ersten Seiten. Berichte aus dem Reich der Sterblichen.

»Erkläre dich«, antwortete Talwyn giftig.

»Dazu vertraue ich dir nicht genug«, meinte Scarlett gelassen.

»Was ist mit der Zusammenarbeit?«, fragte Talwyn. »Hast du nicht eben noch deiner Zwillingsflamme gepredigt, dass wir einander brauchen werden?«

»Das habe ich, aber Loyalität und Vertrauen sind keine Dinge, die ich blind gewähre.« Scarlett blätterte um. Das konnte so nicht stimmen.

Talwyn kam einen Schritt auf sie zu, doch eine von Scarletts Schattenschlangen reckte sich vor ihr, und sie erstarrte.

»Nette Schoßtierchen«, meinte Talwyn bissig.

»Finde ich auch«, antwortete Scarlett und blätterte eine weitere Seite um. »So viel effektiver als Wölfe.« Sie bedachte Talwyn mit einem kühlen Blick. »Wobei sie wirklich sein können, was auch immer ich will.« Die Schattenschlangen wanden und verformten sich, bis drei Wölfe vor ihr standen. Flammen wirbelten in ihren Augen.

»Sieht aus, als hättest du ein paar neue Tricks gelernt«, antwortete Talwyn gepresst, den Blick auf die Schattenwölfe gerichtet. »Aber hast du deine Magie ausreichend gemeistert, um sie kontrollieren zu können, wenn es wirklich darauf ankommt?«

»Komm näher und finde es heraus«, forderte Scarlett sie auf.

»Mein Stellvertreter ist schon fast bei diesen Türen«, gab Talwyn zurück und reckte eine Hand in Richtung der Doppeltüren am Ende des Raums. Ein Windstoß krachte gegen sie, um die Person dahinter am Eintreten zu hindern.

»Talwyn«, knurrte eine tiefe männliche Stimme von der anderen Seite.

»Deine Zwillingsflamme?«, fragte Scarlett.

»Nein«, antwortete Talwyn, und ihr Blick wurde hart. »Brauchst du ein Portal, um mir aus den Augen zu gehen?«

»Nein, nein«, meinte Scarlett gelassen. »Bis demnächst, Cousine.«

Und dann trat sie durch einen Riss in der Welt und nahm ihre Schattenwölfe mit sich.

41

SCARLETT

Als Scarlett Sorins Privatgemächer betrat, waren die anderen gerade dabei, sich zu zanken, wie sie zurück zu ihr in die Weißen Hallen kommen sollten.

»Also wirklich«, meinte sie gelassen, während die Schattenwölfe um sie herumpirschten. »Da gebe ich mir solche Mühe, meine Magie und Macht zur Schau zu stellen, und ihr sorgt euch trotzdem noch um mich?«

»Ernsthaft? Wölfe?«, fragte Cyrus mit einem wenig beeindruckten Blick, als alle sich zu ihr umwandten.

»Wäre dir etwas mit einem größeren Maul lieber, Schätzchen?«

Noch während sie sprach, verschmolzen die Wölfe zu einem Drachen, der den Raum hinter ihr ausfüllte. Seine Augen waren funkelndes Eis, und er schnaubte und spuckte Flammen, als er sich schützend um sie herumwand. Sie hob die Hand und streichelte seinen Kopf, und er legte die riesige Schnauze auf ihrer Schulter ab, während Rauch sich aus seinen Nüstern kräuselte.

Ein wildes Grinsen breitete sich auf Cyrus' Gesicht aus, doch noch bevor jemand etwas sagen konnte, knurrte Sorin an seinen Inneren Hof gewandt: »Geht und seht zu, dass ihr euch anderweitig beschäftigt.«

Eliza und Cyrus waren bereits halb aus der Tür, bevor er zu Ende gesprochen hatte, und Rayner verschwand in Rauch und Asche.

Sorin drehte sich zu Scarlett um, und sie sah den Hunger in

seinen Augen. Die gleiche primitive Lust, die sie auch am Abend zuvor in dem Nachtclub in seiner Miene gelesen hatte. Langsam wanderte sein Blick ihren Körper entlang, und der Schattendrache hinter ihr löste sich in Luft auf, als er schnurrte: »Das sieht aus, als wäre es sehr unpraktisch auszuziehen.«

Scarlett sah an sich herunter, und ihr wurde bewusst, dass sie immer noch die Hexenkleidung trug. Sie verschränkte die Arme vor der Brust und antwortete knapp: »Das ist, was die Oberhexe mir gegeben hat, nachdem ich im Nachthemd bei ihr auftauchte.«

»Diese Anzüge tragen sie, wenn sie fliegen«, antwortete er.

»Fliegen?«

»Ja«, sagte er und kam mit langsamen, bedachten Schritten zu ihr. Er umfasste ihre Taille und zog sie dichter an sich. »Ich will jetzt nicht über die Hexen sprechen.« Seine Stimme war belegt. So viel Verlangen erfüllte seine Züge, seinen *Geruch*, dass sie ihren eigenen Stimmungswandel gar nicht bemerkt hatte.

Er war ihr Zuhause. Er bedeutete Sicherheit. Und jetzt, da die Furcht um sein Leben ihren Blutkreislauf verlassen hatte, war da nur noch die Wut, dass er ihr etwas verheimlicht hatte. Schon wieder.

Als Sorin ihr entgegenkam, um sie zu küssen, sagte sie mit tiefer, sinnlicher Stimme: »Dann lass uns darüber sprechen, wie lange du schon weißt, dass ich deine götterverdammte *Zwillingsflamme* bin.«

Sorin wich einen Schritt zurück, als hätte sie ihn gestoßen. Der Ausdruck in seinen Augen wandelte sich von Lust zu Furcht. Er fuhr sich durch das dunkle Haar und stieß einen scharfen Atemzug aus. »Ich habe nicht … Du sagtest, du wolltest nicht, dass das Schicksal über deine Zukunft entscheidet. Das Schicksal bestimmt unsere Zwillingsflammen, Scarlett. Ich wollte, dass du die Wahl hast.«

»Wie lange wusstest du es schon«, sagte sie mit zorniger Ruhe.

»Jetzt, nachdem das Orakel dir gesagt hat, dass ich die dir bestimmte Seele bin, akzeptierst du es? Weil das Orakel dir gesagt hat, dass du eine Königin dieses Reiches bist, bist du mit einem Mal einverstanden damit?«, gab er zurück. Die Glut im Kamin erwachte brüllend zum Leben, als etwas von seiner Frustration sich Bahn brach.

Scarlett grinste und fügte ihr eigenes Schattenfeuer hinzu.

Sie ignorierte den plötzlichen Ruck, der durch ihren ganzen Körper ging, als ihre Magie sich mit seiner vermischte.

»Sie hat mir geholfen, zu erkennen, dass ich immer noch eine Wahl habe, selbst wenn das Schicksal etwas für mich entscheidet. Sie hat mir geholfen, zu erkennen, dass ich mich ihm fügen, aber dabei immer noch meinen eigenen Weg bestimmen kann. Ich entscheide, was es bedeutet, eine Königin dieses Reichs zu sein. Nicht das Schicksal. Ich bestimme, was es bedeutet, deine Zwillingsflamme zu sein. Hättest du mich eingeweiht, wäre es immer noch meine Entscheidung gewesen, ob ich es annehme.« Sie kam einen Schritt auf ihn zu. »Wie lange wusstest du es schon?«

Er musterte sie angestrengt. »Ein Teil von mir hatte eine Ahnung seit der Nacht, in der du mit Nuri gekämpft hast. Während der gemeinsamen Zeit in meiner Wohnung hat es sich zu einem Verdacht erhärtet. Sicher war ich mir dann in dem Moment, als du mich verlassen hast, um zu Mikale zu gehen.«

»Und es ist dir nie in den Sinn gekommen, dass ich es verdiene, davon zu wissen?« Ihre Stimme klang jetzt schrill.

»Du wolltest deinen eigenen Weg wählen!«

»Du hast mir die Wahl genommen, indem du mir erst gar keine Möglichkeit gegeben hast!« Die Schatten umschwärmten sie jetzt, und je aufgebrachter sie wurde, desto mehr Mühe kostete es sie, ihre Magie unter Kontrolle zu halten.

Sorin ging zu ihr, schloss den letzten kleinen Abstand zwischen ihnen. »Ich habe es dem Schicksal überlassen. Wenn du es gespürt hättest, wenn du es angenommen hättest, dann wäre ich unendlich dankbar gewesen. Wenn nicht, dann hätte ich es akzeptiert und wäre dankbar für alles gewesen, was du mir in den letzten Monaten gegeben hast.«

»Wenn ich das Mal nicht akzeptiert hätte, was wäre dann mit dir passiert?«, wollte Scarlett wissen. Frost überzog die Fensterscheiben, während sie sich bemühte, ihre Frustration und ihren Zorn zu beherrschen.

Sorin schien es gar nicht aufzufallen, als er seufzte: »Das Mal der Zwillingsflamme ohne sein Gegenstück anzunehmen, bedeutet, dass man ein Stück seiner Seele darbietet und darauf wartet, dass jemand es findet. Es fühlt sich von seiner Zwillingsflamme angezogen, aber wenn es nicht akzeptiert wird …« Er schwieg und fuhr sich erneut mit den Händen durchs Haar. »Es sucht immer weiter nach seinem Gegenstück und entzieht seinem Träger Macht. Es schwächt ihn, bis seine magischen Reserven versiegen oder etwas anderes ihn findet.«

»Und dann zieht es von seiner Lebenskraft«, fuhr sie ihn an.

»Wenn du das wusstest, warum fragst du dann?«

Sie ignorierte seinen Sarkasmus. »Du hättest all deine Macht verloren? Du hättest deinen Hof, deine Leute, wehrlos zurückgelassen?«

»Nur so konnte ich dich im Haus der Lairwoods finden.« Seine Miene war weicher geworden, doch es schwang Frustration in seiner Stimme. »Die Verbindung zwischen Zwillingsflammen erlaubt es uns, einander zu finden, Scarlett. Es ist ein übernatürliches Band zwischen unseren Seelen. Deshalb können wir im Kopf des anderen sprechen. Wir können die Furcht und die Traurigkeit und die Freude des anderen spüren.«

»Deshalb wusstest du, dass ich im Reich der Hexen bin«, sagte sie, und mit einem Mal ergaben viele Dinge einen Sinn. Das Gefühl, dass er manchmal ihre Gedanken hören konnte. Wie er immer zu wissen schien, wo sie war. Wie er sie erreichen konnte, selbst wenn die Dunkelheit sie erstickte.

Sorin nickte. »Ja. Es war eine brüchige, unvollkommene Verbindung, aber es war eine Verbindung. Ich geriet in Panik, als ich deine Angst spürte. Ich wollte zu dir, doch ich konnte Talwyn nicht sehen lassen, dass meine Kräfte nachließen, obwohl sie es ahnte. Wäre ich gegangen, wäre sie mir gefolgt, und ich wusste nicht, was vor sich ging. Ich wollte die Situation nicht noch schlimmer machen, also schickte ich Rayner.«

»Du hast *alles* riskiert. Du hast deinen Hof riskiert«, sagte sie ernst.

Sorin schloss ihr Gesicht in beide Hände. »Ja«, entgegnete er, und sein Tonfall war voll unbeugsamer Entschlossenheit. »Und ich würde es wieder tun. An dem Tag, als ich dich aus diesem Höllenloch zog, habe ich dir gesagt, dass ich Wüsten und Ozeane und Länder und Reiche überwinden würde, um zu dir zu gelangen. Dann habe ich dir in jenem dunklen Gang in der Bibliothek gesagt, dass es niemals eine Welt geben wird, in der es kein du und ich gibt, weil ich alle durchqueren würde, um dich zu finden, selbst wenn du mir in dieser entrissen wirst. Ich habe es dir auf jede nur erdenkliche Art gesagt, wie ich konnte, ohne die Worte direkt auszusprechen.«

»Du hättest es einfach sagen sollen«, erwiderte sie. »Du hast behauptet, du hättest keine Geheimnisse mehr. Ich habe dich sogar eigens gefragt!«

»Du hattest es verdient, eine Wahl zu haben, Scarlett.« Er blickte ihr suchend in die Augen, flehte um ihr Verständnis. »Ich wollte nicht, dass du den Bund annimmst, weil er dir aufgedrängt wurde oder weil du dachtest, mich retten zu müssen.«

»Aber ich musste ihn annehmen, um dich zu retten!«

»Ich wollte, dass du ihn annimmst, weil du dich dafür *entscheidest*. Nicht, weil mein Leben davon abhing. Ich wollte, dass du ihn annimmst, weil du ihn *willst*. Weil du *mich* willst, nicht den Bund.«

»Ich hätte dich gewählt«, sagte sie mit Tränen in den Augen.

»Ich hätte dich schon an jenem Tag gewählt, als du mich auf dem Schießplatz geküsst hast. In der Nacht, als wir am Pier getanzt haben. Ich hätte dich gewählt, als ich den Stolz in deinen Augen sah, nachdem ich bei einer unserer Übungsstunden zum ersten Mal auf meine Magie zugreifen konnte. Und als du in diesem Raum auftauchtest, um mich zu retten.«

»Du brauchst niemanden, der dich rettet, mein Herz. Das hast du noch nie«, sagte er sanft und strich ihr eine verirrte Strähne ihres Haars aus dem Gesicht.

»Da hast du recht. Das brauche ich nicht«, fuhr sie ihn an und entfernte sich von ihm. »Ich kümmere mich um mich selbst. Jeden verdammten Tag. Wie ich es all die Jahre getan habe. Und scheinbar tue ich das noch immer. Ich dachte, ich hätte einen Ort gefunden, wo ich durchatmen kann, und sei es nur für eine Sekunde. Einen Ort, an dem ich mich auf jemand anderen als mich verlassen kann. Ich dachte, ich hätte mein Zuhause gefunden.«

»Das hast du auch«, widersprach Sorin. »Das hier ist dein Zuhause. Das hier ist deine Familie.«

»Ich wusste nicht, dass Familien sich *derartige* Dinge verheimlichen«, antwortete sie sarkastisch.

»Scarlett, das ist nicht fair«, protestierte Sorin.

»Nicht fair?« Sie kam zu ihm zurück und stieß ihm hart den Finger in die Brust. »Nicht fair ist, dass jeder Einzelne von euch wusste, dass ich deine Zwillingsflamme bin, und niemand es für nötig befunden hat, mich in das Geheimnis einzuweihen.«

»*Du* wolltest eine Wahl, Scarlett. Du wolltest über deine Zukunft selbst entscheiden«, schoss Sorin zurück.

»Fängst du wieder damit an?«, schrie Scarlett. Sie fuhr sich mit den Fingern durchs Haar und vergaß dabei, dass sie es in einem geflochtenen Zopf trug. Sie fluchte, als ihre Hände sich verfingen und das Band herausrissen, ehe sie ihre Haare ausschüttelte. »*Du* hast mir die Wahl genommen, indem du mir nichts davon erzählt hast!«

»Nein. Das. Habe. Ich. Nicht«, presste er durch zusammengebissene Zähne.

Scarlett erstarrte. »Was meinst du damit, das hast du nicht? In dem Augenblick, als du beschlossen hast, es mir nicht zu sagen, hast du mir meine Wahl genommen.«

»Du hättest dich jederzeit entscheiden können.« Sorins Stimme war so tödlich wie bei ihrem Streit an diesem Morgen. »Du hättest das hier jederzeit wählen können. Du hättest uns wählen können. Du hast gesagt, dass du mich wählst. Du hättest lediglich *uns* wählen müssen. Du musstest nicht warten, bis ich etwas sage. Du hast nie auf meine Erlaubnis gewartet, wenn du etwas tun wolltest, warum diesmal? Du kannst mich nicht dafür verantwortlich machen, dass du etwas von dir gestoßen hast, nur weil du zu große Angst hattest, seine Existenz anzuerkennen.«

Scarlett starrte ihn an, während die Emotionen in ihr tobten. Sie spürte, wie ihre Augen zu Flammen wurden, und Sorins taten dasselbe. Feuer erschien in einer ihrer Hände, und Eis knisterte an den Fingerspitzen ihrer anderen. Ihre Schatten wirbelten um sie herum, ein schwarzer Wirbelsturm. Sie schloss beide Hände zu Fäusten, drängte die Magie zurück, immer weiter zurück.

Nach mehreren zum Zerreißen gespannten Momenten sagte sie: »Wir sind hier fertig.« Sie wandte sich zum Gehen, ohne wirklich zu wissen wohin. Es war ihr egal. Sie trat durch die Nebelwand, durch diesen Riss in der Welt in ihrem Kopf, und als sie es tat, spürte sie, wie Sorin nach ihrem Ellenbogen griff.

Sie stolperte, als ihre Füße im Sand versanken, und Sorin packte sie, hielt sie aufrecht.

»Lass mich los«, schrie sie und fuhr zu ihm herum.

Doch Sorin ergriff ihre Schultern und hielt sie fest. »Nein.«

»Lass mich los«, sagte sie gefährlich leise. Sie ließ ihre Haut bitterkalt werden und spürte, wie Sorins Hände sich erwärmten, während er sie hielt.

»Nein«, wiederholte er durch zusammengebissene Zähne. Ihre Schatten wanden sich um seine Handgelenke und Arme, bissen in seine Haut. »Du wirst uns nicht zurücklassen. Wir haben uns ein Versprechen gegeben. Wir schließen uns nicht gegenseitig aus. Nicht mehr.«

»Lass mich los!«, schrie sie. Tränen rannen über ihre Wangen, und sie fiel zu Boden, als alle Emotionen und Ereignisse des Tages über sie hereinbrachen.

Sorin glitt mit ihr zu Boden und zog sie an seine Brust. Er schloss sie in seine Arme, während sie an seiner Schulter weinte. Er streichelte ihr Haar, und sie spürte, wie er ihr einen Kuss auf den Scheitel presste. Er zog ihre Hand an seine Brust, ließ sie seine Atemzüge spüren. Ein und aus. Ein und aus.

Als ihr Atem sich beruhigt hatte, zog er sie vorsichtig zurück und zwang sie mit einem Finger, das Kinn zu heben. Er sah sie an, als könnte er in ihre Seele blicken. Seine Stimme war besänftigend, aber auch mit Entschlossenheit erfüllt.

»Ich werde dich nie gehen lassen, und ich werde immer zu dir kommen. Ob du nun im Territorium der Menschen, in den Königreichen der Hexen oder in irgendeiner Wüste bist, ich komme zu dir. Nicht, weil du meine Königin bist. Nicht, weil du meine Zwillingsflamme bist. Ich werde immer kommen, weil ich dich wähle, Scarlett Monrhoe. Ich wähle jede Flamme, jeden Wassertropfen, jeden Eissplitter, jeden Hauch von Dunkelheit. Ich wähle deine schnippischen Kommentare und die Mittelfinger, die du mir zeigst. Ich wähle all die Weisen, auf die wir uns herausfordern. Ich wähle jeden Morgen, den ich mit dir aufwache und zusehe, wie du deine Magie meisterst. Ich wähle *dich*, und ich werde immer dich wählen. Ich gehöre dir, und du gehörst mir. In diesem Leben und in jedem weiteren.«

Noch mehr Tränen rannen über ihre Wangen. Sie versuchte, sich abzuwenden, doch er hielt sie fest, die goldenen Augen auf ihre gerichtet. »Ich weiß nicht, was ich tue. All das hier. Ich weiß nicht, was ich tun soll«, flüsterte sie.

»Das hat dich sonst auch nicht zurückgehalten«, antwortete er und kam ihr entgegen, um eine Träne auf jeder ihrer Wangen wegzuküssen.

»Ich bin eine Katastrophe, Sorin. Ich bin immer noch Dunkelheit und Schatten und …«

»Scarlett, ich liebe dich wie die Sterne die Nacht lieben. Mitsamt deiner Dunkelheit«, sagte Sorin sanft. »Du bist nicht allein und wirst es nie mehr sein. Du bekommst alles von mir, und ich bekomme alles von dir. Wir schließen einander nicht aus. Wir verlangen nicht voneinander zu gehen. Es wird immer ein Du und ein Ich geben.«

Scarlett verlagerte ihr Gewicht in seinem Schoß, schlang ein Bein um jede Seite und verhakte ihre Füße in seinem Rücken. Er packte ihre Hüften und zog sie eng an sich. Sie legte die Arme um seinen Hals. »Ich wähle dich, Sorin Aditya. Ich wähle jede Glut und jede Rauchfahne. Jeden spitzen Kommentar über meine Launen und jede Neckerei wegen meiner Liebe zu Büchern und Schuhen. Ich wähle jedes Mal, wenn du mich herausforderst und mir den Kopf zurechtrückst. Ich wähle, jeden Abend neben dir einzuschlafen und dich jeden Morgen bei Sonnenaufgang mit einem Kuss zu begrüßen. Dir bis ans Ende dieses Reichs und jedes anderen zu folgen, bekannt oder unbekannt. Und wenn wir einmal nicht mehr sind, dann werde ich dir in das nächste Leben folgen, was immer es auch sein mag. Ich wähle dich, und ich werde immer dich wählen. Ich gehöre dir, und du gehörst mir. In diesem Leben und in jedem weiteren.«

In Sorins Augen glitzerten nun ebenfalls unvergossene Tränen, und er presste seine Lippen auf ihre. Der Kuss war zärtlich und perfekt und drückte alles aus, was sie füreinander waren.

Ich liebe dich, sagte er durch die Brücke zwischen ihren Seelen.

Immer, antwortete sie und küsste ihn noch einmal.

Sorin löste sich und blickte ihr in die Augen, ehe er sagte: »Die Wüste? Ernsthaft? Ich hasse Sand.«

Scarlett rollte mit den Augen, während er ihr auf die Beine half. »Götter, du bist so ein Baby. In jener Nacht am Strand schien es dir nichts auszumachen.« Sie klopfte sich die Vorder- und Rückseite ihres Hexenanzugs ab. Dann sah sie sich um. »Wo sind wir überhaupt?«

Mit einem Mal schien Sorin etwas zu realisieren, denn er murmelte vor sich hin: »Scheiße.«

Sorin blickte über ihre Schulter, und als Scarlett sich umdrehte, sah sie den Fae mit den schwarzen Haaren auf sie zukommen. Seine Haut wirkte unter der heißen Sonne noch dunkler. Er wurde von zwei Wachen flankiert, und seine Miene zeigte eine Mischung aus Wut und Selbstzufriedenheit. Einen guten Meter vor ihnen blieb er stehen und musterte sie von oben bis unten. Er zog sein Schwert und richtete es auf Sorins Herz.

»Ich glaube nicht, dass ich dich in mein Land eingeladen habe, Prinz des Feuers«, sagte er, und seine Stimme war voller gelassenem Zorn.

»Glaub mir, ich würde niemals freiwillig hierherkommen«, antwortete Sorin locker. »Wie man es mögen kann, die ganze Zeit Sand zwischen den Arschbacken zu haben, entzieht sich mir, aber irgendwie passt es zu dir.«

Die Erde unter ihnen bebte, und Scarlett spürte Sorins stützende Hand im Rücken. »Es steht dir nicht zu, in *meinen* Hof zu kommen und mich mit Missachtung zu strafen, Aditya«, spuckte der Fae ihnen entgegen.

Scarlett sah Sorin an. Er trug immer noch die elegante Kleidung, die er für das Treffen mit Talwyn gewählt hatte, und pflückte sich ein unsichtbares Staubkorn von der Tunika.

»Azrael, ich kann dich überall mit Missachtung strafen. Ich

brauche nicht den ganzen Weg bis hierher zurückzulegen«, antwortete er gelangweilt.

Ein scharfer Holzpflock erschien in der anderen Hand des Mannes, und Scarlett warf Sorin einen fragenden Blick zu. »Er ist gerade mal weniger als eine Minute hier, und du hast es schon geschafft, bei ihm für schlechte Laune zu sorgen?«

»Er ist ein Arschloch. Er ist immer schlecht gelaunt«, antwortete er achselzuckend.

»Du bist so ein Kind«, meinte Scarlett augenrollend.

»Ich bin ein Kind? Du hast mich gerade in die Mitte der Wüste gezerrt, weil du nicht zugeben wolltest, dass du unsterblich in mich verliebt bist.«

Scarlett streckte ihm die Zunge raus.

»Es tut mir ja sehr leid, wenn ich euch bei … was immer *das* ist … unterbreche«, mischte sich der Fae ein und blickte verärgert zwischen ihnen beiden hin und her. Dann sagte er zu Scarlett: »Wer bist du eigentlich?«

Scarlett warf Sorin erneut einen Blick zu, doch der starrte den Fae vor ihnen finster an. »Sorin, wer ist das?«, fragte sie stattdessen und musterte den Fae vor ihnen mit wenig beeindruckter Miene.

Der Fae stieß ein ungläubiges, schnaubendes Lachen aus.

Sorin seufzte und klang, als wäre er lieber überall, nur nicht hier, als er sagte: »Scarlett, dies ist Talwyns Stellvertreter … den du übrigens vorhin mit deinen Schatten gefesselt und geknebelt hast.«

Scarlett musterte ihn noch einmal von oben bis unten. »Du bist also der Erdtyp?« Eliza hatte ihr von den Fehden zwischen dem Hof der Erde und des Feuers erzählt. Wie hatte sie es geschafft, hierher zu *reisen*? Sie war sich sicher, Sorin würde gleich vor unterdrücktem Lachen platzen. Der Fae vor ihnen knurrte vor Zorn.

»Ich bin der Prinz des Hofs der Erde und Stellvertreter der Königin dieses Landes«, fuhr er sie an. »Ihr beide habt keine Erlaubnis, euch hier aufzuhalten, und ich habe das Recht, euch zu einer Befragung mitzunehmen.«

Ranken legten sich um Sorins Handgelenke und banden sie zusammen. Sorin schien das nicht besonders zu stören, er sah den Prinzen weiterhin unbeeindruckt an.

Bis die gleichen Ranken um Scarletts Handgelenke erschienen und sie zusammenzogen.

Eine Flammenkugel ballte sich über Sorins Schulter, und er knurrte: »Lass sie frei, Luan.«

Der Prinz warf ihm einen überheblichen Blick zu, während er laut fragte: »Wer ist die Fae, die ständig an deiner Seite ist, Sorin? Es ist beinahe, als wärst du mit einer …« Der Prinz unterbrach sich, als sein Blick auf das Mal an ihrer linken Hand fiel. Dann schoss er zu Sorins linker Hand und schließlich seinem Gesicht. Panik schien in der Stimme des Prinzen mitzuschwingen, als er sagte: »Sie ist deine Zwillingsflamme.«

Sorins Lächeln war wild und grausam, als er knurrte: »Das ist sie. Und jetzt lass sie frei.«

Warum macht ihn das so nervös?

»Weil«, antwortete Sorin, der ihre Frage scheinbar gehört hatte, »Fae ziemlich … besitzergreifend sein können.«

»Das wäre mir nie aufgefallen«, antwortete Scarlett mit einem Augenrollen. »Es scheint ihn ziemlich zu verärgern, dass wir in seinem Sand stehen.«

Der Prinz der Erde knurrte tief in seiner Kehle, doch Sorins Antwort war lauter und bedrohlicher. »Wir sind nicht nur besitzergreifend, wenn es um unsere Ländereien geht. Ich habe dir bereits gesagt, dass wir einen starken Beschützerinstinkt haben, wenn es um unsere Leute geht, um die Menschen, die wir lieben. Es ist ein wenig intensiver, wenn es sich um eine Zwillingsflamme handelt.«

Scarlett stöhnte. »Willst du mir damit sagen, dass du ab jetzt eine noch größere Glucke bist?«

»Es wurden schon viele Kämpfe ausgefochten, bei denen es um das Verteidigen einer Zwillingsflamme ging. Ich glaube, einmal wurde sogar ein ganzer Palast zerstört, weil ein Fae einer Zwillingsflamme kurz nach der Weihe ihrer Verbindung zugelächelt hat.«

»Das klingt, als müssten männliche Fae erwachsen werden und miteinander reden, wie große Jungs es tun«, lachte Scarlett. Aber dann erschienen Baumwurzeln an Sorins Handgelenken, um seine Fesseln zu verstärken, und mit einem Mal brannte blinde Wut in Scarletts Adern.

Sorin sah sie mit einem amüsierten Lächeln an. »Interessantes Detail: Auch weibliche Fae können besitzergreifend werden, wenn es um ihre Geliebten und Familien geht.«

»Geliebter? Ich glaube mich zu erinnern, dass du mich letzte Nacht abgewiesen hast«, gab sie liebenswürdig zurück.

»Ein Fehler, den ich nicht noch einmal begehen werde.«

»Genug jetzt«, rief der Prinz vor ihnen. »In meinem Palast gibt es einen Turm, in dem ich euch beide festhalten kann, bis ich die Gelegenheit hatte, mich mit der Königin zu beraten und eure Geschichten zu bestätigen, aber wer weiß, wie lange es dauern wird, bis ich sie wiedersehe. Ein paar Tage vielleicht?«

Einen Turm? Scarletts Herzschlag donnerte bei diesen Worten. Ihr Atem ging schwer. Er würde sie einsperren?

»Ganz ruhig, Liebes«, beschwichtigte Sorin sie.

»Eskortiert sie«, befahl der Erdprinz seinen beiden Soldaten, und ein Sandportal öffnete sich hinter ihm.

»Nein!«, schrie Scarlett. Sie warf Sorin einen verzweifelten Blick zu. »Tu etwas!«

Er hielt ihren Blick, seine Augen waren intensiv, und es wirbelten so viele Emotionen darin, dass sie sie gar nicht alle verarbeiten konnte. »Du musst nicht gerettet werden, Liebes. Niemand kann dich einsperren. Niemand. Niemand sperrt dich in einen Käfig.«

Mit einem eisigen Stoß gefroren die Wurzeln um Sorins Handgelenke und zersprangen. Sternenfeuer folgte und löste auch die Ranken um ihre Handgelenke auf. Der Erdprinz schrie wütend auf und schwang sein Schwert, doch Scarlett parierte den Hieb mit ihrer eigenen Waffe, die in Schattenfeuer gehüllt war.

»Das Seelenschwert«, keuchte er, als sein Blick auf ihre Klinge fiel. Wut blitzte in seinen Augen auf, und er hüllte sie in einen wirbelnden Sandsturm. Scarletts Schild materialisierte sich um sie herum, und sie spürte, wie Sorin neben ihr das Gleiche tat. Sandkörnchen zischten, während sie um ihre Flammen peitschten.

»Dieses Schwert gehört der Königin«, tobte der Erdprinz.

»Und die Königin ist es, die es führt«, rief Scarlett zurück. »Talwyn weiß, dass ich es habe, und sie weiß, dass ich ein Recht darauf habe.«

»Unmöglich«, widersprach er. »Es ist ihr Geburtsrecht.«

»Es ist mein Geburtsrecht ebenso sehr, wie es ihres ist«, antwortete Scarlett. Die Krone, die sie zuvor herbeibeschworen hatte, erschien über ihrem Kopf.

Der Sandsturm des Prinzen ließ nach, als er sie sah, gekleidet in das Lederzeug der Hexen und mit der Krone einer Königin. Sie spürte Sorins Hand im Rücken. »Alles gut, Liebes. Wir sind in Sicherheit.«

»Wer bist du?«, knurrte der Prinz der Erde.

»Scarlett M…« Sie unterbrach sich und blickte auf ihren Ring hinunter. Ein Lächeln erschien auf ihrem Gesicht, und ein Schattendrache formte sich hinter ihr und Sorin. Mit einem Brüllen spuckte er einen Feuerring um sie herum. »Scarlett *Semiria*, Königin der Westlichen Höfe und eine Königin dieses Reichs.«

Sorin meldete sich zu Wort, ruhig, aber bestimmt: »Es gibt eine Menge, was du nicht weißt, Azrael. Ich schlage vor, du sprichst mit Talwyn.«

»Talwyn würde mir so etwas nie verschweigen«, fauchte der Prinz, doch Scarlett sah die Zweifel in seinen Augen, während er vor ihnen, vor *ihr*, zurückwich.

»Die Königin hat ihre Geheimnisse, selbst vor uns«, antwortete Sorin. Sein Tonfall war jetzt etwas versöhnlicher, als wüsste er, wie der Prinz sich fühlen musste.

»Ich bin nicht du, und sie ist nicht Eliné«, gab er zurück.

»Geh und rede mit Talwyn«, sagte Sorin nur.

Scarlett spürte ein Feuerportal hinter ihnen, und Sorin nahm ihre Hand und zog sie sanft mit sich durch den Flammenring. Der Prinz der Erde stand immer noch dort und starrte sie an, als das Portal zuschnappte.

»Erdtyp?«, fragte Sorin und sah sie an. »Du hast Azrael Luan Erdtyp genannt.« Er lachte laut und tief.

Scarlett sah ihn finster an und winkte ab. »Ich war verlegen. Ich hasse es, wenn ich nicht alles weiß, was ich wissen sollte.« Sie stieß ein frustriertes Seufzen aus und blies sich eine verirrte Strähne aus den Augen. Dann sah sie sich um.

Sie standen in der Mitte von etwas, das aussah wie das Wohnzimmer eines mittelgroßen Hauses. Zur Rechten befand sich eine mäßig große Küche mit einer Insel in der Mitte. Es gab kein gesondertes Esszimmer, und auf der Arbeitsfläche häuften sich frische Lebensmittel. Gepolsterte Sessel und Chaiselongues waren um einen Kamin gruppiert, in dem jetzt ein Feuer aufloderte. Volle Bücherregale flankierten ihn zu beiden Seiten. Es gab einen Flur, der zu einer Treppe an der hinteren Wand führte. Sie drehte sich um und blickte aus dem Fenster, wo sie schneebedeckte Berggipfel entdeckte. Riesige Tannen hoben sich dunkel vom Hintergrund der Berge ab.

Sie drehte sich mit Schwung zu Sorin herum, der sie erwartungsvoll aus goldenen Augen voller Freude und Liebe ansah. »Sind wir in deiner Berghütte?«, hauchte Scarlett und trat ans Fenster. Um sie herum war meilenweit nichts. Zumindest nichts, was sie sehen konnte.

»*Unserer* Berghütte«, sagte Sorin und trat hinter sie. »Du bekommst alles von mir und ich alles von dir. Niemand sonst darf hier rein. Niemals.«

»Niemals?«, fragte Scarlett und hob die Augenbrauen.

Sorin legte die Arme um ihre Taille und sagte: »Niemals. Ich schätze, Cyrus war einmal hier. Sie haben es versucht. Eliza hat mehr als einmal gegen die Tür getrommelt und mich lautstark verflucht, wenn ich mich weigerte, sie einzulassen.«

»Wie oft kommst du hierher?«

»Wenn ich raus muss. Wenn ich nachdenken muss. Wenn ich trinken und brüten muss.«

»Also wenn du deinen Launen freien Lauf lässt.«

»Wenn ich allein mit meiner Zwillingsflamme sein will.« Seine Stimme war jetzt tiefer, gutturaler.

Scarlett drehte sich in seinen Armen, und der Ausdruck auf seinem Gesicht war purer Hunger, die Augen glasig vor heftigem Verlangen. »Hmmm. Ist der Palast nicht groß genug, dass wir darin etwas Privatsphäre finden könnten?«

»Nicht für die Laute, die du heute Abend von dir geben wirst, Prinzessin«, knurrte er, ehe er seine Lippen auf ihre presste. Scarlett spürte, wie ihre Zehen sich bei dem Versprechen in diesen Worten in ihren Stiefeln krümmten. Ihre Zwillingsflamme. Derjenige, der immer kam, wenn sie ihn brauchte. Der sie niemals gehen lassen würde. Der sie für sich beansprucht hatte. Sie wollte ihm alles geben, was sie hatte.

Zunächst war der Kuss langsam und zärtlich, bis sie die Verbindung zwischen ihnen praktisch vibrieren fühlte. Dann konnte sie nicht mehr genug von ihm bekommen. Sie wollte ihn überall berühren. Sie wollte, dass er sie überall berührte. Es war, als würde dieses Band zwischen ihnen in ihr das Verlangen wecken, auf jede nur erdenkliche Weise mit ihm verbunden zu sein. Sie löste sich und schnurrte: »Du hast recht. Diese Hexenkleidung ist wirklich sehr unpraktisch.«

Sorin schenkte ihr ein teuflisches Grinsen, und Flammen leckten an ihrem Körper, die Beine hinauf, über ihren Torso und ihre Arme, und als sie verschwunden waren, stand sie dort in dem roten Kleid, das sie im letzten Sommer zu dem nächtlichen Fest am Pier getragen hatte.

»Ausgerechnet das?«, fragte Scarlett und hob überrascht die Brauen.

»Meine Liebe, seit jener Nacht habe ich mir unzählige Male vorgestellt, wie ich dir *dieses* Kleid auf jede nur erdenkliche Weise ausziehe«, flüsterte er ihr ins Ohr, und sie spürte die Hitze in ihrem Unterleib und wie ihre Haut sich an genau den richtigen Stellen straffte. Sie hob die Hände, um die Krone zu entfernen, die noch immer ihren Kopf zierte, doch er zischte: »Lass sie.«

Wieder kam er ihr entgegen, und dieses Mal ließ der Kuss keinen Zweifel daran, was er wollte. Sie presste sich an ihn und spürte seine Härte. Seine Zunge glitt über ihre Lippen, und sie öffnete sich ihm sofort. Er drang ein, fuhr über ihren Gaumen, ihre Zähne. Er fing ihre Unterlippe mit den Zähnen ein und löste sich schließlich gerade weit genug, um ihr in die Augen zu blicken. Unter der raubtierhaften Lust entdeckte sie einen Funken Sorge. »Bist du bereit für das hier? Ich verstehe, wenn du es nicht bist.« Er fuhr mit dem Daumen über ihren Wangenknochen.

»Nun mein Prinz, habt Ihr nicht versprochen, mir zu huldigen? Ich liebe es, verehrt zu werden«, raunte sie.

Das Grinsen auf seinem Gesicht wurde geradezu wild. »Den Göttern sei Dank.« Er küsste sie erneut und begann dann, eine Spur aus Küssen auf ihrem Kiefer zu hinterlassen. »Prinzessin, ich weiß nicht einmal, wo ich anfangen soll«, murmelte er, als seine Zähne die Muschel ihres spitzen Ohrs streiften.

Scarlett konnte nicht anders. Ein tiefes Stöhnen entrang sich ihrer Kehle, während sie den Kopf zurück an das Fenster hinter ihr lehnte, damit er besser an ihren Hals kam. Er lachte dunkel und anerkennend, und der Laut glitt über ihre Knochen. Er küsste und leckte sich ihre Kehle hinunter bis zu ihrem Schlüsselbein. Tiefer. Und dann hörte er auf. Scarlett wimmerte protestierend.

Sorin stützte eine Hand neben ihrem Kopf am Fenster ab, kam ganz dicht an sie heran und strich mit der Nase an ihrer entlang. »Solche Geräusche kenne ich ja gar nicht von dir, Prinzessin«, neckte er sie. Im nächsten Moment spürte sie seine Hand im Rücken, wo er nach den Knöpfen ihres Kleids tastete.

Ihr fiel keine schlagfertige Antwort ein, als seine Finger über ihre nackte Haut strichen. Jeder Funke ihrer Aufmerksamkeit, jeder Gedanke konzentrierte sich auf genau diese Stelle. Sie wollte ihm mit dem hautengen Kleid helfen, doch Sorin zischte erneut, und sie erstarrte. »Lass mich das machen«, grollte er an ihrem Ohr.

Sie vergrub die Hände in seinem Haar, während er sich wieder ihrem Hals widmete und langsam das Kleid nach unten schob. Schließlich fiel es zu Boden, und Sorin trat einen Schritt zurück, um sie zu betrachten.

Er sah sie aus halb geschlossenen Augen an und raunte: »Ich weiß nicht, welchem Teil ich zuerst huldigen soll.«

Sie streckte die Hände nach ihm aus, bereit, seine Knöpfe zu öffnen und ihm zu zeigen, wo genau er anfangen konnte, aber er schnalzte mit der Zunge, ehe er ihre Handgelenke packte und sie über ihrem Kopf an der Wand fixierte. Er küsste jedes Handgelenk, schien sich an die Blutergüsse dort zu erinnern, die einmal das Resultat der Grausamkeit eines anderen Mannes gewesen waren. »Was wirst du mich mit dir machen lassen, meine Liebe?«, murmelte er.

Ihre Knie waren weich, und ihr ganzer Körper bebte, als er ihre Lippen küsste, ihren Hals. Er erreichte ihre Brüste, und sie wölbte sich ihm entgegen. Er umkreiste ihre rechte Brust mit Küssen und nahm schließlich die Spitze in den Mund, während er ihre linke Brust mit der Hand umfasste. Sie stöhnte laut auf, und seine Küsse wanderten tiefer. Ihren Torso hinab. Zu ihrem Nabel. Tiefer. Tiefer. Bis er vor ihr kniete. Bis er vor seiner Königin kniete. Bis er vor seiner Zwillingsflamme kniete.

Eine teuflische Dominanz lag auf seinen Zügen, als die Küsse weiter zur Innenseite ihrer Schenkel wanderten, immer die Stelle umkreisend, wo sie ihn am dringendsten spüren wollte. Sie ruckte verlangend mit den Hüften, doch er lachte nur und ließ träge einen Finger um die Stelle kreisen, neckte sie. Sie wimmerte, ohne sich darum zu kümmern, dass sie praktisch flehte. »Sorin. Bitte.«

Er lachte tief. »Sieht aus, als hättest du *doch* Manieren.«

Ehe sie antworten konnte, glitt seine Zunge über den Scheitelpunkt ihrer Schenkel, und sie schrie auf. Er umfasste ihre Hüften, drückte sie gegen die Wand. Er ließ sich Zeit, leckte mit gründlichen Strichen seiner Zunge. Sie stöhnte, als er einen Finger in sie gleiten ließ, dann zwei. Sie spürte, wie die Erlösung sich aufbaute, während er seine Finger bewegte und seine Zunge ihre himmlische Arbeit an dem Bündel aus Nerven fortsetzte. Immer härter und schneller pumpten seine Finger, bis er sie über die Klippe trieb, ohne je nachzulassen. Weiße Flammen aus Sternenfeuer explodierten um sie herum, und kristallene Eisdiamanten tanzten darin. Es kümmerte sie nicht. Das ganze Haus hätte um sie herum niederbrennen können, und es hätte sie einen Dreck gekümmert.

Als er sich mit einem zufriedenen, selbstgefälligen männlichen Lächeln erhob, griff sie nach ihm. Sie wollte, dass er dieses Hemd ablegte. Diese Waffen. Diese Hose.

»Götter, Scarlett.« Sein Tonfall war rau und verheerend, während er sich mit der Zunge über die glänzenden Lippen fuhr. »Du schmeckst himmlisch.«

Sie presste den Mund ungestüm auf seinen, ihre Zungen tanzten miteinander, während sie sich an ihm schmeckte. Er hob sie auf seine Hüften, packte ihren Hintern. Sie schlang die Beine eng um ihn. Ihr Mund war immer noch auf seinem, als er sich auf den Weg den Flur hinunter machte und dann durch ein Feuerportal trat. Ihr langes Haar bildete eine Masse um sie beide. Sie küsste sich seinen Hals und seine Kehle hinunter, während sie so schnell, wie es ihr möglich war, die Knöpfe seines Hemds öffnete.

Sie traten in einen Raum, der vermutlich sein Schlafzimmer war, wieder aus dem Portal. Es interessierte sie nicht. Er hätte sie im Wohnzimmer auf den Boden legen und gleich dort nehmen können.

Der Raum war mindestens so groß wie die Küche und das Wohnzimmer zusammen. Vor ihnen befand sich ein großes Bett, und an der gegenüberliegenden Wand stand eine riesige Badewanne unter einem Fenster. Gegenüber dem Bett war ein Kamin mit einem grauen Sofa davor. Er legte sie auf dem Bett ab und schlüpfte aus dem Hemd, das sie mittlerweile geöffnet hatte. Sie streckte erneut die Arme nach ihm aus, löste all die Schnallen und ließ Dolche und Schwerter zu Boden poltern. Seine Hose hielt ihr nicht lange stand, und ihr Mund wurde trocken, als sie ihn vor sich sah, lang und dick. Eilig schlüpfte er aus dem Rest seiner Kleidung, und sie kam ihm erneut entgegen. Er war hart wie Granit in ihrer Hand, und sie strich mit dem Daumen über die Spitze. Er stöhnte tief, und sein Schwanz zuckte zwischen ihren Fingern. Sie grinste mit teuflischem Vergnügen zu ihm auf, als er sich gerade über sie beugen wollte.

»Aber es gibt doch so viele Verwendungsmöglichkeiten für meine Zunge«, protestierte Scarlett sinnlich.

»Später«, knurrte er.

Scarlett ließ sich nicht lange bitten. Sie glitt zurück, während er über ihr auf das Bett kletterte. Er küsste ihre Brüste, reizte und leckte ihre Nippel. Scarlett grub die Finger in sein Haar und kam ihm verlangend mit den Hüften entgegen. Sorin lachte tief. »Aber es gibt doch noch so viele andere Arten, wie ich dir huldigen kann, meine Liebe.«

»Später«, keuchte Scarlett schwer atmend.

Sorin strich langsam ihre Öffnung entlang. Scarlett wimmerte und fuhr mit den Nägeln über seinen Rücken, versuchte, ihn enger zu sich zu ziehen. Mit einem schelmischen Grinsen tat er es noch einmal. Beim dritten Mal presste Scarlett hervor: »Genug jetzt.« Sie versuchte, es wie einen Befehl klingen zu lassen, doch es kam als Flehen heraus. Sie wurde langsam ungeduldig. Sie *brauchte* ihn in sich. Jetzt.

Sorin blickte mit reiner Liebe und Verehrung in den Augen zu ihr hinunter. Scarlett legte eine Hand in seinen Nacken. Mit der anderen strich sie ihm eine Locke seines rußschwarzen Haars aus der Stirn. Während sie durch seine Augen direkt in seine Seele blickte, flüsterte sie: »Ich liebe dich Sorin, und ich wähle *dich*.«

Bei diesen Worten zerriss etwas in ihm. Langsam stieß er in sie, Zentimeter um Zentimeter. Sie stöhnte, als er sie ausfüllte. Sie grub die Finger in seinen muskulösen Bizeps, als er bis zum Anschlag in ihr war und stillhielt, damit sie sich daran gewöhnen konnte. »Ich liebe dich auch, Scarlett«, sagte er, sein Atem so flach wie ihrer.

Sie wand sich unter ihm, flehte stumm mit ihren Hüften um irgendeine Art von Bewegung oder Reibung, und mit einem durch und durch besitzergreifenden Ausdruck gab Sorin ihr schließlich, was sie wollte. Langsam zog er sich ein paar Zentimeter zurück, und Scarlett drückte erneut seine Arme, als er wieder hineinstieß. Langsam, wieder und wieder. Sie zog sich zu ihm nach oben, küsste seinen Hals, seine Brust. Sie keuchte, als er beschleunigte, immer schneller und schneller wurde.

»Scarlett«, knurrte er, während sie ihre Hüften im Rhythmus mit ihm bewegte. Sie fuhr mit den Nägeln über seinen Rücken, während Lust jeden Teil von ihr erfüllte. Die Verbindung zwischen ihnen vibrierte wild. Sie war ein Summen in ihren Adern. Sie war greifbar, als könnte sie die Hand nach ihr ausstrecken und sie anfassen. Sie wob sich zwischen sie, wand sich um sie herum, verband jede Facette ihrer Wesen und ihrer Seelen.

Ihre Kräfte umschlangen sich, als würden auch sie eine Verbindung eingehen. Sie konnte sie spüren, Flammen, die mit Eis tanzten, Asche, die mit Wasser wirbelte. Wo sie sich vermischten, leuchteten sie, und bald waren sie von einer Flammenaura umgeben. Zwischen all dem waberten ihre Schatten.

Keuchend stieß sie seinen Namen aus, als die Erlösung sich zum zweiten Mal Bahn zu brechen begann, und er bewegte sich immer weiter, ließ ihre Lust noch etwas länger andauern. Erst als sie sich dem Ende ihres eigenen Höhepunkts näherte, fand Sorin seinen und stöhnte ihren Namen an ihrem Hals, als er sich in sie ergoss.

Als Sorin sich von ihr rollte, keuchte er so heftig wie sie. Sie schmiegte sich an seine Seite, ließ ihren Kopf auf seiner Brust ruhen, während er ihr Haar streichelte. Nach ein paar Momenten, als ihr Atem sich wieder beruhigt hatte, sagte Sorin sanft: »Bist du … in Ordnung?«

Scarlett stemmte sich hoch, um ihm in die Augen sehen zu können, und ein Zuhause blickte zurück. Sie ließ einen Finger über seine Wange gleiten und küsste ihn. Dann sagte sie mit einem sinnlichen Grinsen: »Prinz, wann immer du das Verlangen verspürst, mir auf *diese Weise* zu huldigen, nehme ich deine Verehrung nur zu gerne an.«

Sorins Miene war todernst, als er ihre Wange mit der Hand umfasste und sagte: »Liebes, ich habe vor, dir die nächsten tausend Jahre auf jede nur erdenkliche Weise zu huldigen, und selbst das wird nicht genug sein.«

Er presste erneut die Lippen auf ihre. Sie schob sich über ihn, vertiefte den Kuss. Dann löste sie sich gerade genug, um an seinen Lippen zu murmeln: »Lass uns das wiederholen.«

Ein teuflisches Grinsen breitete sich auf seinem Gesicht aus. »Mit Freuden, Prinzessin.«

42
SORIN

Durch das Fenster über der riesigen Badewanne konnte Sorin sehen, dass es bereits tief in der Nacht war. Er lag neben Scarlett und ließ träge die Finger zwischen ihren Brüsten hinunter zu ihrem Nabel und wieder nach oben gleiten. Dabei beobachtete er die nackte Fae neben sich, die wilde Masse silbernen Haars überall um sie herum, die wirkte wie metallische Farbe, die jemand auf eine Leinwand gespritzt hatte. Die Krone, die sie für sich selbst materialisiert hatte, lag auf dem Nachttisch neben ihnen. Scarlett hatte sie irgendwann abgelegt, nachdem er sie auf den Bauch gedreht hatte und die Krone dabei zur Seite gerutscht war. Sie hatte sie schlicht aus ihren Haaren gepflückt und auf den Boden geworfen, ehe er ihr gab, worum sie ihn gebeten hatte.

Mehr als einmal.

Er hatte die Krone vom Boden aufgelesen, als er nach unten in die Küche gegangen war, um ihnen etwas Wein zu holen. Bei seiner Rückkehr hatte sie ihm das Glas aus der Hand genommen, es in einem Zug hinuntergestürzt und ihn wieder zu sich ins Bett gezogen. Sorin hatte bei ihrem täglichen Training erlebt, wie wild sie sein konnte. Jeden Tag hatte er die Feuersbrunst gesehen, die unter ihrer Haut schwelte. Und wenn sie sich im Bett mit ihm gehen ließ, war sie wie ein Wirbelwind, von dem er nie genug bekommen würde.

Er würde niemals vergessen, was für einen Schrecken es ihm

eingejagt hatte, sie dort in jenem Sitzungssaal in den Weißen Hallen auftauchen zu sehen. Doch dieses Entsetzen war bald schierer Bewunderung gewichen, als er beobachtete, wie die Jungfer des Todes in voller Hexenmontur auf die Königin der Fae herabblickte und Azrael Luan mit ihren Schatten fesselte. Dann richtete sie den Blick auf ihn. Als sie die Hand mit dem Mal hob, gaben seine Knie beinahe unter ihm nach. Als sie die Worte des Rituals der Beanspruchung sprach, fühlte es sich an, als könnte er endlich wieder einen vollen Atemzug nehmen, als wäre seine Lunge dazu nicht mehr in der Lage gewesen, seit er vor Monaten selbst das Mal angenommen hatte. Innerhalb weniger Augenblicke war seine Macht zu voller Stärke zurückgekehrt.

Dann hatte diese wundervolle Person neben ihm Anspruch auf ihren Thron erhoben und die Rolle akzeptiert, für die sie bestimmt war. Wie es dazu gekommen war, das war eine Geschichte, die er nur zu gerne hören wollte.

Doch jetzt fuhr sie die dunklen Tintenlinien nach, die seine Brust zierten, die Male, die diverse Treueschwüre und Pakte symbolisierten. Er zischte, als ihre Fingerspitzen an seiner Haut eiskalt wurden. Sie lachte einfach nur, ein melodischer silberner Laut, der noch schöner war als ihr Klavierspiel. »Grausames, durchtriebenes Ding«, murmelte er an ihrer Schläfe und presste einen Kuss darauf.

Sie hatte die Aufmerksamkeit mittlerweile auf sein Zwillingsflammen-Mal gerichtet, und sie hob ihre eigene linke Hand, um die beiden zu vergleichen. »Warum ist es größer geworden?«, fragte sie.

Tatsächlich hatten ihre Male zuvor lediglich ihre Handrücken bis zu ihren Daumen und Zeigefingern bedeckt. Doch jetzt hatte es auch ihre Mittelfinger erreicht. »Es sind die Prüfungsmale.« Sie runzelte die Stirn, während sie über seine Antwort nachdachte. »Erinnerst du dich an die Nacht am Strand, als ich dir das erste Mal über Zwillingsflammen erzählte? Ich habe erwähnt, dass die Verbindung Prüfungen überstehen muss.«

»Fünf Prüfungen«, sagte sie leise und hob die Hand in die Luft über ihnen, um sie zu betrachten.

Er nickte. »Ja. Man kann sich aussuchen in welcher Abfolge und wann man sie bestreitet, mit Ausnahme der ersten und der letzten.« Er berührte die Spitze ihres Daumens. »Das erste ist die *Beanspruchung*, bei der man die Existenz der Verbindung akzeptiert und anerkennt. Die Worte des Rituals der Beanspruchung zu sprechen, markiert den Beginn der Prüfungen. Gleichzeitig bietet man dem anderen ein Stück seiner Seele dar. Die zweite«, sagte er und wanderte weiter zu ihrem Zeigefinger, »ist die *Rettung*.«

»Als du mich aus dem Haus der Lairwoods gerettet hast«, meinte sie und sah wieder ihre Hand an.

»Ja und nein«, antwortete Sorin. »Dort habe ich dich gerettet, aber *du* hast auch *mich* gerettet, als du das Mal angenommen und meine geschwächte Magie und Lebenskraft wiederhergestellt hast.« Sie sah ihn überrascht an, und er lachte leise. »Ich kann nicht alles allein machen, Prinzessin.«

»Königin, wenn ich bitten darf«, korrigierte sie ihn und schnippte gegen seine Nase.

»Soll ich dich lieber Eure Hoheit nennen?«, neckte er sie mit hochgezogener Augenbraue.

»Nein, nein«, winkte sie ab. »Ich will nicht, dass du das Gefühl hast, unter mir zu stehen. Ich weiß ja, wie groß das Ego von euch männlichen Fae ist.« Sorin schnaubte belustigt und knabberte an ihrem Ohrläppchen. »Diese beiden haben wir also«, fuhr sie fort. »Welche ist die dritte?«

Sorin schenkte ihr ein raubtierhaftes Lächeln. »Die *Vereinigung*.«

»Hmm«, machte sie. »Sollten wir dann nicht jetzt gleich mehrere neue Male haben?«

Sorin lachte ein weiteres Mal laut auf und hauchte einen Kuss auf ihre Lippen. Sie war ihm wirklich in jeder Hinsicht gleich. Sein

Spiegelbild. Er hätte es nie für möglich gehalten, einmal so eine Person zu finden. »Die Vereinigung ist körperlicher Natur, ja«, sagte er. »Aber es geht auch um die Vereinigung unserer Seelen und unserer Magie.«

»Und die vierte Prüfung?«

»Das *Opfer*«, erklärte er. »Dort wird auf die Probe gestellt, was wir bereit sind, füreinander zu geben, für unsere Verbindung.«

»Die fünfte?«

»Die fünfte Prüfung ist die Weihe, und sie kann nur geschehen, wenn die anderen vier absolviert sind«, antwortete Sorin.

»Wie kommen wir dazu?« Sie betrachtete immer noch das Mal.

»Wenn wir die ersten vier Prüfungen hinter uns gebracht haben, muss die Verbindung von einer Seherin geweiht werden, die die Verbindung bestätigen und segnen kann.«

Sie hob überrascht den Blick. »Eine Seherin? Müssen wir das Orakel aufsuchen?«

»Es gibt viele Seherinnen in den Reichen. Das Orakel ist schlicht die mächtigste und älteste, doch jede Hexe kann seherische Talente haben, selbst wenn es nicht ihr dominantes ist«, erklärte Sorin. Er hatte wieder begonnen, die Hände über ihren Körper gleiten zu lassen. Er konnte nicht anders. Er musste sie berührten, sie spüren. Er musste sich selbst überall an ihr riechen können. Als er am Hof der Erde darüber gesprochen hatte, hatte er heruntergespielt, wie besitzergreifend männliche Fae in Bezug auf ihre Geliebten werden konnten. Es wurde nur noch schlimmer, wenn sie tatsächlich heirateten. Und wenn sie ihre Zwillingsflamme fanden? Es würde eine ganze Weile nicht angenehm sein, sich in Gegenwart anderer aufzuhalten, selbst wenn es sich um seine eigene Familie handelte.

Scarlett sah ihn stirnrunzelnd an. »Also müssen wir zurück ins Königreich der Hexen?«

»Das könnten wir tun«, meinte Sorin nachdenklich. »Oder wir können einfach die Hexe bitten, die bereits an unserem Hof dient.«

Scarlett riss die Augen auf. »Eine Hexe lebt hier? Im Hof des Feuers?«

»Ein paar tun das, ja«, lächelte Sorin. »Wenn sie einen Pakt mit einem Prinzen oder einer Prinzessin der Höfe abschließen.« Er wies auf ein Mal auf der Innenseite seines rechten Unterarms, gleich unter dem Ellenbogengelenk. Es war ein schwarzer Wirbel aus Sternen und Monden. »Du wirst ein ähnliches Mal bei Beatrix, unserer Heilerin, finden.«

»Beatrix ist eine Hexe?« Sie fuhr das Mal nach.

»Alle Heilerinnen sind Hexen. Beatrix' dominantes Talent ist Heilen, und sie ist eine der fähigsten in allen Königreichen, doch sie besitzt auch weitere Hexentalente wie Prophezeiung und die Zubereitung von Heilmitteln.«

»Wenn wir also die letzte Prüfung bestanden haben, gehen wir zu Beatrix, die unsere Verbindung weiht, und dann was? Sind wir dann verheiratet?«, wollte Scarlett wissen.

»Ich schätze, so könnte man es nennen, aber der Bund zwischen Zwillingsflammen reicht tiefer als der zwischen Eheleuten«, sagte Sorin und folgte seinem eigenen Finger mit dem Blick, während er ihre Brustwarze umkreiste.

Sie stieß ein sarkastisches Lachen aus. »Fae-Gepflogenheiten sind kompliziert. Im Reich der Menschen tauscht man einfach Ringe.«

»Meine Liebe, wenn ein Ring dich glücklich macht, dann bekommst du einen. Wenn du eine große Zeremonie und eine Feier möchtest, dann tun wir das. Wenn du es von den Dächern rufen willst, dann suche ich dir das höchste Gebäude«, sagte er und beugte sich hinunter, um die Stelle zu küssen, wo sein Finger eben noch verweilt war.

»Götter, nein«, rief Scarlett mit einem Hauch von Abscheu in der Stimme, während sie mit den Fingern durch sein Haar fuhr. »Ein Ring ist genug. Aber bis wir geweiht oder was auch immer sind, was sind wir füreinander?«

»Beatrix kann immer noch eine Ehe zwischen uns schließen, damit es offiziell ist für … politische Zwecke, bis der Zwillingsflammen-Bund geweiht ist«, antwortete Sorin.

»Hmm«, machte sie und schien jetzt wieder mit ihrem eigenen Mal beschäftigt zu sein. Sie hatte die Lippen geschürzt und zur Seite gezogen. Er konnte sehen, dass sie über etwas nachdachte. »Das wäre vermutlich eine gute Idee.«

»Warum?«, fragte er und strich leicht mit den Fingern ihre Hüfte und ihren Schenkel hinunter.

»Brauche ich einen Grund, um dich heiraten zu wollen?«

»Nein, aber du hast immer einen Grund«, antwortete er mit einem wissenden Blick. Ihre Augen hatten sich verändert. Das Eisblau war blasser, beinahe silbern.

»Vielleicht möchte ich dich einfach nur meinen Ehemann nennen können.«

»Das wäre definitiv ein Fortschritt, wenn man bedenkt, mit welchen Namen du mich sonst so bedenkst«, gab er zurück.

»Vorsicht, Prinz«, hauchte sie sinnlich. »Wir mögen Zwillingsflammen sein, aber ich kann es immer noch mit dir aufnehmen.«

Sorin lachte leise und hauchte einen Kuss auf ihre Lippen. Sie fauchte, erwiderte den Kuss jedoch. »Du hast heute weiße Flammen erscheinen lassen. Absichtlich«, sagte er, löste sich und blickte ihr einmal mehr in die Augen.

»Das habe ich. Ich … Das Orakel hat mir geholfen, ein paar Blockaden loszuwerden, die …« Sie seufzte, und er fragte sich, was genau bei dem Orakel passiert war. »Sie hat mir Fragen beantwortet, aber gleichzeitig hundert neue aufgeworfen. Und sie hat mir geholfen, ein paar Dinge zu überwinden, die mich daran gehindert haben, ganz auf die Quelle meiner Macht zuzugreifen.«

»Deine Macht wird man schon jetzt im Rest der Welt fürchten, aber wenn unsere Magie sich erst verbunden hat …« Sorin konnte das Schaudern nicht unterdrücken, das ihn bei dem Gedanken überkam. Er hatte es gespürt. Er hatte gespürt, wie ihre jeweilige Magie miteinander spielte, sich verband, sich umschlang, während sie dasselbe mit ihren Körpern taten. Laut dachte er nach: »Sollten wir jemals Kinder haben, könnten ihre Kräfte außergewöhnlich sein.«

Scarlett richtete sich stocksteif auf. »Nimmst du ein Tonikum?«

»Ja, Scarlett«, antwortete er leise und fuhr mit dem Finger über ihre Wange. »Ich nehme ein monatliches Mittel.«

Sie fuhr sich mit der Hand über das Gesicht. »Den Göttern sei Dank.« Sie schloss für einen Moment die Augen, ehe sie sie wieder öffnete und seinem Blick begegnete. »Sorin, Kinder … ich …«

»Entspann dich, Liebes. Das ist eine Unterhaltung, die wir auch später noch führen können.«

»Sehr viel später«, sagte sie mit Nachdruck.

»Wenn du bereit dafür bist«, stimmte er zu.

»Ich meine, ich weiß, dass du gesagt hast, dass Fae Schwierigkeiten haben, Kinder zu zeugen, und mein Zyklus war nie ganz normal …«

Sorin hauchte einen Kuss auf ihren Mund und unterbrach damit ihr Gestammel. »Scarlett, ich habe Kinder nicht erwähnt, um dir zu signalisieren, dass ich sie jetzt sofort will. Ja, Fae haben nur selten Kinder, und sollten wir eines Tages welche haben, dann wäre das ein Segen, aber nicht jetzt. Jetzt will ich dich ganz für mich.« Er spürte, wie die Anspannung von ihr abfiel. »Und was deinen Zyklus angeht …« Sie sah ihn einmal mehr mit großen Augen an. »Ich nehme an, er war nicht normal für eine Sterbliche und kehrte nur einmal pro Jahreszeit statt einmal im Monat wieder.«

»O meine Götter.« Sie hob die Hände vor ihr Gesicht, doch er konnte sehen, wie ihre Wangen sich leicht röteten. »Ich will nicht einmal wissen, warum du so viel über den Menstruationszyklus der Fae weißt«, murmelte sie. Sorin lachte, und sie senkte langsam die Hände. »Ernsthaft. Warum weißt du das?«

»Ich hatte Unterricht in den Grundlagen der Anatomie, Liebes«, lachte er. »Aber Talwyn hat nicht gelogen. Ich habe sie auf viele Weisen großgezogen. Wenn man sich in einer Situation wie dieser befindet, lernt man eine Menge, ohne es zu wollen.«

»Das ist merkwürdig«, murmelte sie.

Er spürte, wie ihre Finger erneut über seine Male zu gleiten begannen, und dachte bei sich, dass er niemals genug davon bekommen würde. Diese ganz normalen Momente mit ihr in seinem Bett, während sie über alles Mögliche redeten. Wenn er kein Prinz und sie keine Königin war und sie einfach nur … Zeit miteinander verbrachten.

»Woran denkst du?«, riss sie ihn aus seinen Gedanken.

»Dass du perfekt bist. Das hier ist perfekt«, antwortete er leise.

Er spürte, wie sie einen Finger unter sein Kinn legte und seinen Mund zu ihrem zog. Einen Augenblick später roch er ihr Verlangen. Er wollte ihr gerade einmal mehr nachgeben, als er ein leichtes Zupfen in seinem Geist spürte. Er seufzte innerlich.

Scarlett riss die Augen auf. »Was war das?«

Es hätte ihn nicht überraschen sollen, dass sie es auch spürte. Ihr Bund war beinahe vollkommen, und trotzdem traf es ihn unerwartet. »Deine Cousine ruft mich«, antwortete er düster.

»Talwyn? Warum?«

»Wenn ich raten müsste, würde ich sagen, dass es etwas mit unserer kleinen Diskussion mit Azrael vorhin zu tun hat«, brummelte er.

»Aber du musst nicht gehen, oder?«

»Theoretisch nein, aber …« Er sprach nicht weiter.

»Aber du willst?«, fragte sie mit einem kleinen Lächeln und legte den Kopf schräg. Sie ließ es sich nicht anmerken, aber er spürte durch ihre Verbindung, dass es sie ein wenig verletzte.

»Meine Liebe, was ich will, ist, die ganze Woche hierzubleiben und dich in jedem Raum und auf jedem Möbelstück dieses Hauses zu vögeln«, raunte er.

»Was hindert dich daran?«, gab sie zurück, und ihre Hand wanderte seine Brust hinunter und über seinen Bauch.

Im nächsten Augenblick erschien eine Flamme neben seinem Kopf. Sie hielt inne, während er die Notiz aus der Feuernachricht zog und sie schnell überflog. »Laut Cyrus hat sie verlauten lassen, dass sie bei Sonnenaufgang in den Fiera-Palast kommen wird.« Dann fügte er hinzu: »Sie hat ein ziemliches Temperament, wenn sie nicht bekommt, was sie will.«

Scarlett rollte mit den Augen und murmelte düster: »Scheint typisch für euch Fae zu sein.«

»Dir ist bewusst, dass du eine von uns bist, Liebes, ja?«, fragte er belustigt.

»Ich weiß, aber ich wurde nicht als eine *aufgezogen*. Das ist ein Unterschied. Ich habe gelernt, mit den Leuten zu reden, wenn ich ein Problem mit etwas habe.«

»Du hast gelernt, Dolche und Gewalt zu benutzen«, berichtigte er sie.

»Wortklauberei«, antwortete sie mit einem teuflischen Funkeln in den Augen, während sie sich auf die Seite rollte. Ihre nackten Brüste rieben gegen seine Brust, und sie warf ihm ein aufreizendes Lächeln zu.

»Du bist grausamer als die Hexen, Prinzessin«, presste er hervor.

Sie lachte tief und verführerisch. »Bleib, und ich zeige dir, wie grausam ich sein kann.« Doch dann: »Im Ernst?« Sie ließ sich zurück in die Kissen fallen.

Gleich darauf erschien eine Masse Schneeflocken neben Sorins Kopf, und er zuckte leicht zusammen. »Ich habe versucht, dich zu warnen.« Er hob die Hand und zog Briars Nachricht aus dem Gestöber. Wie es schien, hatte Talwyn auch ihn gerufen. Natürlich wusste er noch nicht, dass Scarlett ihre Höfe beansprucht hatte und er nun ihr unterstand. Er seufzte. »Darf ich dir einen Vorschlag machen?«

»Habe ich eine Wahl?«

»Du hast immer eine Wahl«, antwortete er sanft. Er beugte sich hinunter und hauchte einen federleichten Kuss auf ihre Lippen. »Lass uns nach Hause zurückkehren *und*«, fuhr er über ihr Stöhnen hinweg fort, »Beatrix aufsuchen, damit sie uns verheiratet. Dann sehen wir, was Talwyn zu sagen hat. Und dann verbringen wir die folgenden Tage hier, nur du und ich.«

Sie schien darüber nachzudenken, ehe sie sagte: »Die ganze Woche. Mir gefällt deine ursprüngliche Idee.«

»Einverstanden, Prinzessin«, antwortete er und beugte sich erneut hinunter, um sie zu küssen. Dann glitt er vom Bett, bevor er oder sie die Dinge noch weiter eskalieren lassen konnte. »Mach dich fertig, Liebes«, sagte er, während sie unterdrückt vor sich hin fluchte. Bei seinen Worten füllte sich die Wanne am Fenster mit dampfendem Wasser.

Scarlett setzte sich auf, während er das Bettende umrundete. »Mich hier fertig machen? Alles, was ich habe, ist das rote Kleid. Ich habe keine Ahnung, was du mit meiner Hexenkleidung gemacht hast.«

Er betrachtete sie, wie sie nackt in dem Durcheinander aus Laken und Daunendecken saß. Es kostete ihn seine ganze Selbstbeherrschung, nicht sofort zurück zu ihr ins Bett zu steigen. »Sieh im Kleiderschrank nach«, sagte er, schlüpfte in seine Hose und ging zur Schlafzimmertür.

»Und wo willst du hin?«, fragte sie und kniff die Augen zusammen.

Sorin blieb auf der Schwelle stehen und blickte über seine Schulter. »Ich halte mich von der Versuchung fern.«

Sie reagierte mit einem Blick, der so finster war, dass er ein Grinsen verbergen musste, als er das Zimmer verließ.

43
SCARLETT

Scarlett saß lässig an dem riesigen Tisch im offiziellen Speisesaal des Fiera-Palasts. Neben ihr hatte Eliza die Arme vor der Brust verschränkt und eine finstere Miene aufgesetzt, die niemandem im Besonderen galt. Cyrus und Rayner hielten sich im Hintergrund und beobachteten Sorin, der an der Wand hinter ihr lehnte. Durch ihre Verbindung konnte sie den inneren Kampf spüren, den er mit sich ausfocht. Die primitive Wut, die in ihm aufgestiegen war, als Rayner ihr vorhin beim Betreten des Raums einen Guten Morgen gewünscht hatte, war nicht zu ignorieren gewesen. Sie hatte lediglich Sorins Arm getätschelt und ihm grinsend einen Kuss auf die Wange gedrückt, ehe sie zum Tisch weitergegangen war. Seinem Inneren Hof jedoch waren der Stimmungswechsel und der veränderte Geruch sofort aufgefallen, und seitdem waren sie alle nervös. Briar war ebenfalls hier und saß mit einem belustigten Lächeln auf den Lippen auf der anderen Seite des Tisches, von wo er Sorin beobachtete. Sie hatten den anderen bereits berichtet, was geschehen war, nachdem sie gestern die Weißen Hallen verlassen hatten.

Scarlett und Sorin hatten noch im Bergchalet gebadet und sich fertig gemacht. Er hatte nicht gelogen, als er ihr riet, im Kleiderschrank des Schlafzimmers nachzusehen. Er war voller Kleider, Tuniken, Hosen und anderen Kleidungsstücken gewesen. Darunter hatte sie auch ihren Hexenanzug und das Lederzeug entdeckt, das sie dem der Fae vorzog. In den leichten Lederteilen der Hexen konnte sie sich müheloser bewegen. Während sie sich ankleidete, nahm Sorin ein kurzes Bad und errichtete jedes Mal einen Feuerschild, wenn sie sich der Wanne weniger als drei Meter näherte. Sie streckte ihm die Zunge heraus, während sie in ihre Hose und eine salbeigrüne Tunika mit roségoldener Perlenstickerei schlüpfte.

Sorin brachte sie durch ein Portal zurück in den Palast, wo sie sich still und heimlich auf den Weg in Beatrix' Quartier machten. Die Heilerin, die selbst tief in der Nacht noch arbeitete, blickte auf, als sie den Raum betraten, und ein Lächeln breitete sich auf ihren Lippen aus. Scarlett, die sich nicht wirklich an ihre vorherigen Begegnungen mit der Heilerin erinnerte, war schockiert gewesen über ihr ergrauendes Haar und die alternde Haut. Sie sah aus wie eine Sterbliche Anfang sechzig und nicht wie eine unsterbliche Hexe. Sie kam zu Sorin und umarmte ihn wie eine Großmutter ihren Enkel. Mit ihren Fae-Ohren konnte Scarlett hören, wie Beatrix ihm zuflüsterte: »Ich wusste, dass das Schicksal einen Weg finden würde, Prinz.« Und als Sorin sich löste, funkelten Tränen in seinen Augen.

Beatrix segnete ihre Verbindung, und hinterher, als sie auf dem Weg zu ihren Gemächern waren, fragte Scarlett Sorin: »Ich dachte, die Hexen wären unsterblich wie die Fae?«

»Das sind sie, aber selbst wir altern mit der Zeit. Aber ja, verglichen mit sterblichen Lebensspannen sind wir unsterblich«, antwortete Sorin, der ihre Hand fest in seiner hielt.

»Aber sie sieht … älter aus?«

»Hexen haben keinen Stillstand wie wir Fae. Wenn Fae ein bestimmtes Alter erreichen, für gewöhnlich irgendwann Anfang zwanzig, hört unser Körper auf zu altern. Hexen altern weiter, aber sehr, sehr langsam«, erklärte er.

»Wie alt *ist* Beatrix?«, fragte sie und blickte zu ihm auf.

Sorin zuckte mit den Achseln. »Ich kenne sie schon mein ganzes

Leben. Als ich noch klein war, diente sie meinem Vater und sah genauso aus, wie sie es jetzt tut.«

Scarlett nickte, und plötzlich wurde ihr klar, dass sie nicht in den Privatflügel des Palasts zurückgekehrt waren, sondern vor einer Tür im Erdgeschoss standen. »Wo sind wir hier?«

Ein listiges Lächeln breitete sich auf seinem Gesicht aus. »Sieh es als ein Hochzeitsgeschenk.«

»Ich liebe Geschenke«, hauchte sie mit gespielter Dramatik und sah zu, wie er ein Flammensymbol an die Tür zeichnete.

Die Tür öffnete sich, und Sorin führte sie mehrere Treppen hinab, bis sie eine Steinmauer erreichten. Er nahm einen Dolch aus seinem Gürtel, stach sich in den Finger und zeichnete das gleiche Symbol noch einmal mit Blut an die Wand. Mit einem knirschenden Ächzen glitt der Stein nach rechts und gab eine riesige Kammer frei, die scheinbar tief in die Flanke des Berges gehauen war. Doch als Sorin sie hineinführte und den Raum mit seinen Flammen erhellte, musste Scarlett nach Luft schnappen. Juwelen zogen sich die Wände entlang, angefangen bei winzigen bis zu solchen, die größer waren als ein Ei. Truhen voller Gold, Silber und anderer wertvoller Metalle waren überall verstreut. An der hinteren Wand gab es mehrere Fächer, die diverse Kronen beherbergten, und sie entdeckte ihre eigene im Zentrum davon.

Sie drehte sich mit hochgezogener Augenbraue zu Sorin um, und er meinte schlicht: »Damit sie nicht verloren geht«, und zwinkerte. Dann führte er sie an einen Steintisch. Als sie sich näherten, wurde ihr klar, dass es sich gar nicht um einen Tisch handelte, sondern um einen Schaukasten mit einer Glasabdeckung, unter der Ringe in allen Formen und Größen und aus den verschiedensten Materialien lagen. Ringe mit Diamanten und Rubinen und Smaragden und Saphiren. Sie musste tief Luft holen, während sie den Anblick in sich aufnahm.

»Such dir einen aus«, flüsterte er von hinten in ihr Ohr.

»Sorin, das kann ich nicht«, hauchte sie und hob eine Hand an ihre Kehle, während sie die Reihen um Reihen funkelnder Ringe betrachtete.

»Selbstverständlich kannst du das. Sie gehören dir genauso wie mir«, antwortete er und presste ihr einen Kuss auf die Schläfe.

»Das ist dein Familienerbe«, widersprach sie.

Er drehte sie sanft zu sich um, presste seine Stirn an ihre und flüsterte: »*Du* bist meine Familie, Scarlett. Du bist meine Frau. Du bist meine Zwillingsflamme. Was mir gehört, gehört dir, als hätte es immer dir gehört.«

Sie hatte ihn daraufhin geküsst, zärtlich zu Beginn, aber dann leidenschaftlicher, und er hatte sie gleich dort in diesem Raum voller Schätze und Juwelen genommen, über den Schaukasten mit Ringen gebeugt.

Als sie sich jetzt daran erinnerte, musste sie lächeln, während sie mit dem Ring an ihrem linken Finger spielte. Es war ein goldenes Band mit einem riesigen Diamanten und zwei kleineren Rubinen auf beiden Seiten. Sorin hatte sich für einen aus schwarzem Gold entschieden, in den drei schwarze Diamanten eingelassen waren.

Sorins Blick wanderte zu ihr, während er gepresst durch ihre Verbindung schickte: *Woran denkst du?*

Ach, nur an ein paar Verwendungsmöglichkeiten für meine Zunge, die mir eingefallen sind, schnurrte sie zurück.

»Ihr beide«, meldete sich Eliza neben ihr und schnüffelte in die Luft, »müsst euch die nächsten Stunden zusammenreißen. Danach könnt ihr gehen und es treiben wie die Karnickel, bis ihr euch nicht mehr bewegen könnt.«

Cyrus stieß ein lautes Lachen aus, doch ehe Sorin antworten konnte, spürten sie alle einen eisigen Wind durch ihre Schutzzauber fahren. Augenblicklich richteten sich alle auf, Briar kam auf die Beine, und Eliza legte die Hand auf den Dolch an ihrer Seite.

Scarlett nahm sich einfach einen Muffin von dem Büfett vor ihr und biss hinein.

Ein paar Minuten später strebte Talwyn in den Speisesaal, Azrael Luan neben ihr. Talwyn trug wie immer eine braune Hose, eine weiße Tunika und ihre Waffen. Scarlett sah Azrael in die Augen, während sie mit zuckersüßer Stimme meinte: »Willkommen in meinem Zuhause, Erdtyp. Muffin?«

Azrael starrte sie verächtlich an, und aus dem Augenwinkel sah sie, wie sich Sorin ruckartig von der Wand löste. Cyrus legte ihm eine Hand auf die Schulter und hielt ihn fest.

Immer mit der Ruhe, Prinz.

Reiz ihn jetzt nicht, Scarlett. Ich flehe dich an.

»Wie ich sehe, ist der Bund der Zwillingsflammen aktiviert«, stellte Talwyn kühl fest und senkte den Blick auf Scarletts linke Hand. »Noch nicht geweiht, aber verheiratet?« Überraschung schwang in ihrer Stimme, als sie Sorin ansah.

»Vor einigen Stunden«, presste er hervor.

»Und warum treffen wir uns dann im Speisezimmer und nicht in deinem Ratssaal?«, fragte Talwyn.

»Weil«, mischte Scarlett sich ein, »du um ein Treffen bei Sonnenaufgang gebeten hast und ich schlechte Laune bekomme, wenn ich nichts esse, also wollte ich Frühstück.« Wie zum Nachdruck stopfte sie sich den letzten Rest des Muffins in den Mund.

Talwyn musterte sie einschätzend, als wäre es das erste Mal. »Heute keine Waffen, Cousine?«

Ein teuflisches Lächeln breitete sich auf Scarletts Zügen aus. »Ich denke, mein *Ehemann* würde im Moment jedem, der mich auch nur schief ansieht, mit bloßen Händen die Kehle herausreißen. Ich brauche keine Waffe.«

Talwyns Blick wanderte zurück zu Sorin. »In der Tat.«

Um die Spannungen zu glätten, fragte Sorin: »Schließt Prinzessin Ashtine sich uns heute nicht an?«

Scarlett hatte gar nicht bemerkt, dass einer der Höfe fehlte. Sie nahm an, dass sie von der schönen Frau mit dem silbernen Haar sprachen, die Scarlett in den Weißen Hallen gesehen hatte.

»Sie wird gleich hier sein. Sie sammelt noch Informationen für mich«, antwortete Talwyn knapp. Sie setzte sich gegenüber von Scarlett, nahm sich eine Pastete und biss hinein. Alle anderen Fae im Raum erstarrten. »Dachtet ihr, ich würde nichts essen?«, fuhr sie sie an.

»Setzt euch, ihr Hornochsen«, rief Scarlett und wies auf die diversen Stühle um den Tisch. »Esst etwas. Es gibt keinen Grund, warum wir nicht reden und uns dabei den Magen vollschlagen können.«

Die männlichen Fae starrten sich alle gegenseitig an, ehe sie sich steif dem Tisch näherten. Sorin setzte sich zu Scarletts Rechter, und Cyrus nahm den Platz neben ihm ein. Rayner ließ sich links neben Eliza nieder, und Azrael setzte sich Sorin gegenüber neben Talwyn. Angespannte Stille senkte sich über sie. Scarlett seufzte laut und sah Talwyn an. »Müssen wir uns jetzt einer nach dem anderen vorstellen, oder sagst du uns einfach, warum du uns so dringend sehen wolltest?«

Ein schmales, freudloses Lächeln formte sich auf Talwyns Lippen, während sie den Kopf leicht schräg legte und sagte: »Du hältst nicht viel von Etikette, oder?«

»Im Reich der Menschen haben sie versucht, mir das einzubläuen, aber nein, das tue ich nicht«, antwortete Scarlett leicht überheblich.

»Wir haben eine lange Nacht hinter uns, Talwyn«, seufzte Sorin neben ihr und legte seine Hand auf ihre. Er klang argwöhnisch und angespannt. »Lass uns anfangen.«

»Also gut«, sagte Talwyn und schürzte die Lippen, während sie eindeutig mit ihrem Temperament kämpfte. Sie kniff die jadefarbenen Augen zusammen. »Was genau habt ihr nicht verstanden, als ich gestern meinte, dass das besser unter uns bleibt?«

Scarlett sah Azrael an, der sie und Sorin finster anstarrte, aber sehr bewusst Talwyns Blick mied. Sie konnte nur vermuten, dass sie gestritten hatten.

»Es war keine Absicht, Talwyn«, antwortete Sorin, »aber um ehrlich zu sein, sollte er es wissen. Ebenso wie Ashtine.«

»Ich weiß es«, meldete sich eine sanfte weibliche Stimme vom Eingang des Speisesaals. Die schöne Fae schritt in den Raum, ganz Anmut und Perfektion. Ihr langes silbernes Haar wehte auf Phantomwinden hinter ihr her, wie Talwyns es tat, und ein Silberfalke ruhte auf ihrer Schulter. Alle männlichen Fae erhoben sich und setzten sich erst wieder, als sie sich Briar gegenüber niederließ und ihn ansah. Sie hatte keine Stellvertreter oder Wachen bei sich.

»Prinzessin Ashtine«, sagte Briar, der sie nun ebenfalls ansah, »darf ich vorstellen? Dies ist Scarlett. Königin Talwyns Cousine.«

»Es ist mir ein Vergnügen«, sagte Ashtine. Ihre Stimme war warm und melodisch zugleich. »Du hast die Winde ganz schön durcheinandergewirbelt.«

»Weil wir gerade von den Winden sprechen, Ashtine«, mischte Talwyn sich ein. Scarlett wäre bei ihrem Tonfall beinahe zusammengezuckt. Es war nicht der kühle, eisige, der bei Sorin und Briar zum Einsatz kam, sondern einer, der erfüllt war von einem Respekt, der an Verehrung grenzte. »Was konntest du heute Morgen herausfinden?«

»Sorin lag nicht falsch, Talwyn«, antwortete Ashtine und sah ihre Königin an. »Sie sind keine Sterblichen. Es ist, als hätten sie einen Weg gefunden, sich mit Illusionszaubern zu tarnen.«

»Du warst im Reich der Sterblichen?«, fragte Scarlett eilig. »Wo?«

Ashtines freundliche Silberaugen richteten sich auf sie, und Scarlett hatte Mühe, sich nicht unter ihrem Blick zu winden. Die Prinzessin hatte etwas an sich, das sie nicht recht einordnen konnte. »Im Heim deines ehemaligen Verlobten.«

Scarlett spürte, wie sie blass wurde. »Du warst bei Mikale?«

»Sorin hat uns während der Sitzung gestern von seiner Vermutung berichtet, dass es sich bei ihm nicht um einen Menschen handelt. Ich habe Prinzessin Ashtine ausgesandt, um zu sehen, was sie herausfinden kann«, erklärte Talwyn.

Ohne den Blick von Talwyn zu lösen, schickte sie durch ihre Verbindung: *Du hast ihnen von Mikale erzählt?*

Nasima hat Ashtine von dem Tag in meiner Wohnung berichtet, und Ashtine hat seitdem ein Auge darauf. Sie wissen nicht mehr als das. Er verlieh seinen Worten Nachdruck, indem er ihre Hand drückte.

»Aber wie sind sie in das Reich der Sterblichen gelangt?«, brach Cyrus als Erster die Stille zwischen ihnen.

»Das ist die Frage, nicht wahr?«, antwortete Talwyn nachdenklich.

»Was ist er, wenn er kein Sterblicher ist? Gibt es andere wie ihn in anderen Reichen?«, fragte Briar. Sonst wirkte er munter, und seine Augen leuchteten, doch jetzt strahlte er eine intensive Entschlossenheit aus. Der Ausdruck eines Prinzen, der seine Untergebenen mit allen Mitteln schützen will.

»Rayner hat nichts gesehen oder gehört«, antwortete Sorin und sah seinen Aschereiter an.

»Ich auch nicht«, meldete sich Prinzessin Ashtine zu Wort, »aber das bedeutet nicht, dass es unmöglich ist. Es gibt dort draußen eine Menge starker Zauber und Illusionen. Immerhin war es auch mächtige, alte Magie, die verhindert hat, dass ich von Scarlett wusste. Deine Mutter hat gründliche Arbeit geleistet, wie es scheint.« Die Prinzessin sah immer noch Scarlett an, und ein neugieriger Ausdruck lag auf ihren Zügen, als wäre sie ein Rätsel, das sie nicht lösen konnte, obwohl sie die Herausforderung offenbar genoss.

Scarlett saß stumm da und sah zu, wie die anderen Gedanken

und Ideen austauschten, wobei sie besonders auf Mienen und Tonfall achtete.

»Wenn sie aus einem anderen Reich kommen, wäre es vielleicht eine gute Idee, die Oberhäupter der anderen Territorien zu einem Gipfeltreffen einzuladen«, schlug Sorin vor. »Sie sollten auch alarmiert sein. Vielleicht befinden sich bereits andere in ihren Ländereien. Sie könnten etwas vorbereiten.«

»Es ist Jahrhunderte her, seit alle Oberhäupter sich das letzte Mal an einem Ort versammelt haben«, meinte Azrael. »Du glaubst doch nicht ernsthaft, dass sie alle kommen würden?«

»Wenn die Königinnen sie rufen, dann werden sie kommen«, widersprach Sorin.

»Hazel scheint mir recht umgänglich zu sein«, meldete sich Scarlett, die nur mit halbem Ohr lauschte. Sie war gedanklich mit dem beschäftigt, was sie selbst über Mikale und Lord Tyndell herausgefunden hatte. »Ich bin mir sicher, sie würde kommen.«

Alle im Raum verstummten, und jeder sah sie an. Es dauerte einen Moment, bis es ihr auffiel. Sorin beobachtete sie aufmerksam, als wüsste er, dass sie mit ihren Gedanken woanders war.

»Ich glaube nicht«, sagte Talwyn langsam und gepresst, »dass der Name der Oberhexe und ›umgänglich‹ je im gleichen Satz verwendet wurden.«

Scarlett war sich nicht sicher, was sie darauf erwidern sollte. Hazel hatte sie nicht unbedingt mit offenen Armen empfangen, aber sie war nicht annähernd so schrecklich gewesen, wie man nach allem, was man ihr über die Hexen erzählt hatte, hätte meinen können. Schließlich sagte sie: »Wenn du ein Treffen mit den Oberhäuptern der anderen Reiche willst, dann wird Hazel dort sein. Im Moment gibt es etwas, das wir … beide voneinander wollen.«

Talwyn hob die Augenbrauen. »Und worum handelt es sich dabei, wenn ich fragen darf?« Ihre Stimme war gelassen, doch Scarlett hörte, wie angestrengt sie klang. Es schien, als wäre sie nicht begeistert, dass jemand nach nur einer Begegnung ein besseres Verhältnis zu der Oberhexe hatte, als sie in all ihren Jahren als Königin.

Scarlett war jedoch nicht bereit, preiszugeben, was sie über Cassius herausgefunden hatte. Sie alle wussten nicht einmal, wer Cassius war. Außerdem war sie sich ziemlich sicher, dass auch ihre Cousine Geheimnisse vor ihr hatte. Ganz egal, was sie gestern in dem Sitzungssaal gesagt hatte, das hier war in Wirklichkeit ein Spiel. Es war ein Spiel, in dem es darum ging, Informationen zu sammeln und sie im richtigen Moment auszuspielen, also sagte sie mit einem Achselzucken: »Das geht nur mich und die Oberhexe etwas an, aber sie wird kommen, wenn wir sie darum bitten.«

Talwyn starrte sie finster an, und sie spürte, wie Sorin ihr einen Seitenblick zuwarf.

Prinzessin Ashtine mischte sich mit ihrer mystischen, silbernen Stimme ein: »Ich stimme zu, dass es nützlich wäre, ein Gipfeltreffen einzuberufen. Wir müssen uns jedoch auch sofort um das Reich der Sterblichen kümmern. Jede verfügbare Ressource muss darauf verwendet werden, herauszufinden, was sie sind und was sie wollen.«

»Ich würde annehmen«, sagte Azrael, »dass sie wegen ihrer Waffe dort sind.« Während er die letzten Worte sprach, sah er Sorin aus zusammengekniffenen Augen an und verzog verächtlich die Lippen.

Sorin achtete gar nicht auf ihn und sah stattdessen Talwyn an. »Halte deinen Hund an der kurzen Leine, Talwyn, oder hast du ihn noch nicht über das informiert, was du uns gestern berichtet hast?«, sagte er mit gelassener Arroganz.

Scarlett spürte Wind durch den Raum peitschen. Talwyns jadegrüne Augen leuchteten, als sie antwortete: »Hüte deine Zunge, Prinz des Feuers.«

»Genug«, ging Scarlett dazwischen. Sie schrie es nicht, aber ihr Tonfall war fest genug, dass jede einzelne Person im Raum sie ansah. »Ich weiß, dass ihr noch Rechnungen offen und alte Fehden habt, von denen ich nichts weiß. Und ganz ehrlich, es interessiert mich einen Dreck. Es gibt Dinge im Reich der Sterblichen, um die ich mich kümmern muss. Auch der Kronprinz muss zurück in seine Heimat. Ich werde Nachforschungen anstellen, während ich dort bin. Beruft in der Zwischenzeit das Gipfeltreffen ein. Ich kann dafür zurückkehren, falls es stattfindet, bevor ich meine Angelegenheiten erledigt habe.«

»Nein«, sagte Talwyn. Ihr Tonfall ließ keinen Raum für Diskussionen.

Scarlett hörte Sorin neben sich tief einatmen.

Scarlett … kam es durch den Bund, aber irgendwie schob sie die Verbindung aus ihrem Geist und sperrte ihn aus.

»Verdammt«, hörte sie ihn unterdrückt murmeln.

»Was hast du gesagt?«, fragte Scarlett langsam, eiskalt.

»Ich sagte Nein«, antwortete Talwyn und betonte jede Silbe. »Du bist gerade erst zurückgekehrt. Du hast gerade erst begonnen, deine Talente zu meistern. Bis du sie besser beherrschst, musst du hierbleiben.«

»Ich bin nicht deine Untergebene.« Scarletts Stimme war so scharf wie die Klinge eines Dolchs, und Talwyn erstarrte. »Tatsächlich untersteht seit gestern die ganze Seite dieses Tisches nicht mehr dir. Dir steht es nicht zu, mir Befehle zu erteilen, Cousine.«

»Du verstehst nicht, wie ernst die Lage ist, Scarlett.«

»Ich denke, du wirst herausfinden, dass ich sehr viel mehr verstehe, als du glaubst.«

»Klär mich auf, *Cousine*.«

»Ich muss mich dir nicht beweisen«, zischte Scarlett.

»Nein, aber du musst dich deinem Volk beweisen. Deinen Höfen«, gab Talwyn zurück.

»Sie muss uns gar nichts beweisen«, knurrte Sorin.

»Dies ist nicht dein Zuhause«, erwiderte Talwyn. »Dein Zuhause ist in den Schwarzen Hallen.«

»Dies *ist* mein Zuhause, und das hier ist meine Familie«, antwortete Scarlett und wies auf die Personen auf ihrer Seite des Tisches. »Ich werde ins Reich der Sterblichen gehen. Ich habe Freunde dort, die mich brauchen, und es gibt andere Angelegenheiten, um die ich mich kümmern muss. Ich breche morgen auf. Wenn ich mit Hazel sprechen soll, bevor ich gehe, sag mir Bescheid.« Scarlett erhob sich, um den Raum zu verlassen.

»Du verweigerst dich mir also?«, fragte Talwyn und erhob sich. Ungläubiger Zorn schwang in ihrer Stimme und war auf ihrem Gesicht zu lesen. Auch Azrael stand jetzt und hatte zögerlich eine Hand auf Talwyns Arm gelegt.

»Ich schätze, das tue ich«, antwortete Scarlett achselzuckend und machte sich auf den Weg zur Tür. Bevor sie die Schwelle überschritt, blickte sie über ihre Schulter zurück zu Talwyn, die kochte vor Wut, und meinte zuckersüß: »Ihr kennt den Weg nach draußen. Prinzessin Ashtine, es war mir eine Freude.«

»Wir sind hier nicht fertig«, tobte Talwyn und strebte auf Scarlett zu.

Innerhalb eines Atemzugs erschienen knurrende Schattenpanther zwischen ihnen, die mit Zähnen aus rasiermesserscharfem Eis um sich schnappten. »Oh, ich denke, das sind wir.«

Scarlett verließ den Speisesaal. Sie befanden sich im Erdgeschoss des Palasts, und sie machte sich auf den Weg zum Haupttor. Als sie sich den Brücken näherte, hörte sie jemanden ihren Namen rufen. Callan. Sie hatten seit ihrem Streit im Garten nicht mehr miteinander gesprochen. Das schien eine Ewigkeit her zu sein. Sie schloss die Augen und ging immer weiter. Sie konnte sich jetzt nicht mit ihm auseinandersetzen.

Sie glitt durch die Türen und ging immer weiter, bis sie am Ufer des Flusses stand, der durch ihr Zuhause floss. Ihre Schattenpanther knurrten Callan warnend an und hinderten ihn daran, ihr weiter zu folgen. Während sie dort stand, spähte sie durch jenen Riss in der Welt und sehnte sich danach, durch ihn hindurch zu dem Strand zu reisen, der ihr so viel bedeutete. Aber das konnte sie nicht. Noch nicht. Sie konnte nicht allein nach Baylorin zurückkehren, nicht einmal für einen kurzen Moment, um etwas Seeluft zu schnuppern.

Sie spürte ihn mehr, als sie ihn hörte, als er an ihre Seite trat. Er sagte nichts. Stand nur dort. »Ich kann ihn sehen«, sagte sie. »Ich kann den Strand sehen, als würde ich durch ein Fenster blicken. Ich bin bereit zurückzukehren.«

»Ich weiß, dass du das bist, Liebes«, sagte Sorin sanft.

»Wir haben sie zu lange zurückgelassen. Wir hätten schon vor Wochen zurückkehren sollen. Wer weiß, was er durchgemacht hat.« Nach einer Pause fügte sie hinzu: »Ich vermisse ihn, Sorin.«

Sorin schwieg einen langen Moment. Er wusste, von wem sie sprach. Sanft nahm er ihre Hand, und neben ihm erschien ein Feuerportal. Auf der anderen Seite konnte sie einen Strand sehen, und sie stemmte sich gegen ihn, als Sorin sie sanft hindurchziehen wollte. »Wir können nicht gehen. Noch nicht. Ich muss erst planen. Ich muss …«

Doch Sorin nahm sie in seine Arme und trat durch das Portal, noch bevor sie ihren Satz zu Ende gesprochen hatte. Sie standen an einem Strand im warmen Sonnenschein. Es war nicht ihr Strand, aber er war nahezu ebenso atemberaubend, vielleicht sogar noch mehr.

Das Wasser wies ein klares Türkisblau auf. Wellen rollten sanft in den Sand. Krabben flitzten hin und her, und sie atmete tief ein, ließ den Ozeannebel ihre Lunge füllen. Das Wasser schien zu glitzern und schimmern, als Sorin sie auf die Beine stellte und dann wortlos vor ihr kniete, um ihr die Stiefel auszuziehen.

Sie watete ins Wasser und zischte ein wenig wegen der Kälte, doch dann schloss sie die Augen und ließ die Ereignisse der letzten Tage über sich hinwegspülen. Sie spürte Flammen an ihrem Körper lecken, und plötzlich trug sie ein leichtes weißes, fließendes Kleid mit einem goldenen geflochtenen Gürtel tief auf den Hüften. Wo immer sie auch waren, anders als in den Bergen, brachte hier der Winter nicht Kälte und Schnee mit sich.

Sie hatte keine Ahnung, wie lange sie dort stand und über alles nachdachte, was auf sie zukommen würde. Die Zeit schien für den Moment stillzustehen, während sie Informationen sortierte und Ideen und Pläne sich in ihrem Geist formten. Nach einer Weile hörte sie hinter sich: »Deine Zwillingsflamme mag ein Sohn Analas sein, meine Königin, aber dein Herz schlägt für Anahita.«

Scarlett drehte sich um und blickte in eisblaue Augen wie ihre eigenen. Ein wissendes Lächeln lag auf seinem schönen Gesicht. »Und wo ist mein Ehemann?«, fragte sie mit hochgezogener Braue und sah sich um. Sorin war nirgends zu sehen.

Briar lachte leise. »Da sein … Beschützerinstinkt im Moment ein wenig außer Kontrolle ist, befindet er sich oben im Haus des Wassers.«

»Ich hoffe, es ist in Ordnung, dass er mich hierhergebracht hat?«, sagte Scarlett und richtete den Blick wieder zum Horizont, wo das Meer sich in alle Richtungen erstreckte.

»Dies ist dein Königreich. Du kannst herkommen, wann immer dir danach ist«, meinte Briar schlicht und kam an ihre Seite.

»Nein«, schüttelte Scarlett den Kopf. »Ich bin nicht gekommen, um Anspruch auf irgendwelches Land zu erheben. Dieser Hof gehört dir.«

»Selbst dann«, sagte Briar nach einem Moment, »steht es dir frei, zu kommen, wann immer du willst.«

»Am Meer kann ich am besten nachdenken«, meinte Scarlett, nicht wirklich an Briar gewandt, mehr um die Worte laut auszusprechen.

»Wie ich auch. Es ist, als würden die Gezeiten und die Brandung alles andere wegspülen, bis das, was ich sehen, was ich tun muss, glasklar vor mir liegt.«

Scarlett sah Briar an und stellte fest, dass auch er zum Horizont blickte. Ihr Herz und ihre Seele gehörten Sorin, aber selbst als ihre Zwillingsflamme würde er nie verstehen, wie sehr sie sich vom Meer, vom Wasser, angezogen fühlte. Aber dieser Fae neben ihr? Er wusste genau, was Sandstrände und das Branden der Wellen in ihr auslösten. »Du erinnerst mich an eine Person im Reich der Sterblichen, die mir sehr wichtig ist«, meinte sie und wandte sich wieder dem Meer zu.

»Ach?«, fragte Briar. »Ich hoffe, das ist etwas Positives. Abgesehen von der Tatsache, dass ich dich an eine Sterbliche zu erinnern scheine.«

»Der Mensch, der mir wichtig ist, ist ein Mann, du Idiot«, sagte sie und verpasste ihm einen leichten Stoß. »Sein Name ist Cassius. Er hat mir das Leben gerettet.« Und nach einer langen Pause fügte sie hinzu. »Und er ist kein Sterblicher. Er ist der Sohn der Oberhexe.«

Briar schwieg einen langen Moment, ehe er sagte: »Weißt du was, Sonnenschein, jedes Mal, wenn wir uns sehen, hast du etwas neues Aufregendes im Gepäck.«

Scarlett lachte leise. »Ich hoffe, Sorin sieht das auch so, wenn ich es ihm erzähle.«

»Er weiß es nicht?« Sie hörte die Verblüffung in seiner Stimme.

Scarlett seufzte. »Seit meinem Besuch bei dem Orakel ist so viel passiert. Andere Dinge waren immer wichtiger. Es hat sich einfach nicht ergeben. Bis jetzt.« Briar nickte kurz. Einige weitere Minuten standen sie schweigend dort, dann sagte Scarlett leise: »Danke, Briar. Dass du mich hier draußen nicht allein lässt.«

»Gern geschehen.« Seine Stimme klang aufrichtig, ganz ohne seine übliche Unbekümmertheit. Sanft griff er nach ihrer Hand und drückte sie.

Sie sah ihn aus dem Augenwinkel an. »Tut mir leid, dass meine Schatten nach dir geschnappt haben.«

Briar lachte laut auf. »Sag Sorin nicht, dass ich deine Hand gehalten habe, dann sind wir quitt.«

»Einverstanden«, lachte Scarlett. »Ich schätze, wir sollten zu den anderen gehen. Ich glaube, ich werde mir einiges von Sorin anhören müssen, wenn ich ihm sage, dass ich zur Oberhexe muss, und ich glaube nicht, dass sie sehr begeistert von seiner Gegenwart sein wird, sollte er sich mir anschließen.«

Briar lacht erneut und wandte sich ihr zu. »Ich glaube, da hast du nicht unrecht, angesichts der Tatsache, dass du die Oberhexe anscheinend mit ganz anderen Augen siehst als wir anderen.« Mit einem spöttischen Seufzen und Zwinkern fügte er hinzu: »Obwohl ich es wirklich genieße, euch beiden beim Streiten zuzusehen. Ich kann mich auf deine Seite schlagen, wenn du das willst. Nur um Sorin noch etwas mehr leiden zu sehen.«

»Unruhestifter«, lachte Scarlett, während sie einem kleinen Pfad den Strand hinauf folgten.

»Sorin braucht jemanden, der ihn von Zeit zu Zeit herausfordert. Er ist es zu sehr gewöhnt, seinen Willen zu bekommen«, grinste Briar neben ihr. Eine Sekunde später öffnete sich ein Wasserportal vor ihnen.

Scarlett lachte auf. »Jetzt lässt du ihn wie Talwyn klingen.«

»Sonnenschein, du hast ja keine Ahnung. Es gibt einen Grund, warum sie sich ständig an die Gurgel gehen«, murmelte Briar düster, als sie durch das Portal traten.

44
SCARLETT

Scarlett betrat einen hellen Sitzungssaal. Der polierte elfenbeinfarbene Marmor des Hauses des Wassers war glatt und glänzend wie Glas, und alle paar Meter waren große Fenster in die Wände eingelassen, von denen die meisten weit offen standen und Sonnenlicht und den Geruch des Meeres einließen. Es gab einen ausgedehnten Balkon, von dem man einen perfekten Blick auf den Hafen und den kristallblauen Himmel hatte. Riesige Marmorsäulen waren im Raum verteilt, und hauchzarte meerblaue Vorhänge wehten sanft in der Brise. Sie musste zugeben, dass es dem Fiera-Palast in Sachen Schönheit Konkurrenz machen konnte.

Sie wollte Briar gerade fragen, ob der Himmel hier jemals bewölkt war, doch bei ihrem Erscheinen war es vollkommen still im Raum geworden. Alle hatten sich erhoben.

Und verneigten sich vor ihr.

Sie spürte, wie sie rot wurde, und sagte leise: »Bitte, das ist nicht nötig.«

Sorin war augenblicklich an ihrer Seite. »Es gibt Schlachten zu schlagen, Scarlett. Entscheidungen müssen gefällt werden, und Loyalität wird bekundet. Unsere gehört dir.«

Scarlett sah sich im Raum um. Cyrus, Rayner und Eliza waren anwesend, aber da war noch Briars Innerer Hof. Sie hatte einen der Fae ein- oder zweimal gesehen. Sie nahm an, dass es sich bei ihm um Briars Stellvertreter handelte, aber die anderen kannte sie nicht.

»Dann danke ich euch. Eure Entscheidung ehrt mich.« Sie reckte sich auf die Zehenspitzen, um Sorin auf die Wange zu küssen, während sie durch die Brücke zwischen ihnen sagte: *Aber du, Liebster, sollst dich niemals vor mir verneigen. Wir sind einander ebenbürtig.*

Was ist Huldigen sonst, als mich vor meiner Königin zu verneigen?, schnurrte er zurück, und ein sündhaftes Funkeln trat in seine Augen.

Scarlett grinste ihn an. *Im Schlafzimmer kannst du dich so viel verneigen, wie du willst.*

Briar neben ihr hustete, und als sie sich zu ihm umdrehte, hatte er ein wissendes Grinsen auf dem Gesicht. Sie zwinkerte ihm zu und sagte: »Ich schätze, du solltest mich deinem Inneren Hof vorstellen.«

Cyrus, Rayner und Eliza kehrten allesamt auf ihre Plätze zurück, doch Briars Hof schien sich noch mehr aufzurichten. Sie alle hatten dieselbe dunkle Hautfarbe wie Briar, vermutlich weil sie jeden Tag unter diesem wundervollen Sonnenschein verbrachten. Der Fae, den sie schon einmal gesehen hatte, wies eine bemerkenswerte Ähnlichkeit mit dem Prinzen des Wassers auf. Er hatte die gleichen eisblauen Augen und Haar, das so blond war, dass es beinahe weiß erschien. Selbst seine Statur war ähnlich. Der einzige wirkliche Unterschied schien zu sein, dass er ein paar Zentimeter kleiner als Briar war. »Das hier ist mein Stellvertreter Sawyer«, sagte Briar, als sie vor ihm zum Stehen kamen. »Und außerdem mein jüngerer Bruder.«

»Bruder?«, fragte Scarlett eindeutig überrascht.

»Das ist er«, nickte er. »Obwohl er nicht ganz so attraktiv ist wie ich, findest du nicht auch?«

Scarlett lachte und wandte sich wieder Sawyer zu. »Es tut mir sehr leid, dass du mit dem hier als Vorbild aufwachsen musstest«, sagte sie und wies mit dem Daumen auf Briar.

Sawyer schien sich nicht sicher zu sein, ob er mit ihr lachen oder weiter seine Habachtstellung einhalten sollte. Briar klopfte ihm auf die Schulter. »Entspann dich, Bruder. Ich habe dir doch gesagt, dass sie ein echter Sonnenschein ist, vor allem wenn sie Sorin bei den Eiern hat.«

Bei diesen Worten trat ein vertrautes Funkeln in Sawyers Augen, und es war klar, dass Briar und Sawyer sich nicht nur äußerlich ähnelten. Sie lachte erneut, ehe sie sich dem anderen Fae zuwandten. Sein Haar war sandblond, und seine Augen wiesen ein himmlisches Türkis auf. Er war muskulös und hatte einen harten Zug an sich. »Dieser harte Hund hier ist der Anführer meiner Armeen, Nakoa«, stellte Briar ihn vor.

Nakoa nickte Scarlett zu, und Sorin schickte durch ihre Verbindung: *Er ist außerdem Elizas gelegentlicher Liebhaber.*

Es kostete sie jedes bisschen Selbstbeherrschung, um nicht auf diese Neuigkeiten zu reagieren. Eliza hatte ihr nie erzählt, dass sie im Moment einen Liebhaber hatte, und schon gar nicht, dass es sich dabei um den Anführer der Armeen des Hofs des Wassers handelte.

Sie arbeiten oft eng zusammen, um unsere Armeen auszubilden. Nakoa hat Eliza sogar trainiert, als sie für die meisten von uns zu gut wurde.

Sie speicherte diese Informationen ab und folgte Briar zu der Fae neben Nakoa. All diese kleinen Informationsschnipsel. Sorin würde ihr so viel Wissen vermitteln müssen, wenn sie diese Höfe tatsächlich regieren sollte.

Die Fae vor ihr war attraktiv. Es war nicht die umwerfende, überweltliche Anmutung einer Prinzessin Ashtine, sondern eine elegante, schlichte Schönheit. Ihr helles goldenes Haar war zu einem Zopf geflochten, der ihr über den Rücken fiel, aber sie hatte nicht die blauen Augen der anderen. Ihre wiesen eine weiche graue Farbe auf, wie der stürmische Himmel über dem Meer. »Das hier ist Neve, meine zweite Stellvertreterin.«

»Ich habe so viel von dir gehört«, sagte Neve und verneigte sich leicht.

»Glaub kein Wort von dem, was er über mich sagt«, erwiderte Scarlett mit einem Lächeln. »Er ist immer noch sauer, weil ich Feuer nach ihm geworfen habe.«

Neve lachte mit einem Lächeln, das ihre Augen erfüllte. Sie wandte sich an Briar und sagte: »Sie ist so bezaubernd, wie du es beschrieben hast, Prinz.«

»Ich glaube nicht, dass ich ihr je gerecht werden könnte. Es gibt keine Worte, die Königin Scarlett wirklich beschreiben könnten«, antwortete Briar zwinkernd.

Scarlett streckte ihm die Zunge heraus, während sie die Finger mit Sorins verschränkte und sich von ihm zurück an den Kopf des Tisches führen ließ. Tee, belegte Brötchen, Obst und Käse erschienen auf dem Tisch, und sie setzten sich alle. Sorin ließ sich zu ihrer Rechten und Briar zu ihrer Linken nieder.

»Also gut«, sagte Scarlett und hob ihr Kinn ein wenig mehr. »Ich weiß nicht, wie die Dinge unter Talwyn liefen, und es interessiert mich ehrlich gesagt auch nicht. Mich kümmern Ränge und Titel nicht. In diesem Raum, in diesen Höfen, begegnen wir uns alle auf Augenhöhe. Ihr könnt frei sprechen und eure Gedanken äußern. Wir fällen gemeinsam die Entscheidungen, die diese beiden Höfe betreffen.«

Sie spürte den Stolz, den Sorin und Briar neben ihr empfanden. In den Augen der Vertreter des Hofs des Feuers las sie nichts als Respekt. Nakoas Blick war ein wenig zweifelnd, aber das war nachvollziehbar, er hatte sie schließlich eben erst kennengelernt.

»Ich nehme an, ihr wurdet über die Ereignisse des Morgens informiert?«, fragte sie die Vertreter des Hofs des Wassers.

Ein katzenhaftes Lächeln breitete sich auf Neves Lippen aus. »Oh, wir haben zugesehen. Du hast sie ziemlich spektakulär abserviert, wenn ich das sagen darf.«

Ihre Verwirrung musste Scarlett vom Gesicht abzulesen gewesen sein, denn Sorin neben ihr meinte: »Erinnerst du dich, was ich dir über Wasserspäher erzählt habe?«

Ihr ging ein Licht auf, und sie wandte sich an Briar: »Du hast einen Wasserspiegel für sie geschaffen? Wo?«

»In meinem kristallklaren Wasserglas natürlich«, zwinkerte er.

»Wunderbar«, meinte Scarlett. »Dann müssen wir weniger erklären.«

»Glaubst du wirklich«, meldete sich Sawyer neben Briar, »dass die Oberhexe zu dem Gipfeltreffen kommen wird?«

»Die Oberhexe interessiert sich einen Dreck für den Rest der Welt«, meldete sich Nakoa kühl vom Ende des Tisches, und in diesem Moment war Scarlett augenblicklich klar, warum er Elizas Gelegenheitsliebhaber war.

»Ich habe nicht behauptet, dass sie begeistert sein wird«, widersprach Scarlett. »Aber ja, sie wird kommen.«

»Warum bist du da so sicher?«, gab Nakoa zurück, die türkisblauen Augen voller Herausforderung.

Sie spürte, wie Sorin neben ihr scharf einatmete, wie sie es oft von Cassius gehört hatte, wenn jemand sie herausforderte. Ein selbstzufriedenes Lächeln legte sich auf ihre Lippen, und sie stützte den Kopf auf eine Hand, ehe sie liebenswürdig antwortete: »Weil ich weiß, wo sich der Sohn der Oberhexe befindet, und sie mich gebeten hat, ihn nach Hause zu bringen. Sie schuldet mir etwas.«

Im ganzen Raum wurde es still, mit Ausnahme von Briar, der leise lachte. »Ich schwöre bei Anahita, Scarlett, manchmal glaube ich, dass du Informationen zurückhältst, nur damit du sie genau dann preisgeben kannst, wenn sie den dramatischsten Effekt haben.«

Aber einige der anderen schienen das nicht annähernd so witzig zu finden. »Die Hexen lassen ihre Söhne nicht am Leben«, rief Nakoa verächtlich. »Zumindest nicht die mächtigen, wie es der Sohn einer Oberhexe vermutlich ist.«

»Oh, das ist er«, sagte Scarlett und sah Sorin an, der sie aufmerksam beobachtete. »Er ist enorm mächtig. Er errichtet Schutzzauber im Reich der Sterblichen, obwohl er kaum eine Ausbildung erhalten hat.«

»Cassius«, hauchte Sorin verblüfft.

Sie nickte, ehe sie fortfuhr: »Wir müssen ihn dort rausholen. Wir brechen in zwei Tagen auf, doch bevor wir gehen, muss ich Hazel besuchen.«

Sorin riss die Augen auf, und Cyrus neben ihr entgegnete aufgebracht: »Du willst zurück ins Königreich der Hexen? Wir haben dich gerade erst da rausgeholt!«

Scarlett sah Cyrus an. »Rayner kann dir bestätigen, dass die Oberhexe äußerst umgänglich war, als ich mich das letzte Mal dort aufhielt. Ich verstehe wirklich nicht, warum alle sie so sehr fürchten.« Sie griff nach einem Gurkenbrötchen und nahm einen Bissen, während die Fae im Raum sie ungläubig anstarrten.

Es war Sorin, der sich schließlich räusperte und meinte: »Scarlett, die Hexen sind berüchtigt dafür, zuerst das Schwert zu schwingen und dann erst Fragen zu stellen. Sie haben keine Skrupel, selbst für das geringste Vergehen zu töten. Außerdem sind sie ungemein mächtig. Die Tatsache, dass du ohne Erlaubnis in ihr Reich eingedrungen bist und es unversehrt wieder verlassen konntest, ist etwas noch nie Dagewesenes. Sie haben schon Köpfe ohne die Körper zurückgeschickt, um zu verdeutlichen, dass Fremde ihnen nicht willkommen sind. Ich weiß wirklich nicht, wie du das geschafft hast.«

»Aber sie hat mich nicht einmal bedroht. Sie war nicht übermäßig freundlich, aber sie hat mich höchstpersönlich zum Orakel begleitet«, widersprach Scarlett und nahm einen weiteren Bissen von ihrem Brötchen.

»Ja, und sie hat dich als Majestät angesprochen«, mischte Rayner sich mit seiner kühlen, berechnenden Stimme ein. »Sie schien bereits zu wissen, dass du eine Königin bist, ehe du es selbst akzeptiert hattest. Sie wäre verrückt, würde sie eine Königin der Fae angreifen.«

»Dann werde ich dieses Mal auch sicher sein«, gab Scarlett zurück.

»Du kannst nicht einfach in die Königreiche der Hexen eindringen, Scarlett. Eine Reise dorthin erfordert Wochen von Korrespondenzen und Vorbereitungen«, meinte Sorin.

»Die Zeit habe ich nicht«, antwortete Scarlett ruhig. »Sie wird mich empfangen.«

»So werden diese Dinge nicht gehandhabt«, widersprach Sorin.

Sie konnte die Frustration in seiner Stimme hören. Es war ihr egal. Sie legte das halb gegessene Brötchen sorgfältig auf der Serviette vor ihr ab und begegnete dann langsam seinen Blick. »Ich bitte dich nicht um Erlaubnis, Sorin.« Ihre Stimme war leise und scharf. Die anderen im Raum waren verstummt.

»Was ist aus ›Jeder im Raum kann frei seine Meinung sagen‹ geworden?«, presste er durch zusammengebissene Zähne. Er wandte sich dem Rest des Tisches zu und fragte: »Wer hier denkt, dass ausführlichere Planung vonnöten sein wird?«

»Die Königreiche der Hexen sind unberechenbar und gefährlich«, mischte sich Eliza ein. »Es wäre ungemein riskant, ohne eine Einladung dort einzudringen.«

»Ich werde gehen«, sagte Scarlett entschlossen. »Ja, jeder hier kann seine Meinung sagen, aber jeder hier kann auch seine eigenen Entscheidungen treffen, einschließlich mir.«

»Warum haben wir diese verdammte Versammlung dann überhaupt?«, zischte Sorin.

»Sorin, ich kann ihn nicht länger dort lassen! Ich brauche dich in Baylorin, und du musst auf deine Magie zugreifen können. Die Oberhexe kann uns vielleicht dabei helfen.« Sie blickte in seine goldenen Augen. Sie spürte, dass alle sie beobachteten. »Ich treffe diese Entscheidung nicht, weil ich unbesonnen und naiv bin. Ich treffe sie, weil ich dich brauche, wenn wir Cassius holen … und Mikale gegenübertreten.«

Sie hatte sich nie so deutlich geäußert. Hatte ihre Bedürfnisse nie so offen auf den Tisch gelegt. Der Herr der Assassinen hatte ihr eingebläut, dass es eine Schwäche war, seine Bedürfnisse zu zeigen. Offenbare niemals deine Schwächen. Oder noch besser: Hab keine. Aber sie wusste, dass sie Mikale nicht allein die Stirn bieten konnte, und sie brauchte Cassius.

Sorin seufzte tief. »Dann begleite ich dich ins Königreich der Hexen.«

Sie warf Briar einen wissenden Blick zu, der sich sehr bemühte, sein Lächeln zu verbergen, während er stumm neben ihr saß. »Die Hexen hassen männliche Wesen, und ich weiß nicht, ob ich es ihnen verüble, wenn du diesen übertriebenen Beschützerinstinkt an den Tag legst«, murrte Scarlett, verschränkte die Arme und lehnte sich zurück. Als Sorin die Augen zusammenkniff, fügte sie hinzu: »Ich nehme Eliza und Neve mit mir, wenn du dich dann besser fühlst.«

»Nein«, antwortete Sorin ausdruckslos.

»Nein?«, fragte Scarlett und legte den Kopf schräg.

»Du kannst deine eigenen Entscheidungen treffen, meine *Königin*, aber wie du gerade sagtest, kann ich das auch. Ich gehe entweder mit dir, oder ich gehe allein.«

»Dann schätze ich, haben wir ein Abenteuer vor uns«, antwortete Scarlett liebenswürdig.

45
CALLAN

Callan wartete an ihrem üblichen Tisch in der Bibliothek. Sie war gestern nicht zu ihm gekommen, und es schien, als würde sie heute auch nicht kommen, denn mittlerweile war es die Zeit, zu der sie sonst zum Abendessen aufbrach. Heute Abend wäre eigentlich ihr wöchentliches Dinner angesetzt gewesen, aber er machte sich mittlerweile keine großen Hoffnungen mehr, dass sie auftauchen würde.

Er hatte sie seit ihrem Streit im Garten nicht mehr gesehen. Nun, das stimmte nicht ganz. Er hatte sie am Morgen auf dem Weg zu den Toren entdeckt und ihr hinterhergerufen, doch sie hatte kaum innegehalten. Und als er versucht hatte, ihr zu folgen, hatten furchterregende Schattenpanther ihn angeknurrt und nach ihm geschnappt, ehe sie ihr aus dem Palast gefolgt waren.

Natürlich war Sorin der Durchgang nicht verwehrt worden.

Callan mahlte mit den Zähnen, wenn er daran dachte. Ihm war es immer erlaubt, in ihrer Nähe zu sein. Er durfte stets ihre Hände berühren oder ihr das Haar zurückstreichen. Callan hingegen hatte in den letzten Monaten jede Geste und jedes Wort genau überdenken müssen.

Aber scheinbar spielte es ohnehin keine Rolle mehr. Sie plante nicht, in Baylorin zu bleiben. Sie würde wieder gehen, sobald die Waisen gerettet waren. Und sie würde es tun. Sie würde sie alle retten, und dann würde sie verschwinden. Nicht in die Schatten, sondern in Flammen und Asche. In die Arme eines Fae-Prinzen statt in die eines Menschenprinzen.

Callan knallte das Buch vor ihm zu und fluchte.

»Ich wusste gar nicht, dass du solche Wörter kennst, Prinzlein«, meldete sich eine weibliche Stimme hinter ihm.

Er drehte sich in seinem Stuhl und sah, wie Eliza ihn angrinste. Sie trug ihre übliche Kleidung, einschließlich der Waffen. »Was willst du?«, fuhr er sie an.

»Du hast heute ziemlich miese Laune«, antwortete Eliza und glitt in den Stuhl, in dem sonst Scarlett saß.

»Warum würdest du dich dazu herablassen, das zu bemerken?«

Eliza schnalzte missbilligend mit der Zunge. »Deine Temperamentsausbrüche sind ja ganz niedlich, aber ich residiere mit einem Prinzen, dessen Wutanfälle buchstäblich feurig sind, also machst du mir nicht wirklich Angst.«

»Gibt es einen Grund, warum du hier bist? Oder willst du mir nur erzählen, wie toll der Prinz des Feuers ist?«

Eliza musterte ihn einen Moment lang, ehe sie vorsichtig fragte: »Hast du heute mit Scarlett gesprochen?«

»Nein. Ich habe versucht, ihr zu folgen, um mit ihr zu sprechen, und sie hat ihre Panther geschickt, um mich aufzuhalten.«

»Ja, die sind neu und ziemlich furchterregend«, grinste sie amüsiert.

Callan schüttelte den Kopf. »Du würdest gut ins Schwarze Syndikat passen.«

Eliza hob ruckartig den Kopf. »Was will ein Prinz über das Schwarze Syndikat wissen?«

Verdammt. Dieses Geheimnis hatte sie anscheinend nicht mit Sorins Innerem Hof geteilt. Wie viel wussten sie überhaupt von Scarletts Vergangenheit?

»Ich weiß so viel wie jeder andere. Es ist der Ort, an dem die dunkelsten und verderbtesten Verbrecher leben und ausgebildet werden.«

Eliza warf ihm einen misstrauischen Blick zu. »Kennst du jemanden aus dem Schwarzen Syndikat?«

»Kennst du denn jemanden?«, gab er zurück.

»Nein. Du bist dran«, sagte sie mit schmalen Augen.

Als er nicht antwortete, riss sie die Augen plötzlich auf. »Du tust es. Du kennst jemanden aus dem Schwarzen Syndikat. Die Geschichte würde ich nur zu gerne hören.«

»Vielleicht erzähle ich sie dir eines Tages«, antwortete er kühl.

»Ich bin beeindruckt, Prinzlein«, sagte sie, während sie sich die Bücher auf dem kleinen Tisch ansah. »Was genau recherchierst du dieser Tage?«

»Das sind Scarletts«, antwortete Callan angespannt. »Ich habe über die verschiedenen Territorien gelesen.«

»Hast du etwas Interessantes herausfinden können?«

»Ja.«

Als er nicht weitersprach, hob die Generalin den Blick. »Etwas, das du mit mir teilen würdest?«

»Gibt es etwas, das *du* mit mir teilen möchtest?«

Eliza schenkte ihm ein belustigtes Grinsen und setzte sich dann mit verschränkten Armen zurück. »Was möchtest du wissen?«

»Spielt es eine Rolle? Du wirst meine Fragen ohnehin nicht beantworten.«

Eliza lachte leise. »Weißt du was, Prinzlein, ich mache heute eine Ausnahme. Ich beantworte dir drei Fragen. Solange die Antwort keine Geheimnisse meines Prinzen oder meiner Königin verrät oder den Hof in Gefahr bringt.«

»Lässt du mich nicht erst in einem Buch danach suchen?«

»Möchtest du gerne erst in einem Buch danach suchen?«

Callan kniff die Augen zusammen und wartete auf den Haken. Alles, was mit ihr zu tun hatte, war immer eine Falle oder ein Test gewesen.

»Geht Scarlett mir aus dem Weg?«

»Das weiß ich nicht.«

»Unsinn. Ihr seid Freundinnen. Ich habe gesehen, wie du sie nach der Meinungsverschiedenheit mit Sorin umarmt hast.«

»Das war keine Meinungsverschiedenheit«, antwortete die Generalin, während sie nach einem weiteren von Scarletts Büchern griff. »Das war ein Streit. Ein verdammt großer Streit.«

»Und sie haben … es geklärt?«

Sie lächelte leicht. »So könnte man es ausdrücken.«

»Wo ist sie heute?«

Eliza blätterte eine Seite des Buches vor ihr um. »Heute? Sie war heute an vielen Orten.«

»Was soll das heißen? Ist sie in die Stadt gegangen? War sie dorthin unterwegs, als sie auf dem Weg zu den Brücken war?«

»Nein. Dorthin war sie nicht unterwegs, und die Stadt ist einer der wenigen Orte, an denen sie heute nicht war.«

»Ich dachte, du wolltest meine Fragen beantworten«, stöhnte er.

Eliza sah ihn kurz an, ehe sie sich wieder dem Buch vor ihr widmete. »Heute, Menschenprinz, war Scarlett auf dem höchsten Gipfel des Gebirges, im offiziellen Speisesaal dieses Palasts, im Haus des Wassers im Wasserhof, und gerade befindet sie sich in den Königreichen der Hexen.«

Callan fiel beinahe aus seinem Stuhl. »Sie ist wo?«

»War irgendetwas von dem, was ich gesagt habe, unklar?«

Die Königreiche der Hexen. Er hatte darüber gelesen. Er war sich nicht sicher, wen er furchterregender fand – die Hexen oder die Nachtkinder. Da er ein paarmal das zweifelhafte Vergnügen gehabt hatte, mit Nuri interagieren zu müssen, wusste er es ehrlich nicht.

»Warum sollte sie in den Königreichen der Hexen sein?«, fragte er langsam.

»Sie will die Oberhexe besuchen.«

»Warum würde Sorin das zulassen?«

Bei dieser Frage erstarrte Eliza und hob langsam den Blick. »Sorin bestimmt nicht über sie.«

»Hat er sie wenigstens begleitet?«

»Ja. *Das* war eine Meinungsverschiedenheit, aber schlussendlich hat sie nachgegeben.«

»Den Göttern sei Dank dafür«, murmelte er.

»Ich habe dir heute etliche Fragen beantwortet, Prinzlein. Jetzt bist du dran«, sagte Eliza und widmete sich wieder dem Buch vor ihr.

»Ich habe nichts dergleichen versprochen.«

»Dann beantworte mir lediglich, wozu du bereit bist. Wie lange wirst du ihr noch hinterherlaufen?«

»Was?«, empörte er sich.

»War meine Frage verwirrend?«

»Nein.«

Eliza wartete ab und blätterte langsam durch die Seiten.

Callan seufzte. »Ich kann nichts dagegen tun, dass ich sie liebe. Ich kann nichts dagegen tun, obwohl ich versucht habe, sie hinter mir zu lassen, niemand kommt auch nur annähernd an sie heran. Ich kann nichts dagegen tun, dass ein Teil von mir immer hoffen wird, dass sie zu mir kommt und meine Königin wird.«

»Und was braucht es, um dieses Verlangen verschwinden zu lassen?«

Sie sah ihn bei der Frage nicht an, sondern blätterte nur weiter durch das verdammte Buch.

»Ich schätze«, sagte er durch zusammengebissene Zähne, »dass ich erst die Hoffnung verlieren werde, wenn sie einen anderen heiratet.«

»Wo findet sie diese Bücher?«, fragte Eliza plötzlich und setzte sich auf.

»Ich weiß es nicht. Sie hat sie sonst schon bei sich, wenn sie hier ankommt, aber das letzte Mal … Wir waren im Garten spazieren und haben gestritten. Sie ist scheinbar nicht zurückgekommen, um sie zu holen«, antwortete Callan.

»Sie hat ein paar ereignisreiche Tage hinter sich«, murmelte Eliza, die nur halb zuhörte, während ihr Blick über die Seite vor ihr huschte.

»Was ist passiert?«

Eliza erhob sich, den Blick weiterhin auf das Buch vor ihr gerichtet. »So wie ich sie kenne, wird sie bald zu dir kommen und dir alles erklären. Und du weißt wirklich nicht, wo sie dieses Buch gefunden hat?«

»Nein«, sagte er langsam. »Warum? Worum geht es?«

»Blutmagie. Uralte, mächtige Blutmagie.« Als sie den Blick hob, flackerten in ihren grauen Augen Schock und Entsetzen. »Sie weiß deutlich mehr, als sie sich anmerken lässt. Sie weiß, wo sie herkommen«, flüsterte sie, mehr zu sich selbst als zu ihm.

»Wo wer herkommt?«

»Ich muss jetzt gehen, Callan. Es tut mir leid. Ich komme später zu dir.«

Callan konnte einmal mehr nur starren, während eine weitere Fae ihn allein im Dunkeln stehen ließ.

46
SORIN

Sorin umfasste Scarletts Hand fest, als sie aus der Luft in die Mitte eines Hains traten. Der Himmel war grau und stürmisch wie immer in den Königreichen der Hexen. Alle seine Sinne waren hochaktiv, und Feuer knisterte direkt unter seiner Haut.

Als sie unter sich gewesen waren, hatte er noch einmal versucht, Scarlett zu überreden, dass sie abwarten sollte, bevor sie hierherreiste, doch sie hatte darauf bestanden. Sie hatten Rayner instruiert, sie zu benachrichtigen, sobald es einen Tag und eine Zeit für das Gipfeltreffen gab, und sie würden der Oberhexe die Einladung übermitteln, während sie dort waren.

Er sah seine Zwillingsflamme an, die wieder den Hexenanzug trug, den man ihr gestern geschenkt hatte. Wie konnte es sein, dass das erst einen Tag her war? Die Hexenkleider passten jedoch auf seltsame Weise zu ihr.

Die Winde raschelten, und ihm standen die Nackenhaare zu Berge. Er überlegte, Scarlett noch einmal zu bitten, zu gehen und später zurückzukommen, doch die Oberhexe wusste vermutlich bereits, dass sie hier waren. Die verzauberten Bäume des Reichs waren so schön wie immer … und sandten Nachrichten über die Winde.

»Komm«, sagte Scarlett entschlossen und strebte auf das Schloss zu, das vor ihnen aufragte.

Sorin zog an der Hand, die er immer noch umklammert hielt. »Wohin?«

Sie sah ihn an, als wäre er schwer von Begriff. »Zum Schloss natürlich.«

»Wir spazieren einfach so durch das Schlosstor?«

»Wie sollen wir sonst zu Hazel kommen?«, fragte Scarlett verärgert.

»Sie wird uns finden«, murmelte Sorin und sah sich auf der Lichtung um. Alles war jetzt ruhig. Sogar der Wind hatte nachgelassen. Er lauschte angestrengt.

»Wir haben keine Zeit, auf sie zu warten«, zischte Scarlett leise.

»Dann entschuldige ich mich, dass ich Euch habe warten lassen.«

Sorin erstarrte bei der eisigen Stimme hinter ihnen. Er kämpfte mit seinem Beschützerinstinkt und dem Drang, Scarlett hinter sich zu schieben, als er sich langsam zu der Oberhexe umdrehte. Und sie war nicht allein. Sie waren umzingelt von Hexen, die alle schwarze Eschenpfeile auf ihre Kehlen gerichtet hatten, als sie zwischen den Bäumen hervortraten. Es war die übliche Begrüßung, wann immer sie das Land der Hexen betraten.

Keine Schilde, warnte er Scarlett.

Warum sollte ich gegen Pfeile keine Schilde verwenden?

Die Hexen sind mächtige Zauberinnen. Diese Pfeile durchstoßen jeden Schild mühelos, und sie werden unsere Schilde als Angriff und Rechtfertigung sehen, uns zu töten.

Das kann nicht dein Ernst sein?

Sorin antwortete nicht, und er spürte, wie Scarlett sich neben ihm versteifte, während sie sich unmerklich näher an ihn drängte.

»Eure Majestät«, sagte die Oberhexe kühl und verbeugte sich tief. Die Hexen um sie herum bewegten sich nicht. »Ihr seid zum zweiten Mal in zwei Tagen hier. Beide Male ohne Einladung oder Vorwarnung.«

In ihrem Tonfall lagen eine unverhohlene Anklage und eine deutliche Drohung.

Er sah, wie Scarlett das Kinn hob, als sie sagte: »Gestern hat Shirina mich hergebracht. Heute komme ich aus eigenen Stücken.«

»Ist es nicht sehr unhöflich, sich selbst einzuladen?«, fragte die Oberhexe mit ihrer gnadenlosen, ruhigen Stimme.

»Ich entschuldige mich für meinen Mangel an Etikette«, antwortete Scarlett, »aber ich komme in dringenden Angelegenheiten, die keinen Aufschub dulden.«

Die Oberhexe schwieg, den Blick auf Scarlett gerichtet, und dachte nach. Dann sah sie Sorin an, der ungerührt zurück in ihre violetten Augen starrte. »Wie ich sehe, habt Ihr Eure Zwillingsflamme gerettet«, sagte sie zu Scarlett, ohne Sorin aus dem Blick zu lassen. Hexen sprachen nur selten zu männlichen Wesen. Nicht solange es nicht unbedingt nötig war. »Ich stimme einer Unterredung mit Euch zu, aber nicht in seiner Gegenwart.«

»Sie wird nicht allein mit Euch gehen«, knurrte Sorin mit gebleckten Zähnen.

»Sprich nicht zu ihr«, blaffte eine schwarzhaarige, dunkelhäutige Hexe zu seiner Rechten.

»Sei nicht unhöflich, Arantxa«, meinte die Oberhexe gelassen.

»Er ist mein Ehemann und meine Zwillingsflamme, aber er ist auch mein Stellvertreter und muss deshalb ebenfalls anwesend sein«, widersprach Scarlett. »Ich kann diese Aufgabe nicht ohne ihn bewerkstelligen.«

Der Blick der Oberhexe richtete sich wieder auf Scarlett, und sie kniff ihre violetten Augen zusammen. »Zurück«, sagte sie zu den Hexen, die sofort gehorchten. »Arantxa und Jetta, begleitet uns ins Schloss. Der Rest kann in seine Königreiche zurückkehren.« Licht blitzte auf, als die Hexen sich in Rauch auflösten. »Kommt mit mir«, sagte die Oberhexe und marschierte an ihnen vorbei. Sie folgten ihr, während Arantxa und Jetta die Nachhut bildeten, die Pfeile immer noch eingespannt.

Sie erreichten einen Raum im Schloss, und bevor sie eintraten, sagte die Oberhexe: »Arantxa und Jetta, ihr übernehmt die Nachhut. Niemand darf eintreten.«

»Ihr sprecht allein mit ihnen? Hier?«, platzte Arantxa heraus.

»Stellst du mich infrage?«, entgegnete die Oberhexe scharf.

»Natürlich nicht, Lady«, antwortete Arantxa und neigte den Kopf.

Sorin und Scarlett folgten der Oberhexe in … Nun, Sorin war sich nicht sicher, wie er den Raum beschreiben sollte. Er war anders als jeder andere Raum, den er bislang im Reich der Hexen gesehen hatte. Er wirkte beinahe warm und einladend.

Beinahe.

In eine Wand war ein Kamin mit einem Sofa davor eingelassen. Bücherregale flankierten ihn. An der anderen Wand stand eine Gruppe gemütlich aussehender Stühle mit einem Tisch dazwischen. Am anderen Ende des Raums jedoch entdeckte er Flaschen und Kessel. Gewürze und andere Zutaten waren in Regalen an der Wand aufgereiht. Es sah beinahe wie eine Art Labor aus. Der Duft nach Rosmarin, Thymian und Salbei lag in der Luft.

»Das hier ist Euer Alchemieraum«, hauchte er, ehe ihm bewusst wurde, dass er sprach. Der Alchemieraum einer Hexe war ihr Heiligtum. Es war ein privater Bereich, zu dem anderen, mit Ausnahme von Geliebten, nur selten Zutritt gewährt wurde. In diesem Raum vervollkommnete und praktizierte sie ihre Künste.

»Ja«, antwortete die Oberhexe knapp. Sie hatte ihren Mantel auf einen Stuhl geworfen und rührte gerade in einem der Kessel. »Nur wenige durften bislang diesen Raum betreten, und nur zwei davon waren keine Hexen.«

»Meine Mutter«, vermutete Scarlett und betrachtete die Bücher in den Regalen.

Sorin sah Scarlett an. »Was?«

Scarlett zuckte zusammen, als ihr klar wurde, dass dies ein weiteres Geheimnis war, in das Eliné ihn nicht eingeweiht hatte. Eine Mischung aus Zorn und Kummer erfüllte ihn.

»Eliné musste Geheimhaltung schwören, Prinz«, erklärte ihm die Oberhexe vom anderen Ende des Raumes. »Uralte Magie zwang sie, nie ein Wort von dem verlauten zu lassen, was geschah, als sie hier war.«

»Sie war mehr als einmal hier? Mit Euch? Allein?«

Die Oberhexe legte den Kopf schräg und musterte ihn. »Ich habe nie verstanden, warum es sie so sehr belastete, einem männlichen Fae etwas zu verschweigen, vor allem einem, der nicht ihr Geliebter war. Aber wenn ich Euch hier so sehe, verstehe ich es vielleicht ein wenig.«

»Wir hatten während Elinés Regentschaft nur selten mit den Hexen zu tun. Wie viele Treffen können da stattgefunden haben?«, wollte er wissen.

Ein Grinsen breitete sich auf dem Gesicht der Oberhexe aus. »Die *Höfe* hatten nur selten mit mir zu tun, Prinz. Eliné und ich waren enge Freundinnen, manchmal sogar mehr als das. Sie hat alle Angelegenheiten, die die Königreiche der Hexen betrafen, privat gehandhabt.« Ehe Sorin darauf antworten konnte, richtete sie den Blick auf Scarlett. »Ihr habt das Tonikum mittlerweile gänzlich abgesetzt, nehme ich an, angesichts der Tatsache, wie leicht Euch dieser Tage das *Reisen* fällt.«

Scarlett blätterte gerade durch ein Buch, das sie aus dem Regal gezogen hatte, doch jetzt blickte sie mit einem verwunderten Ausdruck auf dem Gesicht auf. »Wie kommt es, dass Ihr von meinem Tonikum wisst?«

»Ich war diejenige, die es für Eure Mutter angerührt hat«, antwortete die Oberhexe schlicht und streute etwas grünes Pulver in einen der Kessel.

»Ihr wusstet, dass sie ein Kind erwartete?«, fragte Sorin ungläubig. »Ihr wusstet die ganze Zeit über, dass sie existiert?«

Hazel musterte ihn eine ganze Weile eingehend, als debattierte sie mit sich selbst, ob sie noch mehr verraten sollte. »Die Königin ist hier geboren. Ich habe sie selbst auf die Welt gebracht.«

Sorin hatte das Gefühl, als hätte ihm jemand einen Hieb in den Magen verpasst, alle Luft entwich seiner Lunge. »Wie lange?«

»Bis sie in das Reich der Menschen aufbrachen, kurz nachdem das Kind drei Jahre alt wurde.«

»Drei Jahre? Sie hat hier gelebt? Während Talwyn mit ihrer neuen Verantwortung auf dem Thron kämpfte? Drei Jahre lang?«

»Und das ist der Grund, warum ich Euch bei dieser Unterredung nicht dabeihaben wollte, Prinz«, knurrte die Oberhexe.

»Wusstet Ihr deshalb, wer ich war, als ich gestern kam?«, fragte Scarlett leise.

»Ihr seht aus wie Eure Mutter«, sagte die Oberhexe. »Ich hätte Euch beinahe bei ihrem Namen gerufen, als ich Euch das erste Mal sah.«

»Wer ist die andere Person, abgesehen von meiner Mutter, die diesen Raum betreten durfte?«, fragte Scarlett, die weiter in dem Buch blätterte.

»Eliné«, antwortete die Oberhexe und wanderte den Tisch entlang zu einem anderen Kessel.

Sorin wollte diese bizarre Antwort gerade hinterfragen, als Scarlett sanft das Buch in ihren Händen zuklappte und auf sie zutrat. »Wer ist mein Vater?«

»Ich glaube, das Orakel hat Euch bereits die Frage verraten, die Euch zu dieser Antwort führen wird«, antwortete die Oberhexe und rührte im Uhrzeigersinn in einem der Kessel.

»Das hat es«, murmelte Scarlett. Sie machte einen weiteren Schritt. »Hazel, bitte.« Ein weiches, kummervolles Lächeln erschien auf Scarletts Gesicht. Sorin wappnete sich für den Zorn der Oberhexe, weil sie sie mit ihrem Namen und nicht mit ihrem Titel angesprochen hatte, doch es passierte nichts dergleichen.

Stattdessen schienen die Züge der Oberhexe eher weicher zu werden. »Sorin kennt Cassius ebenfalls. Sie sind Freunde. Im Land der Menschen haben Männer in allem die Oberhand. Ich werde ihn brauchen, um Cassius da rauszuholen.«

Die violetten Augen der Oberhexe wurden schmal, als sie sagte: »Ihr fürchtet um seine Sicherheit?«

»Ja«, meinte Scarlett leise.

»Wenn Ihr aufgehört habt, das Tonikum zu nehmen, dann könnt Ihr in jedem Land auf Eure Magie zugreifen, mit oder ohne den Ring. Ihr und Eure Blutsverwandten seid unter den mächtigsten Wesen, die in diesem Moment existieren. Ihr werdet den Prinzen nicht brauchen.«

»Doch, das werde ich, Hazel. Ich habe eine Geschichte dort, und es ist keine angenehme. Außerdem habe ich während meines Aufenthalts noch mehr zu tun, als nur Cassius zu holen, obwohl das das dringendste Anliegen ist. Tatsächlich werde ich sogar mehr als nur Sorin brauchen, und deshalb bin ich hier«, antwortete Scarlett. Sorin widerstand dem Drang, an ihre Seite zu kommen, als sie sich der Oberhexe näherte. »Ich würde gerne Sorin und seinen Inneren Hof mit mir nach Baylorin bringen, und es ist wichtig, dass sie während dieser Zeit auf ihre Magie zugreifen können.«

Die Oberhexe widmete sich wieder ihren diversen Gebräuen, rührte in einem und beugte sich hinunter, um daran zu schnüffeln. »Es gibt ein Tonikum, das das bewerkstelligen kann, aber es ähnelt dem, das Ihr in der Vergangenheit genommen habt, junge Königin. Der Körper wird abhängig danach und erleidet einen Entzug, wenn es nicht eingenommen wird. Ihr werdet lernen müssen, wie es gebraut wird, und bei ihrer Rückkehr werden sie sich elend fühlen. Ich hoffe, Ihr erinnert Euch, wie man das Tonikum einem Körper entzieht? Dieses wird schlimmer sein. Der Preis für den Gewinn von Macht ist höher als der Preis für ihren Verlust.«

Scarlett sah Sorin an und verzog das Gesicht. »Ich verstehe. Ich überlasse ihnen die Entscheidung, wann und wie oft sie es einnehmen, aber ich bin nicht vertraut mit der Kunst der Herstellung von Heilmitteln. Könnt Ihr uns nicht einige Dosen zubereiten, die wir dann mitnehmen?«

»Wisst Ihr genau, wie lange Ihr unterwegs sein werdet? Wie viele Dosen ihr benötigt?«, fragte die Oberhexe und wandte sich den Regalen mit Zutaten hinter ihnen zu. Sie streckte die Hand aus und holte diverse Flaschen mit zerdrückten Blättern und Pulvern hervor.

»Selbstverständlich nicht«, antwortete Scarlett.

»Dann ist das keine Option, nicht wahr?« Die Oberhexe wandte sich ihnen wieder zu. Ihre violetten Augen ruhten auf Sorin, und zu seiner Überraschung sprach sie ihn direkt an. »Wie viel weiß sie von der Geschichte, Prinz?«

»Was ihre eigene Blutlinie oder die Geschichte der Hexen betrifft?«, erwiderte er.

»Sind beide nicht miteinander verwoben?«, antwortete sie, und ihre Lippen wurden zu einer dünnen Linie. Als Sorin nichts sagte, seufzte die Oberhexe. Mit einer Handbewegung ließ sie ein Buch aus einem der Regale zu ihnen schweben. Scarlett hielt die Hände auf, und das Buch ließ sich darin nieder und blätterte eigenständig zu einer bestimmten Seite. Sorin blickte über ihre Schulter auf eine Abbildung der Territorien.

»Wie Ihr sicher wisst, gaben die Avonleyaner den Fae ihre Magie im Austausch dafür, dass sie ihnen als Machtquelle dienten«, begann Hazel.

»Ja, das hat Sorin mir berichtet. Er hat mir auch erzählt, dass die Nachtkinder Nachkommen der Avonleyaner sind«, meinte Scarlett.

»Das sind sie. Die Nachtkinder haben vielleicht keine Magie, aber in jeder anderen Hinsicht sind sie ebenso stark wie die Avonleyaner und die Fae, und sie werden noch stärker, wenn sie von einem der beiden trinken, deshalb haben sich auch viele während des Kriegs auf die Seite von Deimas und Esmeray geschlagen. Doch vor dem Ausbruch des Großen Kriegs sorgten sich die Avonleyaner um die Fae auf diesem Kontinent, denn die Nachtkinder wurden zunehmend ruhelos, also stellten sie ihnen Hüter zur Seite.«

Scarlett legte fragend den Kopf schief.

»Die Hexen und die Gestaltwandler wurden geschaffen, nachdem eine mächtige Zauberin gefangen genommen und als Buße für ihre Taten ihrer Magie beraubt wurde. Diese Magie schenkte man den Hexen und den Gestaltwandlern. Die Hexen waren an Königin Eliné gebunden und die Gestaltwandler an Königin Henna. Doch um ihre Dominanz zu garantieren, schenkten die Avonleyaner auch den Fae-Königinnen entsprechende Macht.«

Sorin sah die Oberhexe überrascht an. »Wollt Ihr damit sagen, Scarlett besitzt die Kräfte einer Hexe?«

»Kann Königin Talwyn nicht die Gestalt wechseln und Energien und physische Materie wandeln?«

»Meine Mutter war im Reich der Sterblichen eine berühmte Heilerin«, flüsterte Scarlett, während sie den Text vor ihr las.

»Eliné war sehr geschickt in dieser Kunst«, antwortete Hazel.

»Ihr wusstet davon?«, fragte sie und sah wieder die Hexe an.

»Wir haben Kontakt gehalten. Als sie mit dir dieses Land verließ, gingen zwei andere mit ihr.«

Scarlett legte den Kopf etwas schräg. »Eine ist zurückgekehrt?«

»Ja. Sie ist seine Cousine.«

Die Königin und die Oberhexe tauschten einen Blick, den Sorin nicht lesen konnte, und er hatte keine Ahnung, wovon sie sprachen.

»Hier ist, was ich nicht verstehe«, überlegte Scarlett. »Warum haben die Avonleyaner überhaupt anderen ihre Macht gegeben? Und wie haben sie das getan?«

»Eine ausgezeichnete Frage, Majestät«, meinte Hazel. »Und eine, auf die Ihr die Antwort finden solltet.«

»Ihr wisst es nicht, oder Ihr wollt es mir nicht sagen?« Als nur Stille auf ihre Frage folgte, stellte Scarlett eine weitere: »Wisst Ihr, wonach Deimas und Esmeray so dringend jenseits des Meeres gesucht haben?«

»Was sollte jemand suchen, das einen derart großen Krieg heraufbeschwören kann? Das den Kurs der ganzen Welt ändern kann?«, gab Hazel zurück. »Macht natürlich.«

»Aber die Avonleyaner hatten zu diesem Zeitpunkt bereits so viel von ihrer Macht weggegeben«, gab Scarlett zu bedenken.

»Viel, ja, aber nicht alles.«

»Ihr seid auch nicht hilfreicher als das Orakel«, hörte Sorin Scarlett murmeln.

Stille senkte sich über den Alchemieraum. Die Oberhexe wandte sich wieder ihrer Wand mit Zutaten zu und begann, noch mehr Fläschchen und Säckchen hervorzuholen. Sorins Blick jedoch ruhte auf Scarlett. Sie hatte immer noch den Kopf gesenkt und war in das Buch vertieft.

Alles in Ordnung?

Als sie ihn spürte, hob sie den Blick und sah ihn an. *Ja? Nein? Ich weiß es nicht.* Sie seufzte. *Ich versuche nur, ein paar Dinge zu verstehen.*

Sorin kam dichter zu ihr, zog sie an sich und küsste sie auf den Scheitel. Sie schmiegte sich an seine Seite, und er atmete ihren Duft ein.

Danke, kam es durch ihre Verbindung.

Wofür?

Dafür, dass du darauf bestanden hast, mit mir zu kommen.

Sorin schnippte ihr spielerisch gegen die Nase, während er ihr in die schönen Augen blickte und sich in den ständig verändernden Blau- und Goldtönen verlor. *Ich würde Reiche für dich durchqueren, Liebes.*

Sie hörten das Klirren von Phiolen. Er hatte vergessen, wo sie sich befanden – und mit wem. Scarlett lächelte verlegen und wurde leicht rot, als sie sich wieder der Oberhexe zuwandte. Hazel musterte sie mit einem interessierten Gesichtsausdruck. »Ich habe nur selten einen echten Zwillingsflammenbund gesehen«, sagte sie. »Wer hat Eure Ehe geschlossen?«

»Eine Heilerin an meinem Hof«, antwortete Sorin. »Beatrix.«

»Ah«, sagte Hazel und begann, die Phiolen aufzureihen. »Sie ist eine unserer Weisen.«

»Was bedeutet das?«, fragte Scarlett und beobachtete die Oberhexe aufmerksam.

»Die Weisen sind die ältesten Hexen. Sie verfügen über großes Wissen und bewahren unsere Geschichte. Wir gehen zu ihnen, wenn wir Rat und Anleitung suchen.«

»Glauben die Hexen, dass sie Zwillingsflammen haben können?«, fragte Scarlett und trat an den Arbeitstisch.

»Manche«, antwortete die Oberhexe und ordnete weitere Zutaten auf der Arbeitsfläche an.

»Und Ihr?«, hakte Scarlett nach.

»Was macht das für einen Unterschied?«, fuhr die Hexe sie an.

Scarlett zuckte mit den Achseln. »Die Hoffnung, dass etwas Schönes auf einen wartet, erscheint mir viel besser als der Glaube, dass das nicht der Fall ist.«

»Hoffnung ist etwas für Narren«, meinte die Oberhexe.

»Hoffnung ist etwas für Träumer«, entgegnete Scarlett und nahm eine der Phiolen vom Tisch, um sie sich genauer anzusehen. »Und Ihr müsst eine Träumerin sein.«

»Und wie kommt Ihr darauf?«

»Weil Ihr Euren Sohn weggeschickt habt, um ihn zu retten, in der Hoffnung, dass er etwas anderes haben kann, etwas Besseres, als Ihr ihm hier bieten könntet. Das klingt nach etwas, das eine Träumerin tun würde«, antwortete Scarlett und stellte sich einmal mehr dem violetten Blick der Hexe.

»Ich schätze, das tut es«, antwortete Hazel, und Sorin hätte schwören können, dass ein Lächeln am Mundwinkel der Hexe zupfte.

Sorin konnte die Fae neben sich nur bewundernd ansehen, während sie sich entspannt mit der Oberhexe der Königreiche der Hexen unterhielt. Das letzte Mal war er mit Talwyn hier gewesen. Diese Begegnung konfrontativ zu nennen, wäre eine riesige Untertreibung. Sie hatten zwei Soldaten verloren, und die Oberhexe hatte sie praktisch aus dem Schloss geworfen. Talwyn war, wie es typisch für sie war, fuchsteufelswild gewesen, und das Verhältnis zu den Hexen war seither angespannt.

Erneut war Stille eingekehrt, während Hazel arbeitete und diverse Kräuter und Pulver in einen Kessel vor ihr warf. Das Gebräu begann gerade zu kochen, als Scarlett vorsichtig sagte: »Hazel.«

»Ja?«, antwortete die Hexe angespannt, als bemühte sie sich sehr, nett zu sein.

»Wenn ich Cassius hierherbringe, wird er nicht willkommen sein.«

Die Oberhexe erstarrte. »Das Orakel sagte, Eure Ankunft bedeutete, es sei sicher für ihn, zurückzukehren.«

»Ich weiß, was das Orakel gesagt hat. Sie meinte, dass er bei seiner Rückkehr sicher ist, aber ist eine Rückkehr *hierher* wirklich eine gute Idee? Wie wollt Ihr das Eurem Volk erklären?«

»Das geht Euch nichts an«, fauchte Hazel, und Scarlett zuckte zusammen.

Sorin spürte, wie sie sich wappnete, als sie sagte: »Es geht mich etwas an. Ich werde ihn nicht hierherbringen, wenn er hier geächtet wird, weil er männlich ist. Er war ein Ausgestoßener, der auf der Straße gelebt hat, und musste sich wieder und wieder beweisen. Ich will verdammt sein, wenn er hier wieder so behandelt wird.«

Hazel ließ die Phiole in ihren Händen fallen, und sie zersplitterte auf dem Boden. »Er wuchs auf der Straße auf?«

»Er war eine Waise, Hazel. Er wuchs auf der Straße auf, bis der Herr der Assassinen ihn aufnahm und ihn ausbildete. Dann hat Lord Tyndell ihn entdeckt und ihn mit seinen eigenen Kindern bei sich aufgezogen. Selbst jetzt wird er anders behandelt, weil er kein nobles Blut in den Adern hat. Zwingt ihn nicht, an einen Ort zu kommen, an dem er weiter so behandelt wird, einfach nur weil er männlich ist«, sagte Scarlett sanft und begann, die Scherben aufzulesen.

»Kannte Eliné ihn?«, flüsterte Hazel.

»Ja. Sie hat niemandem von uns gesagt, wer oder was er ist, aber ja. Sie kannte ihn und liebte ihn, als wäre er ihr eigener Sohn gewesen«, antwortete Scarlett sanft.

»Ich kann ihn nicht länger dort lassen«, sagte die Oberhexe und umklammerte die Tischkante. »Jeden Tag denke ich an ihn. Jeden Tag frage ich mich, ob er noch am Leben ist und wie er wohl aussieht. Jeden Tag frage ich mich, wer er ist.«

»Ich kann ihn auch nicht länger dort lassen«, antwortete Scarlett und richtete sich mit den Scherben in einer Handfläche auf. Sie stand jetzt direkt vor der Oberhexe, und Sorin verkrampfte sich, weil sie sich so nah waren. Er hatte sich so viele Gedanken über das politische Verhältnis zwischen den Reichen gemacht und über die korrekte Art, die Dinge zu handhaben. Den Gedanken, dass das vielleicht nicht die *beste* Art war, hatte er nie zugelassen. Nur weil man etwas schon so lange immer auf die gleiche Weise machte, bedeutete das nicht, das man das auch weiterhin so tun musste.

»Er ist freundlich und loyal und humorvoll, obwohl er auf den Straßen aufgewachsen ist«, sagte Scarlett.

»Hegt Ihr Gefühle für ihn?«, fragte die Oberhexe und hob die Brauen.

»Meine Beziehung zu Cassius ist keine, die man in Worte fassen kann, Lady. Unsere Lebenswege sind miteinander verwoben. Sorin sagt, er sei mein Seelengefährte«, antwortete Scarlett. Es war das erste Mal, dass Sorin sie Hazel mit irgendeiner Art von respektvollem Titel ansprechen hörte. Flammen erwachten in ihren Handflächen zum Leben und schmolzen die Scherben, die sie dort immer noch hielt, zu nichts. »Ich würde mein Leben für ihn geben und er das seinige für mich. Lasst mich Cassius in *mein* Zuhause holen, wo Ihr jederzeit willkommen seid, ihn zu besuchen, bis er wirklich nach Hause zurückkehren kann.«

Sorin hielt den Atem an, während die Oberhexe seine Zwillingsflamme musterte. Entschlossener Widerstand schärfte ihre Züge, aber auch eine Sehnsucht, die ebenso mächtig war. »Eine Königin würde ihr Leben für den Sohn einer Hexe geben?«

»Cassius ist Euer Untertan und Euer Sohn, und ich werde mich Eurem Willen beugen, aber bitte, Hazel«, flehte Scarlett und griff nach den Händen der Hexe. »Bitte zwingt ihn nicht, an einen Ort zurückzukehren, wo er behandelt wird, als wäre er weniger wert. Er hat dort, wo er jetzt ist, genug damit zu kämpfen gehabt.«

Die Oberhexe hielt Scarletts Blick noch einen Moment länger, ehe sie ihre Hände fallen ließ und sich wieder ihrem Arbeitstisch widmete. »Tut, was Ihr für das Beste haltet, Kind«, sagte sie und begann, Scarlett Kräuter und Flaschen zu reichen. »Ich beginne zu glauben, dass Cassius sehr viel mehr als nur Euer Seelengefährte ist, und wenn ich recht habe, wird er ohnehin lieber an Eurer Seite sein als an meiner.«

Scarlett erstarrte und hob ruckartig den Blick. »Cassius und ich sind nicht … Wir waren nie …«

Ein schwaches Grinsen krümmte die Lippen der Oberhexe. »Ich weiß, dass Ihr keine Geliebten seid, Majestät.« Sie sah Sorin an. »Wenn das der Fall wäre, dann wäre Eure Zwillingsflamme eine größere Bedrohung für ihn als mein Volk.«

Sorin musste allein bei der Vorstellung, dass ein anderer Scarlett auf diese Weise berührte, die Zähne zusammenbeißen. Er wusste, dass es nicht logisch war. Er kannte die Natur der Beziehung zwischen Scarlett und Cassius, aber der Bund zwischen ihnen war noch so neu, und seine Wirkung brannte in ihm. Er musste sich bemühen, um nicht zu knurren, und Scarlett, die seinen inneren Kampf spürte, warf ihm einen belustigten Blick zu.

Ich glaube, ich spüre eine Notwendigkeit, meine Königin.

Scarletts Augen weiteten sich leicht, und sie wurde rot. Jetzt war er an der Reihe, ihr einen belustigten Blick zuzuwerfen.

Scarlett schluckte schwer, sah wieder die Oberhexe an und stotterte: »Wenn Ihr nicht denkt, dass wir Geliebte sind, was denkt Ihr dann, dass er für mich ist, wenn nicht mein Seelengefährte?«

»Das ist eine weitere ausgezeichnete Frage, Majestät. Wenn ich mich nicht irre, dann sind Eure Schicksale auf Weisen verbunden, die Ihr nicht einmal annähernd begreifen könnt.«

»Lasst mich raten, Ihr werdet das nicht weiter ausführen?«, murrte Scarlett und gab unter der Anleitung der Oberhexe etwas von einem Pulver in den Kessel.

Hätte Talwyn so zu der Oberhexe gesprochen, dann, da war Sorin sich sicher, wäre Blut geflossen. Aber die Oberhexe hätte Talwyn überhaupt nicht erst in ihren Alchemieraum gelassen. Und doch war Scarlett jetzt hier und unterhielt sich mit ihr, als wären sie langjährige Freundinnen, die sich eben erst wiedergefunden hatten. Wie bizarr die letzten Tage gewesen waren. So viele Dinge, die er für wahr und richtig gehalten hatte, waren auf den Kopf gestellt und in Brand gesteckt worden, einfach nur weil ein Mädchen einen Thron akzeptiert hatte.

»Wenn ich das weiter ausführen würde, könnten sich Dinge verändern. Es würde die Mächte des Schicksals erzürnen. Ihr werdet es erfahren, wenn es Euch bestimmt ist«, erwiderte die Hexe schlicht.

»Bei der Liebe der Götter«, murmelte Scarlett entnervt.

»In der Tat, bei der Liebe der Götter«, antwortete die Oberhexe.

Es war eine seltsame Antwort, und Sorin fragte sich, was sie damit meinte, aber bevor er eine Frage stellen konnte, blaffte die Hexe Anweisungen in Scarletts Richtung. Und dann waren die Gedanken bereits wieder aus seinem Kopf verschwunden, während die Oberhexe seiner Zwillingsflamme beibrachte, das Tonikum zu brauen, und damit einen Plan in Bewegung setzte.

47
SCARLETT

Ich weiß nicht, wie begeistert die anderen sein werden, wenn sie herausfinden, dass sie ins Reich der Menschen reisen sollen«, sagte Sorin zu Scarlett, als sie in ihrem Schlafzimmer aus dem Hexenlederzeug schlüpfte.

»Sie brauchen ein wenig Abenteuer in ihrem Leben. Sie werden in diesem riesigen Palast viel zu sehr verhätschelt«, meinte Scarlett mit einer wegwerfenden Handbewegung und machte sich auf den Weg in ihren riesigen Kleiderschrank. Sie hörte Sorin lachen und streckte den Kopf zurück in den Raum. »Ich habe Hazel gar nicht nach diesen Hexenanzügen gefragt.«

Nachdem sie sich darauf geeinigt hatten, dass sie Cassius hierher und nicht ins Königreich der Hexen holen würden, hatte Hazel Scarlett beigebracht, wie man das Tonikum herstellte. Es bestand aus schlichten Zutaten, die man beinahe überall finden konnte.

»Bei Tonika und Elixieren geht es weniger um Magie, sondern mehr darum, die richtigen Zutaten zur richtigen Zeit und unter den richtigen Umständen zu kombinieren. Aber noch mehr als das geht es darum, welche Zutaten sich wie auf den Körper auswirken. Die Natur gibt uns alles, was wir brauchen, um uns zu heilen und zu nähren«, hatte Hazel gesagt. »Nach deiner Rückkehr werde ich dich ordentlich unterrichten. Und Cassius auch.«

Sie hatte ihnen einiges von den Zutaten mitgegeben, damit sie über die Runden kommen würden, bis sie in Baylorin mehr davon kaufen konnten. Kurz vor ihrem Aufbruch hatten sie eine Nachricht von Rayner erhalten, dass Ort und Zeit für das Gipfeltreffen feststanden. Hazel hatte eingewilligt zu kommen, wenn auch widerstrebend und nur mit der Zusicherung, dass Scarlett auch dort sein würde und sie nicht direkt mit Talwyn zu tun hatte.

»Worauf fliegen sie? Besenstiele?«, fragte Scarlett jetzt Sorin, während sie in der Tür zum Kleiderschrank lehnte und ihr Haar aus dem dicken Zopf löste. Sie war erschöpft, weil sie die letzte Nacht nicht geschlafen hatte. Die Sonne ging beinahe schon unter, und sie freute sich auf ein heißes Bad und morgen bis nach Sonnenaufgang zu schlafen.

Sorin lachte laut auf. »Besenstiele? Warum sollten sie auf Besenstielen fliegen?«

Sie sah ihn finster an. »So erzählt man es sich in den Geschichten der Menschen über Hexen.«

Sorin musste nur noch mehr lachen. »Das kann nicht dein Ernst sein?«

Scarlett starrte ihn böse an, doch dann legte sich ein leichtes Lächeln auf ihre Lippen. Sie hatte Sorin noch nie so lachen gehört. Sie hatte ihn nie so … glücklich gesehen, obwohl er morgen ins Reich der Menschen zurückkehren würde.

Nachdem er sich wieder beruhigt hatte, kam er quer durch den Raum zu ihr und legte seine eigenen Waffen ab. Sie hatten niemanden darüber informiert, dass sie zurück waren, obwohl sie vermutete, dass sein Innerer Hof es über die Schutzzauber gespürt hatte. Im Moment jedoch war ihnen nicht nach Gesellschaft. Nein, alles, was sie wollte, war ein Bett, in dem sie schlafen konnte.

»Nein, Liebste«, sagte er und ging an ihr vorbei in den Schrank, »die Hexen reiten nicht auf Besenstielen herum. Sie fliegen auf Greifen.«

»Auf was?« Scarlett drehte sich abrupt zu ihm um.

»Auf Greifen«, antwortete er, als müsste sie wissen, wovon er sprach. Er schälte die Tunika von seiner Brust und warf sie in den Wäschekorb in der Ecke. Als ihm bewusst wurde, dass sie ihn immer noch verwirrt ansah, sagte er: »Du weißt schon, diese Kreaturen, die halb Löwe, halb Adler sind. Greife.«

Dieses Mal musste Scarlett laut lachen. »Oh, komm schon«, sagte sie kichernd, »worauf fliegen sie *wirklich*?«

Jetzt lächelte Sorin belustigt. »Die Hexen fliegen auf Greifen, Scarlett. Ich schwöre es.«

Scarlett hörte auf zu lachen und riss die Augen auf. »Ich will einen sehen.«

»Hier gibt es keine. Nur den Hexen ist es gelungen, sie zu zähmen, wenn man es überhaupt so nennen kann«, erwiderte Sorin. »Als die Territorien isoliert wurden, schickte man alle Greife ins Königreich der Hexen, weil sie die Einzigen waren, die etwas mit ihnen anzufangen zu wissen schienen.«

»Ich werde dir nicht glauben, ehe ich nicht einen sehe«, antwortete Scarlett schlicht und begann, die Schnürung ihrer Stiefel zu lösen.

»Du glaubst eher, dass sie auf Besenstielen fliegen, als dass sie auf Greifen fliegen?«, fragte er. Sie spürte, wie er sich ihr von hinten näherte.

»Das ist ein Argument«, gab sie zu, als sie sich wieder aufrichtete. Sie sah ihn an und hob eine Hand an seine Wange. Sie spürte leichte Stoppeln und strich mit den Fingern darüber. »Es tut mir leid, dass meine Mutter dir so viel verheimlicht hat.«

Sorins Blick wurde ein wenig dunkler, und er hob nun auch die Hand, um sie an ihre Wange zu legen. »Die Sache, die mich am meisten beschäftigt, ist nicht, dass deine Mutter mir verheimlicht hat, welche Bedrohung im Land der Menschen lauert oder dass sie beinahe drei Jahre bei Hazel war. Es ist die Tatsache, dass ich dich sehr viel früher hätte finden können. Ich hätte dich finden können, bevor …«

Scarletts Herz zog sich zusammen, als sie seinen Schmerz und sein Bedauern spürte. »Sorin, wünschte ich, ich hätte diese schrecklichen Dinge nicht erlebt? Ja. Aber in gewisser Weise haben sie mich hierhergeführt. In gewisser Weise hat alles mich zu dir geführt. Selbst als ich dort in dem kalten Herrenhaus auf dem Steinboden lag und alle Hoffnung verloren hatte, führte es mich dennoch zu dir. Zu uns. Ich weiß nicht, ob ich an die Mächte des Schicksals glaube, wie du es tust, aber ich muss glauben, dass aus jedem Schmerz, den wir erfahren, immer auch etwas Schönes erwächst. Ich muss diese Hoffnung in mir tragen, dass es nicht umsonst war.«

Ein sanftes Lächeln breitete sich auf Sorins Zügen aus, während sie in seine goldenen Augen blickte. »Hoffnung gehört den Träumern, Prinzessin.« Er beugte sich vor und küsste sie sanft.

»Die Dunkelheit existiert, damit wir die Sterne finden können, Prinz«, flüsterte sie an seinen Lippen.

Dann löste er sich und sagte: »Aber kann ich dich um etwas bitten?«

»Hmm?«, murmelte Scarlett, die ihn noch immer auf ihren Lippen schmeckte. Vielleicht konnten Bad und Bett noch etwas warten.

»Ich muss mir sicher sein, dass wir nichts voreinander verheimlichen. Wir können keine Geheimnisse haben, wie deine Mutter sie hatte«, sagte Sorin vorsichtig.

Diese Worte rissen Scarlett aus ihren Gedanken. »Wenn ich mich recht erinnere, Prinz, dann hattest *du* Dutzende von Geheimnissen vor *mir*, und zwar in Bezug auf meine schiere Existenz.« Sie brachte etwas Abstand zwischen sie und stemmte die Hände in die Hüften.

»Gutes Argument«, erwiderte Sorin und verschränkte die Arme vor der muskulösen Brust. Sie versuchte, nicht so sehr auf die Bewegungen dieser Muskeln zu starren. »Aber, ich möchte anmerken: Wärst du ein wenig offener gewesen, als wir uns kennenlernten, dann hätte ich deutlich früher herausgefunden, wer du bist, und das hätte dir eine Menge Ärger erspart.«

Ein unbeeindrucktes Grinsen formte sich auf Scarletts Lippen. »Willst du damit sagen, dass ich einem vollkommen Fremden, der mich eindeutig nicht leiden konnte, als wir uns kennenlernten, einfach so intimste Details hätte anvertrauen sollen?«

Sorin seufzte geduldig. »Meine liebste sturköpfige Gattin, von jetzt an gibt es keine Geheimnisse mehr zwischen uns. Keine geheimen Pläne, sich gegenseitig in einem anderen Land zu überraschen.«

»Sorin Aditya«, sagte Scarlett, trat zu ihm und schlang die Arme um seinen Hals. »Ich vertraue dir alles an, was ich bin. Von heute an werde ich dir nichts mehr verheimlichen. Das schwöre ich bei den Mächten des Schicksals.«

»Du glaubst nicht an die Mächte des Schicksals«, merkte Sorin an.

»Also gut, dann schwöre ich bei meinem Leben«, antwortete sie augenrollend. »Gibt es noch etwas, das *du* mir gestehen musst?«

»Nicht direkt ein Geheimnis, aber etwas, das du über mich und Talwyn wissen solltest«, begann Sorin zögerlich. Scarlett warf ihm einen misstrauischen Blick zu und löste sich einmal mehr von ihm. Sie lehnte sich an die Wand, verschränkte die Arme vor der Brust und wartete, dass er fortfuhr. Er atmete tief ein und lehnte sich zurück an die Kommode hinter ihm. Sich mit beiden Händen abstützend, sagte er: »Nach dem Verschwinden deiner Mutter besuchte ich das Orakel in der Hoffnung, dass es mir sagen könnte, wo Eliné sich aufhielt.« Scarlett hob überrascht die Brauen, sagte jedoch nichts. »Ich drang uneingeladen in das Reich der Hexen ein und bat die Oberhexe, mich zu der Seherin zu bringen. Es war mir egal, ob sie mich tötete. An diesem Punkt wünschte ich es mir beinahe, aber nachdem ich drei Nächte in ihrem Kerker verbracht hatte, hat sie mich persönlich hingebracht. Nun wird mir klar, dass ich vermutlich nur deshalb verschont wurde, weil deine Mutter dort war.«

»Cyrus wusste nichts davon? Oder Briar?«, fragte Scarlett leise.

»Niemand«, meinte Sorin und schüttelte den Kopf. »Das Orakel verriet mir natürlich nicht, wo Eliné hingegangen war oder warum. Sie schnitt in meine Handfläche und ließ mein Blut in eine Wahrsageschale tropfen. Nachdem sie lange hineingestarrt hatte, offenbarte sie mir etwas, das … ich kann nicht einmal beschreiben, wie ich mich dabei fühlte. Panisch? Wütend? Sie sagte, die Tochter einer Königin sei meine Zwillingsflamme.«

Scarlett riss die Augen auf. »Du dachtest, Talwyn ist deine Zwillingsflamme?«

Sorin schüttelte den Kopf. »Das erschien mir völlig abwegig. Ich konnte mir nicht vorstellen, sie je auf diese Weise zu lieben. Ich hatte sie aufwachsen gesehen. Ich liebte sie als die Tochter einer engen Freundin. Nicht mehr. Der Gedanke, dass sie meine Zwillingsflamme sein könnte, entsetzte mich. Und noch schlimmer: Talwyn glaubte, ihre eigene Zwillingsflamme gefunden zu haben. Sein Name war Tarek. Sie hatten sich zeichnen lassen und stellten sich den Prüfungen. Dieser tiefe Graben zwischen mir und Talwyn? Der ist zum größten Teil meine Schuld. Nach dem Besuch bei dem Orakel wusste ich nicht mehr, was ich glauben sollte. Ich glaubte, dass sie die Prüfungen nicht bestehen würden, und hasste den Gedanken, dass sie die Person war, von der ich glaubte, dass es mir bestimmt war, sie auf diese Weise zu lieben. Ich wusste, dass sie mich hassen würde, wenn ich es ihr je sagte. Sie liebte Tarek mit allem, was sie hatte.«

Scarletts Gedanken rasten wild in ihrem Kopf, während sie sich noch einmal an die Begegnungen zwischen Talwyn und Sorin erinnerte, derer sie Zeugin geworden war. »Dort im Hof, als sie dich fragte, ob deine Liebe für sie mit meiner Mutter gestorben sei?«

»Natürlich wusste ich da schon, dass *du* diejenige bist, die das

Orakel meinte, aber ja. Ich konnte voll und ganz verstehen, warum sie diese Dinge sagte. Ich habe sie nie wirklich gehasst, aber ich habe gehasst, was ich glaubte, dass sie für mich sein sollte. Und dann machten wir uns auf die Rettungsmission für deine Mutter.« Sorin fuhr sich durchs Haar. »Götter, Scarlett, du magst mich nicht für Elinés Tod verantwortlich machen, aber Talwyn tut es. Und sie macht mich für den Tod ihrer Zwillingsflamme verantwortlich, weil auch Tarek Teil dieser Mission war. Talwyn hatte zwei der Ihren mit mir geschickt und darauf vertraut, dass ich sie finden würde, und er war derjenige, der … Da sind so viel Schmerz und Zorn und Konflikt, die ich hätte vermeiden können. Die Dinge hätten so anders verlaufen können …«

Stille senkte sich zwischen ihnen, als er seinen eigenen Gedanken nachhing. Scarlett musterte ihn, sah den Kummer und die Scham in seinen Zügen. Sie schluckte schwer und trat zu ihm. »Ein uralter Unsterblicher hat mir einmal gesagt, dass wir alle schlechte Entscheidungen treffen, aber nichts daran ändern können. Man geht damit um. Man lernt daraus. Man geht demütiger daraus hervor. Aber man darf nicht zulassen, dass sie einen definieren. Dass sie einen formen.« Sie ließ die Fingerspitzen sanft seine Wange entlang und über seinen Kiefer gleiten. »Genau wie ich mir nicht die Dinge wegwünsche, die mich zu der gemacht haben, die ich heute bin, darfst auch du dir diese Dinge nicht wegwünschen. Sie haben uns hierhergeführt. An diesen Ort. Zueinander.«

»Vorsicht, Prinzessin«, sagte er mit einem kleinen Lächeln. »Wenn man dich so hört, könnte man meinen, du glaubst an das Schicksal.«

Scarlett rümpfte die Nase, und er lachte.

»Wir werden gehen und Cassius holen und diese Schlüssel finden. Wir werden mit Mikale fertig, und wir werden mit meiner Cousine fertig«, antwortete Scarlett leise und strich noch einmal mit dem Daumen über seinen Wangenknochen. Sorin hob nun selbst die Hand und legte sie in ihren Nacken, ehe er sich hinunterbeugte und sie küsste. Nach einem Moment löste sie sich und blickte in seine goldenen Augen, ehe sie sagte: »Rayner meinte, dass niemand weiß, wie das Orakel wirklich aussieht. Dass sie jedem anders erscheint.«

»Das stimmt«, antwortete Sorin.

»Was hast du gesehen?«

»Dich«, antwortete er leise.

»Was?«

»Ich dachte, es sei Ashtine. Wegen dem silbernen Haar, schätze ich.«

Er wickelte sich eine Strähne ihres Haars um den Finger. »Rückblickend jedoch warst du es. Es warst immer du«, sagte er. Sie kam ihm erneut entgegen, und er vertiefte den Kuss. Sie fuhr mit den Händen über seine nackte Brust, und er vergrub die Fäuste in ihrem Haar, während er sie an sich zog. »Schon wieder dieser verdammte Hexenanzug«, murmelte er an ihren Lippen.

Sie lachte und trat einen Schritt zurück. »Ich brauche ohnehin ein Bad«, flötete sie und schob sich im Gehen den Hexenanzug von den Schultern.

»Immer noch so durchtrieben«, sagte er und schnalzte mit der Zunge.

Sie lachte nur und setzte ihren Weg zum Bad fort, wo sie wusste, dass dampfend heißes Wasser auf sie wartete.

»Aber nachdem wir keine Geheimnisse mehr voreinander haben wollen …« Sie blieb an der Tür stehen.

»Was?«, fragte Sorin und kniff die Augen zusammen.

»Das Orakel ist Cassius' Cousine.«

»Was?«

Bei dem Entsetzen in Sorins Gesicht musste sie grinsen wie eine Verrückte. Vielleicht hatte Briar recht. Vielleicht genoss sie dramatische Enthüllungen ein wenig zu sehr.

»Das ist unmöglich. Das Orakel ist Jahrhunderte alt. Cassius ist es nicht.«

»Es scheint, als würde das Orakel jedes Jahrtausend oder so ausgewechselt. Wenn eine neue übermächtige Seherin geboren wird.«

»Und du glaubst, dass das Orakel Cassius' Cousine ist, weil …?«, fragte Sorin mit zweifelndem Blick.

»… Hazel es mir heute gesagt hat.«

»Wann? Wann haben diese Worte ihre Lippen verlassen?«

Scarlett rollte mit den Augen. »Sie hat es nicht direkt gesagt. Zwei gingen mit meiner Mutter in das Land der Menschen. Sybil und Juliette. Als ich das Orakel sah, war es Juliette. Als ich …«, Scarlett schluckte, »… als sie starb, hat das scheinbar ihre Essenz oder so etwas freigesetzt, und sie war in der Lage, hierher zurückzukehren und das vorherige Orakel zu ersetzen. Sie hatte Visionen. Schon in Baylorin, bevor das alles passiert ist. So wusste sie überhaupt von mir. Wer ich war. Sie hat ihre Visionen Nuri anvertraut. So wusste Nuri davon.«

»Wenn Cassius und Juliette Cousin und Cousine sind, dann ist Sybil …«

»… die Schwester der Oberhexe«, beendete Scarlett seinen Satz.

Sorin schüttelte einfach nur den Kopf und murmelte: »Ich gehe ins Bett.«

Scarlett lachte auf dem Weg ins Bad.

Eine halbe Stunde später kam sie sauber und erschöpft zurück und mehr als bereit, einfach nur zu schlafen und noch mehr zu schlafen.

Als sie sich jedoch dem Bett näherte, hob Sorin den Kopf. »Deine Schatten«, sagte er leise.

Sie hielt inne und lächelte leicht, während sie die Decke auf ihrer Seite zurückschlug. »Was ist mit ihnen?«

»Sie sind weg.« Er starrte sie fasziniert an.

Sie grinste, und ein Wirbel aus Schatten wand sich über das

Bett, liebkoste seine Wange und löste sich einmal mehr in Luft auf.

»Wie?«

Am Morgen im Bergchalet war ihr bewusst geworden, dass ihre Schatten verschwunden waren. Sie konnte sie dicht unter der Oberfläche spüren, aber sie wirbelten nicht mehr sichtbar um sie herum, solange sie es ihnen nicht befahl.

»Ich liebe meine Dunkelheit, Sorin. Sie ist wunderschön, und ich will sie nicht verschwinden lassen, aber ich brauche sie nur, wenn ich die Sterne aus dem Blick verliere.«

»Du hast das Licht gefunden?« Sie entdeckte ein sanftes Lächeln auf seinen Lippen, als sie die Kerze neben dem Bett ausblies.

»Ich habe gelernt, wo ich hinsehen muss.«

»Oh?«, fragte er, stützte sich auf einen Ellenbogen und blickte auf sie hinunter, während sie sich neben ihn schmiegte.

»Der hellste Stern führt immer nach Hause.«

48

TALWYN

Talwyn Semiria stand in ihren Gemächern in den Weißen Hallen. Sie hatte seit Tagen nicht geschlafen. Jedes Mal, wenn sie die Augen schloss, träumte sie von bösen Omen und allen möglichen Schrecken. Ihre Räume befanden sich im höchsten Turm der Hallen. Sie hatten überall Fenster, sodass sie in alle Richtungen blicken konnte. Im Moment stand sie an einem nordwestlichen Fenster und blickte in Richtung des Hofs des Feuers. Die Dinge hatten sich nicht nach Plan entwickelt. Nein, nichts war so gelaufen, wie es sollte.

Als Talwyn Sorin in das Reich der Sterblichen geschickt hatte, um seine Zwillingsflamme, ihre Cousine, zu finden, hatte sie erwartet, dass sie zurückkehren und Scarlett hierher, in die Weißen Hallen, kommen würde. Danach, so dachte Talwyn, würde sich Scarlett in den Schwarzen Hallen im Süden niederlassen. Sie hatte erwartet, dass zwischen ihnen so eine Art natürliche familiäre Bindung existieren würde. Stattdessen war da Furcht, die sich zu schierer Abneigung gewandelt hatte.

Sorin hatte Scarlett vor ihr versteckt. Zuerst hatte er sie verborgen, und jetzt lebte sie bei ihm. Sie wusste, dass sie Zwillingsflammen waren, aber sie hatte trotzdem erwartet, dass sie *hierher*kommen würde. Scarlett war eine Königin des Fae-Reichs. Sie sollte in den Schwarzen Hallen residieren und sich nicht im Hof des Feuers verkriechen.

Sie spürte einen leichten Windhauch, und Ashtine betrat den Raum. Talwyn wandte sich stirnrunzelnd zu ihrer Freundin um. »Hast du Neuigkeiten?«

Ashtine kam durch den Raum zu ihr und ließ sich geschmeidig in einem Sessel am Fenster nieder. »Du hattest recht«, antwortete sie mit ihrer mystischen Stimme. »Die sterblichen Könige sammeln ihre Kräfte, aber ich habe noch nicht in Erfahrung bringen können, wo sie sie in Position bringen werden. Selbst die Winde wissen es nicht.«

Talwyn antwortete nicht und richtete ihre Aufmerksamkeit wieder auf das Fenster. Es gab keine Hinweise darauf, dass sich auch in anderen Reichen Unsterbliche aufhielten, die sich als Menschen ausgaben. Zumindest hatte Ashtine keine finden können. Aber sie hatten auch nicht gewusst, dass es so etwas im Reich der Sterblichen gab, bis Sorin bei der Sitzung vor einigen Tagen Derartiges behauptet hatte. Wenn die anderen Oberhäupter zustimmten, dann würden sie in wenigen Wochen ein Gipfeltreffen abhalten, und hoffentlich würden sich dann alle der Bedrohung bewusst werden.

Sie war schockiert gewesen, als sie Scarletts Nachricht erhielt, dass Hazel kommen würde. Die Oberhexe war ein absoluter Albtraum gewesen, wann immer sie mit ihr zu tun gehabt hatte. So sehr, dass sie die letzten Male Briar oder Azrael zu ihr geschickt hatte. Wenn sie an die Soldaten und Soldatinnen dachte, die sie an die skrupellosen Hexen verloren hatte, sah sie immer noch rot.

»Ich kann sie jetzt nicht zurückreisen lassen, Ashtine«, sagte Talwyn leise. »Nicht mit so vielen Unbekannten. Sie ist noch nicht bereit, sich ihnen zu stellen.«

Ashtine war still, nachdenklich. Sie waren zusammen aufgewachsen. Beides junge Prinzessinnen, Ashtine im Hof des Windes und Talwyn hier. Ashtines Mutter war zusammen mit anderen Königlichen von Esmeray getötet worden, und ihre Freundschaft hatte sich nur noch vertieft, als später auch Talwyns Mutter ermordet worden war. Talwyn war geistesgegenwärtig und gut darin, in einer verzweifelten Situation schnell zu handeln, während Ashtine sich gerne zurücklehnte und alles auf sich wirken ließ, vermutlich weil sie eine Windgängerin war und viel von ihrer Zeit damit verbrachte, den Winden zu lauschen.

»Ich glaube nicht, dass du sie aufhalten kannst«, antwortete Ashtine schließlich. »Sie scheint extrem entschlossen zu sein.«

»Ihre Entschlossenheit bedeutet nicht, dass es auch die richtige Entscheidung ist«, meldete sich eine männliche Stimme von der Tür.

Talwyn drehte sich um und blickte in Azraels eisige und ernste Miene.

»Genau das. Ich kenne diese Reiche. Ich weiß, wie sie funktionieren. Ich kenne die Geschichte. Sie hat gerade einmal an der Oberfläche gekratzt«, antwortete die Königin.

»Das mag ja alles wahr sein«, unterbrach sie Ashtine. Sie war eine der wenigen Leute, die das wagten, und wenn sie es tat, sprach sie, als wäre es ihr nicht einmal bewusst. »Aber sie wurde im Reich der Menschen großgezogen. Sie weiß mehr über dieses Reich als wir alle. Wenn sie in ein anderes Reich gehen will, dann besser in das als in andere.«

»Aber sie *muss* nicht in ein anderes Reich«, begehrte Talwyn auf.

»Ich kann nicht glauben, dass Aditya das zulässt. Man würde meinen, dass er seine Zwillingsflamme vor derartigen Gefahren bewahren wollte«, meinte Azrael missmutig und durchquerte den Raum, um sich zu ihnen ans Fenster zu gesellen. Er sprach Sorins Namen aus, als wäre es ein vulgärer Ausdruck. Wahrscheinlich weil er für ihn genau das war.

»Ich vermute stark, dass Scarlett sich von niemandem etwas vorschreiben lässt, und eben weil sie seine Zwillingsflamme ist, geht er mit ihr«, antwortete Ashtine schlicht.

»Und verlässt so kurz nach seiner Rückkehr erneut seinen Hof«, murrte Azrael leise.

»Briar wird darüber wachen«, entgegnete Ashtine.

»Briar? Warum nicht Cyrus?«, fragte Talwyn und sah ihre Freundin an.

»Sorins gesamter Innerer Hof geht mit ihr«, antwortete Ashtine. »Wusstest du das nicht?«

»Er will seinen ganzen Hof ohne Abwehr zurücklassen?«, rief Azrael ungläubig. »Das kannst du nicht zulassen.« Diese Worte richtete er an Talwyn.

Talwyn hatte sich wieder dem Fenster zugewandt und blickte hinaus nach Nordwesten. »Ich habe keine Wahl, Azrael. Sie hat Anspruch auf ihre Höfe erhoben.«

»Und du lässt sie einfach hereinspazieren und die Hälfte deines Reichs an sich reißen?«

»Diese Hälfte war von Beginn an nicht *meine*«, gab Talwyn zurück. Stille senkte sich über den Raum. Dann sagte Talwyn zu Azrael: »Scarlett hat mir eine Nachricht gesandt, dass Hazel das Gipfeltreffen besuchen wird. Haben wir etwas von Rosalyn oder den Gestaltwandlern gehört?«

»Arianna und Stellan haben gesagt, dass sie kommen werden. Ich warte noch auf Rosalyns Antwort«, meinte Azrael. Er lehnte jetzt mit vor der Brust verschränkten Armen an der Wand.

»Das überrascht mich nicht«, antwortete Talwyn. »Rosalyn hat ihr Reich noch nie verlassen. Das letzte Mal, als ein Gipfeltreffen einberufen wurde, war sie noch nicht die Contessa.«

»Das letzte Mal, als ein Gipfeltreffen einberufen wurde, hielt niemand der aktuellen Oberhäupter seine Position«, meinte Azrael finster.

»Und was ist mit dem Reich der Menschen? Werden sie durch einen Repräsentanten bei dem Gipfeltreffen vertreten?«, fragte Ashtine leichthin.

»Die Sterblichen sind überhaupt der Grund für dieses Gipfeltreffen«, schnaubte Azrael.

»Aber sie sind direkt betroffen«, antwortete Ashtine. Sie erhob sich aus dem Sessel und sagte: »Ich denke, du wirst herausfinden, dass auch Königin Scarlett sie repräsentiert sehen will.« Sie legte den Kopf schräg, als lauschte sie auf etwas. »Ich muss gehen.« Dann fegte eine Phantombrise durch den Raum, und sie war verschwunden.

»Ich hasse es, wenn sie das tut«, presste Azrael hervor.

»Man würde meinen, du solltest es mittlerweile gewohnt sein«, meinte Talwyn.

»Das bedeutet nicht, dass es mir gefallen muss, wenn sie während einer Besprechung einfach so verschwindet«, gab Azrael zurück.

»Du bist heute wirklich besonders übel gelaunt, Az«, sagte Talwyn und warf ihm einen Blick zu. »Du bist doch nicht immer noch böse, weil ich dir Informationen vorenthalten habe?«

»Du hättest es mir sagen sollen«, knurrte er.

»Ich habe dir gesagt, dass ich nichts verlauten lassen wollte, bevor ich mir sicher war«, gab sie zurück. »Du bist nur wütend, weil Sorin einen Narren aus dir gemacht hat.«

»Man würde meinen, du würdest deinem Stellvertreter solche Dinge anvertrauen«, presste er durch zusammengebissene Zähne hervor.

»Man würde meinen, als mein Stellvertreter würdest du mich nicht hinterfragen«, knurrte sie zurück.

Die beiden Fae starrten sich einen Moment lang an, dann kniff Azrael die Augen zusammen. »Wann hast du das letzte Mal geschlafen?«

»Mir geht es gut«, seufzte Talwyn und richtete ihren Blick wieder nach Nordwesten.

»Du hast dunkle Ränder unter den Augen. Du brauchst Schlaf,

Talwyn. Du hast in den letzten Tagen eine Menge Magie verbraucht«, sagte Azrael, und sein Tonfall klang jetzt etwas sanfter.

Talwyn wusste von den Gerüchten um sie. Sie wusste, dass die meisten Azrael für ihren Liebhaber hielten, und obwohl sie hin und wieder ihren Spaß gehabt hatten, war es mehr Ablenkung und Druckabbau gewesen als echte Intimität. Sie wusste ehrlich nicht, ob sie ihre Beziehung zu Azrael richtig beschreiben konnte, aber er war für sie da gewesen. Als ihre Tante sie verlassen hatte und Sorin … Sie konnte immer noch nicht aussprechen, was Sorin getan hatte. Es war die Wahrheit gewesen, als sie ihm entgegengeschleudert hatte, dass seine Liebe für sie mit ihrer Tante gestorben sei. Nach weniger als einem Jahr auf dem Thron war sie das erste Mal in den Shira-Wald gezogen worden. Maliq war dort gewesen, zusammen mit Rinji und Nasima, und in diesem Moment hatte sie gewusst, wer ihr innerster Zirkel sein würde. Sie hatte Sorin weggeschickt und sich direkt an Azrael gewandt. Eine Weile war es seltsam gewesen. Sie hatte noch so viel zu lernen gehabt, während Azrael seinen Hof bereits seit Jahrzehnten regierte. Er hatte sich Ashtines seltsamen Angewohnheiten anpassen müssen.

Aber als Tarek ums Leben gekommen war, hatte sie fast den Verstand verloren. Sorin war zu sehr damit beschäftigt gewesen, Cyrus zu trösten, und Ashtine führte ihre Beziehungen nicht wie normale Leute. Weil sie nicht gewusst hatte, an wen sie sich wenden sollte, war sie zu Azrael gegangen. Der Erdprinz hatte lediglich geblinzelt, als sie aus der Luft in seinen Wüsten-Alcazar getreten war. Sie war schluchzend auf dem Boden zusammengebrochen. Zuerst hatte ihre Tante sie verlassen, dann war ihr Tarek entrissen worden. Und Sorin? War für das alles verantwortlich. Azrael hatte sofort alle aus dem Raum geschickt. Er hatte stumm die Arme um sie gelegt und sie gehalten, während sie weinte. Niemand sprach auch nur ein Wort. Sie hatte sich in den Schlaf geweint und war in seinen Schlafgemächern aufgewacht, wo er an einem Schreibtisch am anderen Ende des Raumes saß und diverse Papiere durchsah. Als sie sich aufsetzte, drehte er sich zu ihr um, und alles, was sie sagte, war: »Auf uns wartet Arbeit, Prinz.«

Seitdem waren sie, was sie jetzt waren. Seitdem hatte er sie besser kennengelernt als irgendjemand sonst, und nicht deshalb, weil sie hin und wieder das Bett teilten. Er wusste, wann er sie herausfordern musste und wann er sie besser in Ruhe ließ. Er kannte jede ihrer Launen. Er hatte ihr die Feinheiten ihrer Erdmagie beigebracht. Er hatte ihr geholfen, ihr *Reisen* zu verbessern, weil er der einzige andere bekannte *Reisende* in den Höfen war.

»Was ich brauche, ist eine Ablenkung«, sagte sie und wandte sich ihm voll zu. Sie schenkte ihm ein katzenhaftes Lächeln, doch es erreichte ihre Augen nicht.

Azrael bedachte sie lediglich mit einem scharfen Blick und sagte noch einmal: »Du brauchst Schlaf.« Er wies mit dem Kinn auf das Bett auf der anderen Seite des Raumes. Talwyn sah ihn finster an und verschränkte die Arme vor der Brust. Azrael musterte sie, und seine Miene wurde nachdenklich. »Warum willst du nicht schlafen, Talwyn?«

»Es ist so viel zu tun«, sagte die Königin, winkte ab und wollte den Raum verlassen. Schneller, als sie wahrnehmen konnte, schloss Azrael die Distanz zwischen ihnen und packte sie am Handgelenk.

»Unsinn. Warum schläfst du nicht?«

Seine braunen Augen bohrten sich in ihre jadefarbenen, und sie starrte ihn finster an. Giftig zischte sie: »Weil meine Träume nicht angenehm sind und ich fürchte, dass es sich gar nicht um Träume handelt.«

Azrael zog sie an sich, und sie versteifte sich bei der Nähe. Er begann, über ihren Rücken zu reiben, und einen Augenblick später entspannte sie sich an ihm. Ihre Lider wurden schwer. »Wirst du bleiben?«, fragte sie leise.

»Ich werde nicht von deiner Seite weichen«, antwortete Azrael und führte sie zum Bett. Sie trug schwarze Hosen und ihre übliche weiße Tunika. Als sie auf das Bett kletterte, schlüpfte Azrael aus den Stiefeln und glitt auf die andere Seite, wo er Kissen unter seinen Rücken schob. Er nahm ein Buch aus einem Sandwirbel und sagte: »Wenn du aufwachst und immer noch eine Ablenkung brauchst, dann bin ich nur zu gerne bereit.«

»Idiot«, murmelte sie, als er es sich neben ihr gemütlich machte. Sie war sich ziemlich sicher, dass der sonst sehr ernste Fae nur in ihrer Gegenwart scherzte.

Nach einer langen Pause sagte sie: »Sorin passt auf sie auf, oder?«

»Sorin wird sein Leben riskieren, damit sie nicht zu Schaden kommt, Talwyn. Er ist ihre Zwillingsflamme«, antwortete Azrael. Sein Tonfall war hart und angespannt.

»Das habe ich befürchtet«, antwortete sie.

Sie spürte Azraels Finger an ihrer Stirn, als er begann, mit langen, entspannenden Zügen ihre Wange zu streicheln, ihr Haar. »Dass Sorin sein Leben für sie geben würde?«

»Dass sie ihr Leben für seines geben wird«, flüsterte sie zurück, als sie die Augen schloss und das Reich ihrer Träume betrat.

49
SCARLETT

Als Scarlett in ihren Gemächern erwachte, schlief Sorin noch friedlich neben ihr und hatte den Arm schützend über ihre Mitte gelegt, wie er es beinahe jede Nacht tat, seit sie hier schlief. Gestern Abend war sie schnell eingeschlafen, während Sorin mit langen und tröstlichen Strichen ihren Rücken und ihre Seite gestreichelt hatte. Trotz der ereignislosen Nacht tiefen Schlafs, die sie hinter sich hatte, fühlte sie sich noch völlig erschöpft. Sie hätte den ganzen Tag weiterschlafen können. Sie betrachtete den schlummernden Fae neben sich. Seine Züge waren weicher als sonst, und nur für einen Moment gestattete sie sich, sich vorzustellen, wie es wäre, wenn sie einfach zwei normale Menschen gewesen wären. Einfach nur jeden Morgen so aufzuwachen, ohne eine Million von Verpflichtungen, die ihre Aufmerksamkeit erforderten. Aufzuwachen, in Nachtkleidern zu frühstücken und keinen Sitzungen beiwohnen, Leute töten und Kinder retten zu müssen, aber …

Königin.

Prinz.

Sterbliche Könige.

Verdammter Mikale.

Vorsichtig, um Sorin nicht zu wecken, setzte sich Scarlett auf und überlegte, sich in den Raum unter der Bibliothek zu schleichen und ein paar Bücher herauszusuchen, die sie mit nach Baylorin nehmen konnte. Sie würde schnell sein müssen. Sorin würde bald aufwachen.

Leise setzte sie die Füße auf den Marmorboden und zischte bei der Kälte. Einem Feuerprinzen machte das natürlich nichts aus. Ein dunkler Schatten lenkte ihre Aufmerksamkeit in eine Ecke, wo Shirina saß. Ihr Schwanz fegte hin und her, und ihre silbernen Augen leuchteten.

Scarlett blickte zur Decke und stöhnte innerlich. Eigentlich hatte sie vorgehabt, Callan aufzusuchen, um ihm alles zu erklären und anzukündigen, dass er nach Hause zurückkehren würde. Geschmeidig glitt sie vom Bett, griff nach ihrem Seidenmorgenrock und zog ihn über ihr Nachthemd. Leise tapste sie zu dem Panther, blieb vor ihm stehen und verschränkte die Arme. »Wenn ich dich anfasse, bringst du mich irgendwohin, oder?«, flüsterte sie der riesigen Katze zu. Sie musste beinahe doppelt so groß wie ein normaler Panther sein. Shirina legte einfach nur den Kopf schräg, wie Katzen es gerne taten. »Dieses Mal ziehe ich mich zuerst um, du zu groß geratene Katze.«

Eilig schlüpfte Scarlett in eine dunkelgraue Hose und eine Tunika in der gleichen Farbe, die mit Silberfäden durchwirkt war. Sie glitt in ihre Hexenstiefel und legte das Hexenlederzeug und diverse Waffen an. Das Seelenschwert trug sie auf dem Rücken, als sie zurück in das Schlafzimmer trat. Shirina erhob sich bei ihrem Erscheinen.

Scarlett sah zu Sorin hinüber, der sich leicht regte. Oh, er würde fuchsteufelswild sein, wenn er aufwachte und feststellte, dass sie verschwunden war. Shirina knurrte, und Scarlett wusste, was sie meinte – es war eine Warnung, dass er nicht mitkommen konnte. Bei dem Knurren jedoch flogen Sorins Augen auf.

»Es tut mir leid« war alles, was Scarlett noch sagen konnte, als sie die Hand nach dem Panther ausstreckte.

»Nein!«, brüllte Sorin, die Augen groß vor Zorn und Schrecken, als Scarlett durch einen Riss in der Welt gezogen wurde.

SORIN

Er konnte sie nicht spüren. Er warf sich weiter und weiter jene Brücke hinunter, doch er konnte sie nicht finden.

Scarlett!

Er schrie ihren Namen wieder und wieder durch ihre Verbindung. Er stürmte aus ihren Gemächern, Flammen züngelten über seinen Körper, während seine Lederrüstung und Waffen sich an ihm materialisierten.

Wie konnte es sein, dass er sie nicht spürte?

Ein Feuerportal öffnete sich vor ihm, und er schritt hindurch und direkt in die Weißen Hallen, gleich vor die Tür zu Talwyns Privatgemächern. Flammen wanden sich um seine Handgelenke und zogen eine Spur hinter ihm. Er trommelte an die Tür, rief ihren Namen.

Die Tür öffnete sich, und er stand nicht Talwyn gegenüber, sondern Azrael Luan.

Der Erdprinz sah ihn verächtlich an. Sorin bleckte die Zähne. »Wo ist Talwyn?«

»Nicht hier«, knurrte Azrael zurück.

»Und was machst *du* dann hier?«

»Ich hatte eine Besprechung mit der Königin, ehe sie gehen musste«, antwortete Azrael mit tödlicher Ruhe.

»Wo hat sie sie diesmal hingebracht?«

»Wovon sprichst du?«, entgegnete Azrael düster, trat aus dem Raum und schloss die Tür hinter ihm.

»Shirina. Talwyn hat den Panther schon einmal zu ihr geschickt, und da wurde sie ins Königreich der Hexen gebracht. Wo hat sie sie diesmal hingeschickt?«, keuchte Sorin, während er jedes Quäntchen Selbstbeherrschung aufbrachte, um den Fae vor sich nicht gegen eine Wand zu schleudern.

»Ich weiß es nicht«, presste Azrael hervor.

Sorin schnaubte ungläubig. »Diese verdammten Königinnen und ihre Geheimnisse.« Er warf einen Feuerball gegen eine der Wände und hinterließ einen Rußfleck auf dem weißen Marmor.

»Genug jetzt, Aditya«, fauchte Azrael, und Sorin hob ruckartig den Kopf bei seinem Tonfall. Er klang beinahe nervös.

»Wo ist Talwyn?«, fragte Sorin langsam.

»Ich weiß es nicht«, fuhr Azrael ihn an. »Ich habe sie geweckt, als Maliq im Raum auftauchte. Sie ging zu ihm, und als sie ihn berührte …«

»… hat er sie irgendwohin gebracht«, beendete Sorin den Satz. »Sie schien nicht zu wissen wohin?«

»Ich glaube nicht, dass sie vorhatte, *irgendwohin* zu gehen«, antwortete Azrael knapp. »Sie nahm sich einen Dolch von ihrem Nachttisch, aber sie trug Freizeitkleidung. Sie hatte nicht einmal Stiefel an.«

Die beiden gingen die Treppe hinunter zu den Sitzungssälen. Sorin hob die Hand und sandte eine Feuernachricht an seinen Inneren Hof und Briar, während Azrael seinem inneren Zirkel Sandwirbel zukommen ließ. Einen Augenblick später trat Ashtine direkt vor ihnen aus den Winden.

»Was für ein ungewöhnlicher Anblick«, sagte sie und beäugte die beiden neugierig. Sorin hatte Ashtine schon immer irgendwie anders gefunden, um es milde auszudrücken, aber sie war scharfsinnig und in Sachen Verstohlenheit nicht zu schlagen. Als Windgängerin wusste sie von den Geheimnissen, die die Winde mit sich trugen, und seine Schutzzauber waren gezielt so konstruiert, dass sie nichts hören konnte, was in seinem eigenen Heim gesprochen wurde.

»Weißt du, wo die Königinnen sind, Ashtine?«, fragte Azrael, ohne ihren Kommentar zu beachten.

»Ich habe keine Ahnung.«

Die drei gingen weiter zu den Sitzungssälen, wo sie ihre Höfe und Briar mit seinen Leuten vorfanden. Nasima flog in den Raum und ließ sich auf Ashtines Schulter nieder. Einen Augenblick später trat neben ihr ein Fae aus einem Wirbelwindportal. Ermir, Ashtines Stellvertreter im Hof des Windes. Ermir schloss sich ihnen nur selten bei Sitzungen an. Während die Prinzen ihre Stellvertreter beinahe immer mitbrachten, tat Ashtine das nie. Sie musste es auch nicht. Die Winde warnten sie vor allen Gefahren, bevor sie sich ihr auch nur nähern konnten. Die Tatsache, dass sie ihn gerufen hatte, ließ Sorin angst und bange werden.

»Was geht hier vor?«, fragte Briar, als der Wirbel sich schloss. Er richtete die Frage in den Raum hinein, doch sein Blick lag auf Ashtine.

»Die Königinnen sind verschwunden«, antwortete sie schlicht, als würde diese Angelegenheit keiner weiteren Erklärungen bedürfen.

»Was meinst du damit, sie sind verschwunden?«, rief Eliza neben Cyrus. Eliza hatte keine Geduld für irgendwen, und schon gar nicht für Ashtine und ihre Eigenarten.

»Sie meint damit«, mischte Sorin sich ein, ehe Ashtine etwas sagen konnte, was Eliza noch mehr auf die Palme bringen würde, »dass die Königinnen irgendwohin geschickt wurden. Shirina erschien vor etwa zwanzig Minuten in unseren Gemächern und nahm Scarlett mit sich.«

»Und Maliq hat dasselbe mit Talwyn getan«, fügte Azrael hinzu.

»Die Königreiche der Hexen?«, fragte Cyrus und hob eine Braue.

Sorin schüttelte den Kopf. »Ich spüre sie dort nicht.«

»Du hast nichts gehört?«, fragte Briar erneut an Ashtine gerichtet.

Sie legte den Kopf schräg, als lauschte sie etwas, und antwortete dann: »Nichts. Die Winde wissen von nichts.«

»Sie können nicht einfach verschwunden sein«, rief Azrael. Er drehte sich zu Sorin um. »Du bist der mit der Zwillingsflamme. Kannst du sie nicht ausfindig machen?«

Sorin fletschte die Zähne. »Ich kann sie nicht in den Territorien spüren. Ich kann sie nirgendwo spüren.« Sein Blick wanderte zu Rayner, der den wortlosen Befehl sofort verstand, lediglich nickte und dann in einer Rauchwolke verschwand, um die Länder nach ihr zu durchkämmen.

»Weil sie sich nicht in den Territorien aufhalten.« Ermirs Stimme war ruhig und besonnen. »Nicht in den Territorien dieses Kontinents zumindest.«

Alle sahen ihn an. Nun, alle bis auf Ashtine, die weiterhin etwas lauschte, das niemand sonst hören konnte. Sie ging zum Fenster und erlaubte es ihrem Stellvertreter weiterzusprechen, als wüsste sie bereits, was er sagen wollte.

Ermir war einer der Ältesten unter den Anwesenden. Er war jung gewesen, als Ashtines Eltern den Hof des Windes regierten, und hatte auch in Königin Hennas Innerem Hof gedient. Er hatte silbernes Haar, ähnlich wie Ashtine und Scarlett, und war mindestens so scharfsinnig und schlau wie die Prinzessin.

»Wo sollten sie sein, wenn nicht auf diesem Kontinent?«, überlegte Azrael laut. »Warum würde Sorin nicht in der Lage sein, seine Zwillingsflamme zu spüren?«

»Weil die Dunkelheit ihre eigenen Kräfte hat. Kräfte, die derartige Verbindungen unterdrücken können«, antwortete Ermir. Sein Tonfall war weder düster noch grimmig. Er wirkte einfach neutral. Beinahe, als würde er über das Wetter sprechen.

Bei diesen Worten jedoch erstarrte Sorins Blut zu Eis.

»Willst du damit sagen, sie sind auf der anderen Seite der See?«, fragte Briar ungläubig.

»Möglicherweise«, antwortete Ermir nachdenklich. »Oder auch nicht.«

»Wo sonst sollte Dunkelheit sein?«, fuhr Azrael ihn an.

»Dunkelheit existiert überall«, tönte Ashtines melodische Stimme vom Fenster. »Königin Scarlett wird die meiste Zeit von ihr begleitet.«

»Ich schwöre bei Silas«, tobte Azrael. »Ihr beide müsst mit den verdammten Rätseln aufhören und uns Antworten geben. Die Königinnen der Höfe werden vermisst. Wir haben keine Zeit, hier zu sitzen und eurem verworrenen Windhofgeschwätz zuzuhören.«

Ausnahmsweise stimmte Sorin dem Erdprinzen zu.

Ashtine sah Azrael einfach nur mit nachdenklichen himmelblauen Augen an. Ermir war verstummt und trat mit der Hand in der Nähe seiner Waffe neben seine Prinzessin.

Briar trat vor sie, den Rücken zu den anderen. »Ich denke, was die anderen meinen, Ashtine, ist, dass die Zeit drängt. Wenn die Königinnen wirklich in Schwierigkeiten stecken, müssen wir wissen, wo sie sind, damit wir ihnen helfen können.«

Ein kleines Lächeln trat auf ihre Lippen, und als sie zu sprechen begann, ruhte ihr Blick unverwandt auf Briar. »Dunkelheit gibt es überall, in jeder Welt, auf allen Ebenen.«

»Allen Ebenen?«, fragte Briar. Er war immer der Einzige außer Talwyn gewesen, der mit Ashtine sprechen konnte, ohne davon in den Wahnsinn getrieben zu werden. Alle schwiegen und ließen die beiden reden.

»Du dachtest doch nicht, dass es nur eine gibt, oder?« Ashtine legte fragend den Kopf schräg. Als Briar nicht antwortete, fuhr sie fort. »Die Ebenen überlappen einander. Sie sind die Zwischenräume zwischen den Welten. Seelentiere nutzen die spirituellen Ebenen, um zwischen den Territorien zu reisen. Aber es gibt noch mehr. Die Dunkelheit lauert dort, auf den Ebenen zwischen den

Sternen, und wartet geduldig, bis jemand eine Tür öffnet, um sie einzulassen.«

»Du willst damit also sagen, dass Shirina und Maliq sie auf eine andere Ebene gebracht haben und Sorin Scarlett deshalb nicht über ihre Verbindung finden kann?«, fragte Briar zögerlich.

»Wenn eine Tür offen gelassen wurde, dann wissen die Seelentiere davon und sind gekommen, um Wesen aus dieser Welt zu holen, die in der Lage sind, diese Tür zu schließen, bevor die Dunkelheit hindurchkommen kann«, antwortete Ashtine.

50
SCARLETT

Scarlett fand sich auf felsigem Untergrund inmitten eines Waldes wieder. Es war kalt, und um sie herum hing dichter Nebel, der es ihr unmöglich machte, irgendetwas zu erkennen, das mehr als einen Meter entfernt war. Sie zog einen ihrer Dolche und blickte hinunter auf den Panther neben ihr.

»Der Wald? Schon wieder?«, murmelte sie leise.

Es war totenstill. Keine Vögel. Keine anderen Tiere. Kein Wind, der die Blätter der Bäume zum Rascheln brachte. Nur vollkommene, unheimliche Stille. Sie setzte sich langsam in Bewegung, tastete nach der Verbindung zu Sorin, spürte jedoch nichts. Sie versuchte, zu *reisen*, wie sie es jetzt schon einige Male getan hatte, aber entweder war sie noch nicht geübt genug, oder sie konnte hier nicht auf diese Magie zugreifen. Shirina blieb einfach stumm an ihrer Seite. Wenigstens war der Panther hier. Obwohl sie sich nicht ganz sicher war, warum sie das tröstlich fand. Jedes Mal, wenn der Panther auftauchte, wurden ihr erschütternde neue Erkenntnisse enthüllt.

Sie fand einen Pfad, der sich zwischen den Bäumen hindurchschlängelte, und folgte ihm, doch als sie das Knacken zerbrechender Äste und Zweige hörte, fuhr sie nach links herum. Sie hielt ihren Dolch fest in der Hand, als ein riesiger schwarzer Wolf neben Talwyn aus dem Nebel trat.

»Wo hast du mich diesmal hingebracht, Cousine?«, fragte Scarlett mit leiser, harter Stimme.

»Ich war das nicht, Scarlett«, antwortete Talwyn. Sie klang erschöpft, als hätte sie seit Tagen nicht geschlafen. »Außerdem möchte ich anmerken: Obwohl ich sagte, dass ich Shirina geschickt habe, damit sie dich zu dem Orakel bringt, war es mehr ein Vorschlag meinerseits. Sie lässt sich nur von wenigen etwas befehlen.«

Scarlett richtete sich auf und musterte die Königin. Sie war barfuß, trug lediglich schwarze Hosen und eine weiße Tunika. Bis auf den Dolch in ihrer Hand hatte sie keine weiteren Waffen bei sich. Sie hatte sie nie in irgendetwas anderem als ihren braunen Hosen, weißem Oberteil und bis an die Zähne bewaffnet gesehen.

»Maliq hat dich hergebracht?«

Talwyn nickte knapp. »Obwohl eine Warnung nett gewesen wäre, dann hätte ich wenigstens Stiefel anziehen können«, murrte sie.

»Du hast an deinen Dolch gedacht, aber keine Stiefel angezogen?«, fragte Scarlett ungläubig.

»Du wirst noch feststellen, dass es in der Regel nicht klug ist, Zeit zu verschwenden, wenn ein Seelentier erscheint und will, dass man es begleitet«, antwortete Talwyn überheblich.

Der schwarze Wolf war zu ihnen getrottet und hatte sich neben dem Panther niedergelassen. Jadefarbene und silberne Augen beobachteten die beiden Cousinen.

»Was wollen sie?«, fragte Scarlett Talwyn.

»Ich weiß es nicht«, antwortete ihre Cousine ein wenig gereizt.

»Ich nehme an, wir befinden uns im Shira-Wald?«, versuchte Scarlett es noch einmal.

»Nein.«

»Nein?«

»Ich bin mir nicht sicher, wo wir sind«, fuhr Talwyn sie an und stapfte an ihr vorbei. »Ich hatte gehofft, dass du es wissen würdest.«

Scarlett drehte sich um und folgte ihr den Pfad hinunter. »Warum sollte ich wissen, wo wir sind?«

»Ich sagte, dass ich *hoffte*, dass du es weißt. Scheinbar war diese Hoffnung fehlgeleitet. Wir sind hier, weil man uns etwas zeigen will«, sagte Talwyn. Maliq und Shirina trabten mittlerweile voran. »Was hat der Feuerprinz dir über Seelentiere erzählt?«

Scarlett steckte ihren Dolch ein und folgte den beiden. »Dass sie die Verbindung zwischen einer Person und einer der Gottheiten sind. Dass sie jenen, an die sie gebunden sind, als eine Art Orientierungshilfe dienen.«

»Ja und nein«, sagte Talwyn und schüttelte den Kopf. »Ja, sie sind an uns gebunden und sie helfen uns, aber sie verfolgen ihre eigenen Ziele und dienen ihren wahren Meistern.«

»Den Göttern«, meinte Scarlett zweifelnd. Sie hatten jetzt den Rand des Waldes erreicht und waren langsamer geworden. Vor ihnen erstreckte sich nur noch felsiges Ödland, und als sie den Schutz der Bäume verließen, blieben sie ganz stehen.

»Ja, den Göttern. Es gibt hier etwas, von dem wir erfahren sollen. Von deiner Existenz weiß ich zum Beispiel, weil Maliq mich zu dem Orakel geführt hat«, antwortete Talwyn schlicht.

»Und es kommt unerwartet, dass Lady Celeste euch hierhergebracht hat«, meldete sich eine kühle, berechnende Stimme hinter ihnen.

Die Königinnen wirbelten herum und fanden sich dem schönen Mann gegenüber. Er hatte sein schulterlanges silbernes Haar zurückgebunden, und ein Adler hockte auf seiner Schulter. Er war ganz in Schwarz gekleidet wie all die anderen Male, als Scarlett ihn gesehen hatte, und seine silbernen Augen richteten sich direkt auf sie.

Talwyn hatte die Hand mit dem Dolch gehoben, bereit, ihn zu werfen, und knurrte: »Wer zur Hölle seid Ihr?«

»Immer mit der Ruhe, Königin der Fae«, meinte der Mann gelassen. »Ich werde dir diesmal nichts tun.«

Diesmal?

O Götter. In Scarletts Geist blitzte der Traum auf, den sie vor einigen Monaten hatte. Ein Traum, in dem er im Raum und Talwyn an eine Wand gekettet gewesen war, wo sie vor Schmerz schrie. Sie hatte Sorins Namen gerufen.

Talwyns Gesicht war merklich blasser, während sie den Mann ansah, und Scarlett schob sich automatisch vor sie.

»Es ist eine Weile her«, sagte Scarlett gelassen zu dem Mann. »Sind meine Träume dieser Tage nicht mehr interessant genug für Euch?«

Ein Lächeln zuckte auf den Lippen des Mannes, doch es kam nie ganz zustande. »Ist dir je der Gedanke gekommen, dass ich vielleicht auch noch anderes zu tun habe, als in deinen Träumen herumzuspuken?«

»Nein, nicht wirklich«, erwiderte sie.

»Wer zur Hölle seid Ihr?«, verlangte Talwyn noch einmal zu wissen und kam wieder an Scarletts Seite. Die Furcht war verschwunden, stattdessen war da nur noch tödlicher Zorn.

Der Mann sah sie lediglich an, ehe er seine ganze Aufmerksamkeit erneut auf Scarlett richtete. »Geh ein Stück mit mir, Lady der Dunkelheit.«

»Wo sind wir?«, fragte Scarlett und trat an seine Seite.

Vielleicht war sie gar nicht aufgewacht. Vielleicht war das hier in Wirklichkeit ein Traum, und sie würde bald neben Sorin aufwachen.

»Das hier ist real«, sagte der Mann, der ihre Gedanken zu lesen schien. »Und du hast recht. Du hast nichts von mir zu befürchten.«

»Dem kann ich nicht zustimmen«, murmelte Talwyn, die mittlerweile an Scarletts andere Seite gekommen war.

»*Sie* hat nichts von mir zu befürchten«, sagte der Mann. Dann fügte er mit einem Achselzucken hinzu: »Andere haben dieses Glück nicht, wenn ich ihre Aufmerksamkeit erregen muss.«

»Ihr habt meine Aufmerksamkeit jetzt«, sagte Scarlett, ehe

Talwyn etwas erwidern konnte. »Und gerade seid Ihr übrigens gesprächiger denn je.«

»Wir mussten … uns erst kennenlernen«, antwortete er. »Aber um deine erste Frage zu beantworten: Wir befinden uns auf einer Art spiritueller Ebene. Stell es dir als den Raum zwischen Welten vor.«

»Zwischen Welten?«

»Es kann andere Länder geben, aber nicht andere Welten?«, fragte der Mann schlicht.

»Nun, ich nehme an …« Scarlett sprach nicht weiter. Maliq und Shirina hatten erneut die Führung übernommen, und sie dachte bei sich, was für ein seltsamer Anblick es war, den Panther und den Wolf Seite an Seite trotten zu sehen. Schließlich erreichten sie eine Lichtung, und Scarlett blieb stehen. Es war die Lichtung, auf der sie Callan das erste Mal gesehen hatte. Ihr blieb das Herz stehen, und ihr Magen rebellierte.

»Sind wir in Baylorin?«, hauchte sie.

»Nein. Wir befinden uns allerdings auf der spirituellen Ebene, die jenem Land am nächsten ist. Damit du das hier sehen kannst«, antwortete er. Er wies auf etwas, und dort, genau an der Stelle, wo der Prinz während des Lesens eingeschlafen war, schien die Luft zu schimmern.

Scarlett kam näher und untersuchte die Stelle. Es war, als befände sich hier ein tatsächlicher Riss in der Luft. Es war wie die Nebelwand, wenn sie *reiste*. Sie streckte die Hand aus, um ihn zu berühren, doch kühle Finger geboten ihr Einhalt.

»Was ist das?«, fragte Talwyn, die langsam um das Funkeln herumging.

»In der Tat« war alles, was der Mann sagte.

Ein eisiger Wind fegte über die Lichtung. Der Adler auf der Schulter des Mannes stieß einen durchdringenden Schrei aus und flatterte in die Lüfte. Scarlett zuckte bei dem Laut zusammen.

Der Mann versteifte sich und zog einen von Scarletts Dolchen. Er schnitt sich in seine eigene Handfläche und griff dann nach Scarletts. Sie zuckte vor ihm zurück, doch Shirina war hinter ihr und stupste sie vorwärts.

»Du musst gehen«, zischte der Mann. »Aber da ist noch mehr, was du wissen musst. Das hier wird dir helfen, dich zu erinnern.«

Shirina stupste an ihre Hand, und der Wind wurde stärker.

»Fae-Magie existiert hier nicht«, rief Talwyn über die Böen hinweg. »Ich kann meine Magie hier nicht erreichen.«

»Niemand von uns kann das«, sagte der Mann und griff einmal mehr nach Scarletts Hand. Er schlitzte ihre Handfläche auf und vermischte ihr Blut mit seinem. Dann tauchte er den Finger hinein und riss den Kragen ihrer Tunika nach unten. Das Mal bestand aus zwei umgekehrten Dreiecken mit einer Spirale dazwischen und Sternen an beiden Enden. Es leuchtete grellweiß auf, ehe es sich silberweiß auf ihrer Haut absetzte, genau wie die Sterne auf ihrem Oberarm.

»Du schlägst dich gut, Lady der Dunkelheit«, sagte er. Scarlett hätte schwören können, so etwas wie einen liebevollen Ausdruck in seinen Augen zu sehen. »Vollende die Prüfungen, finde die Schlüssel und komm nach Hause.«

»Nach Hause?«

Doch der Adler kreischte erneut, und der Mann wandte sich an die Königinnen: »Ihr müsst gehen. Ihr dürft hier nicht gesehen werden.«

»Wo gesehen werden? Auf einer spirituellen Ebene?«, fragte Talwyn zweifelnd.

»Was meintet Ihr mit ›nach Hause kommen‹?«, wollte Scarlett erneut wissen.

Doch seidiges Fell streifte ihre Hand, und sie wurde ins Nichts gesogen.

51
SCARLETT

Shirina und Maliq brachten die Königinnen in einen großen Raum, und Scarlett drehte sich langsam im Kreis. In jeder Wand befand sich ein Fenster, und man konnte in alle Richtungen blicken. Am anderen Ende des Raums befand sich ein großes Himmelbett. Die Hälfte der Decken war zurückgeschlagen, als hätte jemand gerade noch darin geschlafen. Ein Buch lag offen und mit den Seiten nach unten auf der anderen Seite des Bettes.

Scarletts Blick landete auf Talwyn, von deren Handflächen ein goldenes Licht ausging, während sie sie langsam in die Luft reckte und sie spürte, wie magische Schutzschilde um sie herum einrasteten. »Ich denke, deine Zwillingsflamme wird gleich an diese Tür trommeln«, sagte Talwyn barsch und machte sich auf den Weg zu etwas, das Scarlett für ihr Ankleidezimmer hielt.

»Das hier sind deine Privatgemächer?«, fragte Scarlett und ließ ihren Blick das Bücherregal an der Wand entlang und über den ordentlichen Schreibtisch daneben gleiten. Sie ging zum Fenster und blickte hinaus. Sie befanden sich oben in einem Turm.

»Ja«, antwortete Talwyn und kam einen Augenblick später in ihrer üblichen Kleidung und Stiefeln wieder aus dem Ankleidezimmer. Wind wirbelte um sie herum, und plötzlich trug sie auch ihre Waffen. »Wenn du dich dazu herablassen würdest, dort zu residieren, wo du es solltest, dann würdest du in den Schwarzen Hallen eine ähnliche Ausstattung vorfinden.«

Scarlett ignorierte den Kommentar, ging zu dem Bücherregal und wanderte mit dem Finger die Buchrücken entlang.

»Wer zur Hölle war dieser Mann?«, fragte Talwyn mit gedämpfter und gefährlicher Stimme.

»Ich weiß es nicht.«

»Für mich sah es so aus, als würdet ihr euch verdammt gut kennen«, gab Talwyn zurück.

Scarlett wollte gerade erklären, dass sie ihn bislang nur in ihren Träumen gesehen hatte, als jemand an die Tür trommelte. »Scarlett? Bist du da drin?«

An der Klinke wurde gerüttelt, und dann polterte Sorin erneut gegen die Tür.

»Ich habe es dir gesagt. Sie hat Schilde errichtet. Du kommst nicht rein«, hörte sie Azrael knurren.

»Es geht ihr gut, Prinz«, rief Talwyn eindeutig verärgert. Dann wandte sie sich wieder an Scarlett und zischte: »Wer ist er?«

»Ich weiß es nicht. Ich habe ihn bislang nur in meinen Träumen gesehen, und er hat erst vor Kurzem begonnen, mit mir zu sprechen. Ich …«

Sie wurde von weiterem Poltern an der Tür unterbrochen.

»Mir geht es gut, Sorin«, rief sie.

»Ich glaube es nicht, bevor ich dich nicht sehe«, gab er zurück.

Oh, er war eindeutig wütend.

»Ich glaube, wir sollten uns auf das konzentrieren, was er uns dort gezeigt hat«, sagte Scarlett und richtete ihre Aufmerksamkeit wieder auf Talwyn. »Diesen Schimmer oder Riss oder was immer es auch war.«

»Es sah definitiv aus wie ein Riss. Wie die, die wir für das *Reisen* verwenden, nur mächtiger«, bestätigte Talwyn.

»Was könnte eine spirituelle Ebene so aufreißen?«, fragte Scarlett, die sich wieder dem Bücherregal zugewandt hatte.

»Ich weiß es nicht«, antwortete Talwyn düster. »Und es wirft die

Frage auf, ob es mehr davon gibt und wie wir sie schließen können.« Scarlett schwieg und überließ Talwyn ihren Gedanken. Sie schweifte selbst ab, bis Talwyn sagte: »Du kannst nicht ins Reich der Sterblichen gehen, Scarlett.«

Augenblicklich geriet Scarletts Blut in Wallung, und Wut blitzte in ihren Augen auf. »Die Entscheidung ist bereits gefallen, und das letzte Mal, als ich nachgesehen habe, warst du immer noch nicht berechtigt, mir Befehle zu erteilen«, sagte sie giftig.

»Wir müssen herausfinden, was dieser Riss ist und wie wir ihn schließen«, widersprach Talwyn nicht weniger heftig.

»Scarlett …« Sorins angespannte Stimme kam von der anderen Seite der Tür. Er musste das Aufbrausen ihres Zorns gespürt haben.

»Vielleicht kannst du das herausfinden, während ich weg bin«, fuhr Scarlett Talwyn an und ignorierte Sorin.

»Du gehörst hierher«, rief Talwyn, »statt im Land der Menschen herumzuspazieren und nach deinen Menschenfreunden zu suchen.«

Flammen im reinsten Weiß erschienen um Scarletts Handgelenke, und die Temperatur im Raum fiel. »Ich hatte nicht den Luxus, in diesen Hallen aufzuwachsen, Talwyn«, sagte Scarlett mit tödlicher Ruhe. »*Ich* bin in Schatten und Dunkelheit groß geworden, mit meinen Schwestern an meiner Seite.« Ihre Schatten sickerten in die Flammen und tauchten den Raum in ein düsteres Leuchten.

Talwyns Augen glitzerten herausfordernd, als ihr Armband sich löste und ein Windstoß die Papiere von ihrem Schreibtisch fegte. »Nein«, rief sie, und ihr Tonfall war so scharf wie die Klinge eines Dolchs. »Du konntest sorglos in den Territorien der Menschen herumtollen, ohne dich um den Rest der Welt zu kümmern, während ich einen Thron besteigen und Entscheidungen in einem Krieg treffen musste, den ich nicht verstand.«

»Talwyn, senk die Schilde.« Dieses Mal war es Azraels Stimme.

»Machst du etwa *mich* dafür verantwortlich, dass ich nicht in einem Land war, von dem ich gar nicht wusste, dass ich dort sein sollte?«, rief Scarlett, und Frost raste wie Spinnweben die Fensterscheiben hinauf. »Hast du eine Ahnung, was ich in Baylorin durchgemacht habe?«

»Nein, Cousine, und es interessiert mich auch nicht wirklich«, antwortete Talwyn verächtlich. »Du hast anscheinend sterbliche Freunde, die es wert sind, alles aufs Spiel zu setzen. *Ich* war vollkommen allein. Deine Zwillingsflamme hat dafür gesorgt.«

»Talwyn!«, schrie Azrael auf der anderen Seite der Tür. Da war ein Hauch von Panik in seiner Stimme, der Scarlett überraschte.

»Oh ja, du warst so allein hier in diesen Hallen«, gab Scarlett bitter zurück und zog das Seelenschwert auf ihrem Rücken. Weiße Flammen wanden sich um die Klinge, und Talwyn hob ihre Peitsche, während sie einen Dolch zog. »Du warst so schrecklich allein, als du mit deiner Mutter und später mit deiner Tante aufgewachsen bist. Mit Sorin und deiner Zwillingsflamme und Azrael. Du warst vollkommen allein, nicht wahr?«

»Talwyn!«, riefen Azrael und Sorin zusammen jenseits der Tür.

Scarlett spürte, wie die Schilde sich senkten, obwohl Talwyn sich nicht regte, und Scarlett bewunderte ihre Macht und Kontrolle, trotz der Wut, die gerade in ihr tobte. Die Prinzen platzten durch die Tür und blieben abrupt stehen, als sie die Szene vor ihnen sahen.

»Scarlett«, sagte Sorin gedämpft, als versuchte er, einen verängstigten Hund in einer Gasse nicht zu verschrecken. »Scarlett, senk das Schwert. Wir gehen nach Hause.«

»*Das hier* sollte ihr Zuhause sein. Die Schwarzen Hallen sollten ihr Zuhause sein«, rief Talwyn und fuhr zu Sorin herum. »Es reicht dir nicht, dass du mir meine Tante und Tarek genommen und mich dann verlassen hast. Du musstest mir *sie* auch noch nehmen? Wie kannst du es wagen, seinen Namen auch nur auszusprechen, und dann noch *ihr* gegenüber.«

Sorin erstarrte mit weit aufgerissenen Augen, und er erbleichte sichtlich.

Scarlett senkte ihre Klingen, während sie zwischen ihrer Zwillingsflamme und ihrer Cousine hin und her blickte. Zu sehen, wie schuldig Sorin sich fühlte, zerstörte sie beinahe, doch zu hören, wie sehr auch Talwyn litt …

»Raus«, fauchte Talwyn und marschierte durch den Raum zur Tür. Azrael kam an ihre Seite, seine Miene hart und unerbittlich. »Ihr beide.« Bei den letzten zwei Worten richtete sie den Blick auf Scarlett.

»Talwyn.« Azraels Stimme neben ihr war grimmig. »Unten wartet ein voller Sitzungssaal auf Antworten.«

Talwyns Wangenmuskeln zuckten, als sie die Zähne zusammenbiss. »In Ordnung« war alles, was sie sagte, ehe sie den Raum mit Azrael im Schlepptau verließ. Scarlett konnte sie hören, wie sie Azrael etwas zuflüsterte, doch selbst mit ihrem neuen Gehör konnte sie es nicht verstehen.

Scarlett wollte ihnen folgen, doch Sorin stellte sich ihr in den Weg und packte sie bei den Schultern. »Es geht dir wirklich gut?«, fragte er, und seine goldenen Augen glitten über ihren Körper auf der Suche nach Anzeichen von Verletzungen.

Scarletts Miene wurde weicher, und sie hob die Hand an seine Wange. »Es geht mir gut, Sorin.« Sie reckte sich auf die Zehenspitzen und hauchte ihm einen Kuss auf die Lippen. Er sagte nichts, sondern zog sie einfach in seine Arme. Er küsste ihren Scheitel, und Scarlett murmelte an seiner Schulter: »Das Gluckenverhalten musst du dir wirklich abgewöhnen.«

Sie spürte, wie er an ihrem Haar lachen musste und sich dann löste, um ihr in die Augen zu blicken. »Ich verstehe, dass deine neue Rolle als Königin bedeutet, dass du manchmal auch Dinge ohne mich an deiner Seite tun musst, aber als ich dich durch die Verbindung nicht *spüren* konnte … Du bist nicht nur meine

Frau und meine Zwillingsflamme, du bist auch meine Königin. Ich werde mir immer Sorgen machen, wenn ich nicht bei dir sein kann. Immer.«

Scarlett wusste nicht, was sie sagen sollte, und strich einfach noch einmal mit den Fingern über seine Wange, ehe sie leise zugab: »Immer so übereifrig.«

Sorin schnippte gegen ihre Nase, und sie ergriff seine Hand und ließ zu, dass er sie aus dem Raum führte.

TALWYN

Sie kamen nur eine Minute oder zwei nach ihr, doch Talwyn musste sich einen bissigen Kommentar verkneifen, als Scarlett und Sorin Hand in Hand und sich gegenseitig anhimmelnd den Raum betraten. Es war eine Ewigkeit her, seit der gesamte Innere Hof sich in den Weißen Hallen versammelt hatte. Hätte sie gewusst, dass auch Scarlett auf die Ebene versetzt werden würde, dann hätte sie Azrael vorgewarnt. Sie hätte vorhergesehen, welche Panik es auslösen würde, wenn beide Königinnen vorübergehend verschwanden.

Talwyn jedoch war es gewohnt, dass Maliq einfach auftauchte und sie an unbekannte Orte brachte. Meistens wusste niemand, dass sie überhaupt weg war. Manchmal war Azrael bei ihr, wenn Maliq auftauchte, aber sie hatte immer so getan, als wäre es geplant gewesen. Als Sorin klar geworden war, dass Shirina Scarlett mitgenommen hatte, war er vermutlich sofort hierhergekommen, in dem Glauben, das Tier hätte wie zuvor auf ihren Befehl gehandelt. Sorins Panik hatte dann vermutlich Azrael alarmiert. Und das hier, dachte sie, während sie finster vom Kopf der Tafel auf die Fae starrte, die sich in ihrem Zuhause versammelt hatten, war das götterverdammte Resultat davon.

Ashtine saß zu ihrer Linken und sah sie mit ihrem üblichen eigenartigen Ausdruck an. Talwyn war es mittlerweile gewohnt, und es störte sie nicht so wie die anderen. Azrael saß zu ihrer Linken, wie immer. Beim Betreten des Sitzungssaals hatte er lediglich gemurmelt: »Geht es dir gut?«

»Ja«, hatte sie knapp geantwortet, und Azrael war in Schweigen verfallen. Er musterte sie jetzt, und seine erdbraunen Augen blickten direkt durch ihre Mauern. Sie mahlte mit den Zähnen. Sie hatte das Gefühl, nur halb da zu sein, während sie und Scarlett den anderen von der Ebene und dem Riss berichteten. Sie wartete, dass Scarlett den Mann erwähnen würde, doch sie tat es nicht.

Talwyn achtete darauf, ihren üblichen leicht verärgerten Gesichtsausdruck zu wahren. Ein hartes Funkeln in den jadegrünen Augen und geschürzte Lippen. Bloß keine Schwäche zeigen. Niemals. Nicht vor den Augen der Höfe.

»Und wir wissen nicht, wie viele von diesen Rissen es gibt oder wo sie hinführen?«, fragte Neve auf der anderen Seite des Tisches.

»Nein«, antwortete Talwyn knapp. Neve schwieg und warf dem Rest des Wasserhofs einen Blick zu.

»Kann man ihn schließen?«, meldete sich Elizas sarkastische Stimme.

Talwyn biss die Zähne noch heftiger zusammen. Sie hasste es, wenn sie hier waren. Wenigstens sprach Azraels Innerer Hof nur selten ein Wort und ließ seinen Prinzen einfach alles regeln. Wenn Briar und Sorin ihre Leute mitbrachten, durften sie alle das Wort ergreifen, wann immer sie wollten. Es war nicht so, dass sie ihre Meinung nicht schätzte, aber es waren so viele Leute mit so vielen Stimmen. »Ich nehme an, deshalb wurden Scarlett und ich dorthin gebracht«, antwortete Talwyn angespannt. Götter, sie hatte ihr Temperament kaum mehr unter Kontrolle. Sie musste aus diesem Raum. Weg von allen. Sie musste raus.

»Aber wie?« Dieses Mal war es Sawyer zu Briars Rechten.

Talwyn spürte, wie ihre Lippen eine dünne Linie formten. Alle sahen sie an.

Als sie von Scarletts Existenz erfahren hatte, war ihre erste Reaktion ein tiefes Gefühl von Erleichterung gewesen. Sie würde die Last des Regierens nicht mehr allein auf ihren Schultern tragen müssen. Sie hatte sich nie bedroht gefühlt von der Vorstellung, gemeinsam zu regieren. Und dennoch saß sie jetzt hier, und alle verlangten weiterhin die Antworten von ihr. Sie saß hier, immer noch ein Baby in Fae-Jahren, regierte ganze Länder, und man erwartete von ihr, die Geheimnisse der Welt und ihrer Götter zu kennen. Sie saß hier, auf einen Thron gestoßen, für den sie noch nicht bereit gewesen war, mit einer Magie, die sie zwar gemeistert hatte und doch manchmal kaum kontrollieren konnte.

Sie wahrte nur mühsam die Beherrschung, und ihre Macht brodelte gleich unter der Oberfläche. Blitze knisterten an ihren Fingerspitzen unter dem Tisch. Sie spürte, wie eine Ranke sich um ihr Handgelenk wand, und als sie hinunterblickte, sah sie, wie kleine violette Blüten daraus sprossen. Ihr Blick glitt zu Azrael, der die Augen leicht verengt und auf sie gerichtet hatte. Für alle anderen sah er aus, wie er es immer tat – ein missmutiger Bastard. Aber sie sah die Anspannung in seinen Schultern, wie bereit er war einzugreifen, sollte sie die Kontrolle verlieren.

»Ich weiß es noch nicht«, antwortete Talwyn gepresst. »Aber ich habe Ideen, denen ich genauer nachgehen werde, sobald wir hier fertig sind. Allerdings glaube ich, dass unsere neue Königin vermutlich mehr Einblick in diese Sache hat als ich.«

Zur Hölle. Wenn Scarlett ihren Führer durch dieses kleine Abenteuer nicht erwähnen wollte, dann würde sie es eben tun.

Aller Augen richteten sich auf Scarlett, die Talwyn finster vom anderen Ende des Tisches anstarrte.

»Sonst hast du doch immer so viel zu sagen, Cousine«, fuhr Talwyn fort. »Und jetzt bleibst du stumm?«

Scarlett legte den Kopf schräg, als würde sie nachdenken, und natürlich musste Sorin sich einmischen. »Vielleicht könntest du erklären, warum du denkst, dass sie mehr weiß, als es den Anschein hat?«

Talwyn lehnte sich zurück, ließ eine Tasse Tee erscheinen und hielt den Blick ihrer Cousine. Sie sah, wie ihre Augen sie herausforderten, noch mehr zu sagen.

Sie hatte es schon mit furchterregenderen Dingen als ihr zu tun gehabt.

Sie nippte an ihrem Tee und sagte: »Wir waren nicht allein auf der Ebene. Wir hatten einen Führer. Einen Mann, den eure Königin allem Anschein nach sehr, sehr gut kennt. Ein Mann, der mit Altaria verbunden ist.«

Sorin riss den Kopf zu seiner Königin herum. »Wer?«

Scarlett hatte die Zähne zusammengebissen, und Talwyn sah, dass sie selbst daran arbeitete, ihr Temperament zu zügeln. Dass ihr Zorn so kurz davorstand, sich Bahn zu brechen, wie Talwyns eigener. Sie schenkte ihr lediglich ein liebenswürdiges Lächeln und nippte noch einmal an ihrem Tee.

Scarlett stieß einen langen Atemzug aus. »Wie ich Talwyn bereits sagte, weiß ich nicht, wer er ist.«

»Du hast definitiv mit ihm gesprochen, als würdest du ihn kennen. Du hast ihn erkannt, sobald er sich gezeigt hat«, gab Talwyn zurück. Wenn Scarlett ihr nicht sagen wollte, was sie wissen musste, um ihr Volk zu beschützen, dann würde sie eben jede verdammte Person in diesem Raum auf ihre Seite ziehen.

»Wie oft hast du ihn gesehen? Wer ist er?«, wollte Sorin von seiner Frau wissen.

»Ich weiß nicht, wer er ist«, wiederholte Scarlett. »Er hat sich in der Vergangenheit in meinen Träumen gezeigt.«

»Mikale?«, fragte Sorin scharf.

Scarlett schüttelte den Kopf. »Nein. Ich meine, er war auch in diesen Träumen, aber dort war er nur ein Beobachter. Er hat nur wenige Male zu mir gesprochen. Ich weiß nicht, wer er ist«, antwortete sie.

»Und er ist mit Altaria verbunden?«, fragte Briar zu Scarletts Linken.

»Das nehme ich an. Sie scheinen eine Verbindung zu haben, die der ähnelt, die ich zwischen Sorin und Amaré gesehen habe.«

»Was hat er zu dir gesagt?«, mischte Sorin sich ein.

»Nichts Wichtiges, sonst hätte ich es dir erzählt«, fuhr Scarlett ihn an und erwiderte seinen Blick.

Ashtines melodische Stimme übertönte alle anderen. »Er ist dir bis jetzt nur in deinen Träumen erschienen?«

Scarletts Blick huschte zu der Prinzessin. »Ja. Er war da, als … als Shirina und ich miteinander verbunden wurden.«

Ashtine stützte lediglich den Kopf auf ihre zierliche Hand und musterte die neue Fae-Königin.

»Wie oft kommt er zu dir?«, fragte Sorin angespannt.

»Er kommt nicht wirklich *zu mir*«, erwiderte Scarlett. Sie schloss die Augen und kniff sich in den Nasenrücken. Kurz blitzten Schatten auf, die sich um ihre Arme wanden, dann waren sie verschwunden. »Er …«

Sorin berührte ihre Hand, und sie riss sie zurück. Talwyn hob überrascht die Brauen. Sie sah zu, wie Sorins Lippen dünn wurden. »Dieser … Mann hat euch zu dem Riss in der Ebene gebracht und euch gesagt, was es ist?«

»Ja.« Scarletts Stimme war hart und scharf.

»Und du glaubst diesem … Traum?«

»Was heute geschehen ist, war eindeutig kein Traum, Prinz.«

»Und was ist mit dir, Talwyn? Glaubst du, was der Mann euch beiden erzählt hat?«, fragte Briar und richtete seinen harten eisblauen Blick auf sie.

»Ich glaube, im Königreich der Menschen halten sich Wesen auf, denen wir nie zuvor begegnet sind. Die Ebene, auf der wir uns befanden, lag direkt über Baylorin. Ich glaube nicht, dass diese beiden Dinge nichts miteinander zu tun haben«, antwortete Talwyn. In den wenigen Minuten, während alle Aufmerksamkeit Scarlett gegolten hatte, hatte sie Gelegenheit gehabt, durchzuatmen und ihre Verärgerung unter Kontrolle zu bekommen.

»Du glaubst, dass sie durch diesen Riss, oder was immer es auch ist, in das Land der Sterblichen gelangt sind?«, fragte Cyrus langsam an Sorins Seite.

»Das ist eine Möglichkeit, ja«, sagte Talwyn. Sie sah die Sorge in seinen Augen, es war dieselbe, die sie in den letzten zwei Tagen wiederholt geäußert hatte. Sie kniff die Augen zusammen, sah Cyrus an und raunte leise: »Sprich es aus, Feuerkrieger.«

Cyrus wand sich leicht, als alle Blicke sich auf ihn richteten, einschließlich der seines Prinzen und seiner Königin. Er nahm einen tiefen Atemzug und beugte sich vor, um an Sorin vorbei zu Scarlett blicken zu können. »Bis wir die Natur dieses Risses kennen, bis wir wissen, wie viele Risse es gibt und wer dieser Mann ist, der dir wiederholt erscheint, wäre es vermutlich klüger, hier zu bleiben und noch nicht ins Reich der Menschen zu gehen. Nur bis wir mehr wissen«, fügte er hastig hinzu, als Flammen in Scarletts Augen erschienen. Das war ihre einzige Reaktion. Sie regte sich nicht. Sie schien kaum zu atmen.

Talwyn blickte ihrer Cousine in die Augen und konnte das leichte triumphierende Lächeln, das sich auf ihre Lippen schlich, nicht unterdrücken. »Du kannst alle meine Warnungen ignorieren, aber wirst du auch den weisen Rat deines eigenen Hofs in den Wind schlagen?«

»Ich glaube, dass bei unserem letzten kleinen Treffen *dein* Hof ebenfalls der Meinung war, dass wir uns sofort um das Reich der Sterblichen kümmern müssen«, antwortete Scarlett. Ihre Stimme war leise, giftig, tödlich.

»Dann sollen andere gehen«, antwortete Talwyn unbekümmert.

»Sie kennen die Königreiche nicht wie ich«, antwortete Scarlett. »Ich muss gehen.«

»Du bist nicht bereit zu gehen. Du bist nicht bereit für das, was dort auf dich wartet«, widersprach Talwyn. Erneut spürte sie, wie ihre Geduld am Ende war. Aus dem Augenwinkel sah sie, wie Azrael sich versteifte. Sie sah die gleiche Reaktion bei Sorin neben Scarlett.

»Nicht bereit?«, fragte Scarlett dunkel. »Du hast keine Ahnung, wofür ich bereit bin.«

»Bist du bereit, dich unbekannten Gegnern zu stellen und gegen sie zu gewinnen?«

»Bist du es?«, antwortete Scarlett.

»Nein. Und deshalb bin ich klug genug, hier zu bleiben«, gab Talwyn nicht minder giftig zurück.

»Nun, dann ist es ja gut, dass ich nicht nur einem oder zwei, sondern sogar drei Maraanischen Lords begegnet bin und noch lebe. Einem von ihnen war dieses Glück nicht vergönnt. Also mache ich mir keine besonderen Sorgen um irgendwelche Gegner, da ich bereits weiß, was sie sind«, erklärte Scarlett.

Talwyn sah ihre Cousine an und blinzelte. Maraanische Lords? Nicht einmal sie wusste, was das sein sollte, doch Ashtine neben ihr ergriff das Wort. Sie war sichtlich blass geworden. »Wo hast du Maraanische Lords gesehen?«

»Du weißt von ihnen?«, fragte Scarlett statt einer Antwort.

»Ist noch einer von ihnen am Leben, dem du dich stellen willst?«

»Mindestens zwei, aber ich vermute, es könnten mehr sein«, antwortete Scarlett.

Talwyn richtete den Blick auf Sorin, doch er wirkte ebenso verloren wie alle anderen im Raum – abgesehen von Ermir. Wie konnte Scarlett von diesen Dingen wissen?

»Ich brauch eine Erklärung, Ashtine«, sagte Talwyn, deren Stimme weicher wurde, als sie mit ihrer Freundin sprach.

Doch Ashtine achtete weiterhin auf niemanden außer Scarlett. »Sicher?«

»Ja, ich lerne die Sprache der Avonleyaner. Ich bin mir sicher.«

Die Windprinzessin hob die Augenbrauen. »Wie?«

Ein verschlagenes Lächeln trat auf Scarletts Lippen. »Du wirst noch feststellen, dass ich sehr geschickt darin bin, Mittel und Wege zu finden.« Dann sah sie Talwyn an: »Und dass ich mehr als bereit bin, mich dem zu stellen, was dort auf mich wartet.«

Talwyn hatte genug. Sie war es leid, zu versuchen, ihre Cousine für sich zu gewinnen, zu versuchen, ihr zu den besten Entscheidungen zu verhelfen. Sie war es leid, sich auf die Zunge zu beißen, um einen gemeinsamen Nenner zu finden zwischen ihr und dieser Fae, die ihr eigentlich helfen sollte, die Dinge in Ordnung zu bringen, aber stattdessen alles nur noch schwerer machte. Sie hatte sich nicht all diese Jahre bemüht, damit die Loyalität eines dummen Mädchens gegenüber ihren sterblichen Freunden alles ins Verderben stürzte.

Talwyn erhob sich, stützte die Hände auf den Tisch und beugte sich in Scarletts Richtung. Eisblaue Augen begegneten ihren jadefarbenen. Azrael schoss neben ihr auf die Beine, und sie sah, dass Briar und Sorin, die sich ebenfalls erhoben hatten, dünne Schilde aus Feuer und Wasser zwischen ihnen errichteten und die Hand wie beiläufig in die Nähe ihrer Waffen legten. »Wenn du im Reich der Sterblichen verschwindest oder getötet wirst«, sagte Talwyn, und es war kaum mehr als ein Flüstern, »dann ist jede Hoffnung verloren. Es geht hier nicht nur um deine kleinen sterblichen Freunde, Scarlett. Es geht um alle Reiche und um jedes Leben darin. Es geht um den ganzen verdammten Kontinent. Wenn wir dich verlieren, ist es unmöglich, die Schlüssel zu finden. Wenn du getötet wirst, dann stürzt du uns alle ins Verderben, Cousine. Wenn du beschließt, dass deine menschlichen Gefährten wertvoller sind als jedes andere Leben in den Reichen … dann bereite dich darauf vor, die alleinige Verantwortung für diese Entscheidung zu übernehmen.«

Damit trat sie durch ihren eigenen Riss in der Welt. Sie spürte Azrael noch nach ihrem Ellenbogen greifen. In ihrem Schlafzimmer machte sie sich bereit, ihre magischen Schilde hochzuziehen, und drehte sich zu Azrael um, der immer noch ihren Arm hielt und sie forschend ansah.

»Lenk mich ab oder verschwinde«, knurrte sie leise.

Er zog sie grob an sich. Sie bleckte die Zähne, bereit, alle ihre Aggressionen und Wut im Bett loszuwerden, doch dann schlang er einen Arm um ihre Taille, und sie spürte das vertraute Gefühl einer *Reise*. Sie sah sich um und fand sich in einem Wald wieder. Der Jonaraja-Wald.

»Was tun wir hier?« Sie starrte ihren Stellvertreter an, als dieser einen Schritt zurückwich und sie zu umkreisen begann.

Der Jonaraja-Wald war uralt. Es hieß, er sei so alt wie der Shira-Wald selbst, und er war eines der am besten gehüteten Geheimnisse der letzten Jahrhunderte, ein Geheimnis, das dem Hof der Erde anvertraut worden war. Die Bäume waren alt und ragten hoch über ihnen auf, und man spürte die uralten Kräfte, die von ihnen ausgingen.

Hier hatte Azrael sie ausgebildet. Er war mindestens fünf Jahrhunderte älter als sie und hatte den Großen Krieg miterlebt, hatte an der Seite seiner und ihrer Eltern darin gekämpft. Azrael hatte ihr alles beigebracht, was man sich denken konnte. Nicht nur die Handhabung von Waffen und Kampftechniken. Er hatte ihr auch gezeigt, wie man richtig *reiste*. Er hatte ihr beigebracht, ihre Kräfte zu kontrollieren. Ja, sie beherrschte sie schon, als sie zu ihm kam, aber sie hatte nie wirklich gelernt, sie voll und ganz zu kontrollieren, sie gezielt einzusetzen, sie wirklich selbst zu formen.

»Du wolltest Ablenkung«, knurrte er zurück.

»Ich meinte im Bett, du verdammter Idiot«, rief sie, und ein Windstoß fuhr durch die Bäume.

»Lass es raus, Talwyn«, sagte Azrael, und sein Tonfall wurde etwas weicher. »Du konntest da drin kaum noch an dich halten. Lass alles raus.«

»Ich habe es unter Kontrolle«, gab sie gereizt zurück, und ihr Atem kam in flachen, unregelmäßigen Stößen.

»Vielleicht, aber hier ist das egal«, antwortete er und umkreiste sie weiter. »Das hier ist nicht dein übliches Temperament. Du unterdrückst das hier schon so lange, dass ich nicht weiß, ob du es wirklich kontrollieren *kannst*.«

»Genug jetzt, Az«, presste sie hervor.

»Lass es raus, Talwyn. Lass all die Wut raus, die sich aufgestaut hat, seit sie hier angekommen ist.«

»Hör auf!«, rief Talwyn, und die Erde bebte unter ihren Füßen.

»Lass es raus, Talwyn.«

Die Winde peitschten um sie herum, die Blätter an den Bäumen kämpften gegen die Böen.

Plötzlich war Azrael dicht vor ihr und packte sie an den Schultern. »Sie kam hierher, und alle haben sich bereitwillig vor ihr verneigt. Sie musste sich nichts davon verdienen. Sie kam nach Hause, nicht allein, sondern mit einer Zwillingsflamme und hat es nicht einmal erkannt. Sie kam nach Hause und will sich nicht dort niederlassen, wo sie hingehört. Sie vertraut Briar mehr als sie dir vertraut, ihrer eigenen Cousine. Sie kam nach Hause mit Freunden, für die sie alles auf Spiel setzen würde, während du in deinem eigenen Reich zurückgelassen wurdest und unermüdlich daran arbeiten musstest, die Welt zu schützen.«

»Hör auf!«, brüllte Talwyn. Sie wollte ihn wegstoßen, doch seine Finger gruben sich nur noch tiefer in ihr Fleisch.

»Du hast alles verloren, wegen *ihr*«, flüsterte er direkt in ihr Ohr.

Und da verlor Talwyn die Kontrolle. Dieses Seil, mit dem sie alles so eng zusammengezurrt hatte, zerriss. Die Erde unter ihnen bebte, und die kleinen Felsbrocken auf dem Waldboden explodierten. Blitze zuckten durch den Himmel um sie herum, und Talwyn sank auf die Knie. Ihre Windstöße hatten Wolken heraufziehen lassen, die sich mit der Energie vermischten, die sie am Himmel formte. Es donnerte, und Regen setzte ein, die Erde unter ihr wurde zu Schlamm. Sie schluchzte in ihre Hände, während Macht aus ihr herausströmte, Stöße purer Magie, die jeden anderen Ort zerrissen hätten, aber dieser hier bestand ebenso aus purer Magie.

Sie spürte, wie der Strom nach etlichen Minuten nachließ, und sie wischte sich die Augen und blickte auf zu Azrael, der über ihr stand und sich abgeschirmt hatte. Sie nahm einen zittrigen Atemzug. Er reichte ihr eine Hand und half ihr auf die Beine. Der Regen durchweichte sie beide, und das Haar klebte ihr im Gesicht. Er wischte ihr etwas davon aus den Augen und legte dann beide Hände an ihre Wangen.

»*Du* bist eine Königin, Talwyn Semiria«, knurrte er leise. »Du hast so viel für dieses Land geopfert. Du warst gezwungen, schneller erwachsen zu werden, als irgendeine Fae es sollte. Du wurdest verraten und verletzt von jenen, denen du vertrautest, und du hast Schmerz und Verlust erfahren. Du hattest nichts davon verdient. Verstehst du mich?« Sie spürte, wie ihr erneut Tränen über die Wangen rannen, und Azrael wischte sie mit den Daumen weg.

»Sie setzt alles aufs Spiel, alles, wofür ich so viel geopfert habe. Alles, wofür ich gekämpft habe, Sicherheit und Schutz und unsere Rache«, flüsterte Talwyn. »Die Reiche, die Höfe, glauben, ich sei eine herzlose und grausame Königin. Das hat mich nie interessiert. Es hat mich nie gekümmert, was sie dachten, solange nur mein Volk und mein Königreich sicher waren. War das alles umsonst?«

»Dann werden wir unsere Strategie anpassen«, antwortete Azrael. »Wir werden uns dem, was uns erwartet, direkt stellen, und du bist nicht allein damit.«

Stille hing zwischen ihnen. Dann flüsterte Talwyn: »Ich habe Angst, Azrael. Ich habe Angst, versagt zu haben. Ich habe Angst vor dem, was uns erwartet.«

»Du hast erst versagt, wenn du aufgegeben hast, Talwyn. Angst ist nur natürlich, aber man darf sich ihr nicht unterwerfen.« Azrael zog sie an sich, und dieses Mal hielt er sie dicht an seiner Brust. Sie konnte sein Herz an ihrem Ohr schlagen hören, stark und gleichmäßig, wie immer seit jenem Tag, an dem sie in seinem Alcazar aufgetaucht war. »Lass es in den nächsten Stunden die Sorge von jemand anderem sein. Lass jemand anderen die schweren Entscheidungen treffen. Lass jemand anderen die Last tragen«, murmelte er in ihr Haar.

»Es ist meine Verantwortung«, antwortete sie und hob dabei nicht einmal den Kopf.

»Aber jetzt ist es eine *geteilte* Verantwortung«, gab Azrael zurück. »Lass es zu.«

»Und was genau soll ich in der Zwischenzeit tun?«, seufzte sie erschöpft.

»Mir kommen da schon ein paar Dinge in den Sinn …«

Sie hörte die Einladung in seiner Stimme und hob den Kopf, um ihm in die Augen zu blicken. »Du hast meine Bitte um Ablenkung jetzt bereits zweimal abgelehnt.«

»Dann erlaube mir, es wiedergutzumachen.« Er senkte die Lippen auf ihre.

Seine Hände glitten ihren Torso hinab und packten ihren Hintern um sie anzuheben. Sie schlang die Beine um seine Taille, und

Zungen und Zähne kollidierten. »Aber nicht im Regen, bitte«, murmelte sie an seinem Mund.

»Was immer Ihr wünscht, Majestät«, antwortete er und trat mit ihr durch die Welt direkt in seine Privatgemächer. Er wirbelte herum, presste sie gegen die Wand, und sie knurrte und fuhr mit den Nägeln über die diversen Schnallen, die seine Waffen an seinem Körper fixierten. Talwyn löste ihre Beine und ließ sie langsam an seinem Körper hinuntergleiten, während er ihre Waffen entfernte.

Sie griff nach seinem Hemd, doch er fing ihre Handgelenke ein, fixierte sie hinter ihrem Rücken und zwang sie, sich ihm entgegenzuwölben. »Lass alle Kontrolle fahren, Talwyn«, knurrte er, und seine Fangzähne glitten leicht ihren Hals entlang. »Wir sind allein. Lass los.«

»Das ist keine Ablenkung, Azrael«, knurrte sie zurück und zerrte an ihren Handgelenken, doch er hielt sie fest, presste seine Brust gegen ihre. Die Wand war kühl an ihrer erhitzten Haut unter der Tunika, und sie erschauerte an ihm.

»Das wäre es, wenn du aufhören würdest, mit mir um die Kontrolle zu kämpfen«, gab er zurück und hielt ihre Handgelenke jetzt in einer Hand. Mit der anderen löste er die Schnürung ihrer Tunika und ließ die Front aufklaffen. Grob zerrte er den Stoff zur Seite, ließ seine große Hand über das Band um ihre Brüste gleiten und entlockte ihr damit ein verlangendes Stöhnen.

Azraels Lippen krümmten sich zu einem zufriedenen Grinsen, als er die Hand weiter besitzergreifend ihren Körper hinuntergleiten ließ, ehe er die Knöpfe ihrer Hose erreichte. »Wie sieht es aus, Majestät?«, schnurrte er und öffnete den ersten. »Werdet Ihr mich Euch voll und ganz ablenken lassen?«

Talwyn starrte ihn finster an und biss die Zähne zusammen. »Ich hoffe, du enttäuschst mich nicht.«

Er hob eine Braue. »Habe ich das je getan?« Als sie ihm einfach nur mit einem wenig beeindruckten Starren antwortete, kam er ihr erneut entgegen und flüsterte direkt in ihr Ohr. Seine tiefe, raue Stimme sandte Hitze durch ihre Adern. »Wir wissen beide, dass ich sehr genau weiß, wie ich dir eine gute Zeit verschaffen kann, Talwyn.« Er zog an ihren Handgelenken, die er immer noch mit einer Hand hielt, und zwang sie damit, sich ihm noch mehr entgegenzuwölben. Ein frustriertes Grollen drang aus ihrer Kehle. »Die Laute, die ich dir entlocke, sagen mir alles, was ich wissen muss«, fuhr er fort und öffnete mit der anderen Hand den nächsten Knopf.

Sie knurrte erneut, doch ihr Körper sank gegen ihn, und sie ließ die Anspannung in ihren Gliedern fahren. Er lachte dunkel, als er den letzten Knopf öffnete und sie dann hochhob, um sie grob in die Mitte seines Bettes zu werfen.

»Zieh die Tunika aus«, befahl er ihr und schlüpfte aus seiner eigenen. Eilig entledigte Talwyn sich des Kleidungsstücks und bewunderte die Muskelstränge an Azraels Brust und Armen. »Mach weiter«, sagte er und nickte in Richtung des Bands um ihre Brust, während er den Blick über ihren Körper schweifen ließ.

Talwyn murrte, während sie das Band löste und ihre Brüste sich in der kalten Luft augenblicklich strafften und die Nippel sich versteiften.

Azrael kam auf sie zu, die Augen dunkel vor raubtierhafter Entschlossenheit. Langsam kletterte er auf das Bett, kam über sie und zwang sie auf den Rücken. »Hände nach oben«, befahl er. Seine Stimme war dunkel und voller Versprechen, dass er sie in der Tat nicht enttäuschen würde.

Obwohl sie sich bemühte, irgendeine Art von Kontrolle zu wahren, atmete sie flach, als sie langsam die Hände über den Kopf hob. Sie spürte, wie seine Magie sie einhüllte, Ranken, die sich um ihre Handgelenke schlangen und sie noch weiter nach oben zerrten, wo sie sie sicher fixierten. Sie knurrte leise, bleckte die Zähne. »Gewöhn dich bloß nicht daran, Luan.«

»Mhmm«, summte er dunkel. »Ich glaube, das sagst du jedes Mal.«

Sie öffnete den Mund, um ihm eine scharfe Antwort zu geben, doch seine Fingerspitzen wanderten ihre Seiten hinauf, über ihre Rippen, und ihr entfuhr stattdessen ein leises Keuchen. Seine Handflächen folgten dem Weg seiner Finger zurück nach unten. Seine Schwielen waren rau an ihrer Haut, und als er den Bund ihrer Hose erreichte, setzte er sich auf und zog sie zusammen mit ihrer Unterwäsche nach unten. Er blickte auf sie hinunter, die Augen glasig und die Pupillen geweitet.

»Ich bin nicht hier, um *dir* als Ablenkung zu dienen«, knurrte sie, und er hob den Blick zu ihrem, während ein teuflisches Lächeln an seinen Lippen zupfte.

»Natürlich nicht, Majestät«, spottete er, umfasste ihre Knie und zog sie grob auseinander. Er beugte sich hinunter und küsste und biss sich die Innenseite ihrer Schenkel hinauf. All ihre Gedanken zerstoben. Sie konnte sich nur noch auf seine Lippen, seine Zunge konzentrieren, die sich jenem empfindlichen Bündel von Nerven näherten. Und er ließ sich verdammt viel Zeit auf dem Weg dorthin. Als er endlich ihr Zentrum erreichte, wand sie sich bereits keuchend unter ihm und war verdammt nahe daran, ihn anzuflehen.

»Du kommst mir gerade äußerst abgelenkt vor«, spottete er, und sein Atem strich über ihr schmerzendes Geschlecht.

»Azrael«, presste sie hervor und bäumte sich auf, um seinem Mund näher zu kommen.

»Hör auf, dich zu bewegen«, raunte er, und sie spürte, wie sich neue Ranken um ihre Mitte schlangen und sie zurück aufs Bett zogen. Seine Finger gruben sich in die Innenseite ihrer Schenkel, als er ihre Beine weiter auseinanderzog und seinen Mund auf sie senkte. Sie stöhnte vor Lust, als er endlich, *endlich*, mit der Zunge über jene Nerven fuhr. Er saugte und neckte, während er sie mit den Händen für sich öffnete.

Als er die Zunge in sie gleiten ließ, schob er eine Hand weiter nach oben, und sein Daumen setzte seine Arbeit in herrlichen Kreisen fort. Sie stemmte sich gegen die Fesseln an ihren Handgelenken, versuchte, die Hüften aufzubäumen, doch die Ranken schlangen sich nur noch enger um sie. Selbst wenn sie gewollt hätte, hätte sie nicht die Konzentration aufgebracht, um die Fesseln mit ihrer eigenen Magie zu brechen. Jedes Nervenende in ihrem Körper stand in Flammen, während er sie immer weiter und weiter auf den Höhepunkt zutrieb. Sie keuchte, als die Zunge von zwei Fingern ersetzt wurde. Er blickte zu ihr auf, und der Ausdruck in seinen Augen sagte ihr, dass er genau wusste, wie nahe sie ihrem Höhepunkt war. Mit einem teuflischen Lächeln an ihrer Haut widmete sich seine Zunge einmal mehr jenem Knoten aus Nerven, und sie zerbarst um seine Finger herum, schrie seinen Namen und bäumte sich auf.

Ehe sie von ihrem Hoch herunterkommen konnte, verschwanden die Ranken um ihre Mitte, und er drehte sie auf den Bauch. Sie knurrte, als ihre Handgelenke und Arme in den Fesseln verdreht wurden.

»Hintern hoch, meine Königin«, raunte er, packte sie bei den Hüften und zog sie auf die Knie, ohne ihr die Zeit zu lassen, dem Befehl aus eigener Kraft zu folgen. Er fuhr mit den Handflächen ihr Rückgrat hinunter, und sie spürte, wie er sich von hinten gegen sie presste. Sie hatte keine Ahnung, wann er selbst aus seiner Hose geschlüpft war. Er beugte sich nach vorne und griff um sie herum, um ihre Brüste mit beiden Händen zu umfassen, und sie stöhnte, presste das Gesicht in ihre Armbeuge und ihren Hintern gegen ihn.

Eine Hand spielte mit ihrer Brustwarze, rollte sie zwischen seinen Fingern und zupfte daran, während die andere nach unten glitt und seine langen Glieder erneut das Bündel aus Nerven in ihrem Zentrum fanden. Sie spürte ihre Magie von sich ausstrahlen und versuchte, irgendeine Form von Kontrolle darüber zu gewinnen.

Irgendeine Möglichkeit, sie zu formen, damit sie Azrael ebenso foltern konnte, wie er es mit ihr tat, aber er hatte recht. Er wusste genau, wie er mit ihrem Körper umgehen musste, damit sie Vergangenheit und Gegenwart, ihren Schmerz und ihre Verantwortung vergaß. Die einzigen Dinge, auf die sie sich im Moment konzentrieren konnte, waren seine Hände, sein Mund und seine Härte an ihr.

Und obwohl sie es niemals laut zugegeben hätte, wusste sie doch, dass er sich bewusst war, wie sehr sie das hier brauchte. Sie brauchte es, dass ein anderer die Kontrolle übernahm und die Entscheidungen traf. Wenn sie und der Erdprinz allein waren, erwartete niemand von ihr, ein ganzes Volk, eine ganze Blutlinie zu führen. Niemand erwartete, dass sie alle Antworten oder die Geheimnisse der Götter und des Schicksals kannte. Wenn er sie überredete, die Kontrolle abzugeben, und sei es auch nur für ein paar Stunden, schwelgte sie in der Freiheit. Sie sehnte sich danach, und Azrael gab ihr den einzigen sicheren Rahmen, in dem sie diesen seltenen Luxus genießen konnte.

Also gab sie sich ihm hin, als er einmal mehr ihre Hüften packte und mit einer harten Bewegung in sie stieß. Sie gestattete sich, sich in der Lust zu verlieren, die er ihr mit jedem Stoß und jedem Schrei, den er ihren Lippen entlockte, bescherte. Und als sie ein zweites Mal kam und er nur wenige Momente später Erleichterung fand, ließ sie zu, dass er sie sanft auf den Rücken rollte, während die Ranken um ihre Handgelenke verschwanden. Er drückte ihr einen zärtlichen Kuss auf die Lippen, strich sanft mit seiner Zunge über ihre, während er seine Hand in ihren Nacken legte.

»Schlaf jetzt, Talwyn«, befahl er ihr leise, als er sich von ihr löste. Er griff nach unten und zog die Decken über sie, legte einen Arm um ihre Mitte und eine Hand auf ihre Hüfte, und sie schmiegte sich an ihn. Befriedigt und ganz und gar abgelenkt, war sie innerhalb von Minuten eingeschlafen.

52

SCARLETT

Nach Talwyns plötzlichem Aufbruch war es still im Sitzungssaal geworden. Scarlett rang nach Luft, nach allem, was Talwyn ihr entgegengeschleudert hatte. Übelkeit rumorte in ihrem Bauch, und sie tat ihr Bestes, um sich nicht zu übergeben.

Vielleicht war sie egoistisch. Vielleicht sollte jemand anderes gehen und Cassius holen, aber sie wusste nicht, ob sie es ertragen konnte. Jemand anderes, der ihm sagte, wer er war, wer seine Mutter war. Sie sah Sorin nach ihrer Hand greifen, aber sie riss sie zurück und legte beide Arme auf die Lehnen ihres Stuhls und umklammerte sie. Ihre Schatten regten sich unter ihrer Haut, und sie kämpfte, um sie zu kontrollieren.

»Du befindest dich an einem Scheideweg, Königin Scarlett«, meldete sich Ashtines Stimme vom anderen Ende des Tisches. Da war nichts Anklagendes und auch keine Anspielung in ihrem Tonfall. Es war lediglich eine Feststellung. »Talwyn hat gute Argumente vorgebracht. Ich nehme an, du hast ähnlich starke?«

»Abgesehen von den Maraanischen Lords? Ich bin die Einzige, die die Schlüssel finden kann«, antwortete Scarlett. Ihre Stimme war zwar leise, aber voller Autorität.

»Und du weißt, wie du sie finden kannst?«, fragte Ashtine weiter und legte auf ihre eigentümliche Art den Kopf schräg.

»Nein, daran arbeite ich noch«, meinte Scarlett langsam.

Erneut legte sich Stille über den Raum.

»Meine Königin hat ihre eigenen Gründe, warum sie zurück ins Reich der Sterblichen muss, die in diesem Moment noch nicht mit der Allgemeinheit geteilt werden können.« Scarlett hob überrascht die Brauen, als Briar sich zu Wort meldete. »Alle Höfe haben Geheimnisse. Talwyn hat Geheimnisse. Geheimnisse, von denen ich sicher bin, dass sie sie mit uns teilen würde, wenn es in diesem Moment möglich wäre. Bei Scarlett ist es nicht anders. Wenn sie beschließt, ins Reich der Sterblichen zurückzukehren, dann vertraue ich ihr, dass sie es mit den besten Absichten tut.«

»Und wann wird diese Entscheidung getroffen?« Es war Azraels Stellvertreter, der sich diesmal zu Wort meldete. Es hatte Scarlett überrascht, dass Azrael mit Talwyn gegangen war. Sie vermutete, dass er einen vollständigen Bericht über alles wollen würde, was nach seinem Aufbruch gesagt und beschlossen wurde.

Scarlett zwang sich, ruhig weiterzuatmen. Ein und aus. Ein und aus. Sie schloss die Augen und sah ihre Gesichter vor sich – Drake und Tava und Cassius und Nuri. Das hier mochte ihr Zuhause sein. Sie mochte eine Familie hier gefunden haben, aber *sie* waren ebenfalls ihre Familie.

»Vielleicht wäre es sinnvoll, sich noch einen zusätzlichen Tag oder zwei zu nehmen, um …«, begann Cyrus, doch Scarlett unterbrach ihn.

»Nein. Die Entscheidung ist gefallen. Ich gehe in die Königreiche der Sterblichen. Ich breche in einigen Stunden auf. Talwyn wird hier sein, um diesen Riss, oder was immer es auch ist, zu untersuchen. Ich muss dorthin gehen und meine eigenen Aufgaben erfüllen, vor allem wenn es noch mehr Risse geben sollte, von denen wir nichts wissen. Ich vermute stark, dass es auch in den kommenden Tagen keinen ›guten Zeitpunkt‹ für diese Reise gibt, also gehe ich jetzt.«

»Und solltest du versagen?«, fragte Ashtine. Erneut war ihre Stimme nicht anklagend oder drohend. Ohne jeden Unterton.

»Das werde ich nicht«, entgegnete Scarlett mit Nachdruck und begegnete Ashtines himmelblauen Augen.

»Beharrlichkeit hat ihre Grenzen. Die Dunkelheit wird deine Schwächen finden«, sagte Ashtine.

»Ich bin die Dunkelheit«, antwortete Scarlett mit einem eisigen, geschmeidigen Schnurren und ließ zu, dass ihre Schatten sich von ihr lösten. Sie kreisten um sie wie ein Wirbelsturm, und sie ließ die Jungfer des Todes gleich mit ihnen frei – grausam, gelassen und tödlich.

»Es ist interessant, dass eine solche Macht gerade in dieser Zeit auf die Welt zurückkehrt, wenn die Maraanischen Lords sich zeigen«, sagte Ashtine und erhob sich. Ein Windportal öffnete sich hinter ihr.

»In der Tat«, meinte ihr Begleiter, den Scarlett für ihren Stellvertreter hielt. »Das müßige Geplauder der Winde.«

Er sprach in jedem Fall wie Prinzessin Ashtine.

»Was meinst du mit ›eine solche Macht zurückkehrt‹?«, fragte Scarlett. »Und was hat das mit den Maraanischen Lords zu tun?«

Ashtine blinzelte lediglich und sah sie mit diesem merkwürdigen halben Lächeln an.

»Briar …«, presste Sorin durch zusammengebissene Zähne.

Du kannst nicht so mit Ashtine sprechen. Sie wird dir nicht antworten.

Scarlett runzelte die Stirn. *Warum nicht?*

Der Hof des Windes spricht in Mystik und Rätseln. Ashtine ist gütig und weise, aber sie kann einen auch völlig unbeabsichtigt in den Wahnsinn treiben. Briar und Talwyn sind zwei der wenigen Fae, die mit ihr sprechen können, ohne den Verstand zu verlieren.

»Ashtine«, sagte Briar und trat zu der Prinzessin. Scarlett sah zu, wie Nasima einen Flügel ausstreckte und damit über Briars Wange strich. »Sprichst du von den Schatten der Königin?«, fragte Briar und strich über den silbernen Kopf des Falken.

»Sind es denn Schatten?«, fragte Ashtine im Gegenzug und legte den Kopf schräg, als würde sie sich an eine Phantomberührung schmiegen.

»Das weißt du nicht?«, fragte Briar sanft.

Ihr halbes Lächeln wurde ein wenig breiter. Sie schwieg einen Moment, als würde sie auf etwas lauschen, und sagte dann: »Schatten, Dunkelheit, Nacht? Eines, alle oder nichts davon?«

»Keine dieser Kräfte stammen von dieser Welt«, fuhr Eliza scharf dazwischen. Nakoa starrte sie finster an, doch Ashtines Blick ruhte nun auf ihr.

»Tochter von Anala und Silas«, sagte sie und verharrte erneut, um auf das zu lauschen, was die Winde ihr zuflüsterten, »es gibt viele unbekannte Kräfte in diesen Reichen. Viele davon schlummern. Manche sind nie erwacht, aber diese Magie wandelte einst schon einmal durch diese Lande.«

»Wann?«, fragte Scarlett unwillkürlich.

Briar sah sie mit einem unauffälligen Kopfschütteln an, eine Bitte, ihn sprechen zu lassen. »Ashtine.« Er streckte einen Arm aus, und Nasima flog zu ihm und klickte mit dem Schnabel. »Nicht wann. Wer?«

Ashtine richtete ihren Blick wieder auf Briar. »Es gab vier: Vater, Mutter, Sohn und Tochter.«

Wie konnte Briar bloß mit ihr sprechen und nicht den verdammten Verstand verlieren?

»Wer davon hat die Antworten, die wir suchen?«, fragte Briar und näherte sich ihr einen Schritt.

Wie weiß er, welche Fragen er ihr stellen muss?, fragte Scarlett Sorin durch die Brücke zwischen ihnen.

Das habe ich mich auch schon gefragt. Er ließ den Blick weiter auf den beiden Herrschern vor ihnen.

»Das weiß niemand genau«, antwortete Ashtine, »aber es gibt viele Richtungen, in die die Winde wehen können.«

»Verrate mir drei«, sagte Briar, als Nasima zurück zu Ashtine flog.

»Und was gibst du mir im Gegenzug, Prinz des Wassers?«, antwortete Ashtine, und einmal mehr öffnete sich das Windportal hinter ihr.

»Was ist nötig?«

Scarlett beobachtete sie aufmerksam, und ihre Augen wurden groß, als sie den Ausdruck sah, der kurz in Briars Augen aufblitzte. Er war so schnell wieder verschwunden, dass sie sich fragte, ob er überhaupt da gewesen war. Aber sie hatte Nasima und Abrax zusammen im Wald gesehen, wo sie sich so nahe waren wie Ashtine und Briar jetzt …

»Ein Gefallen meiner Wahl also«, antwortete die Windprinzessin und ihr und Azraels Stellvertreter kamen an ihre Seite.

»Einverstanden«, stimmte Briar zu. Drei spiralförmige Linien erschienen um sein Handgelenk wie ein Windstoß. Ein Pakt-Mal. »Dein Ende des Handels. Sag mir drei.«

»Ein feuchtes Gefängnis, ein eingesperrter König, das Buch eines Weltenwandlers«, antwortete die Prinzessin und näherte sich dem Portal.

»Welche Richtung ist die klügste?«, platzte Scarlett heraus.

»Das kommt darauf an, wer auf dem Pfad wandelt«, antwortete Ashtine schlicht, trat durch das Portal, und die beiden Fae folgten ihr. Und dann schnappte es hinter ihnen zu.

Stille senkte sich über den Raum. Scarlett sah sich unter ihrem Hof um und meinte düster: »Ich nehme an, wir sollten in diesen Hallen keine privaten Gespräche über diese Angelegenheit führen?«

Einen Augenblick später erschien ein Feuerportal hinter ihnen, und sie erhoben sich alle und traten hindurch. Es führte sie in den Speisesaal, wo sie sich vor einigen Tagen mit Talwyn getroffen hatten.

»Übersetzung, Drayce?«, seufzte Sorin an Scarletts Seite. Auf eine Geste hin rasten Flammen den Tisch hinunter, die Essen und Getränke zurückließen.

»Bevor wir weitermachen«, meldete sich Scarlett zu Wort, »wie hast du gelernt, mit ihr zu sprechen, Prinz des Wassers? Bettgeflüster?« Ihr Tonfall war unschuldig, doch das Zwinkern und das verschmitzte Grinsen, das sie Briar zuwarf, waren alles andere als das. Sie war sich ziemlich sicher, dass sie sich nicht geirrt hatte, als sie glaubte, Verlangen in seinen Augen aufblitzen zu sehen.

Ein schelmisches Lächeln trat auf seine Lippen. »Wir sprechen nicht sehr viel im Bett, Sonnenschein.«

Scarlett lachte. »Verstanden.«

»Euch entgeht auch nichts, Majestät«, antwortete er mit einem Zwinkern.

»Ich fasse es nicht«, rief Sorin und starrte seinen Freund mit offenem Mund an.

»Ich bin ja schon ein wenig enttäuscht, dass dein Hof so ahnungslos war, mein lieber Ehemann«, sagte Scarlett, hockte sich auf die Tischkante und griff nach einer Birne. »Sein eigener Hof weiß eindeutig Bescheid.« Sie sah, wie der Feuerhof Briar und seinen Inneren Hof fassungslos anstarrte. Sawyer grinste neben seinem Bruder und schnappte sich eine Pastete vom Tisch. Eliza starrte Nakoa finster an. »Ich hätte es vermutlich nicht so schnell herausgefunden, hätte ich nicht Abrax und Nasima zusammen im Shira-Wald gesehen.«

»Dabei muss man anmerken«, antwortete Cyrus mit einem Funkeln in den goldenen Augen, »dass du buchstäblich mit deiner Zwillingsflamme *zusammengelebt* hast und keine Ahnung hattest, vielleicht ist deine Beobachtungsgabe also nicht ganz so gut, wie du denkst, Schätzchen.«

Scarlett zog eine finstere Miene und streckte ihm die Zunge heraus.

»Wie lange schon?«, wollte Sorin wissen, der Briar weiterhin entsetzt anstarrte.

»Kurz nach Elinés Verschwinden«, antwortete Briar.

»Warum die Geheimhaltung?«, fragte Scarlett neugierig.

»Weil Beziehungen zwischen den Höfen nicht gerne gesehen werden«, meine Eliza gepresst. »Vor allem zwischen königlichen Blutlinien.«

»Es ist eine heikle Angelegenheit«, stimmte Briar zu, und aus seinem Grinsen wurde ein düsteres Stirnrunzeln. »Und eine, über die wir ein andermal sprechen werden, da wir uns im Moment mit dringenderen Problemen konfrontiert sehen.«

»Weißt du, was sie mit ihren letzten Worten meinte?«, fragte Scarlett.

Er schüttelte den Kopf. »Es ist möglich, dass nicht einmal sie das weiß. Sie wiederholt Geheimnisse, die die Winde ihr zuflüstern. Ihr ist nicht bewusst, dass sie in Rätseln spricht.«

»Ein feuchtes Gefängnis, ein eingesperrter König, das Buch eines Weltenwandlers«, überlegte Cyrus. »Hat jemand eine Idee?«

Niemand sagte etwas.

Scarlett seufzte. »Bevor ich das Orakel verließ, sagte sie, ich solle ein Buch finden.«

»Warum überrascht es mich nicht im Geringsten, dass du weitere Informationen hast?«, fragte Briar und ließ sich am Tisch nieder.

»Was für eine Art Buch?«, fragte Sorin und setzte sich neben sie.

»Ich weiß es nicht. Ein altes anscheinend. Vermutlich ist es das, was Ashtine meint, denn die Worte des Orakels waren: ›Diejenigen, die zwischen den Welten wandeln, brachten ganz zu Anfang ein Buch mit sich. Es wäre gut, wenn du es finden könntest.‹«

»Und das sagst du uns erst jetzt?«, fragte Sorin und zog die Brauen hoch.

»Während meines Besuchs bei dem Orakel ist viel passiert und danach ebenfalls. Eine Menge, von dem auch *du* profitiert hast«, fügte sie mit einem bezeichnenden Blick auf den Ehering an seinem Finger hinzu. Sawyer musste ein Lachen unterdrücken. »Ich möchte mich also entschuldigen, *Eure Hoheit*, wenn mir nicht bewusst war, dass ich etwas Wichtiges verschwiegen habe.«

»Sei kein solches Gör«, presste Sorin hervor und schenkte ihr einen verärgerten Blick.

Sie klimperte mit den Wimpern und antwortete liebenswürdig: »Sei du kein Arsch.«

Ich fange noch an, eine Liste zu führen mit all den Namen, die du mir gibst, Prinzessin.

Sie grinste. *Was willst du dagegen machen?*

Sie hätte schwören können, dass seine Augen eine Schattierung dunkler wurden, während ein wildes Lächeln auf seinen Lippen zuckte.

»Sosehr ich eure kleine Vorstellung auch genieße«, mischte Briar sich mit funkelnden Augen ein, »Weltenwandler sind mythische Kreaturen. Viele glauben sogar, dass sie reine Legenden sind.«

»Rayner sagte, dass viele das auch über das Orakel denken, und es ist so real, wie es nur sein kann«, gab Scarlett zurück und löste den Blick von Sorin, der sie immer noch mit raubtierhafter Gier anstarrte.

»Nehmen wir einmal an, es ist das Buch«, meinte Cyrus, »hast du eine Idee, wo wir zu suchen anfangen sollen?«

»Ein paar Ideen«, meinte Scarlett und steckte sich eine Traube in den Mund.

»Sehr hilfreich«, erwiderte Cyrus sarkastisch.

»Es ist mehr, als du beizutragen hattest«, gab sie zurück.

»Du bist fürchterlich zwanglos«, meinte Sawyer belustigt.

»Ja, aber so kommt nie Langeweile auf«, antwortete sie mit einem Zwinkern.

»Könnte es sein, dass es sich um den gleichen Ort handelt, an dem du auch die Bücher über Blutmagie gefunden hast?«, fragte Eliza ruhig. Sie hatte sich bis jetzt sehr zurückgehalten, doch Scarlett konnte den Ausdruck auf ihrem Gesicht nicht recht interpretieren.

»Was für eine Art Bücher?«, fragte Scarlett, während eine weitere Traube in ihren Mund wanderte.

Eliza ließ ein Buch in einer Flamme erscheinen und zu Scarlett schweben. Scarlett nahm es vorsichtig entgegen und erstarrte. »Wo hast du das her?«

»Aus der Bibliothek. Als ich mich mit dem sterblichen Prinzen unterhalten habe. Er meinte, es sei eines, in dem du gelesen hast«, sagte Eliza langsam.

»Es ist nur Geschichte, über die ich lese. Nicht mehr«, wiegelte Scarlett locker ab und schob das Buch unter den Tisch. Sie ließ einen Schattenpanther erscheinen, der es vorsichtig ins Maul nahm und damit in der Dunkelheit verschwand.

»Geschichte. Über Blutmagie«, meinte Eliza ausdruckslos und nicht im Mindesten überzeugt. »Das ist nichts, mit dem man herumspielen sollte, Scarlett.«

»Ist mein Zwillingsflammen-Bund nicht auch Blutmagie? Und mein Seelengefährten-Bund zu Cassius?«, erwiderte Scarlett. »Es ist Recherche, General, nicht mehr.«

Sie hielt Elizas Blick. Sie hatten sich noch nie gestritten, doch sie sah die Skepsis in ihren Augen.

»Wer, denkt ihr, ist der eingesperrte König?« Neve legte, um die Anspannung zu brechen, während sie fragte, ein Stück Käse auf einen Cracker und biss hinein.

»Keine Ahnung«, antwortete Scarlett und sprang vom Tisch. »Aber das ist etwas, worüber ich mir auch in Baylorin Gedanken machen kann.«

»Du hast also immer noch vor, ins Reich der Sterblichen zurückzukehren?«, fragte Nakoa missmutig.

»Natürlich«, antwortete Scarlett. »Warum sollten meine Pläne sich geändert haben?«

»Also erachtest du deine sterblichen Freunde tatsächlich als wichtiger als jede andere Person auf diesem Kontinent?«, knurrte er. Er hatte die Arme verschränkt und starrte sie voller Abneigung und Misstrauen an.

»Vorsichtig, Commander«, knurrte Sorin leise, doch Scarlett hob die Hand.

»Nein. Es ist in Ordnung, Sorin. Er möchte ganz eindeutig etwas sagen.« Sie erwiderte das Starren des Commanders. »Hören wir es uns an.«

Nakoa warf Briar einen Blick zu, der unbehaglich auf seinem Sitz hin und her rutschte und dann leicht mit den Schultern zuckte. »Also gut«, knurrte Nakoa. Er öffnete die Arme, stützte die Hände auf den Tisch und beugte sich ihr entgegen. »Ich denke, du handelst töricht, ins Reich der Sterblichen zurückzukehren, obwohl du untrainiert bist und deine Magie noch nicht einmal annähernd ausgeschöpft hast. Wir wissen nicht, was genau euch dort erwartet oder was durch diese Risse kommt, und es ist nicht klug, eine *Königin* ins Zentrum dieser Dinge zu schicken, ohne alle Fakten zu kennen. Talwyn hatte gute Argumente, und du tust sie als nebensächlich ab, obwohl sie mehr Erfahrung hat als du. Auch wenn es nicht so viel mehr ist, wurde sie wenigstens für diese Position ausgebildet. Wir sehen uns mit einer ganzen Reihe von Problemen konfrontiert, aber du scheinst nur in der Lage zu sein, dich auf eines davon zu fokussieren. Und ich kann mich nicht entscheiden, ob es daran liegt, dass du das Gewicht dieser Probleme nicht erfassen kannst, oder ob du einfach zu selbstsüchtig bist, dass es dich schlicht nicht interessiert.«

Im ganzen Raum wurde es still. »Sonst noch etwas?«, fragte Scarlett, die Stimme leise und gemäßigt.

»Du bist ein Kind, das Königin spielt«, fuhr Nakoa mit einem tödlichen Grollen fort. »Mir ist egal, ob du Sorins Zwillingsflamme bist. Und es kümmert mich auch nicht, dass mein eigener Prinz dir Loyalität geschworen hat.«

»Nakoa«, warnte Briar scharf und tadelnd. Wieder hob Scarlett die Hand, um ihn zum Schweigen zu bringen.

»Du musst deinem Volk gegenüber Rechenschaft ablegen«, fuhr Nakoa fort. »Als du diesen Thron für dich beansprucht hast, hast du damit auch die Verantwortung für sie alle übernommen. Dein Volk wurde wichtiger als deine sterblichen Lakaien. Erkenne wenigstens an, dass dein Handeln uns alle betrifft und dir das egal ist, während du hier sitzt und ein Schwätzchen hältst, bevor du verschwindest und uns zurücklässt, damit wir die Situation allein regeln, während uns Talwyns heißer Atem in den Nacken bläst.«

Scarlett spürte, wie Flammen in ihren Augen loderten, während sie ihn anstarrte. Ihre Schatten erschienen, ohne dass sie es wollte, und die Temperatur im Raum sank. »Erlaube dir keine Schlussfolgerungen über mich, Commander, wenn du nichts darüber weißt, wen ich zurückgelassen habe, um hierherzukommen.« Ihr Tonfall war stiller, eisiger Zorn.

»Sind sie wichtiger als dein Königreich und die Bedrohung, die sich am Horizont abzeichnet?«

»Ich bin nicht wegen eines Throns hierhergekommen, aber ich habe Dutzende Waisen in der Stadt zurückgelassen. Unschuldige Kinder, für die ich *verantwortlich* bin.« Ihre Stimme war geflüsterter Zorn. Nakoas Augen weiteten sich leicht, doch er war nicht bereit nachzugeben. »Kinder, die dort *abgeladen* wurden. Kinder, die das Blut von Hexen, Gestaltwandlern und Nachtkindern und *Fae* in den Adern haben. Kinder, auf die jemand Jagd macht, sie entführt und tötet. Ich bin ihretwegen hierhergekommen und habe so viel mehr herausgefunden, als ich dachte.«

»Also ist es eine deiner Gewohnheiten, deine Schutzbefohlenen zurückzulassen?«, höhnte Nakoa.

Ein grausames Lächeln breitete sich auf ihren Lippen aus.

»Lass es gut sein, Nakoa«, sagte Sorin, und eine Warnung schwang in seiner Stimme. Er erhob sich und wollte sich zwischen die beiden schieben.

Schatten wirbelten um Scarletts Arme und Beine, dicht und undurchdringlich, hüllten sie gänzlich ein, und als sie sich legten, stand sie dort in ihrem Hexenanzug samt Lederzeug. Sie war bis an die Zähne bewaffnet, das Seelenschwert auf dem Rücken. »Ich habe sie alle in der Obhut einer mächtigen Hexe und des Unsichtbaren Tods zurückgelassen, verborgen und mit Zaubern geschützt im Herzen des Schwarzen Syndikats, wo ich aufgezogen und ausgebildet wurde und wo die dunkelsten aller Seelen über sie wachen. Vergib mir, dass ich annahm, ich könnte zwei Höfe in den Händen von ausgewachsenen und hoch ausgebildeten Fae-Kriegern zurücklassen, während ich gehe und diesen Unschuldigen helfe, die in einem Land gefangen sind, wo sie nicht einmal auf ihre verdammten Gaben zurückgreifen können.«

Niemand wagte es, sich zu regen. Es schien, als würde niemand es wagen, überhaupt zu atmen.

»Du hast dich klar ausgedrückt, Liebes«, flüsterte Sorin und legte ihr eine Hand auf den Rücken.

Eliza stieß sich von der Wand ab, an der sie bis eben gelehnt hatte. »Du wurdest im verdammten Schwarzen Syndikat ausgebildet?«

»Eliné war eines von fünf Ratsmitgliedern im Schwarzen Syndikat. Der Herr der Assassinen selbst hat Scarletts Ausbildung übernommen, und sie hat mit dem Unsichtbaren Tod trainiert.« Er zögerte und warf ihr einen fragenden Blick zu. Als sie nicht reagierte, fuhr er fort: »Sie ist eine der Schatten des Todes. Sie ist die Jungfer des Todes.« Sie spürte, wie alle sie anstarrten, doch ihre Augen ruhten immer noch auf Nakoa.

»Heilige Scheiße«, fluchte Sawyer leise. Er drehte sich zu Briar um. »Wusstest du das?«

Briar schüttelte den Kopf und sah den Schatten an, der eben noch Scarlett gewesen war. »Nein.«

»Das erklärt deinen Kampfstil«, murmelte Eliza mehr für sich.

»Ich wurde von sterblichen Söldnern und Dieben ausgebildet, von einer Hexe, einem Nachtkind und …«, sie unterbrach sich, ehe sie weitersprach, »… dem Herrn der Assassinen, und trotz all dieser Ausbildung wurde ich zur Gefangenen. Trotz all dieser Ausbildung werden immer noch *Kinder* entführt zu Zwecken, die mir nach wie vor nicht ganz klar sind.«

»Verdammt«, hauchte Cyrus ungläubig. »Du sagtest, du hättest *Freunde* im Schwarzen Syndikat, nicht, dass du dort aufgewachsen bist.«

»Du hast nie gefragt«, flötete sie zurück.

»Sie steht im Rang über allen im Syndikat, mit Ausnahme des Rats«, fügte Sorin gelassen hinzu.

»Aber nachdem meine Motive und meine Treue infrage gestellt werden, obwohl ich hier bin und allen zur Verfügung stehe, die unter meiner Herrschaft stehen«, sagte Scarlett jetzt, »werde ich meine Reise um zwei Tage verschieben, damit ich Aufgaben verteilen kann, als hätte ich es mit götterverdammten Kindern zu tun.«

Ein Wasserportal öffnete sich hinter Nakoa. »Ich denke, es ist besser, du machst einen Spaziergang«, befahl Briar, und sein gebieterischer Tonfall war durch und durch Fae. Wortlos wandte Nakoa sich ab und verschwand durch das Portal.

Scarlett sah sich im Raum um. Eine Mischung aus Furcht, Respekt und Bewunderung stand in den Gesichtern, die ihr entgegenblickten, und niemand wagte es, zu sprechen. »Ich sehe euch alle morgen Nachmittag.«

Einmal mehr gefolgt von ihren Schatten, schritt sie ohne ein weiteres Wort durch die Welt.

53
SORIN

Sorin sah zu, wie die Königin in einem der Übungshöfe ihrem Zorn Luft machte. Sie hatte den Hexenanzug abgelegt und trug jetzt wieder ihre leichten Trainingshosen und ein langärmliges Oberteil, das kaum ihre Mitte bedeckte. Sie hielt das Seelenschwert in einer Hand und schleuderte Feuer und Eis gegen die diversen Schutzschilde und wich den Geschossen aus, die davon abprallten. Schatten wirbelten hinter ihr her, während sie sich in den Kampf mit sich selbst vertieft duckte, drehte und überschlug. Ja, er hatte sie ausgebildet, aber ihm war nicht klar gewesen, wie viel sie eigenständig trainiert hatte. Wie *gut* sie mittlerweile war. Es hätte ihn wirklich nicht überraschen sollen. Sie hatte es zu einer Gewohnheit gemacht, ihre wahren Fähigkeiten herunterzuspielen, sodass viele nicht erkannten, wie gefährlich sie wirklich war.

Aber noch darüber hinaus war etwas in ihr erwacht, seit sie den Thron akzeptiert hatte. Irgendeine innere Barriere, die sie stets streng gehütet hatte, war gefallen. Sie hatte sich schon zuvor tiefer in ihre Macht vorgetastet und vorsichtig experimentiert. Aber jetzt war es, als hätte sie beschlossen, sich kopfüber hineinzustürzen und herauszufinden, wie tief sie vordringen konnte. Sie hatte sich nicht genug ausgeruht. So schnell so tief in ihre Macht zu tauchen, würde ernsthafte Konsequenzen haben, und zwar in nicht allzu ferner Zukunft.

Die Versammlung hatte sich nach ihrem Aufbruch schnell aufgelöst. Briar war gegangen, um mit Nakoa zu sprechen.

»Das verdammte Schwarze Syndikat?«, hatte Eliza ungläubig und anklagend zugleich gefragt.

»Ich kann dir garantieren, dass sie während der Übungsstunden mit dir nicht ihr ganzes Potenzial gezeigt hat, Eliza«, antwortete Sorin. »Ich habe sie mit dem Unsichtbaren Tod kämpfen gesehen, die übrigens ein Nachtkind ist, und sie hat keine Magie eingesetzt. Hat sie mit nur einem Dolch zu Boden gerungen und dann ausgelassen gelacht.«

»Du hattest recht, Cyrus, vielleicht habe ich doch Konkurrenz«, meinte Eliza zu seinem Stellvertreter, und ein gefährliches Lächeln huschte über ihre Lippen.

»Du hast ja keine Ahnung«, murmelte Sorin. »Dass sie nicht gleich eine Rauferei mit Nakoa begonnen hat, zeigt nur, wie viel Selbstbeherrschung sie mittlerweile gelernt hat.«

»Ist sie wirklich die Jungfer des Todes?«, fragte Cyrus, und in seinen Augen stand immer noch der Schock über diese neue Erkenntnis.

Sorin nickte. »Ja. Sie und die anderen – sie nennt sie ihre Schwestern – haben Elinés Mörder aufgespürt … und dann hat sie sich persönlich um ihn gekümmert. Damals war sie sechzehn Jahre alt.«

Cyrus fluchte unterdrückt. »Ich schätze, wenn sie wirklich darauf besteht, zurück ins Land der Sterblichen zu gehen, dann werden wir dort tatsächlich Verbündete haben.«

»Sie hat sicherlich welche dort, aber sie hat kein gutes Verhältnis zu dem Rat, und der Herr der Assassinen ist noch weniger gut auf sie zu sprechen. Als sie sich das letzte Mal begegnet sind, hat er sie … verletzt«, presste Sorin hervor. Wenn Scarlett es ihm erlaubte, würde er persönlich Rache für alles üben, was er ihr angetan hatte.

»Wer sind die Maraanischen Lords?«, meldete Rayner sich leise.

»Das weiß ich nicht«, antwortete Sorin grimmig.

Geheimnisse. Sie hatte schon wieder Geheimnisse vor ihm. Direkt nachdem sie darüber geredet hatten, sich nichts mehr zu verheimlichen.

»Sie weißt mehr, als sie zugibt, Sorin«, sagte Eliza. »Nicht nur in Bezug auf die Maraanischen Lords, sondern auch was diesen Mann in ihren Träumen angeht …«

»Ich weiß«, fiel er seiner Generalin ins Wort. »Ich werde mit ihr sprechen.«

»Sie kann uns nicht ständig Dinge verheimlichen, Sorin. Sie kann nicht …«

»Ich verstehe«, blaffte er erneut, ohne sie aussprechen zu lassen. »Sie ist es gewohnt, alles allein zu regeln, vor allem im letzten Jahr. Sie wird etwas Zeit brauchen, bis sie lernt, sich auf andere zu verlassen. Sie kennt euch erst seit Kurzem.«

»Sie kennt dich nur ein paar Monate länger«, gab Eliza scharf zurück.

»Und genau deshalb habe ich keine verdammte Ahnung, was die Maraanischen Lords sind«, antwortete Sorin eisig.

Eliza nickte lediglich, und dann waren sie verschwunden, damit er sich um die Königin kümmern konnte.

Er hatte sie gespürt. Er hatte jedes bisschen Wut und Zorn gespürt, aber auch wie sie innerlich zusammengezuckt war, als Nakoa ihr diese Dinge entgegengeschleudert hatte. Er hatte gespürt, dass sie sie getroffen hatten. Er hatte gespürt, was diese Dunkelheit ohne ihr Zutun an die Oberfläche getrieben hatte.

Er wollte sich ihr gerade nähern, als er zusah, wie sie sich unter einem Trio von Eisdolchen wegduckte. Innerhalb nur eines Wimpernschlags hatte sie ihre Schatten zu einem soliden Sandsack geformt. Flammen wanden sich um ihre Finger wie die Bandagen, mit denen sie beim Kampftraining ihre Hände schützte, und dann begann sie zu boxen. Eins, zwei. Eins, zwei. Eins, eins, zwei. Wieder und wieder hielten ihre Schatten ihr stand, während sie zuschlug und zuschlug und zuschlug.

Hör auf zu glotzen und zieh dein Schwert oder verschwinde, Prinz, schallte es durch ihre Verbindung.

Eins, zwei. Eins, zwei. Eins, eins, zwei.

Feuer loderte auf, und im nächsten Moment hielt er sein Schwert in der Hand. Eine Sekunde später leckten Flammen an seinem Körper, und seine eigene Trainingskleidung erschien. Er näherte sich ihr.

Ohne zu zögern, zog sie das Schwert, das sie auf dem Rücken trug. Ihr weißes Feuer wirbelte um die Klinge, und er umgab seine eigene mit Flammen. Das würde interessant werden.

Als ihre Klingen sich das erste Mal trafen, loderten sie auf. Und dann war da sehr lange nichts als ihr keuchender Atem und das Klirren ihrer Schwerter. Er spürte jede Emotion in ihren Hieben, Stichen und Paraden. Wut. *Klirr.* Zorn. *Klirr.* Schuldgefühle. *Klirr.* Noch mehr Schuldgefühle. *Klirr.*

Ihr Feuer tanzte miteinander, ihre weißen Flammen und ihr Schattenfeuer, das sich mit seinen Flammen in Gold, Rot und Orange vermischte. Und sie kämpfte immer weiter. Drang wieder und wieder auf ihn ein.

»Scarlett.«

Ein weiterer Hieb. Er parierte ihn.

Scarlett.

Die Schwerter trafen sich erneut krachend und sandten Flammen in alle Richtungen.

Liebes.

Dann rannen zwei Tränen über ihre Wangen, und sie ließ das Seelenschwert zu Boden fallen. Augenblicklich entledigte Sorin sich seiner eigenen Waffe, schloss den Abstand zwischen ihnen und zog sie in seine Arme. Sie vergrub das Gesicht an seiner Brust, klammerte sich an seinen Rücken.

»Ich habe nicht darum gebeten, Sorin. Ich wollte es nicht.« Ihre Stimme brach.

»Ich weiß, Liebes, ich weiß«, antwortete er zärtlich und streichelte ihr Haar.

»Ganz egal, wie ich mich entscheide, jemand wird leiden. Ich wurde nicht auf diese Welt, auf diese Rolle, vorbereitet«, sagte Scarlett an seiner Brust.

»Und vermutlich haben die Mächte des Schicksals dich genau deshalb in diese Position gebracht.«

»Die beschissenen Mächte des Schicksals können mich mal«, würgte sie durch ihre Tränen hervor. »Was ist der Sinn von all dem, Sorin?«

»Das wird uns nicht gesagt. Wir erfahren nicht, wie alles enden wird. Wir leben im Hier und Jetzt und setzen einen Fuß vor den anderen. Die Mächte des Schicksals mögen dich auf einen Thron gestoßen haben, den du nicht willst, aber du entscheidest, welche Sterne leuchten.«

»Entgegen dem, was Nakoa denken mag, sehe ich die Probleme, mit denen wir uns konfrontiert sehen. Das tue ich wirklich, Sorin.«

»Ich weiß, Scarlett, ich weiß, dass du das tust«, antwortete er und strich weiter über ihr Haar.

»Callan muss nach Hause zurück. Sein Vater ist bereits misstrauisch. Nuri wird vermutlich bald allen den Kopf abreißen, wenn sie weiter eingepfercht ist. Der Rat des Syndikats wird mir bei lebendigem Leib die Haut abziehen, weil ich einfach so verschwunden bin. Talwyn ist wütend und braucht mich, damit ich ihr helfe, diese Risse zu schließen. Ashtine hat gerade eine Bombe wegen dieser verdammten Schatten fallen lassen, und Juliette und die Oberhexe haben mir ebenfalls Anweisungen wegen der Schlüssel und Cassius gegeben. Und dann sind da noch die Waisen und Mikale und Veda, was ehrlich gesagt das größte Problem ist. Sie haben keine Ahnung …« Sie sprach nicht weiter.

Sorin konnte nicht verhindern, dass bei der Erwähnung des Mannes ein Knurren in ihm aufstieg. Ehe er etwas sagen konnte, flüsterte sie: »Du hast Jahrhunderte Erfahrung mit diesen Dingen. Sag mir, was ich tun soll.«

»Niemand kann dir sagen, was du zu tun hast, Prinzessin, obwohl viele es versucht haben«, antwortete er und küsste ihren Scheitel.

»Idiot«, sagte sie leise.

»Ich setze das mit auf die Liste«, erwiderte er ebenfalls leise und hob zärtlich ihr Gesicht an, um einen Kuss auf ihre Lippen zu hauchen. Und dann noch einen. »Ich wähle dich, Scarlett Semiria. Ich wähle dich, jetzt und immer, und ich werde dir auf den fernsten Stern und darüber hinaus folgen, wenn das der Ort ist, an dem du sein willst.«

»Was, wenn ich die falsche Entscheidung treffe?«, flüsterte sie und suchte seinen Blick.

»Dann kümmern wir uns darum, Scarlett. Gemeinsam«, sagte er. »Immer gemeinsam.«

Sie schwieg einen langen Moment, in dem sie einfach nur in seine Augen blickte, ehe sie flüsterte: »Ich liebe dich, Sorin.«

»Ich werde es niemals müde werden, diese Worte von deinen Lippen zu hören, Liebes. Selbst in fünfhundert Jahren werden sie mich noch in die Knie zwingen«, sagte er und beugte sich hinunter, um sie noch einmal zu küssen.

Sie legte die Hände in seinen Nacken, und er vertiefte den Kuss, schmeckte Lavendel, Zitrus, Jasmin und Glut. Er raffte sie an sich, als würde sie gleich in ihren Schatten verschwinden, hob sie hoch und trug sie durch ein Feuerportal in ihr Schlafzimmer.

Dann hob sie die Arme, damit er ihr das Oberteil ausziehen konnte. Irgendwie gelang es ihnen, ihre Schnürsenkel zu lösen und die Stiefel zwischen Küssen abzustreifen. Und dann legte er sie auf das Bett, das sie jetzt seit Wochen teilten. Er küsste und schmeckte und huldigte jedem Zentimeter von ihr, ließ sie ihre Sorgen und Verpflichtungen vergessen. Seine Königin. Seine Frau. Seine Zwillingsflamme.

Als sie Erleichterung um seine Finger und später noch einmal an seinem Mund gefunden hatte, packte er ihre Knie und zog sie grob das Bett hinunter zu ihm. Sie stieß ein überraschtes Quieken aus, als er sich zwischen ihre Beine schob. Sanft zog er die Fingerspitzen ihre Schenkel entlang, über ihre Hüften, zu ihrem Nabel.

»Habe ich dir in letzter Zeit gesagt, wie atemberaubend schön du bist?«, fragte er und betrachtete all die nackte Haut, als hätte er sich nicht gerade eben an ihr gelabt.

»Mmmh«, summte sie, streckte die Hände über dem Kopf aus und wölbte den Rücken leicht, sodass ihre perfekten Brüste ihm entgegenragten. Er senkte den Mund zu einer davon und saugte an der Spitze. »Ja, aber ich werde niemals müde, es zu hören«, fuhr sie fort und grub die Finger in sein Haar.

Mit einem Grinsen an ihrer Haut biss er leicht in ihre Brustwarze, und sie zischte, verkrampfte die Finger und zerrte an seinem schwarzen Haar. Er lachte dunkel, während er mit den Lippen zu ihrer anderen Brust wanderte. »So brutal«, murmelte er.

»Sagt der wilde Fae, der mich gerade *gebissen* hat«, gab sie atemlos zurück.

Er ließ die Zunge einige Male über jene Spitze kreisen, bis sie sich unter ihm wand, ehe er sich löste und schnurrte: »Du magst es, wenn ich dich beiße, Liebes.« Langsam fuhr er mit den Eckzähnen von ihrer Brust bis zu ihrer Kehle. Sie legte den Kopf zurück und wimmerte leise, und er saugte leicht an ihrer Haut, ehe er zubiss. Sie keuchte auf und kam ihm mit den Hüften entgegen.

Er knurrte vor Verlangen, während er mit der Zunge über die gereizte Stelle glitt, ehe er sich wieder löste. Sanft nahm er ihr Kinn zwischen Daumen und Zeigefinger, und ihre Lider hoben sich flatternd. Er sah Eisblau mit Silber und wirbelnden goldenen Sprenkeln. »Du, Scarlett Semiria, bist eine Notwendigkeit in meinem Leben.«

Ihre Züge wurden weicher, als sie die Beine hob, um sie um seine Mitte zu schlingen. Er ließ zu, dass sie sie herumrollte und sich auf ihm niederließ. Ihr Haar fiel um sie herum wie ein Wasserfall aus Sternenlicht. Sie beugte sich herunter und stützte sich auf seiner Brust ab, ehe sie leise sagte: »Du, Sorin Aditya, bist der hellste Stern in meiner Dunkelheit.«

Ihre Lippen trafen sich, und sie küsste ihn tief. Ihre Zunge tanzte an seiner, und er spürte ihre eisigen Schatten über seine Haut gleiten. Und er schickte Hitze hinein und hüllte sie um ihre Körper. Scarlett stöhnte an seinem Mund, als ihre Magie sich vermischte, und der Laut machte ihn noch härter. Er griff erneut nach ihren Hüften, hob ihren Hintern an und brachte sie in Position. Und dann, mit einer schnellen, flüssigen Bewegung, zog er sie auf sich herunter.

Sie sog scharf den Atem ein, ihre Nägel gruben sich in sein Fleisch, während er bei dem Gefühl stöhnte, einmal mehr tief in ihr zu sein. Es würde nie genug sein. Er würde nie genug davon bekommen, ihre enge Hitze um seinen Schwanz zu spüren. Er würde immer nach mehr verlangen, immer mehr schmecken, immer wieder erleben wollen, wie sie sich unter ihm wand und lustvolle Laute ausstieß.

Sie stieß sich hoch und dann wieder nach unten, bewegte die Hüften in kleinen Kreisen um ihn. Er fluchte leise, dann hob er sie erneut an, bis er sie beinahe ganz verlassen hatte, ehe er sie wieder nach unten zog. Bei dem Laut, den sie jetzt ausstieß, musste er selbstzufrieden grinsen, ehe sie wieder die Führung übernahm. Er legte die Hände auf ihre Schenkel und packte sie, während er zusah, wie sie ihn ritt und ihrem Höhepunkt immer näher und näher kam. Sie fuhr mit den Händen ihren eigenen Körper hinauf und umfasste ihre Brüste, während sie den Kopf in den Nacken warf, und er legte den Daumen an ihr Zentrum und rieb dieses Bündel von Nerven.

Sie stieß einen keuchenden Laut aus, und er spürte, wie sie sich um ihn herum zusammenzog, ehe sie nach vorne fiel und das Gesicht an seinem Hals vergrub. Er übernahm erneut die Führung, schlang einen Arm um ihren Rücken und vergrub die andere Hand in ihrem Haar, um sie an sich zu pressen, während er wieder und wieder in sie stieß. Sie schrie auf, und er spürte, wie sie um ihn herum zuckte und erschauderte, was seinen eigenen Höhepunkt auslöste. Er stöhnte ihren Namen, als er kam, und hielt sie eng an seiner Brust.

Sie atmeten beide noch immer heftig, als er sie sanft von sich schob und zur Seite rollte. Sie schmiegte sich an ihn, ihr Kopf an seiner Brust. In der Stille des Raums streichelte Sorin ihr Haar, während ihr Atem sich langsam wieder beruhigte und ihr Körper entspannt und befriedigt an seinem lag. Er genoss es. Wie sie sich an ihm anfühlte. In der Sicherheit ihres Schlafzimmers. Er wusste, er sollte sie nach den Maraanischen Lords fragen. Er wusste, er sollte wegen der Bücher über Blutmagie, die Eliza gefunden hatte, nachhaken. Aber er wusste auch, dass sie zurück ins Reich der Sterblichen gehen würde und dass sie dort nicht viel Zeit für Gemeinsamkeit haben würden, zumindest nicht auf diese Weise. Deshalb ließ er zu, dass sie mitten am Nachmittag neben ihm einschlief, und er hielt sie fest und ließ sie die ganze Zeit über nicht los.

54
CALLAN

Es klopfte an der Tür, und Callan blickte von seinem Buch auf. Finn und Sloan waren hinunter in den Trainingsbereich gegangen. Sie waren zunehmend bereit, ihn hier allein zu lassen. Er hatte sich mittlerweile daran gewöhnt, dass man ihn hier nicht kannte, und obwohl er langsam ruhelos wurde, genoss er es auch, nicht erkannt zu werden. Er mochte es, dass er sich unter das gemeine Volk mischen konnte und nichts Besonderes war.

Erneut klopfte es, und er klappte das Buch zu und erhob sich, um an die Tür zu gehen. Es waren noch gute zwei Stunden, bis es Zeit zum Mittagessen war, deshalb war er sich nicht sicher, wer es sein könnte. Er öffnete die Tür und fand Scarlett auf der Schwelle vor. Er blinzelte und fragte sich, ob seine Sinne ihn trogen. Er blickte nach links und rechts den Flur hinunter. Sie war allein.

»Hallo, Callan«, sagte sie leise. Sie war in schwarze Hosen und eine smaragdgrüne Tunika gekleidet, von der sich ihr silbernes Haar schimmernd abhob. Ein wunderschönes Schwert hing an ihrer Hüfte, und sie hatte die Hände hinter dem Rücken verschränkt. »Würdest du einen Spaziergang mit mir machen?« Er stand reglos da und starrte sie an, unfähig, etwas zu sagen. Sie trat von einem Bein auf das andere. »Es sei denn, du hast zu tun? Dann komme ich am Nachmittag wieder.«

»Nein«, brachte er schließlich hervor. »Jetzt ist gut. Lass mich meine Stiefel anziehen.«

»Natürlich.«

»Du kannst reinkommen und hier warten. Ich brauche nicht lange«, sagte er und trat zur Seite.

»In Ordnung.« Sie kam ein paar Schritte in den Raum, gerade genug, damit er die Tür hinter ihr schließen konnte. »Wo sind Finn und Sloan?«

»Sie trainieren. Unten in den Übungsräumen«, antwortete Callan und machte sich auf den Weg in sein Schlafzimmer. Er nahm seine Stiefel von ihrem Platz neben der Tür und schlüpfte hinein.

»Du hast gelesen?«, fragte sie, als sie das Buch auf dem Sofa vor dem Kamin entdeckte.

»Ja. Ich habe hier eine Menge Freizeit«, sagte er. Scarlett nickte nur. Als er sah, dass sie keinen Mantel trug, machte er sich auch nicht die Mühe, einen umzulegen. »Sollen wir?«

Sie schwieg, öffnete die Tür und machte sich auf den Weg den Flur hinunter.

»Du bist allein«, sagte er, während er ihr folgte.

»Das bin ich.«

»Sie schicken nicht einmal eine Wache mit dir?«, fragte er. Er konnte nicht verhindern, dass sich Verbitterung in seinen Tonfall schlich.

Ein leichtes Lächeln krümmte ihre Lippen. »Ich versichere dir, dass ich gefährlicher als alles bin, was mir in diesen Hallen zu nahe kommen könnte.«

»Selbst Eliza?«, fragte er und hob die Brauen.

Sie lachte schnaubend. »Guter Punkt, Prinz.«

»Du nennst mich wieder so«, sagte er leise. Sie antwortete nicht, und ihm wurde mit einem Mal klar, dass sie sich den Brücken näherte. »Ich darf nicht über die Brücken, Scarlett. Nicht ohne eine Eskorte vom Hof des Feuers.«

»Du hast etwas Besseres«, antwortete sie schlicht und einmal mehr mit diesem leichten Lächeln, als sie die Brücke betrat. Er hielt den Atem an, erwartete Rayner in einer Rauchwolke auftauchen zu sehen und Cyrus und Eliza, die mit großen Schritten auf ihn zukamen, aber nichts passierte. Sie war bereits halb über die Brücke, als neben ihrem Kopf eine Feuernachricht erschien. Er sah zu, wie sie die Notiz aus den Flammen zog. Ein sanftes Lächeln huschte über ihre Lippen. Dann ließ sie die Nachricht in ihrer Handfläche verbrennen. »Komm, Callan«, sagte sie und nickte zur anderen Seite der Brücke. »Ich verspreche, niemand wird uns behelligen.«

Callan atmete tief ein und betrat die Brücke. Und wie sie gesagt hatte, passierte nichts. Er verkniff sich einen bissigen Kommentar darüber, dass sie ohne Eskorte hingehen konnte, wo auch immer sie wollte, und folgte ihr.

»Deine Schatten sind weg«, meinte er, während sie ihn mehrere Treppen hinaufführte.

»Sie erscheinen, wenn ich sie rufe«, antwortete sie.

»Als Panther?«

Scarlett verzog leicht das Gesicht. »Tut mir leid. Es waren ein paar … turbulente Tage, und ich brauchte etwas Zeit für mich …«

Er zwang sich, nicht darauf hinzuweisen, dass Sorin ihr hatte folgen dürfen.

Sie legten den Weg in das höchste Stockwerk des Palasts schweigend zurück. Sie führte ihn einen Flur hinunter und stieß dann eine Tür auf. Er folgte ihr hindurch und betrat ein riesiges Gewächshaus. Überall wuchsen und blühten Pflanzen. Sie ging zu einer Bank neben einem kleinen Teich, in dem diverse Fische schwammen. In der Mitte des Teichs saß ein Seestern.

Scarlett ließ sich auf der Bank nieder und klopfte neben sich. »Setz dich, Callan. Es gibt ein paar Dinge, die du zu wissen verdienst.«

Er musterte sie einen Moment. Ein sanftes, beinahe trauriges Lächeln lag auf ihren Lippen, während sie zusah, wie der Seestern sich über den Grund des Teichs bewegte. Ein Teil ihres Haars war nach hinten frisiert, sodass man ihre Fae-Ohren vollständig sehen konnte. Sie hatte die Hände unter ihre Schenkel geschoben, als versuchte sie, sie zu wärmen, trotz der Magie, die im ganzen Palast für angenehme Temperaturen sorgte und der Hitze des Gewächshauses selbst.

Callan legte die kurze Distanz zurück und setzte sich neben sie. Dann sah er zu, wie die Fische im Wasser hin und her flitzen, und wartete.

»Es tut mir leid, dass ich neulich nicht zum Abendessen gekommen bin. Ich hatte Dinge zu erledigen und keine Zeit, eine Nachricht zu schicken«, sagte sie.

»In den Königreichen der Hexen?«

Sie warf ihm einen Seitenblick zu, ehe sie sagte: »Wir kehren nach Baylorin zurück. Morgen Abend.«

Er riss den Kopf herum. »Wir gehen nach Hause?«

Sie zuckte leicht zusammen. »Ja, Callan. Es ist Zeit, dass du nach Hause zurückkehrst. Wir kennen Mikales Pläne immer noch nicht genau, aber wir … *ich* habe dort Dinge zu erledigen, und ich habe lange genug mit meiner Rückkehr gewartet.«

»Die Waisen?«, fragte er leise.

»Ja. Unter anderem.« Sie sah ihn nicht an, während sie sprach, und beobachtete stattdessen den Seestern.

»Hast du von Cassius gehört? Ist alles in Ordnung?«

»Nein. Ich habe seit jenem Tag vor einigen Wochen, als Sorin ihn für mich hierherholte, nicht mehr mit ihm gesprochen.« Erneut senkte sich Stille über sie. »Wenn du nach Hause zurückkehrst, musst du wachsam bleiben, Callan. Finn und Sloan dürfen nicht von deiner Seite weichen, bis wir Mikale unter Kontrolle haben. Ich werde ihnen alle Wege mitteilen, über die ich unentdeckt ins Schloss gelangen konnte. Mikale hat mich in einem der Tunnel überrascht, also weiß ich, dass er sie kennt.«

Wir. Sie hatte wir gesagt, was bedeutete …

»Wer kehrt mit uns zurück?«, fragte er langsam.

Sie schloss die Augen und nahm einen tiefen Atemzug. »Sorin und sein Innerer Hof.«

»Alle?«

»Ja«, antwortete sie leise.

»Cyrus, Eliza *und* Rayner?«

»Ja.«

»Warum?«

»Ich brauche sie. Damit sie mir helfen.«

»Ich kann dir helfen. Finn und Sloan können helfen. Mit Cassius und Nuri. Wir finden einen Weg, Scarlett«, widersprach Callan. »Wir finden einen Weg.«

Endlich wandte sie sich ihm zu. Das Lächeln auf ihren Lippen war in der Tat ein trauriges. »Es gibt so viel, was du nicht weißt, Callan. Ich brauche sie bei mir.«

»Und wer wird sich um seinen Hof und sein Volk kümmern? Lässt er sie einfach zurück?«, wollte Callan wissen.

Wieder atmete Scarlett tief durch und schien sich innerlich zu wappnen.

»Jemand aus meinem Hof wird sich zusammen mit seinem eigenen um den Feuerhof kümmern, bis wir zurückkehren.«

»Zurückkehren? Du willst hierher zurückkehren? Du hast dich also entschieden?« Er erstarrte. Das Blut in seinen Adern gefror. Sein Herz blieb bei ihren Worten stehen. »Du willst zurückkommen und mit ihm zusammen sein?«

»Das werde ich«, flüsterte sie und senkte den Blick zum Boden.

»Schau mich an, Scarlett Monrhoe«, verlangte Callan. »Schau mich an und sag mir, warum.«

Sie begegnete erneut seinem Blick. Ihre Augen waren voller Kummer, als wüsste sie, dass, was immer sie gleich sagen würde, ihn in Stücke zerreißen würde. »Er ist meine Zwillingsflamme, Callan.«

Ihre Zwillingsflamme? Nein. Sorin war ihr Seelengefährte, nicht ihre Zwillingsflamme. Er hatte das Mal, seit sie hier angekommen waren. Sie hatte keins gehabt. Alles, was er über den Zwillingsflammenbund der Fae gelesen hatte, fiel ihm augenblicklich wieder ein. Alles, was Eliza ihm erklärt hatte. »Nein. Es gibt eine Zeremonie für die Male, die Prüfungen und eine Weihe. Du hattest keine Zeit für …«

Er sprach nicht weiter, als Scarlett ihre linke Hand hob. Er hatte gedacht, sie wollte ihre Hände wärmen, dabei hatte sie es verborgen. Das schwarze Mal wand und schlängelte sich über ihren Handrücken und drei ihrer Finger hinunter. Eine Tätowierung, die im Kontrast mit ihrer leicht gebräunten Haut stand, und ein goldener Ring mit einem großen Diamanten und zwei kleineren Rubinen zierten ihren Finger.

»Wann?«, flüsterte er.

»Wir haben die Prüfungen vor einigen Tagen begonnen, aber wir haben auch den Bund der Ehe geschlossen.«

»Du bist verheiratet?«, hauchte Callan, und Erkenntnis und Verstehen trafen ihn direkt hintereinander wie ein Schlag. Wie Sorin sie im Haus der Lairwoods hatte finden können. Wie er mit ihr hatte sprechen können, als sie sich in ihrer Magie verloren hatte. Sein übermäßiger Beschützerinstinkt. Wie sie praktisch von innen heraus strahlte, wenn sie mit ihm tanzte. Wie er im Hof gewütet hatte, als sie verletzt worden war. Wie ihre Schatten in seiner Gegenwart schwächer geworden oder gleich ganz verschwunden waren. Wie sie verdammt noch mal ständig voneinander angezogen zu sein schienen.

»Ja«, antwortete sie. »Er ist mein Ehemann. Ich habe … Ich habe den Zwillingsflammenbund erst vor wenigen Tagen angenommen. Tief drin wusste ich es, aber ich war so durcheinander, ich konnte nicht … ich habe mir nicht erlaubt, es zu akzeptieren. Nicht, bis sein Leben in Gefahr war, und da wurde mir klar …«

Als sie ihn wieder ansah, schimmerten Tränen in ihren Augen.

Eine glitt über ihre Wange, und er verkrampfte die Hände ineinander, damit er sie nicht ausstrecken und sie auffangen würde. Ein anderer. Sie gehörte einem anderen. Er hatte sie verloren.

»Ich habe dich geliebt, Callan«, flüsterte sie. »Das habe ich wirklich. Das tue ich immer noch.«

»Aber nicht genug«, sagte er leise.

»Nein, Callan«, sagte sie und ergriff seine Hände. Er versuchte, sie wegzuziehen, doch sie hielt sie fest. »Ich liebe dich genug, um zu wissen, dass es niemals funktioniert hätte. Dass ich niemals sein könnte, was du brauchst, wenn du einmal König bist. Wir kommen aus zwei sehr verschiedenen Welten.«

»Du hast mir niemals eine Chance gegeben«, widersprach er. »Du hast Teile von dir vor mir verborgen.«

Plötzlich schwärmten Schatten um sie herum, und er sprang auf die Beine. Die Schatten vermischten sich mit Feuer und Eis, ihre Augen wurden zu Flammen. Ein weiterer Atemzug, und alles war verschwunden, wie weggeblasen. »Ist das Furcht, die ich in deinem Blick sehe, die ich an dir *riechen* kann, Callan? Die Teile, die ich vor dir verberge, sind viel schlimmer als das, was du gerade gesehen hast.« Als sie sich jetzt erhob, wirkte sie anders, beinahe königlich. »Ich konnte in deiner Gegenwart nicht mein wahres Selbst sein, weil ich mein wahres Selbst nicht *kannte*. Ich wusste nicht, dass ich eine Fae war. Ich wusste nicht, dass ich über magische Kräfte verfügte. Ich wusste nicht, dass mein Familienname Semiria lautete und nicht Monrhoe.«

»Was?« Callan hob ruckartig den Blick. »Das ist der Familienname der Fae-Königin.«

»Das ist er«, antwortete sie, und eine Krone aus Eis und Schatten erschien über ihrem Kopf mit einer roten Flamme, die einer Sonne glich, im Zentrum.

Jemand aus meinem Hof wird sich um den Feuerhof kümmern. Die Worte dröhnten in ihm.

»Wenn Sorins Innerer Hof mit dir geht, wer bleibt dann zurück?«, fragte Callan langsam.

»Briar übernimmt die Verantwortung, da er Teil *meines* Hofs ist. Ich bin die Königin des Wasser- und Feuerhofs. Meine Mutter war die Fae-Königin der Westlichen Höfe. Meine Cousine regiert die Östlichen Höfe«, antwortete Scarlett.

»Wie kann das sein?«

»Man hat mir vieles verheimlicht«, sagte sie traurig. »Ich finde immer noch so viel Neues heraus.«

»Er hat es also nicht für nötig befunden, es dir zu erklären?« Callan klang bitter.

»Sorin hat mir erklärt, was er kann, aber es gibt täglich neue Erkenntnisse. Ich tue mein Bestes.«

Die Verbitterung in ihrem Tonfall erschreckte ihn. »Du willst das hier nicht?«, fragte er langsam.

»Möchte ich Königin sein? Nein. Ich habe dich nie belogen, Callan. Ich habe kein Verlangen danach, an einen Thron gefesselt zu sein.«

»Warum hast du dich dann dafür entschieden?«

»Weil …« Sie sah sich in dem Gewächshaus um. »Obwohl es mein Schicksal ist, entscheide ich selbst, was ich daraus mache, und ich werde es nutzen, um meinen Leuten zu helfen. Angefangen bei den Kindern im Schwarzen Syndikat. Wenn meine Krone es mir erlaubt, jenen zu helfen, die sich selbst nicht helfen können, dann ist es eine Bürde, die ich ertragen werde.«

Callan betrachtete die Frau, die Fae vor ihm. Er wusste es. Er hatte schon eine Weile gewusst, dass Sorin ihr Gegenstück war, dass er sie an ihre Grenzen trieb und sie auf Weisen herausforderte, wie er es niemals könnte. Er wusste, dass Sorin besser für sie war, sich besser um sie kümmern konnte. Nichts davon konnte den Schmerz in seiner Brust lindern. Nichts davon machte es leichter. Nichts davon machte es weniger bitter.

»Du hättest das auch an meiner Seite tun können«, presste er hervor.

»Nein, das hätte ich nicht«, sagte sie schlicht. »Aber ich werde dich brauchen, Callan. Ich brauche dich als Verbündeten. Ich werde deine Hilfe brauchen, als Prinz und als König, aber noch mehr als das werde ich dich als Freund brauchen.«

»Warum solltest du mich brauchen, wenn du doch ihn hast?«, höhnte er.

»Es werden Schlachten zu schlagen sein, Callan. Es gibt Feinde, die tief in dieses Land und in andere eingedrungen sind. Sie warten seit Jahrhunderten auf genau diesen Moment. Es gibt Risse in der Welt. Wesen, die wir gerade erst zu erkennen beginnen. Wir werden uns brauchen, um unser jeweiliges Volk zu schützen.«

»Wir brauchen weder dich noch deinen Hof und deine Leute«, fuhr er sie an. Er drehte sich auf dem Absatz um. »Ich gehe zurück in meine Gemächer. Lass mich wissen, wann wir für unsere Rückkehr nach Baylorin bereit sein müssen.«

»Callan«, rief sie hinter ihm her und folgte ihm ein paar Schritte weit. »Lass mich dich zurückbegleiten. Du kennst den Weg nicht … und du darfst dich in diesem Teil des Palasts nicht ohne Begleitung aufhalten.«

Callan biss die Zähne zusammen. Natürlich nicht. »Dann such eine andere Eskorte für mich.«

Sie wich zurück, als hätte er sie geschlagen, und sah verletzt aus. Sie nickte lediglich kurz, und einen Augenblick später erschien ein Feuerportal, durch das Sorin und Eliza in das Gewächshaus traten. Sorin kam direkt an ihre Seite.

Callan glaubte, sich übergeben zu müssen, so perfekt sahen sie aus, als sie nebeneinanderstanden und Sorin die Hand auf ihren Rücken legte. »Morgen Abend bei Sonnenuntergang brechen wir auf«, sagte Scarlett jetzt steif.

»In Ordnung«, antwortete Callan und machte sich auf den Weg

zur Tür. Als sie ihm noch einmal hinterherrief, blieb er stehen, drehte sich jedoch nicht um.

»Vor beinahe drei Jahren habe ich aus einem Baum heraus einen jungen Prinzen beobachtet. Er wurde mir ein Freund und so viel mehr. Er hatte einen Traum, die Welt zu einem besseren Ort für alle jene zu machen, die seinem Schutz unterstellt sind. Hoffnung gehört den Träumern, Callan.« Sie schloss die Distanz zwischen ihnen und ergriff sanft seinen Arm. Sie drückte ihm eine kleine Phiole in die Hand. Sie sah aus wie die, in der sich ihr Tonikum befunden hatte, und er wünschte, sie würde es immer noch nehmen. Dass nichts hiervon passiert wäre. Dass sie die Zeit zurückdrehen könnten. Er würde alle Geheimnisse und Schatten dem hier vorziehen. Alles, nur nicht das hier.

»Du wirst mich brauchen, Callan«, sagte sie leise. »Wenn es so weit ist, werde ich kommen. Wirf das hier auf den Boden, und ich bin sofort da. Ich werde kommen. Zu meinem Freund.«

Callan entriss ihr lediglich seinen Arm und strebte auf Eliza zu, die an der Tür auf ihn wartete. Er marschierte an ihr vorbei, hinaus in den Flur. Schweigend stiegen sie die Treppen hinunter, und er umklammerte die Phiole in seiner Faust, widerstand dem Drang, sie einfach auf den Stufen dieses verdammten Palasts zu zerschmettern.

Nach der dritten Treppe begann Eliza zu sprechen: »Ich habe versucht, dich darauf vorzubereiten.«

»Du hättest es mir auch einfach sagen können«, fuhr er sie an, ohne sie anzusehen.

»Nein, das hätte ich nicht. Ich habe meinem Prinzen geschworen, dass ich kein Wort sagen würde, aber an dem Tag, an dem ich ihn zeichnete, warst du anwesend. Ich hatte gehofft, ich hätte dir genug Hinweise gegeben.«

»Warum hast du dir die Mühe überhaupt gemacht?«, knurrte er, als sie sich den Brücken näherten.

»Weil du ebenso verloren wie sie wirktest, als du hier ankamst«, antwortete Eliza sanfter, als er sie je sprechen gehört hatte.

»Und jetzt?«, fragte er, als sie an der Brücke stehen blieben.

Sie musterte ihn einen langen Moment. »Ich denke, dass gerade eine Barriere gefallen ist, die dich daran gehindert hat, nach vorne zu blicken. Und jetzt bist du frei und kannst deinen eigenen Weg finden.«

55

SCARLETT

Was hast du ihm gegeben?«, fragte Sorin Scarlett, die Eliza und dem Prinzen hinterherblickte.

»Etwas, das er einsetzen kann, wenn ich seine letzte Option bin«, antwortete Scarlett leise.

»Was bewirkt es?«

Sie spürte, wie er sich ihr ein paar Schritte näherte, doch sie brachte es nicht über sich, sich zu ihm umzudrehen. Sie wusste, was kommen würde. Als sie gestern nach dem dramatischen Tag am späten Nachmittag neben ihm eingeschlafen war, hatte er sie in Ruhe gelassen. Sie hatte die ganze Nacht durchgeschlafen und war nicht einmal zum Abendessen aufgewacht. Er hatte ihr Raum gegeben, doch jetzt hatte er Fragen, und er würde sie ihr stellen. Würde die Antworten verlangen, die sie in den letzten Wochen so sorgsam vermieden hatte … bis sie leichtsinnig geworden war und das Buch nach dem Streit mit Callan in der Bibliothek hatte liegen lassen.

»Es wird Hilfe für ihn herbeirufen«, sagte sie und rieb sich über die Arme. Es war nicht einmal kalt hier, aber ihr war innerlich kalt.

»Was für eine Art Hilfe, Scarlett?« Sie spürte, wie er sanft ihren Ellenbogen berührte.

Sie nahm einen tiefen Atemzug und drehte sich zu ihm um. »Die Art, die nur ich ihm geben kann.«

»Sag mir, was das bedeutet.« Sie sah die Frustration, die er so dringend nicht zeigen wollte.

»Warum fragst du mich nicht einfach direkt, Sorin?«

»Du verbirgst so viel vor mir, dass ich gar nicht weiß, was ich zuerst fragen soll«, antwortete Sorin.

»Hast du endlich deine Eier gefunden?«, grinste Scarlett.

»Was soll das heißen?«

Sie entfernte sich ein paar Schritte von ihm. »Seit Wochen tänzelst du wie auf rohen Eiern um mich herum. Hattest Angst, mich zu sehr herauszufordern. Mir Fragen zu stellen. Du hattest *Angst* vor mir.«

»Ja! Ja, das hatte ich. Weil du deine Mauern aufbaust und genau wie ich alle anderen ausschließt. Wir sind uns praktisch gleich, erinnerst du dich? Und da ist immer noch eine Mauer. Du hast sie am Tag unseres Streits wieder errichtet, und seitdem kann ich sie nicht mehr überwinden«, gab er zurück. »Hatten wir uns nicht versprochen, uns einzulassen, Scarlett? Hatten wir uns nicht versprochen, uns nicht gegenseitig auszuschließen?«

»Ich habe deine Fragen beantwortet«, gab sie zurück.

»Vage. Du bist seit Wochen nur halb anwesend und hast mir Informationen vorenthalten.«

»Weil ich noch nicht weiß, wie ich mit all dem umgehen soll«, antwortete sie. »Weil ich noch nicht alle Details verstehe.«

»Lass mich dir helfen. Du musst nicht mehr alles allein machen.«

»Doch, das muss ich! Wenn ich andere in die Sache mit hineinziehe, dann bringe ich sie in Gefahr, Sorin. So ist es besser.« Sie wandte sich ab und ging zur Tür.

»Nein«, knurrte er. »So funktioniert das nicht zwischen uns.« Sie erstarrte. »Wenn dein Verhalten besonders daneben ist, dann werde ich es dir sagen. Ich werde dich nicht gewinnen lassen, nur weil du meine Königin bist. Du kannst mich nicht einfach ausschließen.«

»Sorin, bitte«, flüsterte sie.

Er stand jetzt vor ihr und blickte hinunter in ihre Augen.

»Warum? Du hast einen ganzen Hof, der sein Leben für dich geben würde. Du musst lernen, anderen zu vertrauen, Scarlett. Dein Hof muss wissen, dass du ihm vertraust. *Ich* muss wissen, dass du *mir* vertraust. Sag mir, warum.«

»Weil ich den Gedanken nicht ertragen kann, dass jemand von euch wegen mir in Gefahr gerät!«, schrie ihn Scarlett an. »Weil ich weiß, was uns erwartet, aber noch nicht herausgefunden habe, wie ich es aufhalten kann! Wie soll ich das allen erklären, ohne einen klaren Plan zu haben?«

»Du lässt dich von deinem Hof dabei unterstützen, Scarlett. Du lässt dir von Leuten helfen, die solchen Bedrohungen schon einmal begegnet sind. Du lässt dir von *mir* helfen.« Er streckte die Hand aus, um über ihre Wange zu streichen, doch sie wich vor ihm zurück.

»Ich habe mich seit meinen Schwestern nicht mehr so auf jemanden verlassen, und das wurde gegen mich verwendet, Sorin! Ich habe alle, die ich liebe, in Gefahr gebracht!«

Sorins Augen wurden groß, als er begriff, worauf sie hinauswollte. »Leute werden *sterben* wegen mir! Teile unserer Familie könnten *sterben* wegen meiner Entscheidungen und Befehle. Wie soll ich damit leben? Ich habe doch kaum den Verlust von Juliette überlebt. Ich weiß nicht, ob ich es ertragen könnte, dieses Leid noch einmal durchzumachen. Ich glaube nicht, dass ich es ein weiteres Mal überleben würde.«

»Scarlett«, sagte Sorin leise, zärtlich. Er nahm sanft ihre Hand und führte sie zu der Bank, auf der sie eben noch mit Callan gesessen hatte. »Briar hat dir nicht nur deshalb seine Treue geschworen, weil du Elinés Tochter bist. Er hat erkannt, dass du es wert bist, dass man für dich kämpft. Mein Hof dient dir nicht blind, weil ich es tue oder weil du meine Zwillingsflamme bist. Sie sehen eine Königin, die für etwas kämpft, das größer ist als sie selbst. Du verwehrst ihnen die Gelegenheit, für ihr Zuhause und für ihre Lieben zu kämpfen, wenn du sie angeblich zu ihrem eigenen Schutz zur Seite schiebst. Gib ihnen eine Wahl und die Freiheit, diese Entscheidungen selbst zu treffen.«

»Götter«, schniefte Scarlett und wischte sich eine Träne von der Wange, »du bist wirklich uralt, oder? Das ist der Rat eines alten Weisen.«

Sorin lachte und legte die Hand an ihre Wange. »Wenn du dir nicht erlaubst, dich auf andere zu stützen, dann wird deine Zeit auf dem Thron sehr einsam sein, und du wirst den Käfig spüren, den du so sehr fürchtest. Freiheit bedeutet, andere einzulassen und deine Last mit ihnen zu teilen.«

»Selbst wenn es meine Last ist?«

»Wer sagt das? Ich glaube, du würdest gerne alles auf deine Weise machen und dabei die ganze Zeit den Mächten des Schicksals den Mittelfinger zeigen«, antwortete Sorin grinsend.

Scarlett musste lachen, lehnte die Stirn an seine und genoss seine Stärke. Nach einem langen Moment der Stille erhob sie sich. »Nun, dann lass uns gehen, Prinz.«

»Wohin?«, fragte er mit hochgezogenen Brauen.

»In die Katakomben unter deinem Palast.«

»Die was?« Seine Brauen wanderten noch ein wenig höher, als er ebenfalls aufstand.

Scarlett hakte sich bei ihm unter. »Ernsthaft, ich weiß nicht, wie ihr alle bislang ohne mich überlebt habt.«

Sorin schnippte gegen ihre Nase, und sie schlug seine Hand weg, während sie ihn aus der Tür und zur Treppe führte. »Aber ernsthaft, als deine Königin, Ehefrau und Zwillingsflamme … wie alt bist du?«

Sorin legte den Kopf in den Nacken und lachte. »Dreihundertdreiundsechzig.«

Scarlett blieb der Mund offen stehen. Sie hatte gewusst, dass er unsterblich war, aber eine tatsächliche Zahl zu hören …

»Du bist so sprachlos wie damals, als wir uns kennenlernten und ich dir sagte, dass ich es gerne hätte, wenn deine Zunge mich etwas anginge«, meinte Sorin, während sie die Treppe nach unten stiegen. Scarlett murmelte einen vulgären Schimpfnamen, und Sorin antwortete: »Die Liste wird immer länger.«

Er öffnete die Tür zur Bibliothek für sie und überließ ihr den Vortritt. Sie war noch nie am Tag in dem Gang gewesen. Immer nur tief in der Nacht nach dem Abendessen mit Callan oder wenn sie sich aus ihren Gemächern schlich. Zu ihrer Überraschung war Sorin nicht einmal misstrauisch geworden.

Als sie durch die dunklen, vergessenen Flure gingen, fragte Sorin: »Wie sehr muss ich mich wappnen?«

Scarlett schenkte ihm ein mitfühlendes Lächeln. »Ich glaube, es ist gut, dass wir unsere Abreise verschoben haben. Dann hast du Zeit, wegen meiner Pläne wütend zu werden, und kannst versuchen, sie mir auszureden, um sie schließlich zu akzeptieren, bevor wir sie in die Tat umsetzen.«

»Und wann hattest du vor, mir von diesen Plänen zu erzählen?«, fragte er, als sie vor dem alten Bücherregal zum Stehen kamen.

Scarlett schürzte nachdenklich die Lippen. »Ernsthaft? Nicht, bis ich nicht dazu gezwungen gewesen wäre.«

»Scarlett, haben wir nicht erst gestern vereinbart, dass wir keine Geheimnisse mehr haben?«, fragte er und rieb sich die Stirn.

»Ich möchte anmerken, dass ich versprochen habe, dass wir ›von jetzt an keine Geheimnisse mehr‹ haben«, sagte sie und kauerte sich vor das Bücherregal. Sie zog an dem Buch, das der Auslöser für den Mechanismus war, und erhob sich, als das Regal in die Wand glitt. Sie trat auf den Treppenabsatz und wandte sich zu Sorin um: »Sollen wir?«

Er stand reglos da und starrte sie und den offenen Eingang an.

»Sorin?«, fragte sie vorsichtig.

Ohne ein Wort kam er an ihre Seite. Sie betätigte den Hebel, der den Durchgang schloss. Als das Bücherregal wieder an seinem Platz war, formte sie ihre Flammen zu einem kleinen Vogel, der vor ihnen herflog und ihren Weg schwach erleuchtete.

Sie war ein paar Schritte weit gekommen, als sie hörte, wie Sorin ihr schließlich zu folgen begann. Leise und eindeutig ihre Antwort fürchtend, sagte er: »Wann hast du diesen Ort hier gefunden, Scarlett?«

»Als du mich schlafend vor dem Bücherregal gefunden hast. Ich bin in jener Nacht nicht nach unten gegangen. Ich hatte nur einen Dolch und eine kleine Fackel …« Sie sprach nicht weiter, stieg einfach nur vor ihm in die Tiefe.

Sorin schwieg. Sie rief ihren Schattenpanther und nahm das Buch von ihm entgegen, das er immer noch in seinem mächtigen Maul trug, dann schickte sie ihn voraus, um nach möglichen Bedrohungen zu spüren. Sie öffnete das Buch und blätterte darin. Wartete. Er hatte immer auf sie gewartet, hatte ihr erlaubt, ihre Gedanken zu ordnen, bevor er sprach. Sie konnte dasselbe für ihn tun.

»Wenn du nicht in jener Nacht hier unten warst, wann dann?«, fragte er schließlich.

»Das erste Mal in der Woche danach. Nach dem Abendessen mit Callan«, sagte sie leise.

»Allein?«

»Ja.«

»Und du warst mehr als einmal hier unten?«

»Ich war nach jedem Abendessen mit Callan und seinen Leuten hier, aber das war nicht genug, deshalb …«, sie seufzte schwer, »… habe ich mich an ein paar Nächten in der Woche aus unseren Gemächern geschlichen.«

»Wie?«, presste er durch zusammengebissene Zähne.

Sie blätterte weiter durch das Buch, während sie sprach, weil sie ihn nicht ansehen konnte. »Für die Nächte nach dem Essen mit Callan habe ich Kleidung in einem vergessenen Abstellraum versteckt. Wenn ich mich aus unserem Zimmer schleiche …« Sie zuckte mit den Achseln.

»Wie kommt es, dass meine Wachen dich nicht gesehen haben?«

»Ich habe sie beobachtet und kenne ihren Schichtplan. Ich weiß, an welchen Wachen man einfacher vorbeikommt und welche Routen die besten sind. Ich bin ein Schatten des Todes, Sorin. Ich weiß, wie man ungesehen und ungehört von einem Ort zum anderen kommt«, antwortete sie.

Den Rest des Weges legten sie schweigend zurück. Als sie schließlich unten ankamen, entzündete sie die diversen Kerzen und Fackeln, die sie in den letzten Wochen nach unten gebracht hatte, und erleuchtete damit den kreisrunden Raum.

Überall an den Wänden standen Bücherregale, bis auf eine Stelle, wo ein Kamin in die Wand eingelassen war. Im Zentrum des Raumes befand sich ein langer Holztisch mit Stühlen und Bänken daran. Überall darauf waren Bücher und ihre Notizen verstreut.

Scarlett ging zum Tisch und legte das Buch, das Eliza gefunden hatte, zu den anderen. Dann drehte sie sich um und setzte sich Sorin gegenüber auf eine Bank. Er musterte sie, und sie wartete ab. Sie sagte nichts, als er den Raum durchquerte, eines der Bücher nahm und kurz durch die Seiten blätterte. Sie sagte wieder nichts, als er das Buch wieder ablegte und ihre Notizen zur Hand nahm, um sie zu überfliegen. Er legte die Papiere ab und ging mit den Händen in den Taschen zu den Bücherregalen und sah sich die Titel an. Schließlich drehte er sich zu ihr um und bemerkte: »Nichts davon ist in der modernen Sprache verfasst.«

»Nein.«

»Sehr wenige in der Alten Sprache.«

»Ja.«

Er wandte sich noch einmal den Büchern zu, ehe er sich zu ihr auf die Bank setzte. »Ich weiß nicht einmal, wo ich anfangen soll.

Was ich dich fragen soll«, gab er zu, und seine goldenen Augen begegneten ihren.

»Alles. Ich vertraue dir, Sorin. Ich werde dir alles sagen, und wir können gemeinsam entscheiden, wie viel wir den anderen erzählen«, antwortete sie und griff nach seinen Händen.

»Wie kannst du die hier lesen?«, fragte er und wies auf die Bücher auf dem Tisch.

»Einige kann ich nicht lesen. Ich habe noch keinen Weg gefunden, sie zu übersetzen, aber die meisten davon sind entweder in dieser Sprache verfasst«, sagte sie und wies auf eines der Bücher, »oder in jener.« Sie hielt ein zweites Buch hoch. »Diese hier ist diejenige, von der ich das meiste entziffern konnte und auf die ich die meiste Zeit verwendet habe, sie zu lernen.«

»Und welche Sprache ist es?«

Sie schluckte. Jetzt gab es kein Zurück mehr. »Die Sprache der Avonleyaner. Die andere, denke ich, ist Maraanisch, aber sie ist viel schwieriger zu übersetzen.«

»Die Sprache, über die du und Ashtine gesprochen habt?«

»Ja.«

»Wer sind die Maraanischen Lords?«

Scarlett erhob sich und ging in einen offenen Bereich des Raums. Sie kniete sich in den Staub und begann, darin zu zeichnen. Sorin stand auf und beobachtete sie, während sie den Kontinent malte und die diversen Territorien einzeichnete. »Vor einigen Monaten dachte ich noch, dass unser Kontinent aus diesen Territorien besteht«, sagte sie und wies auf die drei Königreiche der Menschen und die Höfe. »Dann erfuhr ich von diesen hier.« Sie fuhr mit der Hand über die provisorische Karte, und diverse Zeichen erschienen, die die Gestaltwandler, Hexen und Nachtkinder repräsentierten. Sie machte einen Schritt nach links und zeichnete einen weiteren Kontinent in einiger Entfernung. »Ich schätze, ich wusste schon immer, dass Avonleya existiert, aber es kam mir mehr wie ein Märchen vor«, sagte sie und erhob sich, um sich zu Sorin zu gesellen. »Dann erfuhr ich von den Maraanischen Lords, aber ich kann nicht herausfinden, wo sie herkamen. Wo befindet sich ihr Land? Ich weiß, dass es weitere Kontinente jenseits des unseren gibt, aber wie sind sie hierhergekommen?«

Sorin betrachtete die Karte auf dem Boden. »Warum, denkst du, sind sie hier?«

»Wenn man glauben kann, was ich in diesen Büchern entziffern konnte, dann war Deimas ein Maraanischer König.« Sorin hob ruckartig den Blick. »Du hast mir gesagt, dass niemand weiß, wo Deimas' Macht ihren Ursprung hatte. Nun, hier ist es. Er gehörte einem gänzlich anderen Volk und einer anderen Blutlinie an.«

»Und worin bestanden seine Kräfte?«

»Das konnte ich noch nicht herausfinden, aber scheinbar war seine Macht ähnlich stark wie die der Avonleyaner.«

»Wer sind die Maraanischen Lords?«, fragte er erneut. Er hatte sich nicht vom Fleck bewegt und studierte wieder ihre grob gezeichnete Karte.

»Sie sind die Herrscher Maraas, nehme ich an, nun, da sie ihren König verloren haben. Es gibt sieben Territorien, die alle von einem Lord regiert werden. Ich nehme an, das ist ähnlich wie hier mit den Prinzen und Ashtine. Jetzt, da Deimas aus dem Bild ist, sind sie am mächtigsten«, erklärte Scarlett.

»Und du bist ihnen begegnet?«

Sie nickte stumm.

»Wann? Wie?«

»Der erste … Er war gerade erst hier angekommen. Direkt von einem Schiff. Er war arrogant, und ich glaube, dass ihm nicht bewusst war, wie sehr die Reiche der Menschen seine Magie unterdrücken würden.«

Und dann erzählte sie die Geschichte von der Nacht, als sie und Juliette und Nuri einen Mann bei den Docks umgebracht hatten.

Sie hatten gedacht, es gäbe eine Verbindung zu den verschwundenen Waisen, aber als er sowohl sie als auch Nuri angegriffen hatte, hatte Juliette ihm ihr Schwert in den Hals gestoßen.

»Wie kann Mikale von dieser Nacht wissen?«, fragte Sorin, als sie zu Ende erzählt hatte.

»Ich weiß nicht, wie er es wissen kann. Vielleicht gibt es eine Art Verbindung zwischen allen Lords?«

Sorins Augen weiteten sich ungläubig. »Du glaubst, dass Mikale ein Maraanischer Lord ist?«

»Es passt alles zusammen, Sorin. Es würde erklären, wie er von dieser Nacht wissen kann. Es würde erklären, warum er mich will. Warum er unsere Blutlinien vereinen will. Wenn ich so mächtig bin, wie du denkst, und er ein Maraanischer Lord ist, dann wäre ein Kind …« Ihre Stimme war kaum hörbar, bis sie ganz verstummte.

Das besitzergreifende Knurren, das Sorin jetzt ausstieß, ließ ihr die Nackenhärchen zu Berge stehen. »Er kann dich nicht haben. Ich gehöre dir, und du gehörst mir.«

»Ich glaube nicht, dass ihn das interessiert«, entgegnete sie und setzte sich wieder an den Tisch. Sie griff nach einem Buch. Es war das, an dessen Übersetzung sie zuletzt gearbeitet hatte. Sorin setzte sich neben sie und ließ eine Hand auf ihrem Schenkel ruhen. »Diesem Text nach gibt es sieben Lords. Wir haben einen geköpft. Ich weiß nicht, wer seine Stelle eingenommen hat, aber bevor wir ihn töteten, meinte er, er würde seine Familie hier besuchen. Ich nehme an, dass sich mehr als einer dort aufhält, aber es kann nicht alles meinetwegen sein.«

»Hast du eine Idee, wer die anderen sein könnten?«

»Aus der Art, wie Lord Tyndell am Tag unseres Aufbruchs mit uns gesprochen hat, schließe ich, dass er einer von ihnen sein könnte. Dieser Plan …« Sie unterbrach sich und schob sich das Haar aus dem Gesicht. »Sie haben geduldig gewartet, Sorin. Diese Sache muss bereits vor Jahrhunderten in Gang gesetzt worden sein, und sie haben sich einfach nur Zeit gelassen. Gewartet, bis alle Puzzlestücke an der richtigen Stelle waren.«

»Aber was wollen sie?«

»Ich schätze, dasselbe wie während des Großen Kriegs. Irgendetwas in Avonleya, zu dem sie wegen der Schutzzauber keinen Zutritt bekommen, also suchen sie nach einem Umweg.«

»Deimas hat die Schutzschilde errichtet«, widersprach Sorin. »Wissen diese Lords nicht, wie man sie außer Kraft setzt?«

»Das ist die Sache«, sagte Scarlett. »Du hast mir erklärt, dass es nicht Deimas und Esmeray waren, die die Schilde um die Länder der Fae errichtet haben, sondern die Fae selbst.«

»Ja«, antwortete Sorin langsam. »Und du denkst, die Avonleyaner haben dasselbe getan?«

»Möglich«, meinte sie, »und wenn das der Fall sein sollte, dann suchen sie nach einem Weg hinein.«

Mit einer Drehung ihres Handgelenks ließ sie erneut ihren Schattenpanther erscheinen, diesmal mit einem anderen Buch im Maul. Dieses hielt sie versteckt, seit sie es entdeckt hatte. Sie hatte nicht einmal riskiert, es mit in ihre Gemächer zu nehmen. Es war in diversen Sprachen verfasst. Das persönliche Zauberbuch von jemandem. Manche Zauber waren in der Alten Sprache verfasst, andere in Avonleyanisch oder Maraanisch. Manche Sprachen konnte sie gar nicht lesen oder entziffern. Aber sie beinhalteten alle uralte, mächtige Magie. Blutmagie.

»Deshalb hast du so viele Fragen dazu gestellt«, sagte er leise.

»Ja.«

»Der Preis eines Zaubers, der so mächtig ist, dass er einen der Schutzschilde um Avonleya überwinden kann, wäre schrecklich«, sagte er gepresst.

»Ja. Das wäre er.«

Er hob den Blick und sah sie an. »Du hast den Zauber gefunden?«

»Ich habe einen gefunden, der etwas Ähnliches erreichen würde.« Sie blätterte zu einer Seite, die sie sich sorgfältig markiert hatte. »Er erfordert das Vergießen von unschuldigem Blut. Ich kann mir nur vorstellen, dass ihr Zauber etwas ähnlich Mächtiges und vielleicht Magisches verlangt …«

»Die Waisen«, rief Sorin verblüfft.

»Du klingst schockiert, dass ich das alles in Erfahrung bringen konnte«, meinte Scarlett mit einem scharfen Blick.

»Nein. Ich bin … Ich denke, du bist die Einzige, die all das herausfinden konnte, *Liebes*«, antwortete er und blickte über ihre Schulter auf ihre Notizen und die verstreuten Bücher auf dem Tisch.

»Ich muss in Erfahrung bringen, wer die anderen Lords sind, aber vorher musst du mir von eurer Sitzung an dem Tag, als ich das Orakel besucht habe, erzählen«, sagte Scarlett und nahm das Zauberbuch vorsichtig aus Sorins Händen. Mit einem Gedanken ließ sie ihren Schattenpanther erscheinen, der das Buch mit in jenen unbekannten Winkel zwischen den Welten nahm, an dem er diese Dinge aufbewahrte. »Als ich allein mit Talwyn war, sah ich Berichte auf dem Tisch. Ashtine hatte in Erfahrung gebracht, dass die Sterblichen ihre Streitkräfte umverteilen.«

»Das hat sie. Vor allem nahe den Grenzen zu den Westlichen Höfen«, sagte Sorin grimmig.

»Wie viele?«

»Sie wusste es nicht sicher.«

Scarlett schwieg und dachte nach.

»Wie willst du herausfinden, wer die anderen Lords sind?«, fragte Sorin, während er sich ihre Notizen und Übersetzungen ansah.

Jetzt geht es los, dachte Scarlett und wappnete sich für seine Reaktion.

»Ich werde hingehen und Mikale fragen.«

56
SORIN

Er musste sich verhört haben. Er sprang auf und blickte auf sie hinunter. »Du willst hingehen und Mikale fragen«, wiederholte er.

»Ja«, sagte Scarlett. »Im Reich der Sterblichen kann er unsere Zwillingsflammen-Male nicht sehen. Er wird nichts davon wissen und auch nicht, dass wir verheiratet sind. Ich werde zu ihm zurückkehren.«

Sorin sah sie einfach nur blinzelnd an. Sie biss sich auf die Unterlippe und hielt seinen Blick. Sie meinte es ernst. Vollkommen ernst. »Nein«, sagte er gepresst. Das war alles, was er herausbrachte, während Wut durch seine Adern rauschte.

»Es ist der einzige Weg, Sorin«, begann sie.

»Nein.«

»Sorin …«

»Nein.«

Sie verschränkte die Arme und lehnte sich nach hinten an den Tisch. »Du musst schon ein wenig mehr von deiner Wortgewalt gebrauchen, Prinz.«

»Scheiße, nein.«

Sie stieß ein leises Lachen aus, und dieser Laut zusammen mit einem leichten Grinsen löste in ihm einen Drang aus, sie auf den Boden zu ziehen und sich gleich hier in ihr zu versenken, den er nur mit Mühe unterdrücken konnte.

»Nein«, hauchte er. Er traute sich selbst nicht genug, um sich auch nur zu bewegen. »Er hat dich auf so viele Weisen beinahe zerstört, Scarlett. Nein. Wir finden einen anderen Weg.«

»Wenn du eine bessere Idee hast, ich höre«, gab sie zurück, ohne aufzustehen. »Aber er wird mir nichts verraten, solange er nicht glaubt, dass ich mich auf seine Seite geschlagen habe. Es ist nur ein Spiel, das wir wieder aufnehmen.«

»Nein, es ist ein Spiel, das wir vor einigen Monaten beinahe verloren hätten«, widersprach Sorin.

Sie konnte das nicht ernst meinen. Nicht nach allem, was sie durchgemacht hatte. Nicht nach allem, aus dem er sie wieder hatte herausholen müssen. Auf gar keinen Fall würde er zulassen, dass seine Frau, seine *Königin,* sich in die Hände des Feinds begab. Niemals. Sie würde ihn buchstäblich vorher umbringen müssen.

»Schlag mir einen besseren Plan vor, Sorin, dann können wir darüber reden, aber wenn nicht …«

»Und was? Du hast gerade erst den Thron für dich beansprucht, und jetzt wirst du genau so handeln, wie Nakoa es gesagt hat, und dein Volk verlassen? Was, wenn es schiefgeht, Scarlett? Denn wir beide wissen, dass es sehr, sehr schiefgehen könnte, und dann bleibt dein Reich, dein Volk allein zurück«, knurrte er.

Er spürte, wie sich etwas in ihr veränderte, konnte es aber nicht recht deuten. Sie mied seinen Blick und sagte leise: »Sie wären nicht allein, Sorin. Wenn ich eine Königin bin, dann bist du jetzt König, und du bist ohnehin sehr viel qualifizierter, dieses Volk zu führen.«

Sorin erstarrte. Das konnte sie nicht ernst meinen. Sie klang, als hätte sie bereits geplant …

»Scarlett Aditya Semiria, sieh mich an und sag mir, dass du dich nicht deshalb für eine Heirat vor der Weihe entschieden hast, um mich zum König zu machen.«

Sie warf ihm einen beinahe verletzten Blick zu. »Du weißt, dass das nicht stimmt. Wie kannst du das nur zu mir sagen?«

»Weil du Geheimnisse vor mir hattest, Scarlett. Große Geheimnisse. Und jetzt servierst du mir diesen Mist, von wegen ich sei König …«

»Das ist kein Mist«, rief sie und sprang auf die Beine. »Und du bist ein König. Du bist der Feuerprinz, aber unsere *Heirat* macht dich auch zu einem götterverdammten König dieses Reichs.« Sie spuckte ihm das Wort »Heirat« entgegen, als hätte es ihr die Zunge verbrannt, und hob die linke Hand. »Und wenn du ernsthaft glaubst, dass ich diese Verbindung nur deshalb akzeptiert habe, um dich zum König zu machen und mich aus der Verantwortung zu stehlen, dann kennst du mich gar nicht.«

Sorin konnte nicht sagen, ob das, was er spürte, seine Wut war oder ihre, die durch die Brücke hallte. Er knurrte und kam wieder zu ihr zurück. Sie hielt seinen Blick die ganze Zeit über, und er konnte den Sturm in ihren Augen sehen. Ein wilder Sturm aus Eis und Regen und Feuer und Dunkelheit. Ein Sturm, bei dem sein Herz einen Schlag aussetzte und bei dem er sich jedes Mal fragte, ob er diesen Wirbelsturm, der sie war, überleben würde.

»Weißt du was«, sagte sie tadelnd, als er direkt vor ihr zum Stehen kam, »du siehst mich an, wie du es bei unserer ersten Begegnung getan hast.«

»Als wollte ich dich erwürgen?«, presste er hervor.

»Ja«, gab sie zurück.

Er zog sie an sich und sagte barsch: »Bring uns hinauf in dein Zimmer.«

»Warum?«

»Weil auf diesem Tisch zu viele alte Bücher liegen, um sie auf den Boden zu werfen, damit ich dich ordentlich ficken kann.«

»Denkst du wirklich, dass wir innerhalb weniger Sekunden von Streiten zu *dem* übergehen werden?« Ihre Stimme war ruhig, doch er konnte sie riechen. Er hörte, wie ihr Herzschlag sich beschleunigte.

Er grinste und flüsterte ihr ins Ohr: »Ja, Liebes, das tue ich, denn tatsächlich kenne ich dich sogar ziemlich gut.«

Es verschaffte ihm eine nicht unbedeutende Befriedigung, sie jetzt schlucken zu hören. Ihre Stimme war leiser, atemlos, als sie sagte: »Wir können in diesem Raum nicht *reisen* oder Portale verwenden, er ist mit einer Art Schutzschild oder einer Verzauberung umgeben.«

»Wirklich?« Er hatte nichts gespürt. Keinen Hauch von irgendeiner Art Magie hier unten, bis auf das wenige, das Scarlett verwendet hatte.

»Ja, ich habe schon einmal versucht, hierherzu*reisen*, als du im Badezimmer warst, und ich kam nicht rein. Du könntest es mit einem Portal versuchen, aber ich glaube nicht, dass es funktioniert.«

Er versuchte es, und sie hatte recht. Er knirschte mit den Zähnen, packte ihre Hand und zerrte sie zur Treppe. »Sorin«, protestierte sie, »wir müssen darüber reden.« Aber er lächelte, als sie ihm ohne jeglichen Widerstand folgte.

»Das werden wir«, antwortete er, als sie begannen, die Treppe zu erklimmen.

»Sorin, wir müssen noch so viel vorbereiten.«

»Das werden wir«, wiederholte er.

»Sorin …«

Doch er unterbrach sie. Er drehte sich um und drängte sie gegen die Wand des Treppenschachts, ehe ihre Lippen miteinander kollidierten. Erstaunen blitzte in ihrem Gesicht auf, aber sie küsste ihn zurück, schmeckte seine Zunge mit ihrer. Er presste sich gegen sie, seine Hand glitt hinunter zu ihrer Brust. Sie stöhnte leise, und ihre Hüften wölbten sich ihm entgegen, rieben sich an seiner Härte. Er zischte bei der Bewegung und zog sich aus dem Kuss zurück. »Mach so weiter, Prinzessin, und wir treiben es gleich hier auf der Treppe.«

Sie stieß ein raues Lachen aus. »Wir sind beinahe oben. Ich würde nur ungern die Treppe hinunterstürzen.«

Er hauchte ihr noch einen kurzen Kuss auf die Lippen, ehe er sich umdrehte und begann, sie einmal mehr die Treppe nach oben zu führen. Sie betätigte den Hebel, um den Durchgang zu öffnen. Sobald das Bücherregal hinter ihnen zurück an seinen Platz geglitten war, presste sie die Lippen wieder auf seine und reiste mit ihm zurück in ihr Zimmer. Wäre er nicht ganz darauf konzentriert gewesen, wie sie sich an seinem Körper anfühlte, dann hätte es ihn beeindruckt, dass sie sie so zielgenau in ihrem Bett landen lassen konnte.

Ihre Hände glitten unter seine Jacke, schoben sie seine Arme hinunter. Dann zog sie ihm das Hemd vom Leib. Er ließ die Hände unter ihre Tunika gleiten und strich über ihre steifen Brustwarzen. Sie stöhnte bei der Berührung, knabberte an seiner Unterlippe, während er mit der anderen Hand nach unten wanderte und sie über der Hose zwischen ihre Beine schob.

Sie hatte gerade nach den Knöpfen an seiner Hose gegriffen, als es an der Tür klopfte. Scarlett erstarrte und riss den Kopf herum.

»Solange der Tod nicht auf unserer Schwelle steht, rate ich dir dringend, zu gehen und so zu tun, als wärst du nie hier gewesen«, knurrte Sorin in Richtung Tür.

»Nun, möglicherweise steht der Tod tatsächlich auf unserer Schwelle«, hörten sie Cyrus sagen. »Wir suchen euch beide seit beinahe einer Stunde.«

»Sieht aus, als hätten wir die Treppe vorziehen sollen«, sagte Scarlett leise. »Ein wenig Spaß vor dem sicheren Tod wäre nett gewesen.«

Sorin knurrte frustriert, ehe er sich von ihr herunterrollte und zur Tür marschierte. Er riss sie auf. »Was genau ist das Problem?«

Cyrus zuckte zusammen, als er Sorins nackte Brust sah, und kurz huschte sein Blick zu Scarlett auf dem Bett, die ihre Kleidung zurechtrückte.

»Von was für einer Art Tod reden wir hier, Cyrus? Sterben wir? Stirbt jemand anderes? Bringe ich jemanden um? Was ist los?«, fragte sie gelassen und erhob sich vom Bett.

Cyrus grinste, während Sorin wieder in sein Hemd schlüpfte. »Die Grenzen. Es sind Boten an den Grenzen. Nachtkinder.«

»An beiden Grenzen?«, fragte Sorin, als sie ihm aus dem Raum folgten.

»Ja«, bestätigte Cyrus. »Sawyer hat uns eine Nachricht zukommen lassen, während wir nach euch gesucht haben. Warum konnten wir euch keine Feuernachrichten schreiben?«

Interessant. Scheinbar blockierte die Kammer unter der Bibliothek noch mehr als nur *Reisende* und Portale.

»Was wollen sie?«, fragte Scarlett.

»Mit den Prinzen sprechen.«

»Den Prinzen?«, fragte Sorin. »Nicht Talwyn?«

»Nein«, antwortete Cyrus düster. »Sie wissen, dass du ihre … Waffe nicht an Talwyn ausgeliefert hast.«

Sorin spürte, wie Scarlett sich neben ihm versteifte, und er drehte sich zu ihr um. »Sie sind wegen mir hier?«, fragte sie.

»Sieht so aus.«

»Sie können die Grenzen nicht überqueren, Scarlett«, sagte Sorin und hob die Hand an ihre Wange. »Du bist in Sicherheit. Sie können dir nichts anhaben.«

»Das ist nicht … Wo sind die anderen?«, fragte sie Cyrus.

»Eliza ist mit einer kleinen Einheit Soldaten an der Grenze. Rayner kundschaftet die Lage aus und wartet auf Befehle«, antwortete er und fasste sein schulterlanges Haar mit einem Lederband zusammen, während sie den Flur hinuntereilten.

»Haben wir Nachricht von Briar?«, fragte Sorin.

»Sawyer sagt, dass er mit Nakoa und Neve an der Grenze ist und die Lage überwacht.«

»Hat jemand Talwyn benachrichtigt?«

»Ich glaube, sie hat keine Ahnung. Wie lange das noch der Fall sein wird, weiß ich nicht«, antwortete Cyrus, als sie in einen Sitzungsraum einbogen.

Scarlett war in Schweigen verfallen. Sorin sah sie an, und er wusste, dass sie nur halb da war und dem zuhörte, was sie sagten. »Wir sollten zur Grenze reisen und sehen, was Eliza herausfinden konnte«, meinte Sorin und beobachtete Scarlett, wie sie am Fenster stand und auf die Berge hinausblickte.

»Das sehe ich auch so«, nickte Cyrus. Auch er warf einen Blick auf die Königin und sah dann mit hochgezogener Braue Sorin an. Und er wusste es nicht. Er wusste nicht, was er seinem Stellvertreter sagen sollte. Er hatte keine Ahnung, was ihr durch den Kopf ging. Dachte sie an Mikale? An Cassius? Oder an die Kammer unter der Bibliothek und etwas, das sie dort herausgefunden hatte?

»Scarlett«, begann er zögerlich.

»Hmm?« Sie drehte sich nicht einmal zu ihnen um, während sie auf ihrer Unterlippe kaute.

»Wir gehen an die Grenze, um uns mit Eliza auszutauschen.«

»In Ordnung.« Sie machte allerdings keine Anstalten, zu ihnen zu kommen. Flammen tanzten zwischen ihren Fingern und wirbelten mit den Schatten, die sie herbeigerufen hatte. Er hatte sie etwas Ähnliches auf dem Balkon tun sehen, als sie ebenfalls in ihre Gedanken und Überlegungen vertieft gewesen war.

Sorin öffnete ein Portal und gab Cyrus mit dem Kinn ein Zeichen, hindurchzugehen. Er nickte lediglich, warf noch einen letzten unauffälligen Blick auf Scarlett und trat hindurch. Sorin durchquerte den Raum. »Ich dachte, du möchtest vielleicht mit uns kommen«, sagte er an ihrer Seite.

»Was?« Sie sah ihn an und zog verwirrt die Nase kraus.

»An die Grenze. Ich habe dir gesagt, dass wir an die Grenze reisen, um uns dort mit Eliza auszutauschen. Ich dachte, du möchtest mitkommen.«

»Ja, natürlich«, sagte sie schnell.

Ehe er noch mehr sagen konnte, packte sie seine Hand, und er spürte das vertraute Gefühl des *Reisens*. Dann blinzelte er in einem kleinen Lager am Rand der Grenze gegen das Licht der Mittagssonne an. Die Schutzzauber waren so installiert, dass sie ins Land der Sterblichen blicken konnten, von der anderen Seite aber nicht zu entdecken waren. Man würde einfach nur eine weite Ebene sehen.

Vor ihnen befand sich tatsächlich ein kleines Lager mit Streitkräften, und drei Nachtkinder warteten auf der anderen Seite auf sie. Sie wussten eindeutig, wo die Grenze verlief. Scarlett ließ seine Hand los und ging direkt auf die unsichtbare Linie zu, und Sorin streckte den Arm nach ihr aus, ehe sie sie überschreiten konnte.

»Sind das die einzigen Nachtkinder? Nur diese drei?«, fragte sie ihn. Ihre Schatten schwebten über ihren Schultern und wanden sich ihre Arme hinab. Er war inzwischen daran gewöhnt, sie ohne sie zu sehen, und er wusste nicht, ob sie sie herbeigerufen hatte oder ob die Schatten diesmal von selbst erschienen waren.

»Es sind die einzigen, die zu sehen sind, ja«, antwortete er und legte einen Arm um ihre Taille.

Sie neigte den Kopf schräg und musterte die Soldaten. »Wie kannst du das wissen? Abgesehen vom Geruch?«

»Sie weisen keine körperlichen Merkmale auf wie die Fae«, meinte er. »Sie haben sich jedoch vor der Sonne geschützt. Die anderen hier zeigen nackte Haut.«

»Davon abgesehen gibt es keine anderen Merkmale? Wenn sie alle das Gleiche anhätten und keine Haut zeigen würden, wüsstest du dann, wer ein Nachtkind und wer sterblich ist?«

»Nein.«

Ihre Lippen formten eine dünne Linie. »Wie schickt man diese Feuernachrichten? Ich möchte wissen, wie viele sich an der Grenze zum Hof des Wassers befinden.«

»Du könntest Briar hierherrufen«, antwortete Sorin, »und direkt mit ihm sprechen.«

»Nein, er muss in seinem Hof bleiben, bis wir die Sache geklärt haben«, sagte sie und klang einmal mehr abwesend. Sorin öffnete eine Feuernachricht und sandte ihre Anfrage.

»Erkennst du jemanden unter den Sterblichen? Sind Männer der Hohen Garde dabei?«, fragte Scarlett plötzlich.

»Nein«, antwortete er und ließ den Blick kurz über das kleine Lager vor der Grenze schweifen. »Niemand von der Hohen Garde ist hier.«

»Wie sieht unser Plan aus, Prinz?« Eliza kam mit Cyrus im Schlepptau auf sie zu.

»Hat jemand mit ihnen gesprochen?«, fragte Sorin und sah zu, wie Scarlett an der Grenze hin und her zu laufen begann, den Blick auf die drei Nachtkinder gerichtet. Was sie wohl da gerade machte?

»Nein. Sie haben gesprochen, aber niemand hat ihnen geantwortet«, meinte Eliza.

»Was haben sie gesagt?«

»Nur dass sie mit dir sprechen wollen.« Eliza beobachtete nun ebenfalls die Königin. Sie war in die Hocke gegangen und ritzte jetzt etwas in die Erde. Sie zeichnete, wischte die Symbole weg und zeichnete erneut. Nach dem dritten Mal kauerte Sorin sich neben sie.

»Liebes, was machst du da?«

»Hat Briar geantwortet? Wie viele sind es?«, fragte sie und begann ihre Zeichnung von Neuem. Die Symbole waren Sterne und verschiedene Formen und Wirbel. Sie waren wie Male, nur schärfer und nicht so elegant.

»Wir haben noch nichts von ihm gehört, Scarlett. Was tust du da?«

Aber sie arbeitete einfach weiter. »Du sagtest, dass die Sterblichen ihre Streitkräfte umverteilen. Was ist mit den anderen Grenzen? Dem Hof der Erde?«

»Ich weiß es nicht. Unser Verhältnis zum Hof der Erde ist nicht gerade freundschaftlich«, sagte er langsam und versuchte, sich seine Frustration nicht anmerken zu lassen.

Sie wischte die Symbole einmal mehr weg und sagte: »Hast du keine Spione dort? Wo ist Rayner? Weiß er nichts?«

Sorin streckte die Hand aus und legte sie auf ihre. Endlich sah sie ihn an, das Eisblau ihrer Augen blasser, beinahe silbern. »Liebes, was tust du?«

»Ich muss … Siehst du dieses Mal auf meinem Arm?«, fragte sie plötzlich und hielt ihm ihren linken Unterarm hin. Ihren nackten linken Unterarm.

Sorin schüttelte den Kopf. »Ich sehe nichts, Scarlett. Dort ist nichts.« Sie blickte hinunter auf ihren Arm und begann dann, mit ihrer anderen Hand dort etwas zu zeichnen, als würde sie tatsächlich den Linien eines Mals folgen, das er nicht sehen konnte. »Ist dort ein Mal?«

Aber sie sagte nichts. Sie sah wieder die drei Nachtkinder an. »Geh und rede mit ihnen. Sieh, was sie zu sagen haben.« Erneut streckte sie den Arm aus. In ihrer Handfläche lag der Semiria-Ring. Damit er jenseits der Grenze auf seine Magie zugreifen konnte.

»Du willst auf dieser Seite bleiben?«

»Ja«, antwortete sie und erhob sich.

»Warum?«

»Ist das nicht offensichtlich, Prinz? Ich bin vermutlich, was sie wollen«, sagte sie mit hochgezogener Braue.

»Ja, aber sonst würdest du sie deswegen aufziehen und sie provozieren und nicht in Sicherheit hinter einer magischen Grenze bleiben, wie ich es bevorzugen würde.«

»Wenn du das bevorzugst, warum diskutieren wir dann darüber?« Sie stemmte die Hände in die Hüften.

Ein Wirbel aus Schneeflocken erschien über seiner Schulter,

und er zog Briars Nachricht aus dem Gestöber. »Briar sagt, es sind drei.«

Ihre Schatten wurden dunkler, während sie die Hände in die Taschen schob. »Geh und sprich mit ihnen, Sorin«, sagte sie und wies mit dem Kinn hinüber. »Nimm Cyrus und Eliza mit.«

»Ja, bitte, lass uns etwas anderes tun, als hier herumzustehen«, rief Eliza, die praktisch von einem Fuß auf den anderen sprang, während in ihren Augen Blutlust funkelte.

»Gib mir einen Moment, dann werden wir mit ihnen reden«, sagte Sorin und warf den anderen einen vielsagenden Blick zu. Cyrus und Eliza nickten und entfernten sich etwas, um auf ihn zu warten. Scarlett beobachtete wieder die drei Vampire. Er streckte die Hand nach ihr aus und drehte ihr Gesicht zu sich herum. Als sie endlich seinem Blick begegnete, sagte er leise: »Hey, Liebes.«

Er hätte schwören können, Trauer über ihre Züge huschen zu sehen, doch sie war sofort wieder verschwunden. »Hey, Prinz«, flüsterte sie.

»Willst du mir nicht sagen, was los ist?«

»Abgesehen von der Tatsache, dass ich jetzt seit was … zwei Tagen? … eine Königin bin und schon jetzt den Tod an eure Schwelle gerufen habe?«

»Lass uns das noch einmal versuchen«, erwiderte Sorin, hob die Hand und schob ihr das Haar hinters Ohr. »Worüber denkst du nach, seit Cyrus uns gesagt hat, dass sie deinetwegen hier sind?«

Ein kleines Lächeln zupfte an ihrem Mundwinkel. Sie hob die Arme und schlang sie um seinen Hals. »Dass der Gesang einer Sirene unerwartete Mächte herbeiruft«, flüsterte sie, reckte sich auf die Zehenspitzen und küsste ihn.

»Deine vagen Antworten bereiten mir Sorgen.« Er löste sich von ihr.

»Ich finde dein Gluckenverhalten auch sehr ermüdend, und doch hörst du nicht damit auf«, erwiderte sie. Er warf ihr einen scharfen Blick zu, und sie küsste ihn lediglich noch einmal, ehe sie sagte: »Finde heraus, was die Bastarde wollen, und sag ihnen dann, sie sollen zur Hölle fahren.«

»Glaub nur nicht, dass ich diese Sache fallen lasse«, antwortete er und knabberte an ihrer Unterlippe.

»Anders würde ich es auch gar nicht erwarten.«

Sie ließ die Arme sinken und wandte sich einmal mehr der Grenze zu, um alles aus der Entfernung zu beobachten. Er wusste, dass da noch mehr war. Er wusste, dass sie etwas plante, etwas herausgefunden hatte, aber Eliza und Cyrus warteten.

Während er zu den beiden ging, überprüfte er noch einmal alle Waffen und Gurte und versuchte vergeblich, dieses Gefühl der Unsicherheit abzuschütteln.

»Geht es ihr gut?«, fragte Cyrus.

»Nein, aber ich kann sie nicht dazu bewegen, mit mir zu sprechen«, gab Sorin zurück und nahm den Bogen entgegen, den Eliza ihm reichte. Er schlang sich den Köcher voller Schwarzeschenpfeile über die Schulter.

»Lass uns herausfinden, was die Arschlöcher wollen, dann könnt ihr beide woanders miteinander sprechen«, meinte Cyrus.

Sorin nickte nur und warf noch einen letzten Blick zurück zu Scarlett. Sie erwiderte ihn und schenkte ihm ein sanftes Lächeln. Es war eines, das er nur selten zu sehen bekam. Es war das Lächeln, das sie auf den Lippen hatte, wenn sie über Juliette sprach.

Ja, er würde das hier hinter sich bringen und sie dann in die Stadt ausführen. Nur sie beide. Und dann würde er ihr entlocken, was genau ihre Sterne bedrohte.

57

SORIN

Sorin überquerte, flankiert von Eliza und Cyrus, die Grenze. Ein Grinsen breitete sich unter der dunklen Kapuze auf dem Gesicht des Nachtkinds in der Mitte aus. Eine dünne Schicht Schnee knirschte auf dieser Seite der Grenze unter ihren Stiefeln.

»Endlich kommst du an deine Tür. Wie zuvorkommend«, spottete der Vampir.

»Ich kann mich nicht erinnern, euch zum Essen eingeladen zu haben, also verzeiht mir die Verspätung«, gab Sorin zurück und schob die Hände in die Taschen.

Das Nachtkind schnaubte belustigt. »Wir werden uns bald den Bauch vollschlagen, Fae-Bastard.«

»Das könnt ihr gerne versuchen«, flötete Eliza mit gezogenem Schwert. Der rechte Vampir bleckte die ausgefahrenen Fänge. Eliza zeigte ihm schlicht ihre eigenen Zähne und schnurrte: »Die habe ich auch.«

»Ich nehme an, du bist der Feuerprinz?«, unterbrach sie der Mittlere, einmal mehr an Sorin gewandt. Sorin stand stumm da, weil er sich im Reich der Sterblichen nicht als solcher identifizieren konnte. Der Vampir seufzte verärgert. »Wo ist eigentlich Lord Lairwoods Braut?«

Cyrus packte Sorins Schulter, als dieser ein Knurren ausstieß. Der Vampir grinste. »Ich schätze, das ist mir Bestätigung genug. Nachdem ich nun weiß, wer du bist, erlaube mir, mich dir vorzustellen: Ich bin Colton, und der Lord hat mich geschickt, um … nach seiner Waffe zu sehen.«

»Er nennt seine Verlobte jetzt schon seine Waffe?«, höhnte Sorin.

Coltons Grinsen wurde unheilvoll. »Nicht dieser Lord.«

»Lord Tyndell also?«

»Sehr gut, Prinz. Du hast eins und eins zusammengezählt.«

Sorin schenkte ihm ein grausames Lächeln. »Ihre *Waffe* hat eins und eins zusammengezählt.«

Colton lachte leise. »Sag, Prinz des Feuers, hat sie sich schon von ihrer Verletzung erholt? Ich war nicht dort, aber Bowen hier meinte, sie hätten sie wundervoll zugerichtet«, sagte er und nickte in Richtung des Vampirs, der Eliza seine Zähne gezeigt hatte.

»Du warst dort?«, fragte Sorin und sah Bowen an.

»Das war ich«, zischte er. »Ich habe gesehen, wie Saul sie mit seinem Dolch aufgeschlitzt hat, bevor die Schlampe ihn in ihre Schatten gehüllt hat.«

Dann gurgelte er um den Pfeil herum, den Cyrus ihm in die Kehle gejagt hatte. Und er legte bereits einen weiteren ein.

»Das war unnötig«, knurrte Colton.

Sorins finsteres Lächeln wurde breiter. »Wir haben verschiedene Definitionen davon, was nötig ist.«

Colton versteifte sich. »Dieser verdammte Hof war schon immer von den Niederträchtigsten von euch bevölkert.«

»Vielleicht hat Deimas ja deshalb das Schwarze Syndikat uns nachempfunden«, gab Sorin zurück. »Sag, weswegen ihr hier seid, und verschwende nicht weiter meine Zeit, bevor den Blutsauger zu deiner Linken das gleiche Schicksal ereilt.«

»Ich habe es euch bereits gesagt. Der Lord schickt mich, damit ich nach seiner Waffe sehe«, meinte Colton schulterzuckend. »Nach dem wenigen, was ich über sie weiß, erwartete ich, dass sie auch hier sein würde.«

»Du kannst deinen *Meistern* sagen, dass sie nicht länger eine Waffe ist und dass sie sie auch nicht länger etwas angeht. Sie können sie nicht haben. Sie werden sie nie wieder haben«, knurrte Sorin.

Colton lachte. »Wir sind nicht hier, um sie zu holen. Ich denke, du wirst feststellen, dass sie aus eigenem Antrieb zurückkehren wird«, erklärte er mit funkelnden Augen. »Du wirst feststellen, Prinz des Feuers, dass Schatten immer in die Dunkelheit zurückkehren.«

»Wenn du nicht hier bist, um sie zu holen, was willst du dann?«, fuhr Sorin ihn an. Er musste zurück zu Scarlett. Sie wusste etwas. Dass dieser Vampir die Worte wiederholte, die er vor einem Monat aus Mikales Mund gehört hatte, fachte seine Unsicherheit, sie auf der anderen Seite der Grenze zurückgelassen zu haben, nur noch an. Was schloss sie aus all dem hier? Er konnte sie auf der anderen Seite hin und her laufen spüren.

Coltons Lippen verzogen sich zu einem bösartigen Lächeln, das seine Fangzähne sichtbar werden ließ. »Um die Identität des Prinzen des Feuers zu bestätigen.«

»Das war es? Und deshalb bist du mit all diesen Männern hier angerückt? Wegen etwas, das du auch allein hättest erledigen können?«, wollte Eliza wissen.

»Nein, das ist nicht der Grund«, antwortete Colton. »Es war mehr ein Bonus, um ehrlich zu sein.«

»Warum sind an der Grenze zum Wasserhof Männer stationiert?«, fragte Cyrus jetzt, den Bogen immer noch auf das andere Nachtkind gerichtet. »Und was ist mit den Grenzen zu den anderen beiden Höfen?«

»Vielleicht solltet ihr lieber fragen, warum sie nicht mitgekommen ist, um mit mir zu sprechen«, gab Colton zurück.

»Das geht dich nichts an«, knurrte Sorin, und Rauch kräuselte sich auf seiner Zunge. Er hatte die Hände in den Taschen, um den Ring zu verbergen, damit sie glaubten, er könnte nicht auf seine

Magie zugreifen, aber der Vampir ging ihm zunehmend auf die Nerven.

Coltons Augen verengten sich kalt. »Und dich gehen die Beweggründe der Lords nichts an.«

Danke, dass du mich so liebst, wie die Sterne die Nacht lieben, Sorin. Danke, dass du mich nach Hause geführt hast.

Als ihre Worte durch die Verbindung zwischen ihnen drangen, erstarrte er. Er wirbelte zur Grenze herum, als ihm etwas klar wurde. Er hatte dieses Lächeln ein zweites Mal gesehen, nicht nur, als sie von Juliette sprach – sondern auch, als sie sich verabschiedete, um zu Mikale zu gehen.

Er konnte nicht über die Grenze sehen. Er tat einen Schritt. Um zu ihr zu gehen. Um sie dazu zu bringen, dass sie ihm sagte, was sie herausgefunden hatte, doch Elizas warnender Schrei ließ ihn wieder herumwirbeln. Er zuckte zur Seite, als ein Dolch aus Shira-Stein an ihm vorbeiflog und dabei einen oberflächlichen Schnitt in seiner Schulter zurückließ. Er hatte keine Zeit für das hier. Etwas stimmte nicht mit seiner Frau.

Er knurrte und schritt auf die beiden verbliebenen Vampire zu. Ein Kreis aus Flammen umgab das ganze Lager der Sterblichen. Schreie stiegen von den Männern auf, und die Nachtkinder zischten, als ihnen klar wurde, dass Sorin Scarletts Ring trug. Als würde er einen Fleck von einem Fenster wischen, jagten Flammen über das kleine Lager und ließen nichts als Asche zurück. Zelte, Fleisch, Knochen. Alles wurde zu Asche im Wind. Niemand wurde verschont. Niemand bekam die Chance, um Gnade zu flehen.

Ein Gedanke, und die Nachtkinder hatten Flammen um ihre Hälse und schrien protestierend auf. Er brachte den einen, der noch nichts gesagt hatte, zum Schweigen, indem er ihm Flammen in die Kehle rammte. Der Vampir brach auf dem Boden zusammen und würde nie wieder aufstehen.

Colton starrte ihn an, und Hass glitzerte in seinen Augen.

»Sag mir, was ihre Schattenmagie ist«, knurrte Sorin und zog den Ring aus Flammen enger zusammen.

Doch Coltons Blick fixierte sich auf seinen Unterarm, wo das Mal eines Pakts zu sehen war. Eine Flamme mit drei Diamanten. Er hob den Blick, und ein langsames, verschlagenes Lächeln breitete sich auf seinem Gesicht aus. »Du wirst bald genug herausfinden, was ihre Magie ist, Prinz des Feuers. Die Zauberin wird dafür sorgen«, keuchte er gegen den Druck um seinen Hals.

Sorin musste die Flammenschlinge nur enger und noch enger zusammenziehen … bis der Kopf des Vampirs von seinem Körper abgetrennt wurde.

»Heilige Götter, Sorin«, konstatierte Cyrus ungläubig. »Keine Gefangenen zur Befragung?«

Sorin sagte nichts, er drehte sich einfach nur um und rannte zurück zur Grenze, überschritt sie genau dort, wo er sie zurückgelassen hatte.

»Scarlett!« Er sah sich in allen Richtungen nach ihr um, suchte nach etwas Silbernem in einem See aus schwarzem, rotem und goldenem Haar. Aber da war nichts. Keine Antwort auf sein Rufen. Er konnte sie nicht spüren. Er konnte sie nicht finden.

Er blickte hinunter auf seine Hand, wo sich das Mal der Zwillingsflamme dunkel von seiner gebräunten Haut abhob. Der Bund bestand noch. Er war nicht gebrochen.

»Was zur Hölle ist los?«, wollte Eliza wissen, die jetzt keuchend über die Grenze gerannt kam.

Sorin jedoch war das Blut aus dem Gesicht gewichen. Was er entdeckt hatte, war keine Königin mit silbernem Haar, sondern ein Ring, der auf einem Schatten schwebte. Ein Diamant, flankiert von zwei Rubinen. Ihr Ehering.

Er griff nach der Brücke zwischen ihren Seelen. Er brüllte ihren Namen hinunter, doch nichts kam zurück. Es war, als wäre da eine

Mauer, die ihre Verbindung blockierte. Er schleuderte Flammen gegen dieses Hindernis, wieder und wieder und wieder, doch nichts konnte es brechen.

Rayner erschien aus einer Aschewolke und erstarrte, als er die Panik, Wut und schieres Entsetzen auf dem Gesicht seines Prinzen sah. Seine Familie war ebenso erstarrt wie Sorin selbst. Er stand einfach nur da und konnte keinen klaren Gedanken fassen. Er konnte kaum atmen. Sie war gegangen. Sie hatte ihn verlassen.

»Sorin?«, fragte Cyrus zögerlich. »Wo ist sie?«

Aber er konnte keine Worte bilden. Sie waren ein fremdes Konzept, während er den Ring ansah, der auf einem Kissen aus Dunkelheit schwebte.

»Was ist das?«, fragte Rayner mit seiner leisen Stimme aus Kälte. Er zeigte auf etwas unter dem Schatten.

Eine Zeichnung. Die Symbole, die sie in die Erde geritzt hatte.

Sorin stolperte auf den Ring und die Symbole zu. Mit zitternder Hand ergriff er den Ring, und der Schatten löste sich augenblicklich auf. Er schloss die Faust um das Metall und die wertvollen Juwelen, und seine Brust zog sich zusammen, als würde er statt des Rings sein Herz umklammern. Er nahm einen Atemzug, und Jasmin, Lavendel, Zitrus und Nacht erfüllten seine Sinne.

»Was ist das?«, fragte Eliza.

Sein Innerer Hof stand stumm vor Entsetzen um ihn herum.

Sorin fiel vor dem Symbol auf die Knie. Vor dem Mal.

»Was ist es?«, wollte Eliza erneut wissen. Ihre Frage war dieses Mal schärfer, beinahe hysterisch.

»Es ist ein Blutmal«, antwortete Sorin heiser, als er endlich seine Worte wiedergefunden hatte.

»Das ist unmöglich«, platzte Cyrus heraus und bückte sich, um das Mal zu betrachten.

Doch das war es. Es war möglich. Denn das dort über dem sorgfältig gezeichneten Mal war Blut. Ihr Blut. Es war möglich, weil sie sich in diesen letzten Monaten eben nicht nur in jene Kammer geschlichen hatte, um zu Recherchezwecken über Blutmagie zu lesen. Sie hatte nicht einfach nur Avonleyanisch und Maraanisch gelernt und übersetzt. Sie hatte gelernt, wie man blutmagische Zauber und Male las.

Sie hatte gelernt, sie einzusetzen.

Sie war tatsächlich zu einer Waffe geworden.

Einer Waffe, die einen Krieg beginnen und beenden konnte.

58
SCARLETT

Scarlett schlich zwischen den Bäumen den Waldrand entlang. Das Lager der sterblichen Soldaten war genau da, wo sie es erwartet hatte – so dicht am nordöstlichen Zipfel des Hofs der Erde, wie es sein konnte, ohne direkt im Dresden-Wald zu sein.

Der Wald zog sich die gesamte östliche Grenze des Königreichs Toreall entlang. Auf seiner anderen Seite lagen die Königreiche der Hexen. Es war ein ausgedehnter Wald mit Eichen, so dick, dass man nur ahnen konnte, wie uralt sie sein mochten. Als sie noch ein Kind war, hatte man ihr Geschichten von den Geistern und gefährlichen Tieren erzählt, die durch diesen Wald streiften. Jetzt vermutete sie, dass der Ursprung dieser Gerüchte die Hexen waren, die sich im Wald aufhielten. Und womöglich auch ihre Greife. Sie glaubte Sorin noch immer nicht so recht, dass dies tatsächlich die Kreaturen waren, auf denen die Hexen flogen. Aber er hatte nicht ganz unrecht. Greife schienen viel mehr zu den furchterregenden weiblichen Wesen zu passen, denen sie bei ihren kurzen Besuchen in ihrem Territorium begegnet war.

Sie schob die Gedanken über Hexen und Greife zur Seite und konzentrierte sich wieder auf die Streitkräfte vor ihr. Es waren weniger als an der Grenze zum Feuerhof.

Seit sie vor einigen Tagen die Berichte in Talwyns Sitzungssaal gesehen hatte, wurde sie das Gefühl nicht los, dass etwas nicht stimmte. Sorin hatte ihr bestätigt, dass Ashtine herausgefunden hatte, dass man Streitkräfte an die Grenzen verlegte, aber niemand wusste so recht, warum. Niemand hatte eine Ahnung, aus welchem Grund die Sterblichen plötzlich der Meinung waren, dass sie mehr Schutz an den Grenzen zu den Ländern der Fae benötigten.

Scarlett hegte zunehmend den Verdacht, dass es gar nichts mit den Sterblichen zu tun hatte. In Baylorin hielten sich mindestens zwei Maraanische Lords auf. Wie hoch standen die Chancen, dass sie sich nur in Windonelle eingeschleust hatten? In etwa so hoch wie die Wahrscheinlichkeit, dass die Ereignisse in ihrem Leben alles Zufälle waren. Nämlich bei null.

An ihrer Grenze und an der des Wasserhofs hatten sich jeweils drei Nachtkinder aufgehalten. Sie hatten nicht nach ihr verlangt. Die anderen hatten angenommen, dass es ihnen um sie ging, doch tatsächlich hatten sie mit den Prinzen sprechen wollen. Als sie bei ihrer Ankunft an der Grenze festgestellt hatten, dass nur drei Vampire anwesend waren, war Scarlett nur noch misstrauischer geworden. Wenn sie wegen ihr dort gewesen wären, dann wären mehr als nur drei gesandt worden. Lord Tyndell und Mikale wussten von ihren Kräften. Mikale hatte sie gesehen, nachdem sie in den Hof des Feuers geflohen war. Er wusste, dass sie daran arbeitete, ihre Magie zu meistern. Drei Nachtkinder waren selbst ohne Magie kaum eine Herausforderung für sie. Nein, sie waren nicht ihretwegen dort.

Sorin hatte geglaubt, dass sie sich um ihre eigene Sicherheit sorgte, doch ihre Gedanken hatten buchstäblich allem anderen gegolten. Wenn die Truppenbewegungen nichts mit ihr zu tun hatten, was planten sie dann? Sorin hatte keinen der sterblichen Soldaten an der Grenze gekannt. Die Hohe Garde war nicht dort.

Die Hohe Garde war eine kleine, eng verbundene und perfekt ausgebildete Truppe. Ein Soldat der Hohen Garde entsprach vermutlich zehn normalen Soldaten. Man hatte dieser Elitetruppe Dinge über die Nachtkinder beigebracht.

Und sehr wahrscheinlich befand sie sich gerade direkt vor ihr.

Scarlett hatte zugesehen, als Sorin mit den Nachtkindern sprach und sie sich einen verbalen Schlagabtausch lieferten. Sie hatte zugesehen, wie zornig Cyrus wurde, als einer der Vampire von ihrer Verletzung sprach. Sie hatte gehört, wie der Anführer Sorin sagte, sie hätten erwartet, sie hier zu sehen. Wie er versuchte, Sorin aufzustacheln, damit er unabsichtlich verriet, wo sie sich aufhielt. Und zwar nicht, weil sie hinter ihr her waren, nein. Sie wollten sicherstellen, dass sie sich tatsächlich im Hof des Feuers aufhielt.

Sie dienten bloß zur Ablenkung, während etwas anderes vor sich ging.

Man hatte die Hohe Garde nicht in Sachen Nachtkinder unterrichtet, weil man in ihr Territorium eindringen wollte. Sie waren nicht ausgebildet worden, um gegen sie zu kämpfen, nicht als Endziel. Sie würden nur gegen die kämpfen müssen, die sich ihnen nicht anschlossen. Sie mussten nur diejenigen auf ihre Seite bringen, die sich an Avonleya rächen und sich von den Fae nähren wollten.

Bei dieser Erkenntnis hatte sie gewusst, was sie tun musste. Ihr war klar gewesen, dass Sorin Einwände haben und mit ihr diskutieren würde. Er hätte Talwyn und Azrael hinzuziehen wollen, aber sie hatten keine Zeit. Die Ablenkung starrte ihnen direkt ins Gesicht, und das bedeutete, dass, was immer ihnen drohte, genau in diesem Moment passierte. Da blieb keine Zeit für Sitzungen und Korrespondenzen.

Aber sie wusste auch nicht, womit sie sich konfrontiert sah. Nakoa hatte nicht unrecht mit seinen Anschuldigungen gehabt. Sie war eine Novizin, die keine verdammte Ahnung hatte, was sie eigentlich tat. Sie war eine Auftragsmörderin, die Fae und andere Kreaturen jagte, die nicht gefunden werden wollten. Sie war eine Expertin darin, Einzelpersonen auszuschalten. Sie konnte sich aus einer Menge freikämpfen. Aber sich ganz allein ausgebildeten Soldaten stellen? Einer Einheit, die Sorin ausgebildet hatte? Das konnte sehr leicht schiefgehen, und wenn das passierte, wenn man sie zurück nach Baylorin verschleppte, dann wollte sie nicht, dass irgendjemand wusste, dass sie verheiratet war. Sie wollte nicht, dass Sorin ihr folgte, bis sie wusste, womit sie es zu tun hatten. Sie hatte ein Blockade-Mal verwendet, um eine Barriere innerhalb ihrer Zwillingsflammen-Verbindung zu errichten, die verhinderte, dass er sie oder sie ihn spürte.

Der Preis dafür war gewesen, dass sie ihn küssen musste, in dem Wissen, dass es möglicherweise das letzte Mal war. Der Preis war gewesen, so tun zu müssen, als wäre nichts. Mit ihm zu streiten und zuzusehen, wie er ohne sie über die Grenze ging. Der Preis war gewesen, dass sie möglicherweise das Vertrauen zwischen ihnen auf immer zerstörte, als sie sich in die Handfläche schnitt und das Blut auf das Mal tropfen ließ, das sie so sorgfältig in die Erde gezeichnet hatte.

Sie blickte hinunter auf ihre mittlerweile wieder makellose Haut. Das Mal war verborgen, wie es die Illusionsmagie im Land der Sterblichen verlangte. Sie biss die Zähne zusammen und strengte sich an, um die Männer jenseits der Bäume zu belauschen. Wie hatte Sorin es nur drei Jahre mit gedämpften Sinnen in diesen Ländern ausgehalten?

Alle, die sich in dem kleinen Lager aufhielten, waren von Kopf bis Fuß bedeckt, sodass sie nicht sagen konnte, ob es sich um Mitglieder der Hohen Garde oder um Vampire handelte. Sie konnte sie aus dieser Entfernung nicht riechen, also saß sie da und wartete. Da man die Westlichen Höfe genau in diesem Moment ablenkte, konnte es nicht mehr lange dauern, bis etwas passierte.

Und tatsächlich begannen die Männer nach wenigen Minuten, sich alle am Rand des Waldes zu sammeln. Scarlett wich tiefer zwischen die Bäume zurück, während ihr Anführer zu sprechen und Befehle zu erteilen begann. Sie war ihm nahe genug, dass der

Geruch von Blut und nachtgeküsstem Wind zu ihr herüberwehte. Also war er ein Nachtkind. Neun weitere hielten sich an den Rändern der Gruppe auf, den Blick nicht auf den Anführer, sondern auf ihre Umgebung gerichtet. Eine Eskorte, wurde ihr klar. Sie waren eine Eskorte von Nachtkindern, die sie durch das Land vor ihnen führen sollten, doch dafür mussten sie einen kleinen Teil des Hofs der Erde durchqueren. Prinz Azrael würde sie zerstören. Entweder das, oder sie würden riskieren müssen, für einen kurzen Teil der Strecke das Königreich der Hexen zu betreten, was vermutlich noch gefährlicher war.

Und das auch nur, wenn sie es durch die Schutzzauber schafften.

Vorsichtig schob Scarlett sich näher heran.

»Unser oberstes Ziel, wenn wir in das Territorium eindringen, ist es, die Contessa zu finden«, sagte der Anführer. »Wir haben Grund zu der Annahme, dass sie sich nicht in ihrem Palast, sondern in ihrer privaten Residenz aufhält. Wir haben einen Informanten, der weiß, wo sich diese befindet. Wir werden uns mit ihm treffen, sobald wir die Grenze überqueren. Er wird uns mit weiteren Informationen versorgen und uns erklären, wie wir erkennen können, welche Nachtkinder wir töten sollen und welche auf unserer Seite sind.«

Die Contessa?

Scarlett wühlte in ihrer Erinnerung. Die Contessa herrschte über die Nachtkinder. Sehr viel mehr wusste sie nicht über sie. Aber sie konnte sich vorstellen, dass jemand, der über eine derartige Blutlinie herrschte, kein leichtes Ziel und sie anzugreifen unglaublich gefährlich wäre.

»Sobald die Königin hier ist und wir uns um sie gekümmert haben, setzen wir uns in Bewegung«, fuhr der Anführer fort.

Scarlett richtete sich bei diesen Worten auf. Sie waren noch nicht aufgebrochen, weil sie auf sie warteten? Nein. Sie warteten auf Talwyn. Talwyn würde sie alle umbringen, indem sie ihnen die Luft aus der Lunge saugte. Sie hätten keine Chance gegen Talwyn.

Und sie hätten keine Chance gegen sie.

Scarlett atmete tief durch und rief ihre Schatten. Sie wirbelten und tanzten und bebten beinahe, weil sie endlich frei waren, bereit zuzuschlagen, anzugreifen und zu töten. Dann tauchte sie tief in die Magiequelle in ihrer Seele. Sie drang tiefer und tiefer vor, sammelte jeden Funken Glut und jeden Tropfen Wasser und kaltes Eis. Bevor sie den Hof des Feuers verlassen hatte, hatte sie ihren Hexenanzug und das Lederzeug herbeigerufen.

Dann zog sie das Seelenschwert auf ihrem Rücken und schlenderte aus dem Wald auf die wartenden Streitkräfte zu. Als sie sie entdeckten, regte sich niemand. Alle starrten sie an, während sie die Klinge des Schwerts über ihre Schulter legte und eine Hand in die Hüfte stemmte.

»Ihr wartet auf die Königin? Hier bin ich«, rief sie gelassen.

Sie sah, wie der Anführer unter seiner Kapuze abfällig den Mund verzog und sich seine Nüstern blähten. »Du bist keine Königin«, schnurrte er. »Du bist etwas so viel Besseres.«

Sie hob die Hand an ihrer Hüfte dramatisch an ihre Brust. »Wirklich? Ich fühle mich geschmeichelt.«

Vier der Männer, die die kleine Einheit bewachten, waren gekommen, um ihren Anführer zu flankieren. Die anderen fünf hatten sich der Truppe genähert, trieben die Männer vor sich her. Nein, sie trieben sie nicht vor sich her. Die Hohe Garde formierte sich.

»Wie putzig.« Sie grinste. »Übt ihr die Manöver, die General Renwell euch beigebracht hat?«

»Sprich nicht zu ihnen«, zischte der Anführer und kam einen Schritt auf sie zu. »Wo ist die Fae-Königin?«

»Aber, aber«, schalt Scarlett ihn. »Wir waren uns doch gerade einig, dass ich so viel besser als sie bin. Beleidige mich nicht, indem du nach ihr fragst, wenn du genauso gut mit mir spielen kannst.«

Ein Lächeln krümmte die Lippen des Anführers. »Ich spiele nur zu gerne mit dir, aber wir können nichts tun, ehe die Fae-Königin nicht hier ist und wir … uns um sie gekümmert haben.«

»Seid ihr denn der Fae-Königin mal begegnet? Sie wird euch alle mit einem Atemzug vernichten. Buchstäblich.« Scarlett klang gelangweilt, während sie das Heft des Schwerts in ihrer Hand drehte.

»Wir wissen über die Gaben der Königin Bescheid«, presste der Anführer hervor. »Wir sind vorbereitet.«

»Ein Jammer«, meinte Scarlett achselzuckend.

»Warum ist das ein Jammer?«, wollte der Anführer wissen.

»Weil ich wirklich gerne spiele«, schnurrte sie. Flammen loderten um die ganze Einheit auf, und die Nachtkinder wichen zischend in Richtung der Männer zurück.

Scarlett schritt auf sie zu, und ihre Schatten verdichteten sich mit jedem Schritt, bildeten einen Schild aus Dunkelheit, der alle anderen Bedrohungen aussperrte. Sie blieb vor dem Feuerkreis stehen und schenkte dem Anführer ein einfältiges Lächeln … als zwei der Nachtkinder neben ihm von innen heraus zu Eis erstarrten. Sie sandte eine Schattenpeitsche aus und zerschmetterte sie zu Brocken aus gefrorenem Blut und Fleisch.

Der Blick des Anführers richtete sich wieder auf sie, als sie schnurrte: »Lass uns spielen.«

»Mir scheint, als hättest du bereits falschgespielt«, zischte er und zeigte seine Fänge.

Scarlett zwinkerte ihm zu. »Ich habe lediglich ausgeglichenere Verhältnisse geschaffen. Du hast immer noch deutlich mehr Männer auf deiner Seite als ich auf meiner.«

Ein schlangengleiches Lächeln huschte langsam über die Züge des Anführers. »Dann lass uns spielen, Prinzessin.« Seine honigfarbenen Augen richteten sich auf ihre, und seine Stimme veränderte sich. Sie war ruhig, sanft und verlockend. Ihr Körper spannte sich an und entspannte sich zugleich. Die Nachtkinder bei den Männern regten sich erneut. Ihr Blick huschte zu ihnen, aber der

Anführer schnalzte missbilligend mit der Zunge und raunte mit der gleichen Stimme: »Den Blick zu mir, Prinzessin.«

Erneut sah sie ihn an und hielt seinen Blick. Etwas tief in ihrem Geist begehrte dagegen auf, doch sie brachte es zum Verstummen.

»Senke deine Flammen«, befahl er glatt.

Scarlett gehorchte, und als die letzten Flammen verloschen, blieb der Anführer direkt vor ihr stehen. Er hob die Hand und fuhr mit einem Finger ihren Kiefer entlang. »Jeder begehrt dich. Jeder fürchtet dich. Jeder findet dich so … unkontrollierbar. Dabei war es gar nicht so schwer, dich an die Leine zu legen.«

»Wie lautet dein Name?«, hauchte sie, hob ihre eigene Hand an seine Wange und kam ihm noch näher.

Seine Nüstern blähten sich, und er fuhr mit seiner Nase ihre Kehle entlang. »Lennox. Sag es«, verlangte er. »Lass mich meinen Namen von deinen Lippen hören.«

»Lennox«, hauchte sie und fuhr mit der Hand über seine Brust.

Eines der anderen Nachtkinder kam neben Lennox und flüsterte ihm etwas ins Ohr. Er nickte lediglich, und sein schlangengleiches Lächeln wurde breiter, als das Nachtkind sich wieder entfernte. »Sieht so aus, als würde ich unser Spiel gewinnen, und unsere Pläne haben sich soeben geändert.«

»Welche Pläne?«, fragte sie, während ihre Finger weiter über seine Brust glitten.

»Unsere Pläne, in das Land der Nachtkinder einzudringen. Doch jetzt hat sich eine so viel interessantere Beute gezeigt«, antwortete er und legte die Hand um ihren Hinterkopf. Seine Finger packten ihr Haar, und mit einer ruckartigen Bewegung riss er ihren Kopf nach hinten und zur Seite. Erneut spürte sie seine Nase an ihrem Hals, einen seiner Zähne, der über ihre Haut fuhr. »Die Sterblichen haben sich zurückgezogen, um uns Raum … zum Arbeiten zu geben. Um dich unter Kontrolle zu halten.«

Scarlett kam ihm noch näher, bis sie gänzlich an ihn gepresst war. Der Vampir stöhnte leise. »Ich würde nur zu gerne von dir kontrolliert werden«, flüsterte sie.

Lennox lachte leise. »Das möchte ich wetten, Prinzessin.« Erneut das Schaben seiner Zähne. »Wenn es mich nicht sofort das Leben kosten würde, würde ich dich auf mehr als nur eine Weise kosten.«

»Ein Jammer«, hauchte sie in sein Ohr, »es wird dich nämlich so oder so das Leben kosten.«

Ihre Schatten schlugen zu, wanden sich um seine Kehle und rissen ihn vor ihr in die Luft. Lennox trat mit den Beinen ins Leere, während er versuchte, die Schatten um seinen Hals zu packen, doch seine Finger glitten durch die Dunkelheit, als wäre sie Nebel. »Du solltest wissen, Sohn der Nacht«, sagte sie gedehnt, »dass Betörung bei mir nicht funktioniert.«

»Wie?«, keuchte er.

»Ich bin mir nicht sicher, aber es ist mir auch ziemlich egal.« Ein Gedanke reichte aus, und die Schatten schleuderten Lennox auf den Boden, wo sie ihm die Dunkelheit durch die Kehle und in jede Ader seines Körpers stieß, bis er reglos liegen blieb.

Die übrigen acht Vampire stürzten sich auf sie, und weiße Flammen brachen aus ihren Händen hervor. Zwei waren tot, bevor sie auch nur einen weiteren Schritt tun konnten. Sie zerrte mehr und mehr Macht nach oben, während sie tief in diesen Brunnen in ihr selbst stürzte. Ein Wirbelsturm aus Dunkelheit und Sternenlicht, aus Feuer und Wasser. Sie wand jene weißen Flammen um ihr Seelenschwert und stieß es tief in die Brust eines der angreifenden Vampire. Hände packten sie um ihre Mitte, doch ihre Schatten stürzten sich sofort darauf und zerrten die Arme von ihrem Körper. Sie hielten den Angreifer fest, bis ihr Schwert ihm die Kehle durchtrennt hatte.

Zwei Schattenpanther zerfetzen zwei weitere Nachtkinder. Arme und Beine und Fleischbrocken lagen überall verstreut. Sie pirschten zurück an ihre Seite, als sie sich den letzten beiden Vampiren zuwandte. Sie blieben auf Abstand, hatten die Zähne gebleckt und umkreisten sie.

Zwei waren noch übrig. Sie spürte, wie sie langsamer wurde, wie Erschöpfung sich in ihr ausbreitete. Sie würde Informationen von diesen beiden bekommen und dann zurück zu Sorin *reisen.* Sie würde in seinen Armen zusammenbrechen und sich für das, was sie getan hatte, entschuldigen und ihn bitten, sie zu berühren, damit sie Lennox' Hände nicht länger spüren musste.

»Was wollt ihr mit der Contessa?«, knurrte sie und versuchte zu verbergen, wie erschöpft sie war.

»Die Contessa kontrolliert die Nachtkinder«, zischte einer von ihnen. »Wer immer die Contessa tötet, nimmt ihren Platz ein.«

Und könnte den Nachtkindern befehlen, den Sterblichen und den Lords zu helfen.

Plötzlich bohrte sich ein Dolch aus Shira-Stein in den Kopf des Vampirs, der soeben gesprochen hatte. Scarlett wirbelte in die Richtung herum, aus der die Waffe gekommen war, doch weiß glühender Schmerz explodierte an ihrem Hinterkopf. Ihr Sichtfeld verschwamm, und Punkte tanzten darin. Ihre Schatten flackerten, als sie auf die Knie fiel.

Eine weitere Schmerzexplosion … und dann himmlische Dunkelheit.

59

SCARLETT

Beeil dich, mein Liebling«, rief Eliné und griff nach Scarletts Hand. »Wir sind beinahe da.«

»Mutter, ich bin müde«, klagte Scarlett und rieb sich die Augen. »Können wir nicht morgen an den Strand gehen?«

»Du liebst den Strand doch, Scarlett«, sagte ihre Mutter sanft. »Es gibt etwas sehr Wichtiges, das wir heute Abend erledigen müssen.«

Scarlett verfiel in Schweigen, während ihre kleinen Fünfjährigenbeinchen sich bemühten, mit den langen Schritten ihrer Mutter mitzuhalten. Es war extrem dunkel, doch der Himmel war klar. Die Sterne funkelten und glitzerten über ihnen, und als sie schließlich den Strand erreichten, spiegelte sich der Vollmond auf dem Meer. Ihre Mutter blieb kurz vor dem Wasser stehen, schloss die Augen und schien tief durchzuatmen.

»Mutter?«, fragte Scarlett zögerlich mit ihrer Kleinkindstimme.

Eliné bückte sich, um Scarlett die Schuhe auszuziehen. »Geh und spür den Sand zwischen den Zehen, Liebling. Sie werden bald hier sein.«

Scarlett wusste nicht, auf wen sie warteten, während sie zwischen den Wellen herumrannte, die sanft an das Ufer brandeten. Sie kicherte, als kühles Wasser gegen ihre Beine spritzte, und watete weiter hinaus, bis der Saum ihres Nachthemds von der Gischt durchnässt war. Sie drehte sich um, um sich zu versichern, dass ihre Mutter noch da war, und sah sie neben einer anderen Person stehen.

Der Neuankömmling trug einen Umhang mit Kapuze, sodass sie sein Gesicht nicht sehen konnte. Augenblicklich verflogen ihr Kichern und das Lächeln, und sie eilte schweigend an die Seite ihrer Mutter und versteckte sich hinter ihren Röcken.

»Alles gut, Scarlett. Sybil und dein Cassius werden bald hier sein«, sagte Eliné sanft und fuhr mit den Fingern durch Scarletts silbernes Haar.

Scarlett nickte stumm und starrte die Person neben ihrer Mutter an. Cassius musste auf sie aufpassen, wenn ihre Mutter arbeitete. Er war schrecklich stark und nahm sie immer mit zum Birnenpflücken. Alles wäre besser, wenn Cassius erst hier war.

»Ihr Tonikum?«, fragte der Fremde. Nein, die Fremde. Es war eine weibliche Stimme.

»Ich habe ihr nur die Hälfte gegeben, damit ich sie aufwecken konnte. Ich werde ihr die andere Hälfte bei unserer Rückkehr geben«, antwortete ihre Mutter. Die Frau nickte, und obwohl Scarlett ihr Gesicht nicht sehen konnte, wusste sie, dass die Frau sie beobachtete.

Einen Augenblick später kam tatsächlich Sybil mit Cassius auf sie zu. Wo war Juliette? Und Nuri? Warum waren sie nicht gekommen?

»Ist er das?«, fragte die Frau.

»Das ist Cassius, ja«, antwortete ihre Mutter. »Er ist derjenige, nach dem du suchst.«

»Gib mir deine Hand, Kind«, sagte die Fremde und streckte ihre Hand nach Cassius aus. Cassius blickte zwischen Eliné und Sybil hin und her, die beide nickten. Er gehorchte, und schneller als der Blitz hatte die Fremde einen Dolch gezogen und ihm einen Schnitt in der Handfläche versetzt. Scarlett schrie auf, doch Eliné tröstete sie sofort. »Alles gut, Schatz. Sieh nur, Cassius geht es gut.«

Und tatsächlich hatte Cassius zwar die Zähne zusammengebissen, doch er wirkte nicht verängstigt. Er weinte nicht. Er war mutig. Er war immer so mutig. Sie konnte auch mutig sein.

Die Fremde tauchte einen Finger in die kleine Blutlache in seiner Hand und roch daran. »Hat Ranvir sich bereits gezeigt?«

»Wir haben ihn nicht gesehen, aber Shirina auch nicht«, antwortete Eliné leise. »Ich nehme an, es liegt daran, dass wir uns in diesem Reich aufhalten.«

»Aber du hast bestätigt, wer ihn gezeugt hat?«

Sybil warf der Fremden einen Seitenblick zu. »Kannst du es denn nicht in seinem Blut riechen?«

»Das kann ich«, antwortete die Frau. »Es erscheint mir immer noch wie ein Wunder. Er hat niemals angedeutet, dass es ihn nach einer Geliebten verlangt, und schon gar nicht nach einer, mit der er ein Kind zeugen würde.«

Dann bückte die Fremde sich zu Scarlett hinunter. Sie wich tiefer zwischen die Röcke ihrer Mutter zurück. Sybil hielt Cassius bei den Schultern fest, als er zu ihr stürmen wollte. Die Frau hob die Hände und zog ihre Kapuze zurück. Ihr silbernes Haar glänzte im Mondlicht, und Scarlett riss die Augen auf. »Dein Haar ist wunderschön, meine Kleine«, sagte die Frau mit einem sanften Lächeln.

Ihre Augen waren silbern und leuchteten in der Nacht. »Sag mir, Scarlett, magst du den Mond oder die Sonne lieber?«

»Den Mond«, flüsterte Scarlett, »aber die Sterne mag ich am liebsten.«

»Ich auch«, antwortete die Frau. Ihre Kehle arbeitete, und Scarlett war sich nicht sicher, aber sie glaubte, dass die Frau gleich zu weinen anfangen würde. »Ich habe ein Geheimnis für dich. Kannst du ein Geheimnis bewahren?«

Scarlett nickte und kam einen Schritt hinter ihrer Mutter hervor und auf die Frau zu. »Die Welt wird dir erzählen, dass sich in der Nacht das Böse und Grausame verbirgt, aber was sie nicht weiß …« Die Frau hielt inne, und eine reinweiße Flamme funkelte in ihrer Handfläche, kalt wie der Raum zwischen den Sternen. »… ist, dass in der Dunkelheit die schönsten Dinge wachsen.«

Scarlett lächelte die Frau an und streckte, ohne nachzudenken, die Hand nach der Flamme in ihrer Hand aus. Die Frau lächelte erneut, aber selbst als Fünfjährige erkannte Scarlett, dass es ein trauriges Lächeln war. Die Frau nahm Scarletts kleine Hand in ihre, und die Flammen verschwanden. »Du musst etwas für mich tun, Scarlett. Ich muss dich in die Hand schneiden, wie ich es bei Cassius getan habe. Um dich …« Die Frau unterbrach sich und schluckte noch einmal schwer. »Es wird helfen, dich zu schützen. Kannst du jetzt sehr tapfer sein, Sternenfeuer?«

Obwohl Scarlett flau im Magen war, musste sie bei dem Namen, den die Frau ihr gegeben hatte, grinsen. »Ja«, sagte sie und nickte bekräftigend. Sie drehte ihre Hand in der der Frau und streckte die Finger aus.

»So tapfer«, sagte die Frau leise.

Scarlett kniff die Augen zu, als die Frau ihr genauso schnell wie bei Cassius einen Schnitt versetzte. Einen Moment später legte sie Cassius' Handfläche auf ihre und vermischte ihr Blut. Die Frau rührte es mit dem Finger in ihrer Hand. »Dreht sie um«, sagte sie zu Eliné und Sybil.

Die beiden Frauen gehorchten, und Scarlett spürte, wie ihr Nachthemd angehoben wurde und die Frau ihr etwas mit dem Finger auf den Rücken zeichnete. Sie spähte hinüber, als die Frau dasselbe bei Cassius tat. Zwei sich überschneidende Kreise mit einer Linie, die durch ihre Mitte verlief. Das rote Blut leuchtete hell auf und verwandelte sich dann in ein blasses silbriges Weiß auf seiner Haut.

Erneut das Aufblitzen grellweißer Flammen, und ein kleiner Becher erschien in der Hand der Frau. Sanft kippte sie den Inhalt von Scarletts Handfläche hinein. Das Blut tropfte beständig, bis er halb voll war. »Ihr müsst beide davon trinken«, sagte sie schlicht.

»Ich trinke kein Blut«, verkündete Cassius und verschränkte die Arme vor der Brust.

Weiße Flammen leuchteten in den Augen der Frau auf, und Scar-

lett wich zurück. »Du wirst tun, was dir befohlen wird, junger Krieger«, befahl sie. »Trink.« Sie hielt ihm den Becher hin. Dieses Mal war Cassius klug genug, nicht zu widersprechen, und nahm einen Schluck von dem Becher. Seine Lippen waren leuchtend rot, als er ihn der Frau zurückgab.

Als sie wieder Scarlett ansah, waren die Flammen in ihren Augen verschwunden. »Kannst du noch einmal tapfer für mich sein, Sternenfeuer?« Die Frau streckte ihr die Hand mit dem Becher entgegen, doch Scarlett wich zurück zwischen die Beine ihrer Mutter. Die Züge der Frau wurden sanfter. »Darf ich dir eine Geschichte erzählen?«

Scarlett nickte und sah Cassius an. Sybil hielt noch immer seine Schultern. Er versuchte, ihr ein zuversichtliches Lächeln zu schenken, doch es war angespannt und gezwungen.

»Es war einmal ein Volk, das die Nacht und die Dunkelheit liebte. Es lebte in einem wunderschönen Land, wo Schnee funkelnd wie Diamanten die Berge bedeckte und Wasser so dunkel wie der Mitternachtshimmel an die Strände brandete. Dort gab es einen magischen Wald, in dem besondere Tiere lebten, und einige von ihnen entschieden sich, Angehörige jenes Volks zu beschützen und ihnen zu dienen.«

»Was für Tiere?«, fragte Scarlett.

»Mächtige und starke Tiere«, sagte die Frau, und dieses Mal glitzerten tatsächlich Tränen in ihren Augen. »Eine anmutige Eule. Zwei wilde Drachen. Eine atemberaubende Schlange. Ein wunderschöner Panther. Das sind nur einige, aber es gab auch Angehörige des Volkes, die sich für eine ähnliche Verbindung entschieden. Oft wurden Mitglieder der königlichen Armeen für diese Verbindungen ausgewählt. Diese Leute fühlten sich durch das Schicksal voneinander angezogen. Es war ein heiliger Bund. Ein Bund, der freiwillig war, was ihn nur umso mächtiger machte, und es war ein Bund, der über beinahe alles andere gestellt wurde. Sie wurden zu Hütern derjenigen, an die sie

gebunden wurden. Der Bund wurde von Sargon selbst gesegnet und geehrt. Weißt du, wer Sargon ist?«

»Der Gott des Krieges und des Muts«, mischte Cassius sich ein.

»Genau das, junger Krieger«, sagte die Frau und sah Cassius mit einem Lächeln an. Ihr Blick richtete sich wieder auf Scarlett. »Doch der Bund verlangte große und mächtige Magie, die erforderte, dass zwei Personen durch Blut miteinander verbunden wurden. Also vermischten sie ihr Blut und tranken davon. Kleines Sternenfeuer, das Schicksal hat dich und Cassius zusammengeführt, damit er dein Hüter sein kann, genau wie in dieser Geschichte, aber dafür musst du das jetzt trinken.«

»Was, wenn er gar nicht mein Hüter sein will?«, fragte Scarlett und sah Cassius noch einmal an.

»Sei nicht dumm, Scarlett«, schnaubte Cassius, machte sich von Sybil los und warf sich in die Brust. »Natürlich will ich dein Hüter sein. Ich bin es ja praktisch schon.«

Scarlett streckte ihm die Zunge heraus. »Sei nicht gemein«, befahl sie ihm frech.

Eliné wollte etwas sagen, doch Cassius trat nach einem kurzen Blick in ihre Richtung vor. Er kniete sich vor Scarlett, und ein kleines Lächeln formte sich auf seinen Lippen. »Weißt du was, Scarlett, du trinkst das jetzt, und ich besorge dir morgen eine Extraportion Kuchen.«

»Ich will vier Stücke«, verlangte Scarlett und griff nach dem Becher.

»Dann bekommst du auch vier«, antwortete Cassius. »Trink jetzt.«

Scarlett trank aus dem kleinen Becher und verzog das Gesicht. Ein kupfriger, metallischer Geschmack legte sich auf ihre Zunge, und sie gab der Frau den Becher zurück. Die Flüssigkeit war warm, als sie in ihren Bauch hinunterrann, und in ihr schien sich eine Verbindung einzustellen, mit der ihr fünfjähriger Geist nicht wirklich etwas anzufangen wusste. Sie warf Cassius einen fragenden Blick zu, der *sie aufmerksam beobachtete und Ausschau nach Unwohlsein oder Verletzungen hielt, wie er es immer tat. Die Frauen um sie herum schwiegen und sahen zu, wie Cassius ihr das silberne Haar zauste. »Braves Mädchen.«*

»Gab es in dem Königreich auch eine Prinzessin?«, fragte Scarlett die Frau mit dem silbernen Haar.

Ein Laut, der beinahe nach einem Schluchzen klang, schien sich ihr zu entringen, doch sie räusperte sich eilig. »Ja, Scarlett, es gibt eine Prinzessin in diesem Königreich.«

»Ich möchte wetten, sie ist schrecklich hübsch«, seufzte Scarlett und blickte hinauf zu den Sternen. Sie schienen noch heller zu strahlen.

»Sie hatten einen König und eine Königin, die am liebsten unter den Sternen zwischen den wirbelnden Schatten und in den schwärzesten Nächten tanzten«, sagte die Frau, die nun ebenfalls den Blick zum Himmel richtete. »Sie hatten zwei Kinder, ein Mädchen und einen Jungen, die der Prinz und die Prinzessin waren, und sie liebten sie sehr. Die Prinzessin war so schön wie die Sterne, und der Prinz war so ungestüm wie die wilden Tiere in ihrem Land.«

Zwei Personen mit silbernem Haar, eine Frau und ein Kind, blickten in den Himmel. Die anderen um sie herum schwiegen. Nach beinahe einer Minute schob die Frau die Hand in Scarletts Haar und fuhr mit den Fingern hindurch. Eisblaue Augen trafen auf silberne. »Vergiss das niemals, Sternenfeuer, Hoffnung gehört den Träumern.«

Scarletts Kopf pochte, und sie stöhnte. War sie bewusstlos geschlagen worden, oder hatte sie sich diesen Zustand selbst zuzuschreiben, weil sie zu viel Magie verwendet hatte?

Sie öffnete mühsam die Augen und blinzelte gegen das helle

Sonnenlicht an. Ihre Sicht verschwamm leicht und schärfte sich dann wieder. Vor ihr erstreckte sich die Zerstörung, die sie verursacht hatte. Aschehaufen und Leichen. Es war ein Nachtkind übrig gewesen, doch jetzt war nichts mehr von ihm zu sehen.

Erde und Gras klebten an ihrer Wange, als sie versuchte, sich in eine sitzende Position aufzurichten, aber ihre Arme zitterten und waren unfähig, ihr eigenes Gewicht zu tragen. Sie brach wieder auf dem Boden zusammen und unterdrückte einen Schrei, als quälender Schmerz in ihrem Kopf explodierte. Doch da war etwas Feuchtes auf ihren Lippen. Sie hob die Hand und wischte sich über den Mund. Als sie ihren Handrücken daraufhin ansah, war er rot verschmiert. Sie blutete. Wie und warum wusste sie nicht.

»Sie ist endlich wach.«

Scarlett drehte sich noch auf dem Boden in die Richtung der Stimme und fand einen Mann auf einem Stein sitzend vor. Er hatte schwarzes Haar wie Prinz Azrael, und seine Haut wies den gleichen dunklen Goldton auf. Etwas zupfte an den Tiefen ihrer Erinnerungen, doch ihr Kopf pochte zu sehr, um sich auf irgendetwas zu fokussieren. Der Mann ließ einen Dolch in seiner Hand herumwirbeln, als wäre ihm langweilig. Ein Dolch aus Shira-Stein.

Scarlett rief ihre Schatten, doch keiner tauchte auf. Keine Flamme. Kein Eis. Kein Wasser. Nichts.

Der Mann lachte. »Du hattest nicht genug, um deine Kräfte herbeizurufen.«

Genug was? Schlaf? Sorin hatte sie gewarnt, nicht zu schnell zu tief in ihre Magie vorzudringen, ohne ihre Reserven wieder aufzufüllen. Er hatte ihr gesagt, dass sie mehr schlafen, sich mehr ausruhen musste. Es war einfach nicht genug Zeit gewesen. Alles war so schnell passiert.

Erneut versuchte sie, sich in eine sitzende Position zu stemmen, doch sie schaffte es nicht einmal mit den Armen.

Der Mann lachte erneut. »Hat Aditya dir nicht beigebracht,

wie du sicher auf deine Magie zugreifen kannst? Du bist jetzt seit Monaten bei ihm.«

Aditya. Er wusste also, wer Sorin war.

»Wer bist du?«, keuchte sie. Ihre Kehle war trocken und heiser und kupfrig, dabei hatte sie einen beinahe erdigen Geschmack auf der Zunge.

Der Mann ließ den Dolch erneut durch die Luft wirbeln und beobachtete sie dabei. »Du bist nicht die Königin, die ich hier erwartet habe. Eine unerwartete, aber angenehme Überraschung.«

»Du hast auf Talwyn gewartet?«

»Der Hof der Erde ist ihr Zuständigkeitsbereich, nicht wahr? Ich hatte nicht erwartet, dass du von der Seite des Feuerprinzen weichen würdest«, antwortete er schlicht und warf erneut den verdammten Dolch in die Luft. »Der Herr der Assassinen wird äußerst erfreut sein, wenn du nach Hause zurückkehrst.«

Alaric?

Bei diesen Worten zwang sie ihre Arme, sie in eine sitzende Position zu stemmen. Die Welt drehte sich vor ihren Augen, aber sie schaffte es, sich aufzurichten und die Knie an die Brust zu ziehen. »Du …«, keuchte sie. »Du kennst den Herrn der Assassinen?«

»Das tut weh, Majestät«, sagte der Mann und zog einen gespielten Schmollmund, während er von dem Stein sprang. »Erkennst du mich denn nicht aus der Gefolgschaft wieder?«

»Ich erinnere mich prinzipiell nicht an uninteressante zweitklassige Möchtegernassassinen«, brachte Scarlett um ihren Atem herum hervor. Sie war sich ziemlich sicher, sich gleich übergeben zu müssen.

»Ich habe nie verstanden, was er so entzückend an diesem verdammten Mundwerk findet«, fauchte der Mann. »Obwohl er es bei eurer letzten Begegnung gar nicht so amüsant fand, nicht wahr?«

Das war, als sie Sorin mit ins Schwarze Syndikat genommen

hatte. Er musste einer der Männer gewesen sein, der sie damals festgehalten hatte. Sie schluckte schwer. Götter, sie brauchte Wasser.

»Wer bist du?«, verlangte Scarlett erneut zu wissen. Sie konnte ihren Kopf nicht länger aufrecht halten, er fiel nach vorne, und sie stützte die Stirn auf die Knie.

Sie sah seine Stiefel vor ihr. Ein Geruch nach Wald und Erde und … Macht erfüllte ihre Sinne. Irgendeine Form von Magie. Sie hob den Kopf und stellte fest, dass seine grünen Augen sie beobachteten. Seine Mundwinkel hatten sich zu einem grausamen, belustigten Lächeln gehoben.

»Du bist kein Nachtkind«, würgte sie hervor und versuchte erneut, ein wenig ihrer Magie heraufzubeschwören, um sich zu schützen, doch da war nichts. Sie war vollkommen leer.

»Du brauchst dir keine Mühe zu machen«, sagte der Mann und klang dabei verärgert. »Du bist ohne deinen Ring hier angekommen, also habe ich keine Möglichkeit, Zugriff auf meine Magie zu erhalten, genau wie alle anderen Unsterblichen im Land der Menschen.«

Sie sog erneut seinen Geruch ein. Sie konnte ihn beinahe auf ihrer Zunge schmecken. Erde und Bäume und Sand und …

»Du bist ein Fae«, sagte sie undeutlich. »Du verfügst über Erdmagie.«

»Sehr gut, Majestät«, schnurrte er.

»Und du arbeitest für die Sterblichen?«

Sie senkte den Kopf wieder auf die Knie. Zu viel. Es waren zu viele Informationen. Sie konnte das alles nicht verarbeiten, wenn ihr Kopf so wehtat.

»Ich arbeite für die Lords«, sagte er kühl.

»Die Maraanischen Lords?«

Kurz herrschte Stille. »Woher weißt du von den Maraanischen Lords?«

»Meine Intelligenz ist der Grund, warum der Herr der Assassinen mein verdammtes Mundwerk toleriert«, erwiderte sie.

Der Mann lachte. »Und vermutlich auch, warum er dich so lange verborgen hat.« Er ging vor ihr in die Hocke und wartete, bis sie erneut den Kopf hob, um ihm in die Augen zu blicken. »Nachdem du schon so viel herausgefunden hast, Majestät, denke ich, ist es höchste Zeit, dass wir uns einander vorstellen. Immerhin sind wir beinahe verwandt.«

Die Verwirrung musste ihr eindeutig ins Gesicht geschrieben gewesen sein, denn aus seinem leichten Lächeln wurde ein volles, abfälliges Grinsen. »Ich bin Tarek, Königin Talwyns Zwillingsflamme und der rechtmäßige Thronfolger des Hofs der Erde.«

DANKSAGUNG

Vielen Dank an meine Leserinnen und Leser, dass ihr euch von Anfang an in Scarlett, Sorin und alle anderen in ihrer Welt verliebt habt. Eure Kommentare, Nachrichten und Begeisterung haben mir so viel Energie gegeben. Schreiben und Veröffentlichen ist hart, und diese süßen Worte kamen immer zur richtigen Zeit, um mich daran zu erinnern, dass es am Ende all die Mühe wert ist.

Ein großes Dankeschön an Megan Visger, weil sie meine Entwürfe gelesen und all die kleinen Details entdeckt hat, die mir bei meinen nächtlichen Überarbeitungsrunden entgangen sind. Du bist ein Schatz, meine liebe Freundin, und ich bin dir unendlich dankbar.

Danke auch an meinen Ehemann, der mich immer unterstützt, wenn ich spätnachts noch arbeite oder mich zurückziehe, um an meinem Plot zu arbeiten. Ein großes Dankeschön geht an meine Familie und Freunde, die mich von Anfang an ermutigt und unterstützt haben. An die Leute, die sich an ein neues Genre gewagt und mein Buch gelesen haben, einfach nur weil ich es geschrieben habe. Das ist wundervoll, und ich fühle mich geehrt und bin dankbar, euch als Teil meines Stammes betrachten zu dürfen.

Danke an die *Melissa's Nook and Posse reader's group*. Viele von euch sind schon seit dem Anfang an meiner Seite, lange bevor ich begonnen habe, ein Buch zu schreiben. Ihr habt mich selbst in Dunkelheit und Schatten immer bestärkt. Eure tägliche Unterstützung und Ermutigung sind einfach unglaublich. Danke.

DIE CHARAKTERE AUS LADY OF DARKNESS

Probleme, sich an all die Charaktere und Götter zu erinnern, wo sie hingehören? In dieser knappen Übersicht findet ihr schnell alles, was ihr braucht.

DIE ZWEI WICHTIGSTEN

Scarlett Monrhoe: Unsere Heldin, die Jungfer des Todes, Prinzessin des Westlichen Hofs

Sorin Aditya: Unser neuer Buch-Lover
Prinz des Feuerhofs, ehemals bekannt als Ryker Renwell

PERSONEN IN BAYLORIN

Callan Solgard: Kronprinz von Windonelle

Cassius Redding: Mitglied der Gefolgschaft der Assassinen, Scarletts Leibwächter, Commander in der Armee von Windonelle

Nuri Halloway: Der unsichtbare Tod, Nachtkind

Juliette: Der leibhaftige Tod, Hexe

Mikale Lairwood: Mistkerl, zukünftige Hand des Königs

Veda Lairwood: Mikales Schwester, hinterhältiges Biest

Tava Tyndell: Lord Tyndells Tochter

Drake Tyndell: Lord Tyndells Sohn

Lord Balam Tyndell: Anführer der königlichen Armeen

Alaric: Herr der Assassinen

Sloan: Leibwache von Prinz Callan

Finn: Leibwache von Prinz Callan

ORTE

Baylorin

Rydeon

Solembra

Xylon-Wald

Jonaraja-Wald

Avonleya

Windonelle

Toreall

Threlarion

Dresden-Wald

Shira-Wald

Maara

FAE-CHARAKTERE

Talwyn Semiria: Fae-Königin

Eliné Semiria: Ehemalige Königin des Westlichen Hofs

Henna Semiria: Ehemalige Königin des Östlichen Hofs

HOF DES FEUERS

Cyrus: Stellvertretendes Oberhaupt des Feuerhofs

Rayner: Zweites stellvertretendes Oberhaupt des Feuerhofs

Eliza: Generalin am Feuerhof

Beatrix: Heilerin am Feuerhof

HOF DES WASSERS

Briar Drayce: Prinz des Wasserhofs

Sawyer Drayce: Stellvertretendes Oberhaupt des Wasserhofs

Neve: Zweites stellvertretendes Oberhaupt des Wasserhofs

Nakoa: Commander der Armeen des Wasserhofs

HOF DER ERDE

Azrael Luan: Prinz des Erdhofs

HOF DES WINDES

Ashtine: Prinzessin des Windhofs

WEITERE RELEVANTE CHARAKTERE

Deimas: Ehemaliger König der Sterblichen

Esmeray: Ehemalige Königin der Sterblichen

Hazel Hecate:	Oberhexe
Rosalyn:	Contessa der Nachtkinder
Stellan:	Alpha der Gestaltwandler
Arianna:	Beta der Gestaltwandler

DIE GÖTTER

Anala:	Göttin der Sonne/des Tages/Feuers
Saylah:	Göttin der Schatten/Nacht
Celeste:	Göttin des Mondes/Himmels
Sefarina:	Göttin des Windes
Silas:	Gott der Erde/Länder/Wälder
Anahita:	Gott des Meeres/Wassers/Eises
Reselda:	Göttin der Heilung/Gesundheit
Falein:	Göttin der Weisheit/Intelligenz
Arius:	Gott des Todes/der Dunkelheit
Serafina:	Göttin der Träume/Sterne
Temural:	Gott der Wildnis/des Unbezähmten/Abenteuers
Sargon:	Gott des Krieges/Schutzes/Muts

SEELENTIERE

Amaré:	Phönix, verbunden mit Sorin
Shirina:	Panther, verbunden mit Scarlett
Maliq:	Wolf, verbunden mit Talwyn
Nasima:	Silberfalke, verbunden mit Ashtine
Rinji:	Roter Hirsch, verbunden mit Azrael
Abrax:	Wasserpferd, verbunden mit Briar
Celene:	Weißer Fuchs
Paja:	Goldene Eule, ehemals verbunden mit Eliné
Ejder:	Drache
Kilo:	Weiße Python
Altaria:	Schwarzer Adler
Ranvir:	Drache